BESTSELLER

Anthony Doerr (1973) es autor de los libros de relatos *El rastreador de conchas* y *El muro de la memoria*, el libro de memorias *Un año en Roma* y las novelas *Sobre Grace* y *La luz que no puedes ver*. Esta última se ha convertido en un best seller en todo el mundo entre extraordinarias críticas y ha sido también finalista del National Book Award y ganadora del Premio Pulitzer de Ficción 2015, así como de la Andrew Carnegie Medal concedida por la Asociación de Bibliotecas de Estados Unidos. Anthony Doerr ha logrado numerosos premios más, entre ellos cuatro O. Henry Prizes, el Barnes & Noble Discover Prize, el Premio Roma, el New York Public Library's Young Lions Award, el National Magazine Award for Fiction, cuatro Pushcart Prizes, dos Pacific Northwest Book Awards, cuatro Ohioana Book Awards, el 2010 Story Prize, considerado el más prestigioso premio de Estados Unidos para un libro de relatos, y el Sunday Times EFG Short Story Award, el mayor premio del mundo concedido a un único relato. Doerr vive en Boise, Idaho, con su mujer y sus dos hijos.

Biblioteca

ANTHONY DOERR

La luz que no puedes ver

Traducción de
Carmen Cáceres
y Andrés Barba

DEBOLS!LLO

Título original: *All the Light We Cannot See*

Primera edición en Debolsillo: noviembre de 2016
Tercera reimpresión: septiembre de 2017

© 2014, Anthony Doerr
© 2015, Penguin Random House Grupo Editorial, S. A. U.
Travessera de Gràcia, 47-49. 08021 Barcelona
© 2015, Carmen Cáceres y Andrés Barba, por la traducción

Printed in Spain – Impreso en España

ISBN: 978-84-663-3384-9 (vol. 1161/1)
Depósito legal: B-17.433-2016

Impreso en Liberdúplex
Sant Llorenç d'Hortons (Barcelona)

P 3 3 3 8 4 9

Penguin
Random House
Grupo Editorial

En agosto de 1944 la histórica ciudad amurallada de Saint-Malo, la joya más luminosa de la
Costa Esmeralda de Bretaña (Francia), quedó
casi completamente destruida por el bombardeo. [...] De los 865 edificios que había en el
interior de las murallas solo quedaron en pie
182, todos dañados en algún punto.

PHILIP BECK

Para nosotros habría sido imposible tomar el
poder o hacer uso de él de la forma en la que lo
hicimos sin la radio.

JOSEPH GOEBBELS

Cero

7 DE AGOSTO DE 1944

OCTAVILLAS

Caen del cielo como una lluvia al anochecer, sobrevuelan la muralla, hacen piruetas sobre los tejados, revolotean sobre los barrancos y entre las casas. Calles enteras se mecen al ritmo de los destellos blancos sobre los adoquines. «Mensaje urgente para los habitantes de la ciudad —dicen las octavillas—. Salgan de inmediato a campo abierto».

Sube la marea. En lo alto cuelga una luna pequeña, amarilla, creciente. Hacia el este, sobre los tejados de los hoteles que hay frente al mar y en sus jardines traseros, seis unidades de la artillería pesada norteamericana cargan proyectiles incendiarios en la boca de los morteros.

BOMBARDEROS

Cruzan el Canal a medianoche. Son doce y tienen nombres de canciones: *Stardust, Stormy Weather, In the Mood* o *Pistol-Packin'Mama*. El mar se extiende muy por debajo, salpicado por los innumerables galones plateados de las olas. Los pilotos divisan en el horizonte los peñones de las islas iluminadas por la luna. Francia.

Los intercomunicadores hacen interferencias. Deliberada y casi perezosamente los bombarderos pierden altura. Desde las bases de control antiaéreo se alzan las tenues columnas de luz roja a lo largo de toda la costa. Se vislumbran oscuros barcos en ruinas, acribillados o destruidos, uno con la proa arrancada, otro oscilando mientras arde. En una isla lejana, ovejas aterrorizadas corren zigzagueando entre las rocas.

En el interior de cada uno de los aviones, un soldado apunta a través de la mira y cuenta hasta veinte. Cuatro. Cinco. Seis. Siete. Para los soldados, esa ciudad amurallada situada sobre un promontorio de piedra que se acerca cada vez más parece un grano descomunal, algo oscuro y peligroso, un último absceso que tiene que ser arrancado de raíz.

LA CHICA

En una esquina de la ciudad, en el sexto y último piso de una casa alta y estrecha en el número 4 de la rue Vauborel, una ciega de dieciséis años llamada Marie-Laure LeBlanc se arrodilla sobre una mesa baja completamente cubierta por una maqueta. La maqueta sobre la que se arrodilla es una miniatura de la ciudad y contiene una réplica a escala de los cientos de casas, tiendas y hoteles que hay en el interior de la muralla. Ahí está la catedral, con su capitel perforado, el enorme y antiguo Château de Saint-Malo, y filas y más filas de mansiones con vistas al mar, todas adornadas con sus chimeneas. Un fino muelle de madera se extiende en forma de arco desde la Plage du Môle. Una delicada galería reticulada cubre como una bóveda el mercado de marisco. Unos bancos minúsculos, el más pequeño del tamaño de una semilla de manzana, salpican las diminutas plazas.

Marie-Laure desliza las puntas de los dedos por los parapetos de apenas tres centímetros de ancho que coronan la muralla, dibujando la figura de una estrella desigual alrededor de la maqueta. Encuentra las hendiduras a través de las cuales los cuatro cañones apuntan hacia el mar desde la cima de la muralla.

—Bastion de la Hollande —susurra, y sus dedos bajan caminando una pequeña escalera—, rue des Cordiers, rue Jacques Cartier.

En la esquina de la habitación hay dos cubos galvanizados llenos de agua hasta el borde. «Llénalos siempre que puedas», le recomendó su tío abuelo. También la bañera del tercer piso está llena. «Quién sabe cuándo nos vamos a quedar sin agua otra vez».

Sus dedos regresan al capitel de la catedral. Hacia el sur, hasta la Puerta de Dinan. Se ha pasado toda la noche recorriendo la maqueta con los dedos mientras espera a su tío abuelo Etienne, el dueño de la casa, que salió la noche anterior mientras ella dormía y aún no ha regresado. Ahora es de noche de nuevo, el reloj ha dado una vuelta completa, la calle está en silencio y ella no puede dormir.

Escucha los bombarderos a menos de cinco kilómetros de distancia. La estática crece. Se parece al zumbido dentro de una caracola.

Cuando abre la ventana el ruido de los aviones aumenta. De no ser por eso la calle estaría terriblemente muda: no se escuchan motores, voces, ni un solo rumor, ninguna sirena, ningún paso sobre los adoquines, ni siquiera las gaviotas. Apenas se percibe el sonido de la marea, seis plantas más abajo y a una manzana de distancia, golpeando contra la base de la muralla de la ciudad.

Y algo más.

Algo que se agita suavemente, muy cerca. Abre con facilidad el postigo de la izquierda y desliza los dedos sobre los listones de la derecha hacia arriba. Hay un trozo de papel atascado allí.

Se lo acerca a la nariz. Huele a tinta fresca, tal vez un poco a gasolina. El papel todavía cruje, no lleva demasiado tiempo en el exterior.

Marie-Laure está en calcetines y duda frente a la ventana; a su espalda se encuentra la habitación, el armario decorado con conchas y el zócalo con guijarros. Su bastón está apoyado en una esquina. Una enorme novela en braille la espera boca abajo sobre la cama. El zumbido de los aviones se oye cada vez más cerca.

EL CHICO

Cinco calles hacia el norte, un soldado alemán de dieciocho años y pelo blanco llamado Werner Pfennig se despierta con el débil tarareo de un *staccato*, poco más que un ronroneo. Las moscas golpean el cristal de una ventana a lo lejos.

¿Dónde se encuentra? Siente el perfume dulce y ligeramente químico del aceite para las armas mezclado con el de la madera sin barnizar de las cajas de proyectiles y el de naftalina del viejo cobertor: está en el hotel. L'hôtel des Abeilles: el hotel de Las Abejas.

Todavía es de noche. Aún es temprano.

Desde el mar llegan pitidos y explosiones. El ataque antiaéreo es cada vez más fuerte. Un cabo atraviesa a toda prisa el corredor hacia la escalera.

—¡Ve al sótano! —grita por encima del hombro y Werner enciende su linterna, enrolla su manta, la guarda en el saco y comienza a atravesar el pasillo.

Hace no mucho tiempo el hotel de Las Abejas era un sitio alegre, tenía persianas color azul claro en la fachada, se ofrecían ostras sobre hielo en el café y los camareros bretones limpiaban las copas tras la barra vestidos con traje y pajarita. Tenía veintiún habitaciones de huéspedes, imponentes vistas al mar y en el vestíbulo una chimenea del tamaño de una furgoneta. Los parisinos que iban a pasar los fines de semana solían tomar sus aperitivos allí, y, antes que ellos, algún que otro embajador de la República —o ministros, viceministros, clérigos y almirantes—, y, antes que ellos, ladrones de piel curtida por el viento: asesinos, saqueadores, rateros y marinos.

Pero antes de eso, antes incluso de que fuera un hotel, hace cinco siglos, fue la casa de un acaudalado corsario que decidió abandonar el saqueo de barcos para estudiar a las abejas que vivían en los pastos a las afueras de Saint-Malo; allí fue donde se dedicó a garabatear cuadernos de notas y a comer miel directamente del panal. Los escudos de los dinteles de las puertas aún conservan abejorros tallados en madera de roble, la fuente cubierta por la hiedra en el patio tiene la forma de una colmena. Los favoritos de Werner son los cinco descoloridos frescos que hay en el techo de las habitaciones más lujosas y en los que abejas del tamaño de niños pequeños flotan sobre un telón de fondo azul; zánganos enormes y perezosos y abejas obreras de alas diáfanas. Sobre una bañera hexagonal, una reina solitaria de casi tres metros se curva a lo largo del techo con ojos múltiples y abdomen dorado.

Durante las últimas cuatro semanas el hotel se ha ido transformando en algo distinto: una fortaleza. Un destacamento antiaéreo austriaco ha tapiado todas las ventanas y volcado todas las camas, la entrada ha sido reforzada y han cubierto las escaleras con cajas de balas de artillería. El cuarto piso del hotel, cuyas habitaciones dan al jardín con balcones franceses abiertos directamente a la muralla, se ha convertido en el hogar de un envejecido cañón antiaéreo de alta velocidad llamado «88», con capacidad para disparar proyectiles de diez kilos a una distancia de casi quince kilómetros.

Los austriacos lo llaman «Su Majestad» y durante la última semana lo han atendido de la misma forma en que las abejas obreras atienden a su reina. Lo han alimentado con aceites, lo han repintado y han lubricado las ruedas, hasta han puesto bolsas de arena a sus pies como si se tratara de ofrendas.

El *acht acht*[*] real, un rey exterminador destinado a protegerlos.

Werner está en la escalera, a medio camino hacia la planta baja, cuando el 88 dispara dos veces en sucesiones rápidas. Es la primera vez que escucha el cañón tan de cerca y suena como si alguien hubiese arrancado de cuajo la parte superior del hotel. Se tropieza y se cubre las orejas con los brazos. Las paredes retumban hasta lo más profundo, hasta los cimientos, pero luego se recuperan.

Werner escucha a los austriacos dos plantas más arriba precipitándose a cargarlo de nuevo y a continuación el chillido de los dos proyectiles alejándose a toda velocidad hacia el océano, a tres o cuatro kilómetros de distancia. Se da cuenta de que uno de los soldados está cantando. O tal vez no sea solo uno. Tal vez estén cantando todos. Ocho hombres de la Luftwaffe, ninguno de los cuales va a seguir con vida dentro de una hora, cantando una canción de amor a su reina.

Werner camina tras el rayo de su linterna a través del vestíbulo. Disparan el gran cañón por tercera vez, se rompen los cristales en alguna habitación cercana, un torrente de hollín baja por la chimenea y las paredes del hotel resuenan como las de una campana. Werner teme que el sonido le arranque los dientes de las encías.

Empuja la puerta del sótano para abrirla y se detiene un instante, no consigue ver con claridad.

—¿Está sucediendo de verdad? —pregunta—. ¿En serio han llegado?

Pero ¿quién está ahí para contestarle?

---

[*] En alemán, «ocho ocho». *[N. de los T.]*

SAINT⚡MALO

A lo largo de las calles los últimos habitantes de la ciudad que no han sido evacuados se despiertan, gimen, suspiran. Las solteronas, las prostitutas, los hombres mayores de sesenta años, los que han dejado las cosas para el último momento, los colaboracionistas, los desconfiados, los borrachos, las religiosas de todas las órdenes, los pobres, los tenaces, los ciegos.

Algunos se apresuran hacia los refugios antiaéreos, otros se dicen que es solo un simulacro y otros se detienen para coger una manta, un libro de oraciones o una baraja de cartas.

Han pasado dos meses desde el Día D. Cherburgo ha sido liberada, igual que Caen y Rennes. Media Francia occidental ya es libre. En el este, los soviéticos han vuelto a tomar Minsk. En Varsovia, el Ejército Territorial polaco se ha levantado en armas. Algunos periódicos se han atrevido a insinuar que la marea ha cambiado.

Pero aquí no. Nada ha cambiado en la última ciudadela al borde del continente, el último bastión del ejército alemán en la costa bretona.

Se dice que aquí los alemanes han reabierto los dos kilómetros de túneles subterráneos que hay bajo la muralla medieval. Han construido nuevos fuertes, nuevos conductos, nuevas rutas de escape, un complejo laberinto subterráneo. Bajo el fuerte peninsular de La Cité, cruzando el río desde la ciudad vieja, hay una enfermería, almacenes de munición e incluso un hospital subterráneo, eso es al menos lo que dicen. Tienen aire acondicionado, un tanque de agua con capacidad para doscientos mil litros y línea directa con Berlín. Hay trampas lanzallamas escondidas, una red de fortines con periscopios y han almacenado suficiente artillería como para regar de municiones el mar veinticuatro horas al día durante un año entero.

Aquí, se comenta, hay mil alemanes dispuestos a morir. O cinco mil. Tal vez más.

Saint-Malo: el agua rodea la ciudad por los cuatro costados. Su vínculo con el resto de Francia es frágil: una calzada, un puente, un promontorio de arena. «Antes que ninguna otra cosa somos *malouines*», dice la gente de Saint-Malo. «Luego bretones, y, si no queda más remedio, franceses».

Bajo la luz de la tormenta, el suelo de granito tiene un brillo azulado. Con las mareas más altas el mar llega hasta los sótanos del propio centro de la ciudad, y, con las mareas más bajas, los restos llenos de crustáceos de miles de naufragios salen a flote sobre la superficie del mar.

Un promontorio que ha conocido el asedio durante tres mil años.

Pero ninguno como este.

Una abuela alza a un quejumbroso niño de dos años y lo apoya contra su pecho, mientras un borracho que orina en una callejuela de Saint-Servan a un kilómetro y medio de distancia lee un trozo de papel que ha quedado entre los setos. «Mensaje urgente para los habitantes de la ciudad —dice—. Salgan de inmediato a campo abierto».

El ataque antiaéreo destella entre las islas más alejadas, los enormes cañones alemanes en el interior de la ciudad vieja descargan otra ronda de ruidosos proyectiles en dirección hacia el mar y trescientos ochenta franceses prisioneros en el fuerte de una isla a la que llaman Nacional, a cuatrocientos metros de la playa, se apiñan en un patio iluminado por la luna para mirar hacia el cielo.

Tras cuatro años de ocupación, el rugido de los bombarderos que se aproximan es el sonido ¿de qué? ¿De la liberación? ¿De la extirpación?

El tamborileo de los disparos de las armas de mano. El áspero sonido del fuego antiaéreo. Una docena de palomas se posan sobre el capitel de la catedral y luego caen como una catarata que se extiende y rueda sobre el mar.

EL NÚMERO 4 DE LA RUE VAUBOREL

Marie-Laure LeBlanc está sola, de pie en su habitación, oliendo una octavilla que no puede leer. El lamento de las sirenas. Cierra los postigos y vuelve a cerrar las ventanas. A cada segundo que pasa, los aviones están un poco más cerca. Cada segundo es un segundo perdido. Debería estar bajando las escaleras a toda prisa. Debería estar metiéndose por la trampilla que hay en la esquina de la cocina y que lleva a un sótano polvoriento, lleno de alfombras comidas por las ratas y cajas que no se abren desde hace años.

Regresa a la mesa que está al pie de la cama y se arrodilla junto a la maqueta de la ciudad.

De nuevo sus dedos encuentran la muralla, el Bastion de la Hollande y la pequeña escalera que baja. En esa ventana, justo allí pero en la ciudad real, una mujer sacude las alfombras todos los sábados. Desde esta otra ventana, justo aquí, en una ocasión un niño le gritó: «¡Mira por dónde andas! ¿Estás ciega o qué te pasa?».

En las casas tiemblan los cristales de las ventanas. Los cañones antiaéreos disparan una nueva descarga, la Tierra rota un poco más rápido.

Bajo la punta de sus yemas, la rue d'Estrées en miniatura se cruza con la rue Vauborel en miniatura. Sus dedos doblan a la derecha, leen por encima las entradas de las casas. Una, dos, tres. Cuatro. ¿Cuántas veces las ha recorrido?

El número 4: un nido alto y descuidado propiedad de su tío abuelo Etienne. Allí ha vivido los últimos cuatro años y allí está arrodillada ahora, sola en el sexto piso, mientras una docena de bombarderos norteamericanos se acercan rugiendo.

Presiona la pequeñísima puerta hacia el interior, un resorte salta y la minúscula casa se eleva y se suelta de la maqueta. En su mano tiene casi el mismo tamaño que una de las cajetillas de tabaco de su padre.

Los bombarderos están tan cerca que el suelo comienza a estremecerse bajo sus pies. Afuera, en el pasillo, suenan los colgantes de la araña de cristal suspendida sobre la escalera. Marie-Laure gira noventa grados la chimenea de la casa en miniatura, luego levanta tres paneles de madera que decoran el techo y da media vuelta a la casa.

Sobre la palma de su mano cae una piedra.

Está fría. Es del tamaño de un huevo de paloma. Tiene la forma de una gota.

Marie-Laure aprieta la casa en miniatura en una mano y la piedra en la otra. La habitación parece endeble, frágil, como si unos dedos gigantes fueran a atravesar las paredes en cualquier momento.

—¿Papá? —susurra.

EL SÓTANO

Bajo el vestíbulo del hotel de Las Abejas, el antiguo sótano de un corsario se abre paso entre los cimientos. Tras las cajas, los armarios y los tableros para colgar herramientas se ven las paredes de granito. El techo se mantiene firme gracias a tres enormes vigas de madera hechas a mano, arrastradas hasta aquí desde algún viejo bosque bretón y levantadas varios siglos antes por caballos.

Una única bombilla proyecta sombras temblorosas por toda la habitación.

Werner Pfennig se sienta en una silla plegable frente a una mesa de trabajo, comprueba la batería y se pone los auriculares. La radio es un transceptor bidireccional de acero con una antena de 1,6 metros de banda que le permite comunicarse con un transceptor similar que se encuentra en la planta superior, otros dos equipos antiaéreos dentro de las murallas de la ciudad y con el comando de la guarnición subterránea al otro lado de la desembocadura del río.

El transceptor zumba mientras comienza a calentarse. A través de los auriculares escucha a un observador que lee coordenadas y a un soldado de la artillería que las repite. Werner se frota los ojos. A sus espaldas, hay diferentes tesoros confiscados y apiñados hasta el techo: tapices enrollados, relojes de pie, armarios y grandes cuadros de paisajes cuarteados y con grietas. En una repisa frente a Werner descansan ocho o nueve bustos de yeso cuyo origen no consigue determinar.

El gigantesco sargento del estado mayor Frank Volkheimer baja por la estrecha escalera de madera y agacha la cabeza para evitar golpearse con una de las vigas. Sonríe a Werner con amabilidad, se sienta en un sillón de respaldo alto tapizado en seda dorada y apoya el fusil en los muslos, donde apenas parece una batuta.

Werner pregunta:

—¿Ha comenzado?

Volkheimer asiente. Apaga su linterna y parpadea con unas pestañas que en la penumbra parecen de una delicadeza extraña.

—¿Cuánto va a durar?

—No mucho. Aquí abajo estamos a salvo.

Por último llega el ingeniero Bernd. Es un hombre pequeño, de pelo castaño y desaliñado. Tras pasar cierra la puerta del sótano, echa el pestillo y se sienta a mitad de la escalera de madera con gesto sombrío; es difícil saber si se trata de miedo o determinación.

Al cerrar la puerta, el ruido de las sirenas se suaviza. Por encima de sus cabezas titila la bombilla del techo.

«Agua», piensa Werner. «Se me ha olvidado el agua».

Se oye un segundo ataque antiaéreo desde algún rincón distante de la ciudad y luego le vuelve a tocar el turno al 88 de arriba, estentóreo, mortal. Werner escucha el sonido del proyectil abriéndose camino en el cielo. Del techo se desprende una cascada de polvo. A pesar de los auriculares Werner oye cantar a los austriacos.

… auf d'Wulda, auf d'Wulda, da scheint d'Sunn a so gulda…

Volkheimer se rasca distraído una mancha en los pantalones.

Bernd expulsa el aire de sus pulmones entre las manos ahuecadas.

El transceptor cruje mientras transmite la velocidad del viento, la presión del aire, los recorridos. Werner piensa en su casa; en frau Elena inclinada sobre sus pequeños zapatos, haciendo nudos dobles en cada cordón; en las estrellas girando al otro lado de la buhardilla; en su hermana menor, Jutta, con el edredón sobre los hombros y el auricular de una radio apretado contra la oreja izquierda.

Cuatro pisos más arriba los austriacos introducen otro proyectil en la recámara humeante del 88, controlan el travesaño y se cubren los oídos cuando el cañón descarga, pero abajo Werner escucha solo las voces de la radio de su infancia. «La Diosa de la Historia miró abajo, hacia la Tierra. Solo a través de los fuegos más poderosos se puede alcanzar la purificación». Ve un campo de girasoles agonizantes, una bandada de mirlos alzándose desde un árbol como un estallido.

LAS BOMBAS SE ALEJAN

Diecisiete, dieciocho, diecinueve, veinte. Ahora el mar se eleva en las miras, ahora se ven las azoteas. Dos aviones menores bordean el corredor con humo, el bombardero principal arroja su carga y otros once siguen su ejemplo. Las bombas caen en diagonal; los aviones suben y se despliegan.

El fondo del cielo se oscurece y el tío abuelo de Marie-Laure, encerrado junto a otros cientos de personas en el Fuerte Nacional que se encuentra a medio kilómetro de la playa, entorna los ojos hacia arriba y piensa: «Langostas». En su memoria un proverbio del Antiguo Testamento se desprende de la telaraña de las clases de la parroquia: «Las langostas no tienen rey, pero todas salen agrupadas en rangos».

Una horda endemoniada, una lluvia de sacos de judías, cien rosarios rotos en el aire. Hay miles de metáforas pero todas resultan inadecuadas: cuarenta bombas por avión, cuatrocientas ochenta bombas en total, treinta mil kilos de explosivos.

Una avalancha desciende sobre la ciudad. Un huracán. Las tazas caen de las estanterías, los cuadros se sueltan de los clavos. Un cuarto de segundo después, se dejan de oír las sirenas, todo se vuelve inaudible. El rugido se vuelve tan fuerte que parece capaz de separar las membranas del tímpano en el oído medio.

Los cañones antiaéreos disparan sus últimos proyectiles. Doce bombarderos se repliegan y regresan a salvo en la noche azul.

En el sexto piso del número 4 de la rue Vauborel, Marie-Laure gatea hasta esconderse bajo la cama y aprieta la piedra y la casa en miniatura contra su pecho.

En el sótano que hay debajo del hotel de Las Abejas, la única bombilla en el techo parpadea hasta apagarse.

Uno

1934

MUSEO NACIONAL
DE HISTORIA NATURAL

arie-Laure LeBlanc está en París; es una niña alta y pecosa de seis años cuya vista se deteriora rápidamente. Su padre la envía a hacer una visita para niños en el museo en el que trabaja. El guía es un antiguo celador jorobado apenas más alto que los niños. Da un par de golpecitos con la punta del bastón en el suelo para llamar la atención y a continuación guía a sus doce acompañantes a través del jardín hacia las galerías.

Los niños observan cómo los ingenieros manipulan unas poleas para levantar el fémur fosilizado de un dinosaurio; ven una jirafa embalsamada tras una vitrina a la que le falta piel en algunas zonas del lomo; husmean en el interior de los cajones de los taxidermistas, llenos de plumas, garras y ojos de vidrio, y pasean entre las hojas de doscientos años de antigüedad de un herbario adornado con orquídeas, margaritas y especias.

Finalmente suben los dieciséis escalones hasta la galería de Mineralogía. El guía les muestra piedras ágatas de Brasil, amatistas violetas y un meteorito sobre un pedestal que, según él, es tan antiguo como el sistema solar. Luego les hace bajar en fila india por dos tortuosas escaleras y a través de varios corredores hasta que se detiene frente a una puerta de hierro con una única cerradura y les dice:

—Fin del recorrido.

Una niña pregunta:

—¿Qué hay al otro lado de esa puerta?

—Detrás de esta puerta hay otra puerta, un poco más pequeña, cerrada.

—¿Y qué hay detrás de esa?

—Una tercera puerta, todavía más pequeña, cerrada.

—¿Y detrás de esa?

—Una cuarta puerta y luego una quinta y así hasta llegar a la decimotercera, una puerta cerrada que apenas tiene el tamaño de un zapato.

La niña se inclina hacia delante.

—¿Y detrás?

—Detrás de la decimotercera puerta —asegura el guía alzando una de sus manos increíblemente arrugadas— está el Mar de Llamas.

Desconcierto. Movimientos nerviosos. Inquietud.

—Venga, ¿nunca habéis oído hablar del Mar de Llamas?

Los niños niegan con la cabeza. Marie-Laure echa un vistazo con los ojos entrecerrados a las bombillas desnudas que cuelgan del techo a intervalos de casi tres metros. Cada una de ellas proyecta un halo con los colores del arcoíris girando en su campo de visión.

El guía cuelga el bastón de su propia muñeca y se frota las manos.

—Es una larga historia. ¿Os apetece escuchar una larga historia?

Los niños asienten. Él se aclara la garganta.

—Hace varios siglos, en donde hoy se encuentra el país al que llamamos Borneo, un príncipe se encontró una piedra azul en el lecho seco de un río y la cogió porque le pareció muy bonita. Cuando regresó a su castillo, el príncipe fue atacado por unos hombres a caballo que le dieron una puñalada en el corazón.

—¿Una puñalada en el corazón?

—¿Eso pasó de verdad?

—Callaos —dice otro de los niños.

—Los ladrones le robaron los anillos, el caballo, todo, pero no encontraron la piedra azul porque la llevaba apretada en el puño. El príncipe moribundo se las arregló para llegar arrastrándose hasta el castillo y allí se quedó inconsciente, estuvo así diez días. Al décimo día, para sorpresa de las enfermeras que le cuidaban, se sentó, abrió las manos y vio la piedra.

»Los médicos del sultán dijeron que se trataba de un milagro, que el príncipe jamás habría podido sobrevivir de manera natural a un ataque tan violento. Las enfermeras dijeron que la piedra debía de tener poderes curativos y los joyeros del sultán dijeron algo más: que esa piedra azul era el diamante en bruto más grande que se había visto jamás. El mejor tallador del reino pasó ochenta días facetándolo y, cuando terminó, la piedra tenía un brillo azul, como el azul de los mares tropicales, pero también un toque rojo en el centro, como una pequeña llama en el corazón de una gota de agua. El sultán ordenó que encastraran la piedra en una corona para el príncipe. Se decía que cada vez que el príncipe se sentaba en el trono y la luz del sol le daba justo en la piedra, el resplandor que proyectaba era tan cegador que los visitantes no podían distinguir su figura dentro de la luz.

—¿Eso pasó de verdad? —pregunta una niña.

—Cállate —le contesta un niño.

—La piedra se hizo famosa bajo el nombre de Mar de Llamas. Algunos pensaban que el príncipe era un dios, que mientras tuviera la piedra jamás podrían matarlo, pero algo extraño comenzó a suceder: cuanto más usaba el príncipe la corona, peor era su suerte. En un mes perdió a sus dos hermanos: a uno ahogado y a otro por el ataque de una serpiente. A los seis meses murió su padre de una enfermedad y, para empeorar la situación, los exploradores del sultán anunciaron que en el este se estaba congregando un ejército enorme.

»El príncipe reunió a los consejeros de su padre. Todos le dijeron que debía prepararse para la guerra excepto uno, un sacerdote que le aseguró que había tenido un sueño. En el sueño la diosa de la Tierra le decía que había creado el Mar de Llamas como un regalo para su amante, el dios del Mar. Le había enviado la joya a través del río, pero el río de pronto se había secado y, cuando el príncipe cogió la piedra del lecho, la diosa se enfureció. Maldijo a la piedra y a cualquiera que la poseyera.

Todos los niños se inclinan hacia delante, también Marie-Laure.

—Y la maldición era la siguiente: quien tuviera la piedra viviría para siempre pero caerían todo tipo de desgracias sobre las personas a las que amara, una tras otra, como en una lluvia incesante.

—¿Y él viviría para siempre?

—Así es, pero en el momento en que el poseedor arrojara de nuevo el diamante al mar, entregándolo así a su verdadero destinatario, la diosa levantaría el maleficio. El príncipe, que ahora era sultán, estuvo pensando durante tres días y tres noches pero finalmente decidió quedarse con la piedra. Le había salvado la vida, estaba convencido de que le hacía indestructible. Ordenó que le cortaran la lengua al sacerdote.

—¡Ay! —dice el niño más pequeño.

—Grave error —dice la niña más alta.

—Llegaron los invasores —continúa el celador— y destruyeron el palacio matando a todas las personas con las que se cruzaban, pero nadie volvió a ver jamás al príncipe. Durante doscientos años nadie escuchó hablar del Mar de Llamas. Algunos decían que la piedra fue cortada en trozos más pequeños, otros que el príncipe aún la tenía y que estaba en Japón o en Persia, que era un modesto campesino que jamás envejecía.

»Y así la piedra se fue diluyendo en el curso de la Historia. Hasta que un día le mostraron a un vendedor de diamantes francés que viajaba por las minas de Golconda, en la India, un diamante enorme cortado con la forma de una pera. Ciento treinta y tres quilates. Una nitidez casi perfecta. Describió su tamaño como el de un huevo de paloma, y su color azul como el mar, pero con un resplandor rojo en el centro. Hizo pruebas a la piedra y envió la información a un duque fanático de las piedras preciosas que vivía en Lorraine, advirtiéndole sobre los rumores de la maldición, pero el duque deseaba tanto el diamante que el comerciante se lo llevó a Europa y el duque lo encastró en la empuñadura de un bastón que lo acompañaba a todas partes.

—Mmmm.

—En apenas un mes, la duquesa contrajo una enfermedad de garganta, dos de sus criados favoritos se cayeron desde el tejado y se partieron el cuello, el único hijo del duque falleció en un accidente de equitación. Todo el mundo decía que el duque jamás había tenido mejor aspecto, pero él se volvió temeroso a las salidas y se negó a tener invitados. Al final estaba tan convencido de que aquella piedra era el diamante maldito del Mar de Llamas que le dijo al rey que se lo daría para que lo guardara en su museo con la única condición de que lo encerrara en lo más profundo de una bóveda construida especialmente y que la bóveda no fuera abierta en un periodo de doscientos años.

—¿Y?

—Han pasado ya ciento noventa y seis.

Todos los niños se quedan quietos un instante. Algunos hacen sumas con los dedos. Luego todos levantan las manos a la vez.

—¿Podemos verla?

—No.

—¿Ni siquiera abrir la primera puerta?

—No.

—¿La ha visto usted?

—No, no la he visto.

—¿Y entonces cómo sabe que está allí de verdad?

—Porque creo en la historia.

—¿Y cuánto vale, monsieur? ¿Daría para comprar la Torre Eiffel?

—Un diamante tan grande y tan extraño como ese posiblemente daría para comprar cinco Torres Eiffel.

Jadeos de asombro.

—¿Y todas esas puertas están para que los ladrones no puedan robarlo?

—Tal vez —dice el guía guiñándoles un ojo— todas esas puertas están aquí en realidad para evitar que la maldición salga al exterior.

Los niños se quedan en silencio. Dos o tres dan un paso atrás.

Marie-Laure se quita las gafas y el mundo se deforma al instante.

—¿Y por qué —pregunta— no cogen la piedra y la tiran al mar?

El celador la mira. Los otros niños la miran.

—¿Cuándo has visto tú —le dice uno de los niños mayores— a alguien capaz de tirar al mar cinco Torres Eiffel?

Se oyen algunas risas. Marie-Laure frunce el ceño. Es apenas una puerta de hierro con una cerradura de latón.

El recorrido ha acabado, los niños se dispersan y Marie-Laure regresa a la galería principal junto a su padre. Él le endereza los anteojos sobre la nariz y le quita una hoja del pelo.

—¿Lo has pasado bien, *ma chérie*?

Un pequeño gorrión marrón vuela en picado desde las vigas y aterriza en las baldosas frente a ella. Marie-Laure extiende la palma de una mano abierta. El gorrión inclina la cabeza, sopesando, y después se aleja volando.

Un mes más tarde, Marie-Laure se queda completamente ciega.

ZOLLVEREIN

Werner Pfennig crece a casi quinientos kilómetros al noreste de París en un sitio llamado Zollverein: un complejo de minas de carbón de mil seiscientas hectáreas a las afueras de Essen, Alemania. Es una región de acero, o, más específicamente, una región de antracita, un lugar de pozos cubierto por chimeneas de vapor, por el traqueteo de las locomotoras que van y vienen sobre rieles elevados y árboles sin hojas que se yerguen sobre pilas de desechos como las manos huesudas de unos esqueletos alzándose entre la tierra.

Werner y Jutta, su hermana menor, se crían en un Hogar para Niños, un orfanato de dos plantas de ladrillo que se encuentra en la Viktoriastrasse y cuyas habitaciones están cargadas de la tos de los niños enfermos y el llanto de los recién nacidos; hay allí baúles medio desvencijados en los que guardan las últimas pertenencias de los difuntos padres: vestidos hechos con retales, cuberterías de boda ya sin brillo, ambrotipos descoloridos con retratos de padres a los que se ha tragado la mina.

Los primeros años de Werner son los más austeros. Los hombres se pelean a las puertas de las minas de Zollverein para conseguir trabajo, los huevos de gallina se venden a dos millones de reichsmarks cada uno y la fiebre reumática acecha el orfanato como un lobo. No hay mantequilla ni carne. La fruta es apenas un recuerdo. Algunas noches, durante los meses más difíciles, lo único de lo que dispone la directora para alimentar a sus doce protegidos son pasteles hechos con polvo de mostaza y agua.

Pero el Werner de siete años parece flotar. Es demasiado pequeño, las orejas le sobresalen y habla con voz dulce y aguda. La blancura de su pelo hace que la gente se detenga al verlo pasar. Blanco como la nieve, la leche, la tiza. El color de la ausencia de color. Todas las mañanas se ata los zapatos, se rellena el abrigo con papel de periódico como aislante contra el frío y le hace preguntas al mundo. Coge copos de nieve, renacuajos, ranas en hibernación, se gana a los panaderos para conseguir pan que ni tienen a la venta y aparece en la cocina con leche fresca para los bebés. También fabrica cosas: cajas de papel, toscos aviones biplanos, barcos de juguete con timones que funcionan de verdad.

Cada dos días acorrala a la directora con alguna pregunta imposible de responder: «Frau Elena, ¿por qué nos dan ataques de hipo?».

O: «Frau Elena, si la luna es tan grande, ¿por qué parece tan pequeña?».

O: «Frau Elena, ¿las abejas saben que mueren después de picar?».

Frau Elena es una monja protestante de Alsacia con más cariño por los niños que interés por su supervisión, que canta canciones folclóricas francesas en un falsete chirriante, siente cierta debilidad por el jerez y se queda dormida de pie con frecuencia. De cuando en cuando permite a los niños quedarse despiertos hasta tarde mientras les cuenta historias en francés sobre su niñez en las montañas, con casi dos metros de nieve en los tejados, pregoneros del pueblo, arroyos que desprendían vapor a causa del frío y viñedos cubiertos de escarcha: una auténtica estampa navideña.

«¿Los sordos pueden oír los latidos de su propio corazón, frau Elena?».

«¿Por qué el pegamento no se queda pegado al interior del bote, frau Elena?».

Ella ríe, le alborota el pelo con la mano y susurra:

—La gente dice que eres demasiado pequeño, Werner, que no llegarás a ninguna parte y que no debes tener muchas esperanzas, pero yo creo en ti. Creo que harás algo importante.

Y le envía al pequeño catre del desván que él ha proclamado suyo, en un rincón bajo la claraboya.

A veces les da por dibujar, a Jutta y a él. Su hermana se acerca sigilosamente hasta el catre, se ponen boca abajo y dibujan con un único lápiz que se pasan una y otra vez. Jutta es la talentosa, aunque tiene dos años menos. Lo que más le gusta del mundo es dibujar París, una ciudad que ha visto exactamente una vez en una fotografía, en la contraportada de una de las novelas románticas de frau Elena: tejados con buhardillas, manzanas de sombríos apartamentos, el entramado de hierro de una torre a lo lejos. Dibuja rascacielos blancos que se retuercen en el aire, complicados puentes y grupos de figuras del otro lado del río.

En otras ocasiones, tras las clases, Werner se lleva a su hermana menor en una carretilla que ha construido él mismo y atraviesan el complejo minero. Bajan traqueteando por las largas calles de gravilla, dejan atrás las cabañas, las hogueras en bidones metálicos, los mineros en paro sentados sobre cubos al revés, inmóviles como estatuas. Con regularidad una de las ruedas se sale con un golpe sordo; Werner se agacha a su lado con paciencia y vuelve a ajustar los tornillos. A su alrededor pasan las figuras de los trabajadores del segundo turno arrastrando los pies hasta el almacén mientras los encorvados trabajadores del primer turno los arrastran de regreso a casa, muertos de hambre, las narices de color azul y rostros como calaveras negras bajo los cascos.

—Hola —dice Werner—, buenas tardes. —Pero los mineros se limitan a pasar sin contestarle, puede que incluso sin verle, con los ojos clavados en el barro. La crisis económica de Alemania se cierne sobre ellos como la severa geometría de los molinos.

Werner y Jutta se cuelan entre las pilas de polvo oscuro y trepan por montañas de máquinas oxidadas, arrancan bayas de arbustos espinosos y flores en el campo. A veces se las arreglan para encontrar mondas de patata o zanahoria en los basureros, otras tardes buscan papeles en los que dibujar o tubos de pasta de dientes, los estrujan y sacan las últimas sobras para secarlas y usarlas como si fueran tizas. De vez en cuando Werner remolca a Jutta en la carretilla hasta la entrada de la cantera nueve, la mina más grande de todas, siempre ruidosa e iluminada como un horno de gas con un elevador de cinco pisos que funciona a carbón en el frente, cables colgando, martillos que repican y hombres que se gritan entre ellos, todo el mapa de la apelmazada y delirante industria desplegándose en la distancia, y observan los camiones llenos de carbón que suben con dificultad desde el subsuelo y a los mineros saliendo del almacén con sus tarteras del almuerzo dirigiéndose a la boca del ascensor como insectos hacia una trampa de luz.

—Ahí abajo —le susurra Werner a su hermana—, ahí es donde murió papá.

Y al anochecer, en silencio, Werner empuja de regreso a la pequeña Jutta a través de los cercanos barrios de Zollverein, dos niños con el pelo blanco como la nieve en las tierras profundas del hollín, cargando sus insignificantes tesoros hasta la calle Viktoriastrasse 3, donde frau Elena mira el fogón y canta una canción de cuna francesa con voz cansada mientras un bebé de dos años le tira de los cordeles del delantal y otro llora entre sus brazos.

LA CONSERJERÍA

Cataratas congénitas. En ambos ojos. Incurables.

—¿Puedes ver esto?

Marie-Laure jamás volverá a ver nada. Los lugares que alguna vez le resultaron cercanos —el apartamento de cuatro habitaciones que compartía con su padre, la pequeña plaza rodeada de árboles al final de la calle— se han convertido en laberintos llenos de peligros. Los cajones nunca están donde deberían. El lavabo es un abismo. El vaso con agua está siempre demasiado cerca o demasiado lejos y sus dedos son demasiado grandes, siempre demasiado grandes.

¿Qué es la ceguera? Donde debería estar la pared, sus manos no encuentran nada. Y donde no debería haber nada, la pata de una mesa se le clava en la espinilla. Los coches rugen en la calle, las hojas zumban en el cielo y la sangre susurra en sus oídos internos. En el rellano de la escalera, en la cocina, incluso detrás de la cama las voces de los adultos parecen perder la esperanza.

—Pobre niña.

—Pobre monsieur LeBlanc.

—No lo ha tenido fácil. Su padre murió en la guerra, su mujer murió en el parto. ¡Y ahora esto!

—Es como si fuera víctima de una maldición.

—Pobrecita. Y pobre él también.

—La tiene que mandar lejos.

Son meses de moratones y desastres: las habitaciones se mecen como veleros, Marie-Laure choca de bruces contra las puertas entreabiertas, su único santuario es la cama, con el dobladillo del edredón bajo la barbilla. Su padre fumando un cigarrillo a su lado mientras talla otra de sus pequeñísimas maquetas, hace *tap tap tap* con su pequeño martillo y un chirrido rítmico, reconfortante, con su pequeño trozo de papel de lija.

$$\text{☽}$$

La desesperación no dura mucho. Marie-Laure es demasiado joven y su padre muy paciente. No existen, asegura, las maldiciones. Como mucho hay suerte, buena y mala, una leve inclinación hacia el éxito o el fracaso, pero nada de maldiciones.

Seis días a la semana él la despierta antes del amanecer y ella mantiene los brazos extendidos en el aire mientras él la viste. Le pone las medias, el vestido, el jersey. Si hay tiempo, intenta que ella se ate sola los cordones de los zapatos. Luego toman una taza de café juntos en la cocina: caliente, fuerte, con todo el azúcar que le quiera poner.

A las seis y cuarenta ella coge su bastón blanco que está en el rincón, engancha un dedo en la parte trasera del cinturón de su padre y le sigue cuatro pisos por las escaleras y seis manzanas hasta el museo.

Él abre la Entrada 2 a las siete en punto. En el interior la aguardan olores ya familiares: las cintas de la máquina de escribir, la cera del suelo, el polvo. También el eco familiar de sus propias pisadas mientras atraviesan la galería central. Saluda a uno de los guardias nocturnos, luego a un celador, le contestan siempre con las mismas dos palabras: *Bonjour, bonjour.*

Dos veces a la izquierda, una a la derecha. El llavero de su padre tintinea. Una cerradura se abre, una puerta se abre.

Dentro está la conserjería y en su interior las seis vitrinas con cristal en las que miles de llaves de hierro cuelgan en sus clavos. Hay teclas y llaves maestras, hay llaves graciosas y otras más serias, llaves de ascensores y llaves de repisas. Hay llaves tan largas como el antebrazo de Marie-Laure y otras más pequeñas que su pulgar.

El padre de Marie-Laure es el cerrajero mayor del Museo Nacional de Historia Natural. Entre los laboratorios, los almacenes, cuatro museos públicos en edificios independientes, las colecciones de animales, los invernaderos, los cientos de metros cuadrados de jardines medicinales y decorativos en el Jardin des Plantes y más de una docena de taquillas y pabellones, su padre calcula que en total hay unas doce mil cerraduras en todo el complejo del Museo. Y no existe nadie capaz de discutir esa cuestión.

Se pasa la mañana al frente de la conserjería entregando llaves a los empleados: primero llegan los encargados del zoológico, luego los empleados administrativos siempre a toda prisa y antes de las ocho, luego los técnicos en tropel, los bibliotecarios y los asistentes y por último los científicos, a cuentagotas. Todas las llaves están numeradas y clasificadas por color. Cada empleado, desde los cuidadores hasta el director, debe llevar siempre consigo su llave. Nadie puede marcharse de su puesto de trabajo con su llave, nadie la puede dejar sobre el escritorio. Después de todo, en el museo hay piezas de jade del siglo XIII de valor incalculable, cavansita de la India y rodocrosita de Colorado. Bajo llave, su padre ha diseñado un espacio para conservar un dispensario florentino esculpido en lapislázuli que especialistas de todo el mundo vienen cada año a examinar desde ciudades que están a miles de kilómetros.

Su padre la pone a prueba: ¿esta es la llave de la bóveda o de un candado, Marie? ¿Esta es la llave de una alacena o la de una cerradura de seguridad? La pone a prueba sobre la ubicación de las vitrinas y sobre el contenido de los armarios. Constantemente apoya algún objeto inesperado en la palma de sus manos: una bombilla, un pescado fosilizado, una pluma de flamenco.

Todas las mañanas, incluso los domingos, la obliga a sentarse frente a un libro de ejercicios en braille durante un hora. La *A* es un punto en la esquina superior. La *B* son dos puntos formando una línea vertical. *Jean. Visita. Al. Panadero. Jean. Visita. Al. Quesero.*

Por la tarde la lleva consigo a hacer el recorrido. Le echa aceite a los pestillos, repara los armarios, pule los escudetes alrededor de las cerraduras. La guía vestíbulo tras vestíbulo, galería tras galería. Algunos estrechos pasillos desembocan en enormes bibliotecas, las puertas de cristal se abren a invernaderos inundados por el olor del humus, del papel de periódico mojado y de las lobelias. Los depósitos de los carpinteros, los estudios de los taxidermistas, cientos de metros cuadrados con cajones y estantes repletos de especímenes, museos enteros dentro del museo.

Algunas tardes deja a Marie-Laure en el laboratorio del doctor Geffard, un envejecido especialista en moluscos cuya barba siempre huele a lana húmeda. El doctor Geffard deja de hacer lo que esté haciendo, abre una botella de Malbec y le habla a Marie-Laure con voz susurrante sobre los arrecifes que visitó en su juventud: en las islas Seychelles, en Belice, en Zanzíbar. La llama Laurette. Todos los días almuerza pato asado a las tres de la tarde. Controla un catálogo aparentemente infinito de nombres latinos compuestos.

En la pared del fondo del laboratorio del doctor Geffard hay armarios que tienen más cajones de los que ella es capaz de contar y él le da permiso para que los abra uno tras otro y coja las conchas —caracolas, olivas, cymbiolas imperiales de Tailandia, conchas de gasterópodos de la especie Lambis traídas de la Polinesia—; el museo conserva más de diez mil especímenes, casi la mitad de los que se conocen en el mundo, y Marie-Laure puede jugar con la mayoría de ellos.

—Esa concha, Laurette, pertenecía a una caracola violácea, un tipo de caracol ciego que pasa toda su vida en la superficie del mar. En cuanto es liberado en el océano, el caracol agita el agua para crear burbujas sobre las que desprende una mucosidad que le permite construirse una balsa. Después flota a la deriva y se alimenta de cualquier criatura acuática invertebrada que pase por allí, pero, si en algún momento pierde su balsa, se hunde y se ahoga.

La concha de una *Carinária* es, al mismo tiempo, liviana y pesada, dura y suave, lisa y áspera. El caracol *Murex* que el doctor Geffard tiene sobre su escritorio la mantiene entretenida durante media hora: las espinas huecas, las espirales rígidas, la grieta profunda. Es un bosque de puntas, cavidades y texturas. Un reino.

Sus manos se mueven incesantemente recolectando información, palpando, haciendo pruebas. Las plumas del pecho de una paloma disecada y montada son increíblemente suaves, su pico afilado como una aguja. El polen en la punta de las anteras de los tulipanes no parece polvo sino pequeñas motas de aceite. Comprende que tocar algo de verdad —la corteza de un sicómoro en el parque, una abeja sujeta con alfileres en el Departamento de Entomología, el interior de una vieira exquisitamente pulido en el despacho del doctor Geffard— es comenzar a amarlo.

En casa, por la noche, el padre guarda los zapatos de los dos en el mismo cubículo y cuelga los abrigos en el mismo gancho. Marie-Laure cuenta seis bandas rugosas colocadas a la misma distancia en el suelo de la cocina hasta llegar a la mesa y luego sigue el cordel que su padre ha instalado desde la mesa hasta el baño. Él sirve la cena en un plato redondo y le describe la posición de los alimentos según las agujas del reloj. «Las patatas a las seis en punto, *ma chérie*. Los champiñones a las tres». Luego enciende un cigarrillo y se va a trabajar en sus maquetas sobre la mesa de trabajo que está en un rincón de la cocina. Está construyendo una maqueta a escala del vecindario completo, de los edificios altos con cristales, de las alcantarillas, de la *laverie*, de la *boulangerie* y de la pequeña *place** al final de la calle, con sus cuatro bancos y sus diez árboles. En las noches cálidas Marie-Laure abre las ventanas de su cuarto y oye el rumor de la noche que cae sobre las terrazas, los frontales y las chimeneas, lánguida y pasiva, hasta que el barrio real y el de miniatura comienzan a mezclarse en su mente.

Los martes el museo permanece cerrado. Marie-Laure y su padre se quedan durmiendo y luego toman su café doble con azúcar. Caminan hasta el Panthéon, hasta algún mercado de flores o junto a la ribera del Sena. Cada cierto tiempo visitan una librería. Él le alcanza algún diccionario, un periódico o una revista llena de fotografías.

—¿Cuántas páginas, Marie-Laure?

Ella recorre con la uña el lomo.

—¿Cincuenta y dos?

O:

—¿Setecientas cinco?

O:

—¿Ciento treinta y nueve?

Él le retira el pelo detrás de las orejas y la levanta por encima de su cabeza. Le dice que ella es su *émerveillement***. Le dice que jamás la abandonará, nunca.

---

* En francés en el original: «lavandería», «pastelería» y «plaza». *[N. de los T.]*
** En francés, «maravilla, milagro». *[N. de los T.]*

LA RADIO

Werner tiene ocho años y anda fisgoneando en el basurero que hay detrás de un hangar que se utiliza como almacén cuando descubre algo que parece una gran bobina de hilo. En realidad es un carrete de alambre colocado entre dos discos de madera de pino. Tres cables deshilachados emergen de la parte más alta; uno tiene un pequeño auricular que cuelga del extremo.

Jutta, de seis años, con la cara redonda y una mata de pelo blanco aplastado, se agacha junto a su hermano.

—¿Qué es eso?

—Creo —dice Werner y siente como si se hubiera abierto un armario en el cielo— que acabamos de encontrar una radio.

Hasta ahora apenas ha vislumbrado alguna que otra radio: un gabinete enorme y sin cables a través de las cortinas abiertas en la casa de un oficial, una unidad portátil en los dormitorios de los mineros y otra en el refectorio de la iglesia. Jamás había tocado ninguna.

Jutta y él llevan el aparato hasta Viktoriastrasse 3 y lo evalúan bajo la luz de una lámpara. Le pasan un trapo hasta dejarlo

49

limpio, desenredan la maraña de cables y le quitan el lodo al auricular.

No funciona. Otros niños se les acercan, observan el trabajo, se asombran un rato pero pierden el interés poco a poco y al final concluyen que no sirve para nada, pero Werner lleva el receptor hasta su claraboya en el desván y lo estudia durante horas. Desconecta todo lo que puede ser desconectado, extiende cada una de las partes en el suelo y las levanta una por una para estudiarlas bajo la luz.

A las tres semanas de haber encontrado el aparato, en un atardecer dorado por el sol en el que tal vez el resto de los niños de Zollverein están jugando en la calle, él se da cuenta de que el cable más largo, un filamento delgado y enrollado cientos de veces alrededor del cilindro central, tiene varias roturas pequeñas. Muy despacio, meticulosamente, desenrolla el cable, carga el serpenteante revoltijo escaleras abajo y llama a Jutta para que sostenga las puntas mientras él empalma las roturas. Luego lo enrolla de nuevo.

—Hagamos la prueba —susurra, y presiona el auricular contra el oído mientras mueve hacia delante y hacia atrás lo que, según él, es la rosca para sintonizar.

Al principio solo oye la efervescencia de la estática pero, repentinamente y desde algún punto del profundo interior del auricular, una corriente de consonantes brota hacia él. El corazón de Werner se detiene, la voz parece reproducir un eco en la arquitectura de su cabeza.

El sonido se desvanece tan pronto como había llegado. Mueve la rosca medio centímetro muy lentamente. Más estática. Otro medio centímetro. Nada.

En la cocina, frau Elena amasa el pan. Los niños gritan en el callejón. Werner gira la rosca del dial de delante hacia atrás.

Estática y más estática.

Está a punto de pasarle el auricular a Jutta cuando —claro e inmaculado, más o menos a la mitad de la bobina— oye el corto pero drástico estallido de un arco contra las cuerdas de un violín. Intenta mantener la rosca perfectamente inmóvil. Un segundo violín se une al primero. Jutta se acerca un poco al ver cómo se abren los ojos de su hermano.

El piano persigue al violín. Entran de pronto los instrumentos de viento madera, las cuerdas corren a toda velocidad, los vientos palpitan detrás. Se unen otros instrumentos. ¿Son flautas? ¿Arpas? La música se eleva, parece que va a envolverse a sí misma.

—¿Werner? —murmura Jutta.

Él parpadea. Tiene que contener las lágrimas. La sala tiene el mismo aspecto de siempre: las cunas bajo dos cruces latinas, el polvo que flota en la boca abierta de la estufa, doce capas de pintura descascarillándose en los zócalos, el bordado de frau Elena de una villa alsaciana nevada está sobre el lavabo, pero ahora hay música. Es como si dentro de la cabeza de Werner una orquesta infinitesimal se hubiera despertado a la vida.

La habitación parece hundirse en un movimiento lento. Su hermana pronuncia su nombre con más urgencia y él le pone el auricular en la oreja.

—Música —dice la niña.

Él mantiene la rosca lo más inmóvil que puede. La señal es tan débil que, a pesar de tener el auricular a menos de quince centímetros, no puede escuchar el sonido de la melodía, pero observa la expresión de su hermana, inmóvil con excepción de las pestañas. En la cocina frau Elena levanta sus manos emblanquecidas por la harina e inclina la cabeza mirando a Werner. Otros dos chicos mayores entran y se detienen al percibir un cambio en el aire. Y la pequeña radio, con sus cuatro terminales y sus antenas colgantes, sigue inmóvil en el suelo entre todos ellos como un milagro.

LLÉVANOS A CASA

Por lo general Marie-Laure es capaz de resolver las cajas secretas de madera que su padre construye para sus cumpleaños. Suelen tener la forma de una casa y llevar en su interior alguna sorpresa escondida. Abrirlas requiere una serie de pasos ingeniosos: encontrar con las uñas alguna unión, deslizar el fondo a la derecha, separar los laterales, coger la llave escondida, abrir la parte más alta y descubrir una pulsera dentro.

Para su séptimo cumpleaños un pequeño chalé de madera la espera en el centro de la mesa de la cocina en el mismo sitio en el que suele estar el azucarero. Ella desliza una gaveta secreta en la base, descubre el compartimento oculto que hay debajo, coge una llave de madera y la introduce en una ranura en la chimenea. En el interior hay una onza de chocolate suizo.

—Cuatro minutos —dice su padre riendo—, tendré que esforzarme un poco más el año que viene.

Durante mucho tiempo, y a diferencia de esas cajas secretas de madera, ella no le encuentra el sentido a la maqueta del barrio que él está construyendo. No se parece al mundo real. La intersección en miniatura de la rue Mirbel y la rue Monge, por ejemplo, apenas a una manzana de su apartamento, no tiene nada que ver con el cruce en la vida real. La verdadera incluye un anfiteatro de ruidos y fragancias: en el otoño huele a tránsito y a aceite de ricino, al pan de la panadería, al alcanfor de la farmacia de Avent, a los delfinios, los guisantes de olor y las rosas del puesto de flores. En invierno se hunde en el olor de las castañas asadas. En las tardes de verano se vuelve más lenta y soñolienta, se oyen conversaciones adormecidas y el rasguño de las pesadas sillas de hierro.

Pero en la maqueta que ha hecho su padre esa misma intersección huele apenas a pegamento seco y a serrín. Las calles están vacías, el pavimento estático. Para sus dedos es apenas una pequeña e insuficiente reproducción. Él insiste en pedirle a Marie-Laure que la recorra con los dedos, que reconozca las casas y los ángulos de las calles. Y un frío martes de diciembre, cuando Marie-Laure lleva ya un año completamente ciega, su padre la acompaña por la rue Cuvier hasta el fondo del Jardin des Plantes.

—Aquí, *ma chérie*, está el sendero por el que caminamos todas las mañanas. Atravesando los cedros, hacia delante, está la galería central.

—Ya lo sé, papá.

Él la alza y la hace girar tres veces.

—Bueno, ahora llévanos a casa.

Ella abre la boca.

—Quiero que pienses en la maqueta, Marie.

—Pero no lo voy a conseguir...

—Estaré un paso detrás de ti, no te sucederá nada. Tienes tu bastón y sabes dónde te encuentras.

—¡No, no lo sé!

—Sí, sí lo sabes.

Ella se exaspera. Ni siquiera puede saber si los jardines han quedado a sus espaldas o de frente.

—Tranquilízate, Marie. Paso a paso.

—Es muy lejos, papá. Son por lo menos seis manzanas.

—Exactamente seis manzanas. Usa la lógica. ¿Hacia dónde debemos ir primero?

El mundo da vueltas y retumba. Los cuervos graznan, los frenos de los coches silban y alguien a su izquierda golpea algo de metal con lo que podría ser un martillo. Ella arrastra los pies hacia delante hasta que la punta de su bastón flota en el aire. ¿Ha llegado al borde de una curva? ¿Un estanque, una escalera, un precipicio? Gira noventa grados. Da tres pasos hacia delante. Ahora el bastón se topa con la base de una pared.

—¿Papá?

—Estoy aquí.

Seis pasos, siete pasos, ocho. Un bullicio —un técnico plaguicida se va de una casa dando gritos— los adelanta. Da otros doce pasos, suena la campanilla colocada en la puerta de una tienda y salen dos mujeres que la empujan al pasar.

A Marie-Laure se le cae el bastón. Comienza a llorar.

Su padre la levanta y la aprieta contra su pecho.

—Es demasiado —susurra ella.

—Tú puedes conseguirlo, Marie.

Pero no puede.

ALGO PROMETEDOR

Mientras el resto de los chicos juegan a la rayuela en el callejón o nadan en el canal, Werner se sienta a solas bajo su claraboya y hace pruebas con la radio. En una semana logra desarmarla y volver a armarla con los ojos cerrados. El condensador, el inductor, la rosca para sintonizar y los cascos. Un alambre va a tierra y el otro al cielo. No hay nada en el mundo que parezca tener tanto sentido.

Recoge partes en los almacenes: pequeños trozos de cable de cobre, tornillos y un destornillador doblado. Se gana a la mujer del farmacéutico para que le dé unos cascos rotos, rescata un solenoide de un timbre desechado, lo suelda a una resistencia y construye un megáfono. Durante el mes siguiente se las arregla para rediseñar el aparato por completo, agrega algunas partes por aquí y otras por allá y lo conecta a una fuente de alimentación.

Todas las noches baja su radio a la sala y frau Elena deja que los más pequeños la escuchen durante una hora. Sintonizan informativos, conciertos, óperas, oyen al coro nacional y espectáculos de música folclórica. Son doce niños en semicírculo alrededor del aparato junto a frau Elena.

«Estamos viviendo una época emocionante —dice la radio—, no debemos quejarnos. Nos pondremos en pie con firmeza y ningún ataque conseguirá acabar con nosotros».

A las niñas más mayores les gustan las competiciones de canto, las clases de gimnasia que retransmiten por la radio y un anuncio que ponen con frecuencia llamado «Consejos de ocasión para los enamorados», que provoca el aullido de los más pequeños. A los pequeños les gustan las obras, los boletines, los himnos militares. A Jutta le gusta el jazz. A Werner le gusta todo. Los violines, la trompeta, la batería, los discursos —una boca que le habla a un micrófono en una noche lejana pero simultánea—, un hechizo que lo mantiene embelesado.

«¿Es acaso un milagro —pregunta la radio— que la valentía, la confianza y el optimismo hayan crecido hasta llenar el corazón de los alemanes? ¿Acaso no es la llama de una nueva fe la que ha nacido en esta disposición al sacrificio?».

Ciertamente, a medida que pasan las semanas, a Werner le parece que algo nuevo está naciendo. La producción de las minas aumenta y el desempleo cae. De pronto en las cenas del domingo hay carne, cordero, cerdo, salchichas de Frankfurt…, cosas que hace solo un año habrían sido unas extravagancias inauditas. Frau Elena compra un sillón tapizado de pana naranja y un fogón con anillos negros en las placas. Llegan tres Biblias del consistorio en Berlín y una caldera para lavar la ropa que entregan por la puerta trasera. Werner recibe pantalones nuevos y a Jutta le tocan un par de zapatos. En las casas de los vecinos suenan llamadas de trabajo.

Una tarde, cuando camina de regreso a casa después de las clases, Werner se detiene frente a la farmacia y aplasta la nariz contra el cristal: unos soldados de metro y medio de altura pertenecientes a las tropas de asalto desfilan al otro lado, cada hombrecito de juguete lleva una camisa marrón y un pequeño brazalete rojo, algunos llevan flautas, otros tambores, un par de oficiales van a horcajadas sobre sementales negros, brillantes. Por encima de todos, suspendido de un cable, se ve un reloj de hojalata con puentes de madera y una hélice giratoria que hace una órbita eléctrica, hipnótica. Werner lo estudia a través del cristal un buen rato, tratando de comprender cómo funciona.

Cae la noche, es el otoño de 1936 y Werner carga la radio escaleras abajo y la apoya en un aparador. El resto de los niños se mueven inquietos a su alrededor, a la expectativa. El transistor zumba al calentarse. Werner da un paso atrás con las manos en los bolsillos. Del altavoz sale el canto de un coro de niños: «Solo queremos trabajar, trabajar y trabajar y trabajar, marchar hacia un glorioso trabajo por la patria». A continuación comienza una obra de teatro patrocinada por el gobierno de Berlín: la historia de unos invasores que se cuelan en una aldea en mitad de la noche.

Los doce niños se sientan cautivados. En la obra, los invasores tienen la nariz aguileña y son dueños de grandes almacenes, deshonestos joyeros o banqueros inmorales. Venden basura brillante, dejan sin trabajo a los hombres de negocios de las aldeas, traman el asesinato de niños alemanes mientras duermen. Hasta que un vigilante, un humilde vecino del lugar, comprende la trama, llama a la policía y aparecen oficiales grandes, apuestos y sonoros, de espléndidas voces. Tiran abajo las puertas, sacan a rastras a los invasores y suena una marcha patriótica. Todo el mundo vuelve a ser feliz.

LUZ

Se equivoca un martes tras otro. Guía a su padre dando rodeos de hasta seis manzanas que terminan muy lejos de casa y que la dejan enfadada y frustrada, hasta que en el invierno de su octavo año, para sorpresa de la propia Marie-Laure, comienza a hacerlo bien. Recorre con los dedos la maqueta de la cocina contado los bancos en miniatura, los árboles, las farolas, los portales. Cada día aparece un nuevo detalle: alguna alcantarilla, el banco de un parque, cada toma de agua de la maqueta tiene su contrapunto en el mundo real.

Marie-Laure consigue acercar cada día más a su padre a la casa antes de cometer el primer error. Cuatro manzanas, tres manzanas, dos, hasta que un martes nevado de marzo, cuando él la lleva a un sitio nuevo, muy cerca de la orilla del Sena, le da tres vueltas y le dice: «Llévanos a casa», ella se da cuenta, por primera vez desde que comenzaron los ejercicios, que esta vez no ha sentido el miedo subiéndole desde el estómago.

Se pone en cuclillas en la acera.

El débil olor metálico de la nieve la rodea. «Tranquilízate. Escucha».

Los coches que pasan por la calle la salpican y la nieve derretida suena como una pequeña corriente. Oye el golpeteo de los copos de nieve sobre la calle. Huele los cedros del Jardin des Plantes a cuatrocientos metros de distancia. Aquí el metro tiembla bajo la acera: es el Quai Saint-Bernard. El cielo está abierto y escucha el roce de las ramas: es la estrecha franja de jardín que hay tras la galería de Paleontología. Eso de ahí, comprende de pronto, tiene que ser la esquina del muelle con la rue Cuvier.

Seis manzanas, cuarenta edificios, diez pequeños árboles en una plaza. Una calle se cruza con otra calle que se cruza con otra calle. Un centímetro tras otro.

Su padre hace sonar las llaves en el bolsillo. Frente a ella las altas y lujosas casas que flanquean los jardines reflejan el sonido. Ella dice:

—Doblemos a la izquierda.

Caminan a lo largo de la rue Cuvier. Un trío de patos voladores se arroja sobre ellos agitando las alas sincronizados hacia el Sena y, mientras las aves pasan sobre sus cabezas, ella imagina que ve la luz sobre sus alas, imagina cómo brilla sobre cada una de las plumas.

A la izquierda en la rue Geoffroy Saint-Hilaire. A la derecha en la rue Daubenton. Tres alcantarillas, cuatro alcantarillas, cinco. A su izquierda debería estar la cerca de hierro del Jardin des Plantes abierta, con sus delgadas varillas como las barras de una jaula enorme.

Frente a ella la panadería, la carnicería y la tienda de delicatessen.

—¿Podemos cruzar ahora, papá?

—Sí.

A la derecha, y después en línea recta. Han llegado a su calle, Marie-Laure está segura. Un paso más atrás, su padre levanta la cabeza al cielo y esboza una enorme sonrisa. Marie-Laure lo sabe a pesar de que le está dando la espalda, a pesar de que él no dice nada, a pesar de que ella es ciega: el pelo grueso de papá está húmedo por la nieve y se abre sobre su cabeza en una docena de ángulos distintos; lleva la bufanda sobre los hombros de forma asimétrica.

Han subido más de la mitad de la rue des Patriarches. Están frente a su edificio. Marie-Laure encuentra el tronco del castaño que crece por encima de su ventana en el cuarto piso, siente la corteza bajo los dedos.

Un viejo amigo.

Y un segundo más tarde las manos de su padre la toman de las axilas y la alzan y Marie-Laure sonríe. Él prorrumpe en una carcajada pura y contagiosa, una carcajada que ella intentará recordar el resto de su vida. El padre y la hija dan vueltas en mitad de la acera frente a su apartamento, riéndose juntos mientras la nieve se filtra entre las ramas sobre sus cabezas.

NUESTRA BANDERA ONDEA
ANTE NOSOTROS

En Zollverein, en la primavera del décimo año de Werner, dos muchachos mayores del orfanato —Hans Schilzer, de trece años y Herribert Pomsel, de catorce— marchan hacia el bosque con mochilas de segunda mano al hombro y cuando regresan son miembros de las Juventudes Hitlerianas.

Llevan tirachinas, arpones modernos y han estado jugando a las emboscadas tras los bancos de nieve. Se unen a un grupo de hijos de mineros con el pelo erizado que se suelen sentar en la plaza del mercado con las mangas arremangadas y los pantalones cortos subidos hasta las caderas.

—Buenas noches —gritan a los transeúntes—. ¡O *Heil* Hitler, como prefiera!

Se cortan el pelo todos igual, pelean en el salón, presumen de que van a recibir instrucción en armas, de los planeadores que van a pilotar, de los tanques con torretas que van a conducir. «Nuestra bandera es el símbolo de una nueva era», entonan Hans y Herribert, «nuestra bandera nos guiará a la eternidad». Durante las comidas reprenden a los más pequeños cuando admiran cosas extranjeras: el anuncio de un coche inglés, un libro de cuentos francés con ilustraciones.

La forma en que se saludan es cómica y su atuendo roza lo ridículo, pero frau Elena observa a los chicos con una mirada cautelosa: hasta hace poco eran unos bebés asilvestrados que se refugiaban en sus cunas y lloraban llamando a sus madres, pero ahora se han vuelto adolescentes mafiosos de nudillos rotos con postales del Führer dobladas en los bolsillos de sus camisas.

Frau Elena habla cada vez menos francés cuando Hans y Herribert están cerca. Se vuelve consciente de su propio acento. La menor mirada de un vecino la obliga a cuestionarse todo.

Werner mantiene la cabeza baja. ¿Acaso tiene él también que saltar por encima de las fogatas, frotarse ceniza bajo los ojos, acosar a los más pequeños? ¿Va a tener que romper ahora los dibujos de Jutta? Opta por algo mucho mejor: mantener un perfil bajo, pasar desapercibido. Werner lee durante esa época las revistas científicas populares que encuentra en la farmacia, le interesan la turbulencia de las olas, los túneles al centro de la Tierra y el método nigeriano de transmitir información con tambores. Se compra un cuaderno y empieza a hacer sus propios planes sobre la cámara de niebla, el detector de iones y los anteojos de visión nocturna. ¿Y si conecta un pequeño motor a la cuna de los bebés para mecerlos hasta que se queden dormidos? ¿Y si agrega muelles al eje de su carretilla para que no sea tan difícil llevarla cuesta arriba?

Un oficial del Ministerio de Trabajo visita el orfanato para hablarles sobre las oportunidades de trabajo que ofrecen las minas. Los niños se sientan a sus pies con sus ropas más limpias. Todos los niños sin excepción, explica el hombre, empezarán a trabajar en las minas al cumplir quince años. Les habla de glorias, triunfos y de lo afortunados que serán de tener un trabajo fijo. Cuando levanta la radio de Werner y la vuelve a bajar sin decir ni una palabra, Werner siente que el techo se le cae encima, que las paredes se estrechan.

Su padre quedó allí abajo, a un kilómetro y medio de la casa. Jamás recuperaron el cuerpo. Aún ronda por los túneles.

—De vuestro barrio, de vuestro propio suelo sale el poder de nuestra nación: el acero, el carbón, el coque. Berlín, Fráncfort y Múnich no podrían existir si no fuera por este lugar. Sois vosotros quienes abastecéis la fundación del nuevo orden, las balas de sus armas, la armadura de sus tanques.

Hans y Herribert contemplan deslumbrados el cinturón de cuero en el que el hombre lleva su pistola. En el aparador suena la radio de Werner.

Dice: «A lo largo de estos tres años nuestro líder ha tenido el valor de hacer frente a una Europa que corría el riesgo de colapsar...».

Dice: «Solo a él debemos agradecer el hecho de que la vida en Alemania vuelva a tener sentido para los niños alemanes».

LA VUELTA AL MUNDO
EN OCHENTA DÍAS

Hay dieciséis pasos hasta la fuente de agua y dieciséis para regresar, cuarenta y dos hasta la escalera y cuarenta y dos para regresar. Marie-Laure traza mapas mentales, desenrolla cientos de kilómetros de cordel imaginario y luego se concentra y los vuelve a enrollar. La botánica huele a pegamento, a papel secante y a flores prensadas. La paleontología huele a polvo de rocas, de huesos. La biología huele a formaldehído y a frutas viejas, está llena de frascos pesados y fríos en los que flotan cosas que solo conoce por las descripciones que le han hecho: pieles de serpientes de cascabel exangües y enroscadas, severas garras de gorilas. La entomología huele a bolas de naftalina. Las oficinas huelen a papel carbónico o a humo de cigarrillos o a brandy o a perfume. O a todas esas cosas juntas.

Ella sigue los cables o las tuberías, las barandillas o las sogas, los setos o las aceras. Hace que la gente se sobresalte. Nunca sabe si las luces están encendidas o apagadas.

Los niños que conoce la atosigan a preguntas. ¿Duele? ¿Cierras los ojos para dormir? ¿Cómo sabes qué hora es?

No duele, explica. Y no hay oscuridad, o al menos no la que ellos imaginan. Todo está compuesto por una red, un entramado de sonidos y texturas. Camina un gran círculo en torno a la galería central, moviéndose sobre las crujientes tablas del suelo, oye las pisadas que suben y bajan por las escaleras del museo, el llanto de un bebé, el gemido de una abuela agotada que se deja caer sobre un banco.

El color, es la otra cosa que la gente no se espera. En su imaginación y en sus sueños todo tiene color. Las paredes del museo son de color beis, castañas, color avellana. Los científicos son lila, amarillo limón y del marrón de los zorros. Los acordes de un piano caen mustiamente de los altavoces en la cabina de los guardias, proyectando negros enriquecidos y azules complejos a lo largo del pasillo que lleva a la conserjería. Las campanadas de las iglesias envían arcos de bronce que salen por las ventanas. Las abejas son plateadas, las palomas rojizas o caoba, algunas veces también doradas. Los enormes cipreses que ella y su padre dejan atrás cada mañana en su caminata son caleidoscopios brillantes, cada aguja un polígono de luz.

No tiene recuerdos de su madre pero se la imagina blanca, un brillo sin sonido. Su padre irradia miles de colores: ópalo, rojo fresa, un marrón rojizo profundo, verdes salvajes y un olor a aceite y metal, la sensación de una cerradura que se traslada a casa, el sonido de su llavero repiqueteando al caminar. Cuando habla con el jefe de algún departamento es color verde oliva. Cuando habla con mademoiselle Fleury del invernadero tiene el color de una paleta de anaranjados que se intensifican y cuando intenta cocinar es de un color rojo brillante. Irradia un azul zafiro cuando se sienta por la noche ante su mesa de trabajo y tararea casi inaudible mientras trabaja, la punta de su cigarrillo fulgurando en un azul brillante.

Suele perderse. Las secretarias, los botánicos e incluso una vez la asistente del director han tenido que llevarla de nuevo hasta la conserjería. Es curiosa, quiere saber la diferencia que hay entre un alga y un liquen, entre un *Diplodon charruanus* y un *Diplodon delodontus*. Algunos hombres importantes la llevan del codo escoltándola a través de los jardines o la guían por las escaleras.

«Yo también tengo una hija», dicen todos.

O: «La he encontrado entre los colibríes».

—*Toutes mes excuses* —contesta su padre. Enciende un cigarrillo y saca una a una las llaves de su bolsillo—. ¿Qué voy a hacer contigo?

Al despertar el día de su noveno cumpleaños encuentra dos regalos. El primero es una caja de madera sin ningún cerrojo identificable. Le da la vuelta a un lado y al otro. Le lleva un buen rato descubrir que uno de los lados es un resorte. Lo presiona y la caja se abre. En el interior le espera un trozo de cremoso queso camembert que se mete directamente en la boca.

—Ay, ¡demasiado fácil! —dice su padre riendo.

El segundo regalo es más pesado, está envuelto en papel y atado con un cordel: un enorme libro anillado. En braille.

—Dicen que es para muchachos. O para chicas aventureras.

—Ella casi puede oír la sonrisa de su padre.

Desliza la punta de los dedos sobre la página en la que está impreso el título en relieve. *La. Vuelta. Al. Mundo. En. Ochenta. Días.*

—Papá, es demasiado caro.

—Deja que yo me preocupe por eso.

Esa mañana Marie-Laure gatea por debajo del mostrador de la conserjería, se tumba boca abajo y posa los diez dedos sobre una línea de una página. El francés parece pasado de moda y los puntos están más juntos entre sí de lo que está acostumbrada a leer, pero una semana más tarde le resulta más sencillo. Encuentra el lazo que usa de marcador, abre el libro y el museo entero desaparece como por arte de magia.

El misterioso señor Fogg vive como si fuera una máquina. Jean Passepartout se convierte en su obediente ayudante. Y dos meses después, cuando Marie-Laure llega a la última línea de la novela, lo vuelve a abrir de nuevo, regresa a la primera página y vuelve a empezar. Por la noche recorre la maqueta de su padre con los dedos: ahí está la torre con el campanario, allí los escaparates. Imagina a los personajes de Julio Verne caminando por esas calles, conversando en las tiendas. Un panadero de un centímetro de alto introduce en el horno barras de pan del tamaño de una mota de polvo y luego las saca, tres ladrones minúsculos traman planes cuando pasan lentamente frente a la joyería, sonoros y pequeñísimos coches se amontonan en la rue de Mirbel con los limpiaparabrisas agitándose de un lado a otro. Tras la ventana del cuarto piso en la rue des Patriarches una versión en miniatura del padre se sienta a lijar un infinitesimal trozo de madera frente a una mesa en miniatura dentro de su apartamento en miniatura, igual que lo hace en la vida real. En la otra esquina del cuarto hay una niña minúscula, delgada e ingeniosa con un libro abierto sobre las rodillas. Dentro de su pecho late algo enorme, algo lleno de deseo, algo que ya no siente temor.

EL PROFESOR

D ebes prometérmelo —dice Jutta—. ¿Me lo prometes?
—En el fondo de un arroyo, entre cilindros oxidados,
tuberías destruidas y fango repleto de gusanos ha descubierto casi
diez metros de alambre de cobre. Sus ojos son como dos túneles
brillantes.

Werner echa una mirada a los árboles, al arroyo y vuelve
a mirar a su hermana.

—Te lo prometo.

Juntos llevan a escondidas el alambre hasta la casa y lo pasan
a través de los agujeros de clavos que hay en el alero del techo por
fuera de la ventana del desván. A continuación conectan un extremo del alambre a la radio. Casi de inmediato oyen en una frecuencia de onda corta la voz de alguien que habla en un idioma
extraño, lleno de zetas y eses.

—¿Es ruso?

A Werner le parece que es húngaro.

Jutta es todo ojos en la penumbra y el calor.

—¿A cuánto queda Hungría?

—A unos mil kilómetros.

Lo mira boquiabierta.

De pronto llegan como un rayo voces de todo el continente a Zollverein atravesando las nubes, el polvo de carbón y los techos. El aire es un enjambre de voces. Jutta lleva un registro de las estaciones que Werner sintoniza con la rosca y cuya ciudad de origen deletrea cuidadosamente a medida que las recibe. *Verona 65, Dresde 88, Londres 100.* Roma. París. Lyon. De noche la frecuencia de onda corta es una zona de trotamundos y soñadores, de locos y quejumbrosos.

Cuando terminan de rezar y se apagan las luces Jutta se acerca sigilosamente hasta la buhardilla de su hermano. En vez de dibujar juntos ahora se quedan oyendo la radio codo con codo hasta la medianoche, hasta la una, hasta las dos. Escuchan las noticias inglesas a pesar de que no las entienden. Oyen a una mujer en Berlín que pontifica sobre el maquillaje más conveniente para ir a un cóctel.

Una noche Werner y Jutta sintonizan una emisión estridente en la que un joven habla sobre la luz en un francés suave y con acento.

«Niños, el cerebro está envuelto por una oscuridad total —dice la voz—. Flota en un líquido transparente en el interior del cráneo y jamás recibe luz. Pero a pesar de eso el mundo que construye en nuestra mente está lleno de luz, rebosante de colores y de movimiento. ¿Cómo puede ser que el cerebro, que jamás conoce una chispa de luz, construya en nuestro interior un mundo lleno de luces?».

La emisión silba y salta.

—¿De qué habla? —pregunta Jutta.

Werner no contesta. La voz del francés parece de terciopelo, su acento es muy diferente al de frau Elena, pero su tono es tan pasional, tan hipnótico que a Werner le parece que entiende cada palabra. El francés habla ahora sobre ilusiones ópticas y electromagnetismo. Luego hace una pausa, se oye el repiqueteo de la estática como si se estuviera dando la vuelta a un disco y a continuación se pone a hablar con entusiasmo sobre el carbón.

«Pensad en cualquiera de las brasas que veis en el interior de la estufa de vuestras casas. ¿Os lo imagináis, niños? En algún momento ese trozo de carbón fue una planta verde, un helecho o un junco vivo hace un millón de años, dos millones de años o cien millones de años. ¿Os imagináis lo que son cien millones de años? A lo largo de la vida de esa planta, sus hojas absorbieron durante los veranos toda la luz que pudieron y transformaron la energía del sol en energía natural para generar su tronco, sus ramas y tallos. Y es que las plantas se alimentan de la luz igual que nosotros nos alimentamos con la comida. Luego esa planta murió y probablemente cayó en el agua, se transformó en musgo de esfagno y el esfagno se hundió en la tierra durante años, durante eras frente a las que un mes, un año o toda vuestra vida no son más que un soplido, un chasquido de dedos. Finalmente el esfagno se petrificó y se convirtió en una piedra que alguien extrajo, y que más tarde el carbonero acercó hasta vuestra casa. Tal vez alguno de vosotros la puso en la estufa. Aquel antiguo rayo de sol —aquella luz de hace cien millones de años— es la que calienta ahora vuestro hogar».

El tiempo pasa más lento. El desván desaparece. Jutta desaparece. ¿Ha hablado alguien alguna vez de una manera tan íntima sobre las cosas que más le interesan a Werner?

«Abrid los ojos —concluye el hombre— y observad todo lo que podáis antes de cerrarlos para siempre». Suena a continuación un piano que entona solitario una melodía y a Werner casi le parece un bote dorado que atraviesa un río oscuro, una progresión de armonías que transfiguran Zollverein: las casas se convierten en neblina, las minas se cierran, las chimeneas caen, un mar antiguo se derrama por las calles y el aire es un torrente de posibilidades.

EL MAR DE LLAMAS

Los rumores circulan por todo el museo, se mueven rápidamente, ágiles y coloridos como bufandas. El museo está considerando la posibilidad de exhibir una piedra preciosa, una gema cuyo valor es mayor que el de cualquier otra pieza de sus colecciones.

—Te doy mi palabra —escucha Marie-Laure que le dice un taxidermista a otro—, la piedra viene de Japón, es muy antigua, en el siglo XI perteneció a un oficial japonés.

—Pues a mí me han dicho —dice el otro— que la han sacado de una de nuestras cajas fuertes. Eso quiere decir que ha estado aquí mucho tiempo pero que no hemos tenido permiso para enseñarla por alguna razón legal.

Al principio se trata de un racimo de un extraño compuesto de magnesio y dióxido de carbono, luego de una estrella de zafiro capaz de quemar la mano de un hombre al tocarla y al final se convierte en un diamante. Definitivamente es un diamante. Algunos lo bautizan «la piedra del pastor», otros como el Khon-Ma, pero enseguida todo el mundo comienza a llamarlo Mar de Llamas.

Marie-Laure piensa: han pasado cuatro años.

—Tiene un poder maligno —dice uno de los vigilantes del puesto de seguridad—, provoca sufrimientos a quien lo lleva. He oído decir que los nueve dueños anteriores de la piedra se han acabado suicidando.

Una segunda voz dice:

—Pues yo he oído que si lo llevas sin guantes mueres en el plazo de una semana.

—No, no. Quien lo lleva *no* muere jamás, los que mueren son todos los que están a su lado en menos de un mes, o antes de un año, no lo sé con seguridad.

—Yo por si acaso no pienso tocarlo —dice un tercero riéndose.

El corazón de Marie-Laure se acelera. Tiene diez años y sobre la pantalla negra de su imaginación proyecta de todo: un barco de vela, una batalla con espadas, el Coliseo pintado de color. Ha leído *La vuelta al mundo en ochenta días* hasta que el braille ha quedado suave y desdibujado. En el cumpleaños de este año su padre le ha regalado un libro todavía más voluminoso: *Los tres mosqueteros* de Dumas.

Marie-Laure oye decir que el diamante tiene color verde pálido y es del tamaño del botón de un abrigo, después que es grande como una caja de cerillas. Al día siguiente es azul y del tamaño del puño de un bebé. En su imaginación ve una diosa iracunda acechando los pasillos y arrojando maldiciones por las galerías como nubes envenenadas. El padre le pide que no se deje llevar por la imaginación. Las piedras no son más que piedras, la lluvia no es más que lluvia y la desgracia es solo mala suerte. Sucede que algunas cosas son un poco más extraordinarias que otras y por ese motivo son necesarios tantos cerrojos.

—Papá, ¿tú crees que es real?

—¿El diamante o la maldición?

—Los dos. Cualquiera.

—No son más que cuentos, Marie.

Y a partir de ese momento cada vez que algo sale mal los empleados susurran que es por culpa del diamante. Los plomos saltan durante una hora: el diamante. Una tubería agujereada arruina un estante entero de muestras botánicas: el diamante. Cuando la mujer del director se resbala en el hielo de la Place des Vosges y se parte en dos la muñeca, dentro del museo estalla la máquina de los chismes.

Más o menos por esa época citan al padre de Marie-Laure a la oficina del director. Se queda allí durante dos horas. ¿En qué otra ocasión que ella pueda recordar su padre ha estado durante dos horas reunido en la oficina del director? Nunca.

Inmediatamente después su padre comienza a trabajar duro para la sección de Mineralogía, se pasa semanas entrando y saliendo de la conserjería, empujando carros cargados con diferentes herramientas, se queda trabajando incluso horas después de que el museo haya cerrado y todas las noches, cuando regresa a su despacho, huele a serrín y aleaciones de metal. Cada vez que ella le pide que le deje acompañarle, él pone reparos. Es mejor, le dice, que se quede en la conserjería con sus libros en braille o en la planta de arriba, en el laboratorio de moluscos. Hasta que en un desayuno ella le pregunta directamente:

—Estás construyendo un recipiente especial para mostrar el diamante. Una especie de caja fuerte transparente.

Su padre enciende un cigarrillo.

—Vamos, Marie, coge tu libro. Es hora de irse.

Las respuestas del doctor Geffard no son más claras.

—¿Sabes cómo crecen los diamantes, Laurette, cómo crecen en realidad todos los cristales? Añadiendo estratos microscópicos, unos cuantos miles de átomos al mes, cada uno encima de los anteriores durante milenios y milenios. De esa forma también se acumulan las historias. Todas las piedras antiguas son una acumulación de historias. Esa pequeña piedra que tanto te interesa pudo haber visto el saqueo de Roma o haberse reflejado en los ojos de los faraones. Tal vez alguna reina escita haya bailado durante toda una noche llevándolo encima. Y hasta puede que haya llegado a provocar alguna guerra.

—Papá dice que las maldiciones no son más que historias inventadas para desanimar a los ladrones, que hay sesenta y cinco millones de especímenes aquí y que, con un profesor adecuado, todos pueden llegar a ser igual de interesantes.

—Aun así —contesta él— hay ciertas cosas que atraen más a la gente. Las perlas, por ejemplo, y las conchas levógiras que se enrollan hacia la izquierda. Hasta los mejores científicos sienten de vez en cuando la tentación de meterse algo en el bolsillo, algo pequeño y hermoso, o algo de mucho valor. Solo los más fuertes pueden sobreponerse a ese tipo de sentimientos.

Se quedan en silencio unos instantes.

Marie-Laure dice:

—He oído que el diamante es un fragmento de la luz de la creación del mundo. Un fragmento de luz enviado a la tierra por Dios.

—A ti te gustaría saber el aspecto que tiene, por eso sientes tanta curiosidad.

Ella juega con el caracol murex. Se lo acerca al oído. Diez mil cajones, diez mil susurros dentro de diez mil conchas.

—No —contesta—, quiero creer que papá no se ha acercado en ningún momento al diamante.

ABRE LOS OJOS

Werner y Jutta sintonizan las transmisiones del francés una y otra vez. Lo hacen siempre a la hora de acostarse, atentos a un guion que cada día les resulta más familiar. «Pensemos hoy, niños, en esa máquina giratoria que hay dentro de vuestras cabezas y que os permite levantar las cejas...». Escuchan un programa sobre criaturas marinas y otro sobre el polo norte. A Jutta le gusta particularmente uno sobre imanes. El favorito de Werner es uno sobre la luz: eclipses y relojes de sol, auroras y longitudes de onda. «¿A qué denominamos luz visible? Al color. El espectro electromagnético abarca desde cero en una dirección y hasta el infinito en la otra y por ese motivo, niños, matemáticamente hablando, toda luz es en realidad invisible».

A Werner le gusta agacharse en su buhardilla e imaginar las ondas de radio como si se trataran de larguísimas cuerdas de arpas que se doblan sobre Zollverein y vibran. Atraviesan volando los bosques, las ciudades, los muros. Cerca de la medianoche, Jutta y él recorren la ionosfera buscando esa noble y penetrante voz y cuando la encuentran Werner siente como si hubiese sido elevado a una vida diferente, a un lugar secreto donde todos los descubrimientos son posibles y donde un huérfano de una ciudad minera es capaz de resolver los misterios ocultos del mundo físico.

Junto a su hermana emula los experimentos del francés, fabrica lanchas con cajas de cerillas e imanes con agujas de coser.

—¿Por qué no dice en qué ciudad está, Werner?

—Tal vez porque no quiere que lo sepamos.

—Suena como si fuera rico y estuviera solo. Te apuesto lo que quieras a que hace esas transmisiones desde una mansión enorme, tan grande como toda nuestra colonia, un lugar con miles de habitaciones y miles de sirvientes.

Werner sonríe.

—Puede ser.

De nuevo la voz. De nuevo el piano. Puede que solo sea la imaginación de Werner pero con cada nuevo programa le parece que la calidad se va degradando un poco más, el sonido se vuelve más débil, como si el francés hiciera sus emisiones desde un barco que se aleja cada día.

A medida que pasan todas esas semanas en las que Jutta duerme a su lado, Werner mira el cielo nocturno y se desata cierta inquietud en su interior. La vida sucede más allá de las fábricas, más allá de las puertas. Ahí fuera la gente se hace preguntas importantes. Se imagina a sí mismo como si fuera un gran ingeniero con bata blanca en un laboratorio: los calderos gorgotean, las máquinas rechinan y hay complejos diseños clavados con chinchetas en las paredes. Coge una linterna, sube por una sinuosa escalera hasta un observatorio de estrellas y se acerca al visor de un enorme telescopio cuyo objetivo apunta a la oscuridad.

PERDERSE

Puede que el viejo guía estuviera mal de la cabeza. Puede que el Mar de Llamas nunca haya existido, que las maldiciones no sean reales, que su padre tenga razón: la Tierra no es más que magma, placas continentales y océanos. Tiempo y gravedad. Las piedras no son más que piedras, la lluvia no es más que lluvia y la desgracia es solo mala suerte.

Por las noches su padre empieza a regresar al despacho un poco antes. No tarda en volver a llevar a Marie-Laure a sus recados, le reprocha las montañas de azúcar que se echa en el café y discute con los vigilantes sobre la superioridad de su marca de cigarrillos. Nadie va a exhibir ninguna piedra preciosa. Dejan de llover plagas sobre los empleados del museo, Marie-Laure no sucumbe ante ninguna mordedura de serpiente ni se cae por ninguna alcantarilla rompiéndose la espalda.

La mañana de su undécimo cumpleaños se despierta y encuentra dos paquetes en el lugar en el que suele estar el azucarero. El primero es un cubo de madera barnizada construido con paneles deslizantes. Consigue abrirlo en trece movimientos y descubre la secuencia en menos de cinco minutos.

—¡Dios santo —dice su padre—, eres una ladrona de cajas fuertes!

Dentro de la caja hay dos bombones Barnier. Los desenvuelve y se los mete en la boca a la vez.

En el interior del segundo paquete hay un grueso ejemplar de páginas en braille; el texto de la cubierta dice: *Veinte. Mil. Leguas. De. Viaje. Submarino.*

—El librero me dijo que son dos partes, esta es solo la primera. He pensado que el año próximo, si conseguimos ahorrar un poco, podremos comprar el segundo...

Lo empieza al instante. El narrador es un famoso biólogo marino llamado Pierre Aronnax, ¡y trabaja en el mismo museo que su padre! El hombre descubre que todos los barcos del mundo se están hundiendo uno tras otro. Después de una expedición científica en América, Aronnax investiga la naturaleza de esos accidentes. ¿Podría ser la causa un arrecife móvil? ¿Un gigantesco narval cornudo? ¿Un mítico monstruo marino?

«No, me estoy dejando llevar por ensueños que debería desechar», escribe Aronnax. «Ya basta de fantasías».

Marie-Laure se pasa el día leyendo tumbada boca abajo. La lógica, la razón y la ciencia pura son las tres vías apropiadas, insiste Aronnax, para aproximarse al misterio. Nada de fábulas ni cuentos de hadas. Sus dedos caminan sobre la cuerda floja de las frases mientras en su imaginación pasea por la cubierta de la veloz fragata llamada *Abraham Lincoln*. Observa cómo retrocede la ciudad de Nueva York, cómo se despiden de ella las fortalezas de Nueva Jersey con cañonazos y cómo las boyas del canal suben y bajan con el oleaje. Pasa un buque faro con dos balizas idénticas mientras América se desvanece. A lo lejos aguardan las brillantes planicies del Atlántico.

LOS PRINCIPIOS DE LA MECÁNICA

Un viceministro y su mujer visitan el orfanato. Frau Elena dice que están recorriendo casas de acogida. Todo el mundo se lava, todo el mundo se comporta. Tal vez, susurran entre sí los chicos, piensan adoptar a alguien. Las mayores sirven pan de centeno e hígado de pato en los últimos platos sin desportillar mientras el viceministro y su mujer inspeccionan la recepción con aspecto severo, como si fueran aristócratas de visita en una desagradable cabaña de gnomos. Cuando la cena está lista, Werner se sienta al final de la mesa de los chicos con un libro en las rodillas. Jutta se sienta en la mesa de las chicas, en el extremo opuesto, con su brillante pelo blanco encrespado como si hubiese recibido una descarga eléctrica.

«Bendícenos, Señor, y bendice estos alimentos». Frau Elena añade una segunda plegaria en honor al viceministro. Todo el mundo se sienta a comer.

Los chicos están nerviosos, hasta Hans Schilzer y Herribert Pomsel se sientan en silencio con sus trajes marrones. La mujer del viceministro se sienta tan erguida que su espina dorsal parece tallada en madera de roble.

Su marido dice:

—¿Y todos los niños ayudan?

—Por supuesto. Claudia, por ejemplo, ha preparado la cesta del pan y las gemelas han preparado los hígados.

La enorme Claudia Förster se sonroja. Las gemelas parpadean.

Werner deja volar su imaginación. Está pensando en el libro que tiene sobre las rodillas, *Los principios de la mecánica* de Heinrich Hertz. Lo encontró en el sótano de la iglesia, cubierto de manchas de humedad y olvidado desde hace décadas, y el párroco le dejó que se lo llevara a la casa. Frau Elena le permitió quedárselo y desde hace semanas Werner ha estado luchando con las complejas matemáticas. La electricidad, descubre Werner, puede ser estática en sí misma, pero si se le agrega magnetismo al instante se tendrá movimiento: ondas. Campos y circuitos, conducción e inducción. Espacio, masa, tiempo. ¡El aire es un enjambre de muchísimas cosas invisibles! Cómo le gustaría tener una mirada capaz de detectar los rayos ultravioletas o los infrarrojos, una mirada capaz de ver las ondas de radio que atraviesan la oscuridad del cielo y las paredes de las casas.

Cuando alza la vista todos le están mirando. Frau Elena parece alarmada.

—Es un libro, señor —dice Hans Schilzer y se lo quita de las rodillas. El ejemplar es tan pesado que necesita las dos manos para sostenerlo.

Un par de arrugas despuntan en la frente de la mujer del viceministro. Werner siente que se le enrojecen las mejillas.

El viceministro extiende una mano regordeta.

—Tráelo aquí.

—¿Es un libro judío? —pregunta Herribert Pomsel—. Es un libro judío, ¿verdad?

Frau Elena parece a punto de decir algo pero se lo piensa mejor.

—Hertz nació en Hamburgo —dice Werner.

Jutta, sin que nadie se lo pregunte, aclara:

—A mi hermano se le dan muy bien las matemáticas, es mejor que cualquiera de los profesores. Algún día ganará un premio. Siempre dice que iremos a Berlín a estudiar con los grandes científicos.

Los niños más pequeños se quedan boquiabiertos. Los mayores se ríen. Werner mira fijamente su plato. El viceministro frunce el ceño mientras pasa las páginas. Hans Schilzer tose y le pega a Werner una patada en la espinilla.

Frau Elena dice:

—Jutta, ya está bien.

La mujer del viceministro se lleva un tenedor con un poco de hígado a la boca, mastica, traga y se limpia las comisuras de los labios con una servilleta. El viceministro deja sobre la mesa *Los principios de la mecánica* y lo aparta, luego echa un vistazo a las palmas de sus manos como si las tuviera sucias. Dice:

—El único lugar al que va a ir tu hermano, pequeña, es a las minas. En cuanto cumpla los quince años, igual que todos los chicos de esta casa.

Jutta frunce el ceño y Werner se queda mirando el hígado frío sobre su plato con los ojos furiosos y algo en su pecho parece comprimirse cada vez más. Durante el resto de la cena lo único que se oye es el sonido de los cubiertos y a los niños masticando y tragando.

RUMORES

Llegan nuevos rumores. Se acercan susurrando por los senderos del Jardin des Plantes y vuelan por los pasillos del museo. Hacen eco en los reductos de altos y polvorientos techos donde viejos y apergaminados botánicos estudian musgos exóticos. Dicen que los alemanes están cerca.

Los alemanes, asegura un jardinero, tienen una flota de sesenta mil aviones, pueden marchar durante días sin comer, dejan embarazadas a todas las estudiantes con las que se cruzan. La mujer que atiende una de las taquillas dice que los alemanes llevan cápsulas antiniebla y cinturones que les permiten volar. Sus uniformes, susurra la mujer, están construidos con telas especiales más resistentes que el acero.

Marie-Laure se sienta en un banco junto a un expositor de moluscos y aguza los oídos para escuchar a los grupos que pasan. Un chico suelta de repente:

—Tienen una bomba que llaman «La señal secreta»: emite un sonido y quienes lo escuchan ¡se lo hacen en los pantalones!

Risas.

—Regalan chocolates envenenados.

—Pues a mí me han dicho que en todas las ciudades por las que pasan encierran a los tullidos y a los imbéciles.

Cada vez que Marie-Laure le transmite un nuevo rumor a su padre, él le repite: «Alemania» entre signos de interrogación, como si lo oyera por primera vez. Dice que la toma de Austria no es preocupante, que todo el mundo recuerda la última guerra y que no hay nadie lo bastante loco como para querer pasar por una situación semejante de nuevo. El director no está preocupado, señala, ni tampoco lo están los jefes de departamento, así que no tiene ningún sentido que se preocupe una niña que aún tiene pendientes los deberes.

Parece cierto: lo único que cambia son los días de la semana. Todas las mañanas Marie-Laure se despierta, se viste, sigue a su padre cuando atraviesa la Entrada 2 y le oye saludar al vigilante nocturno y al celador. *Bonjour, bonjour. Bonjour, bonjour.* Los científicos y los libreros siguen recogiendo sus llaves por la mañana y estudiando sus prehistóricos dientes de elefante, sus exóticas aguavivas y sus hojas de herbolario. Las secretarias siguen discutiendo sobre moda, el director sigue llegando en su limusina Delage de dos colores y todos los mediodías los vendedores africanos siguen empujando silenciosamente sus carritos con sándwiches por los pasillos y murmurando: pan de centeno y huevo, pan de centeno y huevo.

Marie-Laure lee a Julio Verne en la conserjería, en el baño, en los corredores. Lee en los bancos que hay en la galería central y en cualquiera de los cientos de senderos de grava que hay en los jardines. Lee tantas veces la primera parte de *Veinte mil leguas de viaje submarino* que prácticamente se la acaba sabiendo de memoria.

«El mar es todo. Cubre siete décimas partes del globo... El mar no es más que un receptáculo para todas las criaturas prodigiosas y sobrenaturales que existen en su interior. No es más que movimiento y amor, es el infinito viviente».

Por la noche, en su cama, viaja en el interior del estómago del *Nautilus* del capitán Nemo mientras doseles de coral pasan sobre su cabeza bajo los vendavales.

El doctor Geffard le enseña los nombres de las conchas —*Lambis lambis, Cypraea moneta, Lophiotoma acuta*— y le deja tocar las espinas y espirales de cada una de ellas. Le explica las branquias en la evolución marina y la secuencia de los periodos geológicos. En los mejores días Marie-Laure llega a intuir la infinita duración de los milenios: millones de años, decenas de millones.

—Casi todas las especies que han existido alguna vez se han extinguido en el presente. No hay ningún motivo para pensar que con la raza humana vaya a ocurrir algo distinto. —El doctor Geffard pronuncia esas palabras casi con alegría mientras se sirve un poco de vino en la copa y ella imagina la cabeza de él como un armario con diez mil cajones.

Durante todo el verano el aroma de las ortigas, de las margaritas y el agua de lluvia llena los jardines. Ella y su padre cocinan una tarta de pera, se les quema por accidente y el padre abre la ventana para que salga el humo. Ella escucha una música de violín que se alza desde la calle de abajo. Aun así, al comienzo del otoño y en un par de ocasiones mientras está sentada en el Jardin des Plantes junto a los enormes setos o leyendo junto a la mesa de trabajo de su padre, Marie-Laure alza el rostro de su libro y cree oler un aroma a gasolina en el aire. Es como si un gran río de máquinas se estuviera acercando lenta pero irrevocablemente hacia ella.

MÁS GRANDE, MÁS RÁPIDO, MÁS LUMINOSO

Se vuelve obligatorio afiliarse a las Juventudes. Los chicos de la Kameradschaften de Werner reciben clases de maniobras militares y les hacen pruebas físicas entre las que se encuentra la de correr sesenta metros en doce segundos. Todo es gloria, patria, competición y sacrificio.

«Sed leales», cantan los chicos mientras marchan junto a los límites de la colina. «Luchad con valor y morid riendo».

Tareas de clase, coros, ejercicios. Werner trasnocha oyendo la radio o tratando de resolver los complicados ejercicios matemáticos que consiguió copiar de *Los principios de la mecánica* antes de que se lo confiscaran. Durante las comidas bosteza y pierde la paciencia con los más pequeños.

—¿Te encuentras bien? —pregunta frau Elena observándole de cerca.

Werner mira hacia otro lado y contesta:

—Estoy bien.

Las teorías de Hertz le interesan pero lo que más le gusta es construir cosas, al trabajar con las manos siente como si sus dedos se conectaran con la maquinaria de su mente. Werner repara la máquina de coser de un vecino y el reloj de pie del orfanato. Construye un sistema de poleas para secar la ropa en el soleado patio interior y una alarma sencilla a partir de una batería, una campana y un cable para que frau Elena se entere cuando alguno de los bebés se escapa. Inventa una máquina para cortar zanahorias: al levantar una palanca caen diecinueve cuchillas y la zanahoria queda cortada en veinte cilindros perfectos.

Un día al vecino se le estropea la radio y frau Elena le sugiere a Werner que vaya a echar un vistazo. Él desatornilla la placa trasera y sacude los conductos adelante y atrás. Descubre que uno no está bien conectado y lo coloca en su canal. La radio vuelve a la vida y el vecino grita de felicidad. Al poco tiempo, todas las semanas alguien se detiene frente al orfanato y pregunta por el reparador de radios. Cuando ven a un Werner de trece años que desciende del desván con una caja de herramientas colgando del brazo, restregándose los ojos y quitándose un mechón de pelo blanco de la frente, se quedan mirándole con una mueca de escepticismo.

Cuanto más vieja es la radio, más fácil de arreglar: los circuitos son más sencillos y los cables uniformes. Un poco de cera ha caído del condensador o se ha formado un poco de polvo sobre la resistencia. Werner suele encontrar soluciones incluso en las radios más modernas. Desarma la máquina, observa los circuitos y deja que sus dedos recorran los caminos de los electrones. La fuente de alimentación, el triodo, la resistencia, la bobina. El altavoz. Su mente recorre el problema. El desorden se vuelve orden, el obstáculo se manifiesta y poco después la radio está arreglada.

A veces le pagan unos marcos. Otras veces la madre de algún minero le cocina unas salchichas o le envuelve unas galletas en una servilleta que él lleva a casa para dárselas a su hermana. Poco después Werner es capaz de dibujar un mapa mental de la ubicación de casi todas las radios de la zona: una radio casera hecha de cristal en la cocina del farmacéutico, una preciosa radiogramola de diez válvulas en la casa de un director de departamento que chasqueaba los dedos cada vez que él intentaba cambiar el dial. Incluso las chabolas más pobres suelen tener la Volksempfänger VE301 subvencionada por el Estado, una radio producida masivamente en cuyo costado se ven el águila y la esvástica, incapaz de sintonizar la onda corta y creada solo para captar frecuencias alemanas.

La radio ata un millón de oídos a una única boca. A través de los altavoces y por todo Zollverein la tosca voz del Reich crece como un árbol imperturbable. Los asuntos cuelgan de sus ramas como si lo hicieran de los labios de Dios y, cuando Dios deja de hablar, la gente se desespera para que alguien vuelva a poner las cosas en orden.

Siete días a la semana los mineros extraen el carbón a la superficie, luego se lo pulveriza para alimentar los hornos de coque, el coque se enfría en enormes torres de refrigeración y se traslada en carretillas a los altos hornos donde se derriten las piedras de hierro, el hierro se refina y se transforma en acero que luego se funde en planchas, se carga en barcazas y se distribuye por las hambrientas bocas del país. «Solo a través de los fuegos más poderosos —murmura la radio— se puede alcanzar la purificación. Solo a través de las pruebas más difíciles pueden alzarse los elegidos de Dios».

Jutta susurra:

—A una chica la han echado hoy de la piscina. A Inge Hachmann. Nos han dicho que no podemos nadar con mestizas, que es poco higiénico. Una mestiza, Werner. ¿No somos nosotros también mestizos? ¿La mitad de nuestra madre y la otra mitad de nuestro padre?

—Quieren decir que es medio judía —dice bajando la voz—, nosotros no somos medio judíos.

—Pero seremos medio algo.

—Somos completamente alemanes, no somos medio nada.

Herribert Pomsel tiene ahora quince años y vive en uno de los dormitorios de los mineros. Trabaja en el segundo turno encargándose del grisú. Hans Schilzer se ha convertido en el mayor de la casa. Hace cientos de flexiones y está planeando ir a un mitin en Essen. Se mete en peleas callejeras y llegan rumores de que Hans ha quemado un coche. Una noche Werner escucha que le grita a frau Elena en la planta de abajo. Se oye un portazo. Los chicos se revuelven en sus camas y frau Elena recorre la sala con sus zapatillas, suena primero a la izquierda y después a la derecha. Los camiones de carbón pasan y se adentran en la húmeda oscuridad. La maquinaria zumba a la distancia: el sonido de los pistones, el giro de las correas. Suavemente. Es enloquecedor.

LA MARCA DE LA BESTIA

Noviembre de 1939. Un viento gélido arrastra las enormes hojas de los árboles hacia los senderos de grava en el Jardin des Plantes. Marie-Laure lee *Veinte mil leguas de viaje submarino* («... podría hacer largas trenzas con algas marinas, unas esféricas y otras tubulares, *laurenciae, cladostephae*, con su delgado follaje...») cerca de la puerta de la rue Cuvier, cuando un grupo de chicos se acerca pisando las hojas.

La voz de un niño dice algo y otros ríen. Marie-Laure alza los dedos de la novela. La risa gira y da vueltas. La primera voz está de pronto junto a su oído.

—Les encantan las niñas ciegas, ¿sabes?

Tiene la respiración acelerada y ella extiende el brazo hacia el espacio que hay a su lado pero no consigue tocar nada.

No podría decir cuántos son. Quizá tres, cuatro. Tiene la voz de un chico de unos doce o trece años. Marie-Laure se pone de pie abrazando el libro contra el pecho, oye que su bastón rueda por el banco y repiquetea contra el suelo.

Alguien dice:

—Seguro que se llevan antes a las ciegas que a las cojas.

El primer chico gime de una manera burlesca. Marie-Laure alza el libro como si quisiera protegerse.

El segundo chico dice:

—Las obligan a hacer cosas.

—Cosas repugnantes.

Una voz de adulto, en la distancia, les llama.

—¡Louis, Peter!

—¿Quiénes sois? —grita Marie-Laure.

—Adiós, niña ciega.

Entonces llega el silencio. Marie-Laure se queda oyendo el susurro de los árboles con el corazón acelerado. Durante un eterno y temible minuto recorre con las manos las hojas secas al pie del banco hasta que sus dedos encuentran el bastón.

Las tiendas venden máscaras de gas. Los vecinos cubren las ventanas con cartones. Cada semana vienen menos visitantes al museo.

—¿Papá? —pregunta Marie-Laure—. Si hay una guerra, ¿qué nos va a suceder?

—No habrá guerra.

—¿Pero qué nos sucederá si la hay?

Ella siente la mano familiar de él apoyada en su hombro y el habitual tintineo de las llaves en su cinturón.

—Si la hay, todo irá bien, *ma chérie*. El director acaba de firmar una dispensa que me mantendrá alejado de la reserva. No voy a ir a ninguna parte.

Pero ella escucha que pasa las páginas del periódico con nerviosismo. Enciende cigarrillo tras cigarrillo y casi no para de trabajar. Pasan semanas, los árboles se quedan desnudos y su padre no vuelve a preguntarle si quiere dar un paseo por los jardines. Si al menos tuvieran un submarino inexpugnable como el *Nautilus*.

Oye las brumosas voces de las chicas de las oficinas que pasan al otro lado de la ventanilla de la conserjería.

—Entran en los apartamentos por la noche y ponen minas en las despensas de las cocinas, en las tazas de los inodoros, en el interior de los sujetadores. Una abre el cajón de las bragas y se queda sin dedos.

Tiene pesadillas. Alemanes silenciosos reman por el Sena sincronizadamente, los botes se deslizan sobre el agua como si fuera aceite, pasan volando en silencio bajo los caballetes de los puentes, llevan bestias atadas con cadenas. Las bestias saltan de los botes, cruzan los macizos de flores y las filas de setos. Husmean los escalones de la galería central. Babeantes. Voraces. Entran en el museo, se dispersan en los departamentos. Y los cristales se oscurecen con la sangre.

Querido profesor:
No sé si está usted recibiendo estas cartas o si se las está en-
viando la emisora de radio, ni siquiera sé si existe una emi-
sora de radio. Llevamos al menos dos meses sin escucharle.
¿Ha dejado de emitir o el problema es nuestro? Hay un nue-
vo transmisor de radio en Brandemburgo llamado el Deuts-
chlandsender 3 mi hermano dice que tiene trescientos
treinta y algo metros de altura y que es la segunda construc-
ción más alta del mundo. Expulsa literalmente el resto de las
cosas fuera del dial. La vieja frau Stresemann, una de nues-
tras vecinas, dice que es capaz de escuchar las emisiones de la
Deutschlandsender a través de sus empastes. Mi hermano
dice que es posible si uno tiene una antena, un rectificador
y algo que sirva como altavoz, dice que se puede usar un
trozo de alambrada para captar señales radiofónicas así que
no hay razón para que no sirva el empaste de un diente.
Me gusta creer que es posible. ¿A usted no, profesor? ¿Cree
que podemos oír canciones con nuestros dientes? Frau Elena
dice que ahora tenemos que venir directamente del colegio
a casa. Dice que no somos judíos pero que somos pobres y que
eso es casi igual de peligroso. Ahora es delito sintonizar pro-
gramas extranjeros. Te pueden enviar a hacer trabajos for-
zados o cosas por el estilo, como picar piedra quince horas al
día o hacer medias de nailon, o bajar a los pozos. Nadie me
va a ayudar a enviar esta carta, ni siquiera mi hermano. Así
que lo haré yo misma.

BUENAS NOCHES. O *HEIL* HITLER, COMO PREFIERA

E n mayo llega su decimocuarto cumpleaños. Es 1940 y ya nadie se ríe de las Juventudes Hitlerianas. Frau Elena prepara un pudin y Jutta envuelve un trozo de cuarzo en papel de periódico, las gemelas Hannah y Susanne Gerlitz marchan por la habitación como soldados. Un niño de cinco años (Rolf Hupfauer) está sentado en la esquina del sofá con los párpados fuertemente cerrados. La recién llegada (una bebé) está sentada en el regazo de Jutta y se muerde los dedos. Al otro lado de la ventana, tras las cortinas y a lo lejos, una llama se agita y tiembla sobre un montón de basura.

Los niños cantan y devoran el pudin. Frau Elena dice:

—Ya es la hora.

Y Werner apaga el receptor. Todos rezan. Mientras carga la radio hasta la buhardilla siente que su cuerpo es más pesado. En los callejones, los chicos de quince años se dirigen hacia los ascensores de la mina y forman fila con los cascos puestos y las lámparas fuera de la entrada. Él intenta imaginar el descenso, las esporádicas y tenues luces que van pasando y quedan detrás, el temblor de los cables, todo el mundo inmóvil sumergiéndose en la oscuridad permanente en la que los hombres arañan la tierra con ochocientos metros de roca sobre las cabezas.

Solo un año más. Entonces le darán también a él un casco, una lámpara y herramientas y le meterán en una jaula junto a los otros. Han pasado meses desde la última vez que oyó al francés en la onda corta. Un año desde que encontró aquella copia de *Principios de la mecánica* con manchas de humedad. Hasta hace no mucho soñaba con Berlín y con sus importantes científicos: Fritz Haber, inventor de los fertilizantes; Hermann Staudinger, inventor de los plásticos. Y con Hertz, que hizo visible lo invisible. Todos los grandes hombres que hacen descubrimientos ahí fuera. «Yo creo en ti», solía decir frau Elena, «creo que harás algo importante». Ahora, en sus pesadillas, camina en los túneles de las minas. El techo es suave y negro, los bloques van descendiendo sobre él a medida que avanza. Las paredes se astillan. Él se encorva, gatea. Poco después ni siquiera puede levantar la cabeza y apenas mueve los brazos. El techo pesa diez trillones de toneladas y le da una sensación permanente de frío, le aplasta la nariz contra el suelo y justo antes de despertar siente una astilla en la parte trasera del cráneo.

El agua de la lluvia cae desde las nubes al techo y del techo al alerón. Werner presiona la frente contra el cristal de la claraboya y mira a través de las gotas, el techo que está abajo es tan solo uno en el conjunto de techos mojados, aprisionados por las amplias paredes de las fundiciones y las fábricas de gas. La sinuosa torre recortada contra el cielo, la mina y la trituradora que jamás se detienen, hectárea tras hectárea hasta donde alcanza la vista, los pueblos, las ciudades y toda esa maquinaria siempre apresurada y siempre en expansión que es Alemania. Y millones de hombres dispuestos a dar la vida por ella.

Buenas noches, piensa. O *Heil* Hitler. Todo el mundo está escogiendo la última.

ADIÓS, NIÑA CIEGA

L a guerra impone su signo de interrogación. Se distribuyen circulares. Deben protegerse las colecciones. Un pequeño ejército de mensajeros ha comenzado a trasladar las cosas a las ciudades de provincia. Los candados y las llaves son más demandados que nunca. El padre de Marie-Laure trabaja hasta la medianoche, hasta la una. Cada cajón debe quedar bajo llave, cada comprobante de aduana debe guardarse en un sitio seguro. Los camiones blindados retumban en los muelles de carga. Hay fósiles y antiguos manuscritos que deben protegerse, perlas, pepitas de oro y un zafiro del tamaño de un ratón. Y entre ellos debe estar también, piensa Marie-Laure, el Mar de Llamas.

En cierta forma la primavera parece tranquila: cálida, suave, todas las noches perfumadas y serenas, pero todo irradia tensión, como si la ciudad hubiese sido construida sobre un globo y alguien lo estuviese inflando con intención de hacerlo estallar.

Las abejas trabajan en los florecientes senderos del Jardin des Plantes. Los plátanos dejan caer sus semillas y nubarrones enormes de pelusa sobre los paseos.

Si atacan... Pero por qué iban a atacar, un ataque sería una locura.

Retirarse es salvar vidas.

Se interrumpen las entregas. Aparecen sacos de arena alrededor de las puertas del museo. Un par de soldados observan los jardines con prismáticos desde el techo de la galería de Paleontología, pero la descomunal cúpula del cielo permanece inalterable: nada de zepelines ni bombarderos ni de heroicos paracaidistas, solo el sonido de los pájaros que regresan de sus hogares de invierno y los vientos imprevisibles de la primavera que cada día se acercan más a las pesadas y verdes brisas del verano.

Rumores, luz, aire. Marie-Laure no recuerda un mayo tan hermoso como ese. Cuando despierta la mañana de su duodécimo cumpleaños no hay ninguna caja secreta en el lugar del azucarero. Su padre está demasiado ocupado. Pero hay un libro: el segundo volumen en braille de *Veinte mil leguas de viaje submarino*, un ejemplar grueso como un cojín de sofá.

Cuando acaricia la cubierta, la emoción le hace temblar los dedos.

—¿Cómo...?

—De nada, Marie.

Las paredes del piso tiemblan cuando algún vecino arrastra los muebles, carga los camiones o cierra de golpe las ventanas. Caminan hacia el museo y su padre comenta distraído al vigilante que se encuentra en la puerta:

—Dicen que es como si estuviéramos intentando contener el mar.

Marie-Laure se sienta en el suelo de la conserjería y abre el libro. Al final de la primera parte el profesor Aronnax había recorrido solo seis mil millas. Quedaban muchas por recorrer, pero ocurre algo extraño: las palabras no se conectan. Lee: «Durante todo el día un impresionante grupo de tiburones siguió el barco...». Pero la lógica que se supone que debería unir las palabras la ha abandonado.

Alguien dice:

—¿Ya se ha marchado el director?

Otro contesta:

—Al final de esta semana.

La ropa de su padre huele a paja. Sus dedos apestan a aceite. Trabajo, más trabajo y unas pocas horas de sueño antes de regresar al museo al amanecer. Los camiones transportan esqueletos, meteoritos, pulpos en frascos, muestras de hojas, oro egipcio, marfil de Sudáfrica y fósiles de la era pérmica.

El 1 de junio los aviones cruzan la ciudad a gran altura atravesando las nubes. Cuando el viento cede y no hay máquinas encendidas alrededor, Marie-Laure sale fuera de la galería de Zoología y puede oírlos: son un ronroneo a un kilómetro y medio de distancia. Al día siguiente comienzan a desaparecer las estaciones de radio. Los guardias dan palmadas a sus radios en la cabina de vigilancia, las inclinan de un lado a otro pero del altavoz solo sale el sonido de la estática, es como si cada antena fuera la luz de una vela y unos dedos gigantes hubieran aparecido y las hubieran apagado.

Las últimas noches en París, cuando regresa a casa junto a su padre con el enorme libro apretado contra el pecho, Marie-Laure cree sentir un temblor en el aire, en los intervalos entre los sonidos de los insectos, igual que las grietas en la superficie del hielo cuando se apoya demasiado peso sobre él. Como si durante todo este tiempo la ciudad no hubiese sido más que una maqueta a escala construida por su padre y la sombra de una mano enorme hubiese caído sobre ella.

¿Acaso suponía que iba a vivir el resto de su vida con su padre en París? ¿Que iba a poder pasar todas las tardes en compañía del doctor Geffard? ¿Que en todos sus cumpleaños su padre le iba a regalar una caja secreta y una novela y que ella iba a poder leer todos los libros de Julio Verne, de Dumas y quizá de Balzac y de Proust? ¿Que su padre iba a tararear todas las noches mientras modelaba pequeños edificios y que ella siempre iba a saber cuántos pasos hay desde la puerta principal hasta la panadería (cuarenta) o cuántos hasta el restaurante (treinta y dos) y que siempre iba a haber azúcar para endulzar el café en el desayuno?

Bonjour, bonjour.

Patatas a las seis en punto, Marie. Champiñones a las tres.

¿Y ahora? ¿Qué va a pasar ahora?

TEJIENDO CALCETINES

Werner se despierta pasada la medianoche y encuentra a una Jutta de once años arrodillada en el suelo junto a su catre. Tiene la radio de onda corta en el regazo y junto a ella, sobre el suelo, una hoja de dibujar en la que su imaginación ha intentado plasmar una ciudad llena de ventanas.

Jutta se quita el auricular y le mira de reojo. En la penumbra, las salvajes volutas de su pelo parecen más radiantes que nunca. Una cerilla deslumbrante.

—En la Liga de la Juventud Femenina —murmura— nos obligan a tejer calcetines. ¿Para qué quieren tantos?

—Seguro que el Reich necesita calcetines.

—¿Para qué?

—Para los pies, Jutta, para los pies de los soldados. Déjame dormir.

Como si se hubieran puesto de acuerdo, uno de los chicos —Siegfried Fischer— grita en la planta de abajo una vez y luego otra. Werner y Jutta esperan hasta oír los pasos de frau Elena en las escaleras y luego su amable asistencia. La casa vuelve a quedar en silencio.

—Lo único que te interesa son las matemáticas y jugar con las radios. ¿No quieres saber lo que está pasando?

—¿Qué estás escuchando?

Ella cruza los brazos, se vuelve a poner el auricular y no contesta.

—¿Estás escuchando algo que se supone que no deberías escuchar?

—¿Y a ti qué te importa?

—Es peligroso, por eso me importa.

Ella se tapa el otro oído con un dedo.

—A las otras chicas no parece importarles —susurra Werner—, lo de hacer calcetines, recolectar periódicos y todo eso.

—Estamos bombardeando París —dice ella en voz alta y él resiste el impulso de taparle la boca con la mano.

Jutta le mira desafiante, como si hubiese sido azotada por una especie de viento invisible del Ártico.

—Eso es precisamente lo que estoy escuchando, Werner. Nuestra aviación está bombardeando París.

VUELO

Por todo París la gente guarda las vajillas en los sótanos, cose las perlas a los dobladillos de la ropa o esconde los anillos de oro en las costuras de los libros. Las oficinas del museo quedan vacías de taquígrafas. Los recibidores se convierten en salas de embalaje con el suelo cubierto de paja, serrín y cuerdas.

A mediodía el cerrajero va a toda prisa a la oficina del director. Marie-Laure está sentada en el suelo de la conserjería leyendo su novela con las piernas cruzadas. El capitán Nemo está a punto de llevar al profesor Aronnax y a sus compañeros a un paseo bajo el agua sobre lechos de ostras para buscar perlas, pero Aronnax teme la llegada de los tiburones. A pesar de que Marie-Laure anhela saber lo que va a ocurrir, las frases se van desintegrando a medida que recorre las páginas. Las palabras se disuelven en letras y las letras en bultos incomprensibles. Siente como si le hubiesen puesto unos guantes gruesos en las manos. Al otro lado del recibidor, en la garita de los guardias, uno de los vigilantes manipula la parte de atrás de una radio, la zarandea sin conseguir más que un siseo, un chasquido. Cuando la apaga, el silencio envuelve todo el museo.

Por favor, que todo esto sea solo una caja sorpresa, un sofisticado juego construido por papá, un acertijo. La primera puerta tendría una combinación. La segunda, una palanca con llave. La tercera se abriría susurrando unas palabras mágicas por la cerradura. Habría que atravesar trece puertas y luego todo volvería a la normalidad.

Afuera, en la ciudad, las campanas de la iglesia suenan una vez. La una y media. Aún no ha regresado su padre. En algún punto del museo suenan diferentes tipos de golpes que entran desde los jardines o desde las calles traseras como si alguien estuviera soltando sacos de cemento desde las nubes. Con cada impacto, las miles de llaves tiemblan en sus clavijas dentro de los armarios.

No hay nadie en el pasillo. Se oye una nueva serie de golpes fuertes, más cercanos, más prolongados. Las llaves tintinean, el suelo cruje y a ella le da la sensación de que puede oler el polvo cayendo desde el techo.

—¿Papá?

Nada. No hay guardias ni conserjes ni carpinteros ni el *clac clac clac* de los tacones de las secretarias al cruzar la entrada.

Pueden marchar durante días sin comer. Dejan embarazadas a todas las estudiantes con las que se cruzan.

—¿Hola?

Su voz ha sido absorbida rápidamente. Los corredores suenan como si estuvieran vacíos. Siente pavor. Un instante después se oye el tintineo de unas llaves, unos pasos y la voz de su padre pronunciando su nombre. Todo sucede deprisa. Abre uno de los grandes cajones inferiores y coge una docena de llaveros.

—Papá, he oído…

—Date prisa.

—Mi libro…

—Déjalo ahí, es demasiado pesado.

—¿Dejar mi libro?

Él la arrastra al otro lado de la puerta y cierra la conserjería. En el exterior una ola de pánico parece propagarse por la hilera de árboles como el temblor de un terremoto.

Su padre dice:

—¿Dónde está el vigilante?

Se oyen voces cerca del bordillo de la acera. Soldados. Marie-Laure tiene los sentidos embotados. ¿Eso que oye es el rugido de aviones? ¿Eso es olor a humo? ¿Hay alguien hablando alemán?

Escucha que su padre intercambia unas palabras con un extraño y luego le tiende unas llaves. A continuación salen hacia la rue Cuvier atravesando lo que deben ser sacos de arena o silenciosos oficiales de policía o algo que acaban de poner en mitad de la calle.

Seis manzanas. Treinta y ocho alcantarillas. Las cuenta todas. Dentro del apartamento el aire está cargado y caliente debido a que su padre ha cubierto las ventanas con planchas de madera.

—Solo será un momento, Marie-Laure. Luego te lo explicaré todo.

Su padre guarda algunas cosas en su mochila de tela. *Comida*, piensa ella intentando identificarlo todo por el sonido. Café. Cigarrillos. ¿Pan?

Algo vuelve a golpear, los cristales tiemblan. Los platos repiquetean en las estanterías. Se oye el claxon de un coche. Marie-Laure va hasta la maqueta del barrio y desliza los dedos sobre las casas. Todavía están ahí. Todavía están ahí. Todavía están ahí.

—Ve al baño, Marie.

—No tengo ganas.

—Puede que pase un buen rato hasta que puedas ir de nuevo.

Su padre le pone el abrigo de invierno a pesar de estar en mitad de junio y la arrastra escaleras abajo. En la rue des Patriarches escucha pisadas distantes, como si hubiese miles de personas en movimiento. Camina junto a su padre con el bastón plegado en una mano y la otra aferrada a su mochila, todo parece ilógico como en las pesadillas. Izquierda, derecha. Y entre giro y giro un largo trayecto de empedrado. Muy pronto está caminando por calles en las que no ha estado nunca, de eso está segura, calles que quedan fuera de los límites de la maqueta de su padre. Ha transcurrido mucho tiempo desde que Marie-Laure ha contado sus pasos por última vez cuando llegan por fin a una muchedumbre tan densa que se puede sentir el calor que emana.

—Hará más fresco en el tren, Marie. El director nos ha conseguido unos billetes.

—¿Podemos entrar?

—Las puertas están cerradas.

De la muchedumbre se desprende una tensión desagradable.

—Tengo miedo, papá.

—No te separes de mí.

La lleva en otra dirección. Atraviesan una calle atestada y luego suben por una avenida que huele como una zanja embarrada. Constantemente se oye el mudo golpeteo de las herramientas de su padre en el interior de la mochila y el distante pero incesante sonido de los cláxones de los coches.

Un minuto después se encuentran en medio de otra multitud. Escucha el eco de voces bajando desde lo alto de un muro y siente el olor a ropa húmeda a su alrededor. En algún lugar alguien grita nombres con un megáfono.

—Papá, ¿dónde estamos?

—En la estación de Saint-Lazare.

Un niño llora. Hay olor a orina.

—¿Hay alemanes, papá?

—No, *ma chérie*.

—¿Pero van a venir?

—Eso dicen.

—¿Y qué harán cuando lleguen?

—Cuando eso suceda estaremos en el tren.

A su derecha otro niño chilla. Un hombre a quien le tiembla la voz del pánico pide a la multitud que se aparte. Una mujer que está cerca gime una y otra vez: «¿Sebastien? ¿Sebastien?».

—¿Ya es de noche?

—Está empezando a oscurecer. Descansemos un momento. Reservemos las energías.

Alguien dice:

—El segundo destacamento ha sido destruido y el noveno ha caído. Han acabado con las mejores flotas francesas.

Otro dice:

—Vamos a ser invadidos.

Los camiones cruzan sobre las baldosas, un pequeño perro ladra, un conductor silba, alguna especie de maquinaria enorme tose al arrancar y luego se apaga. Marie-Laure intenta calmar su estómago.

—Pero si tenemos billetes, ¡por el amor de Dios! —grita alguien a su espalda.

Hay una pelea. La histeria se apodera de la multitud.

—¿Qué aspecto tiene, papá?

—¿El qué, Marie?

—La estación, la noche.

Escucha el chasquido del encendedor y el sonido del cigarrillo al encenderse.

—Veamos. La ciudad está a oscuras. No hay farolas encendidas ni luces en las ventanas. Se ven focos de luz moviéndose por el cielo de cuando en cuando en busca de aviones. Hay una mujer en bata. Y otra que lleva una pila de platos.

—¿Y el ejército?

—No hay ejército, Marie.

La mano del padre encuentra la suya y su miedo se calma un poco. La lluvia baja por el desagüe.

—¿Qué estamos haciendo ahora, papá?

—Esperando un tren.

—¿Y qué hace el resto de la gente?

—Lo mismo que nosotros.

HERR SIEDLER

Alguien llama a la puerta después del toque de queda. Werner y Jutta hacen los deberes junto a otros seis chicos sentados en una larga mesa de madera. Frau Elena se prende la insignia del partido en la solapa antes de abrir la puerta.

Un cabo con una pistola en el cinturón y un brazalete con una esvástica en el brazo izquierdo espera bajo la lluvia. En contraste con el bajo techo de la habitación el hombre tiene un aspecto ridículamente alto. Werner recuerda la radio de onda corta que está escondida dentro de la vieja caja de primeros auxilios de madera debajo de su catre. Piensa: «Lo saben».

El cabo echa un vistazo a la habitación —a la estufa de carbón, a la ropa tendida y a los niños más pequeños— con una mezcla de condescendencia y hostilidad. Su arma es negra pero parece absorber toda la luz de la habitación.

Werner se arriesga a mirar a su hermana. Ella está mirando fijamente al visitante. El cabo coge un libro que hay sobre la mesa de la recepción —un ejemplar para niños sobre trenes— y pasa cada una de las páginas antes de dejarlo de nuevo donde estaba. A continuación dice algo que Werner no llega a oír.

Frau Elena cruza las manos sobre el delantal y Werner se da cuenta de que está haciendo todo lo posible por evitar que se note que está temblando.

—Werner —dice con voz lenta, irreal, sin retirar la mirada del cabo—, este hombre dice que necesita ayuda con una radio…

—Coge tus herramientas —dice el hombre.

Al salir, Werner vuelve la vista atrás una sola vez y contempla la frente y las palmas de las manos de Jutta contra el cristal de la ventana del cuarto de estar. Está de espaldas a la luz y demasiado lejos, por lo que no llega a ver su expresión. Poco después queda oculta por la lluvia.

Werner mide la mitad del cabo y debe dar dos pasos por cada uno del hombre. Le sigue más allá de las casas de la compañía y de la garita del centinela hasta la colina donde residen los oficiales mineros. La lluvia cae oblicua a través de las luces. Las pocas personas con las que se cruzan se mantienen lo más alejadas posible del cabo.

Werner no se atreve a hacer ninguna pregunta. A cada latido de su corazón reprime el deseo violento de echar a correr.

Se aproximan a la puerta de la casa más grande de la colonia, una casa que ha visto miles de veces pero jamás tan de cerca. Hay una gigantesca bandera carmesí, pesada a causa de la lluvia, que cuelga del alféizar de la ventana del piso superior.

El cabo llama a la puerta trasera. Una sirvienta con un traje desgastado recibe los abrigos, sacude con eficiencia el agua de la lluvia y los cuelga en un perchero alto. La cocina huele a pastel.

El cabo lleva a Werner hasta un comedor en el que una mujer de rostro enjuto y con tres margaritas prendidas en el pelo está sentada en un sillón mientras pasa las páginas de una revista.

—Vaya dos patos mojados —dice regresando a la revista. No les invita a sentarse.

La espesa alfombra roja seca las suelas de los zapatones de Werner. Sobre la mesa hay un candelabro con bombillas eléctricas y en las paredes un papel decorativo con rosas entrelazadas. El fuego arde en la chimenea. En las cuatro paredes hay retratos de ceñudos ancestros en linotipos enmarcados. ¿Es ese el lugar donde arrestan a los chicos cuyas hermanas escuchan programas de radio extranjeros? La mujer sigue pasando una tras otra las páginas de la revista. Tiene las uñas pintadas de un rosa brillante.

Un hombre con una camisa extraordinariamente blanca baja las escaleras.

—¡Por Dios, sí que es pequeño! —le dice al cabo—. ¿Tú eres el famoso reparador de radios? —El grueso pelo negro del hombre parece barnizado—. Rudolf Siedler.

Con un vago movimiento de la barbilla le indica al cabo que se retire.

Werner suspira. Herr Siedler se abotona los puños de la camisa y se observa en el espejo ahumado. Sus ojos son profundamente azules.

—En fin…, no eres muy hablador, ¿verdad? Ahí tienes el aparato de la discordia —dice señalando una enorme Philco americana que se encuentra en la habitación contigua—. La han revisado dos tipos y al final nos han hablado de ti. Valía la pena intentarlo, ¿no? Ella —dice, y señala a la mujer— está desesperada por escuchar su programa, y también los boletines informativos, por supuesto.

Lo dice de tal manera que a Werner no le cabe duda de que la mujer no tiene ningún deseo de escuchar los boletines informativos. Ella ni siquiera alza la vista. Herr Siedler sonríe como si dijera: «Tú y yo sabemos que la historia tiene un curso más largo, ¿verdad, hijo?». Sus dientes son muy pequeños.

—Tómate tu tiempo.

Werner se sienta en cuclillas frente al aparato e intenta tranquilizarse. Lo enciende, espera a que se calienten los conductos y luego gira el dial con cuidado de derecha a izquierda. Luego lo gira completamente hacia la derecha de nuevo. Nada.

Es la mejor radio que ha visto jamás: tiene un panel de control inclinado y un sintonizador magnético enorme como una heladera. Capta todo tipo de ondas, tiene diez canales, unas elegantes molduras talladas y una caja de madera de nogal en dos tonos. Recibe onda corta, alta frecuencia, tiene un gran atenuador... La radio debe valer más que todas las cosas que hay en el orfanato juntas. Herr Siedler podría escuchar emisiones de África si quisiera.

En las paredes hay alineados lomos de libros verdes y rojos. El cabo se ha ido. En la habitación contigua, herr Siedler habla por un teléfono negro bajo la mancha de luz de una lámpara.

No le van a arrestar. Lo único que quieren es que arregle la radio.

Werner desatornilla la tapa y echa un vistazo al interior. Los canales están intactos y nada parece fuera de lugar.

—Piensa —murmura para sí.

Se sienta con las piernas cruzadas y examina el circuito. El hombre, la mujer, los libros y la lluvia desaparecen hasta que solo queda la radio con su maraña de cables. Intenta comprender el camino de los electrones, la cadena de señales, como si se tratara de un sendero que atraviesa una ciudad atestada de gente: de aquí sale la señal RF, pasa por esta red de amplificadores, luego va hacia los condensadores y de ahí a la bobina del transformador...

Lo ve. Uno de los cables de la resistencia tiene dos cortes. Werner echa un vistazo por encima del aparato: a su izquierda la mujer sigue leyendo la revista, a su derecha herr Siedler habla por teléfono, cada tanto recorre con el índice y el pulgar la raya de sus pantalones como afilándola.

¿Cómo dos hombres han podido pasar por alto algo tan sencillo? Parece un regalo. ¡Tan sencillo! Werner rebobina la resistencia, empalma los cables y enchufa la radio. Cuando la enciende casi espera que salga fuego del aparato, pero, en vez de eso, se oye el humeante murmullo de un saxofón. La mujer deja caer la revista sobre la mesa y se lleva las manos a las mejillas. Werner se pone de pie detrás de la radio, por un instante se siente henchido de un sentimiento de triunfo.

—¡La ha arreglado con el pensamiento! —exclama la mujer. Herr Siedler cubre el auricular del teléfono con la mano y echa un vistazo—. ¡Se ha sentado ahí como un ratoncillo a pensar y en medio minuto la ha arreglado! —Alza sus brillantes uñas pintadas e irrumpe en una carcajada infantil.

Herr Siedler cuelga el teléfono. La mujer cruza el cuarto de estar y se arrodilla frente a la radio. Está descalza y por debajo del dobladillo de su falda se pueden ver las suaves pantorrillas blancas. Hace girar el dial. Se oye un chisporroteo y a continuación un torrente de música. El sonido que sale de la radio es profundo y vívido: Werner jamás ha escuchado nada parecido.

—¡Oh! —ríe de nuevo.

Werner recoge sus herramientas. Herr Siedler se detiene frente a la radio y parece a punto de darle una palmadita en la cabeza.

—Asombroso —dice. Acompaña a Werner hasta la mesa del comedor y le pide a la criada que traiga pastel. La mujer regresa al instante con cuatro porciones sobre un plato llano blanco. Cada trozo está espolvoreado con azúcar glas y coronado por una cucharada de nata montada. Werner lo contempla boquiabierto. Herr Siedler sonríe.

—Ya sé que la nata está prohibida, pero… —dice llevándose el índice a los labios— hay maneras de esquivar ciertas prohibiciones. Adelante.

Werner coge uno de los trozos. Una cascada de azúcar se desliza por su barbilla. En la otra habitación la mujer mueve el dial hasta que unas voces empiezan a sermonear desde el altavoz. Ella escucha un instante y a continuación aplaude arrodillada y con los pies descalzos. Las austeras caras la contemplan desde los linotipos.

Werner come un trozo de pastel, después otro y por fin un tercero. Herr Siedler le observa divertido, con la cabeza ligeramente ladeada como si pensara en algo.

—Tú sí que tienes un aspecto particular, ¿no?, con ese pelo. Como si alguien te hubiese dado un susto tremendo. ¿Quién es tu padre?

Werner sacude la cabeza.

—Claro. El orfanato. Qué tonto soy. Coge otro si quieres y ponle un poco más de nata.

La mujer vuelve a dar palmas y el estómago de Werner hace ruido. Siente la mirada del hombre sobre él.

—La gente cree que no es agradable estar destinado aquí, en las minas —dice herr Siedler—. Me preguntan: ¿no preferirías estar en Berlín o en Francia? ¿No te gustaría más ser un capitán en el frente y ver cómo avanzan las tropas, alejado de todo este... —y agrega, señalando la ventana— hollín? Pero yo les contesto que vivo en el centro de todo. Les digo que es de aquí de donde salen la gasolina y el acero. Que esta es la caldera de la nación.

Werner se aclara la garganta. «Actuamos buscando la paz». Esta es una frase literal que él y Jutta han escuchado en la emisora de radio Deutschlandsender hace tres días. «Nuestro objetivo es el mundo entero».

Herr Siedler se ríe. Y Werner vuelve a sentirse impresionado por lo numerosos y pequeños que son sus dientes.

—¿Sabes cuál es la lección más importante de la historia? Que solo la escriben los vencedores. Esa es la lección. El que decide el rumbo de la historia es el que gana. Por supuesto, nosotros actuamos siguiendo nuestros intereses. Nómbrame una sola persona o nación que no lo haga. La cuestión es decidir cuáles son tus intereses.

Queda solo un trozo de pastel. La radio ronronea, la mujer ríe y herr Siedler parece casi insignificante, decide Werner, igual que los vecinos, con sus rostros ansiosos, rostros de personas acostumbradas a ver cómo desaparecen cada mañana en las minas las personas a las que aman. La cara de herr Siedler es limpia y confiada, un hombre absolutamente seguro de sus privilegios. A unos diez metros la mujer sigue arrodillada, con sus uñas pintadas y sus pantorrillas depiladas, una mujer tan distinta de todas las que ha visto Werner en su vida que parece haber venido directamente de otro planeta, como si hubiese salido de una enorme radio Philco.

—Eres bueno con las herramientas —dice herr Siedler—, más listo de lo que es de esperar a tu edad. Hay lugares para los chicos como tú. Las escuelas del general Heissmeyer. Lo mejor de lo mejor. Además enseñan ciencias mecánicas, decodificación, propulsión de cohetes, lo último de lo último.

Werner no sabe hacia dónde mirar.

—No tenemos dinero.

—Esa es justamente la genialidad de estas instituciones. En realidad buscan a chicos de clase trabajadora, chicos que todavía no han sido estropeados por la basura de la clase media, el cine y todo lo demás. Quieren chicos excepcionales y trabajadores.

—Claro, señor.

—Excepcionales —repite, afirmando con la cabeza, como si estuviera hablando solo. Da un silbido y el cabo vuelve a presentarse con el casco en la mano. La mirada del soldado se posa en el trozo de pastel restante pero luego la retira—. Hay una oficina de reclutamiento en Essen. Te escribiré una carta de recomendación. Toma, coge esto. —Y le da a Werner setenta y cinco marcos. Werner se mete los billetes en el bolsillo tan rápido como puede.

El cabo sonríe.

—¡Parece que te queman en los dedos!

La atención de herr Siedler está en otro lugar.

—Enviaré una carta a Heissmeyer —repite—; lo que es bueno para ti será bueno para nosotros. Nuestro objetivo es el mundo entero, ¿no? —Y le guiña un ojo.

El cabo le da a Werner un pase para el toque de queda y le muestra la salida.

Werner regresa sin prestar atención a la lluvia, intenta asimilar la inmensidad de lo que acaba de suceder. Ni siquiera ve las garzas, posadas como flores sobre el canal junto a la planta de coque. Una barcaza hace sonar la sirena y los camiones cargados de carbón se mueven de aquí para allá mientras el ronroneo habitual de las máquinas reverbera en la penumbra.

En el orfanato todos se han ido a la cama. Frau Elena está sentada junto a la entrada con una montaña de calcetines en el regazo y la botella de jerez entre los pies. Desde la mesa a sus espaldas, Jutta mira a Werner con una intensidad eléctrica.

—¿Qué quería? —pregunta frau Elena.

—Que le arreglara una radio.

—¿Nada más?

—Nada más.

—¿Te hicieron preguntas sobre ti o sobre los niños?

—No, frau Elena.

Frau Elena deja escapar un largo suspiro como si no hubiese exhalado aire durante las últimas dos horas.

—*Dieu merci* —dice, acariciándose las sienes con las manos—. Ya te puedes ir a la cama, Jutta.

Jutta duda un instante.

—Al final arreglé la radio —añade Werner.

—Buen chico.

Frau Elena se sirve un buen vaso de jerez, cierra los ojos y echa la cabeza hacia atrás.

—Te hemos guardado un poco de cena.

Jutta sube las escaleras con la mirada cargada de incertidumbre.

En la cocina todo parece sucio de hollín y más pequeño. Frau Elena le entrega un plato con una patata hervida partida en dos.

—Gracias —dice Werner.

Aún siente el sabor del pastel en la boca. El péndulo del reloj de pie va de un lado a otro. El pastel, la nata, la gruesa alfombra, las uñas rosas y las largas pantorrillas de frau Siedler, todas esas sensaciones le dan vueltas a Werner en la cabeza como si fueran un carrusel. También se recuerda empujando a Jutta noche tras noche hasta la cantera nueve donde desapareció su padre, como si su padre fuera a asomarse de pronto desde el ascensor.

Luz, electricidad, éter. Espacio, tiempo, masa. *Los principios de la mecánica* de Heinrich Hertz. Las famosas escuelas de Heissmeyer. *Decodificación, propulsión de cohetes, lo último de lo último.*

Abrid los ojos —solía decir el francés en la radio— *y observad todo lo que podáis antes de cerrarlos para siempre.*

—Werner.

—Sí, frau.

—¿No tienes hambre?

Frau Elena es lo más cercano a una madre que tendrá nunca. Werner come a pesar de no tener hambre. Luego le da los setenta y cinco marcos y ella se queda asombrada frente a esa cantidad. Le devuelve cincuenta.

En el piso de arriba, después de oír a frau Elena pasar al baño y meterse en la cama y quedar la casa en silencio, Werner cuenta hasta cien. A continuación se levanta de su catre, saca la pequeña radio de onda corta de la caja de primeros auxilios (una radio que ya tiene seis años y que está repleta de modificaciones, repuestos de cables, un nuevo solenoide y las muescas de Jutta alrededor de la rosca del dial), la lleva hasta el callejón que hay detrás de la casa y la revienta con un ladrillo.

ÉXODO

L os parisinos se apiñan contra las puertas. Sobre la una de la madrugada los gendarmes han perdido el control y ni un solo tren ha llegado ni ha salido en las últimas cuatro horas. Marie-Laure duerme apoyada en el hombro de su padre. El cerrajero no escucha ningún silbido ni traqueteo en las vías: no hay trenes. Al amanecer decide que lo mejor será ir a pie.

Caminan durante toda la mañana. París va quedando reducido a casas bajas y tiendas desperdigadas entre largas hileras de árboles. El mediodía les encuentra abriéndose camino a través de un denso tráfico en una carretera cercana a Vaucresson, dieciséis kilómetros al oeste de su apartamento, el lugar más alejado de casa en el que Marie Laure ha estado en toda su vida. Cuando llegan a lo alto de una pequeña colina su padre echa un vistazo alrededor: hay coches atascados hasta donde alcanza la vista, carruajes y camiones, un deslumbrante y reluciente V-12 cubierto y encerrado entre dos carros con mulas, algunos coches con ruedas de madera, otros sin gasolina. Algunos llevan gente o muebles atados al techo; otros, corrales apiñados en los tráileres, gallinas y cerdos en jaulas, y hasta hay vacas que caminan por la cuneta y perros que se asoman por las ventanillas.

La procesión se mueve poco más rápido que el paso de un hombre. Los dos carriles están atascados; todo el mundo huye tambaleándose hacia el oeste. Una mujer pasa en bicicleta con docenas de collares colgando, un hombre arrastra un sillón de cuero en un carro de mano mientras un gato negro se lame sobre uno de los cojines, algunas mujeres empujan cochecitos de bebé repletos de vajillas, jaulas de pájaros, vasos de cristal. Un hombre vestido de esmoquin camina diciendo: «Por el amor de Dios, ¡déjenme pasar!», pero nadie se aparta y avanza a la misma velocidad que los demás.

Marie-Laure camina agarrada al cinturón de su padre, con el bastón en la mano. A cada paso una nueva pregunta incorpórea queda flotando a su alrededor: «¿Cuánto falta para Saint-Germain?», «¿Comeremos allí, tía?», «¿Quién tiene gasolina?». Oye a maridos gritando a sus mujeres; oye que un camión ha atropellado a un niño un poco más adelante. Esa misma tarde pasan tres aviones a la carrera, veloces y muy bajos. La gente grita al unísono, algunos incluso se tiran a la cuneta tapándose la cabeza.

Al anochecer llegan al oeste de Versalles. A Marie-Laure le sangran los talones: se le han roto los calcetines y tropieza cada cien pasos. Cuando asegura que ya no puede dar un paso más, su padre la saca de la carretera y suben por una colina, atraviesan un campo de flores de mostaza y llegan a un sembrado a unos cien metros de una pequeña granja. Solo han recogido la mitad de la siembra y el heno recogido está sin embalar, como si el granjero hubiese huido a mitad de la jornada.

El cerrajero saca una barra de pan de la mochila y unos trozos de salchicha blanca. Comen despacio. A continuación apoya los pies de la niña en su regazo. Bajo la luz del atardecer se ve hacia el este la larga línea gris del tráfico como si se tratara de un rebaño al borde de la carretera. Se oye el delgado y embrutecedor balido de los cláxones de los coches. Alguien llama a gritos a un niño perdido pero el viento se lleva el sonido.

—¿Se está quemando algo, papá?

—No, no se está quemando nada.

—Huelo humo en alguna parte.

Le quita los calcetines y le inspecciona los talones. En sus manos, los pies de Marie-Laure son livianos como pájaros.

—¿Qué es ese ruido?

—Saltamontes.

—¿Está oscuro?

—Está oscureciendo.

—¿Dónde vamos a dormir?

—Aquí.

—¿Hay camas?

—No, *ma chérie*.

—¿Qué vamos a hacer, papá?

—El director me ha dado la dirección de alguien que nos puede ayudar.

—¿Dónde?

—En una ciudad que se llama Evreux. Vamos allí a buscar a monsieur Giannot, un amigo del museo.

—¿Y a cuánto queda Evreux?

—A unos dos años caminando.

Marie-Laure busca el brazo de su padre.

—Te estoy tomando el pelo, Marie, no está tan lejos. Si conseguimos que alguien nos lleve podremos llegar mañana mismo, ya lo verás.

Ella guarda silencio durante doce latidos y dice:

—¿Y ahora?

—Ahora a dormir.

—¿Sin camas?

—La hierba será nuestra cama… Te gustará.

—¿Y en Evreux tendremos camas, papá?

—Espero que sí.

—¿Y qué haremos si no nos quieren allí?

—Nos querrán.

—¿Pero qué haremos si *no* nos quieren?

—En ese caso iremos a visitar a mi tío, tu tío abuelo, en Saint-Malo.

—¿El tío Etienne? ¿El que dijiste que estaba loco?

—Bueno, medio loco. Un setenta y seis por ciento loco.

Ella no se ríe.

—¿Está muy lejos Saint-Malo?

—Basta de preguntas, Marie. Monsieur Giannot nos aceptará en Evreux y dormiremos en unas camas enormes y confortables.

—¿Cuánta comida nos queda, papá?

—Queda un poco. ¿Te has quedado con hambre?

—No, pero quiero que reservemos un poco.

—De acuerdo, reservemos un poco entonces, y ahora a descansar.

Ella se echa hacia atrás hasta quedar tumbada. Él enciende otro cigarrillo, solo le quedan seis. Los murciélagos revolotean, atraviesan las nubes de mosquitos, los insectos se dispersan y se vuelven a reunir. «Somos ratones», piensa el padre, «y el cielo está lleno de halcones».

—Eres muy valiente, Marie-Laure.

Pero la niña ya está dormida. Cae la noche. Cuando acaba el cigarrillo, posa los pies de Marie-Laure en el suelo, la cubre con su abrigo y abre la mochila. Reconoce al tacto su caja de herramientas para tallar madera: sierras pequeñas, tacos, gubias, cinceles, papel de lija de buena calidad. La mayoría de esas herramientas pertenecían a su abuelo. De la parte superior de la caja extrae una bolsa pequeña de lino cerrada con un cordel ajustable. Ha estado durante todo el día conteniendo las ganas de mirarla. Ahora la abre y vacía el contenido sobre la palma de una mano.

La piedra tiene más o menos el tamaño de una castaña. Incluso a esta hora, ya casi sin luz, resplandece con un azul majestuoso y extrañamente frío.

El director le dijo que iban a ser tres señuelos, cuatro en total, si se sumaba el verdadero diamante. Uno se quedaría en el museo, los otros tres serían enviados a distintos sitios: uno al sur con un joven geólogo; otro al norte, en una caja de seguridad; el tercero está aquí, en un campo al oeste de Versalles, en el interior de la caja de herramientas de Daniel LeBlanc, el cerrajero mayor del Museo Nacional de Historia Natural.

Tres son falsos. Solo uno es auténtico. Es mejor, dijo el director, que nadie sepa quién es el portador del verdadero diamante. De ese modo, añadió dedicándoles una grave mirada, todos se comportarán como si el suyo fuera el auténtico.

El cerrajero piensa que el diamante que él transporta no es el auténtico. No tiene sentido que el director le haya dado conscientemente a un trabajador un diamante de ciento trece quilates y le haya permitido salir de París con él, pero no puede evitar contemplar la piedra sin dejar de pensar: «¿Será este?».

Echa un vistazo al campo. Los árboles, el cielo, el heno. La oscuridad cae como un terciopelo. Hay algunas estrellas pálidas. Marie-Laure respira con el discreto aliento de los que duermen. *Todos se comportarán como si el suyo fuera el auténtico.* El cerrajero vuelve a guardar la piedra en la bolsa y la deja caer dentro de la mochila. Siente ese pequeño peso como si se hubiese deslizado dentro de su propia consciencia. Un nudo.

))

Horas más tarde se despierta y ve la silueta de un aeroplano que pasa a toda velocidad borrando las estrellas hacia el este. Al pasar sobre sus cabezas hace un suave ronroneo y desaparece. Un instante después tiembla el suelo.

Detrás de una pared de árboles, una de las esquinas del cielo se pone roja. En medio de esa estridente y súbita luz, descubre que el avión no estaba solo, que el cielo está cubierto de ellos y en un instante de desorientación cree sentir que no está mirando hacia arriba sino hacia abajo, como si un foco hubiera proyectado un haz de luz sobre una porción de agua sanguinolenta y el cielo se hubiera convertido en el mar y los aviones fueran peces hambrientos que intentan atrapar a sus presas en la oscuridad.

Dos

8 DE AGOSTO DE 1944

SAINT⹀MALO

Las puertas se desprenden de sus bisagras. Los ladrillos se convierten en polvo. Enormes y dilatadas nubes de tiza, de tierra y de granito suben como a borbotones hacia el cielo. Los doce bombarderos han dado la vuelta y se han realineado sobre el Canal antes de que los tejados de las casas que han volado por los aires hayan terminado de caer sobre las calles. Las llamas cubren las paredes, los coches aparcados arden igual que las cortinas, las lámparas, los sofás, los colchones y los más de veinte mil volúmenes de la biblioteca pública. Los fuegos se desbordan y suben, trepan por las murallas como una marea y rompen contra las avenidas esparciéndose sobre los tejados y los aparcamientos. El humo persigue al polvo, la ceniza persigue al humo. El puesto de periódicos arde.

Desde los sótanos y bodegas de la ciudad los habitantes de Saint-Malo rezan en voz alta: «Señor, protege a esta ciudad y a su gente, no nos abandones. Amén». Los ancianos buscan lámparas de aceite, los niños chillan, los perros aúllan. En apenas un instante se ponen a arder las vigas de cuatrocientos años de toda una hilera de casas. Una parte de la ciudad vieja, la que da a la muralla oeste, se convierte en una tormenta de fuego en la que las puntas de las llamas alcanzan casi los noventa metros de altura. Es tanta la necesidad de oxígeno que las llamas devoran objetos pesadísimos, las marquesinas de las tiendas se desprenden de sus soportes por el calor, un pesado seto en una maceta se desliza sobre los escombros y revienta. Los vencejos huyen de las chimeneas, son salpicados por el fuego, bajan en picado por encima de la muralla como chispas encendidas y se arrojan al mar.

En la rue de la Crosse, el hotel de Las Abejas queda suspendido en el aire, levantado por una llama en espiral un instante antes de regresar a la superficie en forma de lluvia.

EL NÚMERO 4 DE LA RUE VAUBOREL

Marie-Laure se hace un ovillo debajo de la cama con la piedra en el puño izquierdo y la pequeña casa de la maqueta en el otro. Los clavos de las maderas rechinan y crujen. Restos de ladrillos y de cristales caen como una cascada por todo el suelo, sobre la maqueta de la ciudad encima de la mesa y el colchón que la protege.

—¡Papá! ¡Papá! ¡Papá! —dice Marie-Laure, pero su cuerpo parece haberse separado de su voz y las palabras conforman una cadencia lejana, desconsolada. De pronto se le ocurre que es como si el suelo sobre el que se alza Saint-Malo estuviera tejido por las raíces de un inmenso árbol —ubicado en el centro de la ciudad, en una plaza a la que nadie la ha llevado jamás— y el inmenso árbol hubiera sido arrancado por la mano de Dios y el suelo granítico se desprendiera con él y masas enormes de piedra se separaran a medida que el tronco del árbol se elevara, seguido por los gruesos zarcillos de sus raíces —la propia estructura de las raíces parece un árbol al revés y clavado en la tierra, ¿no lo hubiera descrito así el doctor Geffard?—, la muralla se derrumba, las calles se despedazan y las mansiones se desploman como si fueran de juguete.

Muy despacio, casi agradecida, la ciudad vuelve a asentarse. Desde el exterior llega un leve tintineo, puede que sean trozos de cristal que caen sobre la calle. Es un sonido hermoso y aterrador a la vez, como si estuvieran lloviendo piedras preciosas.

Donde sea que se encuentre su tío abuelo, ¿habrá sobrevivido a esto?

¿Habrá sobrevivido alguien?

¿Ha sobrevivido ella?

La casa chirría, gotea, gime. Oye un sonido como el que hace el viento cuando atraviesa la hierba alta, solo que más voraz. Desgarra las cortinas y las partes más delicadas de sus oídos.

Huele el humo y lo entiende enseguida: hay fuego. El cristal de la ventana de su cuarto ha estallado pero lo que ella escucha es el crepitar de algo que se está quemando del otro lado de los postigos. Algo inmenso. El barrio. La ciudad entera.

La pared, el suelo y la zona que hay bajo su cama permanecen frías. La casa todavía no ha comenzado a arder, ¿pero cuánto tiempo más va a conseguir resistir?

Tranquilízate, piensa. Concéntrate en llenar los pulmones y en vaciarlos. Luego en llenarlos otra vez. Se queda debajo de la cama. Y dice:

—*Ce n'est pas la réalité*[*].

_____

[*] En francés, «Esto no es real». *[N. de los T.]*

EL HOTEL DE LAS ABEJAS

Qué recuerda? Que vio al ingeniero Bernd cerrar la puerta del sótano y sentarse en la escalera, que vio al gigantesco Frank Volkheimer en el sillón tapizado de seda dorada rascándose algo en la tela de sus pantalones, que la bombilla del techo parpadeó hasta apagarse y que Volkheimer encendió su linterna y un rugido cayó sobre ellos, un sonido tan ensordecedor que podría haber sido un arma en sí mismo, un ruido que lo devoró todo haciendo temblar hasta la propia corteza terrestre. Por un instante lo único que Werner pudo distinguir fue la luz de Volkheimer escabulléndose como un escarabajo temeroso.

Les habían dado. Por un instante o una hora o tal vez un día entero —quién sabe cuánto tiempo en realidad— Werner se sintió de vuelta en Zollverein, de pie frente a la sepultura que había cavado un minero al borde de un campo para enterrar dos mulas; era invierno y Werner tenía apenas cinco años, la piel de las mulas se había vuelto tan transparente que casi se podían ver los huesos en el interior, unos pequeños terrones de mugre se habían prendido a los ojos abiertos y él sentía tanta hambre que llegó a preguntarse si quedaba algo de las mulas que fuera comestible.

Escuchó el sonido de la hoja de una pala golpear contra los guijarros.

Escuchó la respiración de su hermana.

Y entonces, como si una cuerda de sujeción hubiese alcanzado el límite, algo tira de él hacia atrás y le hace regresar al sótano del hotel de Las Abejas.

El suelo ha dejado de temblar pero el sonido no ha disminuido. Se cubre el oído derecho con una mano. El rugido permanece muy cerca, como si se tratara del zumbido de cientos de abejas.

—¿Se oye ruido? —pregunta, pero no oye ni su propia voz. Tiene húmedo todo el lado izquierdo de la cara. Han desaparecido los auriculares que llevaba. ¿Dónde está la mesa de trabajo, la radio? ¿Qué es todo ese peso que siente encima?

Se quita trozos de piedra y de madera calientes de los hombros, del pecho, del pelo. Debe buscar la linterna, buscar a los demás, buscar la radio. Tiene que encontrar la salida y averiguar qué le ha pasado en el oído. Esos son los pasos lógicos. Intenta incorporarse, pero el techo ha bajado demasiado y se golpea la cabeza.

Calor. Siente cada vez más calor. Piensa: estamos dentro de una caja y la caja ha sido arrojada a un volcán.

Pasan algunos segundos. Tal vez minutos. Werner sigue de rodillas. Primero la luz. Después los otros. Después la salida. Después los oídos. A lo mejor alguno de los hombres de la Luftwaffe está arriba abriendo las ruinas para rescatarles, pero no logra encontrar su linterna, ni siquiera consigue ponerse de pie.

A pesar de estar bajo una oscuridad absoluta, su visión parece salpicada de miles de volutas rojas y azules que flotan. ¿Llamas? ¿Fantasmas? Barren el suelo y luego suben hacia el techo brillando de una manera extraña, con serenidad.

—¿Estamos muertos? —grita hacia la penumbra—. ¿Hemos muerto?

DESCENDER SEIS PISOS

El rugido de los bombarderos apenas se ha desvanecido cuando los proyectiles de la artillería pasan silbando por encima de la casa y provocan un sordo estruendo al explotar no muy lejos de allí. Los objetos golpean contra el techo —¿fragmentos de proyectiles?, ¿ascuas?— y Marie-Laure dice en voz alta: «Estás demasiado arriba», y se obliga a abandonar el escondite de debajo de la cama. Se ha resistido demasiado tiempo a salir. Vuelve a guardar la piedra dentro de la casita de madera, vuelve a colocar los paneles que forman el techo, gira otra vez la chimenea hasta su sitio y se guarda la casa en un bolsillo del vestido.

¿Dónde están sus zapatos? Gatea por el suelo pero lo único que sienten sus dedos es el roce de las astillas de madera y las esquirlas del cristal de la ventana. Encuentra su bastón, sale por la puerta en calcetines y avanza por el pasillo. El olor del humo es allí más fuerte. El suelo sigue frío, las paredes siguen frías. Se alivia en el baño del sexto piso pero no tira de la cadena porque sabe que el wáter no se volverá a recargar y antes de continuar comprueba la temperatura del aire para asegurarse de que no está caliente.

Seis pasos hasta la escalera. Una segunda detonación de artillería pasa por encima, Marie-Laure suelta un alarido y el candelabro que hay sobre su cabeza repiquetea mientras los proyectiles estallan en algún punto del centro de la ciudad.

Una lluvia de ladrillos, una lluvia de piedras, una lluvia más lenta de hollín. Ocho escalones hasta la planta siguiente, el segundo y el quinto escalón crujen. Gira alrededor del pilar de la barandilla y baja ocho escalones más. El cuarto piso, el tercero. Comprueba el cable sensor de seguridad que su tío abuelo instaló bajo la mesa del teléfono en el descansillo. La campana está colgada y el cable sigue tenso, pasa verticalmente a través del hueco que taladró en la pared. Eso significa que nadie ha entrado ni salido.

Ocho pasos por el pasillo hasta el baño de la tercera planta. La bañera está llena. Hay cosas que flotan en la superficie, tal vez láminas del forjado del techo; sea como sea posa los labios en el agua y bebe con fuerza. Bebe todo lo que puede.

Regresa al hueco de la escalera y baja al segundo piso y luego al primero, reconoce las vides esculpidas en el pasamanos. El perchero se ha derrumbado. En el pasillo hay trozos de cosas afiladas —vajilla, piensa, de la vitrina que estaba en el comedor— y pisa con la mayor suavidad posible.

Las ventanas de aquí abajo debieron estallar también porque el olor a humo es todavía más fuerte. El abrigo de lana del tío abuelo cuelga de un gancho en el recibidor, se lo pone. Allí tampoco encuentra ningún rastro de sus zapatos —¿qué ha hecho con ellos? La cocina es una confusión de estanterías y cacerolas caídas. Se topa con un libro de recetas caído boca abajo como un pájaro herido. En la alacena encuentra media hogaza de pan que ha sobrado del día anterior.

Y ahí, en el centro del suelo, localiza la anilla de metal de la puerta del sótano. Mueve a un lado la pequeña mesa de la cocina y tira para abrir la trampilla.

Hogar de ratones, de humedad y de un olor desagradable a moluscos abandonados, como si una ola gigante se hubiera descargado décadas atrás y todavía no se hubiera retirado del todo. Marie-Laure duda con la puerta abierta, siente el olor de las llamas en el exterior y también el olor opuesto, uno pegajoso y húmedo, que llega del fondo. Según su tío abuelo, el humo es la suspensión de las partículas, miles de millones de partículas de carbón acumuladas. Pequeños fragmentos de habitaciones quemadas, de cafés, de árboles. De personas.

Un tercer lanzamiento de proyectiles ruge hacia la ciudad desde el este. Marie-Laure toca la casa de la maqueta en el bolsillo de su vestido. Coge la hogaza de pan, el bastón, comienza a bajar las escaleras y tira de la trampilla para cerrarla.

ATRAPADO

Aparece una luz, una luz que —espera Werner— no ha creado su imaginación: un rayo ámbar que se dispersa entre el polvo. Se mueve entre los escombros, alumbra un trozo de muro caído, ilumina unas estanterías torcidas. Vaga por encima de un par de armarios de metal doblados y hechos trizas como si una mano gigante hubiera descendido y los hubiera aplastado. Brilla sobre las cajas de herramientas y sobre los tableros de clavijas y sobre una docena de frascos intactos llenos de tornillos y de clavos.

Es Volkheimer. Sostiene su linterna y proyecta el haz constantemente sobre una pila compacta de escombros en una de las esquinas: piedras, cemento, astillas de madera. Werner tarda un instante en reconocer la escalera.

O lo que queda de la escalera.

Esa esquina del sótano ya no existe. El haz de luz se mantiene ahí un instante, como si estuviera esperando a que Werner tome conciencia de la situación en la que se encuentran, y luego se vuelve hacia la derecha, se tambalea sobre algo que se encuentra cerca y, bajo el reflejo de la luz, a través de la madeja de polvo,

Werner descubre la gigantesca silueta de Volkheimer moviéndose a trompicones y con la cabeza agachada entre las barras y tuberías que cuelgan. Por fin se detiene la luz. Con la linterna en la boca, entre las sombras que se despliegan de cintura para arriba, Volkheimer levanta pedazos de ladrillos, de argamasa y yeso, maderas hechas pedazos y bloques de estuco. Werner ve que hay algo debajo de todo eso, algo enterrado debajo de todo ese peso, una sombra que empieza a tomar forma.

El ingeniero. Bernd.

El rostro de Bernd está blanco por el polvo, sus ojos parecen vacíos y su boca es un agujero rojo oscuro. Bernd está gritando, pero Werner no le oye, se lo impide el rugido como de sierra que se ha instalado en sus oídos. Volkheimer alza al ingeniero —el hombre mayor parece un niño entre esos brazos como vigas del sargento, que sostiene la linterna entre los dientes— y atraviesa el espacio en ruinas con él en brazos, vuelve a bajar la cabeza para evitar el techo que cuelga y lo deposita en el sillón de seda dorado que se ha mantenido erguido en una esquina, aunque cubierto de polvo blanco.

Volkheimer apoya una de sus enormes manos en el mentón de Bernd y, con gentileza, cierra la boca del hombre. Werner, apenas a unos pasos de distancia, no oye nada.

La estructura que los rodea vuelve a estremecerse y desprende otra cascada de polvo caliente.

La luz de la linterna de Volkheimer comienza a recorrer el perímetro para comprobar qué queda del techo. Las tres enormes vigas de madera están partidas, pero ninguna se ha desprendido del todo. El estuco entre ellas parece una tela de araña y las tuberías están perforadas en dos sitios. La luz gira bruscamente hacia la zona que hay detrás de Werner e ilumina una mesa de trabajo volcada y la caja magullada de la radio. Finalmente se topa con Werner, que levanta una mano para cubrirse.

Volkheimer se acerca, con su enorme y solícito rostro, despejado, reconocible, los grandes ojos hundidos bajo el casco. Los altos pómulos y la enorme nariz con la punta ensanchada como la cabeza de un fémur. La barbilla parece un continente entero. Muy despacio, con cuidado, Volkheimer toca la mejilla de Werner. Las yemas de sus dedos se alejan enrojecidas.

Werner dice:

—Tenemos que salir. Tenemos que encontrar otra salida.

—¿*Otra salida?* —dicen los labios de Volkheimer. Niega con la cabeza—. *No hay otra salida.*

Tres

Junio de 1940

CHÂTEAU

Marie-Laure y su padre llegan a Evreux dos días después de haber salido de París. Los restaurantes están cerrados o atestados de gente. Dos mujeres vestidas de fiesta están sentadas en los escalones de la catedral. Un hombre yace boca abajo entre los puestos del mercado, inconsciente o tal vez algo peor.

No hay servicio de correo. Ha caído la línea de telégrafo. La última edición del periódico salió hace treinta y seis horas. En la prefectura, la cola para los cupones de gasolina emerge como una serpiente por la puerta y da una vuelta a la manzana.

Los primeros dos hoteles están llenos, el tercero ni siquiera abre la puerta. Cada cierto tiempo el cerrajero se descubre mirando hacia atrás por encima del hombro.

—Papá —balbucea Marie-Laure, desconcertada—, mis pies...

Enciende un cigarrillo: le quedan tres.

—No falta mucho, Marie.

En el límite occidental de Evreux la carretera está vacía y la campiña también. Comprueba una y otra vez la dirección que le ha dado el director. «Monsieur François Giannot. Rue St. Nicolas 9».

Pero cuando llegan, la casa de monsieur Giannot está en llamas. Una sombría columna de humo se eleva en medio de un atardecer inmóvil a través de los árboles. Un coche se ha estrellado contra la casa del guarda y ha arrancado la verja de sus bisagras. La casa —o lo que queda de ella— es grande: tiene veinte ventanas en la fachada, enormes postigos recién pintados y unos setos bien cuidados en el frente. *Un château.*

—Huele a humo, papá.

Guía a Marie-Laure por un paseo de grava. A cada paso su mochila le parece un poco más pesada: tal vez es la piedra que está en el fondo. No brilla ningún charco sobre la gravilla ni se ve ningún bombero frente a la casa, en los escalones de la parte delantera hay dos urnas idénticas derrumbadas y una lámpara de araña que se ha desprendido del techo yace despatarrada en las escaleras de la entrada.

—¿Qué se está quemando, papá?

Un niño se acerca hasta ellos a través del nebuloso crepúsculo: no es mayor que Marie-Laure, está manchado de ceniza y avanza empujando un carrito de comida por el camino de grava. Las pinzas y cucharas de plata que lleva colgando repiquetean con sonidos metálicos, las rueditas se bloquean y traquetean. En cada una de las esquinas sonríe un pequeño querubín pulido.

El cerrajero pregunta:

—¿Es esta la casa de François Giannot?

Al pasar, el niño no registra ni la pregunta ni a la persona que se la hace.

—¿Sabes lo que le ha sucedido a…?

Se detienen los sonidos del carrito.

Marie-Laure le tira del dobladillo del abrigo.

—Papá, por favor.

Enfundada en su abrigo y recortada sobre un fondo de árboles oscuros, su rostro tiene un aspecto más pálido y asustado que nunca. ¿Le había exigido tanto esfuerzo alguna vez?

—Se ha incendiado una casa, Marie-Laure, y la gente está robando las cosas.

—¿Qué casa?

—La casa por la que hemos hecho todo este camino.

Por encima de la cabeza de Marie-Laure se ve el brillo de las llamas que aún están consumiendo los marcos de las puertas y que se atenúan cuando sopla la brisa. Un agujero en el techo enmarca el cielo oscurecido.

Tras el hollín aparecen otros dos niños arrastrando un cuadro con un marco dorado que tiene el doble de su tamaño, el rostro de algún tatarabuelo muerto hace mucho tiempo con el ceño fruncido. El cerrajero levanta una mano para detenerlos.

—¿Fueron los aviones?

Y uno responde:

—Ahí dentro hay muchos más.

El lienzo del cuadro está ondulado.

—¿Sabes dónde está monsieur Giannot?

El otro dice:

—Se marcharon corriendo ayer con el resto de las cosas. A Londres.

—No se lo digas —dice el primero.

Los niños se alejan trotando con el trofeo por la entrada para coches y desaparecen en la penumbra.

—¿A Londres? —murmura Marie-Laure—. ¿El amigo del director se ha ido a Londres?

Flotan entre sus piernas trozos de papel ennegrecido, las sombras susurran entre los árboles, un melón rasgado rueda por el camino como si fuera una cabeza cortada. El cerrajero está viendo demasiadas cosas. Durante todo el día, kilómetro tras kilómetro, se ha dejado llevar y ha imaginado que les iban a recibir con la mesa puesta; unas patatas pequeñas con un centro humeante en el que él y Marie-Laure podrían hundir tenedores y sacarlos llenos de mantequilla, cebollas escalonias, setas, huevos duros y bechamel. Café y cigarrillos. Él le daría la piedra a monsieur Giannot, y el hombre sacaría del bolsillo de su chaqueta unos impertinentes metálicos, se los pondría en los ojos y le diría si es verdadero o falso. A continuación Giannot lo enterraría en algún lugar del jardín o lo ocultaría tras algún panel secreto en las paredes y eso sería todo. Misión cumplida. *Je ne m'en occupe plus**. Luego les ofrecerían una habitación privada, se darían un baño. Tal vez hasta les lavarían la ropa. Monsieur Giannot les contaría alguna anécdota graciosa sobre su amigo, el director del museo, y por la mañana los pájaros cantarían y un periódico recién impreso anunciaría el fin de la invasión y la entrega de unas lógicas concesiones. Él regresaría a su conserjería y por las noches seguiría añadiendo pequeñas ventanas de guillotina a las minúsculas casas de madera de la maqueta. *Bonjour, bonjour.* Todo igual que antes.

Pero nada es igual que antes. Los árboles parecen furiosos, la casa arde y de pie en el camino de grava, cuando ya apenas queda luz, al cerrajero se le ocurre un pensamiento perturbador: alguien podría venir a buscarnos, alguien podría estar al tanto de lo que llevo conmigo.

Conduce a Marie-Laure de vuelta a la carretera a paso rápido.

—Papá, mis pies.

Se pone la mochila por delante, acomoda los brazos de Marie-Laure en torno a su cuello y la carga a sus espaldas. Pasan junto a la casa derribada del guarda y al coche estrellado y giran no hacia el este, hacia el centro de Evreux, sino hacia el oeste. Dejan atrás unas figuras en bicicleta, unos rostros esqueléticos manchados de desconfianza, de miedo, tal vez de ambas cosas. Aunque puede que sea la mirada del cerrajero la que está sucia.

—No tan rápido —suplica Marie-Laure.

---

* En francés, «Ya no me ocupo más». *[N. de los T.]*

Descansan sobre la hierba a veinte pasos de la carretera. Allí lo único que queda es la noche, los búhos que ululan desde los árboles y los murciélagos cazando insectos sobre una zanja al costado del camino. Un diamante, recuerda el cerrajero, es apenas un trozo de carbón condensado en las entrañas de la tierra durante eras que ha ascendido hasta la superficie en un tubo volcánico. Alguien lo talla y otra persona lo pule. Es capaz de albergar una maldición tanto como la hoja de un árbol, un espejo o una persona. En este mundo solo existe la suerte, la suerte y la física.

Lo que transporta no es más un trozo de vidrio. Un entretenimiento.

A sus espaldas, por encima de Evreux, un muro de nubes se enciende una vez, luego otra más. ¿Son rayos? Sobre la carretera, más adelante, se divisan varias hectáreas de heno sin cortar y los amables perfiles de construcciones campestres en la penumbra —una casa y un establo—. Nada se mueve.

—Marie, allí hay un hotel.

—Pero tú dijiste que los hoteles estaban llenos.

—Este parece agradable. Vamos. Estamos cerca.

Vuelve a cargar a su hija otros ochocientos metros. Las ventanas de la casa permanecen a oscuras a medida que se acercan. El establo está a menos de cien metros de distancia e intenta oír algo más allá del flujo de la sangre en sus oídos. No hay perros ni antorchas. Tal vez los campesinos hayan huido también. Posa a Marie-Laure frente a la entrada del establo, golpea suavemente, espera y vuelve a golpear.

El candado es un reluciente y nuevo Burguet con un único pestillo; lo abre con facilidad con sus herramientas. En el interior hay avena, cubos con agua y tábanos que dan vueltas en círculos, pero no se ven caballos por ninguna parte. Abre un compartimiento, ayuda a Marie-Laure a instalarse en una esquina y le quita los zapatos.

—*Voilà* —dice—, parece que uno de los huéspedes ha entrado en el vestíbulo con el caballo así que es posible que huela mal durante un rato. Los botones lo están sacando justo en este momento. Ves..., ya está. ¡Adiós, caballo! ¡Vete al establo a dormir!

Marie-Laure tiene una expresión distante, está como perdida. Detrás del establo hay una huerta. A pesar de la poca luz logra recoger unas cuantas alcachofas, puerros y lechugas. También algunas fresas, aunque la mayoría aún están verdes, y tiernas zanahorias blancas con motas de tierra negra coagulada entre las fibras. Nada se mueve, ningún granjero se materializa tras la ventana con un rifle. El cerrajero regresa con la camisa cargada de verduras, llena un cubo de hojalata en el grifo, cierra con cuidado la puerta del establo y alimenta a su hija en la oscuridad. A continuación dobla su abrigo, apoya encima la cabeza de Marie-Laure y le limpia la cara con un pañuelo.

Solo le quedan dos cigarrillos. Inhala, exhala.

Recorre los caminos de la lógica. Todo efecto tiene una causa y todo dilema, una solución. Todos los candados tienen una llave. Pueden regresar a París, pueden quedarse aquí o pueden continuar.

Del exterior llega el suave ulular de los búhos. El retumbar distante de los truenos o tal vez la artillería, ambos quizá. Dice:

—Este hotel es muy barato, *ma chérie*. El posadero me ha dicho en recepción que nuestra habitación sale a cuarenta francos la noche pero que si nos construimos la cama nosotros mismos nos cobrará solo veinte. —Escucha la respiración de su hija—. Así que le he contestado: «De acuerdo, nos haremos la cama nosotros mismos». Y él me ha respondido: «Muy bien, señor, en ese caso le daré madera y algunos clavos».

Marie-Laure sigue sin sonreír.

—¿Vamos a ir a casa del tío Etienne?

—Sí, Marie.

—¿El que está un setenta y seis por ciento loco?

—Lo estaba como tu abuelo, su hermano, cuando murió, en la guerra. «Se le metió gas en la cabeza», solían decir entonces. Luego empezó a ver cosas.

—¿Qué tipo de cosas?

El rumor o los truenos se oyen cada vez más cerca. El establo tiembla ligeramente.

—Cosas que no existían en realidad.

Las arañas dibujan sus redes entre las vigas. Las polillas aletean contra las ventanas. Comienza a llover.

EXAMEN DE INGRESO

Los exámenes de ingreso a los Institutos Político-Nacionales de Educación se realizan en Essen, veintinueve kilómetros al sur de Zollverein, dentro de un sofocante salón de baile en el que un trío de radiadores del tamaño de una furgoneta funcionan enchufados a la pared del fondo. Uno de los radiadores emite un sonido metálico y suelta vapor durante todo el día, a pesar de los repetidos intentos por apagarlo. Las banderas del Ministerio de Guerra colgadas de los mástiles son enormes como tanques.

Hay cien reclutas, todos varones. Un representante de los alumnos que lleva un uniforme negro los ordena en filas de cuatro. Cuando camina de un lado al otro las medallas tintinean en su pecho.

—Estáis intentando ingresar en una de las escuelas más selectas del mundo —declara—, los exámenes durarán ocho días. Únicamente quedarán los más puros, los más fuertes.

Un segundo representante reparte los uniformes: camisa blanca, pantalones cortos blancos, calcetines blancos. Los reclutas se quitan la ropa sin moverse del lugar que ocupan.

Werner cuenta otros veintiséis de su edad. Menos dos, el resto son todos más altos que él. Exceptuando a tres, son todos rubios. Ninguno lleva gafas.

Pasan toda la primera mañana con sus nuevos uniformes blancos rellenando cuestionarios en carpetas. Los únicos sonidos que oyen son los lápices, los pasos de los examinadores y el sonido metálico del enorme radiador.

«¿Dónde nació tu abuelo? ¿De qué color son los ojos de tu padre? ¿Ha trabajado tu madre en alguna oficina?». De las ciento diez preguntas referidas a su linaje, Werner solo puede contestar con precisión dieciséis. El resto son suposiciones.

«¿De dónde es tu madre?».

No hay opciones para usar tiempos en pasado. Escribe: «Alemania».

«¿De dónde es tu padre?».

«Alemania».

«¿Qué idioma habla tu madre?».

«Alemán».

Recuerda a frau Elena esa misma mañana, en camisón y de pie bajo la lámpara del pasillo, terminando de hacerle la maleta mientras duermen el resto de los chicos. Parece perdida, aturdida, como si no pudiera absorber la velocidad con la que están cambiando las cosas a su alrededor. Le dice que está orgullosa, que tiene que dar lo mejor.

—Eres un chico inteligente. Lo harás bien —asegura, mientras le arregla una y otra vez el cuello de la camisa.

Y cuando él le contesta: «Es solo una semana», los ojos de frau Elena se empiezan a llenar lentamente de lágrimas como si una corriente interna la estuviera desbordando.

A primera hora de la tarde, les ordenan correr. Pasan gateando bajo los obstáculos, hacen flexiones, trepan sogas que cuelgan del techo…; cien niños cumpliendo impecablemente las pruebas, intercambiables en sus uniformes blancos como si fueran ganado ante los ojos de los examinadores. Werner queda noveno en las carreras cortas, penúltimo en las pruebas de trepar las sogas. Jamás será lo bastante bueno.

A última hora de la tarde los muchachos se dispersan por el recibidor; algunos se encuentran con unos orgullosos padres que llegan a buscarlos en coches, y otros desaparecen resueltamente en grupitos de dos o de tres por las calles: todos parecen tener muy claro adónde dirigirse. Werner se aleja solo hacia un espartano hotel que queda a seis manzanas, en el que alquila una cama por dos marcos la noche y descansa entre el murmullo de los huéspedes de paso, oyendo a las palomas, las campanadas y el vibrante tráfico de Essen. Es la primera noche que pasa fuera de Zollverein en su vida y no puede dejar de pensar en Jutta, en que no le ha vuelto a dirigir la palabra desde que descubrió que había destruido la radio, en que lo miró con un gesto tan acusador que tuvo que retirar la mirada. Los ojos de ella decían: «Me has traicionado». ¿No intentaba protegerla acaso?

A la mañana siguiente tienen lugar los exámenes raciales. No le cuestan demasiado, solo debe levantar los brazos o mantenerse sin parpadear mientras un inspector le revisa las pupilas con una linterna de bolsillo. Suda y se mueve. El corazón le palpita excesivamente. Un técnico con aliento a cebolla que lleva una bata de laboratorio mide la distancia entre las sienes de Werner, la circunferencia de la cabeza, el grosor y la forma de sus labios. Usan aparatos ortopédicos para medirle los pies, el largo de los dedos y la distancia entre los ojos y el ombligo. Le miden el pene. Calculan el ángulo de su nariz con un transportador de madera.

Un segundo técnico evalúa el color de sus ojos comparándolos con una escala cromática en la que se exponen unos sesenta tonos diferentes de azul. El color de Werner es el *himmelblau*, azul cielo. Para clasificar el color de su pelo le corta un mechón y lo compara con una treintena de mechones sujetos sobre una tabla y ordenados del más oscuro al más claro.

—*Schnee* —murmura el hombre, y anota algo. Nieve. El pelo de Werner es más claro que el color más claro de la pizarra. Ponen a prueba su visión, analizan su sangre y le toman las huellas dactilares. Cuando llega el mediodía se pregunta si les quedará algo por medir.

Luego vienen los exámenes orales. ¿Cuántos Nationalpolitische Erziehungsanstalten existen? Veinte. ¿Quiénes son nuestros mayores héroes olímpicos? No lo sabe. ¿Qué día nació el Führer? El 20 de abril. ¿Quién es nuestro escritor más importante? ¿Qué es el Tratado de Versalles? ¿Cuál es el avión más rápido de nuestra nación?

Al tercer día hay más carreras, más alpinismo, más saltos, todo cronometrado. Los técnicos, los representantes del alumnado y los examinadores —sus uniformes varían sutilmente de color— garabatean en blocs de notas de papel milimetrado y todas esas páginas anotadas se van guardando una tras otra en carpetas de cuero con un relámpago dorado grabado en la cubierta.

Los reclutas especulan con susurros ansiosos.

—He oído que las escuelas tienen veleros, halcones amaestrados y campos de tiro con rifle.

—A mí me han dicho que solo aceptarán a siete por rango de edad.

—Pues a mí que solo aceptarán a cuatro.

Hablan de las escuelas con anhelo y fanfarronería: desean desesperadamente ser seleccionados y Werner se dice a sí mismo: «Yo también. Yo también quiero».

Pero a pesar de la ambición le sobrevienen a ratos instantes de vértigo. Evoca la imagen de Jutta sosteniendo los trozos de la radio y una sensación de incertidumbre se le cuela en las tripas.

Los reclutas escalan muros, corren una carrera tras otra. Al quinto día, tres chicos renuncian. Al sexto, otros cuatro se dan por vencidos. A cada hora que pasa el salón de baile se va cargando progresivamente y cuando llega el octavo día el aire, las paredes y el suelo están saturados del olor caliente y exuberante de los jóvenes. En el examen final todos los chicos de catorce años deben trepar a la carrera una escalera clavada caprichosamente sobre la pared. En lo alto, a casi ocho metros de altura, con la cabeza a la altura de las vigas del techo, se supone que deben dar un paso hacia una minúscula plataforma, cerrar los ojos y saltar sobre una bandera que sostienen una docena de compañeros.

El primero en hacer la prueba es un corpulento campesino de Herne. Trepa por la escalera muy rápido, pero, en cuanto sube a la plataforma, empalidece. Se arrodilla tambaleándose peligrosamente. Alguien murmura:

—Cobarde.

El chico que está detrás de Werner susurra:

—Le dan miedo las alturas.

El examinador observa la escena con indiferencia. El chico sobre la plataforma echa un vistazo desde el borde como si estuviera mirando un turbulento abismo y cierra los ojos, se balancea hacia delante y hacia atrás. Pasan unos segundos interminables. El examinador mira el cronómetro. Werner agarra el borde de la bandera todo lo fuerte que puede.

Los que están en el salón de baile acaban deteniéndose a observar, también lo hacen los reclutas de otras edades. El chico se balancea dos veces más hasta que resulta evidente que está a punto de desmayarse. Ni siquiera entonces se mueve nadie para ayudarlo.

Cuando cae lo hace de costado. Los reclutas en el suelo consiguen desplazar la bandera a tiempo pero el peso del chico les arranca los bordes de las manos. Golpea contra el suelo con los brazos por delante y se oye como si un fardo de astillas chocara contra una rodilla.

El chico se sienta. Tiene los dos antebrazos doblados en ángulos imposibles. Por un instante parpadea mirándolos con curiosidad, como si estuviera rastreando en su memoria para encontrar alguna pista que le ayude a comprender qué hace ahí. A continuación se pone a gritar. Werner mira hacia otro lado. Ordenan a cuatro chicos que saquen al herido.

Uno a uno, el resto de los muchachos de catorce años sube la escalera, se tambalea y salta. Uno hace todo el trayecto llorando. Otro se tuerce el tobillo al caer. El siguiente espera casi dos minutos enteros sobre la plataforma. Mira a los chicos de quince años al otro lado del salón de baile como si estuviera observando un mar deprimente y frío, y vuelve a bajar por la escalera.

Werner observa todo desde su puesto en la bandera. Cuando le llega el turno se dice a sí mismo que no debe dudar. Bajo sus párpados ve Zollverein, la chimenea de fuego de la trituradora, los hombres saliendo de los ascensores del pozo como hormigas, la entrada de la cantera nueve donde desapareció su padre. Jutta en la ventana del recibidor, tras la lluvia, observándolo mientras él se marcha junto al cabo a la casa de herr Siedler. El sabor de la nata montada y del azúcar y la suavidad de las pantorrillas de la mujer de herr Siedler.

Excepcional. Inesperado.

Únicamente quedarán los más puros, los más fuertes.

El único lugar al que va a ir tu hermano, pequeña, es a las minas.

Werner corre hacia la escalera. Los peldaños han sido toscamente serrados y durante todo el trayecto las manos se le van cubriendo de astillas. Desde la cima la bandera carmesí, con su círculo blanco y la cruz negra en el centro, tiene un aspecto inesperadamente pequeño. Un pálido anillo de rostros miran hacia arriba. En lo alto hace todavía más calor, un calor bochornoso, y el olor a sudor le da mareos.

Sin titubear Werner da un paso al borde de la plataforma, cierra los ojos y salta. Cae en el centro exacto de la bandera y los chicos que sostienen los bordes emiten un gemido al unísono.

Rueda hasta ponerse de pie, ileso. El examinador detiene el cronómetro, escribe en su tablilla sujetapapeles y levanta la vista. Sus ojos se encuentra durante medio segundo. Tal vez incluso menos. El hombre vuelve a anotar algo.

—¡*Heil* Hitler! —grita Werner.

El siguiente niño comienza a subir la escalera.

BRETAÑA

A primera hora de la mañana un viejo camión de mudanzas se detiene frente a ellos. El padre la levanta y la coloca en la plataforma, donde una docena de personas se acurruca bajo una carpa de lona impermeable. El motor ruge y emite pequeños estallidos, rara vez avanza más rápido que el paso de un hombre.

Una mujer reza con acento normando, alguien comparte un poco de *pâté*, el ambiente huele a lluvia. Ningún Stuka baja en picado sobre ellos ni se oyen armas. Nadie de los que viajan en el camión ha visto jamás a un alemán. Durante la mitad de la mañana Marie-Laure trata de convencerse a sí misma de que los últimos días han sido una especie de prueba inventada por su padre, que el camión no se está alejando de París sino acercándose y que esa noche regresarán a casa. La maqueta estará en su esquina y el azucarero en el centro de la mesa de la cocina, con su pequeña cucharita en el borde. Del otro lado de las ventanas abiertas, el quesero de la rue des Patriarches pondrá el cerrojo a su puerta y cerrará los postigos, como ha hecho todas las tardes desde que ella tiene memoria, dejando encerrados aquellos olores maravillosos, y las hojas del castaño harán ruido y murmurarán mientras su padre pone a hervir el café, le prepara un baño caliente y le dice: «Lo has hecho bien, Marie-Laure. Estoy orgulloso de ti».

El camión avanza dando tumbos por la autopista hacia la comarcal y de ahí hasta la estrecha carretera de tierra. La maleza araña los costados del camión. Bien pasada la medianoche, al oeste de Cancale, se quedan sin gasolina.

—No estamos lejos —susurra su padre.

Marie-Laure lo acompaña medio dormida y arrastrando los pies. El camino parece apenas más ancho que un sendero. El aire huele a cereales húmedos y a arbusto recién cortado. En los momentos de silencio entre pisada y pisada ella percibe un rugido profundo, subsónico. Tira de su padre para pedirle que se detenga.

—Las tropas.

—El océano.

Ella inclina la cabeza.

—Es el océano, Marie. Te lo prometo.

La carga a su espalda. Se escucha el chillido de las gaviotas. Siente el olor a piedras mojadas, a excremento de pájaro y a sal a pesar de que nunca antes se había dado cuenta de que la sal tiene olor. El mar murmura en un lenguaje que viaja a través de las piedras, del aire y del cielo. ¿Qué decía el capitán Nemo? «El mar no pertenece a los tiranos».

—Estamos cruzando hacia Saint-Malo —le dice su padre—, vamos al lugar al que llaman la ciudad amurallada.

Relata todo lo que ve: una compuerta de rejas, unos muros defensivos a los que llaman muralla, mansiones de granito, capiteles sobre los techos. El eco de sus pasos rebota en las casas altas y la lluvia vuelve a caer sobre ellos, el padre se esfuerza bajo su peso pero Marie-Laure tiene la edad suficiente como para sospechar que lo que él describe como pintoresco y acogedor puede ser en realidad extraño y horroroso.

Por encima de sus cabezas las aves emiten chillidos entre-cortados. Su padre gira a la izquierda, luego a la derecha. Marie-Laure siente como si esos cuatro últimos días hubieran estado serpenteando en torno al centro de un desconcertante laberinto y ahora estuvieran atravesando de puntillas la cerca de una última celda interior. Un celda en la que puede estar hibernando una bestia terrible.

—La rue Vauborel... —dice su padre entre dientes—. Tiene que ser por aquí. ¿O es por allí?

Gira, vuelve sobre sus pasos, sube por una calleja y luego se pone a dar vueltas.

—¿No hay nadie a quien podamos preguntárselo?

—No hay ninguna luz encendida, Marie. Todo el mundo duerme o finge que duerme.

Por fin se detienen frente a una puerta. La deja en el suelo sobre el bordillo, toca el botón del timbre eléctrico y ella escucha tratando de identificar algún sonido en el interior más profundo de la casa. Nada. Él vuelve a llamar. Tampoco ocurre nada. Llama por tercera vez.

—¿Esta es la casa de tu tío?

—Sí, es esta.

—Él no sabe quiénes somos.

—Está durmiendo, lo mismo que tendríamos que estar ha-ciendo nosotros.

Se sientan apoyando la espalda contra la verja. Es de hierro forjado y está fría. Tras ella hay una pesada puerta de madera. Marie-Laure apoya la cabeza en el hombro de su padre mientras él le quita los zapatos. El mundo entero parece mecerse lentamente de un lado a otro y la ciudad ir rápidamente a la deriva. Como si le diera la es-palda a la orilla, Francia entera ha sido abandonada para que se muer-da las uñas, huya, tropiece, llore y se despierte en un entumecido y gris amanecer, incapaz de creer lo que le está sucediendo. ¿A quién le pertenecen las carreteras ahora? ¿Y los campos? ¿Y los árboles?

Su padre saca el último cigarrillo del bolsillo de la camisa y lo enciende.

Del interior de la casa a sus espaldas les llega el sonido de unos pasos.

MADAME MANEC

Tan pronto como el padre pronuncia su nombre, la respiración que se oye al otro lado de la puerta se convierte en un jadeo, un aliento contenido. La puerta se abre y la verja chirría.

—Dios santo —dice la voz de una mujer—, con lo pequeño que eras...

—Es mi hija, madame, Marie-Laure. Marie-Laure, ella es madame Manec.

Marie-Laure hace una pequeña reverencia. La mano que le acaricia la mejilla parece fuerte como la de un geólogo o un jardinero.

—Dios mío, no hay nada que el destino no pueda llegar a unir. Pero, querida, mírate esas medias. ¡Y cómo tienes los talones! Debes de estar muerta de hambre.

Entran a un estrecho recibidor. Marie-Laure oye que se cierra la verja y a continuación que la mujer echa el cierre a la puerta tras ellos. Dos cerrojos y una cadena. Se encuentran en una habitación que huele a hierbas y a masa: una cocina. Su padre le desabrocha el abrigo y la ayuda a sentarse.

—Le estamos muy agradecidos, sé que es muy tarde —dice, pero la anciana madame Manec es rápida, eficaz y resulta evidente que se ha sobrepuesto a la sorpresa inicial. No presta atención a los agradecimientos y acerca la silla de Marie-Laure a la mesa. Alguien enciende una cerilla, llena de agua una cacerola y abre y cierra una nevera. Después oye el silbido del gas y el tintineo del metal. Un instante más tarde, sobre la cara de Marie-Laure hay una toalla caliente. Y enfrente una jarra de agua dulce y fresca. Cada sorbo es una bendición.

—La ciudad está totalmente abarrotada de gente —dice madame Manec con su pronunciación de cuento de hadas mientras se mueve de un lado a otro. No debe ser muy alta, lleva unos zapatos pesados y compactos. Tiene una voz profunda y rasposa como la de un marinero o un fumador—. Algunos pueden permitirse hoteles o alquileres, pero la mayoría está en almacenes o en graneros y no hay comida para todos. Les dejaría quedarse aquí pero ya conoces a tu tío, puede que se moleste. No hay gasolina ni queroseno y hace mucho que se fueron los barcos ingleses. Quemaron todo antes de marcharse, al principio no me lo podía creer, pero Etienne oía las noticias todo el tiempo por la radio.

Alguien parte un huevo. La mantequilla se derrite en una sartén caliente. Su padre hace un resumen del viaje, de las estaciones de tren y de las muchedumbres atemorizadas y omite la parada en Evraux, pero la atención de Marie se pierde pronto en los perfumes que hay a su alrededor: el huevo, las espinacas y el queso derretido.

Llega una tortilla. Ella pone el rostro sobre el vapor.

—¿Me podría dar un tenedor?

La anciana se ríe: una risa que a Marie-Laure le agrada de inmediato. Un segundo después alguien le pone un tenedor en la mano.

Los huevos saben como nubes, como hilos de oro.

—Creo que le gusta —dice madame Manec, y vuelve a reír.

Una segunda tortilla aparece poco después. Ahora es su padre quien come con avidez.

—¿Te gustan los melocotones, querida? —murmura madame Manec y Marie-Laure oye el sonido de una lata que se abre y el almíbar derramándose sobre una taza. A los pocos segundos siente en la boca cucharadas de una luz húmeda.

—Marie —murmura su padre—, esos modales.

—Pero es que...

—Tenemos más que de sobra, come todo lo que quieras, niña. Los hago todos los años.

Cuando Marie termina la segunda lata de melocotones, madame Manec le limpia los pies con un paño, sacude su abrigo y apila los platos sucios.

—¿Quieres un cigarrillo?

Su padre suspira agradecido, enciende una cerilla y exhala el humo.

Se abre una puerta o una ventana y Marie-Laure escucha el hipnótico sonido del mar.

—¿Y Etienne? —pregunta el padre.

—Un día se encierra como un cadáver y al siguiente devora como un albatros —contesta madame.

—¿Aún no...?

—No, desde hace veinte años.

Quizá los mayores dicen alguna cosa más, tal vez Marie-Laure debería sentir más curiosidad sobre ese tío abuelo que ve cosas que no existen y sobre el destino de todos y de todo lo que ha conocido hasta ahora, pero tiene el estómago lleno y la sangre se ha vuelto un flujo tibio en sus arterias. Al otro lado de la ventana, más allá de las paredes, el océano ruge y solo un montón de piedras la separan de él, la orilla de la Bretaña, el alféizar más grande de Francia... Y puede que los alemanes estén en este instante avanzando inexorables como la lava, pero Marie-Laure se desliza hacia algo parecido a un sueño o quizá al recuerdo de un sueño: tiene seis o siete años, acaba de quedarse ciega y su padre está sentado junto a ella en una silla, tallando alguna pequeña pieza de madera mientras fuma y la noche se desploma sobre los cientos de miles de tejados y chimeneas de París. Las paredes que la rodean se disuelven y también los techos, la ciudad entera se desintegra hasta convertirse en humo y el sueño cae sobre ella como una sombra.

HA SIDO ADMITIDO

Todos quieren escuchar la historia de Werner. Cómo eran los exámenes, qué tenías que hacer, cuéntanoslo todo. Los más pequeños le tiran de las mangas de la camisa y los mayores le miran con respeto. El soñador de pelo blanco se ha quitado el hollín.

—Dijeron que solo aceptarían a dos de mi edad, tal vez a tres.

Desde el otro extremo de la mesa le llega el calor de la atención de Jutta. Con el resto del dinero de herr Siedler compró una Radio Popular por treinta y cuatro marcos con ochenta: una radio de dos válvulas, de bajo consumo, incluso más barata que las Volksempfängers subvencionadas por el Estado que había reparado alguna vez en la casa de los vecinos. Sin modificar, la radio solo llega a sintonizar la onda larga de los programas del Deutchlandsender. Nada más. Ninguna emisora extranjera. Los niños gritan encantados cuando la enseña. Jutta no muestra mucho interés.

Martin Sachse pregunta:

—¿Os hicieron muchas pruebas de matemáticas?

—¿Tenían quesos? ¿Y pasteles?

—¿Te dejaron disparar?

—¿Condujiste algún tanque? Seguro que te dejaron conducir algún tanque.

Werner contesta:

—No pude responder la mitad de las preguntas que me hicieron, no me van a admitir.

Pero le admiten. Cinco días después de regresar de Essen llega la carta al orfanato. Un águila y una cruz en un sobre rugoso, sin sellos, como si la hubiese enviado el mismo Dios.

Frau Elena está lavando la ropa. Los niños pequeños se reúnen frente a la nueva radio: escuchan un programa de media hora llamado *El club de los niños*. Jutta y Claudia Förster se llevan a tres de las niñas más pequeñas a un espectáculo de marionetas en el mercado. Jutta solo ha cruzado seis palabras con Werner desde su regreso.

«Ha sido admitido», dice la carta. Werner debe presentarse en el Instituto Político-Nacional de Educación número 6, en Schulpforta. Se queda un momento en el recibidor del orfanato tratando de asimilarlo. Las paredes agrietadas, el techo combado, dos bancos gemelos que han soportado el peso de un niño tras otro desde que la mina comenzó a fabricar huérfanos. Pero él ha encontrado la salida.

Schulpforta, un pequeño punto en el mapa cerca de Naumburgo, en Sajonia, a trescientos veinte kilómetros al este. Ni en sus sueños más audaces se había permitido la ilusión de viajar tan lejos. Aturdido, lleva la carta hasta el callejón en el que frau Elena cuece camisas entre nubes de vapor.

Ella la relee varias veces.

—No lo podemos pagar.

—No hay que pagar nada.

—¿A qué distancia queda?

—A cinco horas en tren. Ellos pagan el viaje.

—¿Cuándo?

—En dos semanas.

Frau Elena tiene el pelo pegado a las mejillas, ojeras y unas aureolas rosadas bajo los agujeros de la nariz. Lleva un pequeño crucifijo colgado al cuello. ¿Está orgullosa? Se restriega los ojos y asiente en silencio.

—Van a querer celebrarlo.

Le devuelve la carta y mira hacia el callejón, a los densos tendederos cubiertos de ropa y a los cubos con carbón.

—¿Quiénes, frau?

—Todo el mundo. Los vecinos —ríe, una carcajada repentina y sonora—, gente como el viceministro. El hombre que se llevó tu libro.

—Jutta no.

—No, Jutta no.

Ensaya en la cabeza las razones que le dará a su hermana. *Pflicht.* O lo que es lo mismo: es su obligación, su deber. Cada alemán ha de cumplir con su función. Dejar los libros a un lado y ponerse a trabajar. *Ein Volk, ein Reich, ein Führer.* Todos tenemos un papel en la obra, hermanita. Pero antes de que lleguen las chicas la noticia de que le han aceptado se propaga por todo el barrio. Los vecinos se acercan uno tras otro, exclaman y asienten con la barbilla, las mujeres de los mineros traen codillo y queso, se pasan unos a otros la carta de aceptación de Werner, quienes saben leer la leen en voz alta a los que no saben y cuando Jutta regresa la sala está abarrotada de gente. Las gemelas (Hannah y Susanne Gerlitz) corren excitadas alrededor del sofá, Rolf Hupfauer, de seis años, canta «Alzaos, alzaos, toda la gloria a la patria» y otros chicos le acompañan. Werner no ve que frau Elena habla con Jutta en la esquina del recibidor ni que Jutta sube corriendo al piso de arriba.

Cuando suena la campana para la cena, ella no acude. Frau Elena le pide a Hannah Gerlitz que bendiga la mesa y le asegura a Werner que hablará con Jutta, él tiene que quedarse abajo porque toda esa gente ha venido a verle. A cada instante las luminosas palabras brillan en su mente: «ha sido admitido». Cada minuto que pasa es un minuto menos en esta casa. En esta vida.

Después de la cena el pequeño Siegfried Fischer, de no más de cinco años, va hasta la mesa, tira de la manga de Werner y le enseña una fotografía que ha arrancado del periódico. En la imagen seis bombarderos flotan sobre una montaña rodeada de nubes. Hay lentejuelas de luz que parecen congeladas en los fuselajes de los aviones. Las bufandas de los pilotos están suspendidas hacia atrás.

Siegfried Fischer le dice:

—Ya les enseñarás tú lo que es bueno, ¿verdad? —En la cara se nota la violencia de su fe, es como si trazara un círculo alrededor de las horas que Werner ha pasado en el orfanato esperando algo más.

—Ya les enseñaré —responde Werner. Los ojos de todos los niños le miran fijamente—. Te prometo que les enseñaré lo que es bueno.

OCCUPER

Marie-Laure se despierta con las campanas de la iglesia: dos, tres, cuatro, cinco. Hay un ligero olor a moho, a antiguas y gastadas almohadas de pluma, al empapelado de seda que hay tras la tosca cama en la que se sienta. Cuando estira los brazos casi puede tocar las dos paredes. Dejan de oírse los ecos de la campana. Se ha pasado durmiendo la mayor parte del día. ¿Qué es ese amortiguado rugido que escucha? ¿Es la muchedumbre o el mar?

Apoya los pies en el suelo. Siente el dolor de las heridas en los talones. ¿Dónde está su bastón? Arrastra despacio los pies para no golpearse las espinillas con nada. Tras las cortinas hay una ventana que se alza más allá de su alcance. Enfrente encuentra un armario cuyos cajones se abren solo hasta la mitad porque golpean contra la cama.

Puede sentir la temperatura del lugar con la yema de los dedos.

Toca una puerta y entra en un ¿qué? ¿Un salón? Desde aquí el rugido es más suave, apenas un murmullo.

—¿Hola?

Silencio. Luego un bullicio abajo, los pesados zapatos de madame Manec subiendo por curvos y estrechos escalones con sus pulmones de fumadora cada vez más cerca, hasta la tercera, cuarta planta... ¿Pero cuántos pisos tiene esta casa? Se oye su voz llamándola: madeimoselle. La lleva de la mano de nuevo a la habitación de la que ha salido y la sienta al borde de la cama.

—¿Quieres ir al baño? Seguro que sí. Luego te das un baño. Has dormido muy bien. Tu padre ha ido a la ciudad, a la oficina de telégrafos, aunque ya le he dicho que es como pedirle peras al olmo. ¿Tienes hambre?

Madame Manec ahueca las almohadas y estira la colcha. Marie-Laure intenta concentrarse en algo pequeño, algo concreto. La maqueta que quedó atrás en París. Una de las conchas en el laboratorio del doctor Geffard.

—¿La casa entera es de mi tío abuelo Etienne?

—Todas y cada una de sus habitaciones.

—¿Y cuánto paga por ella?

Madame Manec se ríe.

—Tú vas directa a lo importante, ¿verdad? Tu tío abuelo heredó esta casa de su padre, tu bisabuelo, un hombre al que le fue muy bien y consiguió ganar mucho dinero.

—¿Le conociste?

—Trabajo aquí desde que el señor Etienne era un niño pequeño.

—¿Y conociste a mi abuelo?

—Le conocí.

—¿Y yo voy a conocer al tío Etienne?

Madame Manec duda.

—Lo más probable es que no.

—¿Pero está aquí?

—Sí, niña. Él siempre está aquí.

—¿Siempre?

Las enormes manos de madame Manec envuelven las suyas.

—Vamos a darnos ese baño. Tu padre te lo explicará todo cuando vuelva.

—Pero papá nunca me explica nada, lo único que dice es que el tío fue a la guerra con mi abuelo.

—Y así fue. Pero cuando tu tío abuelo regresó a casa —madame Manec se detiene buscando las palabras adecuadas— no era exactamente el mismo que cuando se fue.

—¿Quieres decir que le asustaban las cosas?

—Quiero decir que estaba perdido. Como un ratón en una ratonera. Veía a los muertos atravesar las paredes y otras cosas terribles en las esquinas de las calles. Tu tío abuelo ya no sale de la casa.

—¿Nunca?

—No, desde hace años. Pero Etienne es una maravilla, ya lo verás, sabe de todo.

Marie-Laure escucha los crujidos de la madera de la casa, los chillidos de las gaviotas y el suave rugido contra los cristales.

—¿Estamos muy alto, madame?

—Estamos en un sexto piso. La cama es buena, ¿verdad? Pensé que tu papá y tú descansaríais bien aquí.

—¿Se puede abrir la ventana?

—Se puede, querida. Pero es mejor dejarla cerrada mientras...

Pero Marie-Laure ya se ha puesto de pie sobre la cama y recorre la pared con las manos.

—¿Se ve el mar desde la ventana?

—Se supone que debemos tener las ventanas y las persianas cerradas, aunque tal vez las pueda abrir un segundo.

Madame Manec gira la manija, abre los dos paneles de la ventana y los postigos. El viento entra de inmediato, luminoso, dulce, salado, brillante. El rugido viene y va.

—¿Hay caracolas, madame?

—¿Caracolas? ¿En el océano? —Ríe otra vez—. Tantas como gotas en la lluvia. ¿Te interesan las caracolas?

—Sí, sí, sí. He encontrado caracoles en los árboles y en los jardines, pero nunca caracolas en el mar.

—Muy bien —dice madame Manec—, has venido al lugar indicado.

Madame prepara un baño caliente en la bañera de la tercera planta. Desde ahí Marie-Laure escucha que cierra la puerta y que el estrecho cuarto de baño gime con el peso del agua y que las paredes crujen como si se encontrara en el interior del *Nautilus* del capitán Nemo. Siente que disminuye el dolor de los talones, sumerge la cabeza bajo el agua. ¡No salir jamás de casa! ¡Estar escondido durante décadas en el interior de esta extraña y estrecha casa!

Para la cena le ponen un vestido almidonado de alguna década pasada. Se sientan a la mesa cuadrada de la cocina, su padre y madame Manec uno frente al otro y tocándose con las rodillas, las ventanas cerradas, los postigos echados. Una radio murmura los nombres de los ministros con una agobiada voz de *staccato*... De Gaulle está en Londres, Pétain ha reemplazado a Reynaud. Comen un guiso de pescado y tomates verdes. Su padre afirma que no se ha recibido ninguna carta en los últimos tres días. Las líneas del telégrafo no funcionan. El último periódico es de hace seis días. En la radio, un hombre lee los anuncios clasificados.

Monsieur Cheminoux, refugiado en Orange, busca a sus tres hijos, a los que dejó junto a su equipaje en Ivry-sur-Seine.

Francis en Ginebra busca cualquier información sobre Marie-Jeanne, vista por última vez en Gentilly.

Madre envía sus oraciones por Luc y Albert adonde quiera que estén.

L. Rabier busca noticias sobre su esposa, vista por última vez en la Gare d'Orsay.

A. Cotteret desea avisar a su madre de que está a salvo en Laval.

Madame Meyzieu busca el paradero de sus seis hijas enviadas en tren a Redon.

—Todos buscan a alguien —murmura madame Manec.

El padre de Marie-Laure apaga la radio y la máquina emite ruidos mientras se enfría. En la planta de arriba se escucha vagamente la misma voz que sigue leyendo nombres. ¿O sucede solo en su imaginación? Oye que madame Manec se levanta y recoge los tazones y que su padre exhala el humo del cigarrillo como si fuera muy pesado en sus pulmones y se alegrara de deshacerse de él.

Esa noche ella y su padre suben los retorcidos escalones y se acuestan el uno junto al otro en la misma tosca cama del sexto piso, en la habitación con paredes empapeladas. Su padre se enreda con su mochila, con el pestillo de la puerta, con sus cerillas. Y de nuevo el familiar olor de sus cigarrillos: Gauloises *bleues*. Oye el golpe de la madera y el chirrido al abrirse de par en par la ventana. El silbido del viento entra limpiándolo todo, o tal vez sea el sonido del mar y del viento, su cerebro es incapaz de disociarlos. Con él llega también el aroma de la sal, del heno, de las pescaderías y de los distantes pantanos, pero ninguna de esas cosas trae consigo el olor de la guerra.

—¿Podemos ir mañana al mar, papá?

—No creo que podamos mañana.

—¿Dónde está el tío Etienne?

—Supongo que en su habitación, en el quinto piso.

—¿Viendo cosas que no existen?

—Tenemos suerte de tenerle, Marie.

—También tenemos suerte de tener a madame Manec. Es un genio en la cocina. ¿Verdad que sí, papá? Quizá sea incluso un poquito mejor que tú.

—Solo un poquitito mejor.

A Marie-Laure le agrada escuchar cómo una sonrisa ocupa la voz de su padre, pero es capaz de sentir debajo sus pensamientos como el aleteo de unos pájaros enjaulados.

—Papá, ¿qué significa eso de que nos han *ocupado*?

—Significa que van a aparcar sus camiones en las plazas.

—¿Nos obligarán a hablar su idioma?

—Puede que nos hagan adelantar los relojes una hora.

La casa cruje. Las gaviotas chillan. Enciende otro cigarrillo.

—¿Es como una *ocupación*, papá, como un tipo de trabajo?

—Es como un control militar, Marie. Y basta de preguntas por hoy.

Silencio. Veinte latidos. Treinta.

—¿Cómo puede obligar un país a que otro cambie su hora? ¿Qué pasaría si todo el mundo se negara?

—Que todo el mundo llegaría o tarde o temprano a los sitios.

—¿Te acuerdas de nuestro apartamento, papá, con mis libros y nuestra maqueta y todas aquellas piñas en el alféizar?

—Claro.

—Yo las alineé de mayor a menor.

—Y ahí siguen.

—¿De verdad lo crees?

—Lo sé.

—No lo sabes.

—Es verdad, no lo sé. Lo creo.

—¿Hay soldados alemanes durmiendo en nuestras camas ahora, papá?

—No.

Marie-Laure se recuesta e intenta mantenerse completamente inmóvil. Casi puede escuchar cómo trabaja la maquinaria de la mente de su padre en el interior de su cráneo.

—Todo va a salir bien —murmura ella. Busca con su mano el antebrazo de su padre—. Nos quedaremos aquí durante un tiempo y luego volveremos a nuestro apartamento y las piñas estarán justo donde las dejamos y *Veinte mil leguas de viaje submarino* estará en el suelo de la conserjería donde lo dejamos y no habrá nadie en nuestras camas.

El himno distante del mar. El sonido de las botas de alguien sobre unos adoquines mucho más abajo. Desea desesperadamente que su padre le diga que sí, que así será sin duda, *ma chérie*. Pero no dice nada.

NO MIENTAS

No consigue concentrarse en las tareas de la escuela ni en las conversaciones sencillas ni en el coro de frau Elena. Cada vez que cierra los ojos se apoderan de él imágenes de la escuela de Schulpforta: bandera escarlatas, caballos musculosos, laboratorios resplandecientes. Los mejores muchachos de Alemania. En ciertos momentos se ve a sí mismo como una demostración de que todo es posible hacia la que los demás vuelven la mirada. En otros momentos, sin embargo, ve parpadeando ante él la imagen del chico grandote de los exámenes de ingreso con el rostro pálido sobre la plataforma en el salón de baile. Ve cómo cae y cómo nadie se acerca a ayudarle.

¿Por qué Jutta no se alegra por él? ¿Por qué justo ahora, en el momento de su huida, escucha esa inexplicable señal de advertencia en una distante región de su mente?

Martin Sachse dice:

—¡Cuéntanos otra vez lo de las granadas de mano!

Siegfried Fischer dice:

—Y también lo de los halcones.

En tres ocasiones prepara lo mejor que puede sus argumentos y en las tres ocasiones Jutta se da media vuelta y se marcha. Ayuda todo el tiempo a frau Elena con los niños más pequeños, va al mercado o busca cualquier otra excusa para ser útil, para estar ocupada, para salir.

—No me quiere escuchar —le dice Werner a frau Elena.

—Sigue intentándolo.

Cuando se quiere dar cuenta, ya solo falta un día para su partida. Se despierta antes del amanecer y ve a Jutta en el dormitorio de las chicas dormida en su catre. Se ha tapado la cabeza con las manos, la manta de lana está enroscada alrededor de su cuerpo y la almohada embutida en la esquina entre el cochón y la pared... Incluso dormida parece una encarnación de la contrariedad. Sobre la cama, pegados a la pared, están los fantasiosos dibujos a lápiz del pueblo de frau Elena, un París con mil torres blancas tras bandadas de pájaros en forma de remolinos.

Dice su nombre.

Ella se enrosca aún más en la manta.

—¿Vienes a dar un paseo conmigo?

Para su sorpresa, ella se sienta. Salen antes de que nadie se despierte. Él la guía sin decir nada. Saltan una valla, luego otra. Jutta le sigue con los cordones desatados. Los cardos les arañan las rodillas, el sol del amanecer es un pequeño agujero en el horizonte.

Se detienen al borde del canal de riego. En inviernos anteriores Werner solía remolcarla hasta este punto en su carretilla para ver las carreras de patinadores sobre el canal congelado, granjeros de barbas escarchadas y cuchillas atadas a los zapatos. Cinco o seis patinadores se apresuraban entonces al unísono en un grupo compacto que se desplazaba en medio de la neblina en una carrera de doce o quince kilómetros entre las ciudades. Tenían la misma mirada que los caballos cuando han recorrido una larga carrera y para Werner siempre resultaba excitante observarles, sentir el aire agitado por la velocidad, escuchar las cuchillas de sus patines hasta que desaparecían… Le daba la sensación de que su alma podía separarse de su cuerpo y alejarse con ellos. Pero en cuanto doblaban la curva, dejando tras de sí tan solo los blancos arañazos de sus patines sobre el hielo, el encanto se esfumaba y volvía a remolcar a Jutta hasta el orfanato sintiéndose solo y abandonado, más atrapado en su vida que nunca.

—El invierno pasado no vinieron los patinadores —dice.

Su hermana echa un vistazo a la zanja. Tiene los ojos color malva. Su enmarañado pelo es indomable y tal vez incluso más blanco que el de él. *Schnee.*

—Tampoco vendrán este año —dice ella.

A sus espaldas el complejo minero es una ardiente montaña negra. Incluso ahora Werner puede oír el mecánico sonido de tambores repetido en la distancia, el turno de la mañana desciende en los ascensores mientras el turno de la noche sube (todos esos chicos de mirada cansada y rostros sucios salen de los ascensores buscando la luz) y por un instante Werner intuye que una pesada y terrible presencia amenazante le está aguardando.

—Ya sé que estás enfadada.

—Te convertirás en alguien como Hans y Herribert.

—No lo haré.

—Sí, cuando hayas pasado mucho tiempo con ellos, lo harás.

—¿Y qué quieres, que me quede, que baje a las minas?

Ven a un ciclista a lo lejos en el sendero. Jutta se cruza de brazos.

—¿Sabes lo que solía escuchar en nuestra radio antes de que la destruyeras?

—Basta, Jutta, por favor.

—Programas de París. Decían justo lo contrario de lo que dice la Deutschlandsender. Decían que éramos monstruos. Que estábamos cometiendo *atrocidades*. ¿Sabes lo que significa «atrocidades»?

—Por favor, Jutta.

—¿Te parece correcto —le pregunta— hacer algo solo porque todo el mundo lo hace?

Las dudas se deslizan en su interior como anguilas. Werner intenta quitárselas. Jutta apenas tiene doce años, no es más que una niña.

—Te escribiré todas las semanas. Dos veces a la semana, si puedo. No tienes por qué enseñárselas a frau Elena si no quieres.

Jutta cierra los ojos.

—No es para siempre, Jutta. Tal vez solo sean dos años. La mitad de los chicos a los que admiten no consiguen graduarse. Quizá pueda aprender algo, tal vez me enseñen a ser un ingeniero de verdad. A lo mejor aprendo a volar en avión, como dice el pequeño Siegfried. No sacudas la cabeza, siempre hemos querido ver cómo son los aviones por dentro, ¿o no? Iremos al oeste, tú y yo. Y también frau Elena si quiere. A lo mejor vamos en tren. Os llevaré a través de los bosques, los *villages de montagnes* y todos esos lugares de los que habla frau Elena y en los que estuvo cuando era pequeña. Puede que incluso lleguemos a París.

La luz crece. Oyen el suave silbido de la hierba. Jutta abre los ojos pero no le mira.

—No mientas, Werner. Miéntete a ti mismo si quieres. Pero no me mientas a mí.

Diez horas más tarde está en el tren.

ETIENNE

Durante tres días no se cruza con su tío abuelo, pero en la mañana del cuarto día, cuando va hacia el baño, pisa algo pequeño y duro. Se agacha y lo busca con los dedos.

Es suave y tiene forma oval, una escultura de pliegues verticales tallados en una estrecha espiral. La apertura es ancha y elíptica. Susurra: «Un caracol marino».

A un paso de la primera caracola encuentra otra. Luego una tercera y una cuarta. El rastro de caracolas pasa de largo por el cuarto de baño y emprende vuelo hacia la puerta cerrada de la quinta planta donde, para entonces, ella ya sabe que se encuentra él. Detrás se escucha el susurro de un concierto de piano. Una voz dice:

—Adelante.

Ella espera encontrar un ambiente condensado, cierto olor a anciano, pero la habitación huele ligeramente a jabón, libros y algas secas. No como el laboratorio del doctor Geffard.

—¿Tío abuelo?

—Marie-Laure.

Su voz es baja y suave, como un trozo de seda guardado en un cajón que solo se saca en ocasiones especiales, para acariciarlo con los dedos. Avanza y una mano fría y de huesos frágiles como los de un pájaro la agarra. Le dice que ya se siente mejor.

—Perdona que no haya podido presentarme antes.

El punteo del piano avanza muy despacio. Suena como si se tratara de una docena de pianos al unísono y la melodía naciera de todos los puntos del compás.

—¿Cuántas radios tienes, tío?

—Déjame que te muestre. —Apoya la mano de Marie-Laure sobre un estante—. Esta funciona en estéreo. Sistema heterodino. La monté yo mismo.

Ella imagina a un pianista diminuto vestido de esmoquin tocando en el interior de la máquina. Luego le dirige la mano para que la pose sobre una radio enorme y a continuación sobre una tercera radio del tamaño de una tostadora. En total son once, asegura con un orgullo infantil en la voz.

—Puedo escuchar las radios de los barcos en el mar. Transmisiones de Madrid, Brasil, Londres. En una ocasión sintonicé una emisora de la India. Aquí, a las afueras de la ciudad y en una casa tan alta, hay una recepción soberbia.

Le permite que meta la mano en una caja de fusibles y luego en otra con interruptores. La acompaña hasta las estanterías de libros: los lomos de cientos de ejemplares, una jaula para pájaros, escarabajos en el interior de cajas de cerillas, una trampa para ratones eléctrica, un pisapapeles de cristal en cuyo interior, dice, hay enterrado un escorpión, jarros con diferentes conectores y cientos de objetos que ella es incapaz de identificar.

Tiene a su disposición toda la quinta planta (una enorme habitación, excepto por el descansillo, para él solo). Tres ventanas abiertas que dan a la rue Vauborel en el frente y otras tres que dan al callejón trasero. Hay una vieja y estrecha cama con una colcha suave y bien ajustada. Una mesa limpia y un sofá grande.

—Fin del recorrido —dice él en voz baja. Su tío abuelo parece amable, curioso y completamente sano. Quietud: eso es lo que emana sobre todo. La quietud de un árbol. O de un ratón que parpadea en la oscuridad.

Madame Manec sube con los sándwiches. Etienne no tiene ningún libro de Julio Verne pero asegura que tiene uno de Darwin y le lee un fragmento de *El viaje del «Beagle»* que traduce del inglés al francés a medida que avanza: «La variedad de especies de arañas saltarinas es casi infinita…». La música sube en espiral desde la radio y es fantástico estar calentita y recién comida, recostada en el sofá, escuchando esas frases que la elevan y la llevan hacia algún otro lugar.

☽

A seis manzanas de distancia queda la oficina de telégrafos. El padre de Marie-Laure acerca la cara a la ventana para observar a las dos motos con sidecar alemanas que pasan rugiendo bajo la Porte Saint-Vincent. Todos los postigos de la ciudad están cerrados pero miles de ojos espían a través de las rendijas sobre los alféizares. Detrás de las motocicletas avanzan dos camiones. Y en la retaguardia resplandece un único Mercedes negro. El sol se refleja en el capó y en los ornamentos cromados cuando la pequeña procesión frena al llegar al paseo de grava que está frente a los muros cubiertos de líquenes del Château de Saint-Malo. Un anciano de piel prodigiosamente morena —alguien le dice que es el alcalde— espera con un pañuelo blanco entre sus enormes manos de marinero; sus muñecas tiemblan casi imperceptiblemente.

Los alemanes saltan de los vehículos, son más de una docena. Sus botas relucen y los uniformes están impecables. Dos llevan claveles. Uno baja a un beagle con una correa, otros miran con la boca abierta la fachada del Château.

Un hombre bajito con uniforme de capitán sale de la parte trasera del Mercedes y se sacude algo invisible de la manga de su abrigo. Intercambia unas cuantas palabras con el delgado *aide-de-camp**, que se las traduce a su vez al alcalde. El alcalde asiente. A continuación el hombre bajito desaparece al otro lado de las enormes puertas. Minutos más tarde el *aide-de-camp* abre los postigos de una de las ventana superiores y por un instante echa un vistazo a los tejados antes de desplegar una bandera carmesí sobre el ladrillo y ajustar los ojales al alféizar.

---

* En francés, «ayudante de campo». *[N. de los T.]*

JUNGMÄNNER*

Es un castillo como los que aparecen en los cuentos: ocho o nueve edificios de piedra protegidos por las colinas, con tejados color óxido, estrechas ventanas, agujas y torretas, y hierba entre las tejas de los techos. Un hermoso riachuelo avanza atravesando los campos de deporte. Ni en la más despejada hora del día más limpio de Zollverein había respirado Werner un aire tan puro como este.

Un jefe de dormitorio con un solo brazo les explica las reglas con tono beligerante.

—Este será vuestro uniforme de desfile, este vuestro uniforme de campo y este vuestro uniforme de deporte. Los tirantes van cruzados en la parte de atrás y paralelos por delante, la camisa enrollada hasta el codo. Cada uno podrá llevar un cuchillo y su funda en el lado derecho del cinturón. Cuando queráis pedir algo levantad el brazo derecho. Alineaos siempre en filas de diez. Nada de libros, ni cigarrillos, ni comida, ni objetos personales, no quiero nada en vuestros armarios salvo los uniformes, las botas y el

---

* Asociación de jóvenes nazis. [N. de los T.]

cuchillo. Todo debe estar impecable. Nada de charlas cuando se apagan las luces. Las cartas a casa se enviarán los miércoles. Aquí os desharéis de vuestra debilidad, vuestra cobardía y vuestras dudas. Seréis como una cascada, una lluvia de balas, todos marcharéis en la misma dirección, con el mismo paso y hacia el mismo objetivo. Olvidaréis las comodidades y viviréis solo para el deber. Vuestro alimento será vuestro país y vuestro aire, la patria. ¿Lo habéis entendido?

Los chicos gritan que sí. Son cuatrocientos alumnos, treinta instructores y cincuenta más entre personal de plantilla, suboficiales, cocineros y encargados. Algunos cadetes tienen apenas nueve años. Los mayores tienen diecisiete. Rostros góticos, narices afiladas, barbillas puntiagudas. Ojos azules, todos ellos.

Werner duerme en un pequeño dormitorio con otros siete chicos de catorce años. En la litera de arriba duerme Frederick, un chico escuálido, delgado como un junco, con la piel más blanca que la leche. Frederick también es nuevo. Viene de Berlín. Su padre es ayudante de un embajador. Al hablar Frederick siempre mira hacia arriba como si estuviera escrutando el cielo en busca de algo.

Él y Werner comen su primera comida en una larga mesa de madera en el refectorio, con los nuevos uniformes almidonados. Algunos chicos hablan en susurros, otros se sientan solos, otros engullen como si no hubiesen comido durante días. Al otro lado de las tres ventanas arqueadas, el amanecer proyecta un puñado de sagrados rayos dorados.

Frederick agita los dedos y pregunta:

—¿Te gustan los pájaros?

—Claro.

—¿Has oído hablar de los cuervos encapuchados?

Werner niega con la cabeza.

—Los cuervos encapuchados son más inteligentes que la mayoría de los mamíferos, incluso que los monos. He visto a algunos poner nueces que no podían romper en la carretera y esperar a que pasaran coches por encima para comer lo que había dentro. Werner, tú y yo vamos a ser grandes amigos, estoy seguro.

Un retrato del Führer preside cada clase. Los chicos se sientan en bancos sin respaldo frente a mesas de madera marcadas por el aburrimiento de incontables chicos antes que ellos, escuderos, monjes, reclutas, cadetes. El primer día Werner pasa junto a la puerta medio abierta del laboratorio de ciencias y entrevé una habitación del tamaño de la farmacia de Zollverein en la que hay alineadas unas piletas nuevas y vitrinas de cristal en las que esperan probetas, cilindros graduados, balanzas y hornillos. Frederick tiene que empujarle para que siga avanzando.

El segundo día, un viejo frenólogo hace una presentación para todo el alumnado. Bajan las luces del refectorio, un proyector comienza a zumbar y en la pared opuesta aparece un gráfico lleno de círculos. El anciano se detiene bajo la pantalla y agita el extremo de un palo de billar sobre la cuadrícula.

—Los círculos en blanco representan la sangre alemana pura. Los círculos con negro indican la proporción de sangre extranjera. Fijaos en el grupo dos, número cinco. —Golpea con el palo la pantalla y esta se mece—. Un matrimonio entre un alemán puro y una persona con un cuarto de sangre judía es aceptable, ¿veis?

Quince minutos más tarde Werner y Frederick leen a Goethe en la clase de lengua. Luego magnetizan agujas para el trabajo de campo. El jefe del dormitorio anuncia unos horarios completamente enrevesados: los lunes ciencias mecánicas, historia nacional y ciencias raciales. Los martes equitación, orientación e historia militar. Todo el mundo, incluso los niños de nueve años, tiene que aprender a limpiar, a desmontar y a disparar rifles Mauser.

Por las tardes les cuelgan un cinturón de cartuchos y les hacen correr. Corren hasta los refectorios, corren hasta la bandera, corren hasta lo alto de la colina, corren llevándose unos a otros a las espaldas, corren con el rifle sobre la cabeza, corren, gatean, nadan. Y luego corren todavía un poco más.

Las noches llenas de estrellas, los amaneceres cubiertos de rocío, los silenciosos deambulatorios, el obligado ascetismo. Werner jamás se ha sentido parte de algo tan cerrado, nunca ha sentido tanto deseo de pertenecer. En las hileras de dormitorios los cadetes hablan de esquí alpino, de duelos, de clubs de jazz, de institutrices y de cacerías de jabalíes. Son chicos que manejan las palabrotas con virtuosismo y hablan de cigarrillos que se llaman igual que estrellas de cine. Chicos que hablan de «llamar por teléfono al coronel» y que son hijos de baronesas. Algunos muchachos han sido elegidos no porque sean buenos en nada en particular sino porque sus padres trabajan para algún ministro. Y la forma en la que hablan:

—No se le pueden pedir peras al olmo.

—Me la voy a follar en un abrir y cerrar de ojos, ya lo verás.

—Ánimo y relajaos, chicos.

Hay cadetes que hacen todo bien, tienen una pose perfecta, son expertos tiradores y tienen las botas tan impecables que reflejan las nubes. Hay cadetes que tienen la piel parecida a la mantequilla, ojos como zafiros y redes de venas ultrafinas y azuladas en la espalda y en las manos. Al menos por ahora, bajo el látigo de la administración, son todos iguales. Todos *Jungmänner*. Todos cruzan las puertas a la vez, engullen huevos fritos en el refectorio al mismo tiempo, marchan a través del patio interior, les pasan lista, saludan a la bandera, disparan sus rifles, corren, se bañan y sufren juntos. Cada uno es un trozo de barro y el alfarero, que no es otro que un corpulento comandante de cara reluciente, tiene intención de convertirlos en cuatrocientas jarras idénticas.

«Somos jóvenes», cantan, «estamos decididos, nunca nos hemos comprometido, tenemos aún tantos castillos que atacar».

Werner oscila entre el cansancio, la confusión y la euforia. Le asombra que su vida haya cambiado tanto de rumbo. Mantiene a raya las dudas memorizando las canciones y los caminos a las clases o manteniendo firme la mirada en el laboratorio de ciencias: nueve mesas, treinta banquetas, bobinas, condensadores de variables, amplificadores, baterías y soldadores de hierro guardados bajo llave en los relucientes armarios.

Sobre él, de rodillas en su catre, Frederick echa un vistazo por la ventana abierta con un par de antiguos prismáticos de campo y hace un recuento de los pájaros que distingue. Una muesca por cada somorgujo de cuello rojo, seis muescas por cada tordo. Detrás de los campos de deporte un grupo de niños de diez años camina con antorchas y banderas con esvásticas hacia el río. La procesión se detiene y la brisa hace temblar las llamas de las antorchas. Luego continúan la marcha y su canción se eleva hasta la ventana como una nube viva y luminosa.

Oh, llévame, llévame hasta las filas
para no morir como la gente común.
No quiero morir en vano,
quiero morir sobre la pira de los sacrificios.

VIENA

El sargento mayor Reinhold von Rumpel tiene cuarenta y un años y aún no es lo bastante viejo como para que no puedan ascenderle. Tiene los labios húmedos y rojos, es pálido y sus mejillas son traslúcidas como filetes de lenguado crudo. El instinto para identificar lo correcto rara vez le abandona. Su esposa sufre sus ausencias sin quejarse mientras ordena los gatitos de porcelana por colores, del más claro al más oscuro, en dos estanterías de su cuarto de estar en Stuttgart. Tiene también dos hijas a las que lleva nueve meses sin ver. La mayor, Veronika, es terriblemente seria. Las cartas que le envía incluyen frases como «sagrada resolución», «orgulloso cumplimiento» y «sin precedentes en la historia».

El talento más extraordinario de Von Rumpel tiene que ver con los diamantes. Es capaz de reconocer y de pulir las piedras con la misma habilidad que cualquier joyero ario de Europa, también es capaz de reconocer las piezas falsas con solo mirarlas. Ha estudiado cristalografía en Múnich, ha sido aprendiz de un pulidor en Amberes y ha estado (durante una gloriosa tarde) en la Charterhouse Street en Londres, en una joyería común en la que le pidieron que se vaciara los bolsillos, subiera tres tramos de escaleras y atravesara tres puertas cerradas con candados. Allí le dijeron que se sentara frente a una mesa en la que un hombre con un bigote encerado hasta las puntas le permitió examinar un diamante en bruto de noventa y dos quilates procedente de Sudáfrica.

Antes de la guerra la vida de Reinhold von Rumpel era bastante agradable: era un gemólogo que dirigía un próspero negocio en un segundo piso que había tras la vieja cancillería en Stuttgart. Los clientes le llevaban piedras y él calculaba su valor. En alguna ocasión talló diamantes y le pidieron su opinión sobre tallados de alto nivel. Si alguna vez engañaba a algún cliente, se decía a sí mismo que también eso formaba parte del juego.

Con la guerra, su trabajo se ha expandido. Ahora el sargento mayor Von Rumpel tiene la oportunidad de hacer lo que nadie ha hecho desde hace siglos, ni siquiera durante la dinastía Mogul, ni siquiera con los Kan. Algo que tal vez no se ha hecho jamás en la historia. La rendición de Francia ha sucedido hace apenas unas semanas y ya ha visto cosas que jamás había soñado que vería ni en seis vidas. Un globo terráqueo del siglo XVII del tamaño de un coche pequeño con rubíes que marcaban los volcanes, zafiros que señalaban los polos y diamantes en las capitales del mundo. Había sostenido en la mano (¡en la mano!) un puñal de al menos cuatrocientos años de antigüedad hecho de jade blanco con incrustaciones de esmeraldas. Ayer, de camino a Viena, se apoderó de una vajilla de porcelana china del año 570 que tenía un diamante engarzado en cada plato. ¿Dónde confiscó la policía aquellos tesoros y a quién se los han quitado? No pregunta. Ha empaquetado la vajilla personalmente, la ha embalado y numerado con pintura blanca, y ha visto cómo se alejaba en un vagón de tren con vigilancia constante.

Espera ser enviado al alto mando. Espera más.

Esa misma tarde de verano, en una polvorienta biblioteca geológica de Viena, el sargento mayor Von Rumpel sigue los pasos de una delgada secretaria que lleva unas medias marrones, una falda marrón y una blusa marrón entre pilas de revistas. La secretaria acerca una escalerilla, trepa y le alcanza unos volúmenes. Tavernier, 1676: *Viajes por la India.*

P.S. Pallas, 1793: *Viajes a través de las provincias del sur del Imperio Ruso.*

Streeter, 1898: *Gemas y piedras preciosas.*

Los rumores dicen que el Führer está redactando una lista de objetos preciosos que desea confiscar por toda Rusia y Europa. Se dice que tiene intención de reconvertir la austriaca ciudad de Linz en una ciudad gloriosa, la capital mundial de la cultura. Un vasto paseo de mausoleos, acrópolis, planetarios, bibliotecas, palacios de ópera, todo en mármol y granito, todo impecable. En el centro planea construir un kilométrico museo: una colección que exponga los mayores logros de la cultura humana.

El documento es real, eso ha oído Von Rumpel. Tiene cuatrocientas páginas.

Se sienta en una mesa entre las pilas, intenta cruzar las piernas pero tiene una hinchazón que le molesta en la ingle: es extraña, aunque no dolorosa. La insignificante bibliotecaria trae los libros. Ojea lentamente el Tavernier, el Streeter y los *Bosquejos de Persia,* de Malcolm. Lee las entradas sobre el diamante de trescientos quilates llamado el Orloff de Moscú, sobre el Nur-al-Ain y sobre el Dresde Verde de cuarenta y ocho quilates y medio. Lo encuentra al anochecer. Es la historia de un príncipe moribundo, un sacerdote que se granjeó la ira de una diosa y un prelado francés que creía que había comprado la misma piedra siglos más tarde.

El Mar de Llamas.

Una piedra gris azulada con un tono rojo en el centro, registrada como un diamante de ciento treinta y tres quilates que se perdió o fue heredada por el rey de Francia en 1738 bajo la condición de ser encerrada durante doscientos años.

Mira hacia arriba. Las lámparas están suspendidas como hileras de espinas que se desvanecen en un polvo dorado. De entre toda la superficie de Europa, él tiene la firme intención de encontrar una piedrita escondida en sus pliegues.

LOS *BOCHES*

El padre dice que sus armas brillan como si jamás hubiesen disparado. Que sus botas están limpias y sus uniformes impolutos. Que da la sensación de que han bajado de un tren con aire acondicionado.

Las mujeres del pueblo que se detienen frente a la puerta de la cocina de madame Manec, solas o acompañadas, dicen que los alemanes (a los que llaman los *boches)* han comprado hasta la última postal en las farmacias, que los *boches* compran muñecas de paja y melocotones en almíbar y pasteles rancios de los escaparates de las confiterías, que los *boches* compran camisas de monsieur Verdier y lencería de monsieur Morvan, que los *boches* reclaman cantidades absurdas de mantequilla y de queso, que los *boches* se han bebido hasta la última botella de champán que el *caviste* les ha vendido.

Hitler, murmuran las mujeres, está visitando los monumentos parisinos.

Se han instalado los toques de queda. Se ha prohibido todo tipo de música en la calle. Se han prohibido los bailes públicos. El país entero está de luto y nosotros debemos comportarnos respetuosamente, anuncia el alcalde. Lo que no queda claro es bajo qué autoridad lo dice.

Cada vez que se acerca, Marie-Laure oye el chasqueo que emite su padre al encender otra cerilla. Sus manos se agitan en el interior de los bolsillos. Durante las mañanas alterna la cocina de madame Manec con el estanco y la oficina de correos, donde hace interminables colas para utilizar el teléfono. Por las tardes repara cosas aquí y allá en la casa de Etienne, la puerta suelta de un armario, el tablón chirriante de un escalón. Le pregunta a madame Manec sobre la fiabilidad de los vecinos. Abre y cierra la caja de herramientas una y otra vez hasta que Marie-Laure le suplica que se detenga.

Un día Etienne se sienta junto a Marie-Laure y comienza a leerle con su voz ligera. Luego sufre algo que él llama dolor de cabeza y se encierra en su estudio bajo llave. Madame Manec le entrega a escondidas a Marie-Laure barras de chocolate y trozos de pastel. Esta mañana ha exprimido unos limones en unos vasos con agua y azúcar y le ha dicho a Marie-Laure que podía beber todo lo que quisiera.

—¿Cuánto tiempo suele quedarse ahí, madame?

—A veces uno o dos días —responde madame Manec—, otras veces más.

La primera semana en Saint-Malo se convierte en la segunda. Marie comienza a tener la sensación de que su vida, como en *Veinte mil leguas de viaje submarino*, se ha interrumpido a la mitad. Estaba el primer volumen, cuando Marie-Laure y su padre vivían en París e iban al trabajo, y ahora está el segundo volumen, en el que los alemanes cruzan con sus motocicletas estas calles estrechas y extrañas y en el que su tío desaparece en el interior de su propia casa.

—Papá, ¿cuándo nos marcharemos?

—Tan pronto como tenga noticias de París.

—¿Por qué tenemos que dormir en esta habitación tan pequeña?

—Podríamos limpiar una de las habitaciones de abajo, si prefieres.

—¿Y por qué no la habitación que está frente a la nuestra?

—Etienne y yo decidimos no utilizarla jamás.

—¿Por qué?

—Porque pertenecía a tu abuelo.

—¿Cuándo podré ir al mar?

—Hoy no, Marie.

—¿Podemos salir a dar una vuelta a la manzana?

—Es demasiado peligroso.

Tiene ganas de chillar. ¿Qué peligro les acecha? Cuando abre la ventana del dormitorio no oye gritos ni explosiones, apenas el canto de unos pájaros a los que su tío llama «glotones», el mar y de vez en cuando el vuelo de un avión sobre sus cabezas.

Se pasa las horas memorizando la casa. La primera planta pertenece a madame Manec. Es limpia y navegable y siempre hay algún visitante que llega hasta la cocina para intercambiar chismes de pueblo. Está el comedor, el vestíbulo, un aparador en el recibidor lleno de viejos platos que tiemblan cada vez que alguien pasa a su lado y una puerta en la cocina que da directamente a la habitación de madame: una cama, un lavabo y un armario.

Once serpenteantes escalones llevan hasta una segunda planta repleta de los olores de un pasado de grandeza, un viejo cuarto de costura y el cuarto de la empleada. Justo ahí, en el descansillo, le comenta madame Manec, a los portadores se les cayó el ataúd de la tía abuela de Etienne.

—El ataúd se dio media vuelta y el cadáver rodó por la escalera. Todo el mundo se quedó horrorizado, aunque a ella no pareció importarle mucho.

La tercera planta está más desordenada: cajas con jarras, discos de metal, sierras oxidadas, cubos repletos de lo que han debido ser componentes eléctricos, manuales de ingeniería apilados junto al lavabo. En la cuarta planta hay cosas por todas partes, en las habitaciones, en los pasillos y a lo largo de la escalera: cestas de lo que parecen partes de máquinas, cajas de zapatos llenas de tornillos, antiguas casas de muñecas construidas por su bisabuelo. El estudio de Etienne ocupa toda la quinta planta. A ratos está en silencio y a ratos lleno de voces o de música o del sonido de la estática.

Por último está la sexta planta. El minúsculo dormitorio de su abuelo a la izquierda, el baño justo en el medio y la pequeña habitación en la que duerme con su padre a la derecha. Cuando sopla viento, algo que ocurre casi siempre, con el crujido de las paredes y el golpeteo de los postigos, las habitaciones sobrecargadas y la escalera que gime con severidad en el centro, la casa parece de un material similar al del interior de su tío: aprensiva, aislada, repleta de maravillas cubiertas de telas de araña.

En la cocina las amigas de madame Manec montan un gran alboroto por el pelo y las pecas de Marie-Laure. Las mujeres dicen que en París la gente hace hasta cinco horas de cola para conseguir una barra de pan, que se están comiendo a sus mascotas y que machacan a las palomas con ladrillos para hacer sopa. No hay cerdos, ni conejos, ni coliflores. Los faros de los coches están todos pintados de azul y por las noches la ciudad está tan silenciosa como un cementerio: no hay autobuses, trenes ni apenas gasolina. Marie-Laure se sienta frente a la mesa cuadrada con un plato de galletas frente a ella y se imagina a las viejas con sus manos venosas, sus ojos lechosos y sus grandes orejas. Desde la ventana de la cocina se oye el *uit, uit, uit* de una golondrina, los pasos sobre la muralla y el tintineo de los mástiles, las bisagras y cadenas de los barcos en el puerto. Fantasmas. Alemanes. Caracoles.

HAUPTMANN

Un diminuto instructor de ciencias técnicas de mejillas sonrosadas llamado doctor Hauptmann se desabrocha los botones de latón del abrigo y lo cuelga en el respaldo de una silla. Ordena a los cadetes en la clase de Werner que cojan unas cajas con bisagras que hay en los armarios cerrados con llave al fondo del laboratorio.

En el interior de las cajas hay engranajes, lentes, detonadores, muelles, cadenas y resistencias. Hay un grueso bucle hecho con cable de cobre, un diminuto martillo y dos terminales de batería del tamaño de un zapato, las mejores herramientas a las que Werner ha tenido acceso en su vida. El diminuto profesor dibuja en la pizarra el esquema de un cableado para un circuito sencillo de código morse. Deja la tiza, junta las delgadas yemas de sus dedos, las cinco contra las cinco, y pide a los chicos que monten un circuito con las partes que cada uno tiene en su caja.

—Tenéis una hora.

La mayoría de los chicos palidecen. Vuelcan todo sobre la mesa y juegan con las partes como si fueran bagatelas importadas desde el futuro. Frederick saca unas piezas de la caja al azar y las sostiene contra la luz.

Durante unos instantes Werner se siente otra vez en el desván del orfanato, con la cabeza bulléndole de preguntas. *¿Qué es un relámpago? ¿Hasta dónde podría saltar si viviera en Marte? ¿Cuál es la diferencia entre dos veces veinticinco y dos veces cinco y veinte?* A continuación coge una batería, dos placas de metal, clavos de diferentes tamaños y el martillo de la caja. En menos de un minuto ha construido un oscilador según el diagrama.

El diminuto profesor frunce el ceño. Comprueba el circuito de Werner; funciona.

—Bien —dice, y se queda frente a la mesa de Werner con las manos tras la espalda—, ahora sacad de la caja el imán en forma de disco, el cable, los tornillos y la batería. —A pesar de que las instrucciones parecen ser para la clase, mira únicamente a Werner—. Eso es todo lo que podéis usar. Tiempo más que suficiente para construir un motor sencillo.

Algunos chicos revuelven desanimados los artículos en sus cajas. La mayoría se limitan a observar.

Werner siente la mirada atenta del doctor Hauptmann sobre él como si fuera el haz de un foco. Pega el imán a la cabeza del tornillo y acerca la punta del tornillo al polo positivo de la batería. Cuando pasa el cable desde el polo negativo hasta la cabeza del tornillo, tanto el tornillo como el imán comienzan a girar. Toda la operación no le lleva más de quince segundos.

El doctor Hauptmann se ha quedado con la boca abierta. Tiene la cara ruborizada, llena de excitación.

—¿Cómo te llamas, cadete?

—Pfennig, señor.

—¿Qué más puedes hacer?

Werner estudia las partes que hay sobre la mesa.

—¿Un timbre, señor? ¿Una baliza morse, un ohmímetro?

El resto de los chicos estiran los cuellos. El doctor Hauptmann tiene los labios de color rosa y los párpados increíblemente finos, como si no dejara de mirar a Werner incluso cuando los cierra.

—Hazlos todos —dice.

EL SOFÁ VOLADOR

Ponen carteles en el mercado, en los postes de la Place Chateaubriand. La gente debe entregar voluntariamente las armas. Todos los que no colaboren serán fusilados. A mediodía del día siguiente los bretones desfilan entregando sus armas, los granjeros acuden desde muchos kilómetros a la redonda en carros con mulas, viejos y lentos marineros entregan sus viejas pistolas y unos cuantos cazadores dejan sus rifles con ira y mirando el suelo.

Al final queda un ridículo montoncito con unas trescientas armas, la mitad de ellas oxidadas. Dos jóvenes gendarmes las amontonan en la parte de atrás de un camión que poco después recorre una calle estrecha, cruza la carretera elevada y desaparece. Nada de discursos, nada de explicaciones.

—Por favor, papá, ¿puedo salir?

—Muy pronto, palomita.

Pero está distraído. Fuma tanto que da la sensación de que él mismo se va a convertir en ceniza. Los últimos días ha estado trabajando frenéticamente en una maqueta de Saint-Malo que asegura que es para ella, todos los días añade casas nuevas, marca la muralla y traza las calles para que ella se aprenda el pueblo del mismo modo en que se aprendió su barrio de París. Madera, cola, clavos, lija: más que reconfortarla, los ruidos y los olores de su desenfrenada urgencia hacen que se ponga más nerviosa. ¿Por qué ha de aprenderse las calles de Saint-Malo? ¿Cuánto tiempo más van a quedarse allí?

En el estudio de la quinta planta Marie-Laure escucha a su tío abuelo mientras le lee *El viaje del «Beagle»*. Darwin ha cazado ñandús en la Patagonia, ha estudiado las lechuzas en Buenos Aires y ha escalado una cascada en Haití. Le interesan los esclavos, las rocas, los truenos, los pájaros y la ceremonia de frotarse la nariz en Nueva Zelanda. Le encanta oír historias sobre las oscuras costas de Sudamérica, con sus impenetrables muros de selvas y las brisas marinas colmadas del hedor de las algas y de los chillidos de las crías de focas. Le encanta imaginar a Darwin por la noche, apoyado en la barandilla del barco, contemplando las olas luminiscentes u observando los recorridos de los pingüinos marcados por una estela verde luminosa.

—*Bon soir* —le dice a Etienne, que está recostado en el sofá de su estudio—, puede que solo sea una niña de doce años pero soy una valiente exploradora francesa que ha venido a ayudarte en tus aventuras.

Etienne finge un acento británico.

—Buenas tardes, mademoiselle. Por qué no me acompaña a la jungla y se come esas mariposas, son tan grandes como platos y a lo mejor no son venenosas… Quién sabe.

—Me encantaría comer esas mariposas, monsieur Darwin, pero creo que antes me comeré estas galletas.

Otras tardes juegan al sofá volador. Se suben al sofá, se sientan uno al lado del otro y Etienne dice:

—¿Adónde vamos esta noche, mademoiselle?

Y ella responde entusiasmada que a la jungla, a Haití o a Mozambique.

—Vaya, esta vez es un viaje muy largo —dice Etienne con una voz distinta, suave y aterciopelada como la lenta pronunciación de un director de orquesta—. Eso es en el Atlántico muy al sur. Fíjate cómo brilla la luna, ¿puedes oler eso? ¿Has notado el frío que hace aquí arriba? ¿Sientes el viento en el pelo?

—¿Y dónde estamos ahora, tío?

—En Borneo. ¿Te gusta? Estamos pasando por encima de la copa de los árboles, se vislumbran unas hojas enormes más abajo. También unos cafetales, ¿sientes el olor?

Y Marie-Laure los huele de verdad porque su tío le está pasando unos granos de café por debajo de la nariz, o tal vez porque de verdad están volando sobre los cafetales de Borneo, no quiere ser ella quien lo decida.

Visitan Escocia, Nueva York, Santiago. Más de una vez se ponen los abrigos y visitan la luna.

—¿Pero tú has visto lo livianos que somos? Podemos trasladarnos moviendo apenas un músculo.

Él la pone en su silla de escritorio con ruedas y la hace girar en círculos hasta que ya no puede reír más porque le duele.

—Toma, prueba un poco de esta fresca y deliciosa carne de luna —dice Etienne y ella siente en la boca algo que se parece mucho al sabor del queso.

Al final siempre se sientan los dos de nuevo uno junto al otro en el sofá y le dan golpes a los cojines hasta que lentamente la habitación se vuelve a materializar a su alrededor.

—Ah —dice él ya más tranquilo, su acento se apaga y un tenue tono de temor regresa a su voz—, aquí estamos de nuevo, en casa.

LA SUMA DE ÁNGULOS

Werner es llamado a la oficina del profesor de ciencias técnicas. Un trío de elegantes perros de caza de largas patas le rodean al entrar. La habitación está apenas iluminada con un par de lámparas verdes de banquero y con esa luz baja Werner ve las estanterías abarrotadas de enciclopedias, maquetas de molinos, telescopios en miniatura, prismas. El doctor Hauptmann está de pie frente a una mesa enorme con el mismo abrigo de botones de latón, como si también él acabara de llegar. Unos pequeños rizos enmarcan su frente de marfil; se quita los guantes de cuero, dedo a dedo.

—Pon un leño en la chimenea, por favor.

Werner cruza la oficina y remueve el fuego para avivarlo. Se da cuenta de que en la esquina hay una tercera persona sentada, una enorme figura instalada soñolientamente en un sillón que parece diseñado para un hombre mucho más pequeño. Es Frank Volkheimer, un estudiante de diecisiete años que está en el último año, un chico colosal que vino de alguna región del norte, toda una leyenda entre los cadetes menores. Se dice que Volkheimer cargó en una ocasión a tres cadetes de primer año y cruzó el río llevándolos sobre su cabeza, se dice que levantó la parte trasera del coche del comandante para que alguien pusiera un gato bajo el eje. Un rumor asegura que le partió la tráquea a un comunista con sus propias manos, otro dice que agarró por el hocico a un perro callejero y le sacó los ojos solo para acostumbrarse a contemplar el sufrimiento de las demás criaturas.

Le llaman el Gigante. Incluso con esta luz baja y parpadeante Werner puede ver las venas que trepan por el brazo de Volkheimer como si fueran vides.

—Jamás un estudiante había construido un motor antes que tú —dice Hauptmann dando parcialmente la espalda a Volkheimer—, no sin ayuda.

Werner no sabe qué responder así que no responde nada. Agita el fuego una última vez y las chispas suben por la chimenea.

—¿Sabes algo de trigonometría, cadete?

—Lo que he podido aprender solo, señor.

Hauptmann abre un cajón, saca una hoja de papel y escribe algo en ella.

—¿Sabes lo que es esto?

Werner echa un vistazo.

$$l = \frac{d}{\tan \alpha} + \frac{d}{\tan \beta}$$

—Una fórmula, señor.

—¿Sabes para qué sirve?

—Creo que es la manera de utilizar dos puntos conocidos para encontrar la ubicación de un tercero, desconocido.

A Hauptmann le brillan los ojos azules: tiene el aspecto de alguien que ha descubierto algo muy valioso en el suelo, justo frente a él.

—Si te doy los puntos conocidos y la distancia que hay entre ellos, ¿puedes resolverlo, cadete? ¿Podrías dibujar el triángulo?

—Creo que sí.

—Siéntate a la mesa, Pfennig, en mi silla. Ahí tienes un lápiz. Cuando se sienta frente al escritorio, las botas de Werner no tocan el suelo. El fuego calienta la habitación. Bloquea la presencia del gigante Frank Volkheimer con sus botas descomunales y su enorme quijada. Bloquea los pequeños pasos aristocráticos del profesor frente a la chimenea y lo tarde que es y los perros y todas esas estanterías cargadas de cosas interesantes. Lo único que hay es esto:

$$\tan \alpha = \operatorname{sen} \alpha \,/\, \cos \alpha$$

$$y \operatorname{sen} (\alpha + \beta) = \operatorname{sen} \alpha \cos \beta + \cos \alpha \operatorname{sen} \beta$$

Ahora tiene que despejar la *d* a un lado de la ecuación.

$$d = \frac{l \operatorname{sen} \alpha \operatorname{sen} \beta}{\operatorname{sen} (\alpha + \beta)}$$

Werner introduce los números de Hauptmann. Se imagina a dos observadores sobre un campo que se acercan entre sí y después se los imagina elevando los ojos hacia un punto de referencia lejano: un barco en la distancia. Cuando Werner pide una regla el profesor pone una sobre la mesa al instante, estaba esperando esa petición. Werner la coge sin mirarlo y comienza a calcular el valor de los senos.

Volkheimer le observa. El diminuto doctor pasea con las manos en la espalda. El fuego chisporrotea. Lo único que se oye es la respiración de los perros y el deslizamiento de la regla de cálculo. Werner dice:

—16,43, herr Doktor.

Dibuja el triángulo, marca las distancias de cada segmento y le devuelve el papel. Hauptmann comprueba algo en un libro de cuero. Volkheimer se acomoda ligeramente en el sillón, su mirada muestra a la vez interés y apatía. El profesor presiona con la palma de la mano la superficie de la mesa mientras lee con el ceño fruncido y de una manera ausente, como si estuviera esperando un pensamiento. Werner se siente de pronto invadido por una premonición que le atemoriza pero entonces Hauptmann vuelve a mirarle y el sentimiento se esfuma.

—En tu formulario de ingreso dice que cuando llegaste aquí deseabas estudiar electromecánica en Berlín y que eres huérfano. ¿Eso es así?

Una nueva mirada a Volkheimer. Werner asiente.

—Mi hermana…

—El trabajo de un científico, cadete, está determinado por dos cosas: sus intereses y los de su tiempo, ¿lo entiendes?

—Creo que sí.

—Vivimos tiempos extraordinarios, cadete.

A Werner se le inunda el pecho de emoción. Habitaciones iluminadas por el fuego con libros alineados…, ese es el tipo de sitios en los que suceden las cosas importantes.

—Trabajarás en el laboratorio después de cenar. Todas las noches. Incluso los domingos.

—Sí, señor.

—Empezarás mañana.

—Sí, señor.

—Volkheimer estará pendiente por si necesitas algo. Coge unas galletas —el profesor le acerca una lata con un lazo encima— y respira, Pfennig. No puedes vivir aguantando la respiración cada vez que entras en mi laboratorio.

—Sí, señor.

El aire frío que recorre el pasillo es tan puro que Werner casi se marea. Un trío de polillas golpean contra el techo de su dormitorio. Se desata los cordones, dobla los pantalones en la oscuridad y deja la caja de galletas sobre ellos. Frederick le observa desde el borde de su litera.

—¿Dónde has estado?

—Tengo galletas —susurra Werner.

—Esta noche he escuchado a un búho real.

—Silencio —bufa un chico dos literas más abajo.

Werner le pasa una galleta. Frederick susurra:

—¿Sabes cómo son? Son muy raros y grandes como aviones. El que he oído probablemente era un macho en busca de un nuevo territorio. Estaba en uno de los álamos que hay junto al patio de armas.

—Ah... —responde Werner. Ve letras griegas bajo sus párpados: triángulos isósceles, betas, curvas de seno. Se ve a sí mismo con un abrigo blanco caminando junto a las máquinas.

Algún día ganará algún premio importante.

Decodificación, propulsión de cohetes, lo último de lo último.

Vivimos tiempos extraordinarios.

Del recibidor llega el repiqueteo de los tacones de las botas del jefe de dormitorio. Frederick se da la vuelta hacia su litera.

—No lo pude ver —susurra—, pero le oí perfectamente.

—¡Cállate la boca —dice un segundo chico—, nos van a castigar a todos!

Frederick no dice nada más. Werner deja de masticar. Las botas del jefe de dormitorio se detienen: o se ha ido o ha frenado al otro lado de la puerta. En los campos alguien está cortando madera y Werner escucha el sonido del mazo contra la cuña y la rápida y asustada respiración de los chicos a su alrededor.

EL PROFESOR

E tienne está leyéndole a Marie-Laure el libro de Darwin cuando se detiene en mitad de una palabra.

—¿Tío?

Él respira nerviosamente con los labios fruncidos como si estuviera soplando una cuchara llena de sopa. Susurra:

—Hay alguien aquí.

Marie-Laure no oye nada, ni pisadas ni crujidos. Madame Manec barre el suelo en la planta baja. Etienne le pasa el libro. Ella oye cómo apaga la radio y luego se enreda en los cables.

—¿Tío? —dice ella de nuevo, pero él ya ha abandonado el estudio y baja las escaleras (¿están en peligro?). Le sigue hasta la cocina donde oye que intenta apartar de en medio la mesa.

Tira de una anilla en el centro del suelo. Bajo una trampilla hay un agujero cuadrado del que sale un temible olor a humedad.

—Un paso hacia abajo, rápido.

¿Eso es un sótano? ¿Qué ha visto el tío? Ella toca con el pie el peldaño superior de una escalera y los pesados zapatos de madame Manec entran en la cocina.

—¡Señor Etienne, por favor se lo pido!

Se oye la voz de Etienne desde abajo:

—He oído algo, a alguien.

—La está asustando. No es nada, Marie-Laure, ven conmigo.

Marie-Laure vuelve a salir; bajo sus pies el tío abuelo susurra canciones infantiles para sí mismo.

—Me puedo sentar con él un rato, madame. A lo mejor podemos seguir leyendo nuestro libro, ¿no, tío?

El sótano, concluye, no es más que un frío y húmedo agujero bajo la tierra. Se sientan un rato con la trampilla abierta sobre una moqueta enrollada y ella escucha a madame Manec tarareando encima de ellos mientras prepara el té en la cocina. Etienne tiembla ligeramente a su lado.

—¿Sabías —pregunta Marie-Laure— que la probabilidad de que te caiga un rayo es de una entre un millón? Me lo dijo el doctor Geffard.

—¿En un año o en toda la vida?

—No estoy segura.

—Deberías habérselo preguntado.

De nuevo aquella respiración rápida y entrecortada. Como si el cuerpo entero le apremiara a huir.

—¿Qué te sucedería si salieras fuera, tío?

—Me sentiría incómodo. —Su voz es casi inaudible.

—¿Pero qué te hace sentir incómodo?

—Estar fuera.

—¿Dónde?

—En los espacios grandes.

—No todos los espacios son grandes. Tu calle no es tan grande, ¿verdad?

—No es grande comparada con aquellas a las que tú estás acostumbrada.

—A ti te gustan los huevos y los higos. Y los tomates. Los tomamos hoy en la comida. Crecen afuera.

Él se ríe suavemente.

—Por supuesto, sí.

—¿No echas de menos el mundo?

—No.

Él está tranquilo y ella también. Los dos recorren espirales de recuerdos.

—Aquí tengo el mundo entero —dice dando unas palmaditas sobre la cubierta de Darwin— y también en mis radios. Todo está al alcance de mis dedos.

El tío parece casi un niño, un monje por la modestia de sus necesidades y por vivir completamente al margen de las obligaciones temporales, pero aun así ella entiende que le visitan miedos tan grandes, tan variados que casi puede sentir el temor que vibra en su interior, como si una bestia estuviera respirando constantemente tras los cristales de la ventana de su mente.

—¿Puedes leer un poco más, por favor?

Etienne abre el libro y murmura:

—«Placer es un término muy frágil para expresar los sentimientos de un naturalista que se adentra por primera vez en las selvas del Brasil...».

Tras varios párrafos, Marie-Laure dice sin ningún preámbulo:

—Háblame de la habitación que está arriba. La que está frente a nuestro dormitorio.

Él se detiene. Otra vez se oye esa respiración nerviosa y rápida.

—Hay una pequeña puerta al fondo de esa habitación pero está cerrada. ¿Qué hay ahí?

Él se queda callado durante tanto tiempo que ella teme haberle molestado, pero al fin él se pone de pie y sus rodillas crujen como ramitas.

—¿Te está dando uno de tus dolores de cabeza, tío?

—Ven conmigo.

Suben las escaleras. En el descansillo de la sexta planta giran a la izquierda y él abre la puerta de la que alguna vez fue la habitación del abuelo de la niña. Ella ya ha pasado varias veces las manos sobre lo que hay en el interior: un remo de madera apoyado contra la pared, una ventana decorada con largas cortinas. Una cama individual. La maqueta de un barco en una estantería. En el fondo hay un armario muy grande, tanto que ella no alcanza a tocar la parte de arriba ni a abarcarlo con los brazos abiertos.

—¿Estas cosas eran suyas?

Etienne abre la pequeña puerta que hay junto al armario.

—Adelante.

Ella toca el interior. Está seco y el aire cargado. Se oyen los pasos de una rata. Sus dedos rozan una escalera de mano.

—Lleva a la buhardilla. No es muy alto.

Son siete peldaños. Al llegar arriba, se queda inmóvil. Tiene la sensación de estar en un lugar de paredes inclinadas bajo las tejas del techo. La parte más alta tiene su estatura.

Etienne sube tras ella y le da la mano. Toca con los pies cables en el suelo. Serpentean entre las cajas cubiertas de polvo y pasan por encima de un caballete; él la conduce a través de un matorral de cables hasta lo que parece la banqueta de un piano tapizada y la ayuda a sentarse en ella.

—Este es el desván. Frente a nosotros está la chimenea. Pon tus manos sobre la mesa, así...

Sobre el tablero hay cajas de metal, tubos, bobinas, interruptores, medidores, al menos un gramófono. Toda esa parte del desván, se da cuenta de pronto, es una especie de máquina. El sol calienta las pizarras sobre sus cabezas. Etienne pone unos auriculares en los oídos de Marie-Laure. A través de los auriculares ella escucha que él gira una manilla, enciende algo y entonces, como si se lo hubiesen colocado directamente en el centro de la cabeza, un piano toca una melodía sencilla y dulce.

La canción se desvanece y se escucha una voz estática que dice: «Pensad en cualquiera de las brasas que veis en el interior de la estufa de vuestras casas. ¿Os lo imagináis, niños? En algún momento ese trozo de carbón fue una planta verde, un helecho o un junco vivo hace un millón de años, dos millones de años o cien millones de años».

Después la voz da paso al piano otra vez. El tío le quita los auriculares.

—Cuando era niño —dice— mi hermano era bueno en todo pero su voz era lo que más comentaba la gente. Las monjas de St. Vincent querían organizar coros para él. Teníamos el sueño, Henri y yo, de grabar discos y venderlos. Él tenía la voz, yo tenía el cerebro y en aquella época todo el mundo quería gramófonos. Casi nadie hacía programas para niños. Contactamos con una productora de París que pareció interesada y escribí para ellos diez guiones sobre ciencia. Henri los ensayó y finalmente comenzamos a grabar. Tu padre era apenas un niño pero siempre venía a escuchar. Fue una de las épocas más felices de mi vida.

—Y entonces llegó la guerra.

—Éramos los encargados de las señales. Nuestro trabajo, el mío y el de tu abuelo, era montar líneas de telégrafo que unieran los puestos de mando de los oficiales que estaban en el frente con la retaguardia. Casi todas las noches el enemigo disparaba con pistolas lanzabengalas a las trincheras, eran pequeñas y efímeras estrellas suspendidas en el aire con paracaídas con las que trataban de iluminar posibles objetivos para los francotiradores. Cada vez que veían el resplandor los soldados se quedaban inmóviles hasta que se apagaba. Había horas en las que disparaban hasta ochenta o noventa bengalas, una tras otra, y la noche quedaba cargada de un extraño aroma a magnesio. Era muy silencioso, lo único que se escuchaba era el ruido de las bengalas, después el silbido de la bala del francotirador en la oscuridad y el impacto en el barro. Tratábamos de mantenernos lo más juntos posibles pero a veces yo me quedaba paralizado, sin poder mover ninguna parte del cuerpo, ni siquiera los dedos, ni siquiera los párpados. Henri se quedaba a mi lado y me susurraba aquellos guiones, los que habíamos grabado juntos. A veces durante toda la noche. Una y otra vez. Como si eso nos creara una pantalla protectora alrededor. Y así hasta que amanecía.

—Pero él murió.

—Y yo no.

Esa, se da cuenta Marie-Laure, es la base de su miedo, de todos los miedos. Que una luz cuyo resplandor no se puede detener brille sobre ti y le indique a la bala hacia dónde dirigirse.

—¿Quién construyó esta máquina, tío?

—Yo, después de la guerra. Me llevó años enteros.

—¿Cómo funciona?

—Es un transmisor de radio. Este interruptor de aquí —y le guía la mano hasta él— enciende el micrófono, y este otro, el fonógrafo. Aquí está el amplificador y esos son los tubos de ventilación y las bobinas. La antena sube por la chimenea doce metros. Coge esa palanca. Piensa en la energía como una onda y en el transmisor que envía todas esas olas en ciclos regulares. Tu voz crea una perturbación en esos ciclos...

Ella deja de escuchar. Todo está cubierto de polvo, es confuso e hipnótico al mismo tiempo. ¿Cuántos años tienen todas estas cosas? ¿Diez? ¿Veinte?

—¿Qué transmitías?

—Las grabaciones de mi hermano. La productora de París ya no estaba interesada, pero por las noches yo seguí transmitiendo las diez grabaciones que hicimos hasta agotarlas. También su canción.

—¿El piano?

—Es el *Claro de luna* de Debussy. —Toca el cilindro de metal con una esfera pegada en la tapa—. Lo único que tenía que hacer era poner el micrófono en la campana del gramófono y *voilà*.

Ella se inclina sobre el micrófono y dice:

—Hola... ¿Hay alguien ahí?

Él ríe con su risa liviana.

—¿Y alguna vez os escuchó algún niño?

—No lo sé.

—¿Y hasta dónde llega la transmisión, tío?

—Hasta muy lejos.

—¿Hasta Inglaterra?

—Fácilmente.

—¿Hasta París?

—Sí, pero yo no intentaba llegar a Inglaterra ni a París. Pensaba que si conseguía hacer una emisión lo bastante poderosa, mi hermano me escucharía. Y que eso le daría paz y le protegería como él siempre me había protegido a mí.

—¿Emitías la voz de tu hermano para que él la escuchara ya muerto?

—Y a Debussy.

—¿Y él te contestó alguna vez?

El desván cruje. ¿Qué fantasma recorre ahora las paredes tratando de escuchar? Marie-Laure casi es capaz de percibir en el aire el miedo de su tío abuelo.

—No —contesta—, jamás lo hizo.

A mi querida hermana Jutta:

Algunos chicos aseguran que el doctor Hauptmann tiene contactos con ministros muy poderosos. Nunca contesta ███████ ██████████████████████████████████ *pero ¡quiere que sea su ayudante todo el tiempo! Voy a su laboratorio todas las noches, me hace trabajar en los circuitos de radios que está probando y también me pone ejercicios de trigonometría. Dice que tengo que ser lo más creativo que pueda, que la creatividad es la gasolina del Reich. Hay también un alumno del último año al que llaman el Gigante, que se queda a mi lado con un cronómetro para medir la velocidad a la que hago los cálculos. Triángulos, triángulos y más triángulos. Hago unos cincuenta cálculos por noche. No me explican para qué. No te creerías el cable de cobre que hay aquí. Tienen* ███████████████████████████████ *Cuando aparece el Gigante todo el mundo se aparta de su camino.*

El doctor Hauptmann dice que podemos construir lo que queramos. Dice que el Führer ha reunido a muchos científicos para que le ayuden a controlar el tiempo, que quiere construir un cohete capaz de llegar a Japón. Dice que el Führer va a fundar una ciudad en la luna.

A mi querida hermana Jutta:

Hoy en el trabajo de campo el comandante nos ha hablado de Reiner Schicker. Era un cabo joven y su capitán necesitaba a alguien para que atravesara las líneas enemigas y tra-

zara un mapa de sus defensas. El capitán pidió voluntarios y Reiner Schicker fue el único que se ofreció, pero al día siguiente Reiner Schicker fue capturado, ¡justo al día siguiente! Los enemigos le detuvieron y le torturaron con electricidad, el comandante dice que le dieron tanta electricidad que le derritieron el cerebro. Pero antes de morir Reiner Schicker dijo algo increíble, dijo: «Lo único que lamento es tener solo una vida para entregarle a mi patria».

Todo el mundo dice que nos van a hacer un examen muy difícil, un test incluso más duro que los otros.

Frederick dice que la historia de Reiner Schicker es ▮▮▮▮▮▮ ▮▮

▮▮▮▮▮▮▮▮▮▮▮▮▮▮▮▮▮▮▮▮. *Como voy con el Gigante —se llama Frank Volkheimer— los otros chicos me tratan con respeto. No le llego ni a la cintura. Parece un hombre, no un muchacho. Es tan leal como Reiner Schicker, de la cabeza a los pies y en cuerpo y alma. Por favor dile a frau Elena que aquí como muy bien pero que nadie hace pasteles como los suyos. Dile a Siegfried que estoy contento. Pienso en ti todos los días.* Sieg Heil.

A mi querida hermana Jutta:

Ayer fue domingo e hicimos el trabajo de campo en el bosque. Como casi todos los cazadores han ido al frente, los bosques están llenos de hurones y ciervos. Los otros chicos se escondieron a contar historias fantásticas sobre lo pronto que cruzaremos el Canal y destruiremos el ▮▮▮▮▮▮▮▮▮▮▮▮▮▮▮▮▮▮▮▮▮▮▮

▮▮▮▮▮▮▮▮▮▮▮▮▮▮▮▮▮▮ *y los perros del doctor Hauptmann cazaron tres conejos cada uno, pero cuando volvió Frederick lo único que traía eran mil moras silvestres en la camisa, las mangas destrozadas por las zarzas y la bolsa de los prismáticos abierta. Le dije: te van a echar la bronca. Y él se miró la ropa como si nunca la hubiese visto antes. Frederick reconoce cualquier pájaro solo con escucharlo. Encima del lago oímos alondras, avefrías y chorlitos. También aguiluchos y decenas de otros pájaros que no recuerdo. Creo que te gustaría Frederick. Es capaz de ver cosas que nadie ve. Espero que tanto tú como frau Elena estéis mejor de la tos.* Sieg Heil.

EL PERFUMISTA

Su nombre es Claude Levitte pero todo el mundo le llama el Gran Claude. Durante diez años ha dirigido una perfumería en la rue Vauborel, una tienda desordenada que solo prospera en las épocas en que se sala el bacalao y hasta las piedras de la ciudad apestan.

Pero han llegado nuevas oportunidades y el Gran Claude no está dispuesto a dejarlas pasar. Les paga a los granjeros cerca de Cancale para que sacrifiquen corderos y conejos y a continuación empaqueta la carne en las maletas de plástico de su mujer y él mismo las lleva en tren hasta París. Es sencillo: algunas semanas ha llegado a ganar hasta quinientos francos. Es una cuestión de oferta y demanda. Por supuesto, siempre hay que resolver el papeleo: algunos oficiales perciben el olor y quieren un porcentaje. Hay que tener una mente como la de Claude para resolver todas las complejidades del negocio.

Hoy hace un calor espantoso, el sudor le chorrea por la espalda y los costados. Saint-Malo está al rojo vivo, es octubre y debería estar llegando la brisa fresca del océano, las hojas deberían estar cayendo sobre las avenidas, pero el viento ha llegado y se ha vuelto a marchar como si hubiese decidido que no le gustan los cambios.

Claude se sienta todas las tardes en su tienda bajo cientos de pequeños frascos con perfumes florales, orientales y *fougères* de color rosa, carmín y celeste, pero nadie entra, lo único que se mueve es un ventilador eléctrico que oscila de izquierda a derecha y de derecha a izquierda. Él ni lee ni se mueve más que para extender la mano de cuando en cuando por debajo del mostrador y agarrar un puñado de galletas de una lata redonda y llevárselas a la boca.

A las cuatro de la tarde una compañía de soldados alemanes recorre la rue Vauborel. Son delgados, con caras de color salmón, caminan solemnes y con la mirada seria. Llevan las armas sin funda y colgadas del hombro como si fueran clarinetes. Se ríen entre ellos y parecen tocados por una especie de oro protector bajo los cascos.

Claude sabe que debería odiarles pero admira a sus competidores, le fascina su actitud, la limpia eficiencia con la que se mueven. Parecen estar dirigiéndose siempre hacia alguna parte. Algo que en su país no sucede.

Los soldados dan la vuelta en la rue St. Philippe y se alejan. Los dedos de Claude trazan unos breves círculos sobre la vitrina. En la planta de arriba su mujer pasa la aspiradora, puede escuchar cómo recorre la habitación. Él está a punto de quedarse dormido cuando ve al parisino que ha estado viviendo tres puertas más abajo en la casa de Etienne LeBlanc; un hombre delgado de nariz aguileña que siempre está merodeando junto a la oficina de telégrafos tallando pequeños cubos de madera.

El parisino camina en la misma dirección que los soldados alemanes colocando a cada paso el talón de un pie delante de la punta del otro. Llega hasta el final de la calle, garabatea algo en un cuaderno, gira ciento ochenta grados y regresa. Cuando llega al final de la manzana se queda mirando la casa de los Ribault y hace algunas anotaciones más, mira hacia arriba y hacia abajo.

Toma medidas y muerde la goma de su lápiz como si se sintiera inquieto.

El Gran Claude va hasta la ventana. También esto puede convertirse en una oportunidad. No hay duda de que las autoridades de la ocupación estarán interesadas en saber que hay un forastero midiendo las calles y haciendo dibujos de las casas. No hay duda de que estarán interesados en saber qué aspecto tiene, quién subvenciona su actividad y quién la ha autorizado.

Esto es bueno. Es excelente.

ÉPOCA DE AVESTRUCES

Todavía no regresan a París. Todavía no ha podido salir a la calle. Marie-Laure lleva la cuenta de los días que ha pasado encerrada en la casa de Etienne. Ciento veinte, ciento veintiuno. Piensa en el transmisor del desván. En cómo este ha enviado la voz de su abuelo por encima del mar —*Pensad en cualquiera de las brasas que veis en el interior de la estufa de vuestras casas*—. Navega igual que Darwin desde el sólido Plymouth Sound hasta Cabo Verde, desde la Patagonia hasta Las Malvinas, entre las olas, atravesando las fronteras.

—Cuando hayas acabado con la maqueta —le pregunta a su padre—, ¿podré salir?

El sonido de la lija no se detiene.

Las historias que traen a la cocina los visitantes de madame Manec son terribles y difíciles de creer. Los primos de París, de quienes no se habían tenido noticias en décadas, ahora escriben cartas pidiéndoles gallinas, jamones. El dentista vende vino por correo. El perfumista sacrifica corderos y los lleva en maletas en tren hasta París, donde los vende con unas ganancias enormes.

En Saint-Malo la gente es multada por cerrar las puertas, por conservar palomas, por almacenar carne. Desaparecen las trufas. Desaparece el vino espumoso. Nadie se mira a la cara, nadie habla en las puertas, nadie toma el sol ni canta, no hay amantes paseando por la muralla en las tardes...: no son leyes escritas pero podrían serlo. Gélidas ráfagas entran arremolinándose desde el Atlántico y Etienne se encierra en el viejo cuarto de su hermano como en una barricada y Marie-Laure resiste la lenta lluvia de las horas pasando los dedos por las caracolas en su estudio, ordenándolas según su tamaño, especie y morfología, organizando y reorganizando el orden, asegurándose de que no se ha equivocado en la posición de ninguna.

¿De verdad que no puede salir ni media hora? ¿Ni siquiera del brazo de su padre? Cada vez que él se lo niega, un eco asciende desde las recámaras de la memoria: *Seguro que se llevan antes a las ciegas que a las cojas.*

Las obligan a hacer cosas.

Al otro lado de la muralla de la ciudad las embarcaciones militares patrullan de un lado a otro mientras los cargamentos de lino son empaquetados y trasladados con sogas o cables o cuerda de paracaídas y desde el cielo las gaviotas dejan caer trozos de ostras, mejillones o almejas y el repentino bullicio en el techo hace que Marie-Laure se siente rígidamente sobre la cama. El alcalde anuncia un nuevo impuesto y algunos amigos de madame Manec murmuran que los ha vendido, que necesitaban *un homme à poigne**, pero otros preguntan qué otra cosa podría haber hecho el alcalde. La empiezan a llamar la época de los avestruces.

—¿Hemos enterrado la cabeza en la arena, madame? ¿O lo han hecho ellos?

—Tal vez todo el mundo lo hace —responde ella.

---

* En francés, «un hombre de mano férrea». *[N. de los T.]*

Madame Manec empieza a quedarse dormida en la mesa junto a Marie-Laure. Le cuesta mucho esfuerzo subir cinco pisos para llevar la comida al cuarto de Etienne; resuella todo el camino. Casi todas las mañanas madame se pone a cocinar antes de que nadie se despierte. A media mañana sale a la ciudad con un cigarrillo en la boca para llevar tartas o frascos con estofado a los enfermos o abandonados, mientras en el piso de arriba el padre de Marie-Laure trabaja en la maqueta lijando, clavando, recortando y midiendo, cada día con más frenesí que el anterior, como si luchara contra un plazo que solo él conoce.

EL MÁS DÉBIL

El sargento encargado de los ejercicios de campo es el comandante Bastian, un profesor demasiado entusiasta que tiene una manera efusiva de caminar, una barriga redonda y un abrigo que tiembla bajo el peso de tantas medallas de guerra. La cara está cubierta de marcas de viruela y los hombros parecen tallados en una arcilla suave. No se quita ni un segundo las botas militares con clavos y los cadetes bromean y comentan que salió del útero materno dando patadas con ellas.

Bastian les obliga a memorizar mapas, a estudiar los ángulos de la posición del sol y a que se hagan sus propios cinturones de cuero. Todas las tardes, no importa el tiempo que haga, se pone de pie en el medio del campo y grita las máximas que el Estado desea que conozcan:

—La felicidad depende de la ferocidad. Lo único que mantiene a nuestras queridas abuelas tomando el té con galletas son los puños que tenéis al final de vuestros brazos.

Lleva una antigua pistola colgando del cinturón; los cadetes más entusiastas lo miran con los ojos brillantes. Para Werner, Bastian es un hombre capaz de ejercer la más severa y crónica violencia.

—El cuerpo del ejército —explica haciendo girar el cabo de una manguera de goma de tal forma que su punta pasa zumbando a pocos centímetros de la nariz de uno de los chicos— no se diferencia en nada del cuerpo de un hombre. Al igual que os pedimos a cada uno de vosotros que erradiquéis la debilidad de vuestros cuerpos, así debéis aprender a erradicar la debilidad del cuerpo del ejército.

Una tarde de octubre Bastian saca de la fila a un cadete con los pies torcidos hacia adentro.

—Tú serás el primero. ¿Cómo te llamas?

—Bäcker, señor.

—Bäcker. Cuéntanos, Bäcker: ¿quién es el miembro más débil de este grupo?

Werner se estremece. Es el más pequeño de todos los cadetes de su edad. Intenta inflar el pecho y mantenerse lo más erguido posible. Bäcker recorre la fila con la mirada.

—¿Él, señor?

Werner exhala, Bäcker ha elegido a un chico que está a lo lejos, a la derecha, uno de los pocos cadetes de pelo oscuro. Un tal Ernst. Una elección segura, Ernst es un corredor muy lento, un chico de piernas caballunas que aún tiene que crecer.

Bastian le dice a Ernst que dé un paso al frente. El labio inferior del chico tiembla cuando se da media vuelta y queda frente al grupo.

—No creo que te ayude ponerte a llorar —dice Bastian mientras hace un vago gesto hacia el final distante del campo donde una línea de árboles atraviesa la maleza—. Te daré diez segundos de ventaja. Convénceme antes de que sean ellos los que me convenzan, ¿de acuerdo?

Ernst no asiente ni niega con la cabeza. Bastian finge frustración.

—Cuando levante el brazo izquierdo comienzas a correr tú, cuando levante el brazo derecho comenzáis a correr el resto de vosotros, pardillos. —Bastian da unos pasos caminando como un pato con la manguera de goma alrededor del cuello y la pistola meciéndose a un costado.

Sesenta chicos esperan, cargando de aire los pulmones. Werner piensa en Jutta, en su cabello irisado, su mirada rápida y sus modales francos. A ella jamás la habrían tomado por la más débil. El tal Ernst tiembla de pies a cabeza. Cuando Bastian está a menos de doscientos metros de distancia se da media vuelta y levanta la mano izquierda. Ernst echa a correr con los brazos flojos y las piernas descontroladas. Bastian cuenta hacia atrás desde diez.

—Tres —grita desde lejos—, dos, uno.

Cuando llega a cero levanta el brazo derecho y el grupo se desata. El chico de pelo moreno está a unos cincuenta metros de distancia pero el grupo comienza a ganar terreno a toda velocidad.

Corriendo al límite de sus fuerzas, noventa y nueve chicos de catorce años persiguen a uno. Werner se mantiene en el centro del grupo cuando este comienza a estirarse, con el corazón palpitando en medio de una oscura confusión, preguntándose dónde está Frederick, qué hacen persiguiendo a ese chico y qué se supone que tienen que hacer cuando le cojan.

Aunque lo cierto es que, en un rincón atávico de su cerebro, sabe perfectamente lo que harán.

Algunos corredores son excepcionalmente rápidos y alcanzan a la solitaria figura. Los miembros de Ernst se agitan con furia pero resulta evidente que no está acostumbrado a esprintar y pierde energía. Sobre las olas de hierba, los árboles están transidos por la luz del sol y el grupo se acerca cada vez más. Werner piensa molesto por qué Ernst no puede correr más rápido, por qué no ha practicado. ¿Cómo consiguió pasar el examen de ingreso?

El cadete más rápido estira el brazo intentando tocar la espalda del chico. Casi le tiene. El tal Ernst de pelo oscuro está a punto de ser alcanzado y Werner se pregunta si algo en su interior desea que eso ocurra. Pero el chico consigue llegar hasta el comandante apenas un segundo antes de que el resto se abalance sobre él.

RENDICIÓN OBLIGATORIA

Marie-Laure tiene que insistir tres veces a su padre antes de que él por fin lea la noticia en voz alta: «Todos los miembros de la población deberán renunciar a los receptores de radio que estén en su posesión. Las radios serán entregadas en el número 27 de la rue de Chartres antes del mediodía de mañana. Quien no cumpla esta orden será arrestado por sabotaje».

Nadie dice nada por el momento pero en el interior de Marie-Laure se despierta una vieja ansiedad.

—¿Y él...?

—Está en la vieja habitación de tu abuelo —dice madame Manec.

El mediodía del día siguiente. La mitad de la casa, piensa Marie-Laure, está ocupada por receptores de radio y por partes que los componen.

Madame Manec llama a la puerta de la habitación de Henri pero nadie contesta. Esa misma tarde empaquetan el equipo en el estudio de Etienne. Madame y el padre desconectan las radios y las embalan, Marie-Laure se sienta en el sofá a escuchar cómo se marchan uno a uno todos los receptores: la vieja Radiola 5, la

G.M.R. Titan, la G.M.R. Orphée. Una Delco de 32 voltios que Etienne trajo en barco desde Estados Unidos en 1922.

El padre envuelve la más grande en cartón y utiliza un viejo carrito con ruedas para bajarla por las escaleras. Marie-Laure siente que se le entumecen las manos sobre el regazo y piensa en la máquina que hay en el desván, en sus cables e interruptores. Un transmisor para hablar con los fantasmas. ¿Se le puede considerar también un receptor de radio? ¿Debería mencionarlo? ¿Lo saben papá y madame Manec? Por lo visto no. Por la tarde la niebla ocupa la ciudad y trae con ella un frío aroma a pescado. Comen patatas con zanahorias en la cocina y madame Manec deja un plato en la puerta de Henri después de llamar sin éxito, pero nadie toca la comida.

—¿Y qué van a hacer con las radios? —pregunta Marie-Laure.

—Las enviarán a Alemania —contesta el padre.

—O las tirarán al mar —dice madame Manec—. Vamos, niña, tómate ese té, tampoco es el fin del mundo. Esta noche te pondré otra manta en la cama.

A la mañana siguiente Etienne sigue encerrado en la habitación de su hermano. Marie-Laure no podría decir si sabe lo que está sucediendo en la casa. A las diez de la mañana su padre comienza a llevar las radios a la rue de Chartres. Un viaje, dos, tres y cuando regresa para poner sobre el carrito la última radio, Etienne todavía no ha aparecido. Marie-Laure le da la mano a madame Manec cuando escucha que se cierra la verja, y oye a continuación el sonido del carrito que su padre empuja por la rue Vauborel.

MUSEO

El sargento mayor Reinhold von Rumpel se despierta temprano. Se pone el uniforme, guarda en un bolsillo su lupa y unas pequeñas pinzas y enrolla sus guantes blancos. A las 6 de la mañana está en el recibidor del hotel vestido con los zapatos relucientes y el arma en el interior de la funda cerrada. El dueño del hotel le trae pan y queso en una cesta de mimbre oscuro, agradablemente cubierta por una servilleta de algodón: todo está perfectamente ordenado.

Siente un gran placer en salir a la ciudad antes de que el sol brille en lo alto, con las farolas aún encendidas y el zumbido del amanecer en París. Camina por la rue Cuvier y da la vuelta para entrar en el Jardin des Plantes. Los árboles tienen un aspecto brumoso y solemne: son sombrillas dispuestas solo para él.

Le gusta madrugar.

A la entrada de la galería principal dos guardias nocturnos se cuadran. Miran disimuladamente los galones de su uniforme y ponen rígido el cuello. Un hombre pequeño con un traje oscuro baja por las escaleras disculpándose en alemán; dice que es el ayudante del director, asegura que no esperaba al sargento mayor hasta dentro de una hora.

—Podemos hablar en francés —dice Von Rumpel.

Tras él aparece un segundo hombre con la piel del mismo color que la cáscara de un huevo y evidentes signos de terror en la mirada.

—Permítanos el honor de enseñarle las colecciones, sargento mayor —dice el ayudante del director—. Le presento a nuestro mineralogista: Hublin.

Hublin parpadea un par de veces, tiene el mismo aspecto que un animal apaleado. Los guardias les observan desde el final del corredor.

—¿Me permite su cesta?

—No se preocupe.

El pabellón de mineralogía es tan largo que Von Rumpel apenas consigue vislumbrar el final. Las vitrinas de exposición se suceden vacías una tras otra en las diferentes secciones, las pequeñas sombras en las estanterías de fieltro aún muestran la silueta de lo que ha sido retirado. Von Rumpel camina con su cesta en el brazo sin molestarse en hacer nada más que mirar. ¡Pero qué gran cantidad de tesoros han dejado! Un extraordinario conjunto de topacios amarillos sobre una base gris, un trozo enorme de aguamarina rosada que parece un cerebro de cristal, una columna violeta de turmalina de Madagascar que parece tan rica que apenas puede resistir la tentación de acariciarla. Bournonita, apatita de Moscú, circonio natural en un abanico de colores, docenas de minerales que ni siquiera conoce. Por las manos de estos hombres, piensa, han pasado más piedras preciosas en una semana de las que él ha visto en toda su vida.

Cada pieza está registrada en unos enormes volúmenes que han sido amasados durante siglos. El pálido Hublin le enseña las páginas.

—Luis XIII comenzó la colección como un armario de medicinas, jade para el riñón, arcilla para el estómago y así sucesivamente. En el catálogo hay más de doscientas entradas en 1850, un legado mineral de valor incalculable...

De cuando en cuando Von Rumpel saca su cuaderno de notas del bolsillo y hace alguna anotación. Se toma su tiempo. Cuando llegan al final, el ayudante del director se agarra el cinturón con los dedos.

—Esperamos haberle impresionado, sargento mayor. ¿Ha disfrutado de la visita?

—Mucho. —Las luces eléctricas del techo están muy altas y el silencio es opresivo en ese espacio descomunal. Continúa hablando muy despacio—. Pero ¿qué hay de las colecciones que no se muestran al público?

El ayudante del director y el mineralogista intercambian una mirada.

—Acaba de ver todo lo que podemos enseñarle, sargento mayor.

Von Rumpel mantiene un tono de voz educado, civilizado. Al fin y al cabo París no es Polonia. Cada movimiento ha de ser cuidadoso, uno no puede sencillamente agarrar lo que encuentra. ¿Cómo decía su padre? «Piensa en los obstáculos como en oportunidades, Reinhold. Piensa en los obstáculos como inspiraciones».

—¿Hay algún sitio —pregunta— donde podamos conversar?

El despacho del ayudante del director ocupa una de las polvorientas esquinas de la tercera planta que da a los jardines: está recubierto de madera de nogal, muy caldeado y decorado con mariposas y escarabajos enmarcados. En la pared, tras una mesa de media tonelada, cuelga una única imagen: un retrato a carboncillo del biólogo francés Jean-Baptiste Lamarck.

El ayudante del director se sienta del otro lado de la mesa y Von Rumpel frente a él con la cesta de mimbre a los pies. El mineralogista permanece de pie. Una secretaria de cuello largo trae té.

Hublin dice:

—Siempre estamos haciendo adquisiciones. En todo el mundo la industrialización está poniendo en peligro los yacimientos minerales. Recolectamos todas las variedades minerales que existen. Para un conservador no hay ningún ejemplar superior a otro.

Von Rumpel se ríe. Le parece bien que intenten seguir el juego, pero ¿es que no han entendido que ya hay un ganador? Baja la taza de té y dice:

—Me gustaría ver sus ejemplares más protegidos. Estoy particularmente interesado en uno que, me parece, han sacado de la caja fuerte hace poco.

El ayudante del director se pasa la mano izquierda por el pelo creando una pequeña lluvia de caspa.

—Sargento mayor, los minerales que acaba de ver han ayudado a numerosos descubrimientos en electroquímica y a establecer las leyes fundamentales de la cristalografía. La función de un museo nacional es trabajar por encima de los antojos y modas de los coleccionistas, proteger esas piedras como legado para las futuras generaciones.

Von Rumpel sonríe.

—Esperaré.

—No nos malinterprete, monsieur. Le hemos enseñado todo lo que podemos enseñarle.

—En ese caso esperaré para ver lo que no pueden enseñarme.

El ayudante del director se esconde tras su taza de té. El mineralogista cambia el peso de un pie a otro como si estuviera luchando contra una furia interior.

—Tengo un talento especial para la espera —dice Von Rumpel en francés—, es una de mis grandes habilidades. Nunca se me han dado bien los deportes ni las matemáticas pero ya desde niño he tenido una paciencia sobrehumana. Solía esperar mientras el peluquero le arreglaba el pelo a mi madre, me sentaba en la silla y esperaba durante horas, sin revistas ni juguetes, sin siquiera columpiar las piernas hacia delante y hacia atrás. Le aseguro que el resto de las madres estaban muy impresionadas.

Los dos franceses se impacientan. ¿Qué oídos escuchan tras la puerta de la oficina?

—Por favor, siéntese —le dice Von Rumpel a Hublin, acercándole una silla que hay a su lado. Pero Hublin no se sienta. El tiempo pasa. Von Rumpel bebe el último trago de su té y posa cuidadosamente la taza en el borde de la mesa del ayudante del director. En algún lugar alguien enciende un ventilador eléctrico que se mantiene funcionando un rato y de pronto se detiene.

—No tenemos claro a qué estamos esperando, sargento mayor —dice Hublin.

—Estoy esperando a que me digan la verdad.

—Si me permite...

—Quédese —dice Von Rumpel—, vuelva a sentarse. Estoy seguro de que, si alguno de ustedes tuviera que dar alguna instrucción, la señorita con el cuello de jirafa podría encargarse, ¿no es así?

El ayudante del director cruza y vuelve a cruzar las piernas. Ya es más de mediodía.

—¿Le gustaría ver los esqueletos? —prueba el ayudante del director—, nuestro Pabellón del Hombre es muy impresionante. Y nuestra colección zoológica está más allá de toda...

—Me gustaría ver los minerales que no enseñan al público. Uno en particular.

En la garganta de Hublin se ven manchas rosadas y blancas. No se sienta. El ayudante del director parece resignarse al punto muerto al que han llegado, saca un fajo de papel perfectamente atado de uno de los cajones y comienza a leer. Hublin se aparta como si tuviera intención de retirarse pero Von Rumpel le dice con sencillez:

—Por favor, quédese aquí hasta que hayamos resuelto este asunto.

Para Von Rumpel la espera no es más que otra forma de guerra. Lo único que se repite a sí mismo es que no debe perder. El teléfono del ayudante de dirección comienza a sonar y él se inclina para cogerlo, pero Von Rumpel levanta una mano y el teléfono suena diez u once veces antes de quedar de nuevo en silencio. Pasa una media hora. Hublin mira los cordones de sus zapatos, el ayudante del director escribe ocasionalmente algo en los papeles con una pluma de plata y Von Rumpel permanece completamente inmóvil. Se escucha un lejano golpe en la puerta.

—¿Caballeros? —dice una voz.

—Estamos bien, gracias —responde Von Rumpel.

El ayudante de dirección dice:

—Tengo otras obligaciones a las que atender, sargento mayor.

Von Rumpel no alza la voz.

—Esperará usted aquí. Los dos lo harán. Esperarán aquí hasta que yo haya visto lo que he venido a ver. Luego retomaremos nuestras importantes obligaciones.

La barbilla del mineralogista tiembla. El ventilador se enciende de nuevo y se vuelve a apagar. Tiene un temporizador programado cada cinco minutos, adivina Von Rumpel. Espera a que se encienda y se apague otra vez. A continuación coge la cesta y se la pone en el regazo. Señala la silla y dice con voz amable:

—Siéntese, profesor, estará usted más cómodo.

Hublin no se sienta. Son las dos en punto y suenan las campanas de cientos de iglesias. La gente pasea por las aceras. Caen las últimas hojas del otoño.

Von Rumpel desdobla una servilleta sobre su regazo y saca el queso. Parte el pan lentamente dejando caer una cascada de migas. Mientras mastica casi puede oír el ruido de sus estómagos. No les ofrece nada. Al terminar se limpia las esquinas de la boca.

—Ustedes me están malinterpretando, messieurs. No soy un animal. No estoy aquí para rapiñar sus colecciones. Le pertenecen a Europa, a toda la humanidad, ¿no es así? He venido solo a recoger algo pequeño. Algo más pequeño que el hueso de una rodilla —añade mirando al mineralogista, quien a su vez retira la mirada sonrojado.

—Todo esto es absurdo, sargento mayor —dice el ayudante de dirección.

Von Rumpel dobla la servilleta, la pone de nuevo en la cesta y la cesta en el suelo. Se chupa la punta del dedo y se va a quitando una a una las migas de la chaqueta. Mira directamente al ayudante de dirección.

—El Lycée Charlemagne, ¿no es así? ¿En la rue Charlemagne?

La piel alrededor de los ojos del ayudante de dirección se estira.

—¿El colegio al que va su hija? —Von Rumpel se da media vuelta en la silla—. Y el College Stanislas, ¿no es así, doctor Hublin? ¿No es ahí adonde van sus gemelos? En la rue Notre-Dame des Champs. ¿No están en este instante disponiéndose a volver a casa esos apuestos chicos?

Hublin apoya las manos en el respaldo de la silla vacía frente a él y sus nudillos se ponen muy blancos.

—Uno lleva un violín y el otro una viola. ¿Me equivoco? Y los dos cruzan las calles ajetreadas. Un largo paseo para dos chicos de diez años.

El ayudante de dirección está sentado muy rígido. Von Rumpel prosigue:

—Ya sé que no está aquí, messieurs. Ni el conserje más tonto sería tan estúpido como para dejar el diamante aquí, pero al menos me gustaría ver dónde lo tenían. Me gustaría saber qué tipo de lugar consideran ustedes que es lo bastante seguro.

Ninguno de los franceses dice nada. El ayudante de dirección vuelve a mirar sus papeles aunque Von Rumpel está totalmente seguro de que no lee ni una línea. A las cuatro en punto la secretaria vuelve a llamar a la puerta y Von Rumpel le dice que se vaya. Intenta concentrarse solo en su parpadeo. En el pulso de su cuello. *Toc toc toc toc.* Cualquier otro, piensa, habría hecho esto con mucho menos tacto. Habría usado escáneres, explosivos, pistolas o la fuerza. Von Rumpel utiliza el más barato de los materiales: minutos, horas.

Cinco campanadas. La luz abandona los jardines.

—Sargento mayor, se lo suplico —dice el ayudante de dirección apoyando las manos sobre la mesa y mirando hacia arriba—, es muy tarde, necesito ir al baño.

—Por supuesto. —Von Rumpel hace un gesto con la mano hacia una papelera que hay junto a la mesa.

El mineralogista arruga la cara. El teléfono suena otra vez. Hublin se muerde las cutículas. Hay un gesto de dolor en la cara del ayudante de dirección. Se enciende el ventilador. Afuera, sobre los jardines, la luz del día se aparta de los árboles mientras Von Rumpel continúa esperando.

—Su colega —dice volviéndose hacia el mineralogista— es un hombre lógico, ¿verdad? No cree en las leyendas. Pero usted, usted parece más exaltado. No quiere creer, se dice a sí mismo que no debe creer, pero cree —sacude la cabeza—. Usted ha tenido el diamante en sus manos, usted ha sentido su poder.

—Esto es ridículo —dice Hublin girando los ojos como un potro asustado—, este comportamiento no es civilizado. ¿Están seguros nuestros hijos, sargento mayor? Le exijo que nos diga si nuestros hijos están a salvo.

—Un hombre de ciencia y aun así cree en los mitos. Cree en el poder de la razón pero también cree en los cuentos de hadas. En diosas y maldiciones.

El ayudante de dirección llena los pulmones bruscamente.

—Suficiente —dice—, ya es suficiente.

El pulso de Von Rumpel se dispara: ¿ha sucedido realmente? ¿Ha sido así de fácil? Habría sido capaz de esperar dos, tres días más con hileras de hombres rompiendo contra él como si fueran olas.

—¿Están a salvo nuestros hijos, sargento mayor?

—Lo estarán si ustedes lo desean.

—¿Puedo usar el teléfono?

Von Rumpel asiente. El ayudante de dirección coge el auricular, dice: «Sylvie», escucha durante un momento y vuelve a colgar. La mujer entra con un manojo de llaves. Saca otra llave con una cadena de uno de los cajones de la mesa del ayudante del director. Una llave sencilla, elegante, alargada.

Una pequeña puerta cerrada con llave en la parte trasera de la galería principal. Hacen falta dos llaves para abrirla y el ayudante de dirección parece no tener mucha práctica con el cerrojo. Dirigen a Von Rumpel en su descenso por una escalera de caracol de piedra y al llegar abajo el ayudante de dirección abre una segunda puerta. Atraviesan unos pasillos como madrigueras, pasan junto a un vigilante, que deja caer el periódico y se sienta más rígido al verlos. En un modesto almacén, lleno de palés y cajas cubiertas por telas protectoras, tras un panel de contrachapado, el mineralogista muestra una sencilla caja fuerte que el ayudante de dirección abre con facilidad.

Nada de alarmas. Solo un guardia.

Dentro de la caja de seguridad hay una caja mucho más interesante. Es lo bastante pesada como para requerir que la saquen juntos el ayudante de dirección y el mineralogista.

Elegante, de ebanistería invisible. No hay en ella ningún nombre, ninguna combinación. Parece vacía y sin bisagras, clavos ni accesorios a la vista. Un bloque sólido de madera pulida.

Un trabajo a medida.

El mineralogista mete una llave en el diminuto, casi invisible agujero que hay en la base y cuando la gira se abren otros dos diminutos agujeros en el lado opuesto. El ayudante de dirección inserta otras llaves en esos agujeros; estas abren lo que parece ser cinco compartimentos. Tres candados cilíndricos superpuestos, cada uno depende del anterior.

—Ingenioso —susurra Von Rumpel.

La caja se abre entera. En el interior hay una pequeña bolsa de fieltro.

—Ábrala —dice.

El mineralogista mira al ayudante de dirección. El ayudante de dirección coge la bolsa, la desata y vuelca el contenido en la palma de su mano. Con un solo dedo desenvuelve el pliegue. En el interior hay una piedra azul del tamaño de un huevo de paloma.

EL ARMARIO

La gente del pueblo que no respeta los horarios en que se deben apagar las luces recibe multas o citaciones para ser interrogados a pesar de que madame Manec asegura que en el Hôtel-Dieu las lámparas están encendidas toda la noche y los oficiales alemanes salen y entran cuando quieren, abrochándose las camisas y ajustándose los pantalones. Marie-Laure se mantiene despierta a la espera de oír algún sonido de su tío. Finalmente oye que se abre la puerta al otro lado del pasillo y que unos pies se deslizan sobre el suelo. Se imagina a un ratón de cuento saliendo de su agujero.

Se levanta de la cama tratando de no despertar a su padre y va hasta el pasillo.

—Tío —susurra—, no tengas miedo.

—¿Marie-Laure?

Hasta su olor es como la llegada del invierno, una tumba, la pesada inercia del tiempo.

—¿Te encuentras bien?

—Me encuentro mejor.

Los dos están de pie en el descansillo.

—Ha habido un aviso —dice Marie-Laure—, madame te lo ha dejado sobre la mesa.

—¿Un aviso?

—Tus radios.

Él baja a la quinta planta. Marie-Laure puede oírle farfullando. Los dedos recorren las estanterías recién vaciadas. Sus viejas amigas se han marchado.

Ella se prepara para los gritos de furia pero lo único que oye son los versos jadeantes de una canción infantil: ... *à la salade je suis malade au céleri je suis guéri...**

Marie-Laure le agarra del codo y le ayuda a sentarse en el sofá. Etienne sigue murmurando y a ella le parece que puede sentir el miedo que emana de él, virulento, tóxico. Le recuerda a los gases que salían de los contenedores de formalina en el departamento de Zoología.

La lluvia tintinea en los postigos. La voz de Etienne parece llegar de muy lejos.

—¿Se han llevado todas?

—No, la radio del desván no. No se lo conté a nadie. ¿Madame Manec sabe que existe?

—Nunca hemos hablado de ella.

—¿Está escondida, tío? ¿La encontrarían si vinieran a registrar la casa?

—¿Quién va a venir a registrar la casa?

A continuación hay un silencio. Él dice:

—Todavía la podemos entregar. Decir que se nos ha olvidado.

—El plazo terminaba ayer al mediodía.

—Lo entenderán.

—Tío, ¿de verdad crees que entenderán que se te haya olvidado un transmisor que puede llegar a Inglaterra?

---

* «Con la lechuga me pongo enfermo, con el apio me curo...». *[N. de los T.]*

Más respiraciones agitadas. El rodar de la noche sobre sus silenciosos engranajes.

—Ayúdame —dice él.

Encuentra el gato de un automóvil en una habitación de la tercera planta y suben juntos hasta la sexta, cierran la puerta de la habitación de su abuelo y se arrodillan junto al enorme armario sin arriesgarse a encender ni siquiera la luz de una vela. Desliza el gato bajo el armario y eleva el lado izquierdo. Bajo los pies del armario desliza unos trapos doblados; luego eleva con el gato el otro lado y repite la operación.

—Y ahora, Marie-Laure, pon las manos aquí y empuja.

Ella lo entiende con emoción: van a tapar con el armario la pequeña puerta que sube al desván.

—Con todas tus fuerzas. ¿Preparada? Uno, dos, tres.

El descomunal armario se desliza unos centímetros. Las pesadas puertas con espejo golpetean ligeramente al deslizarse. Ella siente como si estuvieran empujando una casa entera sobre una superficie de hielo.

—Mi padre —dice Etienne jadeando— solía decir que ni siquiera Jesucristo en persona habría podido cargar este armario hasta aquí arriba. Que seguramente levantaron la casa alrededor. Otro poco ahora, ¿preparada?

Empujan, descansan, empujan, descansan. Finalmente el armario acaba cubriendo la pequeña puerta y la entrada al desván queda sellada. Etienne levanta cada uno de los pies del armario, saca los trapos y se sienta sobre el suelo respirando con dificultad. Marie-Laure se sienta a su lado. Se quedan dormidos antes del amanecer.

MIRLOS

Pasan lista. Luego el desayuno. Frenología, tiro con rifle, entrenamientos. El tal Ernst de pelo oscuro deja la escuela cinco días después de haber sido elegido el más débil en el ejercicio de Bastian. Otros dos le acompañan la semana siguiente. Los sesenta se convierten en cincuenta y siete. Todas las tardes Werner trabaja en el laboratorio del doctor Hauptmann cargando números en las fórmulas de triángulos o en ejercicios de ingeniería: Hauptmann quiere que mejore la eficiencia y la capacidad de un transceptor que está diseñando. Hace falta afinarlo para que transmita en múltiples frecuencias, dice el doctor, y tiene que ser capaz también de medir el ángulo de las transmisiones que recibe. ¿Lo puede conseguir Werner?

Reconfigura prácticamente todo el diseño. Algunas noches Hauptmann está más hablador y le explica la función de un solenoide o de una resistencia con todo detalle, o cómo clasificar una araña que cuelga de una viga; a veces se entusiasma relatándole las reuniones de científicos en Berlín donde prácticamente todas las conversaciones, dice, revelan nuevas posibilidades. La teoría de la relatividad, la mecánica cuántica... Ese tipo de noches parece feliz de responder a todo lo que Werner le pregunta.

Pero de repente la noche siguiente los modales de Hauptmann son de nuevo temiblemente introvertidos, no invita a las preguntas y supervisa el trabajo de Werner en silencio. El hecho de que el doctor Hauptmann tenga conexiones en tan altas esferas, que el teléfono de su mesa pueda conectarle con hombres que están a cientos de kilómetros de distancia, a quienes basta con levantar un dedo para enviar una docena de Messerschmitts de un aeropuerto a bombardear cualquier ciudad, es algo que embriaga a Werner.

Vivimos tiempos extraordinarios.

Se pregunta si Jutta le ha perdonado. La mayoría de sus cartas o bien consisten solo en banalidades («Estamos muy ocupadas, frau Elena te manda saludos») o llegan al dormitorio tan tachadas por los censores que su significado se desintegra por completo. ¿Le duele que esté lejos o ha endurecido sus sentimientos para protegerse a sí misma, tal y como hace él?

Volkheimer, al igual que Hauptmann, parece lleno de contradicciones. Para el resto de los chicos el Gigante no es más que un bruto, un instrumento de fuerza, y aun así a veces, cuando Hauptmann está en Berlín, Volkheimer desaparece en el interior del despacho del doctor y regresa con una radio Grundig, orienta la antena de onda corta y hace que el laboratorio se llene de música clásica. Mozart, Bach, incluso el italiano Vivaldi. Cuanto más sentimental, mejor. El gigantesco muchacho se echa atrás en la silla hasta que suelta crujidos de protesta bajo su peso, y entrecierra los párpados.

¿Por qué siempre triángulos? ¿Para qué sirve el transceptor que están construyendo? ¿Cuáles son los dos puntos que conoce Hauptmann y por qué necesita conocer el tercero?

—No son más que números, cadete —dice Hauptmann, es su máxima favorita—, pura matemática. Tienes que acostumbrarte a pensar de esa forma.

Werner intenta elaborar algunas teorías sobre Frederick pero ya ha empezado a entender que Frederick se mueve como si estuviera en el interior de un sueño, con los pantalones demasiado grandes para su cintura y los dobladillos ya descosidos. Su mirada es a la vez intensa y vaga y apenas parece darse cuenta cuando no da a la diana en la clase de tiro. Casi todas las noches, antes de quedarse dormido, Frederick murmura cosas para sí: fragmentos de poemas, las costumbres de los gansos, los murciélagos que ha escuchado pasar junto a la ventana.

Pájaros. Siempre pájaros.

—… y los charranes árticos, Werner, viajan desde el polo sur al polo norte, son los navegantes del planeta, seguramente las criaturas más migratorias que han existido jamás, recorren setenta mil kilómetros al año…

Una metálica luz invernal cae sobre los establos, los viñedos y el campo de tiro, y los cantos de los pájaros recorren las colinas, los nidos desperdigados aquí y allá en su camino hacia el sur, una autopista migratoria que pasa sobre el tejado de agujas de la escuela. De cuando en cuando una bandada desciende hasta alguno de los enormes tilos en el campo y bulle entre sus hojas.

Algunos de los chicos mayores, de dieciséis o diecisiete años, cadetes que tienen acceso libre a la munición, adoptan la orgullosa costumbre de disparar salvas contra los árboles para ver a cuántos pueden matar. El árbol parece deshabitado y tranquilo, alguien dispara y la copa estalla en todas direcciones, cientos de pájaros alzan el vuelo en medio segundo entre graznidos, como si hubiese estallado el árbol entero.

Una noche Frederick apoya la frente contra el cristal de la ventana del dormitorio.

—Les odio, odio cuando hacen eso.

Suena la campana de la cena y todos salen desperdigados. Frederick va el último con su cabello color caramelo y su mirada herida, los cordones desatados. Werner lava la bandeja de Frederick por él, comparte las respuestas de los ejercicios, le limpia los zapatos, le da dulces del doctor Hauptmann y corren el uno junto al otro en los ejercicios de campo. Una espiga de latón pesa ligeramente en la solapa de ambos. Ciento catorce botas con clavos resuenan contra las piedras del camino. El castillo, con sus torres y sus almenas, se cierne sobre todos como la vaga visión de una gloria inevitable. La sangre de Werner galopa en sus ventrículos, piensa en el transceptor de Hauptmann, en soldaduras, fusibles, baterías y antenas mientras sus botas y las de Frederick golpean el suelo exactamente al unísono.

SSG35 A NA513 NL WUX
DUPLICADO DE TELEGRAMA

10 DE DICIEMBRE DE 1940

M. DANIEL LEBLANC
SAINT-MALO, FRANCIA

= REGRESE A PARÍS A FIN DE MES = VIAJE DE FORMA
SEGURA=

BAÑO

U n último retoque de pegamento y lija y el padre de Marie-Laure termina la maqueta de Saint-Malo. Está sin pintar, es imperfecta, le faltan detalles y ha sido construida con media docena de maderas diferentes, pero es lo bastante completa como para que la use su hija en caso de necesidad: el polígono irregular de la isla está enmarcado por murallas y en su interior hay ochocientos sesenta y cinco edificios.

Está exhausto. Desde hace algunas semanas ha comenzado a fallarle el sentido común. La piedra que le han pedido que proteja no es real. Si lo fuera, el museo ya habría enviado hombres a recogerla. ¿Pero por qué, entonces, cuando la mira a través de una lupa, el interior revela esas minúsculas dagas en llamas? ¿Por qué escucha pasos a sus espaldas cuando no hay nadie? ¿Y por qué de vez en cuando se descubre dándole vueltas a la absurda idea de que esa piedra que transporta en un pequeño saco de lino en el bolsillo le ha traído mala suerte, ha puesto a Marie-Laure en peligro y tal vez incluso hasta ha precipitado la invasión de Francia?

Ridículo. Absurdo.

Ha intentado casi todas las pruebas imaginables que no requieren la opinión de otra persona. Ha intentado envolverla entre dos piezas de fieltro y golpearla con un martillo... No se ha hecho añicos. Ha intentado arañarla con cuarzo... No quedaba ningún rasguño.

Ha intentado sostenerla sobre la llama de una vela, sumergirla en agua, cocerla. Ha escondido la joya bajo el colchón, en la caja de herramientas, en el zapato. Una noche, durante unas horas, la metió en uno de los geranios de madame Manec que estaban en una maceta junto a la ventana, pero luego se dio cuenta de que los geranios se estaban marchitando y volvió a sacar la piedra.

Esta tarde reconoce una cara familiar en la estación de tren, está cuatro o cinco puestos más allá en la fila. Ha visto antes a ese hombre, regordete, sudoroso, con la barbilla partida. Se sostienen la mirada y el hombre acaba retirándola.

Es el vecino de Etienne. El perfumista.

Hace algunas semanas, mientras tomaba medidas para la maqueta, el cerrajero vio al hombre sobre una de las murallas apuntando con una cámara hacia el mar. No se puede confiar en ese hombre, le dijo madame Manec. Pero no es más que un hombre que espera en una fila para comprar un billete.

Resulta lógico, son los principios de la validez: cada candado tiene una llave.

El telegrama del director ha estado resonando en su cabeza durante más de dos semanas. Una frase exasperantemente ambigua en la orden final: *Viaje de forma segura.* ¿Significa eso que debe llevar la piedra o que tiene que dejarla, que debe llevar a Marie con él o que tiene que dejarla, que debe viajar en tren o en otros medios teóricamente más seguros?

¿Y qué sucedería, piensa el cerrajero, si no es el director quien ha enviado el telegrama?

Las preguntas van y vienen. Cuando le llega el turno en la ventanilla compra un billete sencillo en el primer tren de la mañana a Rennes y luego otro a París, y camina por las estrechas y sombrías callejuelas hasta la rue Vauborel. Cumplirá con esta orden y acabará así con todo el asunto. Regresará al trabajo, llevará adelante la conserjería, se encargará de guardar las cosas. En una semana volverá a la Bretaña libre de carga y recogerá a Marie-Laure.

De cena madame Manec sirve guiso y baguettes. A continuación el padre lleva a Marie-Laure por las escarpadas escaleras hasta el baño en la tercera planta. Llena la enorme bañera de hierro y se da media vuelta mientras ella se desviste.

—Usa todo el jabón que quieras —dice—, he comprado más.

El billete de tren permanece doblado en su bolsillo como una traición. Ella le deja que le lave el pelo. Una y otra vez Marie-Laure alza la espuma con los dedos, como si intentara calcular su peso. En lo que se refiere a su hija siempre ha sentido una astilla de miedo clavada profundamente: el miedo a no ser un buen padre, a estar haciéndolo todo mal, a no haber entendido bien las reglas. Y todas esas madres parisinas empujando sus carritos por el Jardin des Plantes o alzando chaquetas de punto en las tiendas... Siempre le ha parecido que esas madres negaban con la cabeza cuando les veían pasar, como si tuvieran una sabiduría secreta que él no poseía. ¿Cómo se puede estar seguro de que uno está haciendo lo correcto?

Y a pesar de eso también está el orgullo... El orgullo de haberlo hecho solo. De que su hija es una chica curiosa, fuerte. La humildad de ser el padre de una criatura tan poderosa, como si él fuera apenas el estrecho conducto para llegar a otra cosa mucho más grande. Así se siente ahora, piensa arrodillado a su lado mientras le lava el pelo, como si el amor por su hija superara los límites de su cuerpo. Podrían desplomarse las paredes y hasta la ciudad entera, la lucidez de ese sentimiento jamás se desvanecería.

El desagüe gime. Marie levanta la cara húmeda.

—Te vas a ir, ¿verdad?

En este momento le alegra que ella no le pueda ver.

—Madame me contó lo del telegrama.

—No será mucho tiempo, Marie. Una semana, diez días como mucho.

—¿Cuándo?

—Mañana, antes de que te levantes.

Ella se inclina sobre sus rodillas. Su espalda es larga y blanca y está punteada por las vértebras. Solía quedarse dormida agarrando su dedo índice con el puño. Solía tumbarse con sus libros sobre el banco de la conserjería y pasar las manos como patas de araña por las páginas.

—¿Y yo me tengo que quedar aquí?

—Con madame y Etienne.

Él le ofrece la toalla, la ayuda a salir de la bañera y espera fuera mientras ella se pone la bata. Luego la acompaña hasta la sexta planta, hasta el interior de su habitación, a pesar de que sabe que ella no necesita que la guíen, y se sienta en el borde de la cama mientras ella se arrodilla junto a la maqueta y posa tres dedos sobre el campanario de la catedral.

Él encuentra el cepillo del pelo y no se molesta en encender la luz.

—¿Diez días, papá?

—Como mucho.

Las paredes crujen, detrás de las cortinas la ventana es negra, la ciudad se prepara para dormir. En algún lugar ahí fuera se deslizan submarinos alemanes por túneles en las profundidades y en la superficie un transbordador de nueve metros de eslora con sus enormes ojos a través de la fría oscuridad.

—¿Alguna vez hemos pasado una noche separados?

—No.

Su mirada se mueve por la habitación a oscuras. La piedra en el bolsillo casi parece palpitar. ¿Qué soñará esta noche si consigue quedarse dormido?

—¿Podré salir cuando te vayas, papá?

—En cuanto regrese, te prometo que sí.

Pasa el cepillo por el cabello de su hija con toda la ternura de la que es capaz. A cada pasada, los dos escuchan el viento golpeando la ventana.

Las manos de Marie-Laure recorren las casas al tiempo que recita los nombres de las calles.

—Rue des Cordiers, rue Jacques Cartier, rue Vauborel.

—Te las vas a aprender en una semana.

Los dedos de Marie-Laure recorren las murallas exteriores y el mar, más allá.

—Diez días —dice ella.

—Como mucho.

EL MÁS DÉBIL (N.º 2)

Diciembre absorbe la luz del castillo. El sol apenas aclara el horizonte antes de hundirse de nuevo. Nieva una vez, dos y después se solidifica sobre los prados. ¿Había visto Werner una nieve tan blanca, una nieve que no se ensuciara inmediatamente con las cenizas y el humo del carbón? Los únicos emisarios del mundo exterior son los ocasionales pájaros cantores que se posan en los tilos del patio interior, descarriados por distantes tormentas o batallas, y dos cabos lampiños que aparecen en el comedor cada semana (siempre después de la plegaria, siempre en el instante en el que los chicos se meten en la boca la primera cucharada de la cena) y pasan por debajo del escudo, se detienen tras un cadete cualquiera y le susurran en el oído que su padre ha muerto en acción.

Otras noches un monitor grita *Achtung!* y los chicos se ponen de pie al tiempo que entra el comandante Bastian. Los chicos miran en silencio su comida mientras Bastian pasea junto a los bancos pasando el dedo índice por sus espaldas.

—¿Echáis de menos vuestras casas? No debemos preocuparnos por nuestros hogares. Al final todos regresaremos a la casa del Führer. ¿Acaso importa otra casa?

—¡Ninguna! —gritan los chicos.

Todas las tardes, no importa la temperatura que haga, el comandante hace sonar el silbato y el grupo de chicos de catorce años sale a correr mientras él les observa con su abrigo tirante a la altura de la barriga y sus medallas relucientes haciendo girar en el aire su manguera de goma.

—Hay dos tipos de muerte —dice mientras le salen nubes de vaho de la boca a causa del frío—: uno puede morir como un león o desaparecer tan fácilmente como un pelo en una taza de leche. Los débiles, los que no son nadie, mueren con facilidad.

—Recorre con la mirada las filas de los chicos mientras hace girar la manguera y luego abre los ojos con dramatismo—. ¿Cómo moriréis vosotros?

Una ventosa tarde saca a Helmut Rödel de la fila. Helmut es un chico pequeño y poco prometedor del sur que lleva las manos cerradas en puños casi todo el tiempo que pasa despierto.

—¿Quién es, Rödel? En tu opinión..., ¿quién es el miembro más débil del cuerpo?

El comandante hace girar la goma. Helmut Rödel no pierde el tiempo.

—Él, señor.

Werner siente como si algo pesado hubiese caído en su interior. Rödel está señalando directamente a Frederick.

Bastian le dice a Frederick que dé un paso al frente. Si el miedo ha oscurecido la cara de su amigo, Werner no lo ve. Frederick parece distraído, casi tranquilo. Bastian le enrosca la goma alrededor del cuello y le lleva a lo largo del campo con la nieve a la altura de las espinillas, se toma su tiempo, hasta que no es más que un oscuro bulto en la distancia. Werner intenta tener contacto visual con Frederick pero sus ojos están demasiado lejos.

El comandante alza el brazo izquierdo y grita:

—¡Diez!

El viento transporta la palabra en la distancia. Frederick parpadea varias veces como suele hacer cuando alguien se dirige a él en clase, esperando a que su mundo interior alcance el exterior.

—¡Nueve!

—Corre —susurra Werner.

Frederick es un corredor decente, más rápido que Werner, pero el comandante parece contar más rápido de lo habitual esta tarde y la ventaja de Frederick también es más corta y además la nieve le dificulta el paso y apenas ha podido recorrer veinte metros cuando Bastian levanta el brazo derecho.

Los chicos salen disparados. Werner corre junto a los demás intentando mantenerse entre los últimos. Los rifles les golpean sincopadamente la espalda. También los chicos más veloces parecen avanzar más rápido de lo habitual, como si estuvieran hartos de que les ganen.

Frederick corre todo lo que puede pero los chicos más rápidos son galgos seleccionados a lo largo de toda la nación. Son veloces y están dispuestos a obedecer. A Werner le parece que corren más fervorosamente, más resueltos que nunca. Están impacientes por descubrir qué sucederá cuando por fin cojan a alguien.

Frederick está a unas quince zancadas de Bastian cuando le alcanzan.

El grupo se arremolina alrededor de los primeros corredores y Frederick y sus perseguidores se ponen de pie, cubiertos por la nieve. Bastian se acerca resuelto. Los cadetes rodean al instructor, respirando pesadamente, muchos de ellos apoyando las manos en las rodillas. La respiración de los chicos produce una nube colectiva de vaho que se desvanece al instante a causa del viento. Frederick está de pie en el centro jadeando, abriendo y cerrando los ojos de largas pestañas.

—Por lo general no se suele tardar tanto —afirma Bastian con suavidad, como para sí mismo— hasta que cogen al primero.

Frederick mira el cielo.

—Cadete, ¿eres el más débil? —pregunta Bastian.

—No lo sé, señor.

—¿No lo sabes?

Una pausa. En el rostro de Bastian fluye una sombra de contrariedad.

—Mírame cuando te hablo.

—Hay gente que es débil en algunos aspectos, señor, y otros en otros.

Los labios del comandante son delgados, tiene los ojos entrecerrados y el rostro se le deforma en una expresión de lenta e intensa malicia. Como si una nube se hubiera retirado y por un instante la verdadera naturaleza deforme de Bastian se hubiese puesto de manifiesto. Se saca la goma del cuello y se la ofrece a Rödel. Rödel no para de parpadear.

—Adelante —le anima Bastian. En cualquier otro contexto podrían haber parecido palabras de ánimo a un chico reacio a meterse en el agua fría—, hazle un favor.

Rödel mira la goma: es negra, de casi un metro de largo, y está rígida por el frío. Pasan unos segundos que a Werner le parecen horas. El viento acaricia la hierba helada alzando motas de nieve y se ve envuelto en una súbita ola de nostalgia de Zollverein: atardeceres en la infancia husmeando las madrigueras cubiertas de hollín, empujando a su hermana en la carretilla. El fango en las aceras, las maldiciones a gritos de los obreros, los chicos en el dormitorio acostados uno con la cabeza junto a los pies del otro, todos los abrigos y pantalones colgados en la pared, frau Elena paseando a medianoche entre las camas como un ángel y murmurando: «Sé que hace frío, pero estoy aquí a vuestro lado, ¿lo veis?».

Jutta, cierra los ojos.

Rödel da un paso adelante, hace oscilar la goma y golpea a Frederick en un hombro. Frederick da un paso atrás. El viento cruza el campo. Bastian dice:

—Otra vez.

Todo se vuelve húmedo y odioso y de una increíble lentitud. Rödel levanta de nuevo el brazo y golpea. En esta ocasión le da a Frederick en la mandíbula. Werner obliga a su mente a que le siga enviando imágenes de casa: la ropa tendida, los dedos sonrosados por el trabajo de frau Elena, los perros en las aceras, el vapor saliendo de los montones de ropa caliente... Quiere gritar con cada centímetro de su cuerpo. ¿No está mal todo esto?

Pues aquí no parece que esté mal.

Dura un buen rato. Frederick soporta un tercer golpe.

—Otra vez.

En el cuarto, Frederick levanta los brazos, la goma le golpea en los antebrazos y se tambalea. Rödel vuelve a hacer girar la goma y Bastian dice:

—Con su maravilloso ejemplo Cristo dirige el camino, ayer y siempre.

Y la tarde entera se voltea, abierta. Werner contempla la escena en retroceso como si la estuviera observando desde el fondo de un largo túnel. Un campo blanco, un grupo de chicos, árboles desnudos, un castillo de juguete, ninguna de esas cosas parece más real que las historias que le contaba frau Elena sobre su infancia en Alsacia o los dibujos que hacía Jutta de París. En seis ocasiones más escucha cómo Rödel hace girar y descarga la goma y el golpe mortecino que provoca en las manos, en los hombros y en la cara de Frederick.

Frederick es capaz de caminar durante horas por el bosque, de identificar currucas a cincuenta metros con solo escuchar su canto. Frederick casi nunca piensa en sí mismo. Frederick es más fuerte que él en casi todos los aspectos. Werner abre la boca pero la cierra de nuevo, se hunde, cierra los ojos, la mente.

En cierto punto cesan los golpes. Frederick tiene la cara contra la nieve.

—¿Señor? —dice Rödel jadeando.

Bastian coge la goma que le ofrece Rödel, se la cuelga alrededor del cuello y se acomoda el cinturón por debajo de la tripa. Werner se arrodilla junto a Frederick y le pone de lado. Le sale sangre de la nariz o del ojo o del oído, puede que de los tres. Uno de los ojos está completamente cerrado por la hinchazón y el otro permanece abierto. Su atención, se da cuenta Werner, está fija en el cielo. Persigue allí el rastro de algo.

Werner se arriesga a echar un vistazo hacia arriba: un halcón solitario atraviesa el firmamento.

Bastian dice:

—Arriba.

Werner se levanta. Frederick no se mueve.

—Arriba —repite Bastian, más despacio esta vez, y Frederick se alza sobre una rodilla. Se pone de pie tembloroso. Tiene un corte en la mejilla del que cae un hilo de sangre. En su espalda hay manchas de humedad que reflejan que se ha empapado hasta la camisa. Werner le ofrece el brazo a Frederick.

—Cadete, ¿eres el más débil?

Frederick no mira al comandante.

—No, señor.

El halcón sigue dando vueltas más arriba. El corpulento comandante rumia un pensamiento durante unos segundos y a continuación su voz se alza por encima del grupo ordenándoles que corran. Cincuenta y siete cadetes cruzan el campo hasta el nevado sendero que va hacia el bosque. Frederick corre junto a Werner, con el ojo izquierdo hinchado y dos regueros de sangre que caen por sus mejillas, el cuello húmedo y marrón.

Las ramas se agitan y resuenan. Los cincuenta y siete chicos cantan al unísono:

Marcharemos adelante,
aunque todo se derrumbe.

Hoy nos escucha nuestra patria;
mañana, el mundo entero.

El invierno en los bosques de la vieja Sajonia. Werner no se arriesga a mirar de nuevo a su amigo. Corre con rapidez a través del frío, con su rifle descargado al hombro. Tiene casi quince años.

EL ARRESTO DEL CERRAJERO

Le cogen a las afueras de Vitré, a unas horas de París. Dos policías con ropa de paisano le sacan del tren ante la mirada asombrada de una docena de pasajeros. Le interrogan en el interior de una furgoneta y luego otra vez en una gélida oficina de entresuelo decorada con espantosas acuarelas de barcos de vapor en altamar. Los primeros interrogadores son franceses, una hora más tarde se convierten en alemanes. Le retienen su cuaderno de notas y su caja de herramientas. Alzan su manojo de llaves y cuentan hasta siete llaves maestras. Quieren saber qué abren esas llaves y para qué utiliza esas pequeñas limas y sierras. ¿Qué les puede decir del cuaderno de notas repleto de medidas arquitectónicas?

Una maqueta para mi hija.

Llaves del museo en el que trabajo.

Por favor.

Le llevan a la fuerza hasta una celda. El cerrojo y las bisagras son tan antiguos que parecen de la época de Luis XIV, de Napoleón quizá. En cualquier momento a partir de ahora el director y algún asistente aparecerá y explicará todo. No hay duda de que ocurrirá.

Por la mañana los alemanes le hacen pasar por un segundo y más lacónico interrogatorio mientras un mecanógrafo registra todo desde una esquina. Parecen estar acusándole de una trama para destruir el Château de Saint-Malo aunque no queda claro por qué lo sospechan. Hablan en un francés correcto y parecen más interesados en las preguntas que en las respuestas. Le niegan el acceso a papel, a ropa, al teléfono. Tienen fotografías suyas.

Se muere de ganas de fumar un cigarrillo. Se tumba boca arriba sobre el suelo y se imagina que besa a Marie-Laure en los ojos mientras duerme. Dos días después del arresto le llevan a un gallinero a unos kilómetros a las afueras de Estrasburgo. A través de la verja observa una columna de colegialas uniformadas caminando en doble fila bajo un sol invernal.

El guarda le lleva sándwiches envasados, queso duro, agua. En el gallinero hay otras treinta personas que duermen sobre la paja o sobre el barro congelado. La mayoría son franceses pero hay también algunos belgas, cuatro flamencos, dos valones. Todos han sido acusados de crímenes de los que hablan siempre con reticencia, nerviosos ante cualquier pregunta que pueda convertirse finalmente en una trampa. Por la noche se comentan rumores entre susurros.

—Estaremos en Alemania unos meses —dice alguien y las palabras van pasando de unos a otros.

—Nos necesitan de mano de obra para las plantaciones mientras sus hombres están en el frente.

—Luego nos enviarán a casa.

Todos los que están allí piensan que es imposible. Y a continuación que tal vez sea cierto. Solo unos meses y luego a casa.

No hay ningún abogado oficial. Ningún tribunal militar. El padre de Marie-Laure pasa tres días temblando en el gallinero. No llega ningún rescate de parte del museo, no aparece ninguna limusina del director, no le permiten escribir cartas. Cuando pide usar un teléfono, los guardias ni siquiera se molestan en sonreír.

—¿Sabes cuándo fue la última vez que *nosotros* usamos un teléfono?

Cada hora que pasa es una plegaria por Marie-Laure, cada respiración.

El cuarto día todos los prisioneros son apilados en el interior de un camión y llevados hacia el este.

—Estamos cerca de Alemania —susurra un hombre. La ven al otro lado del río: una masa de árboles de baja estatura dispersos sobre campos cubiertos de nieve, negras hileras de viñedos, cuatro columnas de humo gris que se disuelven en un cielo blanquecino.

El cerrajero echa un vistazo. ¿Alemania? No parece muy distinto desde este lado del río.

Podría muy bien tratarse del borde de un precipicio.

Cuatro

8 DE AGOSTO DE 1944

EL FUERTE DE LA CITÉ

El sargento mayor Von Rumpel trepa por una escalera en la oscuridad. Siente los nódulos linfáticos a ambos lados del cuello presionando el esófago y la tráquea. Su peso es como el de un trapo sobre los peldaños. Los dos artilleros que están en la torreta le observan por debajo de sus cascos. No le ofrecen ayuda, no saludan, la torreta está coronada con una cúpula de hierro y su función principal es cubrir las armas más grandes posicionadas más abajo. Desde allí hay una vista del mar hacia el oeste, los acantilados a sus pies, cubiertos de redes de alambre y, al otro lado del agua, a medio kilómetro de distancia, Saint-Malo en llamas.

La artillería se ha detenido un instante y los pequeños incendios que han provocado al otro lado de la muralla crecen hasta alcanzar su máximo esplendor. El límite occidental de la ciudad se ha convertido en un holocausto rojo y carmín desde el que se alzan numerosas columnas de humo. La más grande se ha convertido en un pilar de cenizas y vapor que se hincha como la erupción de un volcán. En la distancia el humo tiene un aspecto extrañamente sólido, como si hubiese sido tallado en una madera luminosa. A lo largo de todo el perímetro saltan chispas, caen cenizas y ondean documentos administrativos: planos, órdenes de compra, expedientes fiscales.

Von Rumpel contempla con prismáticos lo que parecen ser murciélagos en llamas que se alejan huyendo por encima de la muralla. Del interior de una casa brota un manantial de chispas (tal vez un transformador eléctrico o un depósito de gasolina o una bomba de acción retardada). Le parece como si un rayo hubiera sacudido la ciudad desde el interior.

Uno de los artilleros hace comentarios poco ingeniosos sobre el humo, sobre un caballo muerto que se ve en la base de la muralla y sobre la intensidad del fuego en ciertos cuadrantes. Parecen viejos aristócratas contemplando desde las tribunas un fortín en guerra en la época de las cruzadas. Von Rumpel estira el cuello de la camisa sobre los bultos de su garganta e intenta tragar.

Sale la luna y el cielo se ilumina desde el oriente. El borde de la noche se aleja, llevándose con él una a una las estrellas hasta que solo quedan dos. Vega, quizá. O Venus. Nunca lo supo.

—Ha caído la aguja de la catedral —dice el segundo artillero.

Hace apenas un día, sobre los zigzagueantes tejados, la aguja de la catedral apuntaba hacia arriba, más alta que todo lo demás. Esta mañana ya no es así. El sol no tarda en salir por el horizonte y las llamas naranjas dan paso a un humo negro que se alza desde la muralla occidental, cubriendo como una membrana la ciudadela.

Por fin el humo se abre durante unos segundos lo suficiente como para que Von Rumpel pueda contemplar el interior del dentado laberinto de la ciudad y encontrar lo que está buscando: la planta superior de una casa alta con una amplia chimenea. Se ven dos ventanas, los cristales están rotos. Uno de los postigos cuelga, los otros tres permanecen en su lugar.

El número 4 de la rue Vauborel. Sigue intacto. Pasa un segundo y un velo de humo vuelve a cubrir la casa.

Un solitario avión cruza el cielo azul, increíblemente alto. Von Rumpel baja por la escalera y regresa a los túneles subterráneos del fuerte. Trata de no cojear, de no pensar en los bultos de su ingle. En el comedor bajo tierra los hombres están apoyados en las paredes y comen avena a cucharadas del hueco de sus cascos. De forma intermitente los focos de luz eléctrica los iluminan o los sumergen en la sombra.

Von Rumpel se sienta sobre una caja de municiones y come queso de un tubo. El coronel al mando de la defensa de Saint-Malo se ha dirigido a esos hombres, les ha dado un discurso sobre la valentía, sobre cómo la división Hermann Göring romperá las líneas americanas en Avranches, sobre los refuerzos que llegarán desde Italia y posiblemente desde Bélgica, tanques y Stukas, camiones cargados con morteros de cincuenta y cinco milímetros, sobre la gente que sigue en Berlín y que cree en ellos como las monjas creen en Dios. Nadie debe abandonar su puesto y si lo hace será ejecutado como desertor. Von Rumpel, por su parte, solo piensa en la vid que crece dentro de él, una vid negra cuyas ramas se han estirado por el abdomen y han crecido dentro de sus brazos y de sus piernas. Aquí, en esta fortaleza peninsular a las afueras de Saint-Malo, lejos de las tropas de retirada, es solo una cuestión de tiempo que los canadienses, los británicos y los americanos de ojos claros de la División 83 entren en la ciudad y registren las casas buscando a los saqueadores alemanes para hacerles lo que sea que les hagan cuando los toman prisioneros.

No es más que una cuestión de tiempo que esa negra vid llegue hasta su corazón.

—¿Qué ha dicho? —pregunta un soldado que está a su lado.

Von Rumpel se da la vuelta.

—Yo no he dicho nada.

El soldado sigue comiendo la avena en su casco.

Von Rumpel aprieta los últimos restos del repugnante y salado queso y deja caer el tubo vacío entre sus pies. La casa sigue ahí. Su ejército todavía tiene la ciudad. Durante algunas horas el fuego seguirá ardiendo y los alemanes regresarán como hormigas hasta sus posiciones para luchar un día más.

Él esperará. Esperará y esperará y esperará y, cuando se retire el humo, entrará él.

TALLER DE REPARACIÓN

E l ingeniero Bernd se retuerce de dolor y aprieta la cara contra el respaldo del sillón dorado. Siente que algo no va bien en su pierna y que hay algo que va todavía peor en su pecho.

La radio no funciona. El cable de alimentación se ha roto y la antena superior se ha perdido. A Werner no le sorprendería que el panel selector también estuviera quebrado. Bajo la débil luz ámbar de la linterna de Volkheimer descubre, uno tras otro, los enchufes desgarrados.

Al parecer el bombardeo le ha hecho perder la capacidad auditiva del oído izquierdo. El derecho, al menos hasta donde puede comprobar de momento, está regresando poco a poco. Comienza a escuchar algo tras el pitido.

El crepitar de las llamas mientras se apagan.

El quejido del hotel sobre su cabeza.

Una extraña mezcla de cosas que gotean.

Volkheimer que da golpes intermitentes y enloquecidos a los escombros que bloquean la escalera. Al parecer la técnica de Volkheimer es la siguiente: se agacha bajo el techo combado y se arrastra con una retorcida barra de acero en la mano. Enciende la linterna y busca en el montón de escombros cualquier cosa que pueda sacar tirando de ella. Memoriza las posiciones. Luego apaga la linterna para reservar batería y se dirige al objetivo en la oscuridad. Pero cuando regresa la luz el desastre de la escalera tiene el mismo aspecto que antes. Un revoltijo de metal, ladrillos y madera tan denso que ni siquiera veinte hombres podrían atravesarlo.

«Por favor», dice Volkheimer y Werner no podría decir si Volkheimer se da cuenta de que está hablando en voz alta. Lo escucha con el oído derecho como si se tratara de una plegaria distante. Dice: «Por favor, por favor», como si todo en esta guerra hubiese sido tolerable para ese Frank Volkheimer de veintiún años excepto esta última injusticia.

El fuego que arde sobre sus cabezas absorbe los restos de oxígeno que quedan en el agujero. Deberían haberse asfixiado ya. Las deudas pagadas, las cuentas resueltas. Pero todavía respiran. Las tres vigas astilladas del techo sostienen solo Dios sabe cuánto peso: diez toneladas de un hotel carbonizado más los cadáveres de ocho hombres de la antiaérea y una masa incalculable de artillería sin explotar. Es posible que Werner, por sus diez mil pequeñas traiciones, y Bernd, por sus innumerables crímenes, y Volkheimer, por ser instrumento y ejecutor de órdenes, la cuchilla del Reich, tengan que pagar todavía un precio mayor, tal vez quede por dictarse una sentencia final.

Al principio fue el sótano de un corsario, diseñado para guardar oro, armas y todo su excéntrico equipamiento de apicultor. Luego se convirtió en una bodega. A continuación el escondite de un manitas, un *Atelier de réparation*, piensa Werner, una cámara en la que se reparan cosas, un lugar tan apropiado como cualquier otro. Sin duda hay gente en el mundo que piensa que ellos tres todavía tienen algo que reparar.

DOS LATAS

Cuando Marie-Laure se despierta, la pequeña casa de la maqueta está aplastada contra su pecho y ella suda bajo el abrigo de su tío abuelo. ¿Ha amanecido? Trepa por la escalera y posa el oído contra la trampilla. Ya no se oyen sirenas. Tal vez la casa ha ardido hasta los cimientos mientras dormía. O tal vez ha dormido durante las últimas horas de la guerra y la ciudad ha sido liberada. Tal vez hay gente en la calle: voluntarios, gendarmes, bomberos. Puede que incluso estén los americanos. Debería salir y caminar hasta la puerta principal que da a la rue Vauborel.

Pero ¿y si Alemania ha logrado conservar la ciudad? ¿Y si los alemanes están registrando ahora casa por casa, disparando a quien les viene en gana?

Esperará. En cualquier momento Etienne podría ir a buscarla, podría intentar encontrarla con sus últimas fuerzas. O puede que esté agazapado en alguna parte cubriéndose la cabeza, viendo demonios.

O tal vez está muerto.

Se dice a sí misma que debe conservar la barra de pan, pero está hambrienta y el pan se está poniendo duro y, antes de que pueda pensarlo de nuevo, el pan se ha terminado.

Si al menos hubiese podido traer su novela.

Marie-Laure recorre el sótano en calcetines. Descubre una alfombra enrollada, parece llena de algo que huele a virutas de madera: ratones. Hay un cajón con viejos papeles, una antigua lámpara, los frascos vacíos de madame Manec. Y ahí, al fondo de una estantería cerca del techo, dos pequeños milagros. ¡Dos latas llenas! No quedaba nada de comida en la cocina (solo harina de maíz, un manojo de lavanda y dos o tres botellas de vino), pero, aquí abajo, en el sótano, de pronto hay dos pesadas latas.

¿Serán guisantes? ¿Judías? Tal vez sean granos de maíz. Espera que no sea aceite. ¿No son más pequeñas las latas de aceite? Cuando las coge no le dan ninguna pista. Marie-Laure calcula las posibilidades de que alguna contenga los melocotones de madame Manec, aquellos melocotones blancos de Languedoc que compró a granel, peló y luego coció con azúcar. Recuerda cómo se llenó toda la cocina de su olor y color y cómo se le quedaban los dedos pegados con ellos, puro éxtasis.

Dos latas que se le pasaron por alto a Etienne.

Pero elevar las esperanzas es arriesgarse a que caigan desde un lugar más alto. Guisantes. Judías. Las dos serían más que bienvenidas. Se mete las latas en los bolsillos del abrigo de su tío y comprueba que la casita sigue en el bolsillo de su vestido. Luego se sienta sobre una caja y sujeta su bastón con las dos manos para no pensar en su vejiga.

En cierta ocasión, cuando tenía ocho o nueve años, su padre la llevó al Panteón de París para describirle el péndulo de Foucault. Su masa, le dijo, es una esfera dorada del tamaño de la cabeza de un niño. Cuelga de un cable de sesenta y siete metros de largo. Le explicó que el hecho de que su trayectoria variara con el tiempo era una demostración irrefutable de la rotación de la

Tierra, pero lo que mejor recuerda Marie-Laure es a su padre diciendo que el péndulo de Foucault jamás se iba a detener, que seguiría oscilando después de que dejaran el Panteón, cuando durmiera esa noche, incluso cuando lo olvidara y viviera el resto de su vida y muriera.

Ahora le parece que puede oír el péndulo oscilando en el aire frente a ella otra vez: esa enorme masa dorada, ancha como un barril, que se mece una y otra vez sin detenerse, afirmando y reafirmando su inhumana verdad sobre el suelo.

EL NÚMERO 4 DE LA RUE VAUBOREL

Cenizas, caen cenizas como copos de nieve en pleno mes de agosto. Después del desayuno el bombardeo se reanuda hasta que por fin, sobre las seis de la tarde, se detiene. Un cañón dispara desde algún lugar y hace un sonido parecido al de un collar de abalorios al deslizarse entre los dedos. El sargento mayor Von Rumpel carga su cantimplora, seis ampollas de morfina y su pistola. Pasará por encima del rompeolas y se dirigirá por la calzada hacia el gigantesco baluarte de Saint-Malo, que se quema a fuego lento. En la bahía, el muelle ha sido destrozado en varios lugares. Un bote de pesca medio sumergido flota a la deriva con la popa hacia arriba.

En el interior de la ciudadela no hay más que montañas de bloques de piedra, sacos, postigos, ramas, herrería y trozos de chimeneas. Macetas destrozadas, marcos de ventanas carbonizados, cristales rotos. Algunos edificios siguen humeando y, a pesar de que Von Rumpel va con la boca y la nariz cubiertas por un pañuelo húmedo, se tiene que detener varias veces a recuperar el aliento.

Pasa junto al cadáver de un caballo muerto que ya ha comenzado a hincharse, junto a un sofá tapizado en terciopelo de rayas verdes, junto a los desgarrados trozos de un dosel que pertenecía a un restaurante. Ve las cortinas que se mecen perezosas entre las ventanas rotas bajo la extraña luz parpadeante. Todas esas cosas le ponen nervioso. Las golondrinas se acercan y alejan buscando sus nidos perdidos y alguien grita algo a lo lejos, aunque puede que solo sea el viento. La explosión ha descolocado las marquesinas de varios negocios y los soportes cuelgan abandonados.

Un schnauzer trota tras él, quejumbroso. Nadie le grita desde ninguna ventana para prevenirle de las minas. Es más, en cuatro manzanas apenas se cruza con un alma, solo una mujer ante lo que el día anterior era el cine. Lleva un recogedor en la mano; la escoba no se ve por ningún lado. Le mira, aturdida. Una puerta se abre a sus espaldas y se distinguen filas de asientos amontonados bajo los grandes bloques del techo. Al fondo, la pantalla se alza intacta, ni siquiera manchada por el humo.

—La sesión no empieza hasta las ocho —dice ella con su francés bretón, y él asiente al pasar. En la rue Vauborel han caído grandes cantidades de tejas y han reventado contra la calle. Pasan flotando trozos de papel quemado, no se ve ni una gaviota. Incluso si la casa ha ardido, piensa, el diamante estará ahí. Lo recogerá de entre las cenizas como a un huevo caliente.

Pero la casa, alta y delgada, ha permanecido intacta. Hay once ventanas en la fachada, la mayoría sin cristales. Reconoce los marcos azules, el viejo granito gris con manchas. Cuatro de sus seis macetas siguen colgando. La reglamentaria lista de residentes cuelga de la entrada principal.

M. Etienne LeBlanc, 63 años.
Mlle. Marie-Laure LeBlanc, 16 años.

Todos los riesgos que está dispuesto a asumir. Por el Reich. Por sí mismo.

Nadie le detiene. No silban los disparos. A veces el ojo del huracán es el lugar más seguro.

LO QUE TIENEN

Cuándo es de día y cuándo de noche? El tiempo parece medido por flashes, por la luz de la linterna de Volkheimer que se enciende y apaga.

Werner contempla la cara de Volkheimer cubierta de ceniza bajo el reflejo brillante, observa cómo se inclina sobre Bernd para ayudarle. «Bebe», dicen los labios de Volkheimer mientras acerca una cantimplora a la boca de Bernd y sus sombras cruzan el destrozado techo como un grupo de fantasmas preparando un banquete.

Bernd vuelve la cara con un gesto de pánico en los ojos e intenta examinarse la pierna.

La luz se apaga, regresa la oscuridad.

Werner lleva en su mochila el cuaderno de notas de su infancia, una manta y calcetines secos. Tres raciones. Es toda la comida que tienen. Volkheimer no tiene nada, Bernd tampoco, solo quedan dos cantimploras con agua y las dos están medio vacías. En una esquina Volkheimer ha descubierto un bote con pinceles y una especie de agua sucia, pero ¿hasta dónde tendrá que llegar su desesperación para beber eso?

También llevan dos granadas de mano Modelo 24, una en cada bolsillo lateral del abrigo de Volkheimer. Tienen el mango de madera y una carga superexplosiva en la carcasa de metal. Son las bombas de mano que los chicos de Schulpforta solían llamar pasapurés. Bernd le ha suplicado a Volkheimer en dos ocasiones que intente utilizar una de esas bombas para abrirse camino en el amasijo de la escalera, pero utilizar una granada ahí abajo, en una habitación tan cerrada y bajo tantos escombros supuestamente cargados con municiones de 88 milímetros, sería un suicidio.

También está el rifle de Volkheimer. Un Karabiner 98K con cinco balas en el interior. Suficiente, piensa Werner. Más que de sobra. Solo necesitarán tres: una para cada uno.

A veces, en la oscuridad, Werner piensa que el sótano tiene una débil luz propia que emana de los escombros, que tal vez el espacio se va volviendo un poco más rojo a medida que el día de agosto que transcurre arriba se convierte en un atardecer. Poco después comprende que ni siquiera la oscuridad total es completamente oscura. Más de una vez le parece que puede distinguir sus dedos si los pasa frente a los ojos.

Werner piensa en su infancia, en las nubes de polvo de carbón suspendido en el aire las mañanas de invierno, en las ventanas, en las orejas de los niños, en sus pulmones, solo que aquí, en este agujero, el polvo blanco es su imagen invertida, está atrapado en una profunda mina que es la misma y a la vez la contraria de la que mató a su padre.

De nuevo la oscuridad y de nuevo la luz. La grotesca cara cubierta de polvo de Volkheimer se materializa frente a él, con su insignia de rango parcialmente descosida en el hombro. Con el haz de la linterna le enseña a Werner lo que lleva en la mano: dos destornilladores retorcidos y una caja de fusibles.

—La radio —dice en el oído bueno de Werner.

—¿Has dormido algo?

Volkheimer vuelve la luz hacia su cara. «Antes de que nos quedemos sin batería», dicen sus labios.

Werner sacude la cabeza. La radio está inutilizada. Solo quiere cerrar los ojos, olvidar, rendirse. Esperar al cañón del rifle apoyado en su sien, pero Volkheimer quiere convencerle de que la vida merece la pena.

Los filamentos de la bombilla dentro de la linterna se vuelven amarillos, más débiles. La boca iluminada de Volkheimer es de color rojo, contrasta con la oscuridad. «Nos estamos quedando sin tiempo», dicen sus labios. La estructura gime. Werner ve una porción de hierba verde, moscas que revolotean, la luz del sol. Unas puertas completamente abiertas hacia el verano. Cuando la muerte llegue a buscar a Bernd puede que también se lo lleve a él para ahorrarse un segundo viaje.

—Tu hermana —dice Volkheimer—, piensa en tu hermana.

EL CABLE TENSADO

No va a poder contener mucho más la vejiga. Sube los peldaños del sótano y aguanta el aliento pero no oye nada durante treinta latidos. Cuarenta. Luego abre la trampilla y trepa hasta la cocina. Nadie dispara. No escucha ninguna explosión.

Marie-Laure hace crujir a su paso los restos de las estanterías caídas de la cocina y cruza hasta el minúsculo apartamento de madame Manec, con las dos latas balanceándose pesadamente en los bolsillos del abrigo de su tío abuelo. Le duelen la garganta y los agujeros de la nariz. El humo parece más leve aquí. Se alivia en la bacinilla que hay a los pies de la cama de madame Manec. Se sube las medias y vuelve a abrocharse el abrigo de su tío abuelo. ¿Es por la tarde? Por milésima vez desea hablar con su padre. ¿Sería mejor salir fuera, a la ciudad, sobre todo si es de día, para intentar encontrar a alguien?

Puede que un soldado la ayude, cualquier persona lo haría, pero, en cuanto lo piensa, vuelve a tener dudas.

Sabe que la debilidad de sus piernas se debe al hambre. En medio del caos de la cocina no consigue encontrar el abrelatas pero sí encuentra el cuchillo de pelar en el cajón de madame Manec y el enorme y áspero ladrillo que madame utilizaba para mantener abierta la rejilla de la chimenea.

Comerá lo que hay dentro de las latas y luego esperará un poco más por si su tío regresa o por si oye a alguien que pase cerca: el pregonero de la ciudad, un bombero, algún americano amable. Si no oye a nadie y vuelve a tener hambre, saldrá a la calle a ver qué pasa.

Lo primero que hace es subir a la tercera planta para beber de la bañera. Posa los labios en la superficie y bebe a grandes sorbos, siente los borbotones en la garganta. Es un truco que tanto Etienne como ella han aprendido a lo largo de cientos de insuficientes comidas: antes de comer hay que beber toda el agua que se pueda, es una forma de sentirse saciada más rápidamente.

—Al menos, papá —dice en voz alta—, fui astuta con lo del agua.

Luego se sienta en la tercera planta y apoya la espalda contra la mesa del teléfono. Sostiene una lata entre las piernas, pone la punta del cuchillo en la tapa y alza el ladrillo para golpear el mango del cuchillo, pero, antes de dejar caer el ladrillo, el cable tensado que está tras ella se sacude, la campanilla suena y alguien entra en la casa.

CINCO

ENERO DE 1941

RECESO DE ENERO

El comandante da una charla sobre la virtud y la familia y el fuego simbólico que los chicos de Schulpforta deben llevar con ellos adonde quiera que vayan, una copa de puro fuego para encender los corazones de las naciones. Que si el Führer esto, que si el Führer lo otro, todo llega a los oídos de Werner como una cantinela familiar. Uno de los chicos más atrevidos susurra a sus espaldas:

—Claro que sí, yo siento una copa llena de algo en el corazón.

En el dormitorio, Frederick se asoma por el borde de su litera. Su rostro parece un mapa púrpura y amarillo.

—¿Por qué no vienes a Berlín? Mi padre estará trabajando, pero podrías conocer a mi madre.

Frederick ha estado cojeando las últimas dos semanas, hinchado y cubierto de cardenales, pero en ninguna ocasión se ha dirigido a Werner más que con ese tono suyo de distraída amabilidad. En ningún momento le ha acusado de traición a pesar de que Werner no hizo nada mientras le golpeaban ni tampoco nada desde entonces: no ha pegado a Rödel ni ha apuntado con un rifle a Bastian ni ha golpeado indignado la puerta del doctor

Hauptmann pidiendo justicia. Es como si Frederick entendiera que los dos han sido asignados a objetivos concretos y que no deben desviarse.

—No tengo... —dice Werner.

—Mi madre pagará tu viaje. —Frederick se recuesta y se queda mirando el techo—. No es nada.

El trayecto en tren es un viaje épico y somnoliento que dura seis horas; a cada hora el traqueteo se detiene y el vagón se mueve a un lado para dejar pasar otros trenes llenos de soldados que van al frente a toda prisa. Por fin Werner y Frederick desembarcan en una estación oscura de color carbón, suben un tramo de escaleras con cada uno de sus escalones pintado con la misma exclamación («¡Berlín fuma Junos!») y salen a las calles de la ciudad más grande que Werner ha visto jamás.

¡Berlín! Hasta el nombre suena como dos campanadas de gloria. La capital de la ciencia, la sede del Führer, la ciudad en la que nacieron Bohr, Einstein, Staudinger, Bayer. En algún lugar de estas calles se inventó el plástico, se descubrieron los rayos X y la deriva de las placas continentales. ¿Qué maravilloso descubrimiento de la ciencia estarán cultivando ahora? Soldados sobrehumanos, dice el doctor Hauptmann, máquinas que cambian el tiempo, misiles dirigidos por hombres a miles de kilómetros de distancia.

Del cielo cae un aguanieve plateada. Unos caballos grises pasan trotando y se unen en las líneas del horizonte, se agrupan como si intentaran escapar del frío. Ellos pasan caminando frente a tiendas en las que hay trozos de carne colgando, frente a un borracho con una mandolina rota en el regazo y a un trío de paseantes abrazados bajo una marquesina que les abuchean al ver sus uniformes.

Frederick le lleva hasta una casa de cinco plantas, a una manzana de una hermosa avenida llamada Knesebeckstrasse. Llama al número 2, se oye un zumbido en el interior y la puerta se abre.

Entran en un estrecho vestíbulo y se quedan de pie frente a un par de puertas iguales. Frederick presiona un botón, resuena algo en lo alto del edificio y Werner pregunta:

—¿Tenéis ascensor?

Frederick sonríe. La maquinaria chirría al bajar y el ascensor se detiene frente a ellos, Frederick empuja la puerta de madera y entran. Werner contempla maravillado el interior del edificio. Cuando llegan hasta la segunda planta dice:

—¿Podemos cogerlo otra vez?

Frederick se ríe. Bajan de nuevo. Vuelven a subir. Bajan al vestíbulo por cuarta vez y suben de nuevo mientras Werner observa los cables y los pesos que hay junto al ascensor tratando de entender el mecanismo hasta que una mujer pequeña entra en el edificio y sacude el paraguas. Lleva en la otra mano una bolsa de papel. Sus ojos registran de inmediato los uniformes de los chicos, la intensa blancura del pelo de Werner y los moratones escarlata en los ojos de Frederick. En el pecho de su abrigo ha sido cosida con cuidado una estrella color mostaza. Perfectamente recta, con un vértice hacia abajo y el otro hacia arriba. Las gotas de lluvia caen desde la punta del paraguas como semillas.

—Buenas tardes, frau Schwartzenberger —dice Frederick. Se echa hacia atrás hasta tocar con la espalda el fondo del ascensor y le indica con un gesto que entre.

Ella entra y Werner sube detrás. De la bolsa sobresalen unos manojos de verduras. El cuello, se da cuenta Werner, está separado del resto del abrigo. Se está descosiendo. Si ella se volviera sus miradas quedarían a poco más de un palmo de distancia.

Frederick pulsa el dos, luego el cinco. Nadie habla. La anciana se acaricia una ceja con un tembloroso dedo índice. El ascensor pasa la primera planta. Frederick abre la puerta y Werner le sigue. Ve los zapatos grises de la anciana cuando pasan a la altura de su nariz. La puerta del número 2 está abierta y una mujer con delantal, brazos flácidos y el rostro aterciopelado sale a toda prisa y abraza a Frederick. Le besa en ambas mejillas y luego le roza los moratones con los dedos.

—No es nada, Fanni, ha sido jugando.

El apartamento es elegante y reluciente, está lleno de densas alfombras que engullen el sonido. Las ventanas traseras dan al esqueleto de cuatro tilos sin hojas. El aguanieve sigue cayendo afuera.

—Tu madre todavía no ha llegado —dice Fanni mientras se seca la palmas de las manos en el delantal y mira fijamente a Frederick—, ¿seguro que estás bien?

—Por supuesto —dice Frederick, y entra junto a Werner en una caldeada y limpia habitación. Frederick abre un cajón y cuando se da la vuelta lleva unas gafas con la montura oscura. Mira a Werner tímidamente.

—Vamos, ¿me vas a decir que no lo sabías?

Con las gafas puestas la expresión de Frederick parece más relajada, su cara tiene más sentido… Esto, piensa Werner, es lo que Frederick es en realidad. Un chico de piel suave con gafas, cabello color caramelo y una fina huella de un bigote sobre el labio. Un amante de los pájaros. Un niño rico.

—Apenas le doy a la diana en la clase de puntería, ¿no te diste cuenta?

—Puede ser, a lo mejor sí lo sospechaba. ¿Cómo conseguiste pasar los exámenes de la vista?

—Memorizando las tablas.

—¿Pero no usan varias diferentes?

—Memoricé las cuatro. Mi padre las consiguió con antelación y mi madre me ayudó a estudiar.

—¿Y tus prismáticos?

—Están calibrados para mi vista. Llevó una eternidad.

Se sientan en la enorme cocina frente a una mesa que tiene el tablero de mármol. La sirvienta llamada Fanni aparece con una barra de pan de centeno y una tabla de quesos y sonríe a Frederick al sentarse. Hablan sobre las Navidades y sobre lo mucho que sintió Frederick habérselas perdido. La sirvienta desaparece detrás de una puerta batiente y regresa con dos platos tan delicados que tintinean cuando los apoya sobre la mesa. La mente de Werner da vueltas. ¡Un ascensor! ¡Una judía! ¡Una sirvienta! ¡Berlín! Se retiran al cuarto de Frederick, que está repleto de soldaditos de plomo, maquetas de aviones y cajones de madera llenos de tebeos. Se tumban boca abajo y pasan las páginas de los tebeos sintiendo el placer de estar fuera de la escuela, mirándose el uno al otro de vez en cuando como si les pareciera extraño darse cuenta de que su amistad puede continuar en otro lugar.

—Me marcho —dice Fanni y tan pronto como se cierra la puerta Frederick lleva a Werner del brazo hasta el cuarto de estar y sube por una escalera adosada a unas estanterías de madera, aparta una cesta de mimbre y saca del fondo un libro enorme: dos volúmenes encuadernados con inscripciones doradas, cada uno del tamaño de una cuna.

—Aquí está. —Su voz tiembla, le brillan los ojos—. Esto es lo que quería enseñarte.

Las hojas del interior están llenas de exuberantes y coloridos dibujos de pájaros. Dos halcones blancos vuelan uno encima del otro con los picos abiertos. Un flamenco rojo como la sangre posa su pico negro sobre el agua estancada. Unos gansos brillantes contemplan el cielo plomizo desde un promontorio. Frederick pasa las páginas con las dos manos. *Pipiri papamoscas. Serreta de pecho beis. Pájaro carpintero de cabeza roja.* Muchos de esos pájaros son más grandes en el libro que en la vida real.

—Audubon —dice Frederick— era americano. Investigó durante años los pantanos y bosques cuando ese país era todavía solo pantanos y bosques. Se pasaba días enteros estudiando a un solo pájaro. Luego le disparaba, lo sostenía con cables y palos, y lo pintaba. Probablemente nadie ha sabido tanto de pájaros como él, ni antes ni después. Cuando terminaba de pintarlos, se los comía. ¿Te imaginas? —la voz de Frederick tiembla de excitación al mirarle—. ¿Toda esa neblina y tú con un arma al hombro y los ojos firmes?

Werner intenta ver lo que ve Frederick: una época anterior a la fotografía, anterior a los prismáticos, en la que ya existía alguien dispuesto a sumergirse en un mundo salvaje, ir al encuentro de lo desconocido y dibujarlo. Un libro no tan lleno de pájaros como de evanescencia, de misterios de alas azules.

Piensa en el programa de radio del francés, en los *Principios de la mecánica* de Heinrich Hertz. ¿Acaso no reconoce ese entusiasmo en la voz de Frederick? Dice:

—A mi hermana le encantaría esto.

—Mi padre dice que se supone que no deberíamos tenerlo. Dice que hay que mantenerlo escondido aquí detrás de la cesta porque es americano y fue impreso en Escocia. ¡Si son solo pájaros!

La puerta principal se abre y se oyen unos pasos que cruzan el recibidor. Frederick mete a toda prisa los libros en sus fundas. Dice:

—¿Madre?

Y una mujer con un traje de esquiar verde con rayas blancas en las piernas entra gritando:

—¡Fredde, Fredde!

Abraza a su hijo, lo aparta con los brazos extendidos y le retira el pelo que le cae por la frente. Frederick mira por encima de su hombro con un gesto de pánico en la mirada. ¿Acaso tiene miedo de que ella se dé cuenta de que ha estado mirando el libro prohibido o tal vez teme que se enfade por los moratones? Ella no dice nada, se queda mirando a su hijo perdida en pensamientos que Werner no consigue adivinar y luego vuelve en sí.

—¡Y tú debes de ser Werner! —La sonrisa regresa a su rostro—. ¡Frederick no para de hablar de ti! ¡Y mira ese pelo! Nos encanta tener invitados.

Sube por la escalera y vuelve a poner los pesados volúmenes de Audubon en la estantería, primero uno y luego el otro, como si apartara algo irritante. Los tres se sientan frente a una mesa de roble, Werner agradece el billete de tren y ella relata la historia de un hombre con el que se acaba de cruzar, *algo realmente increíble,* porque aparentemente es un famoso jugador de tenis. Cada tres minutos se acerca y se prende del brazo de Frederick.

—Te sorprendería muchísimo —dice más de una vez y Werner observa la cara de su amigo para saber si se sorprendería o no.

Fanni regresa y sirve vino y más Rauchkäse y durante una hora Werner se olvida de Schulpforta y de Bastian y de la goma negra y de la judía que vive unos pisos más arriba... ¡Las *cosas* que tiene esta gente! En una esquina hay un violín sobre una base y muebles brillantes hechos de acero cromado y un telescopio de latón y un ajedrez de plata pura y este queso magnífico que sabe como si hubiesen derretido humo en la mantequilla.

El vino se desliza soñoliento en el estómago de Werner y el aguanieve cae sobre los tilos cuando la madre de Frederick anuncia que van a salir.

—Ajustaos las corbatas, ¿de acuerdo?

Pone un poco de maquillaje bajo el ojo de Frederick y caminan hasta un bistró, el tipo de restaurante en el que Werner pensó que jamás iba a entrar, y un chico de chaqueta blanca, apenas mayor que ellos, les ofrece más vino.

Un flujo constante de comensales se acerca a la mesa para darles la mano a Frederick y a Werner y a preguntarle a la madre de Frederick, entre susurros, por los últimos avances de su marido. En una esquina Werner descubre a una chica radiante que baila sola con la cara hacia el techo y los ojos cerrados. La comida está rica. A cada instante la madre de Frederick ríe, él se toca el maquillaje de la cara con aire ausente y ella dice:

—A Fredde le están dando la mejor educación en esa escuela, la mejor.

Y a cada minuto alguna nueva cara besa a la madre de Frederick en ambas mejillas y le susurra algo al oído. Cuando Werner escucha a la madre de Frederick decirle a una mujer:

—¡Oh, esa bruja de Schwartzenberger se habrá ido para fin de año y entonces podremos tener también la última planta, *du wirst schon sehen*!

Él se da la vuelta hacia Frederick, cuyas gafas se han empañado a la luz de la vela, y ve que el maquillaje le da ahora un aspecto extraño y libidinoso, como si hubiera intensificado los moratones más que disimularlos, y siente que le invade una enorme sensación de incomodidad. Escucha de nuevo a Rödel haciendo girar la goma y descargándola sobre las manos alzadas de Frederick. Escucha las voces de los chicos en su Kameradschaft allá en Zollverein mientras cantaban «Sed leales, luchad con valor y morid riendo». El restaurante está repleto, las bocas de todo el mundo se mueven muy rápido, la mujer que habla con la madre de Frederick emana una nauseabunda cantidad de perfume y en la lechosa luz de pronto él tiene la sensación de que la bufanda que lleva al cuello la chica que baila es una horca.

Frederick dice:

—¿Te encuentras bien?

—Perfecto, está delicioso.

Pero Werner siente algo en su interior que le atenaza cada vez más.

En el camino de vuelta Frederick y su madre van más adelante. Ella enlaza su esbelto brazo en el de él y le habla en voz baja. Fredde esto, Fredde lo otro. La calle está vacía, las ventanas cerradas, las luces apagadas. A su alrededor hay muchísimas tiendas, millones de personas que duermen en camas, pero ¿dónde están todos? Cuando llegan a la manzana de Frederick una mujer con un vestido se inclina contra un edificio y vomita sobre la acera.

Al llegar a la casa Frederick se pone un pijama de seda verde, deja las gafas en la mesilla de noche y trepa descalzo a su cama infantil. Werner se mete en la cama plegable por la que la madre de Frederick se ha disculpado en tres ocasiones, a pesar de que el colchón es el más cómodo en el que ha dormido en toda su vida. El edificio se queda en silencio. En las estanterías de Frederick brillan las maquetas de coches.

—¿Alguna vez deseas —susurra Werner— no tener que volver?

—Mi padre necesita que esté en Schulpforta. Mi madre también. No importa lo que yo quiera.

—Por supuesto que importa. Yo quiero ser ingeniero y tú quieres estudiar a los pájaros, ser como ese pintor americano de los pantanos. ¿Para qué hacer todo esto si no es para convertirnos en lo que queremos ser?

La quietud de la habitación. Ahí fuera, en los árboles al otro lado de la ventana, pende una luz extraña.

—Tu problema, Werner —dice Frederick—, es que crees en tu propia vida.

Cuando Werner se despierta hace tiempo que ha amanecido. Le duelen la cabeza y los globos oculares. Frederick ya está vestido. Lleva pantalones, una camisa planchada y corbata, está apoyado contra la ventana con la nariz pegada al cristal.

—Ahí vuela una lavandera verde —señala. Werner mira en esa dirección hacia el interior de los tilos desnudos.

—No parece muy impresionante, ¿verdad? —murmura Frederick—, apenas cincuenta gramos de plumas y huesos, pero ese pájaro es capaz de volar hasta África y volver alimentándose solo de insectos y gusanos y deseo.

La lavandera verde salta de rama en rama. Werner se restriega los ojos doloridos. No es más que un pájaro.

—Vinieron hace diez mil años —murmura Frederick—, millones de pájaros cuando este lugar era un jardín, un jardín sin final, de un extremo al otro.

NO REGRESARÁ

Marie-Laure se despierta y le parece que ha oído el sonido de los pasos de su padre, el tintineo de sus llaves. En el cuarto piso en el quinto piso en el sexto. Roza el pomo de la puerta con los dedos. El cuerpo de él irradia desde la silla que está a su lado un calor débil pero palpable. Sus pequeñas herramientas rechinan contra la madera. Huele a pegamento, a papel de lija, a los Gauloises *bleues*.

Pero es solo el crujido de la casa. El sonido del mar arrojando espuma contra las rocas. Fantasías de la mente.

A la vigésima mañana sin noticias de su padre, Marie-Laure no se levanta de la cama. Ya no le importa que su tío abuelo se haya puesto una corbata antigua y se haya quedado de pie en la puerta de entrada en dos ocasiones susurrando rimas extrañas para sí mismo —*á la pomme de terre, je suis par terre; au haricot, je suis dans l'eau—*,* intentando en vano reunir la fuerza necesaria para salir. Marie-Laure ha dejado de suplicarle a madame Manec que la lleve a la estación, que escriba otra carta, que pierda otra

---

* «Con la patata estoy por el suelo, con la judía estoy en el agua». *[N. de los T.]*

inútil tarde en la prefectura solicitando a las autoridades de la ocupación que localicen a su padre. Se vuelve distante, taciturna. No se baña, no se calienta junto al fuego de la cocina, deja de pedir permiso para salir a la calle. Apenas come.

—Los del museo dicen que lo están buscando, niña —le susurra madame Manec, pero cuando intenta acercar los labios a la frente de Marie-Laure la niña se echa hacia atrás como si fuera a quemarla.

El museo responde a los reclamos de Etienne. Dicen que el padre de Marie-Laure nunca llegó a presentarse.

—¿Que nunca llegó a presentarse? —dice Etienne en voz alta.

Esta es la pregunta que carcome los pensamientos de Marie-Laure. ¿Por qué no ha podido llegar a París? Y si no ha ido, ¿por qué no ha regresado a Saint-Malo?

Jamás te abandonaré, ni en un millón de años.

Lo único que ella desea es regresar a casa, estar en su apartamento de cuatro habitaciones y escuchar el susurro del castaño del otro lado de la ventana. Oír al quesero cuando levanta la cortina de su negocio. Sentir que los dedos de su padre aprietan los suyos.

Si al menos le hubiera suplicado que se quedara.

Ahora todo en la casa la asusta: las escaleras chirriantes, los postigos de las ventanas, los cuartos vacíos, el desorden y el silencio. Etienne intenta alegrarla con tontos experimentos: un volcán de vinagre, un tornado dentro de una botella.

—¿Oyes, Marie? ¿Oyes cómo da vueltas aquí dentro?

Ella no finge interés. Madame Manec le sirve tortillas, *cassoulet*, brochetas de pescado, hace milagros con los cupones de ración y con las sobras en su despensa, pero Marie-Laure se niega a comer.

—Como una serpiente —oye por casualidad la voz de Etienne al otro lado de su puerta—, sigue enroscada herméticamente ahí dentro.

Pero ella está enfadada. Con Etienne por hacer tan poco, con madame Manec por hacer tanto y con su padre por no estar allí ayudándola a comprender su ausencia. Con sus ojos por haberle fallado. Con todo y con todos. ¿Cómo iba a saber que el cariño puede matar también? Pasa horas arrodillada en la sexta planta con los dedos entumeciéndose poco a poco sobre la maqueta de Saint-Malo y la ventana abierta mientras el mar sopla con su viento del ártico. Hacia el sur, a la Puerta de Dinan, hacia el oeste, a la Plage du Môle. De regreso a la rue Vauborel. Cada segundo que pasa la casa de Etienne se vuelve un poco más fría, cada segundo que pasa siente que su padre se aleja un poquito más.

PRISIONERO

Una noche de febrero despiertan a los cadetes a las dos de la mañana y los arrastran fuera, al brillo resplandeciente. Hay antorchas encendidas en el centro del patio interior. Un Bastian con el pecho hinchado como un barril camina como un pato mostrando las piernas desnudas bajo el abrigo.

Frank Volkheimer emerge de las sombras arrastrando a un hombre harapiento y esquelético que lleva zapatos de pares diferentes. Lo arroja tras el comandante, donde un poste ha sido clavado en la nieve, y ata con fuerza el torso del hombre al poste.

Una bóveda de estrellas cuelga sobre sus cabezas. La respiración colectiva de los cadetes se mezcla en el patio como una pesadilla en común.

Volkheimer se retira. El comandante da un paso al frente.

—Muchachos, no os vais a creer qué tipo de criatura es esta. Qué bestia desagradable, qué centauro, un *Untermensch**.

Todos estiran el cuello para observarlo. El prisionero tiene los tobillos esposados y los brazos atados al poste. La delgada

---

* En alemán, «subhombre». *[N. de los T.]*

camisa está destrozada en las costuras y el hombre tiene la mirada fija a una distancia intermedia, débil debido a la hipotermia. Parece polaco. Tal vez ruso. A pesar de estar atado logra mecerse lentamente adelante y atrás.

Bastian dice:

—Este hombre se escapó de un campo de trabajos forzados. Intentó entrar a la fuerza en una granja y robar un litro de leche fresca. Fue detenido antes de que lograra hacer algo incluso peor. —Hace un gesto vago hacia el otro lado del muro—. Estos bárbaros son capaces de cortarnos la garganta en un segundo si los dejamos.

Desde el viaje a Berlín un gran temor ha estado creciendo en el pecho de Werner. Comenzó poco a poco, lento como el paso del sol a lo largo del día, pero ahora se descubre escribiéndole cartas a Jutta en las que tiene que esquivar la verdad y asegurar que va todo bien aun cuando siente que las cosas no van bien. En sueños se sume en escenas en las que la madre de Frederick se transforma en un demonio de mirada lasciva y boca diminuta que coloca sobre su cabeza los triángulos que dibuja para el doctor Hauptmann.

Miles de estrellas congeladas presiden el patio. El frío es invasivo e indiferente.

—¿Y esa mirada? —dice Bastian y agita su regordeta mano—. ¿No da la sensación de que no tiene nada que perder? Un soldado alemán jamás llega a este punto. Esta forma de mirar tiene un nombre. Se llama «bordeando el sumidero».

Los chicos se esfuerzan por no tiritar. El prisionero baja los párpados ante la escena como si estuviera viéndola desde alguna posición elevada. Volkheimer regresa acarreando una pila de cubos. Otros dos alumnos mayores desenrollan y acercan una manguera a través del patio. Bastian explica: primero los instructores. Luego los estudiantes del último año. Todos pasarán en fila y mojarán al prisionero arrojándole un cubo con agua. Todos los hombres de la escuela.

Y comienzan. Uno a uno, cada instructor coge el cubo cargado que le entrega Volkheimer y lanza el contenido al prisionero que está a unos pasos de distancia. Los gritos de aclamación se elevan en mitad de la gélida noche.

Con los primeros dos o tres baldazos, el prisionero vuelve en sí y se sacude de pie. Se forman arrugas verticales entre sus ojos, como si estuviera intentando recordar algo de vital importancia.

Entre los instructores de capa negra pasa el doctor Hauptmann apretándose el cuello de la camisa con los dedos enfundados en guantes. Hauptmann acepta su cubo, arroja el agua y no se detiene a observar cómo da en blanco.

El agua sigue cayendo. El rostro del prisionero se vacía. Se desploma sobre las sogas que lo sostienen y su torso resbala por el poste, por lo que de vez en cuando Volkheimer sale de las sombras, emerge extraordinariamente enorme, y el prisionero vuelve a quedar enderezado.

Los estudiantes del último año desaparecen en el castillo. Cuando rellenan los cubos estos emiten un ruido mudo, metálico. Pasan los cadetes de dieciséis años, los de quince. Los gritos de aclamación van perdiendo entusiasmo y a Werner lo inunda un verdadero deseo de huir. Corre. Corre.

Solo faltan tres chicos antes de que sea su turno. Dos. Werner intenta ver otras imágenes flotando ante sus ojos pero las únicas que aparecen son penosas: el montón de chimeneas sobre la cantera nueve, los encorvados mineros que caminan como si arrastraran el peso de enormes cadenas, el chico que cayó en los exámenes de ingreso. Todo el mundo parece atrapado en su papel: los huérfanos, los cadetes, Frederick, Volkheimer, la vieja judía que vive en el piso de arriba. Incluso Jutta.

Cuando le llega su turno Werner arroja el agua igual que todos los demás y el chorro da al prisionero en el pecho. Se oye un vitoreo superficial. Se une a los cadetes que esperan a ser liberados. Las botas mojadas, los puños mojados. Las manos se le han entumecido tanto que no le responden.

Cinco chicos más tarde llega el turno de Frederick. Frederick, que claramente no ve bien sin sus gafas, que no ha estado vitoreando cada vez que un baldazo alcanzaba el objetivo, que frunce el ceño al prisionero como si reconociera algo en él.

Y Werner sabe lo que Frederick va a hacer.

Frederick debe ser empujado por el niño que está detrás de él en la fila. El chico del último curso le entrega el cubo y Frederick desparrama el contenido en el suelo.

Bastian da un paso al frente. Tiene la cara enrojecida a pesar del frío.

—Dale otro cubo.

Frederick vuelve a derramarlo en la nieve a sus pies. Dice en voz baja:

—Ya está acabado, señor.

El chico del último curso le alcanza un tercer cubo.

—Tíralo —le ordena Bastian.

Todo en la noche echa vapor. Las estrellas se queman, el prisionero se bambolea, los chicos observan, el comandante inclina la cabeza. Frederick derrama el agua en el suelo.

—No lo haré.

PLAGE DU MÔLE

El padre de Marie-Laure ha desaparecido hace veintinueve días. Ella se despierta con el sonido de los recios zapatos de madame Manec subiendo a la tercera planta, la cuarta, la quinta. Oye la voz de Etienne en el pasillo, a la salida de su estudio:

—No lo hagas.

—Él nunca lo sabrá.

—Pero ella es responsabilidad mía.

Suena un inesperado tono metálico en la voz de madame Manec.

—No puedo compartir esa decisión ni un segundo más.

Sube hasta la última planta. La puerta de Marie-Laure chirría al abrirse. La anciana cruza la habitación y apoya su pesada y huesuda mano sobre la frente de Marie-Laure.

—¿Estás despierta?

Marie-Laure rueda hasta una esquina y habla desde debajo de las sábanas.

—Sí, madame.

—Voy a sacarte. Trae tu bastón.

Marie-Laure se viste. Madame Manec la espera al final de la escalera con una rebanada de pan. Ata la bufanda alrededor de la cabeza de Marie-Laure, le abotona el abrigo hasta el cuello y abre la puerta de delante. Es una mañana de fines de febrero, el aire huele a lluvia y a tranquilidad.

Marie-Laure duda, escucha. El corazón le late dos, cuatro, seis, ocho veces.

—Casi nadie ha salido aún, querida —susurra madame Manec—, y no estamos haciendo nada malo.

La puerta cruje.

—Un escalón más abajo, todo recto y eso es todo.

Marie-Laure siente los adoquines de la calle como algo irregular bajo sus pies, la punta de su bastón se atasca, vibra, se vuelve a atascar. Una lluvia suave cae sobre los tejados, se desliza formando pequeños arroyos, le humedece la bufanda. El sonido rebota entre las altas casas; siente, al igual que la primera vez que estuvo aquí, como si hubiese entrado en un laberinto.

Muy por encima de ellas alguien sacude un trapo en una ventana. Un gato maúlla. ¿Qué peligros les amenazan ahí fuera? ¿De qué estaba papá tan ansioso por protegerla? Giran en la primera esquina, después en la segunda y luego madame Manec gira hacia la izquierda en un lugar en el que Marie-Laure no esperaba, un lugar en el que el muro de la ciudad, cubierto de musgo, ha sido apartado sin ser destruido, y atraviesan una de las entradas.

—¿Madame?

Salen de la ciudadela.

—Hay unas escaleras hacia abajo, ten cuidado. Una, dos, ya estás. ¿Has visto qué fácil?

El océano. ¡El océano! ¡Justo frente a ella! Había estado cerca todo este tiempo. Chupa y explota y rompe y retumba, se encoge y dilata y cae sobre sí mismo, el laberinto de Saint-Malo se ha abierto como el mayor portal de sonidos que ha experimentado jamás. Más grande que el Jardin des Plantes, que el Sena, que la galería más grande del museo. No se lo había imaginado bien, no había comprendido su escala.

Cuando alza la cara hacia el cielo siente miles de ínfimas gotas de lluvia deshaciéndose en sus mejillas, en su frente, oye la áspera respiración de madame Manec y el profundo sonido del mar entre las rocas y la llamada de alguien que está en la playa y el eco en los acantilados. En su mente aún puede oír a su padre puliendo los candados, al doctor Geffard caminando entre las hileras de cajones. ¿Por qué no le dijeron que era así?

—Es monsieur Radom llamando a su perro —dice madame Manec—, no tienes por qué preocuparte. Aquí está mi brazo. Siéntate y quítate los zapatos. Súbete las mangas del abrigo.

Marie-Laure hace lo que le dice.

—¿Están mirando?

—¿Los *boches*? ¿Y qué si lo hacen? No somos más que una vieja y una niña. Les diré que estamos buscando almejas. ¿Qué nos pueden hacer?

—El tío dice que han enterrado bombas en las playas.

—No te preocupes por eso, él se asusta hasta de una mosca.

—Dice que la luna hace que retroceda el océano.

—¿La luna?

—Y a veces el sol también. Dice que la marea genera alrededor de las islas unos embudos capaces de tragar barcos enteros.

—No vamos a ir a ninguno de esos lugares, querida. Estamos en la playa.

Marie-Laure se desata la bufanda y madame Manec la recoge. Un aire color peltre, salado y con olor a plantas, le recorre el cuello.

—¿Madame?

—¿Sí?

—¿Qué hago?

—Camina.

Ella camina. Siente unos fríos guijarros bajo los pies. Luego crujientes algas. Y ahora algo más suave, mojado, una arena sin arrugas. Se inclina y estira los dedos. El tacto es parecido al de la seda fría. Una seda fría, suntuosa sobre la que el mar deja sus ofrendas: piedras, conchas, percebes, pequeños fragmentos de ruinas. Escarba con los dedos y busca, las gotas de lluvia le rozan la nuca y el dorso de las manos. La arena expulsa calor a través de su dedos y bajo las plantas de sus pies.

Un viejo nudo que había en el interior de Marie-Laure comienza a deshacerse. Camina a lo largo de la línea de la marea, al principio casi gateando, e imagina la playa abriéndose en ambas direcciones, resonando contra el promontorio, abrazando las islas exteriores, la completa filigrana de la línea costera bretona con sus cabos salvajes y sus ruinas cubiertas de enredaderas. Imagina la ciudad amurallada a sus espaldas, con sus muros altos y sus caóticas calles. Todo como en la pequeña maqueta de papá, pero lo que rodea la maqueta es algo que su padre no ha sabido expresar, lo que está más allá de la maqueta es lo más emocionante del mundo.

Una bandada de gaviotas pasa volando por encima de sus cabezas. Cientos de miles de pequeños granos de arena se comprimen en sus puños. Siente que su padre la levanta en brazos y le da tres vueltas.

Ningún soldado de la ocupación viene a arrestarlas, nadie les dirige la palabra. Durante esas tres horas los entumecidos dedos de Marie descubren una medusa, una boya incrustada y un millar de piedras pulidas. Se mete en el agua hasta las rodillas mojando el dobladillo del vestido. Cuando por fin madame Manec la lleva de vuelta —empapada y aturdida— a la rue Vauborel, Marie-Laure sube las cinco plantas, llama a la puerta del estudio de Etienne y espera frente a ella con la cara cubierta de arena húmeda.

—Has estado fuera mucho tiempo —murmura—, me he preocupado.

—Mira, tío —saca de los bolsillos un puñado de conchas, percebes y trece guijarros de cuarzo cubiertos de arena—, te he traído esto, y esto, y esto, y esto.

TALLADORES

En los últimos tres meses el sargento mayor Von Rumpel ha viajado a Berlín y a Stuttgart, ha catalogado el valor de un centenar de anillos confiscados, una docena de pulseras de diamantes, una cigarrera letona con un topacio azul encastrado y ahora, de vuelta en París, ha estado en el Grand Hôtel una semana y ha enviado sus consultas como si fueran pájaros. Todas las noches ha ocurrido lo mismo: cada vez que ha tenido entre el pulgar y el índice el diamante con forma de pera, enorme bajo la lente de su lupa, ha creído sujetar los ciento treinta y tres quilates del Mar de Llamas.

Ha observado el interior azul de la piedra en el que unas montañas en miniatura parecían devolver fuego, una cordillera de montañas carmesíes, corales y violetas, polígonos de color que centelleaban y chispeaban al girarlo, y casi se ha convencido a sí mismo de que las historias eran ciertas, de que hace siglos el hijo de un sultán llevó una corona que cegaba a los visitantes, que el poseedor del diamante no puede morir, que la piedra de la fábula se ha soltado del gancho de la historia y ha caído en la palma de su mano.

En esos momentos ha tenido una sensación de alegría..., de triunfo, pero también un inesperado miedo, la piedra tenía el aspecto de algo encantado, de algo no dirigido a los ojos de los hombres. Un objeto que, una vez observado, no se podía olvidar jamás. Pero finalmente la razón siempre vencía. Las aristas del diamante no eran todo lo afiladas que debían ser. El engarce era ligeramente cerúleo, o, más aún, la piedra se delataba al no tener delicadas grietas ni detalles, ni una sola incrustación. «Un verdadero diamante», solía decir su padre, «siempre tiene alguna incrustación. Un verdadero diamante jamás es perfecto».

¿Había esperado que fuera real, que estuviera en el preciso lugar en el que él deseaba que estuviera? ¿Conseguir la victoria en un solo día?

Por supuesto que no.

Se podría pensar que Von Rumpel se siente frustrado, pero no es así. Todo lo contrario, se siente esperanzado. El museo jamás habría encargado una pieza falsa de una calidad tan superior si no guardase el objeto real en algún lugar. Durante las semanas que pasa en París, en las horas que le quedan entre otras ocupaciones, ha reducido una lista de siete talladores a tres y luego a uno: un medio argelino llamado Dupont que creció tallando ópalos. Al parecer, antes de la guerra Dupont hacía dinero facetando espinelas como si fueran falsos diamantes para viudas nobles y baronesas. También para los museos.

Una medianoche de febrero Von Rumpel entra en la desagradable tienda de Dupont, cerca del Sacré-Coeur. Examina una copia del *Piedras preciosas y gemas* de Streeter, dibujos de puntos de corte en el cristal, gráficas trigonométricas utilizadas en el tallado. Cuando encuentra varias meticulosas repeticiones de un molde que encaja perfectamente con el corte en forma de pera de la piedra que estaba en la caja fuerte del museo, sabe que ha encontrado a su hombre.

Por petición de Von Rumpel se le entregan a Dupont varios cupones de comida falsos. Ahora Von Rumpel espera. Prepara sus preguntas: ¿Hiciste otras copias? ¿Cuántas? ¿Sabes quién las tiene?

El último día de febrero de 1941 un elegante y pequeño hombre de la Gestapo se acerca a él con la noticia de que el inconsciente Dupont ha intentado usar los falsos cupones de comida. Ha sido arrestado. *Kinderleicht*: un juego de niños. Es una atractiva y lluviosa noche de invierno, con restos de nieve que se derrite contra los bordes de la Place de la Concorde. La ciudad tiene un aspecto fantasmagórico, las ventanas embellecidas con gotas de lluvia. Un cabo de pelo corto comprueba la identificación de Von Rumpel y lo lleva no hasta una celda, sino hasta una oficina de techos altos en la tercera planta en la que hay una mecanógrafa sentada en una silla. En la pared que hay a sus espaldas se ve una glicina pintada con colores modernistas que incomoda a Von Rumpel.

Dupont está en el centro de la habitación esposado a una silla barata. Tiene la cara del mismo color que una madera tropical pulida. Von Rumpel espera una mezcla de miedo, indignación y hambre pero Dupont está sentado, erguido. Lleva roto uno de los cristales de sus gafas pero por lo demás tiene buen aspecto. La mecanógrafa apaga el cigarrillo en el cenicero, hay una mancha de carmín rojo brillante en el filtro. El cenicero está lleno, hay cincuenta colillas aplastadas, amputadas, de alguna manera ensangrentadas.

—Puede marcharse —le dice Von Rumpel, y vuelve su atención al tallador.

—No habla alemán, señor.

—Estaremos bien —responde en francés—. Cierre la puerta, por favor.

Dupont alza la mirada, alguna glándula en su interior le infunde cierto valor. Von Rumpel no necesita forzar la sonrisa, le sale con bastante naturalidad. Le pide nombres aunque lo único que necesita es un número.

Mi querida Marie-Laure:

Ahora estamos en Alemania y todo va bien. Me las he arreglado para encontrar un ángel que te lleve esta carta. Los abetos y alisos son preciosos aquí en el invierno. Y —no vas a creerte esto pero tienes que confiar en mí— nos dan una comida fantástica, de primera categoría: codorniz y pato y guiso de conejo. Muslos de pollo y patatas fritas con beicon y tarta de albaricoque. Guiso de buey con zanahorias. Coq au vin con arroz. Tarta de ciruelas. Frutas y crème glacée. Todo lo que queramos comer. Así que siempre estoy deseando que llegue la hora de la comida.

Pórtate bien con tu tío y también con madame. Dales las gracias de mi parte por leerte esta carta. Quiero que sepas que estoy siempre contigo, que estoy siempre a tu lado.

Tu papá

ENTROPÍA

Durante la siguiente semana el prisionero muerto permanece en el patio interior atado al poste con la carne congelada y gris. Los chicos pasan junto al cadáver y le preguntan una dirección, alguien le pone un cinturón con cartuchos y un casco. Unos días más tarde un par de cuervos se posan sobre sus hombros y empiezan a picotearlo hasta que aparece uno de los guardias acompañado de dos chicos del tercer año, arrancan los pies del cadáver del hielo con ayuda de unos mazos, lo suben a una carretilla y se lo llevan.

En un plazo de nueve días Frederick es elegido tres veces como el más débil en el campo de ejercicios. Bastian camina más lejos que nunca y hace la cuenta atrás mucho más rápido, de forma que Frederick se ve obligado a correr casi cuatrocientos o quinientos metros, con frecuencia sobre una gruesa capa de nieve, mientras los chicos corren tras él como si sus vidas dependieran de ello. Le alcanzan en todas las ocasiones y en todas las ocasiones es machacado ante la mirada de Bastian. Werner jamás hace nada por detenerlos.

Frederick aguanta siete golpes antes de caer. La siguiente vez seis. Y la siguiente tres. Jamás grita ni pide que paren y esto en concreto es lo que parece que hace temblar al comandante de frustración homicida. La ensoñación de Frederick, su alteridad, lo envuelve como un perfume, y todo el mundo puede olerlo.

Werner intenta ensimismarse en el trabajo que hace en el laboratorio de Hauptmann. Ha construido un prototipo de su transceptor, prueba los fusibles y válvulas y los auriculares y los enchufes pero, incluso a altas horas de la noche, es como si el cielo se hubiera debilitado y la escuela se hubiera vuelto más oscura, un sitio aún más diabólico. Siente molestias en el estómago. Le da diarrea. Se despierta varias veces por las noches y ve a Frederick en su habitación de Berlín con las gafas y la corbata puestas, liberando a los pájaros encerrados en las páginas de un enorme libro.

Eres un chico inteligente. Lo harás bien.

Una noche, cuando Hauptmann está al final del pasillo, en su oficina, Werner echa una mirada al imponente y adormilado Volkheimer en la esquina y dice:

—Ese prisionero.

Volkheimer parpadea, la roca se vuelve carne.

—Lo hacen todos los años. —Se quita el gorro y se pasa una mano por el rastrojo de su cabello—. Dicen que es un polaco, un rojo, un cosaco. Que robó licor o queroseno o dinero. Todos los años lo mismo.

Bajo las costuras de las horas, los chicos pelean en una docena de arenas diferentes. Cuatrocientos chicos gateando en el filo de la navaja.

—Además siempre es la misma frase —agrega Volkheimer—: «Bordeando el sumidero».

—¿Te parece decente dejarle ahí fuera de esa forma? ¿Después de muerto?

—La decencia no es algo que les importe.

En ese instante entran en la habitación los crujientes talones de las botas de Hauptmann y Volkheimer se echa hacia atrás en la esquina y las cuencas de los ojos vuelven a llenarse de sombras. Werner pierde la oportunidad de preguntarle a quién se refería al decir «ellos».

Los chicos dejan ratones muertos en las botas de Frederick. Lo llaman marica, chupapollas y una infinidad de motes juveniles. En dos ocasiones un chico de quinto año coge los prismáticos de Frederick y le embadurna las lentes de excrementos.

Werner se dice a sí mismo que lo intenta. Todas las noches pule las botas de Frederick hasta que brillan intensamente —un motivo menos para que el jefe del dormitorio, Bastian o algún alumno del último año se meta con él—. Los domingos por la mañana se sientan en silencio en el comedor bajo un rayo de sol y Werner lo ayuda con sus tareas. Frederick susurra que en la primavera espera encontrar un nido de alondra en la hierba del otro lado de los muros de la escuela. En una ocasión levanta un lápiz, mira fijamente el aire y dice: «Un pájaro carpintero», y Werner oye el tamborileo distante de un pájaro que viaja a través del campo y traspasa la pared.

En la clase de ciencias técnicas el doctor Hauptmann explica las leyes de la termodinámica.

—Entropía. ¿Quién puede decirme de qué se trata?

Los chicos se encorvan sobre sus pupitres. Nadie levanta la mano. Hauptmann escruta las filas. Werner intenta no mover ni un solo músculo.

—Pfennig.

—La entropía es el grado de aleatoriedad o desorden de un sistema, doctor.

Clava los ojos en los ojos de Werner para descubrir un latido, una mirada a la vez cálida y glacial.

—Desorden. Vosotros habéis oído al comandante hablar de eso. Habéis oído al jefe del dormitorio hablar de eso. Debe haber orden. La vida es un caos, caballeros. Y nosotros representamos el rol de quienes ponen orden en ese caos. Incluso remontándonos a los genes. Estamos poniendo en orden la evolución de las especies. Apartando lo inferior, lo rebelde, la paja. Este es el mayor proyecto del Reich, el mayor proyecto en el que se han embarcado los seres humanos.

Hauptmann escribe en la pizarra. Y los cadetes reproducen las palabras en sus cuadernos. «La entropía de un sistema cerrado jamás disminuye. Todo proceso, por ley, se deteriora».

LAS RONDAS

A pesar de que Etienne sigue oponiéndose, madame Manec lleva todas las mañanas a Marie-Laure a la playa. La niña se ata los cordones de los zapatos sola, baja la escalera y espera en el vestíbulo con el bastón en la mano mientras madame Manec termina sus tareas en la cocina.

—Puedo ir sola —dice Marie-Laure la quinta vez que salen—, no hace falta que me guíe.

Veintidós pasos hasta la esquina con la rue d'Estrées, otros cuarenta hasta la pequeña entrada, nueves escalones hacia abajo y ya está en la arena envuelta por los veinte mil sonidos del océano.

Colecciona piñas que caen de árboles quién sabe a cuánta distancia, gruesas madejas de soga, escurridizos glóbulos de pólipos varados. Una vez coge un gorrión ahogado. Su mayor placer es caminar hacia el extremo norte de la playa cuando está baja la marea y agacharse frente a una isla que madame Manec llama Le Grand Bé y agitar con los dedos los charcos en la arena. Solo entonces, con los pies y los dedos sumergidos en el frío mar, su mente parece olvidar por completo a su padre, solo entonces deja de preguntarse hasta qué punto lo que decía en la carta era cierto, cuándo volverá a escribirle, por qué ha sido encerrado. Sencillamente se dedica a escuchar, oír, respirar.

Su habitación se llena de guijarros, vidrios marinos, conchas. Cuarenta vieiras apoyadas en el alféizar, sesenta y un buccinos encima del armario. Cuando puede los organiza según su especie, luego según su tamaño. Los más pequeños a la izquierda, lo más grandes a la derecha. Llena jarras, cubos, bandejas. La habitación se llena del olor a mar.

Casi todas las mañanas, al regresar de la playa, hace la ronda junto a madame Manec. Van al mercado de las verduras, de vez en cuando al carnicero y luego le llevan comida a los vecinos que a madame Manec le parece que más lo necesitan.

Trepan por escaleras que hacen eco, tocan a una puerta. Una anciana las invita a pasar, pregunta por las novedades, insiste para que las tres se beban un vasito de jerez. La energía de madame Manec, como Marie-Laure va descubriendo, es extraordinaria. Florece, echa tallos, se levanta temprano, trabaja hasta tarde, elabora sus tartas sin un gramo de nata, panes con menos de una taza de harina. Dan fuertes pisadas juntas por las estrechas calles, la mano de Marie-Laure sujeta a la parte de atrás del delantal de madame, que deja tras de sí el olor penetrante de sus guisos y tartas. En esos momentos madame parece una enorme muralla móvil de rosales, espinosa, aromática y chisporroteante de abejas.

Llevan un pan todavía caliente a una anciana viuda llamada madame Blanchard. Sopa a monsieur Saget. El cerebro de Marie-Laure construye un mapa tridimensional en el que existen brillantes puntos de referencia: un árbol grueso y liso en la Place aux Herbes, nueve macetas con plantas podadas artísticamente fuera del Hôtel Continental, seis escalones para subir por un pasadizo llamado la rue du Connétable.

Varios días a la semana, madame Manec le lleva comida al loco de Hubert Bazin, un veterano de la Gran Guerra que duerme en un hueco detrás de la biblioteca haga sol o nieve y que perdió la nariz, la oreja y el ojo izquierdo en un bombardeo. Lleva cubierta la mitad de la cara con una máscara de cobre esmaltada. A Hubert Bazin le encanta hablar del muro, de los hechiceros y de los piratas de Saint-Malo. A lo largo de los siglos, le cuenta a Marie-Laure, la muralla de la ciudad ha mantenido alejados a sanguinarios saqueadores, romanos, celtas, escandinavos. Algunos dicen que incluso a monstruos marinos. Durante mil trescientos años, dice, las murallas protegieron la ciudad de los sanguinarios piratas ingleses que detenían sus barcos en el agua y disparaban sus ardientes proyectiles a las casas, intentaban incendiarlas y dejar sin alimento a las personas, dispuestos a no parar hasta matarlos a todos.

—Las madres de Saint-Malo —dice— solían decir a sus hijos: siéntate bien y cuida tus modales o vendrá un inglés por la noche y te cortará la garganta.

—Hubert, por favor —dice madame Manec—, la vas a acabar asustando.

En marzo, Etienne cumple sesenta años y madame Manec guisa unas almejas —*palourdes*— con cebollas escalonias y las sirve con champiñones y trozos de huevos duros: los únicos dos huevos, aclara, que pudo conseguir en toda la ciudad. Etienne habla con su voz suave sobre la erupción del volcán Krakatoa, cómo en sus recuerdos más lejanos la ceniza que llegaba de Indonesia teñían los atardeceres de Saint-Malo de un rojo intenso, con enormes venas color carmesí brillante sobre el mar. Y para Marie-Laure, con los bolsillos forrados de arena y la cara brillante por el viento, la ocupación parece suceder, por un instante, a miles de kilómetros de distancia. Echa de menos a su padre, París, al doctor Geffard, los jardines, sus libros, sus piñas: ahora son huecos en su vida. Pero durante estas últimas semanas su existencia se ha vuelto tolerable. Por lo menos fuera, en la playa, su carencia y su temor son aliviados por el viento, el color y la luz.

Casi todas las tardes, tras las rondas matutinas junto a madame Manec, Marie-Laure se sienta en su cama con la ventana abierta y viaja con sus dedos por la maqueta de la ciudad que le hizo su padre. Sus dedos pasan por encima del cobertizo del astillero en la rue de Chartres, sobre la panadería de madame Ruelle en la rue Robert Surcouf. En su imaginación oye a los panaderos deslizándose sobre un suelo cubierto de harina, moviéndose a la manera en que ella imagina que se mueven los patinadores sobre hielo mientras hornean las barras de pan en el mismo horno de barro de hace cuatrocientos años que utilizaba el tataratatarabuelo de monsieur Ruelle. Sus dedos recorren los escalones de la catedral: aquí un viejo recorta las rosas del jardín y aquí, detrás de la biblioteca, el loco de Hubert Bazin habla consigo mismo mientras mira con su único ojo el fondo de una botella de vino vacía. Aquí está el convento. Aquí el restaurante Chez Chuche tras la pescadería del mercado. Aquí está el número 4 de la rue Vauborel, con la puerta ligeramente empotrada, en cuya planta baja madame Manec se arrodilla junto a su cama, sin los zapatos, con las cuentas de su rosario deslizándose entre los dedos, casi una plegaria por cada una de las almas de la ciudad. Aquí, en la habitación de la quinta planta, Etienne camina entre sus estantes vacíos y desliza los dedos por los lugares en los que alguna vez estaban sus radios. Y en algún lugar más allá de los límites de la maqueta, más allá de los límites de Francia, en un sitio que sus dedos no pueden alcanzar, su padre está sentado en una celda, una docena de maquetas talladas en el alféizar y un guardia que se acerca con lo que ella desesperadamente quiere creer que es un banquete —«codorniz y pato y guiso de conejo. Muslos de pollo y patatas fritas con beicon y tarta de albaricoque»—, una docena de bandejas, una docena de fuentes, todo lo que pueda comer.

NADEL IM HEUHAUFEN

E s medianoche. Los perros de caza del doctor Hauptmann se persiguen por el campo helado junto a la escuela como gotas de mercurio que se resbalan por una superficie blanca. Detrás va Hauptmann con su capa de piel, avanzando a zancadas cortas como si contara los pasos de una enorme distancia. En último lugar va Werner, lleva un par de transceptores que ha estado probando con Hauptmann desde hace meses.

Hauptmann se da la vuelta, le brilla la cara.

—Déjalos aquí, Pfennig, este es un sitio agradable, tiene un buen campo visual. He enviado a nuestro amigo Volkheimer más adelante, está en algún sitio en la colina.

Werner no ve ningún rastro, solo un bulto brillante bajo la luz de la luna y el blanco bosque a lo lejos.

—Se ha llevado el transmisor KX en una caja de municiones —dice Hauptmann—, se ha escondido y va a transmitir constantemente hasta que lo encontremos o hasta que le dure la batería. Ni siquiera yo sé dónde está. —Golpea sus manos enguantadas y los perros se arremolinan a su alrededor con respiración humeante—. Diez kilómetros cuadrados. Localiza el transmisor, encuentra a tu amigo.

Werner mira hacia los diez mil árboles cubiertos por la nieve como por un manto.

—¿Ahí fuera, señor?

—Ahí fuera. —Hauptmann saca una botellita de su bolsillo y la desenrosca sin mirarla—. Esta es la parte divertida, Pfennig.

Hauptmann da patadas en el suelo y abre un claro en la nieve y Werner instala el primer transceptor. Usa un metro para calcular al paso doscientos metros e instala el segundo. Desenrosca los cables, levanta las antenas y los enciende. Sus dedos se han adormecido.

—Inténtalo con ochenta metros, Pfennig. Normalmente los equipos no sabrían en qué banda buscar. Pero como esta noche es nuestra primera prueba en campo abierto, haremos un poco de trampa.

Werner se pone los auriculares y siente los oídos llenos de estática. Sube el control de la ganancia de antena, ajusta los filtros. Sintoniza enseguida en los dos transceptores el sonido metálico del transmisor de Volkheimer.

—Lo tengo, señor.

Hauptmann esboza una sonrisa sincera. Los perros saltan y olfatean excitados. Saca de su abrigo un marcador de cera.

—Hazlo sobre la radio. Los equipos no siempre tienen papel, no en el campo de batalla.

Werner escribe la ecuación en el revestimiento de metal del transceptor y comienza a programar los números. Hauptmann le alcanza una regla de cálculo. Dos minutos más tarde Werner consigue un vector y una distancia: dos kilómetros y medio.

—¿Y en el mapa? —La pequeña y aristocrática cara de Hauptmann rezuma placer.

Werner dibuja las líneas con un transportador y un compás.

—Tú primero, Pfennig.

Werner dobla y guarda el mapa en un bolsillo de su abrigo, recoge los transceptores y carga cada uno en una mano como si fueran dos maletas a juego. Minúsculos cristales de nieve caen tamizados a través de la luz de la luna. Muy pronto la escuela y sus muros exteriores parecen de juguete sobre la blanca planicie. La luna se esconde como un ojo con el párpado a medio caer. Los perros se mantienen cerca de su amo, soltando vaho por la boca. Werner suda.

Descienden por un desfiladero y vuelven a subir. Un kilómetro, dos.

—Sublimidad —dice Hauptmann, jadeante—. ¿Sabes lo que significa, Pfennig? —Está alegre, animado, casi parlanchín—. Es el instante en el que una cosa está a punto de convertirse en otra. El día en la noche, el capullo en mariposa, el cervatillo en corzo, el experimento en resultado. El chico en hombre.

A continuación realizan una tercera escalada, Werner despliega el mapa y comprueba su dirección con el compás. Por todas partes resplandecen árboles silenciosos. No hay más rastros que los suyos. La escuela ha desaparecido a sus espaldas.

—¿Quiere que instale de nuevo los transceptores?

Hauptmann se lleva los dedos a los labios.

Werner vuelve a triangular y observa lo cerca que se encuentran de su lectura original, a menos de medio kilómetro. Vuelve a guardar los transceptores y reemprende el camino; ahora va a la caza, persigue un olor que los tres perros también sienten. Werner piensa: he encontrado la solución, lo estoy resolviendo, los números se están volviendo reales. Y los árboles descargan nubes de nieve, y los perros se congelan y arrugan los hocicos concentrados en el olor, indicando la dirección como si se tratara de un faisán. Hauptmann levanta una mano y, al fin, Werner, pasando a través de un hueco entre los árboles, entorpecido por el peso de las grandes cajas, ve la forma de un hombre tumbado boca arriba sobre la nieve con un transmisor a sus pies y la antena alzada entre las ramas bajas.

El Gigante.

Los perros tiemblan fijos en sus posturas. Hauptmann mantiene la mano alzada. Con la otra sostiene la pistola.

—A esta distancia, Pfennig, no puedes dudar.

Volkheimer está ante ellos de perfil, mostrando su lado izquierdo. Werner ve cómo sube y se dispersa el vapor de su respiración. Hauptmann apunta con su Walther directamente hacia Volkheimer y durante un largo y alarmante momento Werner está convencido de que su profesor está a punto de dispararle, que todos y cada uno de los cadetes se encuentran en grave peligro, y no puede dejar de oír a Jutta junto al canal diciéndole: *¿Te parece correcto hacer algo solo porque todo el mundo lo hace?* Algo en el corazón de Werner le obliga a cerrar los ojos y entonces el pequeño profesor alza el brazo y dispara al cielo.

Volkheimer da un salto y se acuclilla tapándose la cabeza mientras los perros le rodean. Werner siente como si el corazón le hubiera estallado en mil pedazos dentro del pecho.

Cuando los perros se le echan encima Volkheimer alza los brazos. Le conocen bien, saltan jugando mientras ladran y corretean. Werner contempla cómo el enorme muchacho se los quita de encima como si fueran gatos domésticos. El doctor Hauptmann se ríe. Su pistola humea, le da un largo trago a la petaca y se la pasa a Werner. Werner se la lleva a los labios. Después de todo, ha conseguido agradar a su profesor. El transceptor funciona y él está en el exterior bajo una noche luminosa, estrellada, sintiendo el ardiente resplandor del brandy que baja por su garganta.

—Esto —dice Hauptmann— es lo que hacemos con los triángulos.

Los perros dan vueltas y se alejan excitados. Hauptmann orina bajo los árboles. Volkheimer camina fatigosamente detrás de Werner cargando el gran transmisor KX. Así parece incluso más grande. Apoya una enorme mano enfundada en una manopla sobre el gorro de Werner.

—No son más que números —dice lo bastante bajo como para que Hauptmann no lo pueda oír.

—Pura matemática, cadete —añade Werner imitando el entrecortado acento de Hauptmann. Junta las yemas de los dedos de sus manos enguantadas, las cinco contra las cinco—. Tienes que acostumbrarte a pensar de esa forma.

Es la primera vez que Werner escucha la risa de Volkheimer y su semblante cambia, deja de ser amenazador y se vuelve benévolo como un niño gigante, alguien parecido a la persona en la que se convierte cuando escucha música.

Durante todo el día siguiente, el placer del éxito perdura en la sangre de Werner, el recuerdo de cómo le parecía algo sagrado caminar de regreso al castillo junto al gigante Volkheimer, pasar junto a los árboles helados y las habitaciones repletas de niños dormidos y alineados como lingotes de oro en una cámara acorazada. Al desvestirse junto a su litera Werner sintió un instinto de protección casi paternal por los demás chicos mientras el pesado Volkheimer seguía su camino hacia el dormitorio de los mayores como un ogro entre ángeles, un guardia que cruza un campo de tumbas en mitad de la noche.

LA PROPUESTA

M arie-Laure se sienta en su sitio habitual en la esquina de la cocina, el más cercano a la chimenea, y escucha las quejas de las amigas de madame Manec.

—¡El precio de la caballa! —dice madame Fontineau—. ¡Como si hubieran ido a pescarlas a Japón!

—No logro recordar —dice madame Hébrard, directora de la oficina de correos— el sabor de una ciruela en condiciones.

—Y estos ridículos cupones de racionamiento de los zapatos —dice madame Ruelle, la mujer del panadero—. Theo tiene el número 3.501 y ¡ni siquiera han llamado al 400 todavía!

—Ya no se trata solo de los burdeles de la rue de Thévenard. Les están entregando todos los apartamentos de veraneo a los mercenarios.

—El Gran Claude y su mujer están engordando incluso más.

—¡Los malditos *boches* tienen las luces encendidas todo el día!

—Yo no aguanto otra noche más encerrada con mi marido.

Hay nueve mujeres sentadas alrededor de la mesa cuadrada, rodilla contra rodilla. Las cartillas de racionamiento, los pésimos postres, el deterioro en la calidad de sus esmaltes de uñas: son esos los crímenes que las atormentan. A Marie-Laure le confunde y excita escuchar a tantas personas en una misma habitación: se alborotan cuando deberían estar serias y las bromas son cada vez más sombrías. Madame Hébrard se queja de la imposibilidad de conseguir azúcar moreno natural; la queja de otra mujer sobre el tabaco se desintegra a mitad de frase para convertirse en un ataque de risa al comentar el descomunal tamaño del culo del perfumero. Huelen a pan correoso, a habitaciones cerradas atestadas de enormes y oscuros muebles bretones.

—Pues la chica de Gautier se quiere casar —dice madame Ruelle—. La familia ha tenido que fundir todas sus joyas para conseguir oro suficiente para un anillo. El oro tiene un impuesto del treinta por ciento según las autoridades de la ocupación y el joyero cobra otro treinta por ciento. ¡Cuando consigan terminar de pagarle no quedará ni el anillo!

La tasa de intercambio es una farsa, el precio de las zanahorias indefendible, la hipocresía campa por doquier. Por fin madame Manec cierra la cocina con llave y se aclara la garganta. Las mujeres se callan.

—Somos nosotros los que hacemos que su mundo siga girando —dice—. Madame Guiboux, es su hijo el que repara sus zapatos. Madame Hébrard, usted y su hija les clasifican el correo. Y madame Ruelle les hace casi todo el pan.

El ambiente se tensa. A Marie-Laure le parece que las mujeres están mirando a alguien que se desliza sobre una fina capa de hielo o que pone una mano sobre las llamas.

—¿Qué quiere decir?

—Que podemos hacer algo.

—¿Ponerles bombas en los zapatos?

—¿Cagar en el pan?

Se oye una frágil risita.

—Nada tan atrevido como eso, pero podemos hacer cosas más pequeñas, más sencillas.

—¿Como qué?

—Antes necesito saber si están dispuestas.

El silencio cae como un plomo. Marie-Laure las siente a todas en tensión. Nueve mentes cambiando despacio de actitud. Piensa en su padre —¿por qué motivo está en prisión?— y sufre.

Dos mujeres ponen como pretexto tener que atender a sus nietos y se retiran. Las otras tiran de sus blusas y remueven las sillas como si la temperatura en la cocina hubiese subido. Se quedan seis. Marie-Laure se sienta entre ellas y se pregunta quién cederá, quién delatará, quien será la más valiente, quién resistirá hasta el último suspiro y usará sus últimas palabras para maldecir a los invasores.

TIENES OTROS AMIGOS

T en cuidado, Nenita! —le grita Martin Burkhard a Frederick cuando cruza el patio—. Esta noche voy a por ti. —Y mueve la pelvis como un maniaco.

Alguien defeca sobre la litera de Frederick. Werner escucha la voz de Volkheimer: *La decencia no es algo que les importe.*

—Cagacamas —dice un chico—, ¡tráeme las botas!

Frederick finge que no lo oye.

Noche tras noche Werner se refugia en el laboratorio de Hauptmann. Han salido a la nieve tres veces para localizar el transmisor de Volkheimer y lo han encontrado cada vez más rápido. En las últimas pruebas de campo Werner ha conseguido montar los transceptores, encontrar la transmisión y localizar a Volkheimer en el mapa en menos de cinco minutos. Hauptmann le promete viajes a Berlín. Despliega los diagramas de una fábrica de material eléctrico y dice:

—Ya ha habido varios ministros que se han entusiasmado con nuestro proyecto.

Werner está triunfando, está siendo leal, está haciendo lo que todo el mundo considera que es bueno y, aun así, cada vez que se despierta y se abrocha la guerrera, tiene la sensación de estar traicionando algo.

Una noche regresa caminando penosamente a través de la nieve junto a Volkheimer, que carga el transmisor, los dos transceptores y la antena recogida bajo el brazo. Werner avanza detrás, contento de ser su sombra. Los árboles gotean, las ramas parecen a punto de florecer. La primavera. Dentro de dos meses Volkheimer se licenciará y se marchará a la guerra.

Se detienen un momento para que Volkheimer descanse y Werner se inclina para examinar uno de los transceptores, saca un pequeño destornillador de su bolsillo y ajusta una bisagra suelta. Volkheimer le mira desde arriba con ternura.

—Podrías ser lo que quisieras —le dice.

Esa noche Werner se mete en su cama y se queda mirando la parte inferior del colchón de Frederick. Un viento cálido sopla contra el castillo y un postigo golpea en algún lugar mientras la nieve derretida se desliza por los canalones. Tan bajo como puede, susurra:

—¿Estás despierto?

Frederick aparece por el borde de su litera y por un instante, en medio de la casi total oscuridad, Werner cree que por fin van a poder decirse todo lo que no han sido capaces de decirse hasta ahora.

—Podrías regresar a tu casa, ya sabes, a Berlín, abandonar este lugar. —Frederick se limita a pestañear—. A tu madre no le importaría, lo más probable es que se alegre de tenerte cerca. Fanni también. Aunque solo sea un mes, una semana. En cuanto te marches los cadetes se olvidarán de ti y cuando regreses ya la habrán tomado con otro. Tu padre ni siquiera se enterará.

Pero Frederick se vuelve a meter en la cama y Werner ya no puede verle. Le llega el eco de su voz que rebota en el techo.

—Tal vez lo mejor será que dejemos de ser amigos, Werner. —Lo ha dicho demasiado alto, peligrosamente alto—. Sé que es una carga caminar a mi lado, comer junto a mí, doblarme siempre la ropa, limpiarme las botas y enseñarme cosas. Tienes que pensar en tus estudios.

Werner aprieta los ojos. Le asalta un recuerdo de su viejo desván, el correteo de los ratones en las paredes, el granizo golpeando la ventana. El techo tan bajo que solo podía estar de pie en el espacio que había junto a la puerta. Y la sensación de que en algún lugar a sus espaldas, alineados como visitantes en una galería, su madre, su padre y el francés de la radio le miraban del otro lado de la ventana para ver qué hacía.

Contempla la cara triste de Jutta, inclinada sobre las piezas de una radio destrozada. Tiene la sensación de que algo descomunal y vacío está a punto de devorarles a todos.

—Eso no es lo que quiero decir —responde Werner desde el interior de sus sábanas, pero Frederick no dice nada más y los dos permanecen inmóviles un buen rato contemplando los rayos azules de la luna que se deslizan por la habitación.

EL CLUB DE LAS VIEJAS DAMAS
DE LA RESISTENCIA

Madame Ruelle, la esposa del panadero —una mujer de voz suave que huele casi siempre a levadura pero también a harina o al dulce aroma de las manzanas cortadas—, ata una escalera al techo del coche de su marido, conduce al anochecer por la carretera de Carentan junto a madame Guiboux y cambia las señales de la carretera con un juego de llaves. Regresan borrachas y riéndose a la cocina del número 4 de la rue Vauborel.

—Ahora Dinan está a veinte kilómetros hacia el norte —dice madame Ruelle.

—¡Justo en medio del mar!

Tres días más tarde, madame Fontineau oye que el comandante de la guarnición alemana es alérgico a las varas de oro. Madame Carré, la florista, hacen un gran ramo de estas flores y lo lleva hasta el Château.

Las mujeres logran desviar un cargamento de fibra sintética a un destino incorrecto. Imprimen intencionadamente un horario de trenes lleno de errores. Madame Hébrard, la directora de la oficina de correos, esconde en sus bragas una carta procedente de Berlín que parece importante, se la lleva a casa y por la noche enciende el fuego con ella.

Aparecen en la cocina de Etienne con la alegre información de que alguien ha oído estornudar al comandante o que la mierda de perro estratégicamente situada en uno de los escalones del burdel ha alcanzado a la perfección el objetivo de la suela de una bota alemana. Madame Manec sirve brandy, sidra o vino muscadet. Siempre se sienta alguna contra la puerta de entrada para hacer de centinela. La pequeña y encorvada madame Fontineau presume de haber colapsado la centralita del Château durante una hora. La desaliñada y corpulenta madame Guiboux asegura haber ayudado a sus nietos a pintar a un perro callejero con los colores de la bandera francesa y haberlo hecho correr por la Place Chateaubriand.

Las mujeres se ríen a carcajadas, encantadas.

—¿Y qué puedo hacer yo? —pregunta la anciana viuda madame Blanchard—. Quiero hacer algo.

Madame Manec le pide a todo el mundo que le dé su dinero a madame Blanchard.

—Lo recuperarán —asegura—, no se preocupen. Veamos, madame Blanchard, usted siempre ha tenido una preciosa caligrafía. Coja esta pluma del señor Etienne y en cada billete de cinco francos quiero que escriba «Francia Libre». Nadie se puede permitir destruir el dinero, ¿verdad? En cuanto empiecen a circular los billetes nuestro pequeño mensaje comenzará a recorrer toda Bretaña.

Las mujeres aplauden. Madame Blanchard aprieta la mano de madame Manec, resuella y parpadea con los ojos brillantes de placer.

De cuando en cuando Etienne baja refunfuñando con un solo zapato puesto y la cocina entera se calma mientras madame Manec prepara un té y lo pone sobre una bandeja que Etienne se lleva de vuelta escaleras arriba. A continuación las mujeres vuelven a comenzar con sus intrigas y parloteos. Madame Manec peina el largo pelo de Marie-Laure con lentas y distraídas pasadas.

—Tengo setenta y seis años —susurra—, ¿y aún puedo sentirme así, como una niña pequeña con estrellas en los ojos?

DIAGNÓSTICO

Un médico del ejército le toma la temperatura al sargento mayor Von Rumpel. Infla el brazalete para medir la presión sanguínea. Le examina la garganta con una linterna de bolsillo. Esta misma mañana Von Rumpel ha inspeccionado un sofá del siglo xv y ha supervisado su envío en tren a la cabaña de cazadores del mariscal Göring. El soldado que se lo trajo le describió el saqueo de la villa en la que lo habían encontrado. Lo denominó «ir de compras».

El sofá le hace pensar a Von Rumpel en una tabaquera holandesa del siglo xviii hecha de latón y cobre con pequeñísimos diamantes incrustados que inspeccionó esta misma semana, y la tabaquera le lleva a pensar, de manera tan inexorable como la fuerza de gravedad, en el Mar de Llamas. En los momentos de mayor debilidad Von Rumpel se imagina caminando por las galerías de columnas del futuro y enorme Führermuseum de Linz, sus talones repiqueteando elegantemente contra el mármol, el crepúsculo entrando a raudales por las altas ventanas. Ve miles de vitrinas transparentes, tan impecables que parecen flotar sobre el suelo. En su interior estarán los tesoros del mundo mineral extraídos de todas las regiones del mundo: dioptasas y topacios y amatistas y rubelitas de California.

¿Cómo era la frase? *Como estrellas que cuelgan de las frentes de los arcángeles.*

En el centro exacto de la galería cae una luz desde el techo sobre un pedestal, y ahí, en el interior de una caja de cristal, reluce una pequeña piedra azul...

El doctor le pide a Von Rumpel que se baje los pantalones. A pesar de que el negocio de la guerra no le ha dejado ni un solo día libre, Von Rumpel lleva meses sintiéndose feliz. Sus responsabilidades se han duplicado, en el Reich no hay —se descubre— muchos expertos arios en diamantes. Hace solo tres semanas, en el exterior de una pequeña estación soleada al oeste de Bratislava, examinó un sobre lleno de piedras perfectamente limpias y talladas mientras a sus espaldas retumbaba un camión repleto de pinturas envueltas en papel y empaquetadas en cajas rellenas de paja. Los guardias susurraban que ahí había un Rembrandt y algunas piezas de un famoso retablo de Cracovia. Todo estaba destinado a una mina de sal que había bajo el pueblo austriaco de Altaussee, donde se había construido un túnel de un kilómetro y medio de largo que desembocaba en una galería repleta de estanterías de tres pisos en la que el alto mando había decidido almacenar las mejores obras de arte de Europa. Las reunirían bajo un techo inexpugnable, un templo dedicado al esfuerzo humano. La gente lo visitaría maravillada durante miles de años.

El doctor le examina la ingle.

—¿Algún dolor?

—No.

—¿Aquí tampoco?

—Tampoco.

Habría sido demasiado esperar que el tallador de París le diera una lista de nombres. Después de todo, Dupont no tenía por qué saber a quiénes les habían entregado las réplicas del diamante, no tenía conocimiento de las medidas de seguridad de última hora adoptadas por el museo, pero a pesar de todo Dupont sí resultó de cierta ayuda, Von Rumpel necesitaba un número y ya lo tiene.

Tres.

El doctor le dice que se vista y se lava las manos en el lavabo.

En los dos meses previos a la invasión de Francia Dupont hizo tres copias para el museo. ¿Utilizó el verdadero diamante para hacerlas? Utilizó una pieza fundida. Jamás llegó a ver el verdadero diamante. Von Rumpel le cree.

Tres copias. Además de la real. Se encuentran en algún lugar de este planeta entre sus seis mil trillones de granos de arena.

Cuatro piedras, una de ellas en el sótano del museo encerrada en la caja fuerte. Tiene que encontrar las otras tres. Hay momentos en los que Von Rumpel siente crecer la impaciencia en su interior como la bilis, pero se obliga a sí mismo a aplacarla. Ya llegará.

Se abrocha el cinturón. El doctor dice:

—Necesitamos hacer una biopsia, estoy seguro de querrá llamar a su mujer.

'EL MÁS DÉBIL (N.º 3)

La balanza de la crueldad se inclina. Puede que Bastian exija una venganza final, puede que Frederick salga a buscar su única salida. Werner solo sabe con certeza que una mañana de abril se despierta y encuentra ocho centímetros de nieve blanda en el suelo, y que Frederick no está en su litera.

No aparece en el desayuno, ni en la clase de poética, ni en los ejercicios matutinos. Todas las historias que escucha Werner son contradictorias e incompletas, aunque también es cierto que la verdad es una máquina cuyos engranajes no encajan. Lo primero que oye es que un grupo de muchachos han obligado a Frederick a salir, han encendido antorchas en la nieve y le han dicho que dispare a las antorchas con el rifle para comprobar si ve correctamente. Luego oye que le han llevado unas tablas de medición visual y cuando han descubierto que no podía leerlas le han obligado a comérselas.

¿Pero qué importa la verdad en un sitio como este? Werner se imagina a veinte chicos acercándose al cuerpo de Frederick como si fuesen ratas, ve la gorda y reluciente cara del comandante con la nuez moviéndose por encima del cuello de su camisa, inclinado como un rey en un alto trono de madera de roble, mientras la sangre cubre el suelo y sube hasta sus tobillos, sus rodillas...

Werner se salta el almuerzo y se dirige a la enfermería de la escuela. Se arriesga a que le detengan o tal vez incluso a algo peor. Es un resplandeciente mediodía soleado, pero tiene el corazón en un puño y todo le parece lento e hipnótico. Contempla su propia mano al abrir la puerta como si la estuviera viendo a través de varios centímetros de agua azul.

Una única cama con sangre. Ve la mancha en la almohada y en las sábanas y hasta en el cabecero de metal. Hay trapos rosados en una palangana. Una venda desenrollada a medias en el suelo. La enfermera se da media vuelta y mira a Werner. Aparte de en las cocinas, ella es la única mujer en la escuela.

—¿Por qué hay tanta sangre? —pregunta.

Ella se tapa la boca con los dedos, duda quizá entre decirle lo que ha sucedido o fingir que no sabe nada. Entre acusar, resignarse o ser cómplice.

—¿Dónde está?

—En Leipzig. Le están operando.

Ella se toca uno de los botones redondos y blancos de su uniforme, tal vez para conseguir que le dejen de temblar los dedos. En cuanto al resto de su cuerpo, su actitud es totalmente rígida.

—¿Qué ha sucedido?

—¿No deberías estar comiendo?

Cada vez que parpadea Werner ve a los hombres de su infancia, a los mineros en paro paseando por los oscuros callejones, hombres con ganchos en lugar de dedos y agujeros vacíos en lugar de ojos; ve a Bastian sobre un río humeante, la nieve cayendo a su alrededor. *Führer, pueblo, patria. Endureced vuestro cuerpo, endureced vuestra alma.*

—¿Cuándo regresará?

—Oh —responde ella, una palabra lo bastante suave. Sacude la cabeza.

Sobre la mesa hay una caja azul. Encima, el retrato de algún oficial caído hace mucho tiempo en un marco destartalado. Algún otro chico enviado a la muerte desde este lugar.

—¿Cadete?

Werner tiene que sentarse en la cama. La cara de la enfermera parece ocupar diferentes distancias, una máscara sobre una máscara sobre otra máscara. ¿Qué está haciendo Jutta en este preciso instante? ¿Estará limpiándole la nariz a algún llorón recién nacido, coleccionando periódicos, escuchando las charlas para las enfermeras del ejército, zurciendo calcetines? ¿Estará rezando por él? ¿Confiará todavía en él?

Piensa: jamás seré capaz de contarle esto.

Queridísima Marie-Laure:

La mayoría de las personas con las que comparto mi celda son muy amables. Algunos cuentan chistes. Aquí va uno: ¿Has oído hablar del programa de ejercicios de la Wehrmacht? ¡Sí, todas las mañanas levantas las manos por encima de tu cabeza y las dejas ahí!

Ja, ja. Mi ángel me ha prometido que te entregará esta carta a pesar del riesgo. Es seguro y agradable estar fuera de la «Gasthaus» durante un rato. Estamos construyendo una carretera, el trabajo está bien. Me estoy poniendo más fuerte. Hoy he visto un roble disfrazado de castaño. Creo que se llama castaño-roble. Cuando volvamos a casa le preguntaré a alguno de los botánicos sobre ese árbol.

Espero que madame, Etienne y tú sigáis mandándome cosas. Dicen que nos permitirán recibir un paquete a cada uno, así que en algún momento tendrán que dárnoslos. Dudo mucho que me permitan tener herramientas pero sería fantástico si lo hicieran. Jamás creerías lo hermoso que es esto, ma chérie, y lo lejos que me encuentro de estar en peligro. Aquí estoy completamente a salvo, todo lo a salvo que se puede estar.

Tu papá

LA GRUTA

Es verano y Marie-Laure está sentada en el rincón que hay detrás de la biblioteca con madame Manec y el loco de Hubert Bazin. A través de su máscara de cobre y con la boca llena de sopa, Hubert dice:

—Quiero enseñaros algo.

Las lleva hasta lo que Marie-Laure cree que es la rue du Boyer, aunque también podría ser la rue Vincent de Gournay o la rue des Hautes Salles. Llegan hasta la base de la muralla, giran a la derecha y siguen por una calzada en la que Marie-Laure no ha estado nunca antes. Bajan los escalones, atraviesan una cortina de hiedra y madame Manec dice:

—Hubert, por favor, ¿de qué se trata?

La calle se estrecha cada vez más hasta que se ven obligados a caminar en fila india, tocando las paredes a cada lado. Se detienen. Marie-Laure siente los bloques de piedra puestos unos sobre otros rozándoles los hombros a ambos lados: parecen alzarse hacia el infinito. Si su padre ha construido este callejón en la maqueta, sus dedos aún no lo han descubierto.

Hubert rebusca en sus sucios pantalones, respira con fuerza tras la máscara. A la izquierda, en el sitio donde debería estar la muralla, Marie-Laure oye que se abre un candado y cruje una verja.

—Cuidado con la cabeza —dice mientras las ayuda a entrar. Descienden hasta un estrecho y húmedo espacio que apesta a mar—. Estamos bajo el muro. Encima de nuestras cabezas hay veinte metros de granito.

—En serio, Hubert. Esto es más sombrío que un cementerio —dice madame Manec, pero Marie-Laure se aventura un poco más lejos, las suelas de sus zapatos resbalan, el suelo desciende, y entonces sus zapatos tocan el agua.

—Siente esto —dice Hubert Bazin, se agacha y lleva su mano hasta una pared curva completamente tachonada de caracoles marinos. Hay cientos, miles.

—Cuántos —susurra.

—No sé por qué hay tantos, tal vez porque aquí están a salvo de las gaviotas. Ven, siente esto, le daré la vuelta. —Ella percibe cientos de pequeños y resbaladizos pies hidráulicos bajo una costra dura y rígida: una estrella de mar—. También hay mejillones azules y aquí hay un cangrejo de roca muerto, ¿sientes las pinzas? Cuidado con la cabeza.

Las olas rompen cerca, el agua atraviesa la suela de sus zapatos. Marie-Laure da unos pasos atrás, el suelo de la caverna es arenoso y el agua le llega hasta los tobillos. Por lo que puede adivinar se trata de una pequeña gruta de unos cuatro metros de largo y medio de ancho, con la forma de una barra de pan. Al fondo hay una grieta amplia por la que pasa la luminosa y limpia brisa marina. Tanteando con los dedos descubre percebes, algas y miles de caracoles más.

—¿Qué es este lugar?

—¿Te acuerdas de que en cierta ocasión te hablé de los perros del guarda? Hace mucho tiempo, los perreros de la ciudad encerraban aquí a los mastines, unos perros grandes como caballos. Por la noche sonaba la campana del toque de queda y soltaban a los perros por la playa para que se comieran al marinero que se atreviera a salir. En algún lugar cerca de esos mejillones hay una piedra con la fecha «1165» tallada.

—Pero ¿y el agua?

—Incluso con las mareas más altas no llega más arriba de la cintura. En aquella época la marea debía ser más baja. Cuando éramos niños, tu abuelo y yo solíamos jugar aquí, a veces también venía tu tío abuelo.

Le pasa la marea entre los pies. Por todas partes se oyen los crujidos y suspiros de los mejillones. Ella piensa en los salvajes marineros que vivían en la ciudad, contrabandistas y piratas que navegaban por mares tenebrosos haciendo pasar sus barcos entre diez mil arrecifes.

—Hubert, deberíamos irnos ya —dice madame Manec y su voz retumba haciendo eco—, no es lugar para una niña.

—Estoy bien, madame —responde Marie-Laure. Cangrejos ermitaños, anémonas que expulsan un pequeño chorro de agua cuando las toca, galaxias de caracoles, cada uno con una historia de vida en su interior.

Madame Manec los convence al fin para que salgan de la perrera y el loco de Hubert guía de nuevo a Marie-Laure a través de la verja y la cierra al pasar. Antes de que lleguen a la Place Broussais, y mientras madame Manec camina al frente, él da unos golpecitos en el hombro de Marie-Laure. El susurro llega a su oído izquierdo junto a un aliento que huele a insectos aplastados.

—¿Crees que podrías volver a encontrar ese sitio sola?

—Creo que sí.

Él pone un objeto de hierro en su mano.

—¿Sabes lo que es?

Marie-Laure cierra el puño.

—Una llave.

EBRIOS

Todos los días llegan noticias de una nueva victoria, un nuevo avance. Rusia se desmorona como un acordeón. En octubre el alumnado se acerca a una enorme radio para escuchar hablar al Führer de la llamada Operación Tifón. Las tropas alemanas han plantado sus banderas a kilómetros de Moscú: Rusia será suya.

Werner tiene quince años. Un nuevo chico duerme en la cama de Frederick. A veces, por la noche, Werner ve a Frederick a pesar de que ya no está allí. Su rostro aparece por el borde de la litera de arriba o ve su silueta mirando a través del cristal de la ventana con los prismáticos. Frederick no murió pero tampoco se recuperó, se quedó con la mandíbula y el cráneo rotos: traumatismo cerebral. Nadie fue castigado, nadie fue interrogado. Llegó un coche azul a la escuela del que se bajó la madre de Frederick, caminó hasta la residencia del comandante y salió poco después, inclinada bajo el peso de la bolsa de Frederick, pequeña y frágil. Se volvió a subir al coche y se alejó.

Volkheimer se ha marchado. Se oyen historias de que se ha convertido en un temible sargento de la Wehrmacht, que dirige un pelotón en la última ciudad de la carretera hacia Moscú, que corta los dedos de los rusos muertos y se los fuma en una pipa. La última cosecha de cadetes es más salvaje en su ansiedad de probarse a sí mismos. Corren, gritan, se lastiman al atravesar los obstáculos. En el campo de ejercicios juegan a un juego en el que diez chicos llevan brazaletes rojos y otros diez brazaletes blancos. El juego termina cuando un equipo apresa a los otros diez.

A Werner le da la sensación de que todos los chicos a su alrededor están ebrios, de que en las comidas en vez de llenar sus tazas con la fría agua mineral de Schulpforta lo hacen con un licor que les deja los ojos vidriosos y brillantes, como si evitaran una descomunal e inevitable marea de angustia solo por estar permanentemente borrachos de rigor y ejercicio. Los ojos de casi todos los rapados cadetes brillan con determinación: cada milímetro de su atención ha sido entrenado para perseguir la debilidad. Miran a Werner con sospecha cada vez que le ven regresar del laboratorio de Hauptmann. No se fían de que sea huérfano, de que a menudo esté solo y de que en su acento haya todavía un aire del francés que aprendió siendo niño.

«Somos una descarga de balas», cantan los nuevos cadetes, «somos bolas de cañón, somos la punta de la espada».

Werner piensa constantemente en su hogar. Echa de menos el sonido de la lluvia sobre el tejado de zinc del dormitorio, la feroz energía de los huérfanos, las roncas canciones de frau Elena cuando acunaba a un bebé. El olor de la fábrica de coque que subía al amanecer era el primer olor de cada día. Pero lo que más echa de menos es a Jutta: su lealtad, su obstinación, la forma en la que siempre reconocía lo correcto.

A pesar de todo, y en los momentos de mayor debilidad, Werner se siente resentido por esas mismas cualidades de su hermana. Tal vez ella sea la impureza que hay en él, la estática que descubren los matones, quizá ella sea la única cosa que le impide rendirse del todo. Se supone que si uno tiene una hermana en casa ha de pensar en ella como si fuera la hermosa muchacha de un póster de propaganda: las mejillas rosadas, valiente, decidida. Ella es la persona por la que uno lucha, por la que uno sería capaz de morir. ¿Sucede eso cuando piensa en Jutta? Jutta envía cartas que el censor de la escuela tacha casi por completo, pregunta cosas que no debería preguntar. Solo la cercanía de Werner con el doctor Hauptmann —su condición de privilegiado por ser el favorito del profesor de ciencias técnicas— le mantiene a salvo. Una compañía de Berlín está fabricando su transceptor y algunas unidades regresan de lo que Hauptmann llama «el campo» porque han sido reventadas, quemadas, sumergidas en fango o porque salieron defectuosas. El trabajo de Werner es reconstruirlas mientras Hauptmann habla por teléfono o escribe peticiones para que le envíen partes de repuesto. A veces llega a ausentarse de la escuela hasta quince días.

Pasan semanas sin que reciba ninguna carta de Jutta. Werner escribe cuatro líneas, apenas un par de tópicos —«estoy bien, muy ocupado»— y se la da al jefe del dormitorio. Le inunda el miedo.

—Tenéis mentes —murmura Bastian una noche en el comedor— pero no siempre se puede confiar en la mente. La mente tiende a la ambigüedad, a hacerse preguntas cuando en realidad lo que necesitáis son certezas, propósitos, claridad. No confiéis en vuestras mentes.

Esa noche Werner se sienta en el laboratorio, otra vez solo, y recorre la frecuencia de una radio Grundig que Volkheimer solía tomar prestada de la oficina de Hauptmann buscando algo de música, ecos, no sabe exactamente qué. Ve cómo un circuito se rompe y lo reconstruye, ve a Frederick contemplando su libro de aves y el furor de las minas de Zollverein, las maniobras de las locomotoras, los golpes de los candados, las cintas transportadoras, las chimeneas funcionando día y noche. Ve a Jutta agitando adelante y atrás una antorcha completamente rodeada por la oscuridad. El viento golpea contra las paredes del laboratorio... El viento, al comandante le encanta recordarles que ese viento llega desde Rusia, un viento cosaco, el viento de esos bárbaros comevelas y cabezas de cerdo a quienes nada detendrá hasta haberse bebido la sangre de todas las chicas alemanas. Unos gorilas que deben ser eliminados de la Tierra.

Estática. Estática.

¿Estás ahí?

Al fin apaga la radio. En medio de la quietud le llegan las voces de sus maestros, el eco que rebota en su cabeza como si los recuerdos conversaran unos con otros.

Abrid los ojos y observad todo lo que podáis antes de cerrarlos para siempre.

LA CUCHILLA Y LA CARACOLA

El comedor del Hôtel-Dieu es grande y sombrío y está lleno de gente que conversa sobre los submarinos de Gibraltar, los desajustes del cambio de moneda y los motores diesel marítimos de cuatro tiempos. Madame Manec encarga dos cuencos de sopa de pescado que tanto ella como Marie-Laure toman al instante. Le dice que no sabe qué hacer a continuación —¿deberían esperar?— y decide pedir otros dos cuencos más.

Al final se sienta junto a ellas un hombre que lleva una ropa que cruje.

—¿Seguro que su nombre es madame Walter?

—¿Y usted está seguro de que su nombre es René?

Una pausa.

—¿Y ella?

—Es mi cómplice. Sabe si alguien miente con solo escuchar su voz.

El hombre se ríe. Hablan del tiempo. La ropa del hombre huele a mar como si hubiese llegado hasta aquí arrastrado por un temporal. Hace movimientos torpes al hablar y golpea la mesa de tal forma que las cucharas tintinean en los cuencos. Por fin dice:

—Admiramos sus esfuerzos, madame.

El hombre que se hace llamar René baja extraordinariamente el volumen de la voz. Marie-Laure capta solo algunas frases.

—Fíjense en las insignias especiales de las matrículas. *WH* significa infantería, *WL* ejército del aire y *WM* es la marina. Podría anotar, o encontrar a alguien que lo haga, todas las embarcaciones que entren y salgan del puerto. Esa información es muy importante.

Madame Manec permanece en silencio. Tal vez se dicen algo más, pero Marie-Laure no consigue oírlos. Tampoco podría decir si se intercambian gestos, si se pasan notas o utilizan otras estrategias. Llegan a cierto acuerdo y enseguida ella y madame Manec están de vuelta en la cocina del número 4 de la rue Vauborel. Madame Manec revuelve cosas en el sótano y regresa con lo necesario para preparar conservas. Esa misma mañana, comenta, ha logrado conseguir las que podrían ser las últimas dos cajas de melocotones de Francia. Y mientras ayuda a Marie-Laure a pelarlos, tararea una canción.

—¿Madame?

—¿Sí, Marie?

—¿Qué es un seudónimo?

—Un nombre falso, un nombre alternativo.

—Si yo tuviera que elegir uno, ¿qué tipo de nombre podría ser?

—Podrías elegir cualquiera —dice madame Manec mientras termina de pelar otro melocotón—. Si quisieras podrías ser La Sirena o Margarita o Violeta.

—¿Y qué tal Caracola? Me gustaría llamarme Caracola.

—Caracola. Es un seudónimo excelente.

—¿Y a usted, madame? ¿Cuál le gustaría tener?

—¿A mí? —Por un instante el cuchillo de madame Manec se detiene, los grillos comienzan a cantar en el sótano—. Creo que me gustaría ser Cuchilla.

—¿Cuchilla?

—Sí.

El perfume de los melocotones crea una brillante nube rojiza alrededor.

—¿Cuchilla? —repite Marie-Laure. Y las dos se echan a reír.

Querido Werner:

¿Por qué no escribes? ████████████████████████████
██.

La fundición trabaja día y noche, no para de salir humo de las chimeneas y hace tanto frío que la gente quema cualquier cosa para calentarse. Serrín, carbón duro, carbón blando, cal, basura. Las viudas de guerra ████████████████████████████
██

y cada día hay más. Estoy trabajando en la lavandería con las gemelas, Hannah y Susanne, y con Claudia Förster, seguro que te acuerdas de ellas, sobre todo remendamos chaquetas y pantalones. Cada día soy más hábil con la aguja así que al menos no me estoy pinchando todo el tiempo. Justo ahora acabo de terminar mis tareas para casa. ¿A ti te ponen tareas? Como hay escasez de género la gente trae fundas, cortinas, viejos abrigos, dicen que hay que usar todo lo que se pueda. Igual que nosotros aquí. Ja. He encontrado esto bajo tu antiguo catre. Me pareció que te vendría bien.

> *Te quiere,*
> *Jutta*

En el interior del sobre casero aguarda el cuaderno de notas infantil de Werner en cuya cubierta se lee, de su puño y letra: *Preguntas.* A lo largo de sus páginas hay dibujos, invenciones: un calentador de camas eléctrico que quería construir para frau Elena, una bicicleta con cadenas en las dos ruedas. «¿Afectan los imanes a los líquidos? ¿Por qué flotan los barcos? ¿Por qué nos mareamos al levantarnos?».

Al final hay una docena de páginas en blanco. Seguramente era demasiado infantil como para preocupar al censor.

A su alrededor suena el repiqueteo de las botas, el sonido de los rifles. Provisiones sobre el suelo, barriles contra la pared. Agarra una taza de un gancho, coge un plato de los estantes. Espera en fila hasta que le dan su ración de guiso de carne y sobre él se desploma una ola de nostalgia tan intensa que se le humedecen los ojos.

SENTIRSE VIVO ANTES DE MORIR

Madame Manec entra en el estudio de Etienne en la quinta planta. Marie-Laure escucha desde la escalera.

—Podría usted ayudar —dice madame. Alguien (seguramente madame) abre una ventana y el luminoso aire del mar entra en la casa revolviéndolo todo: las cortinas de Etienne, sus papeles, el polvo, la añoranza de Marie-Laure por su padre.

—Por favor, madame, cierre la ventana —dice Etienne—, están deteniendo a los que infringen la orden de mantener las ventanas clausuradas.

La ventana permanece abierta. Marie-Laure desciende sigilosamente otro escalón.

—¿Cómo sabe a quién están deteniendo, Etienne? Una mujer de Rennes ha sido condenada a nueve meses de prisión por llamar Goebbels a uno de sus cerdos, ¿sabía eso? Y un adivino de Cancale ha sido fusilado por anunciar que De Gaulle iba a regresar en primavera. ¡Fusilado!

—No son más que rumores, madame.

—Madame Hébrard dice que a un hombre de Dinard..., a un abuelo, Etienne, lo han condenado a dos años de prisión por llevar la Cruz de Lorraine bajo la camisa. He oído que tienen intención de convertir la ciudad entera en un vertedero de municiones.

Su tío abuelo ríe suavemente.

—Suena como si se lo hubiera inventado un adolescente.

—No hay rumor que no tenga su parte de verdad, Etienne.

Marie-Laure se da cuenta de que durante toda la vida adulta de Etienne, madame Manec se ha encargado de protegerle de sus miedos, le ha enseñado a esquivarlos, a reducirlos. Marie-Laure desciende con sigilo otro escalón.

—Etienne, usted sabe cosas sobre mapas, radios, mareas —dice madame Manec.

—Ya resultan demasiado sospechosas todas esas mujeres que se reúnen en esta casa. La gente tiene ojos, madame.

—¿Quién?

—El perfumero, para empezar.

—¿Claude? —Resopla—. El pequeño Claude está demasiado ocupado con sus asuntos.

—Claude ha dejado de ser pequeño hace mucho tiempo. Hasta yo me he dado cuenta de que su familia tiene más que el resto: más carne, más electricidad, más mantequilla. Y sé muy bien cómo se ganan esos privilegios.

—Entonces ayúdenos.

—No quiero generar más problemas, madame.

—¿Y acaso no hacer nada no es una forma de generar problemas?

—No hacer nada es no hacer nada.

—No hacer nada es lo mismo que colaborar.

Irrumpe una ráfaga de viento. En la mente de Marie-Laure se mueve y resplandece, dibuja agujas y espinas en el aire. Plateadas, verdes y luego plateadas otra vez.

—Sé la manera de hacerlo —dice madame Manec.

—¿De hacer qué? ¿En quién ha depositado su confianza?

—En alguien se tiene que confiar.

—Si no corre la sangre de uno mismo por los brazos y las piernas de la persona que está al lado, no se puede confiar en nada. Y a veces ni siquiera así. No se está enfrentando a una persona, madame, sino a un sistema. ¿Cómo se puede luchar contra un sistema?

—Se puede intentar.

—¿Y qué quiere que haga yo?

—Desenterrar esa vieja cosa del desván. Sabe más de radios que nadie en esta ciudad, incluso puede que sepa más que cualquiera en toda Bretaña.

—Se han llevado todos los receptores.

—No todos, la gente tiene cosas escondidas. Lo único que tendría que hacer es leer números, si lo he entendido bien, números escritos en tiras de papel. Alguien, no sé quién, quizá Hubert Bazin, se los llevará a madame Ruelle y ella los horneará dentro del pan. ¡Justo dentro! —Se ríe; a Marie-Laure su voz le suena veinte años más joven.

—¿Hubert Bazin? ¿Se está fiando de Hubert Bazin? ¿Y están horneando códigos secretos dentro del pan?

—¿Le parece que alguno de esos gordos *chucruts* es capaz de comerse una de esas espantosas barras de pan? Se llevan la harina buena. Nosotras nos encargaremos de traer el pan a casa, usted retransmite los números y luego quemamos el papel.

—Todo esto es ridículo. Están comportándose como niños.

—Es mejor que no hacer nada. Piense en su sobrina, piense en Marie-Laure.

Las cortinas tiemblan, los papeles se mueven y los dos adultos mantienen el pulso en el estudio. Marie-Laure se ha acercado tanto a la puerta de su tío que puede tocar el marco.

—¿No quiere sentirse vivo antes de morir? —pregunta madame Manec.

—Marie tiene casi catorce años, madame. No es tan joven. No, en tiempos de guerra. Las chicas de catorce años mueren igual que cualquiera y yo quiero que la gente de catorce años sea joven. Quiero...

Marie-Laure retrocede un paso. ¿La han visto? Piensa en la perrera en la roca a la que la llevó el loco de Hubert Bazin: los caracoles arracimados en multitudes. Piensa en las muchas veces que su padre la ha llevado en bicicleta, ella en equilibrio sobre el asiento, él de pie sobre los pedales, ambos deslizándose en el fragor de algún bulevar parisino. Ella se agarraba a sus caderas con las rodillas dobladas y volaban juntos entre los coches o bajaban colinas envueltos por los olores, los ruidos y el color.

—Voy a seguir leyendo, madame —dice Etienne—. ¿No debería estar preparando ya la cena?

SIN SALIDA

En enero de 1942 Werner se dirige al caldeado y reluciente despacho del doctor Hauptmann, una habitación dos veces más caldeada que cualquier otro rincón del castillo, y pide que le envíen a casa. El pequeño doctor está sentado tras su gran escritorio frente a un plato sobre el que hay un anémico pájaro asado. Codorniz, paloma o urogallo. A su derecha hay una pila de diagramas. Los perros están tendidos sobre la alfombra frente al fuego.

Werner está de pie con la gorra entre las manos. Hauptmann cierra los ojos y se pasa la punta del dedo por una ceja.

—Trabajaré para pagar el billete de tren, señor.

Ve las pulsaciones en el racimo de venas azules de la frente de Hauptmann. Abre los ojos.

—¿Tú? —Los perros alzan la cabeza al unísono como si fueran una hidra de tres cabezas—. ¿Tú, que tienes todo lo que quieres? ¿Que vienes aquí a escuchar conciertos, a comer chocolate y a calentarte al fuego?

Un bocado de pájaro asado danza entre las mejillas de Hauptmann. Puede que sea la primera vez que Werner contempla en el fino pelo rubio de su profesor, en sus oscuros orificios nasales, en esas pequeñas y casi élficas orejas algo despiadado e inhumano, algo determinado solo a sobrevivir.

—¿Acaso te has creído que eres alguien? ¿Alguien importante?

Werner retuerce la gorra entre las manos a sus espaldas para que sus hombros dejen de temblar.

—No, señor.

Hauptmann dobla la servilleta.

—Tú eres huérfano, Pfennig, no tienes aliados. Puedo hacer contigo lo que quiera, puedo convertirte en un agitador, en un criminal o en un adulto, puedo enviarte al frente y asegurarme de que te encierren en una trinchera helada hasta que los rusos te corten las manos y te las den de comer.

—Sí, señor.

—Te darán las órdenes precisas cuando la escuela esté preparada para dártelas. Ni un minuto antes. Estamos a servicio del Reich, Pfennig, no es él el que nos sirve a nosotros.

—Sí, señor.

—Esta noche vendrás al laboratorio, como siempre.

—Sí, señor.

—Se acabaron los chocolates. Se acabó el trato especial.

En la entrada, después de cerrar la puerta tras él, Werner apoya la frente contra el muro y regresa una imagen de los últimos momentos de la vida de su padre, la crujiente presión de los túneles, el techo desplomándose sobre él, la mandíbula golpeando contra el suelo, el cráneo estallando. No puedo volver a casa, piensa. Pero tampoco puedo quedarme.

LA DESAPARICIÓN DE HUBERT BAZIN

Marie-Laure sigue el aroma de la sopa de madame Manec a lo largo de la Place aux Herbes y sostiene la cacerola caliente en el hueco tras la biblioteca mientras madame llama a la puerta.

—¿Dónde está monsieur Bazin? —pregunta madame.

—Se ha debido de marchar —responde el bibliotecario, aunque apenas es capaz de ocultar el tono de duda en su voz.

—¿Y adónde se ha podido marchar?

—No estoy seguro, madame Manec. Por favor, hace frío.

Marie-Laure piensa en las historias de Hubert Bazin: lúgubres monstruos hechos de espuma marina, sirenas con sus partes íntimas iguales a las de los pescados, los relatos de los asedios ingleses.

—Volverá —dice madame Manec dirigiéndose a Marie-Laure, pero también a sí misma. La mañana siguiente Hubert Bazin no ha regresado. Tampoco la siguiente.

Y a la próxima reunión solo acude la mitad del grupo.

—¿Habrán creído acaso que nos estaba ayudando? —susurra madame Hébrard.

—¿Y lo estaba haciendo?

—Pensé que llevaba mensajes.

—¿Qué tipo de mensajes?

—Esto se está volviendo peligroso.

Madame Manec camina. Marie-Laure puede sentir el calor de su frustración a lo largo de la habitación.

—Entonces váyanse. —Su voz se endurece—. Váyanse todas.

—No sea imprudente —dice madame Ruelle—. Nos daremos un descanso, una o dos semanas. Esperaremos a que las cosas se asienten.

Hubert Bazin, con su máscara de cobre, su avidez infantil y su aliento a insectos machacados. ¿Adónde llevarán a la gente?, se pregunta Marie-Laure. ¿Dónde está la «Gasthaus» a la que han llevado a su padre? ¿Desde dónde escribe esas cartas en las que habla de comidas maravillosas y árboles míticos? La mujer del panadero asegura que les envían a campos en las montañas. La mujer del frutero dice que les envían a fábricas de nailon en Rusia. A Marie-Laure le resulta igual de probable que la gente desaparezca sin más. Los soldados echan sacos encima de las personas a las que quieren borrar, les dan una descarga de electricidad y así desaparecen, se esfuman. Son expulsadas hacia otro mundo.

La ciudad, piensa Marie-Laure, se parece cada vez más a la maqueta que está arriba, las calles se van quedando vacías poco a poco. Cuando sale se vuelve consciente de todas las ventanas que hay sobre su cabeza. Esa quietud antinatural resulta temible; es algo parecido, piensa, a lo que deben sentir los ratones cuando salen de sus agujeros a la libertad de un prado sin saber jamás qué sombra puede pasarles por encima.

TODO ENVENENADO

Hay nuevos estandartes de seda colgando sobre las mesas del comedor con brillantes eslóganes.

Dicen: «La desgracia no es morir, sino mentir».

Dicen: «Sed esbeltos y delgados, rápidos como galgos, resistentes como el cuero, duros como el acero de Krupp».

Cada pocas semanas desaparece algún instructor absorbido por la maquinaria de la guerra y entonces llegan otros, viejos ciudadanos de sobriedad y disposición poco fiables. Werner se da cuenta de que todos están rotos en algún punto: cojean o están tuertos o tienen la mitad del rostro torcido por algún ictus o por la guerra anterior. Los cadetes muestran cada vez menos respeto a los nuevos instructores, quienes a su vez tienen menos paciencia, y así la escuela no tarda en parecerse a una granada a la que acaban de quitarle la anilla.

Comienzan a suceder cosas extrañas con la electricidad. Se corta durante quince minutos, luego vuelve con fuerza. Los relojes se aceleran, las bombillas se iluminan, destellan y estallan haciendo caer sobre los pasillos una suave lluvia de cristal. Sobrevienen días oscuros con los interruptores muertos sin la red eléctrica. Los dormitorios y las duchas se congelan. Por las noches el portero lleva antorchas y velas para iluminar. Toda la gasolina tiene que destinarse a la guerra y al otro lado de las puertas se ven pasar coches tambaleantes. La comida llega a lomos de la misma debilitada mula a la que se le marcan las costillas mientras tira del carro.

En más de una ocasión Werner corta la salchicha que tiene sobre su plato y encuentra rosados gusanos retorciéndose en el interior. Los uniformes de los nuevos cadetes son más rígidos y baratos que el suyo, y ya no tienen acceso a la munición en las clases de tiro. A Werner no le sorprendería que Bastian empezara a repartir palos y piedras.

Y aun así las noticias son buenas. «Estamos a la puertas del Cáucaso», proclama Hauptmann por la radio, «nos hemos apropiado de sus depósitos de gasolina, tomaremos Svalbard. Nos movemos a una velocidad vertiginosa. Ya han muerto cinco mil setecientos rusos mientras que nosotros hemos perdido solo a cuarenta y cinco alemanes».

Cada seis o siete días los dos mismos pálidos oficiales de bajas entran en el comedor y cuatrocientas caras se inclinan esforzándose para no mirarles. Los chicos apenas mueven los ojos, los pensamientos, mientras recorren mentalmente los pasos que los dos oficiales dan entre las mesas buscando al chico cuyo padre acaba de morir.

El cadete a cuya espalda se detienen con frecuencia finge que no se ha dado cuenta de su presencia, se lleva el tenedor a la boca y mastica, y normalmente es el oficial más alto, un sargento, el que posa la mano sobre su hombro. El chico mira entonces hacia arriba con la boca llena y un gesto vacilante, sigue a los oficiales hacia fuera y la enorme puerta de madera de roble cruje al cerrarse mientras el comedor entero suspira y vuelve a la vida.

Cae el padre de Reinhard Wöhlmann. Cae el padre de Karl Westerholzer. Cae el padre de Martin Burkhard y esa misma noche Martin le dice a todo el mundo que está contento de que le hayan tocado en el hombro.

—¿Acaso no muere todo el mundo demasiado pronto? —dice—. ¿Quién no se sentiría honrado de caer, de ser una piedra en la calzada que lleva a la victoria definitiva?

Werner busca cierta desazón en la mirada de Martin, pero no la encuentra.

Él mismo siente dudas con frecuencia. La pureza racial, la pureza política... Bastian siempre habla horrorizado de cualquier tipo de corrupción y se pregunta Werner en mitad de la noche: ¿acaso no es la vida misma una forma de corrupción? Cuando un niño nace, el mundo la descarga sobre él, le arrebata cosas del interior y le introduce otras. Con cada bocado de comida, cada partícula de luz que entra a través de sus ojos... El cuerpo jamás podrá ser puro. Y sin embargo en eso es en lo que más insiste el comandante, en los motivos por los que el Reich les mide la nariz o les revisa el color del pelo.

La entropía de un sistema cerrado jamás disminuye.

Una noche Werner observa la litera de Frederick, los delgados listones, el miserable colchón. Ahora duerme allí un cadete nuevo, Dieter Ferdinand, un musculoso chico de Fráncfort que hace todo lo que se le ordena con una terrible ferocidad.

Alguien tose, alguien gime. Un tren silba solitario en algún lugar más allá de los lagos. Al este, los trenes siempre se dirigen al este, y atraviesan las colinas hacia los trillados límites del frente. Los trenes siguen su marcha incluso mientras él duerme. Las catapultas de la historia avanzan traqueteando.

Werner se ata las botas, canta las canciones y actúa en las marchas menos por deber que por un manido deseo de ser diligente. Bastian camina entre las hileras de chicos durante las cenas.

—¿Qué es peor que la muerte, muchachos? —pregunta dirigiéndose a algún pobre cadete.

—¡La cobardía!

—La cobardía —confirma Bastian y el chico se sienta mientras el comandante sigue su marcha complacido afirmando con la cabeza.

Últimamente el comandante habla del Führer con más frecuencia y de forma más íntima, sobre todo de las últimas cosas que les pide: plegarias, petróleo, lealtad. El Führer pide confianza, electricidad, cuero para botas. Werner está empezando a entender, ahora que se acerca su decimosexto cumpleaños, que lo que de verdad quiere el Führer es muchachos, una multitud de muchachos que se dirijan hacia él en una cinta transportadora. Hay que renunciar a la nata por el Führer, dormir por el Führer, conseguir aluminio para el Führer. Hay que renunciar al padre de Reinhard Wöhlmann, al de Karl Westerholzer y al de Martin Burkhard.

En marzo de 1942 el doctor Hauptmann llama a Werner a su despacho. Hay unas cajas a medio embalar sobre el suelo. No se ve a los perros por ninguna parte. El hombrecillo camina de un lado a otro y no se detiene hasta que Werner no anuncia su presencia. Es como si hubiese sido sepultado por algo que escapa a su control.

—He sido llamado a Berlín. Quieren que continúe allí mi trabajo.

Hauptmann coge un reloj de arena que hay sobre una estantería y lo guarda en una de las cajas. Sus pálidos dedos plateados se quedan detenidos en el aire.

—Es lo que siempre había deseado, señor. El mejor equipo, las mejores mentes.

—Eso es todo —dice el doctor Hauptmann.

Werner regresa al pasillo. En el patio cubierto por la nieve sucia, treinta chicos corren sin desplazarse del sitio, las respiraciones alzándose como columnas animadas. El abominable Bastian, regordete y con las mejillas suaves, grita algo. Alza un brazo corto y los chicos dan media vuelta, levantan los rifles por encima de la cabeza y corren más rápido sin desplazarse del sitio, con las rodillas destellando intermitentemente bajo la luz de la luna.

VISITANTES

Suena el timbre eléctrico en el número 4 de la rue Vauborel. Etienne LeBlanc, madame Manec y Marie-Laure dejan de masticar al unísono; cada uno de ellos piensa para sí: me han descubierto. El transmisor en el desván, la reunión de mujeres en la cocina, los cientos de paseos por la playa.

—¿Espera a alguien? —pregunta Etienne.

—A nadie —contesta madame Manec. Las mujeres habrían llamado a la puerta de la cocina.

El timbre vuelve a sonar.

Los tres se acercan al vestíbulo. Madame Manec abre la puerta.

Son dos policías franceses. Están allí, explican, por petición del Museo de Historia Natural de París. El sonido de sus talones suena tan fuerte en el vestíbulo que casi hace estremecer los cristales de las ventanas. El primero está comiendo algo, una manzana tal vez, piensa Marie-Laure. El segundo huele a espuma de afeitar y a carne asada, es como si los dos vinieran de un banquete.

Los cinco (Etienne, Marie-Laure, madame Manec y los dos policías) se sientan en la cocina alrededor de la mesa cuadrada.

Los hombres rechazan un cuenco con guiso. El primero se aclara la garganta.

—Justa o injustamente —dice—, le han condenado por robo y conspiración.

—Todos los prisioneros, políticos o de cualquier clase —dice el segundo—, están obligados a realizar trabajos forzados, incluso cuando no han recibido aún la sentencia.

—Los del museo han escrito a los guardias y a los directores de todas las prisiones de Alemania.

—Aún no sabemos en qué prisión está exactamente.

—Pensamos que podría ser Breitenau.

—De lo que estamos seguros es de que no ha tenido un juicio como corresponde.

La voz de Etienne se eleva en espiral desde el sitio al lado de Marie-Laure.

—¿Es una buena prisión? Quiero decir, ¿es mejor que otras?

—Me temo que en Alemania no hay buenas prisiones.

Un camión atraviesa la calle. El mar se extiende sobre la Plage du Môle a cincuenta y cinco metros de distancia. Ella piensa: no hacen más que decir palabras y las palabras son apenas sonidos que estos hombres modelan con su aliento, vapores sin peso que se disipan y mueren en el aire de la cocina. Dice:

—Han venido desde tan lejos para decirnos cosas que ya sabíamos.

Madame Manec le da la mano. Etienne murmura:

—No sabíamos nada sobre ese lugar, Breitenau.

—¿Le dijeron al museo que él había conseguido enviar dos cartas? —pregunta el primer policía.

—¿Podríamos verlas? —dice el segundo.

Etienne se retira contento, cree que por fin alguien se está haciendo cargo. Marie-Laure también debería estar contenta pero algo le hace sospechar. De pronto recuerda que la primera noche de la invasión, en París, mientras esperaban el tren, su padre le dijo: *La gente solo se ocupa de sí misma.*

El primer policía da otro mordisco a la manzana. ¿La están observando a ella? Estar tan cerca de ellos le hace sentirse mareada. Etienne regresa con las dos cartas y ella escucha cómo se pasan los papeles el uno al otro.

—¿Dijo algo antes de partir?

—¿Tenía algún tipo de actividad o encargo que debamos saber?

Su francés es bueno, muy parisino, pero ¿cómo saber a quién son leales? *Si no corre la sangre de uno mismo por los brazos y las piernas de la persona que está al lado, no se puede confiar en nada.* Marie-Laure siente que todo está comprimido y es acuático a su alrededor, como si los cinco estuvieran sumergidos en el interior de un turbio acuario repleto de peces y sus aletas les rozaran al pasar.

—Mi padre no es un ladrón —dice.

Madame Manec le aprieta la mano.

—Parecía preocupado por su trabajo, por su hija, por Francia por supuesto. ¿Quién no lo estaría? —dice Etienne.

—Mademoiselle —dice el primer policía dirigiéndose directamente a Marie-Laure—, ¿no le comentó nada en particular?

—Nada.

—Tenía muchas llaves en el museo.

—Devolvió sus llaves antes de marcharse.

—¿Podemos echar un vistazo a lo que trajo con él?

—¿Su bolsa, quizá? —añade el segundo.

—Se llevó la bolsa cuando el director le pidió que regresara —dice Marie-Laure.

—¿Podemos echar un vistazo de todas formas?

Marie-Laure siente que aumenta la tensión en la cocina. ¿Qué esperan encontrar? Piensa en el equipo de radio que está arriba: el micrófono, el transceptor, todos esos cables e interruptores.

—Por supuesto —dice Etienne.

Entran en todas las habitaciones de la tercera planta, la cuarta, la quinta. En la sexta entran en la vieja habitación de su abuelo y abren las puertas del enorme armario, cruzan el recibidor y se detienen frente a la maqueta de Saint-Malo que está en el cuarto de Marie-Laure. Se susurran algo al oído y vuelven a bajar las escaleras.

Hacen una única pregunta sobre las tres banderas francesas que están enrolladas en un armario de la segunda planta. ¿Por qué las conserva Etienne?

—Se está exponiendo al tenerlas en casa.

—No querrá que las autoridades piensen que son terroristas —acota el primero—, hay gente que ha sido arrestada por mucho menos.

No está claro si lo que les acaban de hacer es un favor. Marie-Laure piensa: «¿Se referían a papá?».

Los dos policías terminan su búsqueda, dan las buenas noches con perfecta educación y se marchan.

Madame Manec enciende un cigarrillo.

El guiso de Marie-Laure se ha enfriado.

Etienne revuelve la leña en la chimenea, pone una tras otra las banderas al fuego.

—Nunca más, nunca más —dice, la segunda vez un poco más fuerte que la primera—, no aquí.

—No han encontrado nada. No hay nada que encontrar —dice la voz de madame Manec.

La cocina se llena de un punzante olor a algodón quemado.

—Haga con su vida lo que quiera, madame —dice su tío abuelo—. Siempre me ha apoyado y yo la apoyaré a usted, pero no haga más esas cosas en esta casa, y no las haga con mi sobrina.

A mi querida hermana Jutta:

Las cosas se han puesto difíciles. Hasta el papel es difícil de ▉▉▉▉▉▉▉▉▉▉▉▉▉. *Tenemos* ▉▉▉▉▉▉▉▉▉▉▉
▉▉▉▉▉▉▉▉▉▉▉▉▉▉ *no hay calefacción*
en la ▉▉▉▉▉▉▉▉▉▉▉▉▉▉▉. *Frederick solía de-*
cir que no existe la libertad y que en la vida de las personas
todo está predeterminado por ▉▉▉▉▉▉▉▉▉▉▉▉▉ *y*
que mi error fue que ▉▉▉▉▉▉▉▉▉▉▉▉▉▉▉▉▉▉
▉▉▉▉▉▉▉▉▉▉▉▉▉▉▉▉▉▉▉▉▉▉▉▉▉▉▉▉
▉▉▉▉▉▉▉▉▉▉▉▉▉▉▉▉▉▉▉▉▉▉▉▉▉▉▉▉
▉▉▉▉▉▉▉▉▉▉▉▉▉▉▉▉▉▉▉▉▉▉▉▉▉▉▉▉
▉▉▉▉▉▉▉▉▉▉▉▉▉▉▉▉▉▉▉▉▉▉▉▉▉▉▉▉
▉▉▉▉▉▉▉▉▉▉▉▉▉▉▉▉▉▉▉▉▉▉▉▉▉▉▉▉
▉▉▉▉▉▉▉▉▉▉▉▉▉▉▉▉▉▉▉▉▉▉▉▉▉▉▉▉
▉▉▉▉▉▉▉▉▉▉▉▉▉▉▉▉▉▉▉▉▉▉▉▉▉▉▉▉
▉▉▉▉▉▉▉▉▉▉▉▉▉▉▉▉▉▉ *Espero que algún día puedas en-*
tenderlo. Os quiero a ti y a frau Elena. Sieg Heil.

LA RANA SE COCINA

Las semanas siguientes madame Manec es sumamente amable; va con Marie-Laure a pasear a la playa casi todos los días y la lleva al mercado, pero parece ausente. Les pregunta a Marie-Laure y a Etienne con perfecta cortesía cómo se sienten y todas las mañanas les da los buenos días como si fueran extraños. Suele desaparecer el resto del día.

Las tardes de Marie-Laure se vuelven cada vez más largas y solitarias. En una ocasión se sienta a la mesa de la cocina mientras su tío le lee en voz alta.

«La vitalidad que poseen los huevos de caracol es increíble. Se han observado ciertas especies congeladas en sólidos bloques de hielo que recuperan su actividad vital bajo la influencia del calor».

Etienne deja de leer.

—Deberíamos preparar la cena. No parece que madame vaya a regresar esta noche.

Pero ninguno de los dos se mueve. Él lee otra página. «En ocasiones han sido guardados durante años en pastilleros y al reintegrarlos en un entorno húmedo se han abierto con el mismo aspecto de siempre... La concha puede llegar a romperse, incluso perder alguna parte, y aun así, tras cierto lapso de tiempo, las partes dañadas se repararán mediante una deposición de materia calcárea en las fracturas».

—Parece que hay esperanza para mí —dice Etienne riéndose. Y eso le recuerda a Marie-Laure que su tío abuelo no ha sido siempre tan temeroso, que ha tenido una vida antes de esta guerra y también antes de la anterior, que también él fue un joven que vivió en el mundo y lo amó igual que ella.

Por fin madame Manec entra por la puerta de la cocina, echa el candado y Etienne dice buenas noches con frialdad. Madame Manec le devuelve el saludo poco después. En algún lugar de la ciudad los alemanes cargan armas o beben brandy y la historia se convierte en una especie de pesadilla de la cual Marie-Laure desea despertar desesperadamente.

Madame Manec coge una cacerola que cuelga de un gancho y la llena de agua. Su cuchillo cae sobre algo que suena a patatas, la hoja golpea la tabla de cortar de madera que hay debajo.

—Por favor, madame, déjeme hacerlo a mí, usted está agotada.

Pero no se levanta y madame Manec continúa cortando patatas. Cuando termina, Marie-Laure escucha cómo las deja caer en el agua ayudándose con la parte posterior del cuchillo. La tensión que hay en la habitación hace que Marie-Laure se maree, como si pudiera sentir la rotación del planeta.

—¿Han hundido ustedes muchos submarinos alemanes hoy? —murmura Etienne—. ¿Han reventado muchos tanques?

Madame Manec abre de un golpe la puerta de la nevera. Marie-Laure escucha que rebusca algo en un cajón. Se oye una cerilla, enciende un cigarrillo. Al rato un cuenco con patatas medio crudas aparece frente a Marie-Laure. Tantea sobre la mesa en busca de un tenedor pero no lo encuentra.

—¿Sabe lo que sucede, Etienne —dice madame Manec desde el otro lado de la cocina—, cuando echas una rana dentro de un cazo de agua hirviendo?

—Nos lo vas a decir usted, estoy seguro.

—Que salta afuera. ¿Pero sabe lo que ocurre cuando pones una rana dentro de una cacerola con agua fría y la cueces poco a poco? ¿Sabe lo que sucede entonces?

Marie-Laure aguarda. Siente el vapor de las patatas.

—Que la rana se cocina —dice madame Manec.

ÓRDENES

Werner es citado a la oficina del comandante por un chico de once años vestido de gala. Espera en un banco de madera con una creciente sensación de pánico. Deben de tener alguna sospecha. Tal vez han descubierto algo sobre su origen que ni siquiera él mismo sabe, algo que le puede buscar la ruina. Recuerda cuando el cabo apareció en la puerta del orfanato para llevarle a casa de herr Siedler: esa certeza de que los instrumentos del Reich pueden ver a través de las paredes, de la piel, en el interior del alma de cada individuo.

El ayudante del comandante le llama después de varias horas. El hombre levanta el lapicero y mira al otro lado de la mesa como si Werner no fuera más que uno entre una serie infinita de problemas triviales que él debe solucionar.

—Nos ha llamado la atención, cadete, que su edad ha sido registrada incorrectamente.

—¿Señor?

—Usted tiene dieciocho años, no dieciséis como aseguró.

Werner está sorprendido. Evidentemente es absurdo: Werner es más pequeño que la mayoría de los chicos de catorce años.

—Nuestro profesor de ciencias técnicas, el doctor Hauptmann, nos ha llamado la atención sobre este punto y ha dispuesto que sea enviado a una división de tecnología especial de la Wehrmacht.

—¿Una división, señor?

—Usted ha estado aquí bajo unas condiciones falsas.

Su voz tiene un tono untuoso y complacido, su barbilla no existe. Al otro lado de la ventana hacen un ensayo de la marcha triunfal. Werner contempla a un chico de aspecto nórdico que se tambalea bajo el peso de la tuba.

—El comandante ha recomendado una acción disciplinaria, pero el doctor Hauptmann ha sugerido que tal vez usted esté impaciente por ofrecer su talento al Reich.

Al otro lado de la mesa, el ayudante viste un arrugado uniforme gris pizarra con un águila en el pecho y una banda de rango en el cuello. También lleva un casco verde oscuro que evidentemente es de una talla más grande.

La banda suena y a continuación se detiene. El instructor de la banda grita algunos nombres.

El ayudante del comandante dice:

—Tiene mucha suerte, cadete. Servir es un honor.

—¿Cuándo, señor?

—Recibirá instrucciones en un plazo de quince días. Eso es todo.

NEUMONÍA

La primavera bretona y una enorme ola de humedad invaden la costa. Hay niebla en el mar, niebla en las calles, niebla en las mentes. Madame Manec se pone enferma. Cuando Marie-Laure apoya la mano en el pecho de madame, siente el calor que le sube por el esternón como si algo se estuviera cocinando en su interior. Su respiración se convierte en una sucesión de toses oceánicas.

—Veo las sardinas —murmura madame—, y las termitas y los cuervos.

Etienne llama a un doctor que prescribe descanso, aspirinas y confites de violetas aromáticas. Marie-Laure se sienta junto a madame durante la peor parte de la enfermedad, horas extrañas en las que las manos de la anciana se ponen muy frías mientras habla de hacerse cargo del mundo. Nadie lo sabe pero ella está a cargo de todo. Es un peso tremendo, asegura, ser responsable de hasta la cosa más pequeña, de cada niño que nace, de cada hoja que cae de un árbol, cada ola que rompe en la playa, cada hormiga que hace su recorrido.

Marie-Laure oye el agua en la profundidad de la voz de madame: atolones y archipiélagos y lagunas y fiordos.

Etienne demuestra ser un cariñoso enfermero. Lava la ropa, prepara caldos y de vez en cuando lee una página de Pasteur o Rousseau. Con esa actitud demuestra haberle perdonado todas sus transgresiones pasadas o presentes. Cubre a madame con edredones, pero ella tiembla tanto que él acaba quitando la pesada alfombra que hay sobre el suelo y también se la pone encima.

Querida Marie-Laure:

Han llegado tus paquetes, los dos, con fechas de hace meses. La palabra «alegría» no es suficiente. Me han permitido quedarme con el cepillo de dientes y el peine, aunque no con el papel en el que estaban envueltos. Tampoco me han permitido conservar el jabón. ¡Cómo deseaba que me hubiesen permitido quedarme con el jabón! Nos habían dicho que nuestro próximo destino sería una fábrica de chocolates pero en realidad era de cartón. Fabricamos cartón todo el día. ¿Para qué querrán tanto?

Durante toda mi vida, Marie-Laure, he sido yo quien llevaba las llaves. Ahora las oigo a mi alrededor por las mañanas cuando vienen a buscarnos y cada vez que me meto la mano en el bolsillo lo encuentro vacío.

Cuando sueño, sueño que estoy en el museo.

¿Te acuerdas de tus cumpleaños? ¿Que siempre había dos regalos sobre la mesa cuando te despertabas? Siento que las cosas hayan salido así. Si alguna vez quieres entenderlo, mira dentro de la casa de Etienne, dentro de la casa. Sé que harás lo correcto. Aunque me gustaría que el regalo fuera mejor.

Mi ángel está a punto de partir. Si puedo le daré esta carta para ti. No estoy preocupado porque sé que eres muy inteligente y que sabes cuidarte sola. Yo también estoy a salvo de modo que no debes preocuparte. Da las gracias a Etienne por leerte esta carta y agradece en tu corazón al alma valiente que transporta esta carta desde donde yo estoy hasta donde tú estás.

Tu papá

TRATAMIENTOS

El doctor de Von Rumpel dice que se están haciendo fascinantes investigaciones sobre el gas mostaza. Que se están explorando propiedades antitumorales en un gran número de químicos. Se ha comprobado en algunos individuos que ciertos tumores linfoides han reducido su tamaño, pero las inyecciones dejan a Von Rumpel mareado y débil. En los días posteriores apenas es capaz de peinarse o de obligar a sus dedos a abotonarse la chaqueta. También su mente le juega malas pasadas: entra en una habitación y olvida por qué está allí. Frente a un superior, olvida lo que le acaba de decir. El sonido de los coches que pasan es como dientes o cuchillos que le atraviesan los nervios.

Esta noche se envuelve en las mantas del hotel, pide una sopa y abre un lote que acaba de llegar de Viena. La insignificante bibliotecaria castaña le ha enviado copias del Tavernier y del Streeter e incluso (y eso es lo más notable) una copia en esténcil del *Gemmarum et Lapidum Historia* de Boodt del año 1604, escrito completamente en latín. Todo lo que ha conseguido encontrar sobre el Mar de Llamas. En total son nueve párrafos.

Hace acopio de toda su energía para concentrarse en los textos. Una diosa de la Tierra que se enamora de un dios del Mar. Un príncipe que se recupera de unas heridas mortales y reina en medio de una difusa luz. Von Rumpel cierra los ojos y ve una diosa de cabellos llameantes que se mueve a través de los túneles de la Tierra mientras gotas de llamas resplandecen a su paso. Oye cómo un sacerdote sin lengua dice: *El poseedor de la piedra vivirá para siempre.* Oye a su padre que dice: *Piensa en los obstáculos como oportunidades, Reinhold; piensa en los obstáculos como inspiraciones.*

CIELO

Durante unas semanas madame Manec se siente mejor. Le promete a Etienne que no olvidará la edad que tiene ni intentará serlo todo para todo el mundo, que no hará la guerra ella sola. Una tarde a comienzos de junio, casi dos años exactos después de la invasión de Francia, ella y Marie-Laure caminan sobre un campo de florecillas al este de Saint-Malo. Madame Manec le ha dicho a Etienne que iban a ver si conseguían fresas en el mercado de Saint-Servan, pero Marie-Laure sabe que cuando se han detenido a saludar a una mujer en el camino hacia allí, madame ha entregado un sobre y ha recogido otro.

Por sugerencia de la propia madame se tumban un rato en la hierba; Marie-Laure escucha a las abejas que polinizan las flores e intenta imaginar sus viajes tal y como los describe Etienne: cada obrera sigue un riachuelo de aroma, busca patrones ultravioleta en las flores, llena las cestas que hay adosadas a sus patas con granos de polen y luego regresa borracha y pesada a casa.

¿Cómo saben las pequeñas abejas el papel que deben cumplir?

Madame Manec se quita los zapatos, enciende un cigarrillo y deja escapar un gruñido de satisfacción. Se oye el zumbido de los insectos: avispas, sírfidos, una libélula. Etienne ha enseñado a Marie-Laure a distinguir a cada uno por su sonido.

—¿Qué es una multicopista, madame?

—Algo que sirve para hacer octavillas.

—¿Y qué tiene eso que ver con la mujer con la que nos hemos cruzado?

—Nada de lo que debas preocuparte, querida.

Un caballo relincha, la brisa marina las alcanza con una dulzura y frescura llena de olores.

—Madame, ¿qué aspecto tengo?

—Tienes miles de pecas.

—Papá solía decir que eran como estrellas en el cielo o como manzanas en un árbol.

—Son puntos marrones, niña. Miles de pequeños puntos marrones.

—Eso suena mal.

—Pero en ti son bonitos.

—Madame, ¿cree que en el cielo realmente veremos a Dios cara a cara?

—Es posible.

—¿Y qué sucede si eres ciega?

—Yo diría que, si Dios quiere que veamos algo, lo más probable es que lo veamos.

—El tío Etienne dice que el cielo es como la manta a la que se aferran los bebés. Dice que la gente ha volado en aviones a diez mil metros del suelo y no han visto allí ningún reino, ni puertas, ni ángeles.

Madame Manec irrumpe en una cadena de tosidos que asustan a Marie-Laure.

—Tú estás pensando en tu padre —dice al fin—. Tienes que creer que tu padre regresará.

—¿No se cansa de creer, madame? ¿No necesita pruebas a veces?

Madame Manec pone una mano sobre la frente de Marie-Laure, esa mano pesada que la primera vez le hizo pensar en la de un jardinero o la de un geólogo.

—Nunca dejes de creer. Eso es lo más importante.

Las florecillas se mecen en sus tallos y las abejas hacen su duro trabajo. Ojalá la vida fuera como una novela de Julio Verne, piensa Marie-Laure, y uno pudiera pasar las páginas cuando lo necesita para saber lo que va a suceder más adelante.

—¿Madame?

—Sí, Marie.

—¿Qué cree que comen en el cielo?

—No estoy segura de que necesiten comida en el cielo.

—¡No comen! Entonces no creo que le guste ese sitio, ¿verdad?

Pero madame Manec no se ríe como Marie-Laure había esperado. No dice nada en absoluto. Solo se escucha su respiración.

—¿La he ofendido, madame?

—No, niña.

—¿Estamos en peligro?

—No más que cualquier otro día.

La hierba se inclina y estremece. Los caballos relinchan. Madame dice, casi en un susurro:

—Ahora que lo pienso, niña, espero que el cielo sea algo parecido a esto.

FREDERICK

Werner gasta el último dinero que tiene en un billete de tren. La tarde es lo bastante luminosa pero es como si Berlín no quisiera aceptar la luz del sol, como si sus edificios se hubiesen vuelto más sombríos y sucios en los meses que han transcurrido desde su anterior visita. Aunque a lo mejor solo han cambiado los ojos que lo miran.

En vez de llamar directamente al timbre, Werner da la vuelta a la manzana tres veces. Las ventanas del apartamento están uniformemente oscuras, no sabría decir si la luz está apagada o las ventanas cegadas. En cierto punto de cada vuelta pasa frente a un escaparate con maniquíes desnudos, y, a pesar de que sabe que no es más que un efecto de la luz, no puede evitar que su mirada los vea como cadáveres ahorcados con cuerdas.

Finalmente llama al timbre del número 2. Nadie contesta. Por las placas de identificación se da cuenta de que ya no residen en el número 2. Su nombre está ahora en el número 5. Llama. Se oye un zumbido.

El ascensor no funciona, de modo que sube caminando.

Se abre la puerta. Es Fanni con su cara aterciopelada y sus pequeños colgajos de piel bajo los brazos. Le contempla de la misma forma en que un prisionero mira a otro. Luego la madre de Frederick sale de una habitación con ropa de tenis.

—Pero Werner...

Por un instante se pierde en un ensimismamiento inquieto, rodeada de muebles elegantes, algunos envueltos en gruesas mantas de lana. ¿Acaso se lo echará en cara? ¿Pensará que ha sido parcialmente responsable? ¿Lo es? Pero entonces parece como si despertara, le besa en ambas mejillas y su labio inferior tiembla ligeramente. Como si el hecho de que él se hubiese materializado le impidiera mantener a raya ciertas sombras.

—No sabrá quién eres. Y no intentes hacerle recordar, lo único que conseguirás es alterarle. Pero estás aquí, supongo que eso ya es algo. Estaba a punto de irme. Siento mucho no poder quedarme. Acompáñale, Fanni.

La criada le lleva hasta un enorme cuarto de estar con los techos decorados con florituras y las paredes delicadamente pintadas de azul pálido. Aún no han colgado los cuadros y las estanterías siguen vacías. Hay cajas de cartón sobre el suelo. Frederick está sentado frente a una mesa de cristal al fondo de la habitación y tanto la mesa como el muchacho parecen pequeños entre tanto desorden. Le han peinado con raya al lado muy marcada y su holgada camisa de algodón se ha fruncido por detrás de los hombros, de tal forma que el cuello está torcido. Sus ojos no se alzan para mirar al visitante. Lleva las viejas gafas de pasta negra. Alguien ha estado alimentándole, la cuchara está sobre la mesa y aún quedan restos de papilla en los bigotes de Frederick y sobre el mantel individual, que está hecho de algodón y tiene pintados unos niños alegres de mejillas sonrojadas y zuecos en los pies. Werner es incapaz de mirarlo.

Fanni carga otras tres cucharadas que mete en la boca de Frederick y al terminar le limpia los labios. Dobla el mantel y se retira por la puerta hacia lo que debe de ser la cocina. Werner sigue de pie con las manos cruzadas sobre el cinturón.

Un año. Algo más. Werner se da cuenta de que Frederick ya se afeita. O de que alguien le afeita.

—Hola, Frederick.

Frederick echa la cabeza hacia atrás y mira a Werner a través de los cristales manchados.

—Soy Werner. Tu madre me ha dicho que a lo mejor no me recuerdas. Soy tu amigo de la escuela.

Más que mirar a Werner, Frederick parece estar mirando a través de él. Sobre la mesa hay un montón de papeles en los que aparece dibujada una torpe espiral hecha por una mano pesada.

—¿La has hecho tú?

Werner alza el primer dibujo. Bajo ese papel hay otro y luego otro con treinta o cuarenta espirales que ocupan la página completa, hechas con el mismo trazo severo. Frederick deja caer la barbilla contra el pecho seguramente asintiendo. Werner echa un vistazo alrededor: un arcón, una caja de ropa blanca, el azul pálido de las paredes y el blanco brillante del revestimiento de la madera. La última luz de la tarde reluce a través de las altas cristaleras y el aire huele a limpiador de plata. El apartamento de la quinta planta es desde luego más agradable que el de la segunda, los techos son altos y están decorados con florituras de estuco: frutas, flores, hojas de plátano.

Uno de los labios de Frederick está torcido, se le ven los dientes superiores y un hilillo de baba le cuelga de la barbilla y toca el papel. Werner es incapaz de aguantarlo un segundo más y llama a la sirvienta. Fanni se asoma por la puerta.

—¿Dónde está aquel libro? Ese de los pájaros, en una funda dorada.

—No creo que tengamos un libro así.

—Sí que lo tienen.

Fanni se limita a negar con la cabeza y a cruzar las manos sobre el delantal.

Werner levanta las tapas de algunas cajas y mira el interior.

—Seguro que está por aquí.

Frederick comienza a dibujar una nueva espiral en una hoja en blanco.

—¿Quizá en esta?

Fanni está junto a Werner, le agarra la muñeca y la separa de la caja que estaba a punto de abrir.

—No lo creo —repite—, nunca hemos tenido un libro así.

A Werner le ha empezado a picar todo el cuerpo. Al otro lado de la enorme ventana los tilos se balancean adelante y atrás. La luz se retira. A dos manzanas de distancia hay una señal luminosa en lo alto de un edificio que dice: *Berlín fuma Junos*.

Fanni regresa a la cocina.

Werner contempla a Frederick mientras dibuja una nueva y tosca espiral con el lápiz apretado en un puño.

—Me voy de Schulpforta, Frederick. Me han cambiado la edad y me mandan al frente.

Frederick levanta el lápiz, lo estudia y luego continúa.

—En menos de una semana.

Frederick empieza a mover la boca como si quisiera masticar el aire.

—Estás muy guapa —dice. No le habla directamente a Werner y sus palabras están más cerca de parecer gemidos—. Estás muy guapa, mamá.

—No soy tu mamá —sisea Werner—, lo sabes muy bien.

La expresión de Frederick carece de artificio. La sirvienta les escucha desde algún lugar de la cocina. No se oye ningún otro sonido, no hay tráfico, ni aviones, ni trenes, ni radios, ni el espectro de frau Schwartzenberger haciendo temblar el ascensor. No hay consignas, ni cantos, ni estandartes de seda, ni bandas, ni trompetas, ni madre, ni padre, ni comandantes de dedos resbala-

dizos deslizando un dedo por su espalda. La ciudad parece totalmente inmóvil como si todo el mundo escuchara o esperara oír a
alguien resbalándose.

Werner observa el azul de las paredes y piensa en *Pájaros
de América*, en el martinete coronado amarillo, en el parúlido de
Kentucky, en la tangara escarlata, un glorioso pájaro tras otro
mientras la mirada de Frederick queda detenida en algún terrible
lugar intermedio, cada ojo como una piscina estancada en la que
Werner no se atreve a mirar.

RECAÍDA

A fines de junio de 1942, por primera vez desde que tuvo fiebre, madame Manec no está en la cocina cuando Marie-Laure despierta. ¿Puede que haya ido al mercado? Marie-Laure llama a su puerta y cuenta cien latidos. Después abre la puerta trasera y llama hacia la calle. Hace un calor glorioso de amanecer de junio. Se oyen las palomas y los gatos. Una risa que sale de las ventanas de un vecino.

—¿Madame?

Se le acelera el corazón. Vuelve a llamar a la puerta de madame Manec.

—¿Madame?

Lo primero que escucha cuando se decide a entrar es el tamborileo, como si en el interior de los pulmones de la anciana hubiera una marea de piedras en movimiento. Desde la cama le llega un agrio olor a transpiración y orina. Sus manos encuentran la cara de madame y la mejilla de la mujer está tan caliente que los dedos de Marie-Laure retroceden como si se hubiesen escaldado. Sube a toda prisa por las escaleras tropezando y gritando:

—¡Tío! ¡Tío!

En su mente toda la casa se vuelve de color rojo. El tejado se llena de humo y las llamas suben por las paredes. Cuando Etienne se inclina junto a madame le crujen las rodillas. Después va hasta el teléfono y dice unas cuantas palabras. Regresa junto a la cama de madame Manec al trote. Durante la siguiente hora la cocina se llena de mujeres: madame Ruelle, madame Fontineau, madame Hébrard. La primera planta está abarrotada. Marie-Laure recorre la escalera arriba y abajo, arriba y abajo, como si se abriera camino dentro de la espiral de una enorme caracola. El doctor viene y va, de vez en cuando las mujeres que pasan por ahí ponen una mano huesuda sobre el hombro de Marie-Laure y exactamente a las dos en punto, con el sonido de las campanadas de la catedral, el doctor regresa acompañado de un hombre que no dice nada excepto «buenas tardes» y que huele a tierra y tréboles, que levanta a madame Manec en brazos, la saca a la calle y la pone en un carro de caballos como si fuera un saco de avena. El sonido de los cascos de los caballos se aleja, el doctor retira las sábanas de la cama y Marie-Laure descubre a Etienne en una esquina de la cocina murmurando:

—Madame ha muerto, madame ha muerto.

Seis

8 de agosto de 1944

ALGUIEN EN LA CASA

Una presencia, una respiración. Marie-Laure concentra sus sentidos en la entrada que está tres plantas más abajo. Oye el chirrido de la verja exterior al cerrarse; después es la puerta delantera de la casa la que se cierra.

En su mente, su padre razona: *Han cerrado la verja antes que la puerta, no después, lo que significa que, quienquiera que sea, está adentro, porque primero ha cerrado la verja y luego la puerta.*

Se le erizan los pelos de la nuca.

Etienne sabe que habría accionado la campanilla, Marie. Etienne te estaría llamando.

Se oyen unas botas en el vestíbulo y fragmentos de platos que crujen bajo las pisadas.

No es Etienne.

La angustia es tan aguda que es casi insoportable. Intenta calmar sus pensamientos, concentrarse en la imagen de una vela que arde en el centro de su propia caja torácica, un caracol que se desliza por su espiral, pero su corazón palpita en el pecho y por la espina dorsal le suben intermitentes pulsaciones de miedo y entonces siente la duda de si una persona que ve puede desde el vestíbulo ver por el hueco de la escalera hasta la tercera planta. Recuerda que su tío abuelo le dijo que debían tener cuidado con los saqueadores y el aire se llena de fantasmas borrosos y susurros. Marie-Laure se imagina corriendo más allá del baño hacia el cuarto de costura cubierto de telas de arañas en la misma tercera planta y tirándose por la ventana.

Las botas están en la sala. Le dan una patada a un trozo de plato en el suelo. ¿Es un bombero, un vecino, algún soldado alemán que busca comida?

Si fuera un rescatador estaría llamando a los supervivientes, ma chérie. *Tienes que moverte. Tienes que esconderte.*

Las pisadas atraviesan el cuarto de madame Manec. Lo hacen lentamente, tal vez está oscuro. ¿Ya es de noche?

Suceden cuatro, cinco, seis o un millón de latidos. Ella tiene el bastón, el abrigo de Etienne, las dos latas, el cuchillo y el ladrillo. La casa de la maqueta está en el bolsillo de su vestido, con la piedra dentro. Hay agua en la bañera que está al fondo del pasillo.

Muévete. Ahora.

Se bambolea una cacerola o un cazo que seguramente cuelga de un gancho en la cocina. El intruso sale de la cocina. Regresa al vestíbulo.

Levántate, ma chérie. *Levántate ahora.*

Ella se pone de pie. Con la mano derecha encuentra la barandilla. El intruso está en la base de las escaleras. Ella está a punto de gritar pero enseguida se da cuenta (en cuanto oye que él pone un pie en el primer escalón) que sus zancadas están desacompasadas. Uno (pausa) dos, uno (pausa) dos. Son unos pasos que ha oído antes. La cojera de aquel sargento mayor alemán de voz mortecina.

Ahora.

Marie-Laure da cada paso con la mayor delicadeza posible, agradecida de estar descalza. El corazón le palpita en el pecho con tanta furia que casi tiene la sensación de que el hombre puede oírlo.

Sube hasta la cuarta planta. Cada paso es un susurro. Sube a la quinta. Se detiene en el descansillo de la sexta junto a un candelabro e intenta escuchar. Oye que el alemán sube otros dos o tres escalones y hace una pausa asmática antes de continuar. Uno de los escalones de madera cruje bajo su peso, a ella le parece que suena como un pequeño animal al ser aplastado.

El intruso se detiene en lo que a ella le parece el descansillo de la tercera planta, el lugar en el que había estado sentada. Seguramente su calor aún persiste en el suelo de madera junto a la mesilla del teléfono. También su aliento.

¿Hacia dónde puede huir?

Escóndete.

A la izquierda está la vieja habitación de su abuelo. A la derecha, su pequeña habitación con la ventana abierta. Al frente está el cuarto de baño. Todavía hay olor a humo por todas partes.

Los pasos del intruso cruzan el descansillo. Uno (pausa) dos, uno (pausa) dos. Ruidosos, vuelven a empezar el ascenso.

Si me toca, piensa ella, le arrancaré los ojos.

Abre la puerta del dormitorio de su abuelo y se detiene. Más abajo el intruso también se detiene. ¿La ha oído? ¿Sube las escaleras más lentamente? En el mundo exterior esperan una multitud de refugios, jardines llenos de una brisa verde y luminosa, reinos de setos, profundos charcos de sombra en los bosques en los que las mariposas flotan pensando únicamente en el néctar. Están todos fuera de su alcance.

Llega hasta el gigantesco armario al fondo de la habitación de Henri, abre las dos puertas con espejos, aparta las viejas camisas que cuelgan en el interior y desliza la falsa puerta que Etienne ha montado en la parte de atrás. Se escurre en el diminuto espacio por el que la escalera de mano sube hacia el desván. Luego alarga los brazos en el interior del armario y cierra las puertas con espejos.

Protégeme, piedra, si es verdad que eres protectora.

Silencio, dice la voz de su padre. *No hagas ningún ruido.* Encuentra con la mano la manija que colocó Etienne en el falso panel trasero del armario. Lo desliza centímetro a centímetro hasta que oye el clic que indica que ha quedado cerrado. Luego coge aire y aguanta la respiración todo lo que puede.

LA MUERTE DE WALTER BERND

Bernd estuvo murmurando sinsentidos durante una hora. Luego se quedó callado y Volkheimer dijo:

—Dios, ten piedad de tu siervo.

Pero ahora Bernd se sienta y pide luz. Le dan lo poco que queda de agua en la primera cantimplora. Un pequeño hilo de líquido se desliza por su barba y Werner contempla cómo se pierde.

Bernd se sienta bajo el haz de la luz de la linterna y mira primero a Volkheimer y luego a Werner.

—En el permiso del año pasado —dice— visité a mi padre. Estaba viejo, ha sido un viejo toda mi vida, pero aquella vez parecía especialmente viejo. Le llevó una eternidad cruzar la cocina. Tenía una pequeña caja de galletas, diminutas galletas de almendra. Las puso sobre un plato y dejó el paquete a un lado. Ninguno de los dos las tocó. Me dijo: «No tienes por qué quedarte, me gustaría que te quedaras pero no tienes por qué hacerlo. Seguro que tienes otras cosas que hacer. Puedes irte con tus amigos si quieres». No paraba de decir eso.

Volkheimer apaga la luz y Werner percibe algo atroz contenido ahí, en la oscuridad.

—Me marché —dice Bernd—, bajé las escaleras y salí a la calle. No tenía adónde ir ni nadie con quien encontrarme, no tenía amigos en aquella ciudad. Había estado cogiendo trenes todo el maldito día para ir a verle pero me marché como si nada. Entonces se calla. Volkheimer le acomoda sobre el suelo y le pone encima la manta de Werner. Poco después, Bernd muere.

Werner trabaja en la radio. Tal vez lo hace por Jutta, como ha sugerido Volkheimer, o tal vez lo hace solo para no tener que pensar en que Volkheimer traslada el cuerpo de Bernd a una esquina y pone ladrillos sobre sus manos, su pecho, su cara. Werner sostiene la linterna con la boca y recoge todo lo que puede: un martillo pequeño, tres latas de tornillos, un cable de una lámpara de mesa destruida. Dentro del cajón de una mesa, milagrosamente, descubre una batería de carbón de once vatios con un gato negro impreso en uno de sus lados. Una batería americana en cuyo eslogan se anuncian nueve vidas. Werner la alumbra con la desvaída luz naranja, maravillado. Comprueba los terminales. Le queda la carga completa. Cuando muera la pila de la linterna, piensa, aún nos quedará esto.

Endereza la mesa volcada. Acomoda encima el transceptor roto. Werner no tiene demasiadas esperanzas pero resolver un problema es al menos una manera de mantener la mente ocupada. Ajusta la luz de Volkheimer entre sus dientes. Intenta no pensar en el hambre, ni en la sed, ni en el vacío en su oído izquierdo, ni en el cuerpo de Bernd, ni en los austriacos que están arriba, ni en Frederick, ni en frau Elena, ni en Jutta. En nada de todo eso.

La antena. El sintonizador. El condensador. Cuando trabaja su mente está casi tranquila, casi serena, es una actividad que hace de memoria.

EL DORMITORIO
DE LA SEXTA PLANTA

Von Rumpel cojea al atravesar las habitaciones de viejas y desgastadas molduras, con vetustas lámparas de queroseno y cortinas bordadas, espejos *belle époque,* barcos en el interior de botellas de cristal y todos los interruptores muertos. La débil luz del crepúsculo traspasa el humo y los listones de los postigos formando brumosas rayas rojas.

La casa parece un templo dedicado al Segundo Imperio. En la tercera planta hay una bañera con las tres cuartas partes llenas de agua fresca. En la cuarta, las habitaciones están totalmente desordenadas. Aún no ha visto ninguna casa de muñecas. Sube hasta la quinta planta sudando, preocupado ante la posibilidad de haberse equivocado. El peso de su barriga se balancea como un péndulo.

Ahora está en una enorme y decorada habitación llena de baratijas y cacharros y libros y partes mecánicas. Un escritorio, una cama, un diván y tres ventanas a cada lado. Ninguna maqueta.

Sube a la sexta planta. A la izquierda hay una pequeña habitación con una única ventana y largas cortinas. Una gorra de chico cuelga de la pared, al fondo se vislumbra un gigantesco armario con bolas de alcanfor entre las camisas.

Regresa al descansillo. Hay un pequeño cuarto de baño, el retrete está lleno de orina. A sus espaldas queda una última habitación. Ve caracolas alineadas sobre todas las superficies disponibles, conchas sobre los alféizares y sobre la cómoda, botes llenos de piedrecitas alineados en el suelo, organizados con un sistema indiscernible y ahí, ahí... ¡Ahí está! En una pequeña mesa, a los pies de la cama, encuentra lo que estaba buscando: una maqueta de madera de la ciudad acurrucada como un regalo. Tiene el tamaño de una mesa de comedor y está cubierta por diminutas casas. A excepción de pequeños trozos de yeso en las calles, la ciudad está intacta. Ahora la copia es más completa que el original. Es un trabajo magnífico.

Está en la habitación de la hija. La ha hecho para ella, por supuesto.

Von Rumpel se siente como si hubiese llegado triunfal al final de un largo viaje. Toma asiento en el borde de la cama sintiendo dos idénticas llamas de dolor en la ingle. Tiene la curiosa sensación de haber estado aquí antes, de haber vivido en una habitación como esta, de haber dormido en una tosca cama igual que esta, de haber coleccionado piedras pulidas y haberlas organizado igual que las que están aquí. Es como si todo el escenario hubiese estado esperando a que él regresara.

Piensa en sus propias hijas, en lo mucho que les gustaría ver una ciudad sobre una mesa. La más pequeña querría que él se arrodillara a su lado. *Vamos a imaginar que todo el mundo está cenando*, diría. *Vamos a imaginarnos a nosotros, papá.*

Al otro lado de la ventana rota y de los postigos cerrados, Saint-Malo está tan inmóvil que Von Rumpel puede oír el sonido de sus propios latidos. El humo sale por el techo, las cenizas caen lentamente. En cualquier momento comenzarán de nuevo el ataque. Pero ahora todo está tranquilo. Tiene que hallarse aquí, en alguna parte. Sería típico del cerrajero volver a hacer lo mismo. La maqueta, está en el interior de la maqueta.

FABRICANDO LA RADIO

Werner ata el final del cable alrededor de una tubería cortada que sale en diagonal del suelo. Limpia con saliva toda la longitud del cable y lo enrolla cien veces alrededor de la base de la tubería para fabricar una nueva bobina. Pasa el otro extremo a través de un soporte quebrado que se ha clavado en ese montículo de madera, piedra y yeso en el que se ha convertido el techo.

Volkheimer le observa desde la penumbra. Se oye una explosión de mortero en alguna parte de la ciudad y vuelve a caer sobre ellos una nube de polvo.

Para completar el circuito, encuentra el diodo entre los terminales libres de dos cables y lo conecta con los plomos de la batería. Werner dirige el haz de la linterna de Volkheimer durante toda la operación. La tierra, la antena, la batería. Finalmente aguanta la linterna con los dientes, alza los auriculares frente a sus ojos, los enrosca a un tornillo y con las puntas desnudas toca el diodo. Invisibles, los electrones bajan burbujeando por los cables.

El hotel que está sobre ellos (o lo que queda de él) produce una serie de fantasmagóricos gruñidos. Las maderas crujen como escombros bamboleantes sobre un último punto de apoyo. Parece como si una simple libélula pudiera, al apoyarse, provocar con su peso una avalancha que los enterraría para siempre.

Werner presiona el auricular contra su oído derecho.

No funciona.

Se vuelve hacia la dentada carcasa de la radio y observa el interior. La mortecina luz de la linterna de Volkheimer regresa a la vida. Se concentra. Imagina la distribución de la corriente. Vuelve a comprobar los fusibles, las válvulas, las clavijas. Enciende y apaga la clavija de emisión y recepción, limpia el panel de selección y reemplaza los plomos de la batería. Comprueba de nuevo los auriculares.

Vuelve a oír la estática como si otra vez tuviera ocho años y estuviera junto a su hermana sobre el suelo del orfanato. Se oye constante, firme. En su recuerdo Jutta dice su nombre y al final aparece una segunda y menos previsible imagen: dos sogas gemelas cuelgan de la fachada de la casa de herr Siedler sosteniendo el gran estandarte carmesí, impoluto, de un rojo profundo.

Werner sintoniza las frecuencias de forma intuitiva. No se oyen sonidos ni el tintineo del código morse, ni ninguna voz. Estática, estática, estática, estática, estática en el oído que aún le funciona, en la radio, en el aire. La mirada de Volkheimer está detenida sobre él. El polvo flota en el débil haz de la linterna: diez mil partículas centellean suspendidas suavemente.

EN EL DESVÁN

El alemán cierra las puertas del armario y se retira. Marie-Laure permanece en el peldaño inferior de la escalera de mano contando hasta cuarenta, sesenta, cien. El corazón lucha para oxigenar la sangre y la mente para aclarar la situación. Ahora regresa una de las frases que le leyó Etienne en voz alta: *El corazón, que al agitarse en los animales más desarrollados aumenta sus pulsaciones y energía, en los caracoles, cuando son sometidos a una excitación semejante, ralentiza sus movimientos.*

Ralentiza tu corazón. Flexiona los pies. No hagas ruido. Presiona el oído contra el falso panel del fondo del armario. ¿Qué oye? ¿Son polillas saliendo de los viejos abrigos de su abuelo? No oye nada.

Despacio, aunque es casi imposible, Marie-Laure se descubre adormecida.

Comprueba las latas en los bolsillos. ¿Cómo abrirlas sin hacer ruido?

Lo único que puede hacer es trepar. Son siete peldaños hasta el túnel triangular del desván. El techo de madera sin pintar desciende a dos aguas, apenas por encima de su cabeza.

El calor se ha acumulado ahí. No hay ventanas ni salidas. No puede huir hacia ninguna parte que no sea el lugar por el que ha entrado.

Con los dedos extendidos roza una vieja bacinilla, una sombrilla y una caja llena de quién sabe qué. Los tablones del suelo del desván son anchos como sus manos. Por experiencia conoce el ruido que hacen cuando alguien camina sobre ellos.

No golpees nada.

Si el alemán abre otra vez el armario, aparta las ropas, quita el panel y sube hasta el desván: ¿qué hará? ¿Golpearle con la sombrilla? ¿Clavarle el cuchillo de pelar?

Gritar.

Morir.

Papá.

Gatea a lo largo de la viga central de la cual salen el resto de los tablones del suelo hacia el muro de piedra de la chimenea que está al fondo. La viga central es más gruesa y tiene que ser más silenciosa. Espera no haberse desorientado. Espera que él no esté a sus espaldas sosteniendo una pistola. Los murciélagos chirrían de forma casi inaudible en el conducto de la ventilación del desván y en algún lugar lejano, en un barco tal vez, o en algún camino más allá de Paramé, suena la artillería pesada.

Crac. Pausa. *Crac.* Pausa. A continuación un largo grito mientras el proyectil se acerca volando y luego el *bum* cuando revienta en una de las islas lejanas.

Desde algún lugar más allá de los pensamientos se alza un terror fantasmal, alguna trampilla interior que ella tiene que superar de inmediato y sobreponerse con todo su peso, dejarla atrás y echar el cerrojo. Se quita el abrigo y lo extiende sobre el suelo. No se atreve a acostarse sobre él por temor al ruido que sus rodillas provocarán en los listones. El tiempo pasa. No se oye nada abajo. ¿Se ha ido? ¿Tan rápido?

Por supuesto que no se ha ido. Al fin y al cabo ella también sabe por qué está aquí.

A su izquierda encuentra algunos cables eléctricos que recorren el suelo. Frente a ella se encuentra la caja con las viejas grabaciones de Etienne. El gramófono de cuerda, la vieja grabadora, la palanca que solía utilizar para subir la antena por la chimenea.

Se abraza las rodillas contra el pecho e intenta respirar por los poros de la piel sin hacer ruido, como un caracol. Tiene las dos latas. El ladrillo. El cuchillo.

SIETE

AGOSTO DE 1942

PRISIONEROS

Un cabo inquietantemente delgado y cubierto de harapos va a buscar a Werner a pie. Tiene los dedos largos y un matojo de pelo fino bajo la gorra. Una de las botas no tiene cordones y la lengua le cuelga como a un caníbal.

—Eres pequeño —dice.

Werner va vestido con su uniforme de campo, un casco de una talla más grande y el cinturón oficial con el *Gott mit uns*[*] grabado en la hebilla. El cabo contempla la enorme escuela al amanecer, luego inclina y abre la bolsa de Werner y revuelve entre los tres uniformes cuidadosamente doblados de la Napola. Saca un par de pantalones y parece decepcionado al descubrir que no son ni remotamente de su talla. Antes de cerrar la bolsa se los echa al hombro aunque Werner no sabe si lo hace para quedárselos o solo para transportarlos.

—Soy Neumann, pero me llaman Dos. Hay otro Neumann, el conductor. Él es Uno. También están el ingeniero, el sargento y tú. De modo que somos cinco otra vez, si es que sirve de algo.

---

[*] En alemán, «Dios con nosotros». *[N. de los T.]*

Nada de trompetas ni ceremonias. Este es el ingreso de Werner en la Wehrmacht. Caminan los cuatro kilómetros que separan la escuela del pueblo. Entran en una charcutería. Hay moscas negras volando sobre media docena de mesas. Neumann Dos pide dos platos de hígado de vaca y se come los dos, usa miga de pan negro para mojar la sangre. Le brillan los labios. Werner espera explicaciones (adónde se dirigen, a qué tipo de unidad van a unirse) pero no llegan. El color de las bandas de los brazos y en el cuello es rojo vino pero Werner no consigue recordar qué significa eso. ¿Es la infantería blindada? ¿La división de guerra química? Una vieja recoge los platos. Neumann Dos saca una pequeña lata de su abrigo, pone tres píldoras redondas sobre la mesa y se las traga de un golpe, luego vuelve a guardar la lata en el abrigo y observa a Werner.

—Es por el dolor de espalda. ¿Tienes dinero?

Werner niega con la cabeza. Neumann Dos se saca del bolsillo unos cuantos reichsmarks arrugados y sucios. Antes de marcharse le pide a la frau una docena de huevos cocidos y le ofrece cuatro a Werner.

Desde Schulpforta toman un tren que atraviesa Leipzig y se bajan en una estación al oeste de Lodz. En el andén hay soldados del batallón de infantería, todos dormidos como si estuviesen presos de un encantamiento. En medio de la penumbra sus raídos uniformes tienen un aspecto fantasmal y sus respiraciones parecen sincronizadas. El efecto es espectral y perturbador. De vez en cuando el altavoz anuncia destinos que Werner jamás ha oído (Grimma, Wurzen, Grossenhain) a pesar de que ningún tren viene ni va y los hombres ni se inmutan.

Neumann Dos se sienta con las piernas extendidas y se come un huevo tras otro acumulando las cáscaras en una torre dentro del casco. Atardece. Se oye un ronquido suave y rítmico como las mareas que se eleva de la compañía dormida. Werner se siente como si él y Neumann Dos fueran las únicas almas despiertas de este mundo.

Mucho tiempo después de haber anochecido se escucha un silbido en el oeste y los adormecidos soldados se mueven. Werner se despierta de un medio sueño y se sienta. Neumann Dos ya está erguido junto a él con las palmas ahuecadas una contra otra como si tratara de sostener una esfera de oscuridad en el hueco de las manos.

Resuena el acoplamiento, los frenos chirrían contra los rieles y un tren emerge de la noche a toda velocidad. Lo primero que ve es una locomotora negra blindada que exhala una espesa nube de humo y vapor. Tras la locomotora retumban unos cuantos coches cerrados y ve una ametralladora envuelta con dos artilleros a un costado.

Todos los vagones que siguen al de los artilleros son plataformas repletas de gente. Algunos están de pie, otros de rodillas. Pasan dos coches, tres, cuatro. Cada coche parece llevar un muro de sacos al frente a modo de cortavientos.

Los raíles bajo el andén brillan débilmente según tiemblan bajo el peso. Nueve plataformas, diez, once. Todas repletas. Los sacos, al pasar, tienen un aspecto extraño: como si hubiesen sido esculpidos en barro gris. Neumann Dos alza la barbilla.

—Prisioneros.

Mientras pasan los borrosos vagones Werner intenta ver algún rostro en concreto: unas mejillas hundidas, un hombro, una mirada relumbrante. ¿Llevan uniformes? Varios van al frente de las plataformas con las espaldas apoyadas contra los sacos: miran como espantapájaros que están siendo trasladados al oeste para ser plantados en un algún terrible jardín. Werner comprueba que hay algunos prisioneros que están dormidos.

Un rostro brilla al pasar, pálido y cerúleo, la oreja contra el suelo de la plataforma.

Werner parpadea. No son sacos. No están durmiendo. Cada plataforma lleva un muro de cadáveres apilados.

Cuando queda claro que el tren no se detendrá, todos los soldados se sientan y vuelven a cerrar los ojos. Neumann Dos bosteza. Un coche tras otro, los prisioneros pasan como un río de seres humanos que se desborda en la noche. Dieciséis, dieci- siete, dieciocho. ¿Para qué contarlos? Cientos y cientos de hom- bres. Millares. Por fin, desde la oscuridad emerge apresurada una última plataforma en la que los vivos se siguen recostando sobre los muertos, seguida de la sombra de otra ametralladora blindada con cuatro o cinco artilleros. Y el tren termina de desaparecer.

Se desvanece el sonido de los ejes y el silencio envuelve de nuevo el bosque. En algún lugar en esa dirección está Schulpforta, con su aguja oscura, sus camas, sus sonámbulos y sus bravucones. Y en algún lugar más allá, el rugiente leviatán que es Zollverein, las traqueteantes ventanas del orfanato y Jutta.

—¿Se recostaban contra sus muertos? —pregunta Werner.

Neumann Dos cierra un ojo y ladea la cabeza como su fue- ra un fusilero que apunta hacia la oscuridad por la que acaba de desaparecer el tren.

—Bang —dice—. Bang, bang.

EL ARMARIO

En los días que siguen a la muerte de madame Manec, Etienne no sale de su estudio. Marie-Laure se lo imagina tumbado en el sofá, canturreando canciones infantiles y viendo fantasmas que atraviesan las paredes. Al otro lado de la puerta su silencio es tan cerrado que a veces ella tiene miedo de que también él se haya ido de este mundo.

—¿Tío? ¿Etienne?

Madame Blanchard lleva a Marie-Laure al funeral de madame Manec en St. Vincent. Madame Fontineau cocina sopa de patata para una semana entera. Madame Guiboux les lleva jamón. No se sabe cómo, madame Ruelle ha conseguido prepararles un pastel.

Las horas pasan y caen. Marie-Laure deja un plato lleno en la puerta de Etienne por las noches y recoge un plato vacío por las mañanas. Pasa las horas a solas en la habitación de madame Manec, que huele a menta, a velas de cera, a seis décadas de lealtad. Ama de casa, enfermera, madre, confidente, consejera, cocinera... ¿Cuántas miles de cosas ha sido madame Manec para Etienne? ¿Para todos ellos? Unos marineros alemanes cantan una canción de borrachos en la calle y una araña casera teje una nueva telaraña sobre la estufa todas las noches. Para Marie-Laure es una doble crueldad: que todas las cosas continúen viviendo, que la Tierra no se detenga, no se detenga ni siquiera un instante en su recorrido alrededor del Sol.

Pobre niña.

Pobre monsieur LeBlanc.

Es como una maldición.

Si al menos su padre hubiese entrado por la puerta de la cocina, hubiese sonreído a las mujeres, hubiese puesto las palmas de sus manos sobre las mejillas de Marie-Laure. Solo pide cinco minutos con él. Un minuto.

Etienne sale de su habitación cuatro días más tarde. Los peldaños crujen cuando desciende y las mujeres se quedan en silencio en la cocina. Con voz muy grave le pide a todo el mundo que por favor se marche.

—Necesitaba tiempo para despedirme. Ahora debo encargarme de mí mismo y de mi sobrina. Muchas gracias.

En cuanto se cierra la puerta de la cocina, echa el candado y coge las manos de Marie-Laure.

—Ahora todas las luces están apagadas. Muy bien. Siéntate aquí, por favor.

Oye cómo desliza las sillas y aparta la mesa de la cocina, cómo busca a tientas la anilla en el centro de la habitación: levanta la trampilla y desciende al sótano.

—¿Tío, qué necesitas?

—Esto —dice.

—¿Qué es?

—Una sierra eléctrica.

Ella siente como si algo brillante despertara en su estómago. Etienne sube las escaleras y Marie-Laure le sigue. Segunda planta, tercera, cuarta, quinta, sexta, giran a la izquierda y entran en el dormitorio de su abuelo. Él abre las puertas del gigantesco armario, saca la vieja ropa de su hermano y la apoya sobre la cama. Extiende un cable por el suelo y lo enchufa. Dice:

—Va a hacer ruido.

—Bien —responde ella.

Etienne se mete hasta el fondo del armario y la sierra ruge al despertarse. El ruido invade las paredes, el suelo, el pecho de Marie-Laure. Se pregunta cuántos vecinos lo están oyendo, si algún soldado alemán ha alzado la cabeza en mitad del desayuno al escucharla.

Etienne quita un rectángulo de madera de la parte trasera del armario y luego corta la puerta del desván que hay detrás. Apaga la sierra, se escurre por el agujero y sube por la escalera de mano hasta el desván. Ella le sigue. Etienne se arrastra por el desván durante toda la mañana con cables, chapas y herramientas, haciendo sonidos que ella no puede descifrar. Traslada al centro algo que ella imagina que es una intrincada red eléctrica. Habla consigo mismo, sube gruesos volúmenes o componentes eléctricos que trae de las habitaciones de los pisos inferiores. El desván cruje y las moscas dibujan bucles de color azul eléctrico en el aire. A última hora de la tarde Marie-Laure baja por la escalera de mano y se queda dormida en la cama de su abuelo con el sonido del tío abuelo trabajando por encima de su cabeza.

Cuando se despierta hay golondrinas trisando sobre los alerones y la música atraviesa el techo. *Claro de luna,* una pieza que le hace pensar en hojas que caen y en las duras franjas de arena bajo sus pies cuando bajaba la marea. La música se escabulle, sube y regresa a la tierra y de nuevo le habla la voz juvenil de su abuelo muerto hace mucho tiempo: «¡Hay noventa y seis mil kilómetros de vasos sanguíneos en el cuerpo humano, niños! Casi alcanzan para dar la vuelta a la Tierra dos veces y media».

Etienne baja la escalera de siete peldaños, se desliza a través de la parte de atrás del armario y le coge las manos entre las suyas. Antes de que diga nada ella sabe perfectamente lo que va a decir:

—Tu padre me pidió que te mantuviera a salvo.

—Lo sé.

—Será peligroso. No es un juego.

—Quiero hacerlo. A madame le habría gustado…

—Cuéntame, explícame la rutina completa.

—Veintidós pasos abajo por la rue Vauborel hacia la rue d'Estrées. Luego a la derecha durante dieciséis alcantarillas. A la izquierda en la rue Robert Surcouf y nueve alcantarillas más hasta la panadería. Voy hasta el mostrador y digo: «Una barra de pan normal, por favor».

—¿Y qué responderá ella?

—Ella se sorprenderá. Pero se supone que yo tengo que decir: «Una barra de pan normal, por favor», y se supone que ella me tiene que contestar: «¿Y cómo está tu tío?».

—¿Ella te pregunta por mí?

—Se supone que sí. Así es como sabe que tú estás dispuesto a ayudar. Fue una sugerencia de madame, forma parte del protocolo.

—¿Y tú qué le responderás?

—Yo le responderé: «Mi tío está bien, gracias». Cogeré la barra de pan, la guardaré en la mochila y regresaré.

—¿Y lo harían incluso ahora? ¿Sin madame?

—¿Por qué no?

—¿Cómo deberías pagarle?

—Con un cupón de comida.

—¿Tenemos alguno en casa?

—En el cajón de abajo. Además tú tienes dinero, ¿verdad?

—Sí. Tenemos algo de dinero. ¿Cómo regresas a casa?

—Directamente.

—¿Por qué camino?

—Nueve alcantarillas bajando por la rue Robert Surcouf, a la derecha en la rue d'Estrées, dieciséis alcantarillas de vuelta por la rue Vauborel. Me lo sé todo, tío. Me lo sé de memoria. He ido a la panadería trescientas veces.

—No debes ir a ningún otro sitio. No vayas a las playas.

—Regresaré directamente.

—¿Lo prometes?

—Lo prometo.

—Entonces ve. Corre como el viento.

HACIA EL ESTE

Van en furgones que atraviesan Lodz, Varsovia, Brest. Durante kilómetros y kilómetros al otro lado de la ventanilla abierta Werner no ve más señales de vida humana que algunos ocasionales coches volcados junto a las vías, magullados y torcidos por algún tipo de explosión. Los soldados suben y bajan, delgados, pálidos, cada uno con su bolsa, su rifle y su casco de acero. Duermen a pesar del ruido, del frío, del hambre, como si estuvieran desesperados por apartarse del mundo el mayor tiempo posible.

Hileras de pinos dividen las infinitas llanuras de color metálico. El día no tiene el brillo del sol. Neumann Dos se despierta y orina por la ventanilla, saca la caja de pastillas de su abrigo y se traga dos o tres más.

—Rusia —dice aunque Werner es incapaz de saber cómo ha podido adivinar la transición.

El aire huele a acero.

Al atardecer el tren se detiene y Neumann Dos lleva a pie a Werner a través de hileras de casas en ruinas, rodeadas de montones de vigas y ladrillos. Las paredes que siguen en pie están marcadas por el fuego de las ametralladoras. Al anochecer Werner es enviado ante un musculoso capitán que cena solo en un sofá que consiste en un marco de madera y muelles. Un guiso de carne gris humea desde un cuenco de lata que está sobre el regazo del capitán. Estudia a Werner sin decir nada durante un rato con una mirada en la que no hay decepción pero sí una cansada diversión.

—Ya no les quedan mayores, ¿verdad?

—No, señor.

—¿Cuántos años tienes?

—Dieciocho, señor.

El capitán se ríe.

—Parece que tienes doce.

Se mete un trozo de carne en la boca y mastica un buen rato hasta que por fin se mete dos dedos en la boca y saca un trozo de cartílago.

—Supongo que querrás familiarizarte con el equipo. Mira a ver si lo puedes hacer mejor que el último al que enviaron.

Neumann Dos lleva a Werner a la parte trasera de un sucio Opel Blitz, un camión todoterreno de tres toneladas con un palé de madera adosado a la parte trasera. En uno de los flancos hay barriles de gasolina atados. Un rastro de balas los ha perforado por debajo. El pesado atardecer se disuelve. Neumann Dos le acerca a Werner una linterna de queroseno.

—Los aparatos están dentro.

Luego desaparece sin más explicaciones. Bienvenido a la guerra. Pequeñas polillas bailan alrededor de la linterna. La fatiga se ha apoderado de hasta la última molécula de Werner. ¿Esta es la idea que el doctor Hauptmann tiene de un premio o de un castigo? Anhela estar sentado en los bancos del orfanato escuchando las canciones de frau Elena, sentir el calor que salía de la estufa salamandra y la aguda voz de Siegfried Fischer hablando de submarinos y aviones de caza, mientras Jutta dibujaba las miles de ventanas de su ciudad imaginaria al otro lado de la mesa.

En el interior del camión hay olor a barro y a gasolina mezclado con algo en putrefacción. Tres ventanas cuadradas reflejan la luz de la linterna. Es un camión radio. Sobre el banco que hay a lo largo de la pared izquierda ve un par de mugrientos asientos de escucha del tamaño de una almohada. Ve la antena RF plegable que puede ser subida o bajada desde el interior. También descubre tres auriculares, un armero, una taquilla. Marcadores de cera, compases, mapas. Y ahí, en unos estuches maltrechos, esperan dos de los transceptores que él diseñó junto al doctor Hauptmann.

Le tranquiliza encontrarse con ellos a tanta distancia, como si en medio del mar hubiese perdido y luego encontrado flotando a su lado a un viejo amigo. Saca el primer transceptor de su estuche y desatornilla la placa trasera. El medidor está rajado, varios fusibles han estallado y la clavija del transmisor ha desaparecido. Busca herramientas, un destornillador, un poco de cable de cobre. Mira el campo silencioso al otro lado de la puerta abierta en el que miles de estrellas brillan en el cielo.

¿Están los tanques rusos esperando ahí fuera? ¿Apuntan con sus armas hacia la luz de la linterna?

Recuerda la enorme Philco de madera de nogal de herr Siedler. Mira los cables, se concentra, evalúa la situación. Al final se impondrá una pauta.

Cuando vuelve a alzar la vista un ligero resplandor se asoma tras una distante fila de árboles, como si algo estuviera ardiendo ahí fuera. Es el amanecer. A un kilómetro de distancia dos chicos con palos se inclinan sobre una manada de huesudos bueyes. Werner abre el estuche del segundo transceptor cuando un gigante aparece en la puerta del camión.

—Pfennig.

El hombre cuelga los largos brazos de la barra superior del toldo del camión, eclipsando el pueblo en ruinas, los campos, el sol naciente.

—¿Volkheimer?

UNA BARRA DE PAN NORMAL

Están en la cocina, con las cortinas echadas. Marie-Laure todavía siente la excitación de haber salido de la panadería con el cálido peso de la barra de pan en su mochila.

Etienne parte el pan.

—Aquí está. —Deja caer un pequeño rollo de papel, no más grande que una concha de cauri, en la palma de ella.

—¿Qué dice?

—Números. Montones de números. Puede que los tres primeros sean frecuencias, no estoy seguro. El cuarto (2300) puede que sea una hora.

—¿Lo hacemos ahora?

—Esperemos a que sea de noche.

Etienne trabaja instalando cables en toda la casa, los esconde tras los muros, conecta uno a una campanilla en la tercera planta, junto a la mesita del teléfono, otro a una segunda campanilla en el desván y un tercero en la puerta de entrada. En tres ocasiones Marie-Laure los prueba, sale a la calle y abre la verja exterior. Desde el interior de la casa se oyen dos débiles campanillas.

Luego construye un falso fondo para el armario y lo instala sobre un raíl a modo de puerta corrediza para que se pueda abrir desde ambos lados. Al anochecer beben té y mastican el harinoso, denso pan de la panadería de los Ruelle. Cuando cae la noche Marie-Laure sigue a su tío abuelo escaleras arriba, hasta la sexta planta, y suben por la escalera de mano hasta el desván. Etienne alza la pesada antena telescópica a lo largo del tiro de la chimenea, enciende unos interruptores y el desván se inunda de un delicado chisporroteo.

—¿Estás preparada? —Suena como su padre cuando estaba a punto de decir una tontería. En el recuerdo Marie-Laure puede oír a los dos policías: *Hay gente que ha sido arrestada por mucho menos.* Y a madame Manec: *¿No quiere sentirse vivo antes de morir?*

—Sí.

Él se aclara la garganta, enciende el micrófono y dice:

—567, 32, 3011, 2300, 110, 90, 146, 7751.

Y así salen los números, volando sobre los tejados, a lo largo del mar hacia quién sabe qué destino. Hacia Inglaterra, hacia París, hacia los muertos.

Sintoniza una segunda frecuencia y repite la transmisión. Y luego una tercera. A continuación apaga el aparato. La máquina cruje al enfriarse.

—¿Qué significan, tío?

—No lo sé.

—¿Lo traducen a palabras?

—Supongo que deben hacerlo.

Bajan por la escalera de mano y pasan a través del armario. En el recibidor no hay soldados esperándoles con armas alzadas. Nada parece distinto. Marie-Laure recuerda de pronto una cita de Julio Verne: «La ciencia, amigo mío, está hecha de errores, pero se trata de errores en los que ha sido útil caer porque nos han ido acercando poco a poco a la verdad».

Etienne se ríe como para sí mismo.

—¿Te acuerdas de lo que solía decir madame sobre cocinar una rana?

—Sí, tío.

—Me pregunto a quién se refería con la rana. ¿A los alemanes o a ella misma?

VOLKHEIMER

El ingeniero es un hombre taciturno, mordaz y estrábico llamado Walter Bernd; al conductor, de treinta años de edad y dientes separados, le conocen como Neumann Uno. Werner sabe que Volkheimer, su sargento, no puede tener más de veinte años, pero bajo la luz de color peltre del amanecer parece tener el doble.

—Los partisanos están atacando los trenes —explica—. Están organizados y el capitán cree que coordinan sus ataques con radios.

—El último técnico no consiguió encontrar nada —asegura Neumann Uno.

—Es un buen equipo —dice Werner—, en una hora estarán funcionando los dos.

Una especie de dulzura inunda la mirada de Volkheimer y permanece allí durante unos segundos.

—Pfennig —dice mirando a Werner— no es como nuestro último técnico.

Comienzan. El Opel se adentra en carreteras que apenas podrían considerarse senderos. Se detienen cada pocos kilómetros y colocan los transceptores sobre lomas o montículos. En uno dejan a Bernd y en el otro al esquelético Neumann Dos, a uno con un rifle y al otro con los auriculares. Conducen varios cientos de metros, lo bastante como para construir la base de un triángulo calculando la distancia durante todo el trayecto, y Werner enciende el receptor primario. Alza la antena del camión, se pone los auriculares y escanea el espectro intentando encontrar algo imprevisto, cualquier voz prohibida.

A lo largo del chato e inmenso horizonte siempre aparecen varias hogueras ardiendo. La mayor parte del tiempo Werner va en el camión mirando hacia atrás, hacia la tierra que dejan, hacia Polonia, hacia el Reich.

Nadie les dispara. Algunas voces aparecen en la estática pero las que consigue escuchar son alemanas. Por la noche Neumann Uno saca unas latas con pequeñas salchichas de una de las cajas de municiones y Neumann Dos hace bromas aburridas sobre putas a las que recuerda o se inventa y en sus pesadillas Werner ve las siluetas de unos chicos inclinados sobre Frederick pero al acercarse Frederick se convierte en Jutta y mira acusadoramente a Werner mientras los chicos se llevan sus miembros uno a uno.

A cada hora Volkheimer asoma la cabeza por la parte de atrás del Opel y busca la mirada de Werner.

—¿Nada?

Werner sacude la cabeza.

Recoloca las baterías, reorienta las antenas, comprueba los fusibles. En Schulpforta, con el doctor Hauptmann, todo eso era un juego. Podía adivinar la frecuencia de Volkheimer porque siempre estaba seguro de que el trasmisor de Volkheimer estaba transmitiendo. Aquí no sabe cómo, cuándo o dónde sucede la transmisión, ni siquiera si están transmitiendo realmente, y no hace más que perseguir fantasmas. Todo lo que consiguen es gastar gasolina conduciendo junto a humeantes casas de campo, piezas de artillerías destrozadas y tumbas sin nombre mientras Volkheimer se pasa su gigante mano por el pelo cortado al rape y se pone cada día un poco más nervioso. A kilómetros de distancia se oye el estruendo de las grandes armas, pero los trenes de transporte alemanes siguen siendo atacados, haciendo saltar las vías, volcando los vagones con ganado, mutilando a los soldados del Führer, llenando a sus oficiales de ira.

Ese viejo que está ahí cortando árboles, ¿es un partisano? ¿Y ese otro que está arreglando el motor de un coche? ¿Y esas tres mujeres que están recogiendo agua en el arroyo?

Por la noche caen heladas que dejan un manto blanco sobre el paisaje. Werner se despierta en la parte trasera del camión con los dedos apretados bajo las axilas y soltando vaho con el aliento. Los tubos del transceptor emiten un brillo azul pálido. ¿Qué profundidad tiene la nieve? ¿Dos metros, tres? ¿Cien?

Tiene kilómetros de profundidad, piensa Werner. Vamos a pasar por encima de todo lo que hubo aquí alguna vez.

OTOÑO

Las tormentas oscurecen el cielo, las playas, las calles, y un sol rojo se sumerge en el mar encendiendo todas las fachadas de granito al oeste de Saint-Malo. Tres limusinas con amortiguadores de sonido se deslizan por la rue de la Cross como espectros y una docena de oficiales alemanes, acompañados de otros hombres que llevan focos y cámaras de cine, suben los escalones hacia el Bastion de la Hollande, y pasean por las murallas bajo el frío.

Desde su ventana de la quinta planta Etienne les observa con un telescopio. Son casi veinte en total: capitanes, mayores y hasta un teniente coronel, que se cierran los cuellos de los abrigos y gesticulan hacia los fuertes en las islas. Un soldado trata de encender un cigarrillo a pesar del viento mientras otros se ríen de cómo el viento ha hecho volar su sombrero sobre las almenas.

Cruzando la calle desde la puerta principal de la casa de Claude Levitte hay tres mujeres que se ríen a carcajadas. La luz ilumina las ventanas de Claude a pesar de que en el resto del edificio no hay electricidad. Alguien abre una ventana en una tercera planta y arroja un vaso de licor, y ahí va rodando por la rue Vauborel.

Etienne enciende una vela y sube a la sexta planta. Marie-Laure se ha quedado dormida. Saca de su bolsillo un rollo de papel y lo desenrolla. Ya no insiste en intentar deducir los códigos: ha escrito los números, los ha contemplado, los ha sumado y multiplicado, y no ha sacado nada en claro. O tal vez sí. Porque lo cierto es que Etienne al menos ha dejado de sentirse asqueado por las tardes. Su visión permanece limpia, su corazón tranquilo. Es más, hace ya más de un mes desde que se arrodilló por última vez contra la pared de su estudio y suplicó no ver más fantasmas que atraviesan las paredes. Cada vez que Marie-Laure aparece en la puerta principal con el pan, cada vez que abre esos pequeños rollos con los dedos e inclina la cabeza hacia el micrófono, se siente firme, se siente vivo.

56778. 21. 4567. 1094. 467813.

A continuación la hora y la frecuencia para la siguiente transmisión.

Han estado haciéndolo durante los últimos meses. Cada pocos días llegan nuevos rollos de papel en las barras de pan y últimamente Etienne también transmite música. Siempre de noche y nunca durante más tiempo que la duración de una pieza: sesenta, noventa segundos como mucho. Debussy o Ravel o Massenet o Charpentier. Pone el micrófono sobre la campana del gramófono eléctrico, como hace años, y deja que la aguja se deslice.

¿Quién escucha? Etienne imagina receptores de onda corta disfrazados de cajas de alimentos o escondidos bajo el suelo, receptores enterrados bajo las baldosas u ocultos en las cunas. Imagina dos o tres docenas de oyentes a lo largo de la costa, tal vez alguno más al otro lado del mar, capitanes de barcos libres que transportan tomates, refugiados o armas. Ingleses que esperan los números pero no la música y se preguntan: «¿Por qué?».

Esta noche pone Vivaldi: «L'Autunno - Allegro», un disco que su hermano compró en una tienda de la rue Sainte-Marguerite hace cuatro décadas por cincuenta y cinco céntimos.

El clavecín puntea solitario, los violines hacen grandes florituras barrocas y el bajo y anguloso espacio del desván se colma de sonido. Más allá de las pizarras, a una manzana y treinta metros más abajo, doce oficiales alemanes sonríen ante las cámaras.

Escuchad esto, piensa Etienne. Oíd esto.

Alguien le toca el hombro. Tiene que agarrarse a la pared para no caer del susto. Marie-Laure está tras él en camisón.

La espiral de los violines desciende y luego regresa. Etienne coge de la mano a Marie-Laure y se ponen a bailar juntos bajo el techo inclinado, con el disco sonando y el transmisor enviándolo más allá de las murallas a través de los cuerpos de los alemanes y hacia el mar. Él la hace girar y ella alza y mueve los dedos en el aire. Bajo la luz de las velas ella parece como de otro mundo, con su cara cubierta de pecas y, en el centro de esas pecas, dos ojos inmóviles como ootecas de araña. No le siguen a él pero tampoco le inquietan, más bien parecen estar mirando un lugar al margen, más profundo, un mundo que parece estar compuesto solo por música.

Grácil. Esbelta. Dan vueltas coordinados, aunque nunca comprenderá cómo sabe ella lo que es bailar.

La canción continúa. La deja sonar durante demasiado tiempo. La antena todavía está alzada y seguro que resulta vagamente visible contra el cielo, puede que todo el desván esté brillando como un faro. Pero a la luz de las velas y bajo el dulce influjo del *concierto*, Marie-Laure se muerde el labio inferior y su cara se desdibuja en un brillo secundario, recordándole los pantanos que están más allá de los muros de la ciudad y esos anocheceres de invierno en los que el sol se ha puesto pero aún no del todo, y las grandes extensiones de juncos reflejan el resplandor rojo y ardiente, lugares a los que solía ir con su hermano y que parecen haber pertenecido a otras vidas.

Esto, piensa, es lo que significan los números.

El *concierto* termina. Una avispa golpetea una y otra vez contra el techo. El transmisor permanece encendido y el micrófono hundido en la campana del gramófono mientras la aguja recorre el último círculo el disco. Marie-Laure respira pesadamente y sonríe.

Después de que ella haya vuelto a la cama, después de apagar la vela, Etienne se arrodilla durante un buen rato junto a su propia cama. La esquelética figura de la muerte recorre las calles deteniendo su paso de cuando en cuando para echar un vistazo por las ventanas. Con cuernos de fuego sobre la cabeza y humo saliéndole de los agujeros de la nariz, sostiene en su huesuda mano la lista de los nuevos encargos y sus direcciones. Contempla en primer lugar el grupo de oficiales que descargan las limusinas en el Château.

Luego las habitaciones del perfumero Claude Levitte.

A continuación la alta casa de Etienne LeBlanc.

Pasa de largo, jinete. Pasa esta casa de largo.

GIRASOLES

Conducen a lo largo de un sendero oscuro rodeado de kilómetros cuadrados de moribundos girasoles tan altos que parecen árboles. Los tallos se han secado y están rígidos, las caras se han inclinado como si fueran cabezas durante una plegaria. Mientras el Opel se abre camino, Werner tiene la sensación de estar siendo observado por diez mil ojos ciclópeos. Neumann Uno frena el camión, Bernd se descuelga el rifle, coge el segundo transceptor y se interna entre los tallos para colocarlo. Werner alza la enorme antena y se sienta en su puesto habitual en el interior del Opel con los auriculares puestos.

En la cabina Neumann Dos dice:

—No eres más que un virgen de pueblo.

—Cierra la boca —contesta Neumann Uno.

—No haces más que pajearte todo el día. No paras de machacártela, de sacudírtela.

—Igual que la mitad del ejército, alemanes y rusos por igual.

—Nuestro pequeño ario púber es un pajillero de los de verdad.

Bernd lee las frecuencias sobre el transceptor. Nada, nada, nada.

Neumann Uno dice:

—Un ario de verdad es rubio como Hitler, delgado como Göring y alto como Goebbels.

Se oye la risa de Neumann Dos.

—Joder, sí...

—Ya basta —interrumpe Volkheimer.

Es la última hora de la tarde. Se han estado moviendo durante todo el día a lo largo de esta extraña y desolada región sin ver nada más que girasoles. Werner desliza la aguja a través de las frecuencias, cambia las bandas y ajusta el transceptor para indagar en la estática. El aire está cargado de ese sonido día y noche, una enorme, triste y siniestra estática ucraniana que parece haber estado aquí incluso antes de que hubiese hombres para escucharla.

Volkheimer sale del camión, se baja los pantalones y mea entre las flores, y Werner decide recoger la antena, pero antes de hacerlo escucha una retahíla en ruso nítida, clara y amenazadora como la hoja de un cuchillo reluciente al sol. *Adeen, shest, vosyem.* Hasta la última fibra de su sistema nervioso se despierta al instante.

Sube el volumen todo lo que puede y presiona los auriculares contra los oídos. Ahí está de nuevo: *Ponye-no-sé-qué-feshky, shereno-sé-qué-doroshoi...* Volkheimer le mira desde la parte trasera del camión como si también pudiera oírlo, como si despertara por primera vez en meses igual que aquella noche en medio de la nieve en la que Hauptmann disparó cuando se dio cuenta de que funcionaban los transceptores de Werner.

Werner ajusta el sintonizador y una nueva voz irrumpe abruptamente en sus oídos: *Dvee-nat-set, shayst-nat-set, davt-set-adeen,* un sinsentido, un terrible sinsentido canalizado directamente hacia el interior de su cabeza. Es como introducir la mano en un saco lleno de algodón y encontrar una hoja de afeitar, todo tranquilo y homogéneo hasta que de pronto topas con algo peligroso, algo tan afilado que uno apenas percibe que se ha abierto la piel.

Volkheimer golpea con su descomunal puño el lateral del Opel para callar a los Neumann y Werner transmite el canal a Bernd que está en el transceptor lejano. Bernd lo encuentra, mide el ángulo y lo transmite de vuelta. Ahora a Werner solo le quedan las matemáticas, la regla de cálculo, la trigonometría, el mapa. El ruso sigue hablando cuando Werner se cuelga los auriculares al cuello.

—Nor-noroeste.

—¿A qué distancia?

No son más que números, pura matemática.

—Un kilómetro y medio.

—¿Están emitiendo ahora?

Werner escucha por uno de los auriculares. Afirma con la cabeza. Neumann Uno arranca el Opel y Bernd aparece de nuevo aplastando las flores con el primer transceptor a cuestas mientras Werner recoge la antena. Abandonan la carretera y cruzan directamente a través del campo de girasoles aplastándolos a medida que avanzan. Los más grandes son casi tan altos como el camión y sus enormes cabezas secas golpean en el techo de la cabina y a ambos lados de la caja.

Neumann Uno comprueba el cuentakilómetros y canta las distancias. Volkheimer distribuye las armas. Dos carabinas 98K y el Walther semiautomático con mira telescópica. A su lado, Bernd carga los cartuchos de su Mauser. *Bong,* hacen los girasoles. *Bong bong bong.* El camión da bandazos como un barco en altamar mientras Neumann Uno lo fuerza para mantener la ruta.

—Mil cien metros —grita, y Neumann Dos rebusca en el fondo del camión y se pone a observar el campo con un par de prismáticos. Hacia el sur las flores dan pie a un campo de intrincados pepinillos. Y más allá, rodeada por un anillo de tierra árida, se alza una bonita casa de campo con techo de paja y paredes de estuco.

—El campo acaba en esa línea de milenramas.

Volkheimer alza la mira.

—¿Se ve humo?

—No.

—¿Alguna antena?

—Es difícil saberlo.

—Apaga el motor. A partir de aquí avanzaremos a pie.

Todo está tranquilo.

Volkheimer, Neumann Dos y Bernd cargan sus armas entre las flores y desaparecen. Neumann Uno se queda tras el volante y Werner en la caja del camión. No explota ninguna mina de tierra frente a ellos. Alrededor del Opel las flores crujen sobre sus tallos e inclinan sus heliotrópicas caras como si bailaran siguiendo un triste acorde.

—Esos hijos de puta se van a llevar una sorpresa —susurra Neumann Uno. Mueve el muslo derecho arriba y abajo varias veces por segundo. A sus espaldas Werner alza la antena hasta donde se atreve, se pone los auriculares y enciende el transceptor. El ruso lee algo que parecen letras de un alfabeto. *Peh zheh kah cheh yu myakee znak.* Cada sonido parece alzarse de ese algodón acústico solo para los oídos de Werner; luego desaparece. La nerviosa pierna de Neumann Uno hace que el camión tiemble ligeramente y el sol brilla a través de los restos de insectos aplastados contra las ventanas mientras una fría brisa hace vibrar el campo.

¿No habrá centinelas? ¿Vigías? ¿Partisanos armados rodeando el camión? El ruso de la radio es como un avispón en cada oído, *zvou kaz vukalov.* Quién sabe qué horrores está despachando, posiciones de tropas, horarios de trenes, puede que le esté dando a la artillería la posición exacta del camión mientras Volkheimer sale de entre los girasoles tan enorme como puede llegar a ser una diana humana, con su rifle colgando como una batuta. Parece casi imposible que quepa dentro de esa casa de campo, como si Volkheimer se fuera a tragar la casa en vez de la casa a Volkheimer.

Los primeros disparos llegan a través del aire. Medio segundo después los oye a través de los auriculares tan fuerte que tiene que quitárselos. Luego hasta la estática se corta y el silencio en los auriculares parece una masa descomunal que se mueve a través del espacio, un zepelín fantasmagórico que desciende.

Neumann Uno abre y cierra el cerrojo de su rifle.

Werner recuerda cuando se agachaba junto a su catre con Jutta hasta que la señal del francés desaparecía y las ventanas temblaban por el paso de algún tren de las minas; el eco de las transmisiones centelleaba en el aire por un instante, como si pudiera alzar la mano y sentirlas flotar entre sus dedos.

Volkheimer regresa con manchas de tinta por toda la cara. Se lleva dos enormes dedos a la frente, se echa hacia atrás el casco y Werner comprende que no se trata de tinta.

—Incendiad la casa —dice—. Rápido, no malgastéis gasolina.

Mira a Werner. El tono de su voz es suave, casi melancólico.

—Rescata el equipo.

Werner se quita los auriculares y se pone el casco. Se adentra entre los girasoles. Su mirada gira en círculos, como si no consiguiera mantener el equilibrio del todo. Neumann Uno tararea delante suyo mientras avanza cargando la lata de gasolina por entre los tallos. Cruzan el campo de girasoles hacia la casa pisando verbascos y zanahorias silvestres con las hojas oscurecidas por las heladas. Junto a la puerta principal hay un perro tendido en la oscuridad con el hocico apoyado en las patas. Por un instante Werner piensa que está sencillamente dormido.

El primer muerto está en el suelo con un brazo atrapado entre él y la masa carmesí que debía ser su cabeza. Sobre la mesa hay un segundo hombre desplomado como si estuviera durmiendo de lado y solo se ve el costado púrpura de la herida. La sangre se ha esparcido sobre la mesa como cera derretida. Es casi negra.

Resulta extraño pensar que su voz aún sigue flotando en el aire a lo largo de todo el país, cada vez más débil.

Pantalones rotos, chaquetas mugrientas, uno de los hombres en tirantes. No llevaban uniforme.

Neumman Uno arranca una cortina hecha con un saco de patatas, la lleva afuera y Werner escucha cómo la empapa de gasolina. Neumann Dos le quita los tirantes al segundo muerto y coge una ristra de chalotas del dintel, la sujeta contra su pecho y sale.

En la cocina hay un pequeño trozo de queso a medio comer. Junto a él un cuchillo con un gastado mango de madera. Werner abre un solo armario. Dentro encuentra una guarida de supersticiones: botes con líquidos negros, remedios para dolores, melaza, cucharones pegados a la madera, algo escrito en latín, *belladonna* y algo marcado con una X.

El transmisor es pobre, de alta frecuencia, lo más probable es que haya sido salvado de algún tanque ruso. Parece un manojo de componentes amontonados en una caja. La antena de tierra está instalada detrás de la casa de campo y calcula que ha hecho llegar sus transmisiones a unos cuarenta kilómetros de distancia, como mucho.

Werner sale y echa un último vistazo a la casa, blanquecina bajo la última luz. Piensa en el armario de la cocina con sus extrañas pociones y en el perro que no hizo su trabajo. Puede que esos partisanos se hubieran relacionado con alguna magia del bosque, pero deberían haberlo hecho mejor con la magia de la radio. Se cuelga el rifle y carga el enorme y maltrecho transmisor —sus cables, su micrófono inferior— a través de las flores hasta llegar al Opel, que ya los espera con el motor encendido y Neumann Dos y Volkheimer en la cabina. Escucha al doctor Hauptmann: *El trabajo de un científico está determinado por dos cosas: sus intereses y los de su tiempo.* Todo le ha traído hasta aquí: la muerte de su padre; aquellas horas sin dormir escuchando la radio en el desván junto a Jutta; Hans y Herribert con sus brazaletes rojos bajo la camisa para que nos los viera frau Elena, y las cuatrocientas oscuras y rutilantes noches en Schulpforta elaborando transceptores para el doctor Hauptmann. La destrucción de Frederick. Todo le ha traído a este momento en el que Werner apila el descuidado equipo de los cosacos en la caja del camión y se sienta con la espalda apoyada en el banco contemplando cómo se alza la luz de las llamas de la casa de campo. Bernd se sube y se sienta a su lado con el rifle en el regazo y cuando el Opel se pone en marcha ninguno de los dos se molesta en cerrar la puerta de atrás.

PIEDRAS

El sargento mayor Von Rumpel es convocado a un almacén a las afueras de Lodz. Es la primera vez que viaja desde que ha terminado su tratamiento en Stuttgart y se siente como si hubiese perdido densidad en los huesos. Del otro lado del alambrado le esperan seis guardias con cascos de acero, golpes de talones y saludos habituales. Se quita el abrigo y se pone un mono sin bolsillos. Se abren tres candados. Del otro lado de la puerta, cuatro hombres con monos idénticos están sentados frente a unas mesas con lámparas de joyero encendidas. Las ventanas están cegadas con paneles de contrachapado.

Un *Gefreiter* de pelo oscuro les explica el protocolo. Un primer hombre separará las piedras de sus engarces, un segundo les dará un baño de detergente, un tercero las pesará y anunciará su masa, y entonces se las pasarán a Von Rumpel, quien se encargará de examinar las piedras y anunciar su transparencia: «Inclusión», «Pequeña inclusión», «Inclusión casi invisible a la lupa». Un quinto hombre, el *Gefreiter,* apuntará las tasaciones.

—Trabajaremos en turnos de diez horas hasta terminar.

Von Rumpel afirma con la cabeza. Vuelve a sentir como si su espina dorsal se astillara. El *Gefreiter* pone un saco cerrado encima de la mesa, abre el candado y vuelca el contenido sobre una bandeja cubierta de terciopelo. Aparecen miles de joyas: esmeraldas, zafiros, rubíes. Citrina. Peridotita. Crisoberilo. Entre ellas relucen cientos y cientos de pequeños diamantes, la mayoría aún engarzados en collares, brazaletes, pulseras o pendientes.

El primer hombre lleva la bandeja hasta su puesto, sujeta un anillo de compromiso en su tornillo de banco y abre los engarces con alicates. Entonces se distingue el diamante. Von Rumpel cuenta las bolsas en la mesa: nueve.

—¿De dónde... —comienza a preguntar— han salido?

Pero en realidad sabe bien de dónde han salido.

LA GRUTA

Meses después de la muerte de madame Manec, Marie-Laure sigue esperando a oír el sonido de sus pasos subiendo por las escaleras, su respiración fatigada y su acento marinero. *¡Por Dios bendito, niña, hace un frío que pela!* Pero nunca viene.

Los zapatos están al pie de la cama, junto a la maqueta. El bastón en la esquina. Baja a la primera planta y coge la mochila que está colgada en su gancho. Sale. Veintidós pasos bajando por la rue Vauborel, luego a la derecha, dieciséis alcantarillas, luego a al izquierda por la rue Robert Surcouf. Nueve alcantarillas más hasta la panadería.

Una barra de pan normal, por favor.

¿Cómo está tu tío?

Mi tío está muy bien, gracias.

A veces la barra tiene un rollo de papel dentro, otras veces no. A veces madame Ruelle se toma la molestia de conseguirle algunas compras a Marie-Laure: repollos, pimientos rojos, algo de jabón. Regresa a la intersección con la rue d'Estrées, pero, en vez de girar a la izquierda hacia la rue Vauborel, Marie-Laure continúa recto. Cincuenta pasos hasta la muralla y cien o algo más junto a la base del muro hasta la boca del callejón que se estrecha cada vez más.

Tanteando con los dedos encuentra el cerrojo y saca del abrigo la llave que Hubert Bazin le dio hace un año. El agua está helada y le llega hasta la espinilla, por un instante se le entumecen los dedos de los pies, pero la gruta comprende en sí misma su propio mundo resbaladizo y en el interior de ese universo giran incontables galaxias: aquí está la concha medio abierta de un mejillón, un percebe y una pequeña caracola habitada por un aún más pequeño cangrejo ermitaño. ¿Y sobre la concha del cangrejo? ¿Una caracola aún más pequeña? ¿Y en el interior de esa caracola?

En la húmeda caja de la vieja perrera el sonido del mar hace que se desvanezcan el resto de los sonidos. Ella se inclina hacia las conchas como si lo hiciera sobre las plantas de un jardín. Ola tras ola, segundo tras segundo, escucha cómo las criaturas absorben, se mueven, chirrían, y piensa en su padre dentro de una celda, en madame Manec sobre el prado de florecillas, en su tío confinado en el interior de su propia casa durante dos décadas.

Luego recorre el camino de vuelta hasta la verja y la cierra al salir.

Ese invierno la electricidad está más tiempo cortada que activa. Etienne ajusta un par de baterías de barco al transmisor para poder retransmitir incluso cuando están sin electricidad. Queman cajas, papel y muebles antiguos para mantenerse calientes. Marie-Laure saca la vieja alfombra del suelo de la habitación de madame Manec y la arrastra hasta la sexta planta para ponerla encima de su edredón. A veces a medianoche la habitación está tan fría que casi puede oír cómo se congela el suelo.

Cualquier paso en la calle puede ser un policía, cada rugido de motor puede ser el comienzo de una redada.

Etienne retransmite en el piso de arriba y ella piensa: debería estar en la verja de entrada por si llegan, eso le daría unos minutos, pero hace demasiado frío. Es mucho mejor quedarse en la cama bajo el peso de la alfombra y soñar que está de nuevo en el museo, recorrer con los dedos el recuerdo de las paredes, atravesar la galería central camino de la conserjería. Todo lo que tiene que hacer es cruzar el suelo embaldosado y girar a la izquierda y ahí encontrará a su padre frente al mostrador, con sus llaves.

Y le dirá: *¿Dónde has estado todo este tiempo, pajarito?*

No te abandonaré jamás, ni en un millón de años.

DE CAZA

En enero de 1943 Werner localiza una segunda transmisión ilegal ubicada en un huerto en el que ha caído un proyectil que partió la mayoría de los árboles por la mitad. Dos semanas más tarde encuentra una tercera y luego una cuarta. Cada nuevo hallazgo es apenas una ligera variación del anterior: el triángulo se estrecha, los segmentos se contraen simultáneamente, los vértices se acercan hasta que todo se reduce a un único punto, un granero o una casa de campo o el sótano de una fábrica o algún desagradable campamento sobre el hielo.

—¿Está retransmitiendo ahora?

—Sí.

—¿En ese cobertizo?

—¿No ves la antena en el muro oriental?

Siempre que puede Werner graba lo que dicen los partisanos en una cinta magnética. A todo el mundo, empieza a comprender, le gusta escucharse hablar. Es la hibris, como en las más viejas historias. Alzan la antena demasiado o retransmiten durante demasiados minutos, creyendo que el mundo brinda seguridad y lógica cuando evidentemente no es así.

El capitán les hace saber que está encantado con su progreso y promete permisos, filetes, brandy. Durante todo el invierno el Opel atraviesa territorios ocupados, ciudades que Jutta anotó en el registro de radios que llevaban: Praga, Minsk, Liubliana.

A veces el camión pasa junto a un grupo de prisioneros y Volkheimer le pide a Neumann Uno que vaya más despacio. Se sienta muy rígido buscando algún hombre de su tamaño. Cuando ve a uno, golpea el salpicadero. Neumann Uno frena y Volkheimer sale a la nieve, habla con el guarda y camina entre los prisioneros llevando generalmente solo una camiseta puesta.

—Se ha dejado el rifle en el camión —suele decir Neumann Uno—, se ha dejado aquí el puto rifle.

A veces está demasiado lejos. Pero otras veces Werner le oye a la perfección. «*Ausziehen*», es lo que suele decir Volkheimer con una nube de vapor frente a él, y casi siempre el gigantesco ruso le entiende. Quítate todo. Es un ruso fornido que parece no sorprenderse con nada en el mundo. A excepción de esto, tal vez: otro gigante caminando hacia él.

Se quitan las manoplas, el abrigo raído, la camisa de algodón. Solo cuando les pide las botas les cambia la cara: niegan con la cabeza, miran hacia arriba o hacia abajo, giran los ojos como caballos asustados. Perder las botas, Werner lo sabe, significa morir. Pero Volkheimer aguarda, un hombre enorme frente a otro hombre enorme, y al final los prisioneros siempre ceden. Se quedan de pie con sus roídos calcetines en mitad de la nieve tratando de mirar al resto de los prisioneros sin conseguir que nadie les devuelva la mirada. Volkheimer sostiene las diversas prendas, se las prueba y se las devuelve si no le caben. Luego regresa al camión y Neumann Uno arranca otra vez el Opel.

El hielo cruje, las aldeas arden en medio del bosque, en las noches hace tanto frío que ni siquiera llega a nevar. El invierno se muestra como una extraña e hipnótica estación durante la cual Werner merodea la estática como solía merodear por los callejones junto a Jutta, empujando la carretilla a través de las colonias de Zollverein. Una voz se materializa en medio de la distorsión de los auriculares y luego se esfuma, y entonces él comienza a buscarla. Ahí está, piensa Werner cuando la encuentra de nuevo, *ahí*: una sensación parecida a cerrar los ojos y deslizar los dedos por un hilo kilométrico hasta que por fin tantean el pequeño bulto de un nudo.

A veces pasan días enteros hasta que Werner vuelve a oír otra transmisión. Son problemas que resolver, algo en lo que mantener la mente entretenida, mucho mejor, seguro, que luchar en alguna apestosa y helada trinchera repleta de piojos tal y como sus viejos instructores de Schulpforta lucharon en la Primera Guerra. Esto es más limpio, más automático. Una guerra que se entabla en el aire, invisible, sin líneas de frente. ¿Acaso no hay un encanto arrebatador en una cacería así? ¿Con el camión tambaleándose en la oscuridad, buscando la señal de antenas entre los árboles?

Te oigo.

Una aguja en un pajar. Una espina en la pata de un león. Él se encarga de encontrarlas y Volkheimer de sacarlas.

Durante todo el invierno los alemanes conducen sus caballos y trineos y tanques y camiones sobre las mismas carreteras, caminando sobre la nieve, transformándola en un cemento helado, denso y cubierto de sangre. Y cuando por fin llega el mes de abril, apestando a serrín y a cadáveres, las paredes de nieve se derriten mientras permanece el hielo de las carreteras obtusamente fijo, como una luminosa e intestina red de invasión: una prueba de la crucifixión de Rusia.

Una noche cruzan un puente sobre el Dniéper y ven a lo lejos las cúpulas y los floridos árboles de Kiev, las cenizas que cubren todo y las prostitutas que llenan los callejones. Se sientan en un café a dos mesas de distancia de un soldado de infantería apenas mayor que Werner. Lee un periódico con los ojos muy abiertos, sorbe su café y parece sorprendido. Estupefacto.

Werner no puede dejar de mirarle. Finalmente Neumann Uno se inclina hacia él.

—¿Quieres saber por qué mira así?

Werner asiente con la cabeza.

—El frío ha hecho que pierda los párpados. Pobre tipo.

El correo no llega hasta donde están ellos. Pasan los meses y Werner no escribe a su hermana.

LOS MENSAJES

Las autoridades de la ocupación decretan que todas las casas deben tener una lista de sus ocupantes clavada a la puerta: «M. Etienne LeBlanc, 62 años. Mlle. Marie-Laure Le-Blanc, 15 años». Marie-Laure se tortura con fantasías de banquetes en largas mesas: platos de lomo de cerdo, manzanas asadas, flameado de plátano y piña con nata montada.

Una mañana de verano de 1943 camina hacia la panadería bajo una lluvia suave. La cola llega hasta la acera. Cuando por fin es su turno, madame Ruelle le toma las manos a Marie-Laure y le dice en voz muy baja:

—Pregúntale si también puede leer esto.

Debajo de la barra de pan hay un papel doblado. Marie-Laure guarda la barra en la mochila y aprieta el papel en el puño. Entrega un cupón de comida, regresa a casa y cierra los candados de la puerta tras ella. Etienne baja las escaleras.

—¿Qué dice, tío?

—Dice: «Monsieur Droguet quiere que su hija en Saint-Coulomb sepa que se está recuperando bien».

—Dijo que era importante.

—¿Qué significa?

Marie-Laure se quita la mochila, hurga dentro y saca un trozo de pan.

—Creo que significa que monsieur Droguet quiere que su hija sepa que se encuentra bien —dice.

Durante las siguientes semanas empiezan a llegar más notas. Un nacimiento en Saint-Vincent, el fallecimiento de una abuela en La Mare, madame Gardinier en La Rabinais quiere que su hijo sepa que le perdona. Si hay mensajes secretos escondidos en esas misivas (si «Monsieur Fayou ha tenido un ataque al corazón y ha pasado a mejor vida» significa «Bombardead la comisaría de Rennes») Etienne no podría decirlo. Lo que importa es que la gente debe de estar escuchando, que los ciudadanos corrientes tienen radios y por lo visto necesitan tener noticias unos de otros. Él jamás abandona la casa, solo ve a Marie-Laure, y, aun así, se encuentra en el centro de una red de información.

Enciende el micrófono, lee los números y a continuación los mensajes. Los retransmite en cinco frecuencias distintas, da instrucciones para la siguiente transmisión y pone algún viejo disco. Como mucho, toda la sesión dura seis minutos.

Demasiado. Casi con seguridad es demasiado.

Pero nadie viene. No suenan las dos campanillas. No aparece ninguna patrulla alemana subiendo por las escaleras para dispararles en la cabeza.

A pesar de que se las sabe de memoria, la mayoría de las noches Marie-Laure le pide a Etienne que le lea las cartas de su padre. Esta noche él se sienta en el borde de la cama de ella.

Hoy he visto un roble disfrazado de castaño.

Sé que harás lo correcto.

Si alguna vez quieres entenderlo, mira dentro de la casa de Etienne, dentro de la casa.

—¿Qué piensas que quiere decir al repetir dos veces lo de «dentro de la casa»?

—Lo hemos hablado ya muchas veces, Marie.

—¿Qué crees que está haciendo ahora mismo?

—Dormir, niña. Estoy seguro.

Ella se desliza dentro de la cama y él la cubre hasta los hombros con el edredón, sopla la vela y se queda mirando todos esos tejados y chimeneas en miniatura de la maqueta que está a los pies de la cama. Aparece un recuerdo: Etienne está en un campo al este de la ciudad con su hermano. Fue el verano que las luciérnagas invadieron Saint-Malo y su padre estaba muy excitado, construía cazamariposas para los chicos y les daba frascos con gomas para ajustar las tapas. Etienne y Henri atravesaban los campos de hierba alta y las luciérnagas flotaban en torno a ellos, encendiéndose, apagándose y alzándose en un lugar que casi siempre parecía más allá de su alcance, como si la tierra estuviera ardiendo y ellas fueras las chispas.

Henri le dijo que quería poner tantas luciérnagas en su ventana que los barcos pudieran ver su habitación a kilómetros de distancia.

Si este verano hay luciérnagas, no pasan por la rue Vauborel. Ahora parece haber solo sombras y silencio. El silencio es la fruta de la ocupación, cuelga en las ramas y se desliza por las alcantarillas. Madame Guiboux, la madre del zapatero, ha abandonado la ciudad. También lo ha hecho madame Blanchard. Hay muchas ventanas oscuras. Es como si la ciudad se hubiese convertido en una biblioteca de libros escritos en una lengua desconocida y las casas en grandes estanterías de volúmenes ilegibles, con todas las lámparas apagadas.

Pero la máquina del desván vuelve a funcionar. Una chispa en mitad de la noche.

Se oye un débil repiqueteo en el callejón y Etienne observa a través de los postigos de la habitación de Marie-Laure. Contempla al fantasma de madame Manec seis plantas más abajo bajo la luz de la luna. Ella levanta una mano y los gorriones se van posando en sus brazos. Los coge de uno en uno y los refugia dentro de su abrigo.

LOUDENVIELLE

Los Pirineos resplandecen. Una luna llena de cráteres se alza sobre las cumbres como si estuviera ensartada. El sargento mayor Von Rumpel coge un taxi bajo la plateada luz y va hasta el *commissariat*, se detiene frente a un policía que está atusándose constantemente un enorme bigote con los dedos índice y corazón de su mano izquierda.

La policía francesa ha hecho un arresto. Alguien ha desvalijado el chalé de un importante donante con vínculos con el Museo de Historia Natural de París y el ladrón ha sido apresado con un maletín repleto de joyas.

Espera un buen rato. El capitán estudia las uñas de su mano izquierda, a continuación las de la derecha y luego las de la izquierda otra vez. Von Rumpel se siente muy débil esta noche, casi mareado. El doctor dice que ha terminado los tratamientos, que ya han hecho su asalto al tumor y que ahora deben esperar, pero algunas mañanas Von Rumpel no se puede enderezar después de atarse los zapatos.

Llega un coche. El capitán sale a saludar. Von Rumpel observa la escena a través de la ventana.

Del asiento trasero, dos policías sacan a un hombre de aspecto frágil vestido con un traje beis y un moratón bajo el ojo izquierdo. Lleva las manos esposadas. Tiene una mancha de sangre en el cuello como si hubiese estado haciendo de malo en alguna película. Los policías conducen al prisionero hacia el interior mientras el capitán coge una bolsa del maletero del coche.

Von Rumpel saca unos guantes blancos de su bolsillo. El capitán cierra la puerta de su oficina, pone la bolsa sobre la mesa y baja las persianas. Inclina la pantalla de su lámpara de mesa. Von Rumpel oye cómo en alguna habitación más allá se cierra la puerta de una celda. El capitán saca del interior de la bolsa una agenda, un fajo de cartas y el neceser de maquillaje de una mujer. A continuación arranca un falso fondo y allí encuentra seis bultos envueltos en terciopelo.

Los desenvuelve uno a uno. El primero contiene tres espectaculares piezas de berilo: rosas, planas, hexagonales. En el interior del segundo hay un racimo de amazonita de color acuático, elegantemente surcada por colores blancos. En el interior del tercero hay un diamante en forma de pera.

Von Rumpel siente un calambre de entusiasmo en la punta de los dedos. El capitán saca una lupa del bolsillo y lo mira con evidente codicia en los ojos. Examina el diamante un largo rato cambiándolo una y otra vez de posición. En la mente de Von Rumpel se deslizan visiones del Führermuseum, vitrinas deslumbrantes, pérgolas bajo columnas, joyas tras los cristales y también algo más: un difuso poder, como un voltaje de baja frecuencia emanando de la piedra. Algo que le susurra y promete acabar con su enfermedad.

Finalmente el capitán alza la mirada, la lupa le ha dejado impreso en torno al ojo un leve círculo color rosado. La lámpara hace brillar sus labios húmedos, vuelve a poner la joya sobre el terciopelo. Desde el otro lado de la mesa, Von Rumpel coge el diamante. Tiene el peso justo, el tacto es frío incluso a través del algodón de los guantes. Es de un azul saturado en los bordes.

¿Lo cree?

Dupont casi ha encendido un fuego en su interior. Pero al acercar la lente a su ojo Von Rumpel comprueba que la piedra es casi idéntica a la que vio en el museo hace dos años. Vuelve a dejar la reproducción sobre la mesa.

—Me imagino que como mínimo —dice el capitán en francés con una expresión contrariada— deberíamos verla con los rayos X, ¿no?

—Hagan lo que les parezca. No servirá de nada. Me llevaré esas cartas si no le importa.

Antes de medianoche se encuentra en el hotel. Dos falsificaciones. Progresa. Ya ha encontrado dos, faltan dos más. Y una de esas tendrá que ser la auténtica. Para cenar pide jabalí con champiñones y una botella de burdeos. Esas cosas siguen siendo importantes, sobre todo durante la guerra. Es lo que separa la civilización de la barbarie.

El hotel tiene corrientes de aire y el comedor está vacío pero el camarero es excelente. Le sirve el vino con elegancia y se retira. En el vaso el burdeos es oscuro como la sangre, parece casi una sustancia viva. Von Rumpel siente placer al pensar que es la única persona en el mundo que tendrá el privilegio de probarlo antes de que desaparezca.

GRIS

Diciembre de 1943. Las casas se alzan como helados desfiladeros. La única madera que no han quemado aún está verde y la ciudad entera huele a humo de leña. De camino a la panadería, una Marie-Laure de quince años pasa más frío que en toda su vida. Dentro de la casa se está un poco mejor pero es como si cayeran copos de nieve del techo de las habitaciones o el viento soplara a través de los agujeros de las paredes.

Escucha los pasos de su tío que cruzan el piso de arriba y también su voz —*310 1467 507 2222 576881*— y después la canción de su abuelo, el *Claro de luna,* cae sobre ella como una neblina azul.

Los aviones hacen lentas y perezosas pasadas sobre la ciudad. A veces suenan tan cerca que Marie-Laure teme que arañen los techos o golpeen las chimeneas con sus panzas. Pero no se estrella ningún avión, no explota ninguna casa. Nada parece cambiar a excepción del crecimiento de Marie-Laure: ya no le sirve nada de la ropa que trajo su padre en la bolsa hace tres años. Los zapatos le duelen y ha empezado a llevar tres pares de calcetines dentro de unos viejos mocasines con borlas de Etienne.

Se rumorea que solo podrán quedarse en Saint-Malo el personal imprescindible y aquellos que no puedan trasladarse por razones médicas.

—Nosotros no nos iremos —dice Etienne—, no ahora que por fin estamos haciendo algo bien. Si el doctor no nos da la aprobación la conseguiremos por otras vías, pagando.

En algún momento, todos los días, Marie-Laure se pierde en el reino de la memoria: las vagas impresiones del mundo visual antes de que cumpliera seis años, cuando París parecía una gigantesca cocina con pirámides de calabazas y zanahorias por todas partes; puestos de panaderos repletos de pasteles; peces apilados como leña en los puestos de pescado, con los canales de desagüe del mostrador cubiertos de escamas plateadas y gaviotas de alabastro descendiendo en picado para llevarse las vísceras. Cada esquina en la que doblaba estaba llena de color: el verde de los puerros, el violeta oscuro de las berenjenas.

Ahora su mundo se ha vuelto gris. Rostros grises, silencio gris, terror gris suspendido sobre la cola de la panadería, y el único color del mundo destella brevemente cuando Etienne sube por las escaleras hacia el desván haciendo crujir sus rodillas para leer una nueva serie de números en el éter, para enviar otro mensaje de madame Ruelle y poner otra canción. Ese pequeño desván estalla en colores magenta, aguamarina y dorado durante cinco minutos; luego la radio se apaga y el gris apresura su vuelta cuando su tío baja las escaleras.

FIEBRE

Puede que venga de algún guiso de alguna anónima cocina ucraniana, o puede que los partisanos hayan envenenado el agua, o sencillamente que Werner haya estado sentado demasiado tiempo en demasiados sitios húmedos con los auriculares puestos. Sea lo que sea, la fiebre llega y con ella una diarrea terrible, y cuando Werner se agacha sobre el barro tras el Opel siente como si estuviera cagando los restos de su ser civilizado. Pasan horas enteras en las que lo único que consigue hacer es apretar las mejillas contra la pared del camión buscando una superficie fría. Luego los temblores se apoderan de su cuerpo y no consigue calentarse, desea arrojarse al fuego.

Volkheimer le ofrece café y Neumann Dos le ofrece las mismas pastillas que Werner ahora ya sabe que no son para el dolor de espalda. Rechaza todo. 1943 se convierte en 1944. Werner no ha escrito a Jutta en casi un año. La última carta que recibió de ella fue hace seis meses y comienza: «¿Por qué no escribes?».

Aun así se las arregla para encontrar alguna retransmisión ilegal cada una o dos semanas. Salva un equipo soviético de baja calidad, hecho con mal acero torpemente soldado. Todo parece tan poco metódico. ¿Cómo pueden luchar en una guerra con un equipo tan pobre? A Werner le dijeron que la resistencia estaba muy bien organizada, que eran insurgentes disciplinados y peligrosos que obedecían las órdenes de unos líderes feroces y letales. Pero ahora comprueba de primera mano que también pueden llegar a ser torpes e ineficaces, malvados y sucios, y vivir en agujeros. No son más que un puñado de desharrapados sin nada que perder.

Y parece que jamás sabrá del todo cuál de las dos ideas se acerca más a la verdad. Porque en realidad, piensa Werner, todos son insurgentes, todos partisanos, todas y cada una de las personas que ve, todos los que no son alemanes, hasta los más serviles, quieren que mueran los alemanes. Todos se alejan tímidamente del camión en cuanto entran en una ciudad, esconden las caras, esconden a sus familias y sus tiendas rebosan de zapatos arrebatados a los muertos.

Míralos.

Lo que siente durante los peores días de ese invierno implacable —mientras el óxido se va apoderando del camión, de los rifles, de la radio, mientras las divisiones alemanas se retiran a su alrededor— es un profundo desprecio por todos los seres humanos con los que se cruza. Los pueblos humeantes y en ruinas, las calles cubiertas de ladrillos destrozados, los cadáveres congelados, las paredes hechas añicos, los coches dados la vuelta, los perros ladrando, las ratas, los piojos: ¿cómo son capaces de vivir así? Ahí afuera, en el bosque, en las montañas, en las aldeas se supone que están acabando con el desorden arrancándolo de raíz. La entropía de cualquier sistema decrece únicamente, solía decir el doctor Hauptmann, si la entropía de otro sistema crece. La naturaleza exige simetría. *Ordnung muss sein.*

¿Pero qué nuevo orden están construyendo ahí? Las maletas, las filas, los niños llorosos, los soldados cayendo sobre las ciudades con una mirada de eternidad en los ojos. ¿En cuál de esos sistemas crece el orden? Desde luego no en Kiev ni en Lvov ni en Varsovia. Todo es el Hades. Sencillamente hay demasiados seres humanos, como si las descomunales fábricas rusas fabricaran hombres nuevos a cada minuto. Matad mil y fabricaremos otros diez mil.

Febrero les encuentra en las montañas. Werner tiembla en la parte de atrás del camión mientras Neumann Uno conduce haciendo zigzag. Las trincheras se deslizan bajo su paso en una red interminable con los alemanes a un lado y los rusos un poco más adelante. Densos jirones de humo cubren el valle con ocasionales fulgores de artillería que vuelan como pájaros.

Volkheimer despliega una manta y envuelve con ella los hombros de Werner. Él siente que la sangre le recorre el cuerpo como mercurio y al otro lado de las ventanas, en un hueco en medio de la niebla, la red de trincheras y artillerías se ve con toda claridad por un instante. Werner tiene la sensación de que está observando el circuito interno de una radio descomunal, como si cada soldado fuera un electrón flotando en solitario en su eléctrico camino sin más libertad en su interior que la que tiene cualquier electrón. Toman una curva y lo único que siente es la presencia de Volkheimer a su lado, una niebla fría al otro lado de la ventana, puente tras puente, colina tras colina, descendiendo sin parar. Metálicos jirones de luz de luna caen sobre la carretera, un caballo blanco pasta en un campo, un reflector atraviesa el cielo y en la ventana encendida de una cabaña de montaña, durante un segundo al pasar, Werner ve la cara de Jutta sentada frente a una mesa y las luminosas caras de otros niños a su alrededor, el bordado de frau Elena sobre el lavabo, los cadáveres de una docena de niños amontonados en un arcón junto a la estufa.

LA TERCERA PIEDRA

Se aloja en un château a las afueras de Amiens, al norte de París. La vieja casa gime en la oscuridad. Pertenece a un paleontólogo retirado y Von Rumpel cree que es aquí donde el encargado de la seguridad del museo de París huyó durante el caos que siguió a la invasión de Francia hace tres años. Es un lugar pacífico, aislado por campos y rodeado de setos. Sube por la escalera hacia la biblioteca. Una estantería ha sido forzada y ve una caja fuerte detrás. El encargado de abrir cajas fuertes de la Gestapo es eficiente: lleva un estetoscopio, no le hace falta ni una linterna, y logra abrirla en pocos minutos.

Dentro hay una vieja pistola, una caja con certificados y un montón de deslustradas monedas de plata. En el interior de una bolsa de terciopelo, un diamante azul cortado en forma de pera.

El corazón rojo en el interior de la piedra se muestra durante un segundo para volverse al siguiente completamente inaccesible. Von Rumpel siente una esperanza impaciente, casi está ahí, las probabilidades están de su lado, ¿no es así? Pero se da cuenta antes de ponerlo bajo la lámpara. La euforia se desploma en su interior. El diamante no es real. También este es obra de Dupont.

Ha encontrado las tres réplicas, se ha acabado la suerte. El doctor dice que el tumor está creciendo de nuevo. Las perspectivas sobre la guerra caen en picado, Alemania se retira a través de Rusia, Ucrania y el tobillo de Italia. Dentro de poco, todos los miembros de la Einsatzstab Reichsleiter Rosenberg —los hombres que están recorriendo el continente entero en busca de bibliotecas ocultas, escondidos rollos de oración, cuadros impresionistas puestos a buen recaudo— recibirán un rifle y serán enviados al frente. También Von Rumpel.

Mientras la tenga, el poseedor de la piedra vivirá para siempre.

No puede rendirse. Pero le pesan las manos. Siente la cabeza como si fuera una roca.

Una en el museo, otra en la casa de un donante del museo y otra con el encargado de seguridad. ¿Qué tipo de hombre eligieron para el tercer correo? El hombre de la Gestapo le observa, tiene la mirada puesta en la piedra y la mano izquierda apoyada en la puerta de la caja fuerte. No es la primera vez que Von Rumpel piensa en el extraordinario joyero del museo. Es como un rompecabezas. En ninguno de sus viajes ha visto nada parecido. ¿Quién lo habrá diseñado?

EL PUENTE

En un pequeño pueblo al sur de Saint-Malo ha explotado un camión alemán mientras cruzaba un puente. Han muerto seis soldados alemanes. Se culpa a los terroristas. «Noche y niebla», susurran las dos mujeres que han venido a ver cómo se encontraba Marie-Laure. «Por cada *cabeza cuadrada* que caiga, ellos matarán a diez de los nuestros». La policía está yendo casa por casa obligando a cada hombre en condiciones a salir a trabajar, a cavar trincheras, a descargar vagones de tren, a empujar carretillas con bolsas de cemento o a construir obstáculos ante una posible invasión por el campo o la playa. Todos los que puedan trabajar deben hacerlo para reforzar el Muro Atlántico. Etienne está de pie junto a la puerta con el informe del doctor en la mano. Entra una brisa fría y con ella se hincha de miedo el recibidor.

Madame Ruelle susurra que las autoridades de la ocupación han atribuido el ataque a una elaborada red de transmisiones radiofónicas antiocupación. Aseguran que hay patrullas cerrando el acceso a las playas mediante concertinas y enormes aspas de madera ensambladas llamadas *chevaux de frise*. Ya han restringido el acceso al paseo sobre la muralla. Le ofrece la barra de pan a Marie-Laure y ella la lleva a casa. Cuando Etienne la abre hay otro papel en el interior. Nueve números más.

—Pensé que iban a tomarse un descanso —dice.

Marie-Laure está pensando en su padre.

—Tal vez —contesta ella— ahora sea todavía más importante.

Él espera hasta que se hace de noche. Marie-Laure se sienta en la entrada del armario, con el fondo falso abierto, y escucha cómo su tío enciende el micrófono y el transmisor en el desván. Con voz suave recita los números. Luego pone la música, suave y baja, esta noche un concierto de chelos, y la corta a la mitad.

—¿Tío?

Le lleva un buen rato bajar la escalera. La toma de la mano.

—La guerra que mató a tu abuelo —dice— mató también a dieciséis millones de personas. Un millón y medio eran muchachos franceses, la mayoría más jóvenes que yo en aquella época. Murieron dos millones del lado alemán. Marcharon hacia la muerte en filas de a uno y durante once días y once noches pasaron frente a nuestra puerta. Lo que estamos haciendo, Marie, no es precisamente cambiar las señales de las calles. No estamos perdiendo una carta que ha llegado a la oficina de correos. Estos números son algo más que números, ¿lo entiendes?

—Pero nosotros somos los buenos, ¿verdad?

—Eso espero. Espero que sí.

RUE DES PATRIARCHES

Von Rumpel entra en un bloque de apartamentos del 5°
arrondissement. La atontada casera de la primera planta coge los cupones de comida que le ofrece y se los mete en el
bolsillo de la bata. Los gatos se restriegan por sus tobillos. Tras
ella un piso excesivamente decorado apesta a flores de manzano
marchitas, confusión y vejez.

—¿Cuándo se marcharon, madame?

—En el verano de 1940.

Le mira como si le fuera a sisear como una serpiente.

—¿Quién paga el alquiler?

—No lo sé, monsieur.

—¿Llegan facturas del Museo de Historia Natural? ¿Cuándo fue la última vez que vino alguien?

—Nunca viene nadie. Los cheques los envían.

—¿De dónde?

—No lo sé.

—¿Y nadie entra ni sale del piso?

—No desde ese verano —contesta, mientras se retira con
su cara y sus uñas de buitre hacia la olorosa oscuridad.

Sube las escaleras. Un sencillo pestillo en la puerta señala el apartamento del cerrajero. En el interior, las ventanas están cegadas con paneles de madera y una luz perlada entra a través de los agujeros en la estancia de aire estancado. Es como si hubiera trepado hasta el interior de una caja oscura que cuelga dentro de una columna de pura luz. Los armarios están abiertos, los cojines del sofá ligeramente torcidos, una silla de la cocina caída de lado. Todo indica una salida precipitada, una búsqueda rigurosa, o ambas cosas. Una oscura capa de verdín forma un círculo en el interior de la taza del váter, donde ya no queda agua. Inspecciona el dormitorio, el baño, la cocina, con una endemoniada e irreductible esperanza en su interior: *¿Qué ocurriría si...?*

Sobre una mesa de trabajo hay pequeños bancos, pequeños postes de luz, pequeños trapezoides de madera pulida. También tornillos minúsculos, cajas de clavos y pequeños botes de pegamento hace tiempo endurecidos. Y junto a la mesa, protegida por una tela, encuentra una sorpresa: una complicada maqueta del 5º arrondissement. Los edificios no han sido pintados pero aun así están repletos de hermosos detalles: postigos, puertas, ventanas, alcantarillas. No hay personas. ¿Es un juguete?

En el armario cuelgan varios vestidos de niña mordidos por las polillas y un jersey en el que unas cabras bordadas comen flores. Hay unas piñas polvorientas alineadas en el alféizar de la ventana, ordenadas de mayor a menor. Y en el suelo de la cocina han clavado bandas rugosas a la madera. Es un lugar de tranquila disciplina, sereno, ordenado. Un cordel sencillo va desde la mesa de la cocina hasta el cuarto de baño y el reloj parado no tiene la cubierta de cristal, pero no resuelve el acertijo hasta que no descubre tres enormes libros de Julio Verne en braille.

Se trata de un constructor de cajas fuertes, un hombre brillante con los candados que vive a una distancia a pie del museo.

Ha sido un empleado de la institución durante toda su vida adulta. Es alguien humilde, sin visibles ambiciones de riqueza y con una hija ciega. Sobran los motivos para la lealtad.

—¿Dónde te escondes? —dice en voz alta en la habitación. El polvo flota en medio de una extraña luz.

Puede estar en el interior de una bolsa o una caja, ajustado tras un rodapié, en algún compartimento entre los tablones del suelo o emparedado en el muro. Abre los cajones de la cocina y se asegura de que no está allí, aunque lo más probable es que ya lo hayan mirado quienes buscaron antes que él.

Su atención se desliza lentamente sobre la maqueta del barrio. Cientos de minúsculas casas con sus mansardas y sus balcones. Es exactamente este barrio, se da cuenta de pronto, sin color ni gente, miniaturizado. Su diminuta versión espectral. Uno de los edificios parece particularmente pulido por la insistencia del tacto: el edificio en el que se encuentra, el hogar.

Se inclina para ubicar su mirada al nivel de la calle convirtiéndose en un dios que se asoma sobre el Barrio Latino. Con dos dedos podría agarrar a cualquier persona que eligiera o aplastar de un golpe la mitad de la ciudad. Posa los dedos sobre el tejado de la casa en la que se encuentra y la agita de atrás adelante. La casa se desprende de la maqueta con facilidad, como si hubiese sido diseñada con ese propósito. Le da la vuelta a la altura de sus ojos: dieciocho pequeñas ventanas, seis balcones y una diminuta puerta de entrada. Ahí abajo, bajo esta misma ventana, acecha la pequeña casera con sus gatos y aquí, en la cuarta planta, está ahora él mismo.

En el fondo descubre un pequeño agujero que no se diferencia en nada a una de las cerraduras del joyero que vio en el museo hace tres años. La casa, lo entiende de pronto, es un contenedor, un receptáculo. Juega un rato con él intentando resolverlo. Le da la vuelta, prueba por la parte de abajo, por un lado.

Se disparan las palpitaciones de su corazón. Algo húmedo y febril le cubre la lengua.

¿Guardas algo en tu interior?

Von Rumpel pone la pequeña casa sobre el suelo, alza el pie y la destroza.

LA CIUDAD BLANCA

En abril de 1944 el Opel entra en una blanca ciudad llena de ventanas.

—Viena —dice Volkheimer, y Neumann Dos despotrica contra los palacios Habsburgo, los Wiener schnitzel y las chicas cuyas vulvas saben a tarta de manzana. Duermen en la antaño majestuosa suite del Viejo Mundo, con los muebles apilados contra las paredes, plumas de gallina atascando los lavabos de mármol y hojas de periódicos torpemente pegadas a las ventanas. Abajo, una playa de vías de espera exhibe un laberinto de vías férreas. Werner piensa en el doctor Hauptmann, con sus rizos y sus guantes de cuero, e imagina su juventud vienesa en los vibrantes cafés en los que también discutían Bohr y Schopenhauer, donde las estatuas de mármol miran desde las repisas como amables padrinos.

Hauptmann, quien seguramente siga en Berlín o tal vez se haya marchado al frente como todos los demás.

El comandante de la ciudad no tiene tiempo para ellos. Un subordinado le cuenta a Volkheimer que hay informes de transmisiones de la resistencia desde Leopoldstadt. Dan vueltas y vueltas alrededor del distrito. Una neblina fría se ha enganchado entre los árboles llenos de brotes y Werner está sentado en la parte trasera del camión temblando. El lugar huele a carnicería.

Durante cinco días no logra oír otra cosa en el transceptor que no sean himnos, propaganda y atormentadas transmisiones de coroneles pidiendo suministros, gasolina, hombres. Todo se está desmoronando, Werner lo nota: el tejido de la guerra se cae a pedazos.

—Ese es el Staatsoper —dice Neumann Dos una noche. Se trata de la fachada de un enorme y elegante edificio con almenas y columnas. Tiene majestuosas alas a ambos lados, de alguna manera leves y pesadas a la vez. A Werner le sorprende la gran futilidad de construir espléndidos edificios, hacer música, cantar canciones o imprimir enormes libros con ilustraciones de pájaros en medio de la sísmica, devoradora indiferencia del mundo... ¡Qué pretenciosos son los humanos! ¿Qué sentido tiene preocuparse por hacer música cuando el silencio y el viento son tanto más grandes? ¿Qué sentido tiene encender lámparas cuando la oscuridad las apagará inevitablemente? ¿Cuando los prisioneros rusos son encadenados en grupos de tres o cuatro a las verjas mientras los soldados alemanes les ponen granadas en los bolsillos y salen corriendo?

¡Palacios de ópera! ¡Ciudades en la luna! Ridículo. Casi sería mejor para la gente apoyar las caras sobre los bordillos de las calles y esperar a los chicos que pasan por la ciudad arrastrando trineos cargados de cadáveres.

A media mañana Volkheimer les ordena aparcar en el Augarten. El sol ha disuelto la niebla y permite ver los primeros brotes en los árboles. Werner siente la fiebre llameando en su interior, como una estufa con la puerta cerrada. Neumann Uno, quien si no tuviese como destino morir dentro de diez semanas en el desembarco aliado en Normandía podría haberse convertido en peluquero después de la guerra, quien podría haber olido a talco y a whisky y haber puesto su dedo índice bajo las orejas de los hombres para acomodar sus cabezas en la posición adecuada, cuyos pantalones y camisas habrían estado cubiertos de pelo cortado y en cuyo local habría pegado con celo postales de los Alpes alrededor de la circunferencia de un gran espejo barato y tambaleante, quien al fin habría sido fiel a su corpulenta mujer durante el resto de su vida…, Neumann Uno dice:

—Es hora de cortarse el pelo.

Pone una banqueta en la acera, extiende la toalla más limpia que tiene sobre los hombros de Bernd y empieza a cortar. Werner encuentra una emisora estatal en la que ponen valses y ajusta el altavoz en la parte trasera del Opel para que todos puedan oír. Neumann Uno le corta el pelo a Bernd, luego a Werner y, por último, al demacrado, hecho polvo, Neumann Dos. Werner observa a Volkheimer sentarse en la banqueta y cerrar los ojos cuando comienza a sonar un vals particularmente lastimero. Volkheimer, que ha matado a cien hombres hasta ahora, puede que más, entrando en patéticas casuchas donde hay un radiotransmisor con sus enormes botas robadas, deslizándose tras la espalda de algún escuálido ucraniano con auriculares en las orejas y un micrófono junto a los labios y disparándole en la nuca, y regresando luego al camión para decirle a Werner que recoja el transmisor, dando la orden con voz tranquila, somnolienta, incluso cuando hay restos del hombre sobre el transmisor.

Volkheimer, el hombre que siempre se asegura de que haya comida para Werner, que le lleva huevos y comparte con él su sopa y cuyo cariño por Werner se mantiene inmutable.

El Augarten acaba siendo un espinoso lugar para rastrear, está lleno de angostas calles y altos edificios de apartamentos. Las transmisiones pasan a través de los edificios y rebotan en ellos. Esa tarde, mucho después de haber retirado la banqueta y de que hayan acabado los valses, Werner está sentado con su transceptor escuchando la nada y ve a una niña pequeña de unos seis o siete años de pelo rojo salir por una puerta con una capa color granate.

Es pequeña para su edad y tiene unos grandes ojos que le recuerdan a los de Jutta. Cruza la calle hacia el parque y se pone allí a jugar sola entre los árboles con yemas, mientras su madre permanece en una esquina mordiéndose la punta de los dedos. La niña está en un columpio, se balancea adelante y atrás, agita las piernas, y al observarla se abre una grieta en el corazón de Werner. Esto es la vida, piensa, para esto vivimos, para jugar en un día como este cuando el invierno por fin empieza a aflojar la presa. Supone que ahora regresará Neumann Dos al camión y dirá algo grosero que lo estropeará todo, pero no lo hace, y tampoco lo hace Bernd, tal vez porque ninguno de los dos repara en ella, tal vez no logren profanar lo único que hay puro. Y la niña se columpia y se columpia cantando una canción dulce, una canción que también las niñas del orfanato solían cantar mientras saltaban a la comba en el callejón que quedaba detrás: *Eins, zwei, Polizei, drei, vier, Offizier.* Cómo le gustaría unirse a ella, empujarla para que suba más y más alto, cada vez más alto, cantar: *fünf, sechs, alte Hex, sieben, acht, gute Nacht!* Luego la madre dice algo que Werner no consigue oír y se lleva a la niña de la mano. Da la vuelta a la esquina arrastrando su pequeña capa de terciopelo y desaparecen.

Menos de una hora más tarde logra encontrar algo en la estática, una transmisión sencilla en alemán suizo. «Punto nueve, transmitiendo al 1600, aquí KX46, ¿me reciben?». No entiende todas las palabras. Luego la señal desaparece. Werner cruza la plaza y ajusta el segundo transceptor. Cuando vuelven a hablar triangula y apunta los números en la fórmula. Luego mira hacia arriba y ve, con sus propios ojos, lo que tiene todo el aspecto de ser una antena que recorre la esquina de un edificio de apartamentos que flanquean la plaza.

Tan sencillo.

La mirada de Volkheimer ha vuelto a la vida, es un león que ha percibido un rastro. Werner y él apenas necesitan hablar para comunicarse.

—¿Ves el cable que baja por ahí? —pregunta Werner.

Volkheimer mira el edificio con los prismáticos.

—¿Esa ventana de ahí?

—Sí.

—¿No es muy densa esta zona con todos esos apartamentos?

—Esa es la ventana —dice Werner.

Entran. Esta vez no oye ningún disparo. Cinco minutos más tarde le llaman para que suba a un apartamento en la quinta planta empapelado con unos mareantes motivos florales. Espera que le pidan que dé su opinión sobre algún equipo, como siempre, pero no hay ninguno: ni cadáveres, ni transmisor, ni siquiera un sencillo aparato de escucha. No hay más que lámparas ornamentales, un sofá y un delirante empapelado rococó.

—Levantad los tablones del suelo —ordena Volkheimer, pero después de que Neumann Dos levante unos cuantos y mire debajo, resulta evidente que lo único que hay allí es pelo de caballo puesto hace décadas a modo de aislante.

—¿Tal vez sea otro apartamento, otra planta?

Werner entra en la habitación, abre una ventana y echa un vistazo por encima de un balcón de hierro. Lo que le parecía una antena no es más que una barra pintada en uno de los lados de una pilastra, puesta ahí seguramente para servir de anclaje a un tendedero de ropa. No es una antena en absoluto. Pero escuchó una transmisión, ¿no?

Siente un dolor en la base del cráneo. Entrelaza las manos en la nuca y se sienta en el borde de una cama deshecha observando toda la ropa que hay ahí: una combinación doblada en el respaldo de una silla, un cepillo de pelo con mango de peltre sobre el escritorio, hileras de pequeños frascos esmerilados y tarros sobre un neceser, todos indefectiblemente femeninos, misteriosos y confusos, de la misma manera en que lo confundió la mujer de herr Siedler cuatro años atrás cuando se subió la falda para agacharse frente a la enorme radio.

Es la habitación de una mujer. Hay sábanas arrugadas, un olor parecido al de una crema para la piel en el aire y la fotografía de un hombre joven (¿un sobrino?, ¿un amante?, ¿un hermano?). Tal vez le han fallado las matemáticas. Tal vez la señal rebotaba en los edificios. Tal vez la fiebre ha mermado sus facultades. Es como si las flores flotaran dando vueltas en el empapelado de la pared que hay frente a él.

—¿Nada? —pregunta Volkheimer desde la otra habitación.—Nada —contesta Bernd.

En un universo paralelo, piensa Werner, esta mujer y frau Elena tal vez habrían podido ser amigas. Eso sería una realidad más agradable. A continuación ve colgado del pomo de la puerta un trozo de terciopelo granate con capucha, una capa de niño, y en ese preciso instante en el otro dormitorio Neumann Dos da un grito agudo y se escucha un solo disparo, y luego el grito de una mujer y otros disparos más. Volkheimer acude dando zancadas a toda prisa y el resto le sigue. Encuentran a Neumann Dos frente a un armario con las manos en el rifle y un tremendo olor a pólvora. Sobre el suelo hay una mujer con un brazo extendido hacia atrás, como si hubiese sido rechazada en un baile, y dentro del armario no hay una radio sino una niña sentada en el fondo con la cabeza atravesada por una bala. Tiene los enormes ojos abiertos y húmedos, y su boca ha quedado congelada en un óvalo de sorpresa. Es la niña del columpio y no puede tener más de siete años.

Werner espera que la niña parpadee. Parpadea, piensa, parpadea, parpadea, parpadea. Pero Volkheimer ya está cerrando la puerta del armario que no cerrará del todo porque el pie de la niña ha quedado afuera, mientras Bernd cubre a la mujer del suelo con una manta. Cómo no se dio cuenta Neumann Dos, pero es evidente que no se dio cuenta. Porque así es como son siempre las cosas con Neumann Dos, con todos lo que componen esta unidad, este ejército, este mundo. Hacen lo que les han ordenado hacer. Se asustan y se mueven pensando solo en sí mismos. *Dime alguien que no lo haga.*

Neumann Uno encoge los hombros, hay algo rancio en su mirada. Neumann Dos se queda ahí de pie, con su pelo recién cortado y los dedos jugueteando aún en el gatillo del rifle.

—¿Por qué estaban escondidas? —pregunta.

Volkheimer mete el pie de la niña con suavidad en el interior del armario.

—Aquí no hay ninguna radio —dice, y cierra la puerta.

Werner siente una marea de náuseas que le sube por la tráquea.

En el exterior las farolas tiemblan bajo una ráfaga de viento. La ciudad queda cubierta por las nubes que vienen del oeste.

Werner sube al Opel sintiéndose como si los edificios se levantaran cada vez más altos y deformes a su alrededor. Se sienta, apoya la frente en la mesa de escucha y vomita entre sus zapatos.

Por ese motivo, niños, matemáticamente hablando, toda luz es en realidad invisible.

Bernd sube y cierra la puerta. El Opel vuelve a la vida y tiembla al girar en la esquina. Werner siente que las calles se elevan a su alrededor girando en espirales hacia un centro en el que el camión trazará un arco, sumergiéndose cada vez más hondo y profundo.

VEINTE MIL LEGUAS
DE VIAJE SUBMARINO

S obre el suelo, a la salida del dormitorio de Marie, espera
algo muy grande envuelto en papel de periódico y atado
con un cordel. Etienne dice desde la escalera:

—Felices dieciséis años.

Ella rompe el papel. Hay dos libros, uno encima del otro.
Han pasado ya tres años y cuatro meses desde que papá se fue de
Saint-Malo. Mil doscientos veinticuatro días, casi cuatro años desde la última vez que leyó en braille, pero aun así las letras se alzan desde
el recuerdo como si hubiese dejado de leer ayer mismo.

Julio. Verne. Veinte. Mil. Leguas. Parte. Uno. Parte. Dos.

Se lanza sobre su tío y le rodea el cuello con los brazos.

—Me dijiste que no lo habías terminado y se me ha ocurrido que en vez de leerte yo a ti... ¿por qué no me lees tú a mí?

—Pero ¿cómo...?

—Monsieur Hébrard, el librero...

—¿Cuando nadie consigue nada? Y esto es carísimo...

—Tenemos muchos amigos en esta ciudad, Marie-Laure.

Ella se agacha y abre la primera página.

—Voy a empezarlo otra vez. Desde el principio.

—Perfecto.

—Capítulo Uno —lee en voz alta—. «Un escollo fugitivo». «El año 1866 estuvo marcado por un extraño suceso, un incidente inexplicable que sigue fresco en la memoria de todos...». Galopa a través de las primeras diez páginas, la historia regresa: la curiosidad mundial sobre lo que parece ser un mítico monstruo marino, el famoso biólogo profesor Pierre Aronnax tratando de descubrir la verdad. ¿Se trata de un monstruo, de un escollo fugitivo o de algo diferente? A cada página Aronnax intentará seguir el rastro de la fragata y no mucho más tarde, en compañía del arponero canadiense Ned Land, encontrará el submarino del capitán Nemo.

Al otro lado del cartón que cubre la ventana, la lluvia comienza a caer desde un cielo color platino. Una paloma escarba junto a la alcantarilla haciendo *juu juu juu*. En la bahía un esturión da un único salto como un caballo de plata y desaparece.

TELEGRAMA

Ha llegado un nuevo jefe en mando a la guarnición de la Costa Esmeralda, un coronel. Es esbelto, listo, eficiente. Ha ganado medallas en Stalingrado. Lleva monóculo. Va invariablemente acompañado por una espectacular secretaria e intérprete francesa que tal vez —o tal vez no— esté relacionada con la realeza rusa.

Es de estatura media y prematuramente canoso, pero, por algún extraño ardid de sus posturas o sus gestos, el hombre siempre consigue que quien está frente a él se sienta más pequeño. Los rumores aseguran que dirigía una empresa de coches antes de la guerra, que es un hombre que entiende el poder de la tierra alemana, que siente su oscuro vigor prehistórico resonando en sus células, que nunca cederá.

Todas las noches envía telegramas desde la oficina del distrito de Saint-Malo. Entre los dieciséis comunicados oficiales que envía el 30 de abril de 1944, hay uno que se dirige a Berlín.

= DETECTADA EMISIÓN TERRORISTA EN CÔTES-DU-NORD CREEMOS EN SAINT-LUNAIRE O DINARD O

SAINT-MALO O CANCALE = SE SOLICITA AYUDA PARA LOCALIZAR Y ELIMINAR

Punto, punto, raya, raya, y ahí va, en los cables, a través de Europa.

OCHO

9 DE AGOSTO DE 1944

FUERTE NACIONAL

La tercera tarde del asedio a Saint-Malo los bombardeos se detienen como si los artilleros se hubiesen quedado súbitamente dormidos sobre sus armas. Hay coches quemados, árboles quemados, casas quemadas. Los soldados alemanes beben vino en los búnkeres. Un sacerdote echa agua bendita sobre las paredes del sótano de la universidad. Dos caballos, enloquecidos por el miedo, comienzan a dar coces contra la puerta del garaje en el que han sido encerrados y galopan entre las casas humeantes de la Grand Rue.

Sobre las cuatro de la tarde, un obús de campo norteamericano dispara un único proyectil mal dirigido a tres kilómetros de distancia. Navega sobre las murallas de la ciudad y estalla contra el parapeto norte del Fuerte Nacional, en el que trescientos ochenta franceses han sido retenidos contra su voluntad bajo una protección mínima. Nueve mueren al instante. Uno de ellos, con las cartas de la partida de bridge todavía en las manos.

EN EL DESVÁN

Las campanas de St. Vincent han marcado las horas durante los cuatro años que Marie-Laure ha pasado en Saint-Malo. Ahora esas campanas ya no suenan. No sabe cuánto tiempo lleva atrapada en el desván, ni tan siquiera si es de día o de noche. El tiempo es algo escurridizo: afloja la presa tan solo una vez y el cordel se escapará de tus manos para siempre.

La sed es tan aguda que por un instante piensa en morderse el brazo para beber el líquido que corre en su interior. Coge las latas de comida de los bolsillos del abrigo de su tío y acerca los labios al borde. Las dos saben a lata. El contenido está apenas a un milímetro de distancia.

No te arriesgues, dice la voz de su padre. *No te arriesgues a hacer ruido.*

Solo una, papá, guardaré la otra. El alemán se ha ido, estoy casi segura de que se ha ido ya.

Entonces, ¿por qué no ha sonado el cable?

Porque lo ha cortado o porque... tal vez estaba dormida cuando sonó la campanilla, podría ser por muchas razones.

¿Por qué se va a marchar si lo que busca sigue aquí?

¿Quién sabe lo que busca?

Tú sabes lo que busca.

Tengo muchísima hambre, papá.

Intenta pensar en otra cosa.

Enormes cascadas de agua transparente y fresca.

Sobrevivirás, ma chérie.

¿Cómo lo sabes?

Por el diamante que llevas en el bolsillo. Lo dejé ahí para que te protegiera.

Todo lo que ha hecho hasta ahora es ponerme en peligro.

En ese caso, ¿por qué la casa sigue en pie? ¿Por qué no se ha incendiado?

No es más que una piedra, papá, un guijarro. Solo hay suerte, buena o mala, azar y física. ¿Te acuerdas?

Estás viva.

Solo estoy viva porque no he muerto aún.

No abras la lata. Te oirá y no dudará en matarte.

¿Cómo podrá matarme si no puedo morir?

Las preguntas se suceden una a otra y la mente de Marie-Laure amenaza con estallar. Ahora se ha sentado sobre la banqueta de piano que hay al fondo del desván y acaricia con las manos el transmisor de Etienne tratando de comprender sus interruptores y cables —aquí el fonógrafo, ahí el micrófono, ahí uno de los cuatro plomos conectados a un par de baterías— cuando oye algo bajo sus pies.

Una voz.

Con muchísimo cuidado se baja de la banqueta y apoya el oído en el suelo.

Está justo debajo de ella orinando en el inodoro de la sexta planta. El sonido está interrumpido por unos quejidos intermitentes, como si el proceso fuera un tormento para él. Entre quejido y quejido, dice:

—*Das Häuschen fehlt, wo bist du Häuschen?*

Algo va mal.

—*Das Häuschen fehlt, wo bist du Häuschen?*

Nadie responde. ¿Con quién está hablando?

Desde algún lugar más allá de la casa llega el estallido de un mortero distante y el silbido de los proyectiles pasa sobre sus cabezas. Oye que el alemán va del baño al dormitorio siempre cojeando, murmurando algo, desquiciado. *Häuschen:* ¿qué significa eso?

Oye el crujido de los muelles de su colchón, podría distinguir ese sonido en cualquier parte. ¿Ha estado durmiendo en su cama todo este tiempo? Se oyen seis fuertes estallidos, uno tras otro, más fuertes que el armamento antiaéreo, y más lejanos. Son armas navales. Luego se oyen trombones, címbalos, los gongs de las explosiones dibujando un tramado carmesí sobre el tejado. Ha terminado el respiro. Marie-Laure siente un vacío en el estómago y la garganta seca. Coge una de las latas del bolsillo del abrigo. El ladrillo y el cuchillo están a mano.

No lo hagas.

Si sigo escuchándote, papá, acabaré muriendo de inanición con comida en las manos.

La habitación bajo sus pies permanece en silencio. Los proyectiles se acercan pacientemente, cada uno silba sobre el anterior en intervalos previsibles, formando una larga parábola escarlata sobre el tejado. Ella aprovecha el sonido para abrir la lata. *Iiiiiiiiiiiii,* hace el proyectil; *ding,* hace el ladrillo contra el cuchillo y el cuchillo contra la lata. Se oye una terrible detonación en alguna parte. Las astillas de la explosión salen disparadas contra los muros de una docena de casas.

Iiiiiiiiiiiii ding. Iiiiiiiiiiiii ding. Con cada golpe una plegaria: «Por favor, que no me oiga».

Cinco golpes y el líquido comienza a salir. Con el sexto consigue abrir un pequeño cuadrante y logra levantar la tapa con la hoja del cuchillo. Lo alza y bebe. Está fresco y salado. Son judías. Judías verdes guisadas en lata. El agua en la que han sido cocidas es increíblemente sabrosa. Siente como si todo su cuerpo intentara absorberla. Vacía la lata. En sus pensamientos, su padre ha callado.

LAS CABEZAS

Werner mueve la antena por los escombros del techo y toca con ella una tubería retorcida. Nada. A cuatro patas, arrastra la antena por todo el perímetro del sótano como si estuviera atando a Volkheimer a su sillón dorado. Nada. Apaga la moribunda linterna, aprieta el auricular contra su oído bueno, cierra los ojos en la oscuridad y enciende el transceptor arreglado recorriendo el dial de arriba abajo. Concentra todos sus sentidos en uno.

Estática, estática, estática, estática, estática.

Tal vez están enterrados a demasiada profundidad, tal vez los escombros del hotel han creado una sombra electromagnética, tal vez se ha estropeado algo importante en la radio, algo que Werner no ha sabido identificar, o tal vez los supercientíficos del Führer han creado un arma para acabar con todas las armas y toda esta esquina de Europa ha sido devastada hasta tal punto que Werner y Volkheimer son los únicos supervivientes.

Se quita los auriculares y corta la conexión. Hace ya mucho que se acabaron los víveres, las cantimploras están vacías y el lodo que hay en el cubo con los pinceles es imbebible. Tanto él como Volkheimer han intentado hacerlo ya y Werner no sabe si su estómago podrá resistirlo una vez más.

La batería que hay en la radio está casi muerta. Cuando se haya acabado aún les quedará la gran batería americana de once voltios con el gato negro impreso en uno de los lados. ¿Y después?

¿Cuánto oxígeno convierte el sistema respiratorio de una persona en dióxido de carbono cada hora? Hubo una época en la que a Werner le habría encantado resolver ese acertijo. Ahora está sentado con las dos granadas de palo de Volkheimer sobre el regazo, sintiendo las últimas chispas de su interior apagarse. Haciendo girar el eje de una y luego de la otra, podría prender fuego a las espoletas lo justo para iluminar este lugar, para volver a ver.

Volkheimer enciende su linterna y apunta su débil haz hacia la esquina del fondo, donde hay ocho o nueve cabezas de yeso sobre dos estanterías, algunas caídas de lado. Parecen las cabezas de unos maniquíes, aunque han sido diseñadas con más pericia: hay tres con bigote, dos calvos y una con una gorra de soldado. Incluso con la luz apagada las cabezas emanan un extraño poder en la oscuridad: son de un blanco puro, no visible pero tampoco del todo invisible, y han quedado impresas en la retina de Werner como si brillaran en la oscuridad.

Silenciosas, vigilantes, no parpadean.

Jugarretas de la mente.

Rostros, mirad a otro lado.

En la negrura, Werner gatea hacia Volkheimer y le resulta agradable toparse con las enormes rodillas de su amigo. El rifle está junto a él. El cadáver de Bernd en algún lugar un poco más lejos.

—¿Alguna vez te enteraste de las historias que se contaban de ti? —pregunta Werner.

—¿Quién?

—Los chicos de Schulpforta.

—Sé algunas.

—¿Te gustaba ser el Gigante, que te temiera todo el mundo?

—No es demasiado divertido que te estén preguntando todo el tiempo cuánto mides.

Un proyectil explota en la superficie. En algún lugar ahí fuera la ciudad está ardiendo, el mar se agita, los percebes agitan sus livianas extremidades.

—¿Cuánto mides?

Volkheimer resopla y suelta una carcajada.

—¿Piensas que Bernd tenía razón con lo de las granadas?

—No —responde Volkheimer con tono de alerta—, nos mataría.

—¿Incluso si construimos algún tipo de barrera?

—Nos aplastaría.

Werner intenta vislumbrar las cabezas en la oscuridad del sótano. Si no las granadas, ¿entonces qué? ¿Acaso Volkheimer cree que va a venir alguien a rescatarles, que se merecen ser salvados?

—¿Así que solo nos queda esperar?

Volkheimer no contesta.

—¿Cuánto tiempo?

Cuando muera la batería de la radio, la americana de once voltios podrá tener activo el transceptor durante otro día más, tal vez podrá conectar la bombilla de la linterna de Volkheimer a ella. La batería les dará un día más de estática o un día más de luz, aunque tampoco se necesita mucha luz para disparar un rifle.

DELIRIO

Un fleco púrpura flota en la visión de Von Rumpel. Algo ha debido de ir mal con la morfina. Puede que haya tomado demasiada o tal vez la enfermedad ha avanzado y ha comenzado a alterarle la vista.

La ceniza cae al otro lado de la ventana como si fuera nieve. ¿Es el amanecer? Tal vez la luminosidad del cielo esté provocada por el bombardeo. Las sábanas están empapadas en sudor y tiene el uniforme mojado como si hubiese estado nadando en sueños. Siente en la boca un sabor a sangre.

Se arrastra hasta el final de la cama y contempla la maqueta. La ha estudiado al milímetro. Ha destrozado una esquina con una botella de vino vacía. La mayor parte de las estructuras de la maqueta son huecas —el Château, la catedral, el mercado—, pero ¿qué sentido tiene destrozarlas todas cuando falta una, justo la que necesita?

Afuera, en la ciudad desierta, parece que el resto de las estructuras están ardiendo o han sido derruidas, pero aquí, frente a él, la miniatura reproduce todo lo contrario: la ciudad permanece en pie mientras que ha desaparecido justo la casa en la que se encuentra.

¿Se la ha llevado la muchacha cuando se marchó? Es posible. El tío no la tenía cuando lo envió al Fuerte Nacional. Le registraron de arriba abajo pero no llevaba más que sus papeles; Von Rumpel se aseguró personalmente.

En algún lugar revienta un muro y vuelan por los aires miles de kilos de mampostería.

Que la casa esté en pie rodeada de tantas otras en ruinas es prueba suficiente: la piedra ha de estar aquí, en su interior. Lo único que necesita es tiempo para encontrarla, luego acercarla a su corazón y esperar a que la diosa reduzca su fiereza y acabe con su aflicción, ilumine su camino hasta la salida de esta ciudadela, al exterior de este asedio, al final de su enfermedad. Estará a salvo. Solo tiene que levantarse de esta cama y seguir buscando. Hacerlo metódicamente durante tantas horas como haga falta. Desmenuzar este lugar de arriba abajo. Empieza por la cocina. Una vez más.

AGUA

Marie-Laure escucha el quejido de los muelles de su cama. Oye que el alemán cojea al salir de su habitación y al bajar las escaleras. ¿Se marcha ya? ¿Se ha rendido?

Comienza a llover. Miles de pequeñas gotas repiquetean contra el tejado. Marie-Laure se pone de puntillas y presiona el oído contra el techo bajo las tejas. Escucha que resbalan las gotas. ¿Es por la plegaria? ¿La que murmuró madame Manec el día que se enfadó con Etienne?

Señor Dios nuestro, tu gracia es un fuego purificador.

Tiene que ordenar sus pensamientos, utilizar la percepción y la lógica igual que lo haría su padre o el gran biólogo marino del libro de Julio Verne, el profesor Pierre Aronnax. El alemán no ha descubierto el desván, ella tiene la piedra en el bolsillo y una lata de comida. Eso son algunas ventajas.

También la lluvia es buena: hará que se apague el fuego. ¿Podría conseguir un poco para beber? ¿Hacer un agujero entre las tejas? ¿Aprovecharla de alguna otra manera? ¿Tal vez para tapar el ruido que pueda llegar a hacer?

Sabe perfectamente dónde están los dos cubos galvanizados: justo tras la puerta de su cuarto. Puede ir a cogerlos y tal vez subir uno arriba.

No, subir uno hasta arriba sería imposible. Demasiado pesado, demasiado ruidoso. Además el agua caería por todas partes. Pero tal vez podría bajar, hundir la cara en uno y llenar de agua la lata de las judías.

El simple pensamiento de sus labios contra el agua, con la punta de la nariz tocando la superficie, le despierta la necesidad biológica más intensa que ha tenido jamás. Imagina que cae en medio de un lago, el agua cubre sus oídos y boca, abre su garganta. Con un solo trago podría pensar más claramente. Espera que se oiga la voz de su padre con alguna objeción, pero la voz no llega.

La distancia desde el armario a través de la habitación de Henri y el descansillo hasta la puerta de su dormitorio es de veintiún pasos aproximadamente. Coge el cuchillo y la lata vacía del suelo y se los mete en el bolsillo. Se desliza por los siete peldaños y permanece inmóvil un buen rato contra la pared del armario. Escucha, escucha, escucha. La pequeña casa de madera se le clava entre las costillas al deslizarse. ¿Acaso hay en el interior de su diminuto desván una Marie-Laure diminuta que escucha? ¿Siente acaso esa diminuta versión de sí misma la misma sed?

El único sonido es el de la lluvia que convierte Saint-Malo en un lodazal.

Podría ser un truco. Tal vez la oyó abrir la lata de judías, bajó las escaleras ruidosamente y luego las subió en silencio, puede que esté al otro lado del armario apuntándola con la pistola preparada.

Señor Dios nuestro, tu gracia es un fuego purificador.

Apoya las manos contra el fondo del armario y desliza el panel. Siente las camisas rozándole la cara cuando pasa a través de ellas. Posa las manos contra el interior de las puertas del armario y empuja una de ellas.

No se oyen disparos. Nada.

Al otro lado de la ventana, ahora sin cristal, el sonido de la lluvia que cae sobre las casas en llamas se parece al sonido de los guijarros cuando son arrastrados por las olas. Marie-Laure camina por el viejo dormitorio de su abuelo y lo convoca: un curioso chico de pelo brillante y con olor a mar. Es bromista, ingenioso y con mucha energía. Le da la mano al tiempo que Etienne le da la otra y la casa se convierte en lo que fue hace cincuenta años: los padres de los chicos, elegantemente vestidos, ríen en la planta de abajo. Una cocinera abre ostras en la cocina. Madame Manec, una joven sirvienta entonces recién llegada del pueblo, canturrea sobre una escalera mientras limpia una lámpara...

Papá, tú tienes llaves para todo.

Los chicos la llevan hasta el pasillo. Pasa junto al baño.

Todavía hay rastros del olor del alemán en la habitación. Un perfume parecido al de la vainilla. Sobre él, algo pútrido. No oye nada que no sea la lluvia del exterior o su propio pulso en las sienes. Se arrodilla y, tan silenciosamente como puede, desliza las manos sobre las tablas del suelo. El sonido que hacen sus dedos al dar con el cubo le parece tan alto como el de la campana de la catedral.

La lluvia cae contra el techo y las paredes, se desliza por las ventanas sin cristales. A su alrededor están también sus piedras, sus conchas, la maqueta de su padre, su edredón. En algún lugar deben estar también sus zapatos.

Inclina la cara y toca con los labios la superficie del agua. Cada trago parece sonar como la explosión de un proyectil. Uno, tres, cinco: traga, respira, traga, respira. Tiene la cabeza entera en el interior del cubo.

Respira, muere, sueña.

¿Se está moviendo? ¿Está en la planta de abajo? ¿Tiene pensado subir de nuevo?

Nueve, once, trece, está llena. Tiene el estómago repleto de agua, ha bebido demasiado. Introduce la lata en el cubo y la llena.

Ahora debe retirarse sin producir ni un solo sonido, sin tocar las paredes, las puertas. Sin tropezar, sin derramar una gota. Se da media vuelta y comienza a gatear con la lata llena de agua en la mano izquierda.

Marie-Laure alcanza la puerta de su habitación antes de oírle. Está tres o cuatro plantas más abajo registrando una de las habitaciones. Oye lo que parece el sonido de alguien que vuelca un cajón cargado de rodamientos sobre el suelo. Resuenan, botan y ruedan. Estira la mano derecha y ahí, justo en la parte interior de la puerta, descubre algo grande, rectangular, duro y cubierto de ropa. ¡Su libro! ¡La novela! Estaba justo ahí como si su padre la hubiese dejado para ella. El alemán la debe de haber tirado de la cama. La levanta con el mayor sigilo posible y la sostiene contra el abrigo de su tío.

¿Puede bajar las escaleras?

¿Puede pasar a su lado y llegar a la calle?

El agua ha regresado a sus venas mejorando la circulación sanguínea y es capaz de pensar con más precisión. No quiere morir, ya ha arriesgado demasiado. Incluso aunque pudiera deslizarse milagrosamente junto al alemán, nada le garantiza que en la calle vaya a estar más segura que en la casa.

Consigue llegar al descansillo y luego al umbral de la habitación de su abuelo. Encuentra el camino hasta el armario, se introduce entre las puertas abiertas y las cierra con cuidado al pasar.

LAS VIGAS

Los proyectiles caen sobre sus cabezas haciendo temblar el sótano como trenes de mercancías al pasar. Werner imagina a los artilleros americanos: observadores tras las miras, apostados en rocas, sobre tanques de agua o en las barandillas de hoteles, oficiales que miden la velocidad del viento, la elevación de los cañones, la temperatura del aire, encargados de radio con auriculares de teléfono en el oído que indican un objetivo.

Tres grados a la derecha, el mismo alcance. Voces tranquilas y cansadas que dirigen el ataque. Tal vez la misma voz que utiliza Dios cuando convoca a las almas. *Por aquí, por favor.*

No son más que números, pura matemática. Tienes que acostumbrarte a pensar de esa forma. En su lado ocurre lo mismo.

—Mi bisabuelo —dice Volkheimer de pronto— era un leñador en la época previa a los barcos de vapor, cuando todo el mundo navegaba a vela.

Werner no está seguro pero en la oscuridad le parece que Volkheimer está de pie recorriendo con los dedos una de las tres vigas astilladas que soportan el techo. Tiene las rodillas dobladas para colocarse a la altura. Como Atlas a punto de acomodarse la carga sobre los hombros.

—En aquella época —dice Volkheimer— toda Europa necesitaba mástiles para los barcos pero en casi todos los países se habían talado los árboles más grandes. Inglaterra, decía mi bisabuelo, no tenía ningún árbol que valiera la pena en toda la isla de modo que los mástiles para los barcos británicos y españoles, y también para los portugueses, salían de Prusia, de los bosques en los que yo crecí. Mi bisabuelo sabía dónde estaban los gigantes. Algunos de aquellos árboles eran tan grandes que un equipo de cinco hombres tardaba tres días en tirarlos abajo. Primero se introducía las cuñas, como agujas en la piel de un elefante (eso decía él). Los troncos más grandes eran capaces de tragar cien cuñas antes de crujir.

Resuena la artillería, tiembla el sótano.

—Mi bisabuelo me dijo que le agradaba imaginar esos árboles siendo arrastrados por caballos por toda Europa, cruzando ríos o el mar de Bretaña, para ser pulidos, tratados y alzados de nuevo como mástiles, un lugar desde el que podrían contemplar décadas de batallas en una segunda vida, navegar por los grandes océanos hasta caer de nuevo en una segunda muerte.

Cae un nuevo proyectil y a Werner le parece escuchar el crujido de la madera de los mástiles que hay encima de ellos. *En algún momento ese trozo de carbón fue una planta verde, un helecho o un junco vivo hace un millón de años, dos millones de años o cien millones de años. ¿Os imagináis lo que son cien millones de años?*

—Del lugar del que yo vengo también sacan árboles. Árboles prehistóricos —dice Werner.

—Estaba desesperado por marcharme de allí —dice Volkheimer.

—Yo también.

—¿Y ahora?

Bernd se pudre en la esquina. Jutta camina por algún lugar del mundo, contempla las sombras que se desenredan de la oscuridad de la noche, ve a los mineros salir al amanecer. Eso bastaba cuando Werner era un muchacho, ¿no es cierto? Un mundo de flores salvajes que brotan de las formas oxidadas. Un mundo de alambradas y pieles de zanahorias y cuentos de hadas de frau Elena, de áspero olor a alquitrán y del sonido de los trenes que pasan y el de las abejas al volar sobre las macetas. Las cuerdas, los cables y la voz de la radio ofrecen un telar en el que prender sus sueños.

EL TRANSMISOR

Espera sobre la mesa que está apoyada contra la chimenea. Las baterías gemelas están debajo. Es una máquina extraña construida hace años para hablar con un fantasma. Marie-Laure trepa a la banqueta del piano tan silenciosamente como puede, alguien ha de tener una radio: la brigada de bomberos, si queda alguna, o la resistencia o los mismos americanos que están lanzando misiles sobre la ciudad. O los alemanes en sus fuertes subterráneos. Tal vez el propio Etienne. Intenta imaginárselo encorvado en alguna parte con los dedos bailando sobre el dial de una radio fantasma. Tal vez piensa que ella ha muerto, quizá solo le hace falta un titileo de esperanza.

Recorre con los dedos las piedras de la chimenea hasta que encuentra la palanca que su tío instaló allí. Se deja caer con todo su peso encima de ella y la antena hace un leve quejido sobre el tejado al alzarse. Se ha oído demasiado.

Espera. Cuenta hasta cien. No se escucha nada escaleras abajo.

Junto a la mesa encuentra los interruptores: uno es para el micrófono y el otro para el transmisor, pero no recuerda cuál es cuál. Enciende uno y luego el otro. Desde el interior del gran transmisor suenan las placas eléctricas dentro de los tubos de vacío.

¿Se oye demasiado alto, papá?

No más alto que la brisa o el trasfondo de los proyectiles.

Recorre las líneas de los cables hasta que consigue tener el micrófono en la mano.

Cerrar los ojos no alcanza para imaginar lo que es la ceguera. Bajo un mundo de cielos y rostros y edificios, existe otro mundo más crudo y antiguo, un mundo en el que las superficies se disuelven y los sonidos construyen conjuntos en el aire. Marie-Laure puede estar sentada en el desván muy por encima del nivel de la calle y aun así escuchar los lirios que se abren a tres kilómetros de distancia. Oye a los americanos atravesar los campos, dirigir sus enormes cañones hacia el humo de Saint-Malo, a las familias lloriqueando en los sótanos alrededor de las bombillas, a los cuervos saltando de un escombro a otro, a las moscas posándose sobre los cadáveres en las zanjas. Oye el temblor de los tamarindos y el sonido de los arrendajos y la queja de la hierba en los médanos. Siente el gran puño de granito sobre el que se asienta Saint-Malo sumergiéndose en el interior de la corteza terrestre mientras el océano lo devora por los cuatro costados y oye las islas exteriores firmes ante los vaivenes de la marea. Oye cómo una vaca bebe entre las rocas y cómo saltan los delfines en las verdes aguas del Canal. Oye los huesos de las ballenas muertas bajo la superficie a cinco leguas de distancia ofreciendo con su tuétano un siglo de comida a ciudades enteras de criaturas que vivirán toda su existencia sin ver jamás un solo fotón del sol. Siente el rumor de los caracoles en su gruta arrastrando sus cuerpos por las rocas.

En vez de leerte yo a ti... ¿por qué no me lees tú a mí?

Con la mano libre abre la novela sobre su regazo, encuentra los renglones con los dedos y acerca el micrófono a los labios.

UNA VOZ

En la mañana de su cuarto día atrapados bajo lo que sea que quede en pie del hotel de Las Abejas, Werner escucha con el transceptor reparado. Está girando el dial adelante y atrás cuando la voz de una chica le llega directamente al oído bueno: «A las tres de la mañana me despertó una explosión violenta». Piensa: es el hambre, la fiebre, me estoy imaginando cosas. Mi mente está modificando la estática.

Ella dice: «Me incorporé sobresaltado en el lecho y prestaba oído atento en medio de la oscuridad cuando, bruscamente, me sentí lanzado al centro de la habitación».

Habla un francés tranquilo y pronunciado a la perfección. Su acento es un poco más nítido que el de frau Elena. Él presiona el auricular en el oído. «Sin duda», dice ella, «el *Nautilus* había escorado después del encontronazo».

Ella arrastra las erres y prolonga las eses. A cada sílaba la voz parece sumergirse un poco más profundo en su cerebro. Es joven, aguda, apenas un susurro. Si se trata de una alucinación, pues que así sea.

«Uno de los icebergs, al dar la vuelta, ha chocado con el *Nautilus*, que flotaba tranquilamente entre las aguas. Se ha deslizado por debajo del casco y, levantándolo con un empuje irresistible, lo ha llevado a aguas menos densas...».

Él escucha cómo ella se humedece los labios con la lengua. «Pero ¿quién sabía si antes no toparíamos con la parte inferior del banco, quedando espantosamente prensados entre las dos superficies de hielo?». La estática regresa y amenaza con apagar la voz. Werner lucha desesperadamente para no perderla, es un niño en el desván de un orfanato haciendo todo lo posible para que un sueño no se desvanezca, pero Jutta le ha puesto una mano sobre el hombro y le susurra que despierte.

«De manera que el *Nautilus* estaba rodeado por un infranqueable muro de hielo. Estábamos atrapados».

Deja de leer abruptamente y suena la estática. Cuando vuelve a hablar su voz se convierte en un silbido desesperado: «Él está aquí. Justo debajo de mí».

Se corta la transmisión. Busca con el sintonizador, cambia el dial. Nada. Se quita los auriculares y se mueve en medio de la total oscuridad hacia el lugar en el que está sentado Volkheimer. Agarra lo que cree que es su brazo y dice:

—He escuchado algo, por favor...

Volkheimer no se mueve, parece de madera. Werner tira de él con todas sus fuerzas, pero es demasiado pequeño y está demasiado débil; le abandonan las fuerzas tan pronto como habían llegado.

—Ya basta —dice la voz de Volkheimer en la oscuridad—, no servirá de nada.

Werner se sienta en el suelo. Unos gatos maúllan en algún lugar de las ruinas sobre sus cabezas. Están muertos de hambre igual que él, igual que Volkheimer. Uno de los chicos de Schulpforta le describió una vez a Werner un mitin en Núremberg: un océano de estandartes y banderas, relataba, masas de chicos bullendo entre las luces y el Führer mismo sobre un altar a quinientos metros de distancia con unos focos que iluminaban las columnas a sus espaldas. La atmósfera sobresaturada de significado y furia y justicia. Hans Schilzer enloquecido, Herribert Pomsel enloquecido, todos y cada uno de los chicos de Schulpforta enloquecidos y la única persona en la vida de Werner que había sabido mirar a través de toda esa parafernalia teatral había sido su hermana pequeña. ¿Cómo lo hizo? ¿Cómo consiguió entender Jutta tantas cosas sobre el funcionamiento del mundo cuando él entendió tan poco?

Pero ¿quién sabía si antes no toparíamos con la parte inferior del banco, quedando espantosamente prensados entre las dos superficies de hielo?

Él está aquí. Justo debajo de mí.

Haz algo. Sálvala.

Pero Dios no es más que un ojo blanco y frío, una media luna sostenida encima del humo que parpadea y parpadea mientras la ciudad se va reduciendo a cenizas.

NUEVE

MAYO DE 1944

EL BORDE DEL MUNDO

En la parte de atrás del Opel, Volkheimer le lee a Werner en voz alta. El papel en el que ha escrito Jutta parece apenas un pañuelo de papel en sus enormes garras.

... Ah, y herr Siedler, el oficial de minería, envió una nota felicitándote por tu éxito. Dice que la gente se está dando cuenta. ¿Significa eso que vas a volver a casa? Hans Pfeffering me dice que te diga: «Las balas temen a los valientes», pero a mí me parece un mal consejo. El dolor de muelas de frau Elena va un poco mejor pero como no puede fumar está de mal humor, ¿te conté que empezó a fumar...?

A través de la rota ventanilla trasera del camión, Werner ve por encima del hombro de Volkheimer a una niña de pelo rojo con una capa de terciopelo flotando a casi dos metros sobre la carretera. Pasa a través de los árboles, de las señales de tráfico y gira en las curvas tan inexorable como la luna.

Neumann Uno dirige el Opel hacia el oeste y Werner se encoge envuelto en una manta sobre el banco trasero del camión, inmóvil durante horas, y rechaza ofrecimientos de té y comida enlatada mientras la niña flotante le persigue por toda la región. La niña muerta en el cielo, la niña muerta al otro lado de la ventana, la niña muerta a tres centímetros de distancia. Dos ojos húmedos y ese tercer ojo del agujero de la bala, que nunca parpadea.

Avanzan dando tumbos por una sucesión de pueblecitos verdes donde árboles podados bordean canales soñolientos. Un par de mujeres que van en bicicleta se echan a un lado en la carretera y se quedan mirando el camión con la boca abierta como si fuera un vehículo infernal que ha venido a traer la desgracia a su pueblo.

—Francia —dice Bernd.

El follaje de los cerezos va pasando por encima de sus cabezas preñado de flores. Werner abre la puerta trasera y deja colgar los pies por encima del parachoques trasero, sus talones casi rozando la carretera que fluye. Un caballo avanza cargado de paja y cinco nubes blancas decoran el cielo.

Se bajan en un pueblo llamado Épernay y el dueño del hotel les lleva vino y muslos de pollo y un caldo que Werner consigue retener en el estómago. La gente a su alrededor habla el idioma que frau Elena le susurraba cuando era niño. Neumann Uno ha ido a buscar gasolina y Neumann Dos se enzarza en una discusión con Bernd sobre si los intestinos de las vacas se usaban como celdas hinchables en el interior de los zepelines durante la primera guerra, mientras tres chicos con boina les miran apoyados en una puerta, sin poder apartar los ojos de Volkheimer. A sus espaldas, en el atardecer, seis caléndulas en flor dibujan la silueta de una niña muerta y a continuación se vuelven flores otra vez.

—¿Quieren más? —pregunta el dueño del hotel.

Werner no puede negar con la cabeza. En este instante tiene miedo de apoyar las manos y que atraviesen la mesa.

Conducen durante toda la noche y paran al amanecer en un puesto de control en la frontera norte de Bretaña. A la distancia se ve la amurallada ciudadela de Saint-Malo. Las nubes proyectan bandas difusas de suaves grises y azules y lo mismo hace el océano bajo ellas.

Volkheimer enseña sus documentos al centinela. Sin pedir permiso, Werner sale del camión y pasa al otro lado del bajo rompeolas hasta la playa. Cruza una serie de barricadas y llega a la línea de la marea. A su derecha se extiende una línea de obstáculos antiinvasión que tienen la forma de juguetes infantiles, rodeados de alambradas con cuchillas, a lo largo de al menos un kilómetro y medio de playa.

No hay huellas en la arena. Entre las conchas ve guijarros y trozos de algas. Las tres islas exteriores tienen pequeños y bajos fuertes de piedra y un farol verde reluce en la punta del malecón. Por algún motivo parece apropiado haber llegado al borde del continente, encontrar frente a él tan solo el martilleo del mar. Como si este fuera el punto final hacia el que Werner se ha estado dirigiendo desde que dejó Zollverein.

Mete una mano en el agua y se lleva los dedos a la boca para probar la sal. Alguien grita su nombre pero Werner no se da la vuelta, nada le gustaría más que quedarse aquí toda la mañana viendo cómo se mueven las olas bajo la luz. Ahora se han puesto a gritar, primero Bernd y luego Neumann Uno. Werner por fin se da la vuelta y les ve haciéndole señas. Comienza a caminar hacia el Opel, cruza la arena y las líneas de alambradas.

Una docena de personas le observa, son centinelas y un puñado de lugareños. Muchos se tapan la boca con la mano.

—¡Pisa con cuidado, muchacho! —grita Bernd—. ¡Hay minas! ¿No has leído las señales?

Werner sube a la parte trasera del camión y cruza los brazos.

—¿Te has vuelto completamente loco? —pregunta Neumann Dos.

Las pocas personas que ven en la vieja ciudad pegan la espalda contra la pared para permitir que pase el Opel. Neumann

Uno se detiene junto a una casa de cuatro plantas con postigos azul pálido.

—El Kreiskommandantur —anuncia.

Volkheimer entra y regresa con un coronel que lleva uniforme de campo: el abrigo de la Reichswehr, cinturón alto y botas negras de caña alta. Tras él, dos ayudantes.

—Creemos que hay toda una red —dice el primer ayudante—, los códigos numéricos van seguidos de anuncios de nacimientos, bautismos, bodas y defunciones.

—Y luego hay música, casi siempre ponen algo de música —dice el segundo—, no sabríamos decir lo que significa.

El coronel desliza dos dedos a lo largo de su perfecta mandíbula. Volkheimer le contempla y luego mira a sus ayudantes como si quisiera convencer a unos niños preocupados de que se va a corregir cierta injusticia.

—Les encontraremos —dice—, no tardaremos mucho.

NÚMEROS

Reinhold von Rumpel visita a un doctor en Núremberg. El tumor en la garganta del sargento mayor, anuncia el doctor, ha crecido cuatro centímetros. El tumor del intestino delgado es más difícil de medir.

—Tres meses —dice el doctor—, tal vez cuatro.

Una hora más tarde Von Rumpel está en una cena. Cuatro meses, ciento veinte amaneceres, ciento veinte veces más tendrá que sacar todavía su corrupto cuerpo de la cama y abotonar encima el uniforme. Los oficiales que están en la mesa hablan indignados sobre otro tipo de números: la Octava y Quinta División alemanas se retiran del norte a través de Italia y puede que la Décima haya sido rodeada. Tal vez hayan perdido Roma.

¿De cuántos hombres se trata?

Cien mil.

¿Cuántos vehículos?

Veinte mil.

Se sirve hígado, cubitos de hígado con sal y pimienta regados con una salsa violeta oscura. Cuando retiran los platos Von Rumpel ni siquiera ha tocado el suyo. Tres mil cuatrocientos marcos: es todo lo que le queda. Y tres pequeños diamantes que conserva en un sobre en el interior de su cartera. Cada uno tiene aproximadamente un quilate.

Una de las mujeres de la mesa habla entusiasmada sobre las carreras de galgos, la velocidad y la *energía* que siente cuando las ve. Von Rumpel coge el asa de su taza de café e intenta que no se note el temblor. Un camarero le toca el hombro.

—Una llamada para usted, señor. Desde Francia.

Von Rumpel pasa con sus piernas tambaleantes a través de una puerta giratoria. El camarero le ofrece un teléfono que está sobre una mesa y se retira.

—¿Sargento mayor? Le habla Jean Brignon.

El nombre no activa ningún recuerdo en la memoria de Von Rumpel.

—Tengo información sobre el cerrajero, el hombre por el que preguntó el año pasado.

—LeBlanc.

—Sí, Daniel LeBlanc, pero quería hablarle de mi primo, señor. ¿Lo recuerda? Usted me ofreció ayuda, me dijo que si le daba información podía ayudarme.

Tres mensajeros, dos hallazgos, un último puzle que resolver. Von Rumpel sueña casi todas las noches con la diosa: su cabello son llamas, los dedos son raíces. Una locura. Incluso ahora, junto al teléfono, la hiedra se enreda alrededor de su cuello, trepa dentro de sus oídos.

—Sí, su primo. ¿Qué ha descubierto?

—LeBlanc fue acusado de conspiración, algo relacionado con un château en la Bretaña. Lo arrestaron en enero de 1941 delatado por un lugareño. Le encontraron con bocetos y llaves maestras, también había sido fotografiado tomando medidas en la ciudad de Saint-Malo.

—¿Está en un campo?

—No he podido encontrarlo, el sistema es muy intrincado.

—¿Y el informante?

—Un hombre de Saint-Malo apellidado Levitte, el nombre es Claude.

Von Rumpel piensa. La niña ciega, el apartamento en la rue des Patriarches vacío desde junio de 1940, cuyo alquiler sigue pagando el Museo de Historia Natural. ¿Hacia dónde huyó obligado, transportando algo valioso y teniendo que hacerse cargo de una hija ciega? ¿Por qué ir a Saint-Malo si no vive allí alguien en quien se confía?

—Mi primo —dice Jean Brignon—. ¿Le ayudará?

—Muchas gracias —responde Von Rumpel y cuelga el auricular.

MAYO

Los últimos días de mayo de 1944 en Saint-Malo le recuerdan a Marie-Laure los últimos días de mayo de 1940 en París: días largos, henchidos y fragantes, como si todas las criaturas vivas se apresuraran a afianzarse antes de la llegada de algún cataclismo. Camino de la panadería de madame Ruelle, la brisa huele a mirto, a magnolia y a verbena. Se abren las flores de las glicinas y por todas partes hay galerías, cortinas y colgantes de flores.

Cuenta alcantarillas: veintiuna hasta que llega al carnicero, oye el sonido de una manguera sobre las baldosas, y al llegar a la veinticinco está en la panadería. Pone sobre el mostrador un cupón de racionamiento.

—Una barra de pan normal, por favor.

—¿Y cómo está tu tío?

Las palabras son las mismas pero la voz de madame Ruelle suena distinta, galvanizada.

—Mi tío está bien, gracias.

Madame Ruelle hace algo que nunca había hecho antes: se inclina sobre el mostrador y acaricia la cara de Marie-Laure con sus manos que huelen a harina.

—Eres una chica asombrosa.

—¿Está llorando, madame? ¿Va todo bien?

—Todo va perfectamente, Marie-Laure.

Las manos se retiran y recibe la barra de pan pesada, caliente, más grande de lo normal.

—Dile a tu tío que ha llegado la hora, que las sirenas tienen el pelo descolorido.

—¿Las sirenas, madame?

—Están llegando, querida. En menos de una semana. Pon las manos.

Del otro lado del mostrador llega un húmedo y fresco repollo del tamaño de una bola de cañón. Marie-Laure casi no consigue meterlo en la mochila.

—Gracias, madame.

—Y ahora vete a casa.

—¿Está limpio el camino?

—Tan limpio como el agua de la fuente. Nada se interpone, es un día hermoso, un día para recordar.

Ha llegado la hora. *Les sirènes ont les cheveux décolorés.* Su tío ha oído rumores en la radio de que al otro lado del Canal, en Inglaterra, se está agrupando una colosal flota, que han sido requisados todos los barcos, desde los pesqueros hasta los ferris, y que han sido modernizados y equipados con armas. Cinco mil barcos, once mil aviones, cincuenta mil vehículos.

Cuando llega a la intersección de la rue d'Estrées no gira a la izquierda, hacia casa, sino a la derecha. Cincuenta metros hacia la muralla, unos cien más a lo largo de la base del muro; saca la llave de hierro de Hubert Bazin. Han cerrado las playas hace varios meses, ahora están repletas de minas y amuralladas con alambradas de cuchillas, pero aquí en la vieja perrera, alejada de la mirada de todos, Marie-Laure puede sentarse entre sus caracoles y dejar llevar su imaginación hacia el gran biólogo marino Aronnax, invitado de honor y a la vez prisionero de la gran máquina de curiosidad del capitán Nemo, un hombre libre de patria y de política para cruzar las caleidoscópicas maravillas del mar. ¡Ser libre! Recostarse una vez más en el Jardin des Plantes con papá, sentir sus manos en las suyas, escuchar los pétalos de los tulipanes temblando con la brisa. Él la había convertido en el corazón de su existencia, la había hecho sentir como si cada paso que daba fuera importante.

¿Sigues ahí, papá?

Están llegando, querida. En menos de una semana.

DE CAZA (DE NUEVO)

Buscan día y noche. Saint-Malo, Dinard, Saint-Servan, Saint-Vincent. Neumann Uno conduce el Opel por calles tan estrechas que los lados del camión arañan los muros. Pasan junto a pequeñas crêperies grises con las ventanas rotas, *boulangeries* cerradas y bistrós vacíos, laderas llenas de prisioneros rusos vertiendo cemento y prostitutas de huesos anchos que cargan agua desde los pozos, pero no encuentran ninguna transmisión como la que han descrito los ayudantes del coronel. Werner es capaz de sintonizar la BBC al norte y algunas emisoras de propaganda al sur, en ocasiones llega a atrapar algunos fragmentos de código morse. Pero no oye ningún anuncio de nacimientos, bodas o defunciones, ningún número, nada de música.

La habitación que les asignan a Werner y a Bernd, en la última planta de un hotel requisado en el interior de los muros de la ciudad, parece un lugar del que el tiempo no quiere saber nada: tréboles de cuatro hojas, capiteles con hojas de palma y cornucopias de estuco de trescientos años de antigüedad adornan el techo. La niña muerta de Viena recorre los pasillos durante la noche. No mira a Werner cuando pasa frente a la puerta de su habitación, pero él sabe que es a él a quien ha venido a cazar.

El dueño del hotel se retuerce las manos mientras Volkheimer camina de un lado al otro del vestíbulo. Los aviones se arrastran por el cielo a una velocidad que a Werner le parece increíblemente lenta, como si en cualquier momento fueran a detenerse y a caer en el mar.

—¿Es de los nuestros? —pregunta Neumann Uno—. ¿O de los suyos?

—Va demasiado alto para saberlo.

Werner recorre los pasillos de la planta de arriba. En el último piso se encuentra la que tal vez sea la mejor habitación del hotel. Se detiene frente a una bañera hexagonal y limpia una ventana con la palma de la mano. Algunas semillas flotan en el aire y se pierden en los abismos de sombras entre las casas. Sobre él, en la penumbra, una abeja reina de casi tres metros de largo, con múltiples ojos y una pelusa dorada en el abdomen, se enrosca en el techo.

Querida Jutta:

Perdón por no haberte escrito estos últimos meses. Se me ha pasado la fiebre casi por completo, no debes preocuparte. Últimamente me siento más lúcido y hoy te quiero escribir para hablarte del mar. Contiene tantos colores, es plateado al amanecer, verde al mediodía y azul oscuro por la tarde. A veces parece casi rojo o del color de las monedas antiguas. Ahora mismo la sombra de unas nubes cruza sobre él y hay parches de luz por todas partes. La blancura de las gaviotas lo puntean aquí y allá como abalorios.

De entre todas las cosas que he visto en la vida, creo que el mar es mi favorita.

A veces me descubro mirándolo y me olvido completamente de mis obligaciones. Es lo bastante grande como para contener en su interior todas las cosas que un hombre puede sentir a lo largo de toda una vida.

Saluda a frau Elena y a los chicos que queden de mi parte.

CLARO DE LUNA

Esta noche trabajan en una zona de la ciudad vieja junto a la muralla sur. La lluvia cae con tanta suavidad que es casi imposible distinguirla de la niebla. Werner está sentado en la parte trasera del Opel mientras Volkheimer se echa una siesta en el banco a sus espaldas. Bernd está sobre un parapeto con el primer transceptor bajo un poncho. No se ha puesto los auriculares durante horas, lo que significa que está dormido. La única luz visible es la que sale del filamento ámbar del indicador de señal de Werner.

Todo el espectro es estática hasta que de pronto se oye algo.

«Madame Labas anuncia que su hija está embarazada. Monsieur Ferey manda saludos a sus primos de Saint-Vincent».

A continuación una gran ráfaga de estática. Es como si la voz procediera de un sueño antiguo. Media docena más de palabras con acento bretón flotan alrededor de Werner. «Próxima transmisión jueves 2300. Cincuenta y seis, setenta y dos algo...». El recuerdo le viene a Werner a la mente como un tren de seis vagones que emerge de la oscuridad. La calidad de la transmisión y el tono de la voz se ajustan en todo a las transmisiones del francés que solía escuchar. Luego oye un piano con tres notas sencillas seguidas de unos acordes que se alzan pacíficamente, como velas encendidas en la oscuridad de un bosque... El reconocimiento es inmediato, como si hubiese estado sumergido durante muchísimo tiempo y alguien lo hubiese alzado en el aire.

A las espaldas de Werner los párpados de Volkheimer permanecen cerrados. A pesar de que están separados por la pared del camión puede ver los hombros inmóviles de los Neumann. Werner cubre el dial con la mano. La canción se despliega cada vez más alta y él espera que Bernd abra su micrófono para decirle que ha oído algo.

Pero no oye nada, están todos dormidos. Aun así, ¿no es como si se hubiera electrificado el aire en la caja del camión donde se hallan él y Volkheimer?

Después el piano hace un recorrido familiar, el pianista toca una escala diferente con cada mano (de pronto es como si tuviera tres, cuatro manos), las notas parecen perlas engarzadas en un hilo, y Werner ve a una Jutta de seis años a su lado y a frau Elena amasando pan al fondo, tiene una radio a galena en el regazo y las cuerdas de su alma aún no han sido puestas a prueba.

El piano continúa hasta los acordes finales y luego regresa la estática.

¿Lo han oído? ¿Oyen ahora su corazón martilleándole contra las costillas? Está la lluvia, que cae suavemente entre las altas casas. Está Volkheimer, con la barbilla apoyada en la interminable extensión de su pecho. Frederick decía que no había posibilidad de elegir, que nuestras vidas no nos pertenecen, pero al final fue Werner quien fingió que no había posibilidad de elegir, quien vio a Frederick tirar el agua del cubo a sus pies —No lo haré—. Werner, quien no intervino mientras llovían sobre Frederick las consecuencias. Werner, quien ha visto a Volkheimer irrumpir en una casa tras otra, la misma pesadilla recurrente una, y otra, y otra vez. Se quita los auriculares y pasa junto a Volkheimer para abrir la puerta trasera. Volkheimer abre un ojo enorme, dorado, un ojo de león.

—*Nichts?*

Werner mira hacia las casas de piedra, altas y distantes, construidas muro contra muro con sus fachadas húmedas y sus ventanas oscuras. No se ve luz por ninguna parte, tampoco antenas. La lluvia cae tan suave que apenas hace ruido pero para Werner es un estruendo.

Se gira.

—*Nichts* —contesta. Nada.

ANTENA

Un teniente austriaco de la unidad antiaérea se instala en el hotel de Las Abejas con un destacamento de ocho personas. Su cocinero prepara avena con beicon en la cocina mientras los otros siete derriban las paredes del cuarto piso con mazas. Volkheimer mastica lentamente y levanta de cuando en cuando la mirada para observar a Werner.

«Próxima transmisión jueves 2300». Werner ha oído la voz que todos esperaban y ¿qué ha hecho con eso? Ha mentido. Ha cometido traición. ¿Cuántos hombres estarán en peligro por su culpa? Aun así, cuando se recuerda escuchando la voz, cuando recuerda aquella música flotando en su cabeza, tiembla de alegría.

La mitad norte de Francia está en llamas. Las playas devoran hombres (americanos, canadienses, británicos, alemanes, rusos) y a lo largo de toda Normandía los pesados bombarderos pulverizan las ciudades de provincia, pero aquí en Saint-Malo la hierba crece lenta y melancólica, los marineros alemanes aún se entrenan en los puertos y los artilleros aún almacenan municiones en los túneles que hay bajo el fuerte de la Cité.

En el hotel de Las Abejas los austriacos utilizan una grúa para bajar el cañón de 88 milímetros sobre un bastión en la muralla. Atornillan el arma a una intersección y la cubren con lonas de camuflaje. El equipo de Volkheimer trabaja dos noches seguidas y la memoria le juega malas pasadas a Werner.

«Madame Labas informa de que su hija está embarazada».

«¿Cómo puede ser que el cerebro, que jamás conoce una chispa de luz, construya en nuestro interior un mundo lleno de luces?».

Si el francés sigue utilizando el mismo transmisor que hacía que lo pudiera escuchar desde Zollverein, la antena tiene que ser grande. Eso o que haya instalado cientos de metros de cable. En ambos casos tiene que estar en un lugar alto, sin dudas tiene que ser visible.

La tercera noche después de escuchar la transmisión —el jueves— Werner está junto a la bañera hexagonal, debajo de la abeja reina. Con los postigos abiertos puede ver a su izquierda un revoltijo de tejados de pizarra. Las pardelas sobrevuelan las murallas casi rozándola; nubes de vapor envuelven el campanario.

Cada vez que Werner observa la vieja ciudad le llaman la atención las chimeneas, son enormes y se despliegan en filas de veinte o treinta a lo largo de cada manzana. Ni siquiera en Berlín hay chimeneas como esas.

Por supuesto. El francés tiene que estar utilizando una chimenea.

Baja corriendo al vestíbulo y recorre la rue des Forgeurs, luego la rue de Dinan. Observa los postigos y los canalones en busca de cables adosados a los ladrillos, cualquier cosa que pueda denunciar la presencia de un transmisor. Camina arriba y abajo hasta que le duele el cuello. Lleva fuera mucho tiempo, le van a llamar la atención, Volkheimer ya sospecha algo extraño. Entonces, justo a las 23:00 horas, Werner la ve apenas a una manzana de distancia de donde han aparcado el Opel: una antena que se alza a lo largo de una chimenea, no más gruesa que el palo de una escoba.

Se eleva doce metros y a continuación se desdobla, como por efecto de magia, hasta formar una sencilla T.

Es una casa alta al borde del mar, un lugar perfecto para una transmisión. Desde el nivel de la calle la antena es completamente invisible. Escucha la voz de Jutta: *Te apuesto lo que quieras a que hace esas transmisiones desde una mansión enorme, tan grande como toda nuestra colonia, un lugar con miles de habitaciones y miles de sirvientes.* La casa es alta y estrecha, con once ventanas en la fachada. Está punteada de líquenes anaranjados y cubierta de musgo en la base. El número 4 de la rue Vauborel.

«Abrid los ojos y observad todo lo podáis antes de cerrarlos para siempre».

Camina de vuelta hacia el hotel a toda prisa con la cabeza gacha y las manos en los bolsillos.

EL GRAN CLAUDE

El perfumero Levitte es fofo y rollizo, como si estuviera untado con su propia vanidad. Mientras habla con él, Von Rumpel se esfuerza por mantener la calma pero la acumulación de tantos olores en la tienda le sobrepasa. La semana pasada ha tenido que viajar a una docena de distintas propiedades situadas a lo largo de la costa bretona para acudir a mansiones de verano en las que tenía que recolectar pinturas y esculturas que o bien no existían o bien no le interesaban. Todo para justificar su presencia en la zona.

Sí, sí, le dice el perfumero con la mirada fija en las insignias de Von Rumpel. Colaboró con las autoridades hace algunos años para apresar a un recién llegado a la ciudad que tomaba medidas de los edificios. Se limitó a hacer lo correcto.

—¿Dónde vivió durante esos meses el tal monsieur Le-Blanc?

El perfumero bizquea al calcular. Los ojos azules de Von Rumpel envían un único mensaje: «Lo quiero, dámelo». Todas estas enojosas criaturas, piensa, esforzándose bajo distintas presiones. Pero aquí Von Rumpel es el depredador, lo único que necesita es ser paciente, infatigable, apartar los obstáculos uno a uno.

Cuando se da media vuelta para marcharse la autocompla-
cencia del perfumero se hace añicos.

—Espere, espere, espere.

Von Rumpel mantiene la mano en el pomo de la puerta.

—¿Dónde vivía monsieur LeBlanc?

—Con su tío. Un hombre inútil, un loco, eso dicen.

—¿Dónde?

—Ahí mismo —señala—, en el número 4.

BOULANGERIE

Pasa un día entero antes de que Werner encuentre un momento para regresar. Hay una puerta de madera, una verja de hierro y molduras azules en las ventanas. La niebla de la mañana es tan densa que no puede ver el tejado. Se distrae con sueños imposibles: el francés le invita, beben café y discuten durante un buen rato sobre las transmisiones. Tal vez investigan algún importante problema empírico que ha estado atormentándole durante años. Tal vez le enseña el transmisor a Werner.

Es de risa, porque si Werner llamara a la puerta el viejo se daría cuenta de inmediato de que va a ser arrestado por terrorista. Podrían ejecutarle ahí mismo. La antena de la chimenea es motivo suficiente para una ejecución.

Werner podría golpear la puerta y hacer que se llevaran al viejo. Así se convertiría en un héroe.

La niebla comienza a desvanecerse con la luz. En algún lugar alguien abre una puerta y vuelve a cerrarla. Werner recuerda cómo Jutta escribía un frenético y garabateado «El profesor, Francia» en el sobre y luego echaba sus cartas en el buzón de la plaza. Imaginando que su voz podría llegar hasta los oídos de él como la voz de él había llegado a sus oídos. Una posibilidad entre diez millones.

Durante toda la noche ha estado practicando mentalmente el francés: *Avant la guerre. Je vous ai entendu à la radio.* Mantendrá el rifle sobre el hombro y las manos a los lados, tendrá un aspecto pequeño y delicado, no supondrá ninguna amenaza. El viejo se sorprenderá pero podrá manejar su miedo. Le escuchará.

Pero mientras Werner está en pie en medio de la niebla que se desvanece lentamente al fondo de la rue Vauborel preparando lo que quiere decir, la puerta principal del número 4 se abre y quien sale no es un viejo y eminente científico sino una muchacha, una delgada y hermosa muchacha de pelo caoba con la cara cubierta de pecas, lleva gafas y un vestido gris y una mochila al hombro. Se dirige a la izquierda, directamente hacia él, y el corazón de Werner se encoge en su pecho.

La calle es muy estrecha, se dará cuenta de que la está mirando. Pero la cabeza de la muchacha está inclinada de una manera muy particular, con el rostro ladeado. Werner ve el bastón, las lentes opacas de las gafas y comprende que es ciega.

El bastón repiquetea sobre los adoquines, está a unos veinte pasos de distancia. Nadie parece estar observando, todas las cortinas están echadas. Quince pasos. Sus medias tienen agujeros, los zapatos son demasiado grandes y los cuadros de lana de su vestido están cubiertos de manchas. Diez pasos, cinco. Pasa a la distancia de un brazo extendido, es ligeramente más alta que él. Sin pensar, sin entender casi lo que está haciendo, Werner comienza a seguirla. La punta de su bastón tiembla al ir tanteando el arroyo de la calzada, buscando cada una de las alcantarillas. Camina como una bailarina que danza sobre zapatillas moviendo los pies como si fueran manos, una pequeña embarcación llena de gracia que se mece en la niebla. Gira a la derecha, luego a la izquierda, avanza media manzana y entra por la puerta abierta de una tienda. Sobre la puerta hay un cartel rectangular que dice: «*Boulangerie*».

Werner se detiene. La niebla pasa a jirones sobre su cabeza desvelando un cielo azul de verano. Una mujer riega las flores y un viejo en gabardina pasea un caniche. En un banco hay un cetrino sargento mayor alemán con ojeras que baja el periódico, mira directamente a Werner y luego lo vuelve a alzar.

¿Por qué le tiemblan las manos a Werner? ¿Por qué apenas puede contener la respiración?

La chica sale de la panadería, baja con seguridad del bordillo y se dirige directamente hacia él. El caniche mea sobre el empedrado y la chica gira bruscamente a la izquierda para evitarlo. Se acerca a Werner por segunda vez, sus labios se mueven suavemente como si fuera contando para sí misma *(deux trois quatre)* y pasa tan cerca que casi podría contar las pecas de su nariz, sentir el aroma a pan que sale de su mochila. Un millón de gotitas de humedad brillan sobre su vestido de lana y sobre su pelo ondulado y la luz la recorta en un reborde de plata.

Él se queda inmóvil. Cuando la ve pasar, su largo y pálido cuello le parece increíblemente vulnerable.

Ella no nota su presencia. Parece que no percibe nada que no sea la mañana. Esto, piensa Werner, es la pureza de la que tanto hablaban siempre en Schulpforta.

Presiona su espalda contra el muro. La punta del bastón pasa apenas a un centímetro de la punta de su bota. Al segundo siguiente ella ya ha pasado, el vestido se mece suavemente, el bastón oscila de un lado a otro y Werner la contempla mientras se aleja calle arriba hasta que la niebla la cubre por completo.

LA GRUTA

Una división alemana antiaérea dispara a un avión norteamericano que se estrella contra la superficie del mar a la altura de Paramé y el piloto norteamericano nada hacia la orilla donde lo toman como prisionero. Etienne lo interpreta como una calamidad pero madame Ruelle emana entusiasmo.

—Es más guapo que una estrella de cine —le susurra a Marie-Laure mientras le da una barra de pan—, estoy segura de que son todos parecidos.

Marie-Laure sonríe. Cada mañana es lo mismo: los norteamericanos están cada vez más cerca, los alemanes se van desgastando. Todas las tardes Marie-Laure le lee a Etienne la segunda parte de *Veinte mil leguas* y ahora ambos se encuentran en territorio desconocido. «Veinte mil leguas en tres meses y medio», escribe el profesor Aronnax. «¿Hacia dónde nos dirigimos ahora y qué nos depara el futuro?».

Marie-Laure guarda la barra en la mochila, sale de la panadería y se dirige hacia las murallas, a la gruta de Hubert Bazin. Cruza la verja, se alza el borde del vestido y entra en el charco poco profundo, rezando para no aplastar ninguna criatura con sus pisadas.

Está subiendo la marea. Encuentra percebes y una anémona suave como la seda. Posa lo dedos tan suavemente como puede sobre un *Nassarius,* que deja de moverse de inmediato y esconde la cabeza y los pies bajo la concha, pero después vuelve a alzar las puntas gemelas de sus cuernos y a arrastrar la caracola en espiral por la superficie.

¿Qué buscas, pequeño caracol? ¿Solo vives el presente o te preocupas también por el futuro, como el profesor Aronnax?

Cuando el caracol cruza el charco y comienza a subir por la pared más alejada, Marie-Laure coge su bastón y sale con sus zapatones. Cruza la verja y está a punto de cerrarla cuando una voz masculina le dice:

—Buenos días, mademoiselle.

Ella se sobresalta, está a punto de tropezar. El bastón repiquetea al caer.

—¿Qué lleva en esa mochila?

Habla un francés correcto pero ella está segura de que es alemán. Su cuerpo obstruye el callejón. El borde de su vestido está empapado, los zapatos chorrean agua, a ambos lados se alzan las paredes verticales. Todavía sostiene con la mano derecha la verja abierta.

—¿Qué hay ahí detrás? ¿Un escondite?

Su voz suena terriblemente cerca aunque resulta difícil saberlo con seguridad en un lugar tan repleto de ecos. Siente la barra de pan de madame Ruelle presionándole en la espalda como si fuera algo vivo. Dentro (casi con toda seguridad) hay un rollo de papel en cuyos números hay dictada una sentencia de muerte. La de su tío abuelo, la de madame Ruelle, la de todos ellos.

—Mi bastón —dice.

—Ha rodado detrás de usted, querida.

Tras el hombre se abre el callejón, luego está la cortina de hiedra y después la ciudad. Un sitio en el que podría gritar y ser escuchada.

—¿Puedo pasar, monsieur?

—Por supuesto.

Pero no parece moverse. La verja chirría ligeramente.

—¿Qué quiere, monsieur?

Le resulta imposible evitar que le tiemble la voz. Si le pregunta de nuevo por la mochila le estallará el corazón.

—¿Qué hacía ahí dentro?

—No nos dejan ir a las playas.

—¿Por eso viene aquí?

—Vengo a coger caracoles marinos. Debo marcharme, monsieur. ¿Me podría dar el bastón?

—Pero yo no veo ningún caracol, mademoiselle.

—¿Me permite pasar?

—La dejo pasar si antes me contesta una cosa sobre su padre.

—¿Papá? —Algo frío en su interior se vuelve cada vez más frío—. Papá regresará en cualquier momento.

El hombre se ríe y su risa resuena entre las paredes.

—¿En cualquier momento, dice? ¿Su padre que está en una prisión a quinientos kilómetros de distancia?

Le recorre el pecho una ola de pánico. Debería haberte hecho caso, papá, no debería haber salido.

—Vamos, *petite cachotière* —dice el hombre—, no tenga miedo.

Ella oye que el hombre se acerca, le huele mal el aliento. Percibe cierta indulgencia en su voz y que algo (¿la punta de un dedo?) le roza la cintura cuando se echa hacia atrás bruscamente y le cierra la verja en la cara.

Él se resbala, le lleva más tiempo del que ella habría esperado volver a ponerse de pie. Marie-Laure cierra con la llave y se la guarda en el bolsillo. Al alejarse por el estrecho espacio de la perrera encuentra su bastón. Le persigue la desolada voz del hombre, aun cuando su cuerpo ha quedado al otro lado de la verja cerrada.

—Mademoiselle, ha hecho que se me caiga el periódico. No soy más que un humilde sargento mayor que quiere hacerle una pregunta, una simple pregunta y luego me marcharé.

Se oye el murmullo de la marea, el movimiento de los caracoles. ¿Están los barrotes de la verja lo bastante juntos como para impedir que se deslice entre ellos? ¿Son sus bisagras lo bastante fuertes? Ella espera que sí. El peso de la muralla la sostiene con su espesor. Cada diez segundos, más o menos, irrumpe una nueva ola de agua fría. Marie-Laure escucha que el hombre camina ahí fuera, uno (pausa) dos, uno (pausa) dos, una cojera tambaleante. Intenta imaginar los perros guardianes que según Hubert Bazin habían vivido ahí durante siglos: perros del tamaño de caballos, perros que desgarraban las piernas de los hombres. Se agacha y se abraza las rodillas. Es la Caracola. Blindada. Impenetrable.

AGORAFOBIA

Treinta minutos. Normalmente le lleva solo veintiuno a Marie-Laure, Etienne lo ha contado muchas veces. En una ocasión fueron veintitrés. Con frecuencia menos, nunca más. Treinta y uno.

Hasta la panadería hay un paseo de cuatro minutos. Cuatro para ir y cuatro para volver, y en algún lugar del camino esos otros trece o catorce minutos desaparecen. Sabe que por lo general ella va al mar porque regresa oliendo a algas, con los zapatos mojados y las mangas decoradas con plantas marinas, olor a una hierba que madame Manec llamaba *pioka*. No sabe exactamente adónde va, pero siempre se tranquiliza pensando que ella sabe cuidarse, que su curiosidad la sustenta y que es más capaz que él en miles de sentidos.

Treinta y dos minutos. Al otro lado de la ventana de la quinta planta no ve llegar a nadie. Podría estar perdida, tanteando con los dedos los muros de las afueras de la ciudad, alejándose un poco más a cada instante. Puede haber cruzado frente a un camión, haberse ahogado en un charco o haber sido atrapada por un mercenario enloquecido. Alguien ha podido averiguar lo del pan, los números, el transmisor.

La panadería en llamas.

Baja a toda prisa, atraviesa la cocina y echa un vistazo a la calle. Hay un gato durmiendo y una mancha trapezoidal de luz sobre el muro oriental. Todo esto es culpa suya.

Etienne hiperventila. Según su reloj han pasado treinta y cuatro minutos. Se pone los zapatos y un sombrero que pertenecía a su padre. Está de pie en el vestíbulo tratando de reunir fuerzas. La última vez que salió, hace casi veinticuatro años, intentó mirar a la gente a la cara, presentar lo que podría considerarse un aspecto normal. Pero los ataques eran astutos, impredecibles, devastadores: saltaban sobre él como bandidos. Primero una terrible sensación ominosa colmaba el aire. A continuación cualquier luminosidad, incluso la que se filtraba a través de los párpados, se volvía dolorosamente brillante. No podía caminar por el estruendo que producían sus propios pies. Pequeños ojos parpadeaban mirándole desde el empedrado. Había cadáveres mezclados en las sombras. Cuando madame Manec acudía a ayudarle, se arrastraba hasta el rincón más oscuro de la cama y se envolvía la cabeza con almohadas. Concentraba toda su energía en ignorar el sonido de su propio pulso.

Su corazón palpita gélido en una jaula lejana. Se acerca un dolor de cabeza, piensa. Un espantoso espantoso espantoso dolor de cabeza.

Veinte latidos. Treinta y cinco minutos. Gira el pestillo, abre la puerta, sale a la calle.

NADA

Marie-Laure intenta recordar todos los detalles sobre la cerradura de la verja, todo lo que ha sentido con los dedos, todo lo que le ha contado su padre. Son barras de hierro atravesadas por tres círculos oxidados, una vieja cerradura con un mecanismo de rotación. ¿Se puede abrir de un disparo? El hombre llama de vez en cuando y después pasa el periódico por las barras de la puerta.

—Llegó en junio pero no fue arrestado hasta enero. ¿Qué estuvo haciendo durante todo ese tiempo? ¿Por qué medía los edificios?

Ella se apoya contra la pared de la gruta con la mochila en el regazo. El agua le llega hasta las rodillas: está fría incluso en julio. ¿Puede verla? Con mucho cuidado Marie-Laure abre la mochila, parte el pan y busca con los dedos el trozo de papel. Ahí está. Cuenta hasta tres y desliza el trozo de papel en su boca.

—Solo quiero que me diga —dice el alemán— si su padre le dejó algo o le habló sobre llevar alguna cosa al museo en el que trabajaba antes. Dígame eso y me marcharé. No le hablaré a nadie de este lugar. Se lo juro por Dios.

El papel se desintegra en una pasta entre sus dientes. A sus pies los caracoles siguen su trabajo, mastican, escarban, duermen. Etienne le ha explicado que sus bocas contienen ochenta filas de treinta dientes cada una, en total dos mil cuatrocientos dientes en cada caracol para mordisquear, buscar comida, hacer ruido. Muy arriba, sobre las murallas, las gaviotas vuelan en el cielo abierto. ¿Lo jura por Dios? Para Dios, ¿cuánto duran estos momentos intolerables? ¿La trillonésima parte de un segundo? La vida de todas las criaturas no es más que una chispa que se desvanece rápidamente en la insondable oscuridad. Esa es la verdad de Dios.

—Solo cumplo con mi obligación —dice el alemán—. Un Jean Jouvenet en Saint-Brieuc, seis Monets en la zona, un huevo Fabergé en una mansión cerca de Rennes. Estoy muy cansado. ¿Quiere saber desde hace cuánto tiempo he estado buscando?

¿Por qué no se quedó papá? ¿Acaso no era ella lo más importante para él? Se traga los restos de pulpa de papel. Después avanza con el agua hasta los tobillos.

—No me dejó nada —se sorprende a sí misma al escuchar lo enfadada que está—, nada. Solo una estúpida maqueta de esta ciudad y una promesa sin cumplir. Solo a madame, que ha muerto. Y a mi tío abuelo, que tiene miedo hasta de una hormiga.

Al otro lado de la puerta el alemán espera callado. Tal vez sopesando la respuesta. Hay algo en su exasperación que le convence.

—Y ahora —continúa ella—, cumpla con su palabra y márchese.

CUARENTA MINUTOS

La luz disuelve la niebla, se refleja en el empedrado, en las paredes, en las ventanas. Etienne consigue llegar a la panadería empapado en un sudor gélido y se mete en medio de la cola. El rostro de madame Ruelle se asoma, pálido.

—¡Etienne! ¿Pero...?

Su visión está manchada de puntos púrpura.

—¿Marie-Laure...?

—¿No está?

Antes de que pueda negar con la cabeza, madame Ruelle ha pasado al otro lado del mostrador y le acompaña al exterior; le sostiene con el brazo. Las mujeres en la cola murmuran intrigadas, escandalizadas o ambas cosas. Madame Ruelle le lleva hasta la rue Robert Surcouf. El rostro de Etienne parece distenderse. ¿Cuarenta y un minutos? Apenas puede hacer los cálculos. Ella le pone las manos sobre los hombros.

—¿Dónde ha podido ir?

Siente la lengua seca, el pensamiento paralizado.

—A veces va al mar.... antes de volver a casa.

—Pero las playas están cerradas. Las murallas también —responde ella mirando por encima de su cabeza—. Debe de ser otra cosa. Están en medio de la calle. En algún lugar se escucha un martillo. La guerra, piensa Etienne distante, no es más que un bazar en el que se compran y venden vidas como si fueran objetos, chocolate, balas o tela de paracaídas. ¿Acaso ha cambiado él todos esos números por la vida de Marie-Laure?

—No —dice en voz baja—, ella va al mar.

—Si descubren el pan —susurra madame Ruelle— estamos todos muertos.

Él vuelve a mirar el reloj pero el sol le quema la retina. Una única tira de beicon cuelga en la tantas veces vacía ventana del carnicero. Tres escolares están sentados en un banco observándole, esperando que se caiga, y justo cuando está convencido de que la mañana está a punto de romperse en mil pedazos, Etienne ve en su recuerdo la oxidada verja que daba a la perrera junto a las murallas. Un lugar al que solía ir a jugar con su hermano Henri y Hubert Bazin, una pequeña y húmeda caverna en la que podían gritar y soñar cuando eran niños.

Completamente tenso, blanco como el papel, Etienne Le-Blanc corre por la rue de Dinan y madame Ruelle, la mujer del panadero, le pisa los talones: el rescate menos robusto que se pueda imaginar. Las campanas de la catedral suenan una, dos, tres, cuatro hasta llegar a ocho. Etienne baja por la rue du Boyer hasta alcanzar la ligeramente angular base de las murallas, recorre los caminos de su juventud, navega por instinto, gira a la derecha, pasa a través de una cortina de hiedra y frente a él, al otro lado de la misma verja cerrada, en el interior de la gruta, temblando y empapada pero completamente intacta, está Marie-Laure acuclillada con los restos de una barra de pan en su regazo.

—Viniste —dice cuando les deja entrar, cuando él le coge el rostro entre las manos—. Viniste…

LA CHICA

Werner piensa en ella, tanto si lo desea como si no. La muchacha con el bastón, la muchacha del vestido gris, la muchacha hecha de niebla. Un aire de otro mundo en los rizos de su pelo y la seguridad de sus pasos. Desde entonces vive en su interior, un doppelgänger viviente que se mira cara a cara con la niña muerta de Viena que le visita cada noche.

¿Quién es? ¿La hija del francés de las transmisiones? ¿Su nieta? ¿Por qué él la pone en peligro así?

Volkheimer los tiene en el campo recorriendo pueblos junto al río Rance. Parece inevitable que las emisiones serán halladas culpables de algo y que Werner será descubierto. Este piensa en el coronel con su mandíbula perfecta y sus pantalones de montar abombados. Piensa en el cetrino sargento mayor que le observó por encima del periódico. ¿Lo saben todos? ¿Lo sabe Volkheimer? ¿Quién podrá salvarle a él ahora? Había noches en las que estaba con Jutta frente a la ventana del desván del orfanato y rezaba para que el hielo creciera sobre los canales, alcanzara los campos y envolviera las ínfimas casas sobre los pozos, reventara la maquinaria y pavimentara todo de manera que, al despertar la mañana siguiente, ellos descubrieran que había desaparecido todo lo que conocían. Es el mismo tipo de milagro que necesita ahora.

El 1 de agosto un teniente se dirige a Volkheimer. Necesita más hombres en el frente, está sobrepasado. Todo aquel que no sea esencial para la defensa de Saint-Malo debe acompañarle. Necesita al menos dos hombres. Volkheimer les mira uno a uno. Bernd es demasiado viejo. Werner es el único que puede reparar el equipo.

Neumann Uno. Neumann Dos.

Una hora más tarde los dos están sentados en la parte trasera de un camión del ejército con los rifles entre las rodillas. Se ha producido un gran cambio en el semblante de Neumann Dos, como si ya no mirara a sus antiguos compañeros sino a sus últimas horas en la tierra. Como si estuviera a punto de subirse a un carro negro, inclinado en un ángulo de cuarenta y cinco grados hacia el abismo.

Neumman Uno alza una mano firme. Su boca no tiene ninguna expresión pero Werner ve la desesperación en las arrugas de las esquinas de sus ojos.

—Al final —murmura Volkheimer mientras el camión se aleja— ninguno de nosotros podrá eludirlo.

Esa noche Volkheimer conduce el Opel hacia el este por la carretera del litoral hacia Cancale y Bernd lleva el primer transceptor a una colina en el campo. Werner trabaja con el segundo en la parte de atrás del camión mientras Volkheimer permanece sentado en el asiento del conductor con sus enormes rodillas apoyadas contra el volante. Se escucha el fuego (tal vez desde los barcos), artillería disparada a lo lejos en el mar, mientras las estrellas tiemblan en sus constelaciones. Werner sabe que a las dos y doce de la noche el francés hará una nueva transmisión y él se verá obligado a apagar el transceptor o a fingir que solo oye la estática. Cubrirá el indicador de señal con la palma de la mano y mantendrá un gesto inexpresivo.

LA PEQUEÑA CASA

Etienne dice que jamás debería haber permitido que participara tanto, que no debería haberla puesto en peligro. Dice que ya no puede salir más a la calle. Lo cierto es que Marie-Laure se siente aliviada. El alemán la persigue en sus pesadillas, es un cangrejo de tres metros de altura que hace sonar sus pinzas y susurra «Solo una pregunta» en su oído.

—¿Qué pasará con las barras de pan, tío?

—Yo mismo iré. Debería haberlo hecho desde el principio.

Las mañanas del 4 y del 5 de agosto Etienne se detiene frente a la puerta principal murmurando para sí mismo y a continuación abre la verja y sale. Poco después la campanilla de la tercera planta suena y cuando entra en la casa ya de vuelta cierra los candados y permanece quieto en el vestíbulo para recuperar la respiración como si hubiese cruzado un campo repleto de peligros.

Aparte del pan, no tienen casi nada para comer: guisantes secos, cebada, leche en polvo. Y las últimas latas de verduras que preparó madame Manec. Los pensamientos de Marie-Laure galopan como sabuesos sobre las mismas preguntas. Primero aquellos policías de hace dos años: *«Mademoiselle, ¿no le comentó nada en particular?*». A continuación la voz mortecina del sargento mayor cojo: *Solo quiero que me diga si su padre le dejó algo o le habló sobre llevar alguna cosa al museo.*

Papá se marcha. Madame Manec se marcha. Recuerda las voces de sus vecinos en París cuando ella perdió la vista: *Es como si estuvieran malditos.*

Intenta olvidar el miedo, el hambre, las preguntas. Debe vivir como los caracoles, momento a momento, centímetro a centímetro. Pero en la tarde del 6 de agosto lee las siguientes líneas a Etienne en el sofá de su estudio: «¿Es cierto que el capitán Nemo jamás abandonó el *Nautilus*? Con frecuencia, al final no le veía durante semanas. ¿Qué hacía durante todo ese tiempo? ¿Es posible que estuviera a cargo de alguna misión secreta totalmente desconocida para mí?».

Cierra el libro de un golpe.

—¿No tienes ganas de saber si conseguirán escapar esta vez? —pregunta Etienne, pero Marie-Laure está recitando en su mente la tercera carta de su padre, la última que recibió.

«¿Te acuerdas de tus cumpleaños? ¿Que siempre había dos regalos sobre la mesa cuando te despertabas? Siento que las cosas hayan salido así. Si alguna vez quieres entenderlo, mira dentro de la casa de Etienne, dentro de la casa. Sé que harás lo correcto. Aunque me gustaría que el regalo fuera mejor».

Mademoiselle, ¿no le comentó nada en particular?

¿Podemos echar un vistazo a lo que trajo con él?

Tenía muchas llaves en el museo.

No es el transmisor. Etienne se equivoca. El alemán no estaba interesado en la radio, era algo diferente, algo que pensaba que solo ella sabía. Y oyó lo que quería oír. Al final ella contestó a todas sus preguntas.

Solo una estúpida maqueta de esta ciudad.

Ese fue el motivo por el que él se marchó.

Mira dentro de la casa de Etienne.

—¿Qué sucede? —pregunta Etienne.

Dentro de la casa.

—Necesito descansar —dice ella, sube las escaleras de dos en dos, cierra la puerta de su habitación y recorre con los dedos la ciudad en miniatura. Ochocientos sesenta y cinco edificios. Ahí, cerca de una de las esquinas, espera la alta y estrecha casa del número 4 de la rue Vauborel. Sus dedos recorren la fachada hacia abajo hasta que encuentran el hueco de la puerta principal. Presiona hacia dentro y la casa se desprende hacia arriba y hacia fuera. Cuando la agita no oye nada, pero las casas nunca hacen ruido cuando las agita, ¿no es así?

Le tiemblan los dedos pero no le lleva mucho tiempo resolverlo, dobla la chimenea noventa grados y quita los paneles del techo. Uno, dos, tres.

Una cuarta puerta y luego una quinta y así hasta llegar a la decimotercera, una puerta cerrada que apenas tiene el tamaño de un zapato.

Y entonces —preguntaron los niños— *¿cómo sabe que está allí de verdad?*

Porque creo en la historia.

Vuelca la pequeña casa y una piedra con forma de pera cae sobre la palma de su mano.

NÚMEROS

Las bombas aliadas destruyen la estación de tren. Los alemanes inutilizan las instalaciones del puerto. Los aviones entran y salen de las nubes. Etienne oye que los alemanes se retiran heridos a Saint-Servan y que los americanos han tomado el monte Saint-Michel, que está a solo treinta kilómetros de distancia. La liberación es cuestión de días. Consigue llegar hasta la panadería y madame Ruelle le abre la puerta. Le acompaña al interior.

—Quieren las posiciones de las unidades antiaéreas. Coordenadas. ¿Puede usted hacerlo?

Etienne gruñe.

—Tengo a Marie-Laure. ¿Por qué no lo hace usted, madame?

—Yo no entiendo los mapas, Etienne. ¿Coordenadas en minutos, segundos, latitudes? Usted sabe cómo hacer esas cosas. Lo único que tiene que hacer es encontrarlas, situarlas y transmitir las coordenadas.

—Tendré que caminar por ahí con una brújula y un cuaderno de notas, no hay otra forma. Me acabarán matando.

—Es vital que reciban las localizaciones precisas de las armas. Piense en la cantidad de vidas que salvará. Y tendrá que hacerlo esta noche. Se dice que mañana los alemanes cogerán a todos los hombres de entre dieciséis y sesenta años; van a revisar los papeles y todo hombre en edad de luchar, todos los que puedan tomar parte en la resistencia, serán encarcelados en el Fuerte Nacional.

La panadería comienza a dar vueltas, se siente atrapado en una tela de araña que le aprisiona los tobillos y las muñecas, crujen como papel ardiente cuando se mueve. Cada segundo que pasa se siente más enredado. La campanilla junto a la puerta de la panadería suena y alguien entra. La expresión de madame Ruelle se vela como si fuera un caballero que cierra el visor de su casco. Él asiente.

—Muy bien —responde ella poniéndole una barra de pan bajo el brazo.

EL MAR DE LLAMAS

La superficie está cubierta por cientos de facetas. Una y otra vez lo levanta y lo vuelve a bajar de inmediato como si le quemara los dedos. El arresto de su padre, la desaparición de Hubert Bazin, la muerte de madame Manec... ¿Puede tan solo una piedra ser la culpable de tanto dolor? Escucha la voz jadeante y con olor a vino del doctor Geffard: *Tal vez alguna reina escita haya bailado durante toda una noche llevándolo encima. Y hasta puede que haya llegado a provocar alguna guerra.*

Quien tuviera la piedra viviría para siempre, pero caerían todo tipo de desgracias sobre las personas a las que amara, una tras otra, como en una lluvia incesante.

Las cosas son solo cosas. Y las historias son solo historias.

Seguro que esta piedra es lo que el alemán busca. Debería abrir los postigos y tirarla a la calle, dársela a alguien, a cualquiera. Salir de la casa y arrojarla al mar.

Etienne sube por la escalera de mano al desván. Ella oye el crujido del suelo sobre su cabeza y la forma en la que enciende el transmisor. Se mete la piedra en el bolsillo, recoge la casita de la maqueta y cruza el descansillo, pero se detiene antes de llegar al armario. Su padre debía creer que era real, ¿por qué si no habría hecho la casa como una elaborada caja secreta? ¿Por qué la habría dejado en Saint-Malo si no fuera por el miedo de que le confiscaran la piedra en su viaje de regreso? ¿Por qué la había dejado a ella también?

Por lo menos debe lucir como un diamante azul que vale veinte millones de francos. Algo lo bastante real como para convencer a papá. Y si parece real: ¿qué hará su tío cuando se lo enseñe? ¿Y cuando le diga que tienen que arrojarla al océano?

Puede oír la voz del chico del museo: *¿Cuándo has visto tú a alguien capaz de tirar al mar cinco Torres Eiffel?*

¿Quién querrá participar en algo así? ¿Y qué hay de la maldición? ¿Qué sucederá si la maldición es real? ¿Y se lo entrega a él?

Pero las maldiciones no son reales. La Tierra no es más que magma, placas continentales y océanos. Gravedad y tiempo, ¿no es así? Cierra el puño, regresa a su habitación y vuelve a poner la piedra en el interior de la casa. Coloca otra vez los paneles del techo en su lugar. Dobla la chimenea noventa grados y se mete la casa en el bolsillo.

)

Bien pasada la medianoche se oye una marea impresionante, enormes olas estallan contra la base de las murallas, un mar verde y gasificado arroja columnas de espuma iluminadas por la luna. Marie-Laure despierta con el sonido de Etienne llamando a su puerta.

—Voy a salir.

—¿Qué hora es?

—Casi el amanecer. Estaré fuera solo una hora.

—¿Por qué tienes que salir?

—Es mejor que no lo sepas.

—¿Y el toque de queda?

—Seré rápido.

Eso dice su tío abuelo, alguien que jamás ha sido rápido en nada en estos cuatro años que han pasado desde que le conoce.

—¿Y qué harás si empiezan los bombardeos?

—Casi está amaneciendo, Marie. Tengo que salir ahora que todavía está oscuro.

—¿Bombardearán las casas cuando lleguen, tío?

—No bombardearán ninguna casa.

—¿Acabará pronto?

—Tan pronto como un pestañeo. Tú descansa, Marie-Laure. Cuando despiertes habré regresado, no te preocupes.

—¿Puedo leerte un poco, ahora que estoy despierta? Estamos a punto de terminar.

—Cuando regrese lo terminaremos juntos.

Intenta calmar sus pensamientos, ralentizar su respiración. Intenta no pensar en la pequeña casa que ahora está bajo su almohada ni en la terrible carga que hay en su interior.

—Etienne —susurra Marie-Laure—, ¿alguna vez te has arrepentido de que hayamos venido a tu casa? De que me hayan dejado aquí y de que madame Manec y tú me hayáis tenido que cuidar. ¿Alguna vez has sentido que soy como una maldición en tu vida?

—Marie-Laure —dice sin dudar mientras le aprieta una mano entre las suyas—, eres lo mejor que me ha pasado en la vida.

Algo parece estar formándose en medio del silencio, una marea, una gran ola que se alza. Pero Etienne se limita a repetir:

—Descansa. Cuando te despiertes habré regresado.

Ella cuenta sus pasos al bajar las escaleras.

EL ARRESTO DE ETIENNE LEBLANC

Etienne se siente extrañamente bien cuando sale al exterior, se siente fuerte. Le alegra que madame Ruelle le haya asignado este encargo final. Ya ha retransmitido la ubicación de una de las baterías antiaéreas: un cañón que está sobre la muralla junto al hotel de Las Abejas. Lo único que necesita es localizar los otros dos. Encontrar dos puntos conocidos (elegirá la aguja de la catedral y la isla exterior de Le Petit Bé) y luego calcular la ubicación de un tercero desconocido. Un triángulo sencillo, algo en lo que concentrar su mente que no sean los fantasmas.

Va hasta la rue d'Estrées, rodea la universidad y toma el callejón que hay tras el Hôtel-Dieu. Siente las piernas jóvenes, los pies ligeros. No hay nadie alrededor. En algún lugar el sol descansa tras la niebla. Antes del amanecer la ciudad está caliente, somnolienta y llena de olores. Las casas a ambos lados parecen casi inmateriales. Por un instante tiene la sensación de estar caminando por el pasillo de un largo tren de vagones en el que todos los pasajeros van dormidos, un tren que se dirige en medio de la oscuridad hacia una ciudad pululante de luz: arcadas iluminadas, torres relucientes, fuegos artificiales.

Cuando se acerca a la oscura masa de las murallas un hombre con uniforme sale de entre las sombras y se acerca cojeando a él.

7 DE AGOSTO DE 1944

Marie-Laure se despierta con la conmoción de la artillería pesada. Cruza el descansillo, abre el armario, con la punta del bastón atraviesa las camisas colgantes y golpea tres veces el falso fondo. Nada. Después baja a la quinta planta y golpea a la puerta de Etienne. La cama está vacía y fría.

No está en la segunda planta ni tampoco en la cocina. El clavo tras la puerta en el que madame Manec solía colgar las llaves está vacío. Tampoco están sus zapatos.

Estaré fuera solo una hora.

Contiene su pánico. Es importante no suponer lo peor. En la entrada comprueba el cable: está intacto. A continuación coge un trozo de la barra de pan de ayer y mastica en la cocina. Milagrosamente han vuelto a dar el agua de modo que llena dos cubos de metal galvanizado, los sube escaleras arriba y los pone junto a la esquina de su cama. Piensa unos instantes, regresa a la tercera planta y llena la bañera hasta el borde.

Luego abre la novela. El capitán Nemo ha plantado su bandera en el Polo Sur pero, si no salen pronto hacia el norte en el submarino, se quedarán atrapados en el hielo. Acaba de pasar el equinoccio de primavera y por delante les esperan seis meses de noche sin tregua.

Marie-Laure cuenta los capítulos que le quedan: nueve. Está tentada de seguir leyendo pero ella y Etienne están viajando juntos en el *Nautilus* y tan pronto como él regrese retomará la lectura. Será en cualquier momento.

Vuelve a comprobar la pequeña casa bajo la almohada, lucha contra la tentación de sacar la piedra y vuelve a poner la casa en la maqueta al pie de la cama. Al otro lado de la ventana ruge un camión. Pasan las gaviotas chillando como burros y en la distancia las armas comienzan de nuevo y el sonido del camión se desvanece mientras Marie-Laure trata de concentrarse releyendo uno de los capítulos anteriores de la novela: convierte lo puntos en letras, las letras en palabras, las palabras en un mundo.

Por la tarde la cuerda tiembla y la campanilla escondida bajo la mesa del teléfono de la tercera planta produce un único sonido. En el desván sobre su cabeza otra campanilla la acompaña. Marie-Laure alza los dedos de la página pensando: por fin. Pero cuando baja volando las escaleras y pone la mano sobre el candado y pregunta: «¿Quién es?», no escucha la tranquila voz de Etienne sino la aceitada voz del perfumero Claude Levitte.

—Déjeme pasar, por favor.

Incluso del otro lado de la puerta puede sentir su olor a menta, almizcle y aldehído. Y de fondo, el sudor, el miedo.

Ella quita los dos candados y abre la puerta hasta la mitad. Él le habla a través de la puerta entreabierta.

—Tiene que venir conmigo.

—Estoy esperando a mi tío abuelo.

—He hablado con su tío abuelo.

—¿Ha hablado con él? ¿Dónde?

Marie-Laure escucha que monsieur Levitte se cruje los nudillos uno tras otro, oye cómo se esfuerzan sus pulmones en el interior de su pecho.

—Si pudiera ver, mademoiselle, habría leído las órdenes de evacuación. Han cerrado las puertas de la ciudad.

Ella no contesta.

—Están deteniendo a todos los hombres de entre dieciséis y sesenta años. Les han reunido en la torre del Château. Cuando baje la marea los llevarán al Fuerte Nacional. Que Dios los acompañe.

Fuera, en la rue Vauborel, todo suena tranquilo. Las golondrinas pasan por entre las casas y dos palomas riñen en un canalón. Alguien pasa en bicicleta traqueteando. De nuevo el silencio. ¿Han cerrado realmente las puertas de la ciudad? ¿Ha hablado este hombre realmente con Etienne?

—¿Irá usted con ellos, monsieur Levitte?

—No planeo hacerlo. Debe usted ponerse a cubierto de inmediato —dice monsieur Levitte— o ir a la cripta que hay bajo Notre-Dame en Rocabey. Ahí es adonde acabo de enviar a madame. Es lo que me pidió su tío, que deje todo tal y como está y me acompañe.

—¿Por qué?

—Su tío sabe por qué, todos saben por qué. Porque este lugar ya no es seguro. Venga conmigo.

—Pero usted mismo ha dicho que las puertas de la ciudad están cerradas.

—Sí, ya lo sé, muchacha. Ya está bien de preguntas por ahora. —Suspira—. No está a salvo aquí y he venido a ayudarla.

—Mi tío dice que nuestro sótano es seguro. Dice que ha durado cinco siglos y que durará también unas cuantas noches más.

El perfumero se aclara la garganta. Ella se lo imagina alargando su grueso cuello para mirar en el interior de la casa, el abrigo en el estante, las migas de pan sobre la mesa de la cocina. Todos comprueban lo que tienen los demás. Su tío jamás le habría pedido al perfumero que la llevara a un refugio, ¿cuándo fue la última vez que Etienne habló con Claude Levitte? Piensa de nuevo en la maqueta que está en la planta de arriba, en la piedra que hay en su interior. Escucha la voz del doctor Geffard: *Algo pequeño y hermoso, o algo de mucho valor.*

—Las casas están ardiendo en Paramé, mademoiselle. Los barcos huyen del puerto, están bombardeando la catedral y no hay agua en el hospital. Los médicos se lavan las manos con vino. ¡Con vino!

El tono de voz de monsieur Levitte se agita. Ella recuerda a madame Manec diciendo en una ocasión que cada vez que se detectaba la presencia de un ladrón en la ciudad, monsieur Levitte se iba a la cama con la billetera metida entre las nalgas.

—Me quedaré aquí —dice Marie-Laure.

—Por Dios, muchacha. ¿Es que tendré que obligarla?

Recuerda al alemán al otro lado de la verja de la gruta de Hubert Bazin, el borde del periódico entre las barras, y cierra la puerta un poco más. Alguien ha debido enviar al perfumero.

—Lo más probable —dice— es que mi tío y yo no seamos los únicos que durmamos esta noche bajo nuestro propio techo.

Hace un esfuerzo por mostrarse impávida. El olor de monsieur Levitte resulta inaguantable.

—Mademoiselle —suplica—, sea razonable, venga conmigo y deje todo esto.

—Lo mejor es que hable con mi tío cuando vuelva. —Y cierra la puerta.

Ella puede oírle al otro lado haciendo su cálculo de beneficios. Después da media vuelta y regresa calle abajo arrastrando su miedo como una carreta detrás de él. Marie-Laure se inclina junto a la mesa de la entrada, encuentra el cable de seguridad y lo vuelve a colocar. ¿Qué habrá visto? ¿Un abrigo, media barra de pan? Etienne estaría contento. Al otro lado de la ventana de la cocina los vencejos se lanzan en picado en busca de insectos y los filamentos de una tela de araña reflejan la luz un instante y vuelven a apagarse.

¿Y si el perfumero decía la verdad?

La luz del día se vuelve dorada. Unos cuantos grillos comienzan su canto en el sótano: un *cri-cri* rítmico. Es una tarde de agosto, Marie-Laure se sube las medias llenas de rotos y regresa a la cocina para darle otro pellizco a la barra de pan de madame Ruelle.

OCTAVILLAS

Antes del anochecer, los austriacos sirven riñones de cerdo con tomates enteros en la vajilla del hotel; hay una solitaria abeja plateada dibujada en el borde de cada plato. La gente se sienta sobre sacos de arena o cajas de munición y Bernd se queda dormido sobre su ración. Volkheimer habla con el teniente en una de las esquinas sobre la radio del sótano y sobre el perímetro de esta habitación en la que los austriacos mastican con decisión bajo sus cascos de acero. Son hombres enérgicos, experimentados, hombres que no dudarían en cumplir su objetivo.

Cuando Werner termina de comer sube a la suite de la planta superior en la que está la bañera hexagonal. Empuja los postigos y los abre apenas unos centímetros. La brisa de la tarde es una bendición. Bajo la ventana aguarda el gran 88 en uno de los paseos vallados del hotel que da al mar. Más allá del arma, más allá de las troneras, las murallas se zambullen doce metros bajo las olas verdes y blancas. A su izquierda aguarda la ciudad, densa y gris. A lo lejos, hacia el este, un brillo rojo se alza desde alguna batalla más allá de la vista. Los americanos los tienen arrinconados contra el mar.

A Werner le parece que en el espacio que hay entre lo que ya ha sucedido y lo que aún está por venir se cierne una frontera invisible: lo conocido a un lado, lo desconocido al otro. Piensa en la muchacha que tal vez está en la ciudad o tal vez no. La imagina con su bastón recorriendo los bordillos, encarando el mundo con sus ojos estériles, su pelo salvaje y su cara luminosa.

Al menos él ha protegido los secretos de su casa. Al menos la ha mantenido a salvo.

En todas las puertas, puestos del mercado y farolas se han puesto nuevas órdenes firmadas por el jefe en mando de la guarnición en persona. «Prohibido abandonar la ciudad. Prohibido caminar por las calles sin una autorización especial».

Antes de que Werner cierre el postigo aparece un avión solitario cruzando el crepúsculo. De su panza cae una bandada de objetos blancos que van haciéndose cada vez más grandes.

¿Son pájaros?

La bandada se rompe y dispersa: son papeles. Miles de papeles. Caen sobre los tejados, se diseminan entre las barricadas o se quedan pegados en los remolinos de la playa.

Werner baja hasta el vestíbulo, donde uno de los austriacos sostiene uno en la mano.

—Está en francés —dice.

Werner lo coge. La tinta está tan fresca que se corre bajo sus dedos.

«Mensaje urgente para los habitantes de la ciudad», dicen. «Salgan de inmediato a campo abierto».

DIEZ

12 DE AGOSTO DE 1944

SEPULTADOS

E stá leyendo de nuevo: «¿Quién podría calcular el tiempo mínimo que nos llevaría salir? ¿Nos asfixiaríamos antes de que el *Nautilus* lograra llegar a la superficie? ¿Era su destino morir en esta tumba de hielo junto con toda la tripulación? La situación parecía terrible pero todo el mundo se enfrentaba a ella valiente y decidido a cumplir con su obligación hasta el final...».

Werner escucha. La tripulación se debate entre los icebergs en que ha quedado atrapado el submarino. Se dirige hacia el norte junto a la costa de Sudamérica, pasa la desembocadura del Amazonas y es perseguido por un calamar gigante en el Atlántico. La hélice se estropea. El capitán Nemo sale de su camarote por primera vez desde hace semanas con un aspecto serio.

Werner se alza del suelo con la radio en una mano y la batería en la otra. Atraviesa el sótano hasta que encuentra a Volkheimer en el sillón dorado. Deja la batería en el suelo y recorre con la mano el brazo del hombretón hasta alcanzar su hombro, localiza su enorme cabeza y le pone los auriculares en los oídos.

—¿Lo oyes? —pregunta Werner—. Es una extraña y hermosa historia, ojalá entendieras francés. Un calamar gigante ha metido su enorme pico en la hélice de un submarino y ahora el capitán acaba de decir que deben subir a la superficie para luchar con las bestias cuerpo a cuerpo.

Volkheimer exhala un suspiro lento. No se mueve.

—Ella está usando el transmisor que se suponía que teníamos que encontrar. Lo localicé hace semanas. Nos dijeron que era un nido de terroristas pero no eran más que un viejo y una muchacha.

Volkheimer no dice nada.

—Lo has sabido todo este tiempo, ¿verdad? Sabías que yo lo sabía.

Volkheimer no es capaz de oír a Werner a través de los auriculares.

—No para de decir: «Ayúdame». Se lo pide a su padre y a su tío abuelo. Dice: «Está aquí, va a matarme».

Un gemido suena entre los escombros que hay sobre ellos y en la oscuridad Werner se siente como si estuviese atrapado en el interior del *Nautilus,* a veinte metros de profundidad, con los tentáculos de una docena de iracundos monstruos marinos golpeando el casco. Sabe que el transmisor debe estar en la parte más alta de la casa. Cerca del techo.

—La he mantenido a salvo solo para oír cómo muere —dice.

Volkheimer no parece haber entendido. Ya se ha marchado o ya ha decidido marcharse. ¿Acaso hay alguna diferencia? Werner le quita los auriculares y se sienta en la oscuridad junto a la batería.

«El primer oficial», lee ella, «luchó furiosamente contra el resto de los monstruos que trepaban por los costados del *Nautilus.* La tripulación agitaba las hachas. Ned, Conseil y yo también clavamos nuestras armas en sus blandos cuerpos. Un violento olor a almizcle invadió el aire».

FUERTE NACIONAL

E tienne suplicó a sus carceleros, al guardián del fuerte, a docenas de compañeros prisioneros:

—Mi sobrina, mi sobrina nieta, es ciega, está sola...

Les dijo que tenía sesenta y tres años, no sesenta como ellos afirmaban, que le habían confiscado sus papeles injustamente, que no era un terrorista. Se tambaleó frente al *Feldwebel* a cargo y balbuceó las pocas frases en alemán que sabía decir (*Sie müssen mich helfen! Meine Nichte ist herein dort!*), pero el *Feldwebel* se encogió de hombros como todo el mundo y miró hacia la ciudad que ardía frente al agua como si dijera: qué puede hacer uno ante eso.

Luego los americanos descargaron sus bombas contra el Fuerte y los heridos se acumularon en los sótanos mientras los muertos eran enterrados bajo las rocas, justo por encima de la línea de la marea, y Etienne dejó de hablar.

La marea se retira, luego vuelve a ascender. Etienne concentra toda la energía que le queda en acallar el ruido en su cabeza. A veces casi se convence de que es capaz de ver a través de los ardientes escombros de las mansiones de la costa de la esquina noroeste de la ciudad hasta dar con el tejado de su casa. Casi se convence de que aún está en pie pero luego desaparece de nuevo tras un manto de humo.

No hay almohada ni manta. La letrina es apocalíptica. La comida llega desde la ciudadela de manera irregular gracias a la mujer del guardián, que cruza medio kilómetro de rocas con la marea baja mientras los proyectiles explotan tras ella en la ciudad. Nunca es suficiente. Etienne se entretiene fantaseando con escapar. Salta un muro, nada unos cuantos cientos de metros, se arrastra por el rompeolas y se precipita sobre la playa minada sin cobertura hasta una de las puertas cerradas. Absurdo.

Desde aquí los prisioneros contemplan los proyectiles que revientan en la ciudad antes de que puedan oírlos. Durante la última guerra Etienne conoció artilleros que eran capaces de discernir los efectos de un proyectil al mirar con los prismáticos los colores que emanaban. El gris significaba piedra. El marrón tierra. El rosa carne.

Cierra los ojos. Recuerda las horas que pasó a la luz de una lámpara en la librería de monsieur Hébrard escuchando la primera radio que vio en su vida. Recuerda subir al coro de la catedral para oír la voz de Henri elevándose hacia el techo. Recuerda los estrechos restaurantes con ventanas emplomadas y paredes decoradas con paneles de madera tallada a los que sus padres les llevaban a cenar, las villas de corsarios con sus frisos de vieiras y sus columnas dóricas y sus monedas de oro incrustadas en los muros, los escaparates de los vendedores de armas, los armadores de barcos, los cambistas de dinero y hosteleros, los graffiti que Henri solía hacer en las murallas: «Solo quiero marcharme, que le den a este lugar». Recuerda la casa LeBlanc, ¡su casa!, alta y estrecha con la escalera subiendo en espiral en el centro como una caracola puesta de pie, donde el fantasma de su hermano se desliza entre las paredes de vez en cuando, donde vivió y murió madame Manec, donde no hace tanto tiempo podía sentarse en su sofá con Marie-Laure e imaginar que volaba sobre los volcanes de Hawái, sobre los bosques nubosos de Perú, donde la semana pasada ella se sentó en el suelo con las piernas cruzadas y le leyó un capítulo sobre una pesca de perlas en la costa de Ceilán, el capitán Nemo y Aronnax con sus trajes de buceo y el impulsivo canadiense Ned Land a punto de lanzar su arpón sobre el costado de un tiburón... Todo eso está ardiendo. Todos sus recuerdos.

Sobre el Fuerte Nacional, el amanecer se vuelve profunda, mortalmente claro. La Vía Láctea es un río que se desvanece. Mira a través del fuego. Piensa: el universo está lleno de gasolina.

LAS ÚLTIMAS PALABRAS
DEL CAPITÁN NEMO

El mediodía del 12 de agosto Marie-Laure ya ha leído en el micrófono siete de los últimos nueve capítulos. El capitán Nemo ha liberado su embarcación del calamar gigante solo para caer poco después en el ojo de un huracán. Páginas más tarde ha embestido contra un buque de guerra lleno de hombres y ha pasado, así lo describe Verne, a través de su casco como la aguja de un sastre pasa a través de la ropa. Ahora el capitán toca una quejumbrosa música lúgubre en su órgano mientras el *Nautilus* se desliza por los páramos del mar. Le faltan tres páginas. Marie-Laure no sabe si ha conseguido consolar a alguien retransmitiendo la historia, si su tío abuelo, aprisionado en algún oscuro sótano junto a cientos de hombres, la ha sintonizado o si algún trío de americanos que están limpiando sus armas en los campos durante la noche han viajado junto a ella sobre las pasarelas del *Nautilus*.

Pero le alegra estar tan cerca del final.

En la planta de abajo el alemán ha gritado un par de veces de pura frustración y a continuación ha permanecido en silencio. ¿Por qué no sale sencillamente del armario y le pone en las manos la pequeña casa, a ver si le perdona la vida? Primero terminará la novela. Luego hará eso.

Abre de nuevo la casita de la maqueta y se pone la piedra en la palma de la mano. ¿Qué pasaría si la diosa la liberara de la maldición? ¿Se extinguirían los fuegos, se sanaría la tierra, regresarían las palomas a las ventanas? ¿Regresaría papá?

Llena tus pulmones. Deja latir tu corazón. Mantiene el cuchillo a su lado y los dedos presionados sobre las líneas de la novela. El arponero canadiense Ned Land ha encontrado una ventana para escapar. «Hay mala mar», le dice al profesor Aronnax, «y el viento sigue soplando fuerte».

«—Estoy contigo, Ned.

»—Déjame decirte que si nos cogen pienso defenderme aunque muera en el intento.

»—Moriremos juntos, Ned, amigo mío».

Marie-Laure enciende el transmisor. Piensa en los diez mil moluscos de la perrera de Hubert Bazin. Piensa en la forma en la que se aferran, la forma en la que se introducen en las espirales de sus conchas, la forma en la que están acurrucados en esa gruta donde las gaviotas no pueden entrar, cogerlos con sus picos y lanzarlos sobre las rocas para romperlos.

VISITANTE

V on Rumpel bebe de una botella de vino maloliente que
ha encontrado en la cocina. Lleva cuatro días en esta casa
y ¡cuántos errores ha cometido! El Mar de Llamas ha podido
estar en el museo de París todo este tiempo. Ese mineralogista con
su sonrisa bobalicona y el ayudante del director tal vez se quedaron riéndose al verle marchar engañado como un tonto. Tal vez
el perfumero le ha traicionado y le arrebató el diamante a la chica
después de hacer que se fuera. Tal vez Levitte se la llevó hasta las
afueras de la ciudad, mientras ella lo llevaba en su roída mochila;
o el viejo se lo metió en el recto y ahora está cagándolo en alguna
parte, veinte millones de francos en mitad de una pila de heces.

O tal vez la piedra jamás fue real y todo ha sido un chiste,
una invención.

Estaba tan seguro. No tenía dudas de que encontraría el
lugar y resolvería el enigma. Estaba seguro de que la piedra le
salvaría. La chica no lo sabía, el viejo no estaba en la historia,
todo estaba organizado a la perfección. ¿De qué está seguro
ahora? Solo de la mortal floración que se produce en el interior
de su cuerpo y de la corrupción que produce en cada una de sus

células. Escucha en sus oídos la voz de su padre: *No es más que una prueba.*

Alguien se dirige a él en alemán.

—*Ist da wer?*

¿Padre?

—¿Hay alguien ahí?

Von Rumpel escucha. El ruido se acerca a través del humo. El sargento mayor se arrastra hasta la ventana. Se pone el casco sobre la cabeza. Asoma la cabeza por encima del destrozado alféizar.

Un cabo de infantería alemán mira desde la calle.

—¿Señor? No esperaba… ¿Está vacía la casa, señor?

—Está vacía, sí. ¿Adónde se dirige, cabo?

—Al fuerte de La Cité, señor. Estamos evacuando, abandonamos el lugar. Aún mantenemos el Château y el Bastion de la Hollande, pero el resto del personal se retira.

Von Rumpel apoya la barbilla sobre el alféizar, sintiendo como si su cabeza fuera a separarse de su cuello y a caer rodando hasta explotar en la calle.

—La ciudad entera va a estar en la línea de fuego —dice el cabo.

—¿Dentro de cuánto?

—Habrá un alto el fuego mañana al mediodía, eso han dicho, para sacar a los civiles. Luego reanudarán el ataque.

—¿Abandonamos la ciudad? —pregunta Von Rumpel.

No muy lejos estalla un proyectil y el eco rebota entre los escombros de las casas. El soldado de la calle se pone una mano sobre el casco. Hay fragmentos de piedras rebotando sobre los adoquines.

—¿En qué unidad está usted, sargento mayor? —pregunta.

—Continúe con su trabajo, cabo. Casi he terminado por aquí.

LA ÚLTIMA FRASE

Volkheimer no se mueve. El líquido al fondo del cubo de pintura ha desaparecido, fuera tóxico o no. ¿Hace cuánto que Werner no oye nada de la muchacha o en cualquier otra frecuencia? ¿Una hora? ¿Más? Hace poco ella leyó que el *Nautilus* estaba siendo absorbido por un remolino, entre olas más grandes que edificios. El submarino estaba en lo más profundo, crujía toda su estructura de hierro y ella leyó lo que a él le ha parecido la última frase del libro: «De esa forma respondía el Eclesiastés a una pregunta hace seis mil años: "¿Quién puede encontrar aquello que está lejos, en lo profundo?". Solo dos hombres tienen ahora el derecho a responder: el capitán Nemo y yo».

Luego se apagó el transmisor y él se vio envuelto por la más profunda oscuridad. Durante los últimos días (¿cuántos?) le ha parecido que el hambre era como una mano que se elevaba en su interior por la cavidad de su pecho hacia arriba, hasta los omóplatos, y hacia abajo hasta la pelvis, arañando los huesos. En este día (¿o es de noche?) el hambre se extingue como si fuera una llama que va quedándose sin combustible. Al fin y al cabo, el vacío y la plenitud se parecen.

Werner pestañea mientras la niña vienesa desciende desde el techo como si no fuera más que una sombra. Lleva una bolsa de papel llena de verduras blanquecinas y también se sienta entre los escombros. A su alrededor revolotea una nube de abejas. Él no puede ver nada pero puede verla a ella, que cuenta con los dedos. *Por saltarse la fila,* dice. *Por trabajar despacio. Por discutir sobre el pan. Por tardar demasiado en la letrina. Por lloriquear. Por no organizar las cosas siguiendo el protocolo.*

Seguro que es solo un sinsentido pero aun así algo pende en su interior, cierta verdad que él no quiere permitirse asimilar. A medida que habla ella envejece, los cabellos se le llenan de canas, el cuello de su vestido se deshilacha, se convierte en una anciana. Werner comprende que está al límite de su conciencia.

Por quejarse del dolor de cabeza.

Por cantar.

Por hablar de noche en la litera.

Por olvidar su cumpleaños en la reunión nocturna.

Por descargar la embarcación demasiado despacio.

Por no entregarle las llaves correctamente.

Por no informar al guarda.

Por levantarse tarde de la cama.

Se ha convertido en frau Schwartzenberger, la judía del ascensor de Frederick.

Se va quedando sin dedos mientras cuenta.

Por cerrar los ojos cuando le hablaban.

Por guardar las cortezas.

Por intentar entrar en el parque.

Por tener las manos inflamadas.

Por pedir un cigarrillo.

Por quedarse sin imaginación. Y en la oscuridad Werner se siente como si hubiese tocado fondo, como si se hubiese estado hundiendo cada vez más profundo todo ese tiempo, igual que el *Nautilus,* engullido por el remolino, igual que su padre cuando descendía a las minas: un camino de ida desde Zollverein, pasando por Schulpforta, los horrores de Rusia y Ucrania, la madre y su hija en Viena, con su ambición y su vergüenza confundiéndose en una sola cosa hasta llegar al punto más bajo en un sótano al borde del continente donde las apariciones entonan cantos absurdos, frau Schwartzenberger camina hacia él transformándose en una niña mientras su pelo vuelve a ser rojo al acercarse y la piel vuelve a ser suave, una niña de ocho años presiona la cara contra la suya y en el centro de su frente ve un agujero de una oscuridad más negra incluso que la que le rodea, en cuyo fondo surge una ciudad llena de almas, diez mil, quinientas mil, con todos esos rostros en las avenidas, las ventanas, los ardientes parques, y escucha un trueno.

Un rayo.

La artillería.

La niña se evapora.

El suelo tiembla. Los órganos se agitan en el interior de su cuerpo. Las vigas crujen. A continuación, el lento goteo de polvo y la respiración poco profunda, derrotada, de Volkheimer a un metro de distancia.

MÚSICA (1)

Poco después de la medianoche del 13 de agosto, tras sobrevivir en el desván de su tío abuelo durante cinco días, Marie-Laure sostiene un disco en su mano izquierda mientras con la derecha recorre cuidadosamente los surcos, reconstruyendo una canción completa en su cabeza, cada ascenso y cada caída. Luego vuelve a dejar el disco sobre el plato del gramófono de Etienne.

No ha bebido agua durante un día y medio. No come desde hace dos. El desván huele a calor y a polvo y a aire estancado y a su propia orina en la bacinilla que hay en la esquina.

Moriremos juntos, Ned, amigo mío.

Parece que el asedio no terminará jamás. Las mamposterías caen en las calles y la ciudad se rompe en pedazos pero aún queda una casa en pie.

Saca la lata sin abrir del bolsillo del abrigo de su tío abuelo y la pone en el centro del suelo del desván. La ha conservado durante todo este tiempo. Tal vez porque representa su último lazo con madame Manec. Tal vez porque si la abre y descubre que lo que hay en su interior está estropeado la pérdida acabará con ella.

Pone la lata y el ladrillo junto a la banqueta del piano en un lugar en el que sabe que podrá encontrarlos de nuevo. Luego asegura el disco sobre el plato, baja el brazo y posa la aguja en el surco externo. Encuentra el interruptor del micrófono con la mano izquierda y enciende el transmisor con la derecha.

Va a ponerlo tan alto como pueda. Si el alemán está en la casa la oirá, oirá la música del piano descendiendo desde los pisos más altos y ladeará la cabeza. Entonces subirá hasta la sexta planta como un demonio babeante y finalmente acabará posando el oído en las puertas del armario para descubrir que allí suena todavía más fuerte.

Cuántos laberintos hay en este mundo. Las ramas de los árboles, las filigranas de las raíces, la matriz de los cristales, las calles que su padre recreaba en las maquetas. Laberintos en los nódulos, en las conchas, en las texturas de la corteza del sicómoro y en el interior hueco de los huesos del águila. Nada es tan complicado como el cerebro humano, diría Etienne, seguramente el objeto más complicado que existe, un kilogramo húmedo en cuyo interior giran universos enteros.

Coloca el micrófono en la campana del gramófono, pone este en marcha y el plato comienza a girar. El desván cruje. En su mente camina por un sendero en el Jardin des Plantes, el aire es dorado, el viento verde y los largos dedos de los sauces le rozan los hombros. Frente a ella está su padre que le extiende una mano, la espera.

El piano comienza a sonar. Marie-Laure busca junto a la banqueta y localiza el cuchillo. Gatea por el suelo hasta lo alto de la escalera de mano de siete peldaños, se sienta con los pies colgando, tiene el diamante dentro de la casa en su bolsillo y el cuchillo en la mano.

—Ven a por mí —dice.

MÚSICA (2)

Todos duermen en la ciudad bajo las estrellas. Duermen los artilleros, duermen las monjas en la cripta bajo la catedral, duermen los niños en los sótanos sobre los regazos de sus dormidas madres. Duerme el doctor en el sótano del Hôtel-Dieu. Duermen los heridos alemanes que están en los túneles debajo del fuerte de La Cité. Duerme Etienne tras los muros del Fuerte Nacional. Todo duermen menos las caracolas que trepan por las rocas y las ratas que se deslizan entre los despojos.

En un agujero bajo los escombros del hotel de Las Abejas, Werner también duerme. Solo Volkheimer permanece despierto. Está sentado con la gran radio en el regazo, donde la ha dejado Werner, la moribunda batería a sus pies y la estática susurrando en sus oídos, no porque piense que va a oír nada sino porque Werner le ha puesto los auriculares. Porque ni siquiera tiene voluntad suficiente como para quitárselos. Porque se ha convencido desde hace horas que los bustos de yeso que hay en la otra esquina del sótano le matarán si se mueve.

Increíblemente, la estática se convierte en música.

Los ojos de Volkheimer se abren todo lo que pueden. Rastrean la oscuridad en busca del más mínimo fotón. Un piano hace escalas que suben y bajan. Escucha las notas y los silencios entre ellas y se ve a sí mismo llevando unos caballos a través de un bosque al amanecer, caminando a través de la nieve detrás de su bisabuelo, que carga con una sierra sobre sus enormes hombros, el sonido de la nieve bajo las botas y el susurro y el crujido de todos los árboles sobre ellos. Llegan al borde de un estanque helado donde hay un pino alto como una catedral. Su bisabuelo se pone de rodillas como un penitente, coloca la sierra en una hendidura de la corteza y empieza a cortar.

Volkheimer se pone en pie. Encuentra la pierna de Werner en la oscuridad y le pone los auriculares en los oídos.

—Escucha —dice—, escucha, escucha…

Werner se despierta. Los acordes flotan en hileras transparentes.

—*Clair de Lune*.

Claire: una chica tan clara que se puede ver a través de ella.

—Engancha la linterna a la batería —dice Volkheimer.

—¿Por qué?

—Tú hazlo.

Werner desconecta la radio de la batería incluso antes de que haya dejado de sonar la pieza, desenrosca la luneta y la bombilla de la linterna sin vida, la presiona sobre los polos de la batería y se enciende una esfera de luz. En la esquina del fondo del sótano, Volkheimer arrastra bloques de mampostería, trozos de madera y algunas secciones del muro que hay entre los escombros, parando de cuando en cuando e inclinándose sobre sus rodillas para recuperar el aliento. Lo coloca todo formando una barrera. Luego lleva a Werner detrás del búnker casero, desatornilla la base de una granada y tira del cordel de explosión retardada de cinco segundos. Werner se pone la mano sobre el casco y Volkheimer arroja la granada hacia el lugar en el que antes estaba la escalera.

MÚSICA (3)

L as hijas de Von Rumpel eran pequeños e inquietos bebés gordos, ¿no es así? Las dos estaban siempre enredadas en las sábanas agitando sus sonajeros o con sus chupetes en la boca. ¿Qué os torturaba tanto, pequeños ángeles? ¡Y cómo crecieron a pesar de sus ausencias! Sabían cantar, sobre todo Veronika. Puede que no merecieran ser famosas pero al menos cantaban lo bastante bien como para agradar a su padre. Llevaban altas botas de fieltro y esos espantosos vestidos sin forma que su madre les hacía con prímulas y margaritas entrelazadas en los cuellos. Cantaban canciones que eran demasiado jóvenes para entender.

Los hombres me rodean
como las polillas a la llama,
si sus alas se queman
no será culpa mía.

En lo que podía ser tanto un recuerdo como un sueño, Von Rumpel contempla a Veronika, la más madrugadora, arrodillada en el suelo de la habitación de Marie-Laure en la oscuridad previa al amanecer. Juega con una muñeca que lleva un camisón blanco y otra con un traje gris por las calles de la maqueta de la ciudad. Giran a la izquierda, luego a la derecha, hasta que llegan a los escalones de la catedral donde les espera una tercera muñeca vestida de negro y con un brazo alzado. No sabría decir si se trata de una boda o de un sacrificio. Veronika canta tan suavemente que no puede oír la letra, solo la melodía. No parece tanto una voz humana como unas notas tocadas en un piano. Las muñecas bailan balanceándose de un pie a otro.

La música se detiene y Veronika se desvanece. Él se sienta. La maqueta que hay a los pies de la cama sangra y arreglarla llevaría demasiado tiempo. En algún lugar sobre su cabeza la voz de un hombre joven comienza a hablar sobre carbón en francés.

SALIDA

Durante un segundo el espacio que hay alrededor de Werner se parte por la mitad como si hubiesen arrancado de él las últimas moléculas de oxígeno. Luego una lluvia de piedra, madera y metal se desploma sobre su casco y contra la pared a sus espaldas sobre la barricada de Volkheimer. En medio de la oscuridad hay cosas que golpean y se deslizan por todas partes. Apenas consigue respirar. La detonación genera un movimiento tectónico en los escombros del edificio y se produce un crujido al que siguen múltiples cascadas en mitad de las sombras. Cuando Werner deja de toser y se aparta los restos que han caído sobre su pecho, encuentra a Volkheimer mirando un nítido agujero de luz violeta.

El cielo.

Un cielo nocturno.

Un rayo de luz de estrellas entra a través del polvo y cae sobre el borde de un montículo de escombros que hay en el suelo. Werner lo inhala un instante. Luego Volkheimer le insta a trepar por los restos de la escalera. Abren los bordes del agujero con una barra de hierro. Suena el metal, se hace heridas en las manos y brilla en medio del polvo su barba de seis días. Werner observa cómo Volkheimer progresa rápidamente: la delgada luz plateada se convierte en una cuña violeta, tan grande como para que Werner introduzca las dos manos.

Con una explosión más Volkheimer consigue pulverizar una gran losa de escombros, la mayoría le golpea en el casco y en los hombros y luego todo es tan sencillo como escarbar y trepar. Desliza la parte superior del cuerpo a través del agujero, los hombros arañan los bordes y rasgan la chaqueta, y tras retorcer la cintura logra salir al exterior. Se inclina para ayudar a Werner y saca también su bolsa de lona y el rifle.

Están de rodillas sobre lo que en su día fue un callejón. El cielo está lleno de estrellas. Werner no ve la luna por ninguna parte. Volkheimer vuelve las sangrantes palmas de sus manos como si tratara de agarrar el aire para hacerlo resbalar sobre su piel. Del hotel solo quedan dos muros en pie unidos por una esquina y trozos de yeso sobre uno de los muros internos. Tras él las casas muestran sus interiores a la noche. La muralla que estaba detrás del hotel sigue en pie a pesar de que han reventado casi todas las troneras, apenas se oye el murmullo del mar al otro lado. El resto son escombros y silencio. La luz de las estrellas cae sobre las almenas. ¿Cuántos hombres se descomponen bajo las pilas de piedra que hay frente a ellos? ¿Nueve? Tal vez más.

Suben a la muralla tambaleándose como borrachos y cuando llegan al muro Volkheimer mira a Werner y luego al cielo nocturno. Tiene la cara tan cubierta de polvo blanco que parece un coloso embadurnado de harina.

¿Seguirá la muchacha retransmitiendo su grabación a cinco manzanas de distancia hacia el sur?

—Coge el rifle. Ve —dice Volkheimer.

—¿Y tú?

—Comida.

Werner se restriega los ojos bajo la gloriosa noche estrellada. No siente hambre. Es como si se hubiese librado para siempre de la molestia de comer.

—¿Pero volveremos...?

—Tú ve —repite Volkheimer. Werner le mira por última vez con su chaqueta rota y su enorme mandíbula. La ternura de sus enormes manos. *Podrías ser lo que quisieras.*

¿Lo sabía? ¿Lo ha sabido todo este tiempo?

Werner avanza poniéndose a cubierto. Lleva la bolsa en la mano izquierda y el rifle en la derecha. Le quedan cinco balas. En su mente aún escucha el susurro de la chica: *Está aquí. Va a matarme.* Baja hacia el oeste por un cañón de escombros, entre ladrillos, cables y tejas, la mayoría aún calientes, entre las calles aparentemente desiertas, aunque podría haber ojos siguiéndole desde las ventanas cerradas, ojos alemanes o franceses, americanos o británicos, no lo sabe. Es posible que baile sobre su cabeza en este instante el punto de mira de un francotirador.

Aquí un zapato de plataforma. Aquí un chef de madera caído de espaldas con una pizarra en las manos en la que aún aparece escrita con tiza la sopa del día. Aquí enormes rollos enredados de alambre de púas. Por todas partes el hedor de los cadáveres.

Subiendo hasta lo alto de los escombros de lo que en su día fue una tienda de souvenirs (hay unos cuantos platos de recuerdo sobre unos estantes, cada uno con un nombre distinto escrito en el borde y ordenados alfabéticamente), Werner intenta ubicarse en la ciudad. Coiffeur Dames está al otro lado de la calle. Hay un banco sin ventanas. Un caballo muerto sujeto a un carro, algunos edificios intactos, todavía en pie, sin cristales en las ventanas. Las filigranas de humo ascienden desde las ventanas como si fueran sombras de hiedra que alguien hubiera arrancado.

¡Cuánta luz brilla en la noche! Nunca lo había sospechado. Cuando llegue el día tal vez le deje ciego.

Gira a la derecha en lo que le parece la rue d'Estrées. El número 4 de la rue Vauborel aún está en pie. Todos los cristales de la fachada están rotos pero los muros están apenas quemados. Dos maceteros de madera aún cuelgan de ella.

Está justo debajo de mí.

Le dijeron que debía tener certeza, un propósito, convicción. El comandante Bastian, con sus andares de abuela y su pecho de palomo, decía que le arrancarían la indecisión del cuerpo.

Somos una descarga de balas, somos bolas de cañón, somos la punta de la espada.

¿Quién es el más débil?

EL ARMARIO

Von Rumpel se tambalea frente al enorme armario, revuelve la vieja ropa que hay en el interior. Chalecos, pantalones de rayas, camisas de chambray con el cuello alto y las mangas cómicamente largas comidas por las polillas. Ropa infantil pasada de moda desde hace décadas.

¿Qué es esta habitación? Los grandes espejos de las puertas del armario están cubiertos de manchas negras del tiempo. Hay unas viejas botas de cuero debajo de una pequeña mesa y una escobilla colgada de un gancho. Sobre la mesa se ve la fotografía de un niño sentado en una playa al atardecer.

Al otro lado de la ventana rota, pende una noche sin viento. Las cenizas flotan a la luz de las estrellas. La voz que se filtra a través del techo se repite... *Niños, el cerebro está envuelto por una oscuridad total... Pero a pesar de eso el mundo que construye...* Lo hace cada vez más bajo como si la batería se estuviera acabando. La lección se ralentiza como si el joven estuviera exhausto hasta que de pronto se detiene.

El corazón de Von Rumpel galopa. Siente que está perdiendo la cabeza. Con una vela en una mano y la pistola en la otra, se vuelve a acercar al armario. Es lo bastante grande como para que alguien quepa en él. ¿Cómo consiguieron subir esta cosa monstruosa hasta la sexta planta?

Acerca la vela un poco más y ve entre las sombras de las camisas lo que se le pasó por alto en la primera inspección: huellas en el polvo. De dedos o rodillas, o ambos. Con la culata de la pistola aparta la ropa. ¿Qué profundidad tiene?

Se inclina hacia el interior y al hacerlo escucha una campanilla, dos campanillas gemelas que suenan arriba y abajo. El sonido le hace echarse para atrás y se golpea la cabeza contra el techo del armario. La vela cae al suelo y Von Rumpel aterriza sobre su espalda.

Observa cómo rueda la vela con la llama hacia arriba. ¿Por qué? ¿Qué curioso principio obliga a la luz de una vela a apuntar siempre hacia el cielo?

Cinco días en esta casa y no ha encontrado ningún diamante. El último puerto controlado por los alemanes en Bretaña está casi perdido y con él el Muro Atlántico. Ya ha vivido más de lo que predijo el médico, y ahora ¿el tintineo de dos campanillas? ¿Es así como llega la muerte?

La vela rueda lentamente. Hacia la ventana. Hacia las cortinas.

Escaleras abajo la puerta de la calle cruje al abrirse. Alguien entra.

CAMARADAS

El suelo de la entrada está cubierto de restos de vajilla, imposible no hacer ruido al entrar. Al final de un pasillo hay una cocina llena de escombros, un profundo vestíbulo con restos de cenizas, una silla caída, una escalera. A no ser que se haya movido en los últimos minutos, la chica debe de estar en lo alto de la casa, cerca del transmisor.

Werner comienza a subir con el rifle sujeto con ambas manos y la bolsa al hombro. A cada descansillo una creciente oscuridad le priva de visión. A sus pies se abren y cierran puntos de luz. Hay libros que han caído por el hueco de la escalera junto a otros papeles, cuerdas, botellas y lo que parecen restos de una antigua casa de muñecas. La segunda planta, la tercera, la cuarta, la quinta: todo se encuentra en el mismo estado. No es consciente del ruido que hace, tampoco de si hacerlo importa.

La escalera parece terminar en la sexta planta. Ve tres puertas medio abiertas: una a la izquierda, otra enfrente, otra a la derecha. Se dirige a la derecha con el rifle en alto esperando una nube de balas, las mandíbulas abiertas de un demonio, pero en vez de eso una ventana rota ilumina una cama hundida. En el armario cuelga un vestido de muchacha. Hay cientos de pequeñas cosas (¿piedrecitas?) alineadas a lo largo del zócalo. En una esquina ve dos cubos llenos hasta la mitad de lo que parece agua.

¿Ha llegado demasiado tarde? Apoya el rifle de Volkheimer en la cama, alza el cubo, bebe una vez, dos. Al otro lado de la ventana, más allá de la manzana de enfrente, más allá de las murallas, la única luz de una embarcación aparece y desaparece al alzarse o hundirse entre las olas distantes.

Una voz tras él dice:

—Ah.

Werner se da la vuelta. Frente a él se encuentra un oficial alemán con su uniforme de campo. Las cinco barras y los tres diamantes de un sargento mayor. Pálido y cubierto de heridas, incapaz de mantenerse recto, se arrastra hacia la cama. El lado derecho de su garganta sobresale de una manera extraña por encima del cuello rígido de su camisa.

—No recomendaría —dice— mezclar la morfina con el Beaujolais.

A un lado de la frente del hombre una vena palpita ligeramente.

—Le vi —dice Werner—, frente a la panadería, con un periódico.

—Yo también te vi, soldado.

Werner siente por su manera de sonreír que el otro da por hecho que son iguales, camaradas. Cómplices. Que los dos han ido hasta la casa buscando lo mismo.

Tras el sargento mayor, al otro lado del pasillo, lo imposible: llamas. La cortina de la habitación que está justo al otro lado del descansillo se ha puesto a arder. Las llamas llegan hasta el techo. El sargento mayor mete un dedo bajo el cuello de su camisa e intenta aflojarlo. Tiene la cara demacrada y dientes de maníaco. Se sienta en la cama. La luz de las estrellas hace brillar la culata de su pistola.

A los pies de la cama Werner distingue una mesa baja sobre la que hay una maqueta a escala de unas casas arracimadas con la forma de una ciudad. ¿Es Saint-Malo? Sus ojos saltan de la maqueta a las llamas y luego al rifle de Volkheimer apoyado contra la cama. El oficial se dobla hacia delante y se asoma sobre la ciudad en miniatura como una gárgola atormentada.

Zarcillos de humo negro avanzan como serpientes por el descansillo.

—Señor, las cortinas están ardiendo.

—El alto el fuego está programado para el mediodía, o al menos eso dijeron —asegura Von Rumpel con voz ausente—. No hay prisa, tenemos tiempo de sobra. —Juega con los dedos de una mano a través de una calle en miniatura—. Tú y yo buscamos lo mismo, soldado, pero solo lo puede tener uno de los dos y solo yo sé dónde está. Eso es un problema para ti. ¿Está aquí o aquí o aquí? —Se frota las manos y se tumba sobre la cama. Apunta con la pistola hacia el techo—. ¿Está ahí arriba?

En la habitación al otro lado del descansillo la cortina ardiente se cae de su barra. Tal vez se apague sola, piensa Werner. Tal vez se apague sola.

Werner piensa en los hombres del campo de girasoles y en cientos de personas más: todos muertos en sus cabañas, en sus camiones, en sus búnkeres, con el aspecto de alguien que ha empezado a oír de repente una melodía familiar. El pliegue entre los ojos, la laxitud de la boca, una mirada que parece estar diciendo: «¿Tan pronto?». ¿No le parece demasiado pronto a todo el mundo?

El fuego baila al otro lado del pasillo. Aún tumbado sobre su espalda, el sargento mayor coge la pistola con ambas manos y abre y cierra la recámara.

—Bebe algo más —dice señalándole el cubo que Werner tiene entre las manos—, veo que estás sediento. No he meado en ese cubo, te lo prometo.

Werner deja el cubo en el suelo. El sargento mayor se incorpora y echa hacia delante y hacia atrás la cabeza como si tratara de aliviar una tortícolis. Después apunta a Werner al pecho. Del otro lado del pasillo, cerca de la cortina en llamas, llega un sordo repiqueteo, algo que baja por una escalera y llega hasta el suelo. La atención del sargento mayor se dirige hacia el sonido y baja el cañón de su pistola.

Werner se lanza hacia el rifle de Volkheimer. Has esperado esto toda tu vida y finalmente ha llegado. ¿Estás preparado?

SIMULTANEIDAD DE LOS INSTANTES

E l ladrillo golpea contra el suelo. Las voces se detienen. Ella oye una discusión y luego el disparo suena como un estallido de luz roja: la erupción del Krakatoa. La casa se parte en dos por unos instantes.

Marie-Laure casi resbala, está a punto de caer por la escalera de mano y se apoya contra la falsa pared del armario. Unos pasos se apresuran a través del pasillo y entran en la habitación de Henri. Se oye un sonido de agua arrojada y un siseo y siente el olor de humo y vapor.

Los pasos se vuelven de pronto dubitativos, son distintos de los del sargento mayor. Más ligeros. Avanzan, se detienen, abren la puerta del armario. Piensa, intenta descifrarlo.

Ella oye un leve sonido como el de una caricia cuando él pasa los dedos por el falso fondo del armario. Agarra con más fuerza el mango del cuchillo.

Tres manzanas hacia el este, Frank Volkheimer pestañea al sentarse sobre las ruinas de un apartamento en la esquina de la rue des Lauriers y la rue Thévenard mientras come con los dedos de una lata de ñame. Al otro lado de la desembocadura del río, bajo un metro de cemento, un asistente sostiene en el aire la chaqueta abierta del jefe en mando de la guarnición mientras el coronel mete un brazo en una manga y luego el otro. Precisamente en ese instante, un explorador norteamericano de diecinueve años trepa por la colina hacia el fortín, se detiene, da media vuelta y tiende un brazo hacia el soldado que está tras él. Mientras tanto con la mejilla apoyada en un adoquín de granito del Fuerte Nacional, Etienne LeBlanc decide que si él y Marie-Laure consiguen sobrevivir a esta situación, pase lo que pase, le pedirá que elija un lugar sobre el ecuador e irán allí, reservarán un billete, viajarán en barco, volarán en avión, hasta que se encuentren juntos en una selva rodeados de flores que jamás han olido y escuchando pájaros que jamás han oído. A cuatrocientos kilómetros de distancia del Fuerte Nacional, la mujer de Reinhold von Rumpel despierta a sus hijas para ir a misa y contempla el buen aspecto que tiene su vecino que acaba de regresar de la guerra después de haber perdido un pie. No tan lejos de ella, Jutta Pfennig duerme en medio de las sombras azul ultramar del dormitorio de chicas y sueña que la luz se espesa y refleja un campo cubierto de nieve, y no tan lejos de Jutta, el Führer alza un vaso de leche caliente (nunca hirviendo) hasta sus labios, mientras sobre su plato hay una tostada de pan negro de Oldenburg y una manzana, su desayuno diario. Mientras tanto, en un desfiladero a las afueras de Kiev, dos presos se frotan las manos con arena porque se les han quedado resbaladizas y agarran de nuevo una camilla mientras un *sonderkommando* aviva el fuego que hay bajo ellos con una barra de acero. Una lavandera revolotea de baldosa en baldosa en un patio de Berlín buscando caracoles para comer y en la escuela Napola de Schulpforta ciento diecinueve chicos de entre doce y trece años esperan en fila tras un camión para recibir una mina antitanque de trece kilos, unos chicos a los que casi exactamente dentro de ocho meses, abandonados en medio del avance de los rusos, la escuela completa separada como una isla, les entregarán una caja del último chocolate amargo del Reich y uno cascos de la Wehrmacht rescatados de entre los cuerpos de los soldados muertos, y a continuación esta última cosecha de la juventud de la nación saldrá con el chocolate aún deshaciéndose en sus gargantas para unirse con los cascos bamboleantes sobre sus rapadas cabezas y sesenta lanzamisiles Panzerfaust en las manos para defender en un último espasmo de futilidad un puente que ya ni siquiera requiere defensa alguna, mientras tanques T-34 del Ejército Blanco de los rusos se acercan tintineando y a trompicones para destruirlos a todos, hasta el último muchacho. Amanece en Saint-Malo y se oye una sacudida al otro lado del armario... Werner oye cómo inhala Marie-Laure y Marie-Laure oye cómo Werner araña con tres dedos la madera, un sonido no muy distinto del de un disco al deslizarse bajo una aguja, con sus brazos y rostros separados por el falso fondo del armario.

Él dice:

—*Es-tu là?*

¿ESTÁS AHÍ?

Es un fantasma. Alguien de otro mundo. Es papá, madame Manec, Etienne, es todas las personas que la han abandonado y finalmente regresan. Desde el otro lado del panel, él dice:

—No voy a matarte. Te he oído. En la radio. Por eso he venido. —Se detiene, buscando las palabras en francés—. La canción, ¿luz de la luna?

Ella casi sonríe.

Todos llegamos a la existencia como una simple célula más pequeña que una mota de polvo, mucho más pequeña. Se divide, multiplica, añade y sustrae. La materia sufre cambios, los átomos salen y entran, las moléculas pivotan, las proteínas se unen, la mitocondria envía sus órdenes. Comenzamos siendo apenas un enjambre de conexiones eléctricas microscópicas. Los pulmones, el cerebro, el corazón. Cuarenta semanas después, seis billones de células se amontonan en el canal de nacimiento de nuestras madres y aullamos. Y entonces el mundo comienza en nosotros.

Marie-Laure desliza el falso panel del armario. Werner le da la mano y la ayuda a salir. Sus pies se encuentran sobre el suelo de la habitación de su abuelo.

—*Mes souliers* —dice ella—, no he sido capaz de encontrar mis zapatos.

LA SEGUNDA LATA

La muchacha se sienta bien erguida en la esquina y se recoge el abrigo alrededor de las rodillas. La forma en la que se sienta sobre sus tobillos. La forma en la que sus dedos flotan por el espacio que está a su alrededor. Espera no olvidar jamás ninguno de esos detalles.

Se oyen explosiones hacia el oeste. Están bombardeando de nuevo la ciudadela. Y la ciudadela responde al ataque.

Se siente exhausto. Dice en francés:

—Va a haber una… una *Waffenruhe*. Parar el combate. A mediodía. Para que la gente pueda salir de la ciudad. Yo puedo sacarte.

—¿Cómo sabes que es cierto?

—No lo sé —responde—, no sé si es cierto.

De nuevo la calma. Él echa un vistazo a sus pantalones, su abrigo cubierto de polvo. El uniforme le hace cómplice de todo lo que odia esa muchacha.

—Ahí hay agua —dice cruzando a la otra habitación de la sexta planta y evita mirar el cuerpo de Von Rumpel en la cama cuando coge el segundo cubo. Ella hunde la cabeza entera en la boca del cubo mientras sus brazos, como palillos, lo agarran a ambos lados mientras bebe.

—Eres valiente —dice él.

Ella baja el cubo.

—¿Cómo te llamas?

Él se lo dice. Ella contesta:

—Cuando perdí la vista, Werner, la gente me decía que era valiente. Cuando mi padre se marchó, la gente me dijo que era valiente. Pero no se trata de valentía, es que no tengo otra opción. Me despierto y vivo mi vida, ¿acaso no haces tú lo mismo?

—No desde hace años. Pero hoy. Tal vez hoy lo hice.

Ella ha perdido las gafas, sus pupilas parecen cubiertas de leche, pero por alguna extraña razón no le incomodan. Recuerda una frase de frau Elena: *belle laide*. La bella fealdad.

—¿Qué día es hoy?

Él mira alrededor. Las cortinas chamuscadas, el hollín que ha marcado el techo, el cartón despegado de la ventana y la primera pálida luz del amanecer deslizándose a través de ella.

—No lo sé. Es por la mañana.

Un proyectil silba sobre la casa. Él piensa: lo único que quiero es estar aquí sentado, con ella, miles de horas, pero el proyectil explota en algún lugar y la casa cruje, y Werner dice:

—Hubo un hombre que utilizaba ese transmisor tuyo. Retransmitía un programa sobre ciencia cuando yo era niño. Yo lo escuchaba con mi hermana.

—Era la voz de mi abuelo. ¿Le escuchabas?

—Muchas veces. Nos encantaba.

La ventana resplandece. La lenta y arenosa luz del amanecer inunda la habitación. Todo es transitorio y doloroso, todo incierto. Estar aquí, en esta habitación, la más alta de la casa, haber salido del sótano, estar con ella: es como una medicina.

—Podría comer beicon —dice ella.

—¿Qué?

—Podría comerme un cerdo entero.

Él sonríe.

—Yo podría comerme una vaca entera.

—La mujer que vivía aquí, la encargada de la casa, hacía las mejores tortillas del mundo.

—Cuando era pequeño —dice él o tiene al menos la esperanza de haberlo dicho— solíamos coger bayas en el Ruhr, mi hermana y yo. Había bayas enormes, como pulgares.

La muchacha se mete por el armario, sube una escalera de mano y regresa con una lata abollada.

—¿Puedes ver lo que es?

—No tiene etiqueta.

—No creía que la tuviera.

—¿Es comida?

—Abrámosla y lo sabremos.

Con un solo golpe del ladrillo, él abre la lata con la punta del cuchillo. La lata huele al instante: el perfume es tan dulce, tan increíblemente dulce que él está a punto de desmayarse. ¿Cómo era la palabra? *Pêches. Les pêches.*

La muchacha se inclina. Es como si florecieran los lunares de sus mejillas al inhalar.

—Lo compartiremos —dice— por lo que has hecho.

Golpea el cuchillo una segunda vez, corta el metal y dobla la tapa.

—Ten cuidado —dice mientras se lo pasa. Ella mete dos dedos y pesca algo húmedo, suave y resbaladizo. Después él hace lo mismo. Con infinito placer siente cómo se desliza el primer melocotón por su garganta. Un amanecer en su boca.

Comen. Se beben el sirope. Pasan los dedos por el interior de la lata.

PÁJAROS DE AMÉRICA

Cuántas maravillas hay en la casa! Ella le muestra el transmisor del desván: su doble batería, el gramófono pasado de moda, la antena extensible manualmente que puede alzarse y recogerse a lo largo de la chimenea con un ingenioso sistema de palancas. Y hasta un disco en el que ella asegura que está la voz de su abuelo, lecciones de ciencia para niños. ¡Y los libros! Los pisos inferiores están cubiertos de ellos —Becquerel, Lavoisier, Fischer—, toda una vida de lecturas. Imagina lo que sería pasar diez años en esta casa alta y estrecha, aislado del mundo, estudiando sus secretos, leyendo sus libros y contemplando a esta muchacha.

—¿Sabes —le pregunta— si el capitán Nemo sobrevivió al remolino?

Marie-Laure se sienta en el descansillo de la quinta planta con su abrigo gigante como si estuviera esperando un tren.

—No —contesta—. O sí. No lo sé. Supongo que esa es la gracia, ¿no? Dejarnos con la duda. —Ladea la cabeza—. Ya sé que era un loco pero aun así yo no quería que muriera.

En la esquina del estudio de su tío abuelo, entre un tumulto de libros, encuentra una copia de *Pájaros de América*. Es una reimpresión, ni de cerca tan grande como la que vio en el cuarto de estar de Frederick, pero aun así es impresionante: tiene cuatrocientos treinta y cinco grabados. Lo lleva hasta el descansillo.

—¿Te ha enseñado esto tu tío?

—¿Qué es?

—Un libro sobre pájaros. Un pájaro tras otro.

En el exterior los proyectiles vienen y van.

—Tenemos que bajar a la parte inferior de la casa —dice ella, pero durante un instante ninguno de los dos se mueve.

Perdiz de California.

Alcatraz común.

Pelícano fragata.

Werner aún puede ver a Frederick de rodillas frente a su ventana, con la nariz pegada al cristal. Un pequeño pájaro gris dando saltitos entre las ramas. *No parece gran cosa, ¿verdad?*

—¿Puedo quedarme con una página de este libro?

—Por qué no. Nos marcharemos pronto, ¿no? ¿Cuándo será seguro?

—A mediodía.

—¿Cómo sabremos que es el momento?

—Cuando dejen de disparar.

Llegan más aviones. Docenas y docenas de aviones. Werner tiembla involuntariamente. Marie-Laure le lleva hasta la primera planta donde hay un dedo de ceniza y hollín por todas partes. Él pone en pie un mueble caído y lo aparta del camino, abre la trampilla del sótano y descienden. En algún lugar por encima de ellos, treinta bombarderos arrojan su carga y Werner y Marie-Laure sienten cómo el lecho de piedra tiembla, oyen las detonaciones a lo largo del río.

¿Podría él, por medio de algún milagro, hacer que esto durara? ¿Podrían quedarse aquí, encerrados, hasta que acabe la guerra? ¿Hasta que los ejércitos dejen de marchar de un lado a otro sobre sus cabezas y todo lo que tengan que hacer sea abrir la puerta y apartar unas piedras aunque la casa se haya convertido en una escombrera junto al mar, hasta que pueda cogerla de la mano y llevarla al exterior? Iría adonde fuera necesario para que eso ocurriera, soportaría cualquier cosa. Dentro de un año o tres o diez, Francia y Alemania no serán lo que son ahora, podrán salir de la casa y visitar esos restaurantes para turistas, pedir un menú y comer en silencio, ese tipo de silencio agradable que solo los amantes pueden compartir.

—¿Sabes —pregunta Marie-Laure con voz dulce— por qué estaba aquí el hombre de ahí arriba?

—¿Por la radio? —Y a pesar de todo duda de su respuesta.

—Tal vez —contesta ella—, tal vez esa sea la razón.

Un minuto más tarde están dormidos.

ALTO EL FUEGO

La luz arenosa del verano se desliza a través de la trampilla hasta el sótano. Debe ser por la tarde. No se oyen explosiones. Por espacio de unos latidos Werner la contempla dormida.

Luego se apresuran. No consigue encontrar los zapatos que ella le pide pero encuentra unos zapatos de hombre en un armario y la ayuda a ponérselos. Sobre su uniforme se pone unos pantalones de tweed de Etienne y una camisa cuyas mangas son demasiado largas. Si se cruzan con los alemanes él hablará solo en francés, les dirá que la está ayudando a abandonar la ciudad. Si se cruzan con los norteamericanos, les dirá que está desertando.

—Habrá un lugar de reunión, un punto en el que reúnan a los refugiados —dice aunque no está del todo seguro.

Encuentra una funda de almohada blanca en un armario caído y se la mete a ella dentro del bolsillo del abrigo.

—Cuando llegue el momento, alza esto lo más alto que puedas.

—Lo intentaré. ¿Y mi bastón?

—Aquí.

En el vestíbulo dudan los dos. No hay manera de estar seguros de lo que les espera del otro lado de la puerta. Él recuerda la sofocante sala de baile de los exámenes de ingreso hace cuatro años: la escalera atornillada contra la pared, la bandera carmesí con su círculo blanco y la cruz negra debajo. Da un paso adelante. Salta.

Al otro lado, en el exterior, hay montañas de escombros por todas partes, chimeneas aún en pie con sus ladrillos desnudos bajo la luz. El cielo está cubierto de humo. Él sabe que los proyectiles provenían del este, que hace seis días los norteamericanos estaban casi en Paramé, por eso lleva a Marie-Laure en esa dirección.

En cuanto les vean, tanto los norteamericanos como su propio ejército, tendrán que hacer algo. Trabajar, unirse, confesar o morir. En algún sitio se oye el crepitar del fuego: un sonido parecido al que produce aplastar en un puño una rosa seca. No se oye nada más: ni motores, ni aviones, ni ametralladoras, ni los aullidos de los heridos, ni ladridos de perros. Él le da la mano para ayudarla a avanzar entre los escombros. No caen bombas ni suenan disparos, la luz es suave y está cubierta de ceniza.

Jutta, piensa, al final te escuché.

Durante dos manzanas no ven a nadie. Puede que Volkheimer esté comiendo…, eso es al menos lo que le gustaría imaginar a Werner, al gigantesco Volkheimer comiendo solo en una pequeña mesa con vistas al mar.

—Está todo tan tranquilo.

La voz de ella es como una ventana luminosa y abierta al cielo. Su rostro un campo de pecas. Él piensa: «No quiero dejarte marchar».

—¿Nos miran?

—No lo sé. No creo.

Una manzana más adelante él percibe movimientos: tres mujeres caminan cargando bultos. Marie-Laure le tira de la manga.

—¿Qué cruce es este?

—La rue des Lauriers.

—Ven —dice ella y camina con su bastón en la mano derecha, tanteando adelante y atrás. Giran primero a la derecha y después a la izquierda, pasan junto a un nogal que parece un gigantesco palillo de dientes carbonizado clavado en el suelo. Pasan junto a dos cuervos que picotean algo difícil de identificar, hasta que llegan al pie de las murallas. Sobre una arcada en un estrecho callejón cuelgan ramas de hiedra. A lo lejos, a su derecha, Werner ve a una mujer con un traje azul de tafetán arrastrando una enorme maleta sobre el bordillo. La sigue un chico que lleva unos pantalones pensados para un niño más pequeño; lleva una boina echada hacia atrás y una especie de chaqueta brillante.

—Los civiles se están marchando. ¿Quieres que les llame?

—Necesito solo un segundo. —Le lleva más allá, hacia el interior del callejón. Una brisa dulce y marina se desliza a través de un hueco en la pared que no consigue ver: el aire silba desde el interior.

Al final del callejón, llegan hasta una verja estrecha. Ella mete la mano en el bolsillo de su abrigo y saca una llave.

—¿Está alta la marea?

Él solo puede ver a través de la puerta un pequeño espacio cerrado por una reja en la parte más alejada.

—Hay agua ahí abajo, nos tenemos que dar prisa.

Pero ella ya ha pasado al otro lado de la verja y está bajando por la gruta con sus grandes zapatos, moviéndose con seguridad y deslizando los dedos por las paredes como si fueran viejos amigos a los que no esperaba volver a ver. La marea empuja una pequeña ola a través del charco que le cubre los tobillos y le moja el borde del vestido. Saca del bolsillo un objeto pequeño de madera y lo pone en el agua. Habla suavemente pero su voz resuena:

—Necesito que me digas algo, ¿está en el océano? Tiene que estar en el océano.

—Sí, lo está. Tenemos que irnos.

—¿Estás seguro de que está en el agua?

—Sí.

Vuelve a salir, sin aliento. Le empuja al otro lado de la verja y cierra tras ellos. Él le sostiene el bastón. Después regresan de nuevo por el callejón, los zapatos de ella chorrean. Atraviesan la hiedra colgante, giran a la izquierda. Frente a ellos, una harapienta comitiva de personas cruza una intersección: una mujer, un niño, dos hombres transportando a un tercero sobre una camilla, los tres con cigarrillos en las bocas.

La oscuridad regresa a los ojos de Werner y le parece que se va a desmayar. Sus piernas no van a ser capaces de sostenerlo mucho más. Hay un gato sentado en la carretera que se lame la pata y se restriega luego con ella las orejas, sin dejar de mirarle. Piensa en los viejos y destrozados mineros que veía en Zollverein sentados en sillas o sobre cajas, inmóviles durante horas, esperando que llegara la muerte. Para aquellos hombres el tiempo era un exceso, un barril que se vaciaba lentamente. Cuando en realidad, piensa él, se parece más a un charco luminoso que uno lleva entre las manos y debe proteger con toda su energía, luchar para no derramar ni una sola gota.

—De acuerdo —dice tratando de pronunciar el francés lo mejor que puede—, aquí tienes la funda de almohada. Tienes que deslizar la mano sobre el muro. ¿Lo sientes? Llegarás a una intersección. Sigue caminando recto. Las calles parecen despejadas. Lleva siempre alzada la funda. Muy alta y siempre delante de ti, ¿lo entiendes?

Ella se da la vuelta hacia él mordiéndose el labio inferior.

—Me dispararán.

—No con una bandera blanca, no dispararán a una muchacha. Hay más gente delante. Sigue el muro —dice posándole la mano sobre el muro de nuevo—. Date prisa, acuérdate de la funda.

—¿Y tú?

—Yo iré en la dirección opuesta.

Ella vuelve la cara hacia la suya y, aunque no puede verle, él se da cuenta de que es incapaz de mirarla.

—¿No vienes conmigo?

—Va a ser mejor para ti que no te vean conmigo.

—¿Pero cómo te encontraré de nuevo?

—No lo sé.

Ella busca la mano de él. Le deja algo en la palma y la cierra.

—Adiós, Werner.

—Adiós, Marie-Laure.

Luego se marcha. Cada pocos pasos la punta de su bastón choca contra alguna piedra en la calle y le lleva un rato retomar el camino rodeándola. Da un paso y luego otro paso, se detiene, de nuevo otro paso y otro paso. El bastón avanza, el borde del vestido se bambolea mojado, lleva la funda de la almohada en lo alto. Él no retira la mirada hasta que se asegura de que cruza la intersección, llega hasta la siguiente manzana y se pierde de vista.

Espera escuchar voces, armas.

Ellos se encargarán de ayudarla. Tienen que hacerlo.

Cuando abre la mano, hay una pequeña llave de metal en su palma.

CHOCOLATE

Madame Ruelle encuentra a Marie-Laure esa tarde en una escuela requisada. Le da la mano y ya no la suelta. La gente de asuntos civiles tiene una pila de chocolate que ha confiscado a los alemanes en unas cajas de cartón y Marie-Laure y madame Ruelle comen tanto que apenas lo pueden contar. Por la mañana los norteamericanos toman el Château y la última batería antiaérea y liberan a los prisioneros que estaban en el Fuerte Nacional. Madame Ruelle saca a Etienne de la fila y este estrecha a Marie-Laure entre sus brazos. El coronel resiste en su fortaleza subterránea al otro lado del río durante tres días más hasta que un avión norteamericano llamado *Rayo* suelta un tanque de napalm en el orificio de ventilación. Una posibilidad entre un millón. Cinco minutos más tarde se alza una bandera blanca y termina el asedio de Saint-Malo. Los pelotones de limpieza recogen todos los artefactos incendiarios que encuentran, fotógrafos del ejército entran con sus trípodes y un puñado de ciudadanos regresan desde granjas y campos o salen de los sótanos y pasean por las calles en ruinas. El 25 de agosto madame Ruelle consigue el permiso para regresar a la ciudad y comprobar el estado de la panadería pero Etienne y Marie-Laure viajan en otra dirección, hacia Rennes, donde alquilan una habitación en un hotel llamado El Universo. Tiene caldera, y cada uno se da un baño de dos horas. En el cristal de la ventana, al caer la noche, Etienne contempla en el reflejo cómo ella se mete en la cama. La ve cubrirse el rostro con las manos y luego retirarlas.

—Iremos a París —dice—, nunca he estado. Tú me lo enseñarás.

LUZ

Werner es capturado a un kilómetro y medio al sur de Saint-Malo a manos de tres soldados de la resistencia vestidos de civil que recorren las calles en un camión. Al principio creen que han rescatado a un hombre pequeño de pelo blanco, pero cuando oyen su acento y descubren la guerrera alemana debajo de la camisa, deciden que es un espía, una captura fabulosa. Después se dan cuenta de lo joven que es Werner. Lo llevan hasta uno de los secretarios norteamericanos que hay en un hotel requisado transformado ahora en un centro de desarme. Al principio Werner teme que le lleven escaleras abajo (por favor, otro sótano no), pero en vez de eso lo llevan a la tercera planta en la que un intérprete exhausto que ha estado registrando los prisioneros alemanes durante el último mes anota su nombre y su rango, y le hace unas cuantas preguntas de memoria, mientras un empleado revisa la bolsa de Werner y luego se la devuelve.

—Una muchacha —dice Werner en francés—, ¿la han visto...?

Pero el intérprete se limita a sonreír con aire de suficiencia y le dice algo en inglés al secretario, como si todos los soldados alemanes a los que ha entrevistado le hubiesen preguntado por una muchacha.

Lo trasladan a un patio rodeado de concertina en el que hay ocho o nueve alemanes sentados con sus altas botas, sosteniendo unas maltrechas cantimploras en la mano, uno de ellos vestido con la ropa de mujer con la que aparentemente ha intentado escapar. Dos suboficiales, tres soldados y ningún Volkheimer.

Por la noche les sirven sopa de un caldero y él engulle cuatro raciones en una taza de hojalata. Cinco minutos más tarde vomita en una esquina. Por la mañana tampoco es capaz de retener la sopa. Cardúmenes de nubes cruzan el cielo. No oye nada con el oído izquierdo. Repasa imágenes de Marie-Laure —las manos, el pelo—, aun cuando le preocupa arriesgarse a perderlas si se concentra demasiado en ellas. Un día después de su arresto, marcha hacia el este en un grupo de veinte para unirse a otro más grande al que han reunido en un almacén. Al otro lado de las puertas abiertas no puede ver Saint-Malo, pero oye los aviones —cientos de ellos— y ve una enorme columna de humo en el horizonte día y noche. En dos ocasiones los médicos le intentan dar a Werner cazos con gachas, pero sigue sin poder retenerlo. No ha sido capaz de retener nada en el estómago desde los melocotones.

Puede que le esté volviendo la fiebre. Tal vez el lodo que bebieron en el sótano del hotel le ha envenenado. Tal vez su cuerpo se está dando por vencido. Sabe que si no come morirá, pero cuando come se siente morir.

Del almacén les llevan a Dinan. La mayoría de los prisioneros son niños y hombres de mediana edad, los restos dispersos de las compañías. Llevan ponchos, bolsas, cajas. Unos cuantos cargan con maletas de colores vivos que han sacado quién sabe de dónde. Entre ellos caminan parejas de hombres que han luchado hombro con hombro, pero en general se trata de desconocidos, y todos han visto cosas que desean olvidar. Siempre tienen la sensación de que una marea se alza tras ellos, una masa que se reúne con una furia lenta y vindicativa.

Camina con los pantalones de tweed del tío abuelo de Marie-Laure, carga su petate al hombro, tiene dieciocho años. Durante toda su vida los maestros de la escuela, la radio y sus líderes le han hablado del futuro. ¿Qué futuro queda ahora? Frente a él la carretera está vacía y todas las líneas de su pensamiento se inclinan hacia el interior: ve a Marie-Laure desapareciendo en la calle con su bastón como una mota de ceniza que se desprende del fuego y una enorme nostalgia le presiona las costillas.

El 1 de septiembre Werner no se puede poner en pie cuando se despierta. Dos de sus compañeros prisioneros lo llevan hasta el baño y lo vuelven a dejar sobre la hierba. Un joven canadiense con casco de médico le pasa una luz por los ojos y ordena que lo carguen en un camión. Lo llevan a cierta distancia, a una tienda repleta de hombres moribundos. Una enfermera le pone un líquido en el brazo y le da una cucharada de un remedio.

Durante una semana entera vive bajo la extraña luz verdosa del lienzo de la tienda con su bolsa en una mano y las duras esquinas de la pequeña casa de madera en la otra. Cuando se siente con fuerzas juega un poco con ella. Dobla la chimenea, desliza los tres paneles del techo y mira dentro. Admira su construcción.

Cada día algún alma a su derecha o a su izquierda huye al cielo y a él le parece que puede escuchar una música lejana, como si hubiera una radio encerrada que él pudiera oír posando su oído bueno sobre el catre a pesar de que la música es suave y hay momentos en los que ni siquiera está seguro de que exista.

Hay algo que debería enfadarle, Werner está seguro, pero no sabría decir qué es.

—No come —dice una enfermera en inglés.

—¿Tiene fiebre? —dice un hombre con un brazalete de médico.

—Alta. Hay más palabras, y después números. En sueños ve una noche brillante y cristalina con canales helados, linternas de mineros, casas ardiendo y granjeros patinando entre los campos. Ve un submarino soñoliento en medio de la oscura profundidad del Atlántico, y a Jutta asomando la cara a una claraboya y echando el aliento en el cristal. Casi espera ver aparecer la enorme mano de Volkheimer ayudándole a subir al Opel.

¿Y Marie-Laure? ¿Puede ella sentir todavía la presión de su mano entre los dedos como él puede sentir la suya?

Una noche se incorpora. En los catres que están a su alrededor hay seis hombres enfermos o heridos. Una cálida brisa de septiembre recorre el campo y hace bailar las paredes de la tienda.

La cabeza de Werner oscila suavemente sobre su cuello. El viento es fuerte y crece cada vez más y las esquinas de la tienda se tensan contra los cables y al ondear las solapas en los dos extremos puede ver los árboles al otro lado. Todo cruje. Werner mete su viejo cuaderno y la pequeña casa dentro de la bolsa y el hombre que está a su lado murmura preguntas para sí mismo mientras duerme el resto de la maltrecha compañía. Hasta la sed de Werner se ha extinguido. Lo único que siente es la impasible y desnuda explosión de la luz de la luna cayendo sobre la tienda y esparciéndose por todas partes. Ahí fuera, al otro lado de la puerta de la tienda, las nubes se inclinan sobre la copa de los árboles. Hacia Alemania, hacia su hogar.

Plateadas y azules, azules y plateadas.

Hay hojas de papel revoloteando bajo las hileras de catres y el corazón de Werner se acelera. Ve a frau Elena arrodillada frente a la estufa de carbón, avivando el fuego, a los niños en sus camas, a Jutta de bebé durmiendo en su cuna. Su padre enciende una lámpara, entra en el ascensor y desaparece.

La voz de Volkheimer: *Podrías ser lo que quisieras…*

El cuerpo de Werner parece haber perdido todo su peso bajo la sábana y, más allá de las ondulantes puertas de la tienda, los árboles bailan y las nubes continúan su cargada marcha. Saca de la cama primero una pierna y luego la otra.

—Ernst —dice el hombre que está a su lado—. Ernst.

Pero no hay ningún Ernst; los hombres en los catres no contestan; el soldado norteamericano que está en la puerta duerme. Werner pasa junto a él y sale a la hierba.

El viento se cuela por debajo de su camiseta. Es una cometa, un globo.

En cierta ocasión él y Jutta construyeron un pequeño bote con palos de madera y lo llevaron hasta el río. Jutta lo pintó con colores violetas y verdes y lo puso sobre el agua con gran ceremonia, pero el bote se hundió en cuanto lo apoyó sobre la corriente. Bajó flotando, fuera de su alcance, al tiempo que era engullido por el agua plana y oscura. Jutta miró a Werner con los ojos húmedos y estirándose el borde del roído jersey.

—Está bien —le dijo él—, las cosas casi nunca funcionan a la primera. Haremos otro. Uno mejor.

¿Lo hicieron? Espera que sí. Cree recordar un pequeño bote (uno más digno del mar) flotando río abajo. Navegó hasta una curva y les dejo atrás, ¿no fue así?

La luz de la luna brilla y se hincha, nubes deshechas atraviesan los árboles. Por todas partes flotan hojas. Pero la luz de la luna se mantiene incólume a pesar del viento, atravesando las nubes, el aire, en rayos que a Werner le parecen imposibles, tan lentos son, tan imperturbables. Se sumergen en la mullida hierba.

¿Por qué el viento no mueve también la luz?

Al otro lado del campo un norteamericano contempla a un chico que sale de una tienda y camina hacia los árboles. Se incorpora. Alza una mano.

—Detente —dice.

—Alto —dice.

Pero Werner ya ha cruzado el límite del campo: pisa una mina puesta allí por su propio ejército hace tres meses y desaparece en medio de una polvareda de tierra.

ONCE

1945

BERLÍN

En enero de 1945, frau Elena y las últimas cuatro niñas que aún viven en el orfanato (las gemelas Hannah y Susanne Gerlitz, Claudia Förster y una Jutta Pfennig de quince años) son trasladadas de Essen a Berlín para trabajar en una fábrica de maquinaria.

Durante diez horas al día, seis días a la semana, desarman descomunales presas de forjado y amontonan el material utilizable en cajas que se transportan en trenes de carga. Desatornillar, serrar, cargar. Casi siempre frau Elena trabaja cerca de ellas llevando una parka hecha trizas que ha encontrado, murmurando en francés para sí misma o cantando canciones de su infancia.

Viven sobre una imprenta abandonada el mes anterior. Hay cientos de cajas de diccionarios a medio imprimir apiladas en los pasillos y las muchachas los queman página tras página en una barriguda estufa de hierro.

Ayer quemaron *Dankeswort, Dankesworte, Dankgebet, Dankopfer.*

Hoy *Frauenverband, Frauenverein, Frauenvorsteher, Frauenwahlrecht.*

Para comer, toman repollo y cebada en la cantina de la fábrica a mediodía y hacen interminables colas para recibir su ración por la noche. La mantequilla se corta en pequeñas porciones: tres veces a la semana, cada una recibe un cubo del tamaño de la mitad de un terrón de azúcar. El agua llega desde un grifo a dos manzanas de distancia. Las madres con niños no encuentran ropa de bebé ni cochecitos ni apenas leche de vaca. Algunas rompen las sábanas en tiras para hacer pañales; otras encuentran periódicos, los doblan en triángulos y se los ponen a los bebés entre las piernas.

Al menos la mitad de las chicas que trabajan en la fábrica no saben leer ni escribir, de modo que es Jutta la que les lee las cartas que llegan de los novios o padres o hermanos que están en el frente. A veces también les escribe las respuestas: «¿Te acuerdas de cuando comíamos pistachos y aquellos helados de limón con formas de flores? ¿Te acuerdas de cuando dijiste...?».

Los bombarderos vienen durante toda la primavera, todas y cada una de las noches; su único objetivo parece ser el de destruir la ciudad hasta sus cimientos. La mayoría de las noches las chicas corren hasta el final de la manzana y trepan hasta un estrecho refugio, y el estrépito de los edificios al derrumbarse las mantiene despiertas.

De vez en cuando, de camino a la fábrica, ven los cadáveres, momias carbonizadas, gente que ha ardido y es ya irreconocible. En otras ocasiones los cadáveres no tienen heridas aparentes, y son esos los que más atemorizan a Jutta: gente que parece que en cualquier momento va a levantarse y a reanudar su trabajo, como los demás.

Pero no se despiertan.

En una ocasión ve una fila de tres niños boca abajo con mochilas a las espaldas. Su primer pensamiento es: despertaos, a la escuela. Pero luego piensa que puede que haya comida en esas mochilas.

Claudia Förster deja de hablar. Pasan días enteros y no dice ni una palabra. La fábrica se queda sin materiales. Se oyen rumores de que ya no hay nadie a cargo, que el cobre, el zinc y el acero que se han matado por recuperar se ha cargado en trenes y se ha dejado en una vía muerta sin que nadie lo recoja.

Deja de llegar el correo. A finales de marzo cierra la fábrica de maquinaria y frau Elena y las muchachas son trasladadas a trabajar en una empresa civil que se dedica a limpiar las calles tras los bombardeos. Levantan bloques de mampostería, retiran el polvo y los cristales rotos. Jutta oye hablar de chicos de entre dieciséis y diecisiete años aterrados, locos por volver al hogar, de ojos temblorosos, que aparecen en las puertas de sus madres solo para ser arrastrados dos días más tarde entre alaridos fuera de sus escondites y ajusticiados en la calle por desertores. Imágenes de su infancia —montada en un carro detrás de su hermano, rebuscando entre la basura— vuelven a su mente. Tratando de rescatar algo que brille del lodo.

—Werner —susurra en voz alta.

En el otoño, en Zollverein, recibe dos cartas en las que se le informa de su muerte. Cada una menciona diferentes lugares de entierro: La Fresnais y Cherburgo. Tiene que buscarlas, son ciudades en Francia. A veces, en sus sueños, está en pie junto a él frente a una mesa cubierta de tornillos y correas y motores. *Estoy haciendo algo*, dice. *Estoy construyendo una cosa.* Pero no continúa haciéndolo.

En abril las mujeres solo hablan de los rusos y de las cosas que les harán, la venganza que se querrán cobrar. Son bárbaros, dicen. Tártaros, Russkis, salvajes, canallas. Los cerdos están en Strausberg. Los ogros en los suburbios.

Hannah, Susanne, Claudia y Jutta duermen en el suelo apiñadas. ¿Queda algo de bondad en todo este baluarte en ruinas? Un poco. Una tarde, Jutta regresa a casa cubierta de polvo y descubre que la gran Claudia Förster se ha encontrado una caja de panadería cerrada con cinta dorada. Las manchas de grasa se filtran a través del cartón. Todas las muchachas la contemplan como si fuera algo de otro mundo.

En el interior les esperan quince pasteles separados por cuadrados de papel encerado y rellenos de fresa confitada. Las cuatro muchachas y frau Elena se sientan en su húmedo apartamento, bajo la lluvia de primavera que cae sobre la ciudad, con toda la ceniza flotando entre las ruinas, todas las ratas asomándose desde las cuevas que han formado los ladrillos caídos, y cada una come tres pasteles sin dejar nada para más tarde, con las narices manchadas de azúcar, la mermelada entre los dientes y un vértigo electrizado en la sangre.

Solo una gigantona y petrificada Claudia podía obrar un milagro como ese. Solo ella podía ser lo bastante buena para compartirlo.

Las mujeres jóvenes que aún quedan se visten con harapos y se esconden en sótanos. Jutta escucha que las abuelas restriegan a sus nietas con heces, les cortan el pelo con cuchillos de cocina, cualquier cosa con tal de hacerlas menos atractivas para los rusos.

Escucha que las mujeres ahogan a sus hijas.

Escucha que se puede oler la sangre que los cubre desde un kilómetro de distancia.

—Ya no queda mucho —dice frau Elena con las palmas abiertas sobre la estufa, frente a un agua que se resiste a hervir.

Los rusos llegan un limpio día de mayo. Solo son tres y solo llegan esa única vez. Entran en la imprenta que hay abajo buscando alcohol pero no encuentran nada y se ponen a hacer agujeros en las paredes. Se oye un crujido y un temblor, una bala que silba sobre una vieja prensa desmantelada, y en el apartamento de arriba frau Elena se sienta con su parka hecha jirones y una edición abreviada del Nuevo Testamento en el bolsillo, sostiene las manos de las muchachas y mueve los labios en una plegaria silenciosa.

Jutta se permite creer que no subirán las escaleras. Durante algunos minutos no lo hacen. Hasta que lo hacen y sus botas comienzan a resonar escaleras arriba.

—Permaneced tranquilas —dice frau Elena a las muchachas. Hannah y Suzanne, Claudia y Jutta, ninguna tiene más de dieciséis años. Frau Elena habla en voz baja con tono desmoralizado, pero no parece asustada. Decepcionada, tal vez—. Permaneced tranquilas y no dispararán. Me aseguraré de ir la primera. Después de eso serán más amables.

Jutta se sujeta las manos tras la cabeza para evitar que tiemblen. Claudia parece muda, sorda.

—Y cerrad los ojos —dice frau Elena.

Hannah solloza.

—Yo quiero verles —dice Jutta.

—Entonces déjalos abiertos.

Los pasos se detienen al final de la escalera. Los rusos buscan en los armarios y ellas oyen cómo dan patadas a los cubos y fregonas ebrios y tiran diccionarios escaleras abajo hasta que uno abre el picaporte. Le dice algo a otro y la puerta se abre de golpe.

Uno es un oficial, los otros dos no tienen más de diecisiete años. Todos están sucios más allá de lo imaginable pero, en algún lugar en las horas previas, consiguieron rociarse con perfume de mujer. Los muchachos son quienes más apestan a perfume. En parte parecen tímidos muchachos de escuela y en parte lunáticos a los que les queda tan solo una hora de vida. El primero lleva por cinturón una cuerda y está tan delgado que no tiene ni que desatarla para bajarse los pantalones. El segundo se ríe: con una risa extraña y desencajada, como si no creyera del todo que los alemanes hubiesen ido a su país dejando atrás una ciudad como esta. El oficial se sienta junto a la puerta con las piernas estiradas y echa un vistazo a la calle. Hannah grita durante medio segundo pero ella misma se tapa de inmediato la boca con la mano.

Frau Elena lleva a los chicos a la otra habitación. Solo hace un ruido: una tos, como si tuviera algo atrapado en la garganta. Claudia es la siguiente. Solo se oyen algunas quejas.

Jutta no se permite hacer un solo sonido. Todo es extrañamente metódico. El oficial va el último y prueba a todas por turno. Dice palabras sueltas mientras está sobre Jutta con los ojos abiertos pero sin ver. Sería imposible decir, viendo su gesto contraído, si las palabras son piropos o insultos. Bajo la colonia, huele como un caballo.

Años más tarde, Jutta oirá repetidas en su recuerdo las palabras que le dijo *(Kirill, Pavel, Afanasy, Valentin)* y decidirá entonces que eran nombres de soldados muertos. Pero podría equivocarse.

Antes de partir, los más jóvenes disparan sus armas un par de veces contra el techo y una suave lluvia de yeso cae sobre Jutta. En el eco reverberante, oye a Suzanne en el suelo junto a ella, sin sollozar, respirando muy lentamente mientras oye cómo el oficial se pone de nuevo los pantalones. Después los hombres salen a la calle, frau Elena se pone su parka, descalza, acariciándose el brazo izquierdo con la mano derecha, como si intentara calentar esa pequeña porción de sí misma.

PARÍS

Etienne alquila el mismo piso de la rue des Patriarches donde creció Marie-Laure. Compra los periódicos todos los días para leer las listas de los prisioneros puestos en libertad y escucha todo el tiempo alguna de las tres radios. Que si *De Gaulle* esto, que si el *norte de África* lo otro. *Hitler, Roosevelt, Dánzig, Bratislava*, suenan todos esos nombres pero nunca el de su padre.

Todas las mañanas van hasta la Gare d'Austerlitz a esperar. Los segundos del enorme reloj de la estación avanzan sin descanso y Marie-Laure se sienta junto a su tío abuelo mientras escucha el cansado y miserable sonido de los trenes.

Etienne ve a los soldados con hoyos en las mejillas como copas invertidas, jóvenes de treinta años que parecen de ochenta, hombres con trajes andrajosos que se llevan las manos a la cabeza para quitarse sombreros que ya no tienen. Marie-Laure deduce lo que puede de los sonidos de sus pasos: ese es bajito, ese otro pesa una tonelada, ese de más allá apenas existe.

Por las noches lee mientras Etienne hace llamadas de teléfono, peticiones de repatriación a las autoridades y escribe cartas.

Ella apenas puede dormir dos o tres horas seguidas. La despierta el sonido de proyectiles fantasmas.

—No es más que el autobús —dice Etienne, que duerme en el suelo junto a ella.

O:

—Son solo los pájaros.

O:

—No es nada, Marie.

Casi todos los días, el doctor Geffard, el anciano especialista en moluscos, espera junto a ellos en la Gare d'Austerlitz, sentado con la espalda muy recta, su barba y su pajarita, oliendo a romero, a menta, a vino. La llama Laurette, le dice lo mucho que la ha echado de menos y que se acordaba de ella todos los días, y que verla le hace creer una vez más que es el bien, más que ninguna otra cosa, lo que perdura.

Ella se sienta hombro con hombro junto a Etienne o al doctor Geffard. Papá podría estar en cualquier parte, podría ser esa voz que se oye tan cerca, esas pisadas a su derecha. Podría estar en un sótano o en una cuneta a miles de kilómetros de distancia. Podría estar muerto desde hace mucho.

Va al museo del brazo de Etienne para hablar con varios oficiales, la mayoría la recuerdan. El director en persona le explica que están buscando todo lo que pueden a su padre y que continuarán ayudándola con la casa y su educación. Nadie menciona el Mar de Llamas.

La primavera se despliega. Los comunicados fluyen en las ondas de radio. Berlín se rinde. Göring se rinde. La misteriosa cámara acorazada del nazismo cae abierta. Se organizan desfiles de manera espontánea. Los que esperan junto a ella en la Gare d'Austerlitz comentan que solo regresará uno de cada cien, que uno puede juntar el pulgar y el índice al rodear sus cuellos con una mano, que cuando se quitan las camisas se puede ver el movimiento de los pulmones en sus pechos.

Marie-Laure siente cada bocado de comida como una traición.

Todos los que regresan, se da cuenta, lo hacen siendo otras personas, más viejos de lo que deberían, como si regresaran de un planeta diferente en el que los años pasan más rápido.

—Hay una posibilidad —dice Etienne— de que nunca sepamos lo que le ha ocurrido. Tenemos que estar preparados también para eso.

Marie-Laure escucha las palabras de madame Manec: *Nunca dejes de creer.*

Esperan durante todo el verano, Etienne siempre a un lado, el doctor Geffard a menudo en el otro, hasta que un mediodía de agosto Marie-Laure conduce a su tío abuelo y al doctor Geffard hasta las altas escaleras y afuera a la luz del sol y les pregunta si es seguro cruzar. Le dicen que sí, de modo que les lleva a lo largo del muelle, a través de las puertas del Jardin des Plantes.

Los muchachos gritan sobre los senderos de grava y alguien no muy lejos de allí toca el saxofón. Se detiene junto a una pérgola en la que se oye el zumbido de las abejas. El cielo parece algo muy lejano. En algún lugar, alguien intenta resolver cómo retirarse la capucha del dolor, pero Marie-Laure no puede. Aún no. Lo cierto es que no es más que una muchacha discapacitada huérfana y sin hogar.

—¿Y ahora qué? —pregunta Etienne—. ¿Quieres comer?

—La escuela — contesta—, quiero ir a la escuela.

DOCE

1974

VOLKHEIMER

El apartamento de la tercera planta de Frank Volkheimer está en las afueras de Pforzheim, Alemania Occidental, y tiene tres ventanas. Un sencillo cartel montado sobre la cornisa del edificio al otro lado del callejón domina la vista y su superficie resplandece a casi treinta metros al otro lado del cristal. Es un anuncio de embutidos, fiambres tan altos como él, rojos y rosados, grises en los bordes, aderezados con ramas de perejil tan grandes como arbustos. Por la noche los cuatro focos que iluminan el cartel bañan su apartamento de un extraño resplandor.

Tiene cincuenta y un años.

La lluvia de abril cae diagonalmente sobre los focos que iluminan el cartel y la televisión de Volkheimer parpadea en colores azules. Él se agacha, como hace siempre cuando atraviesa la puerta que comunica la cocina con el cuarto de estar. No hay niños, ni mascotas, ni plantas, solo unos libros en las estanterías. Hay una mesa plegable, un colchón y un sillón en el que ahora está sentado frente a la televisión, con una caja de galletas de mantequilla en el regazo. Come una tras otra todas las que tienen forma de disco floral, luego las que tienen forma de pretzel y finalmente los tréboles.

En la televisión, un caballo negro libera a un hombre atrapado bajo un árbol caído.

Volkheimer instala y repara antenas de televisión en los tejados. Todas las mañanas se pone un mono azul y gastado sobre sus enormes hombros, un poco corto a la altura de los tobillos, y camina al trabajo con sus gigantescas botas negras. Gracias a que es lo bastante fuerte como para mover las escaleras plegables sin ayuda de nadie y tal vez porque apenas habla, Volkheimer acude a las llamadas casi siempre solo. La gente llama a la sucursal pidiendo una instalación o para quejarse de la señal, de las interferencias o de que hay pájaros sobre los cables y es Volkheimer quien acude. Empalma cables rotos, saca nidos de pájaros y eleva las antenas sobre los montantes.

Pforzheim solo parece un hogar los días más fríos y ventosos. A Volkheimer le gusta la sensación del aire deslizándose bajo el cuello de su mono, le gusta ver cómo el viento limpia la tormenta, las lejanas colinas cubiertas por la nieve, los árboles de la ciudad (plantados durante los años posteriores a la guerra y por lo tanto de la misma edad) relucientes por el hielo. Las tardes de invierno se mueven entre las antenas como un marinero entre los cordajes. A última hora de la azulada noche ve a la gente caminando por las calles bajo sus pies, apresurándose para llegar a casa, y a veces a las gaviotas que pasan blancas contra la oscuridad. El pequeño y seguro peso de las herramientas alrededor de su cinturón, el olor de la lluvia intermitente, el brillo cristalino de las nubes en la penumbra: esos son los únicos momentos en los que Volkheimer se siente extrañamente completo.

Pero la mayoría de los días, sobre todo los más cálidos, la vida le agota. Odia el tráfico que empeora y los grafitis y la política de la compañía, toda esa gente que se queja de los bonos, los beneficios, las horas extraordinarias. En ocasiones, en el lento calor del verano, mucho antes del amanecer, Volkheimer camina de un lado a otro en el duro resplandor de las luces del cartel y siente la soledad como si se tratara de una enfermedad. Observa las altas filas de los abetos balanceándose en la tormenta, escucha los quejidos de sus corazones de madera. Ve frente a él el suelo de la casa de su infancia y la luz del amanecer atravesando las coníferas. En otras ocasiones le acechan los ojos de todos aquellos hombres a punto de morir y los vuelve a matar a todos de nuevo. El muerto de Lodz. El muerto de Lublin. El muerto de Radom. El muerto de Cracovia.

Lluvia en las ventanas, en el tejado. Antes de irse a la cama, Volkheimer desciende tres plantas hasta el patio para mirar su correo. No lo ha hecho desde hace una semana, y entre dos folletos publicitarios, su cheque de fin de mes y una factura hay un pequeño paquete del servicio de la organización de veteranos de guerra de Berlín Occidental. Sube el correo a casa y abre el paquete.

Hay tres objetos que han sido fotografiados contra el mismo fondo blanco y unas notas cuidadosamente numeradas pegadas a cada uno de ellos.

14-6962. Un petate de lona de soldado, gris ratón, con dos asas acolchadas.

14-6963. Una pequeña casa de maqueta, hecha de madera y parcialmente rota.

14-6964. Un cuaderno rectangular de tapa blanda, con una única palabra en el frente: *Fragen.*

No reconoce la casa, la bolsa podría haber sido la de cualquier soldado, pero al instante reconoce el cuaderno. En una de las esquinas alguien ha escrito en cursiva *W. P.* Volkheimer posa dos dedos sobre la fotografía como si pudiera abrir el cuaderno y mirar sus páginas.

No era más que un niño. Todos los eran. Hasta el más grande de todos.

La carta explica que la organización está intentando enviar objetos a los allegados de los soldados muertos cuyos nombres no se conocen. Dice que creen que él, el sargento Frank Volkheimer, sirvió como oficial de una unidad en la que servía el dueño de esa bolsa, una bolsa que fue recogida en un campo de concentración de prisioneros de guerra del ejército de Estados Unidos en Bernay, Francia, en el año 1944.

¿Conoce a la persona a la que pertenecieron esos objetos?

Pone las fotografías sobre la mesa y recorre con sus enormes manos los bordes. Escucha el movimiento de unos ejes, el quejido de un tubo de escape, la lluvia sobre el techo del Opel, nubes de mosquitos, botas del ejército que marchan y gritos a pleno pulmón de los chicos.

La estática. Y luego las armas.

¿Acaso estuvo bien abandonarle ahí fuera de esa manera? ¿Incluso después de que estuviera muerto?

Podrías ser lo que quisieras.

Era pequeño, tenía el pelo blanco y orejas de soplillo. Se abotonaba el cuello de la chaqueta cuando tenía frío y se metía las manos dentro de las mangas. Volkheimer sabe a quién pertenecían esos objetos.

JUTTA

Jutta Wette enseña álgebra a los alumnos de sexto grado en Essen: integrales, probabilidades y parábolas. Todos los días lleva el mismo tipo de ropa: pantalones negros con una blusa de nailon de color beis, gris oscuro o azul pálido alternativamente. De cuando en cuando se pone una de color amarillo canario, cuando se siente desinhibida. Tiene la piel lechosa y su pelo sigue siendo blanco como el papel.

El marido de Jutta, Albert, es un contable amable, de movimientos lentos y con un comienzo de alopecia, cuya gran pasión son los trenes en miniatura. Durante mucho tiempo Jutta creyó que no podía quedarse embarazada y de pronto, un día, con treinta y siete años, sucedió. Su hijo, Max, tiene ahora seis años y le encantan el barro, los perros y las preguntas que nadie puede responder. Últimamente, y más que nada, a Max le gusta hacer aviones de papel de complicados diseños. Cuando vuelve a casa del colegio se arrodilla en el suelo de la cocina y hace un avión tras otro con indefectible y casi temible devoción, evaluando distintos tipos de alas, colas, morros; parece que le encanta especialmente la praxis del proceso, la transformación de cualquier cosa plana en objeto volador.

Es una tarde de jueves de comienzos de junio, casi ha acabado el colegio y están en una piscina pública. Unas nubes color pizarra cubren el cielo y los niños gritan en la piscina pequeña mientras los padres hablan, leen revistas o echan la siesta en las sillas, todo es normal. Albert está junto a la barra en bañador, con su pequeña toalla colgada al hombro, echando un vistazo a la carta de helados.

Max nada de una manera extraña, moviendo los brazos como un molino y mirando de cuando en cuando para asegurarse de que su madre le observa. Cuando acaba, se envuelve en una toalla y se sienta en una silla a su lado. Max es compacto y pequeño, y tiene orejas de soplillo. Las gotas de agua brillan en sus pestañas. Comienza a atardecer en el cielo nublado y una brisa ligeramente fría hace que las familias se marchen a pie, en bicicleta o en autobuses hacia sus casas. Max come galletas de una caja de cartón mordiéndolas ruidosamente.

—Me encantan las galletas Leibniz Zoo, Mutti —dice.

—Lo sé.

Albert conduce a casa en su pequeño NSU Prinz 4, con el embrague vibrando, y Jutta saca un fajo de exámenes finales de su bolsa del colegio y los pone sobre la mesa de la cocina. Albert calienta el agua para una pasta y fríe unas cebollas. Max saca una hoja de papel del escritorio y comienza a doblarla.

Alguien llama a la puerta principal, tres golpes.

Por razones que Jutta no termina de entender, le empieza a palpitar el corazón en los oídos. La punta del lápiz se detiene en la página. No es más que alguien que está frente a la puerta, un vecino o un amigo, o esa niña pequeña, Anna, que vive un poco más abajo y que a veces se sienta con Max en la planta de arriba y le da instrucciones de cómo construir ciudades con bloques de plástico. Pero la persona que ha llamado a la puerta no ha hecho el sonido que suele hacer Anna.

Max va hacia la puerta con el avión en la mano.

—¿Quién es, cariño?

Max no contesta, lo que significa que es alguien que no conoce. Ella cruza el recibidor y bajo el dintel de la puerta ve a un gigante.

Max tiene los brazos cruzados, está intrigado e impresionado. El avión se ha caído y está a sus pies. El gigante se quita la gorra. Su descomunal cabeza brilla.

—¿Frau Wette?

Lleva un chándal plateado del tamaño de una tienda de campaña con franjas granates a los lados y con la cremallera subida hasta la garganta. Le muestra cautelosamente un desgastado petate.

Los bravucones de la plaza. Hans y Herribert. Su tamaño hace que se acuerde de ellos. Este hombre, piensa ella, ha estado frente a otras puertas a las que no se ha molestado en llamar.

—¿Sí?

—¿Su apellido de soltera era Pfennig?

Antes incluso de que ella asienta y de que él diga: «Tengo algo para usted», antes de que le invite a pasar, ya sabe que se trata de Werner.

Los pantalones de nailon del gigante rozan ruidosamente mientras la sigue a lo largo del pasillo. Cuando Albert mira hacia arriba desde la cocina, parece sorprendido pero se limita a decir «Hola» y «Cuidado con la cabeza», señalando con la cuchara de madera la lámpara que esquiva el gigante.

Cuando le ofrecen quedarse a cenar el gigante acepta. Albert separa la mesa de la pared y pone una cuarta silla. Sentado en la silla de madera, Volkheimer le recuerda a Jutta a una imagen de uno de los libros de dibujos de Max: un elefante encogido en el asiento de un aeroplano. La bolsa de lona que ha traído espera junto a la mesita de la entrada.

La conversación comienza lentamente.

Le ha llevado varias horas llegar en tren.

Ha caminado hasta aquí desde la estación.

No quiere jerez, gracias.

Max come rápidamente, Albert despacio. Jutta se pone las manos bajo los muslos para ocultar que le tiemblan.

—Cuando consiguieron la dirección —dice Volkheimer— les pedí entregarla yo mismo. Han incluido una carta, ¿ve?

Saca un papel doblado del bolsillo.

En el exterior circulan los coches, trinan los pájaros.

Una parte de Jutta no quiere coger la carta, no quiere escuchar la razón por la que este descomunal hombre ha hecho un camino tan largo. Hace semanas que Jutta no se permite pensar en la guerra, en frau Elena ni en los espantosos últimos meses de Berlín. Ahora puede comprar carne de cerdo siete días a la semana. Si la casa le parece fría, gira una rueda en la cocina y *voilà*. No quiere ser una de esas mujeres de mediana edad que no piensan en otra cosa más que en su doloroso pasado. A veces mira a los ojos de sus viejos colegas y se pregunta qué hacían ellos cuando se iba la electricidad, cuando no había velas, cuando la lluvia atravesaba el techo. Se pregunta lo que vieron. Muy rara vez corre esos velos lo suficiente como para permitirse pensar en Werner. En muchos sentidos, los recuerdos de su hermano se han convertido en cosas selladas. Una profesora de matemáticas del Helmholtz-Gymnasium en 1974 no saca a relucir a un hermano que fue al Instituto de Educación Político-Nacional de Schulpforta.

—¿En el este, entonces?

—Fui con él a la escuela y también luego a la guerra. Estuvimos en Rusia, en Polonia, Ucrania y Austria. Al final, en Francia.

Max mastica un trozo de manzana y dice:

—¿Cuánto mides?

—Max —dice Jutta.

Volkheimer sonríe.

—Era muy inteligente, ¿verdad? —dice Albert—. Me refiero al hermano de Jutta.

—Muy inteligente —responde Volkheimer.

Albert le ofrece repetir, le ofrece la sal, le ofrece jerez de nuevo. Albert es más joven que Jutta y durante la guerra trabajó como mensajero en Hamburgo entre los refugios antiaéreos. En 1945 tenía nueve años. Era un niño.

—El último lugar en que le vi —dice Volkheimer— fue en una ciudad en la costa norte de Francia llamada Saint-Malo.

Del fondo de la memoria de Jutta se alza una frase: *Hoy te quiero escribir para hablarte del mar.*

—Pasamos allí un mes, creo que se enamoró.

Jutta se sienta un poco más rígida en su silla. Le resulta embarazoso lo insuficiente que es el lenguaje. ¿Un pueblo en el norte de Francia? ¿Se enamoró? Nada se va a arreglar en esta cocina. Hay cierto tipo de penas que jamás cicatrizan.

Volkheimer se separa de la mesa.

—No era mi intención disgustarla.

Al ponerse en pie los empequeñece.

—No se preocupe —dice Albert—. Max, ¿puedes llevar a nuestro invitado al patio? Llevaré un poco de pastel.

Max abre la puerta de cristal y Volkheimer se agacha para salir. Jutta pone los platos en el fregadero. De pronto parece muy cansada. Lo único que desea es que ese gigante se vaya y se lleve ese petate con él. Lo único que desea es que una marea de normalidad lave todo esto y lo vuelva a cubrir. Albert le toca el hombro.

—¿Te encuentras bien?

Jutta ni afirma ni niega con la cabeza, pero se cubre los ojos lentamente con una mano.

—Te quiero, Jutta.

Cuando mira a través de la ventana, Volkheimer está de rodillas sobre el cemento junto a Max. Max ha puesto sobre el suelo dos hojas de papel y aunque no puede oírles sí puede ver al hombre descomunal indicándole a Max una serie de pasos. Max lo mira atentamente, dobla el papel imitando a Volkheimer y hace coincidir sus dobleces, se chupa un dedo y lo pasa por el pliegue.

A los pocos segundos cada uno tiene un avión de alas anchas con una cola en horquilla. El de Volkheimer planea limpiamente a lo largo del jardín, recto y bien calibrado, hasta estrellarse de frente contra la valla. Max aplaude.

Max se arrodilla en el patio en la penumbra sobre su avión comprobando el ángulo de las alas. Volkheimer se arrodilla junto a él asintiendo con paciencia.

—Yo también te quiero —contesta Jutta.

EL PETATE

Volkheimer se ha ido. El petate espera en la mesa del recibidor y apenas puede mirarlo.

Jutta ayuda a Max a ponerse el pijama y le da un beso de buenas noches. Se lava los dientes evitando mirarse en el espejo, baja de nuevo las escaleras y se queda mirando por la ventana de la puerta principal. En el sótano, Albert juega con sus trenes en ese pequeño mundo meticulosamente pintado, con sus pasos a desnivel y sus puentes levadizos. Desde aquí no es más que un leve sonido pero incesante, un sonido que penetra hasta las maderas de la casa.

Jutta lleva el petate hasta la mesa de su dormitorio, lo deja en el suelo y coge otro examen de un estudiante. Luego uno más. Escucha que los trenes se detienen y luego retoman su monótono ruido.

Intenta corregir un tercer examen pero no consigue concentrarse. Los números se deslizan a través de las páginas y se amontonan en un fondo incomprensible. Se pone el petate en el regazo.

Al poco tiempo de casarse, y cuando Albert debía viajar por trabajo, Jutta se despertaba antes del amanecer y recordaba aquellas primeras noches cuando Werner acababa de partir a Schulpforta y sentía de nuevo el agudo dolor de su ausencia.

Para ser tan vieja, la cremallera del petate se abre suavemente. En el interior hay un grueso sobre y un paquete cubierto en papel de periódico. Cuando quita el periódico encuentra la maqueta de una casa, alta y estrecha, del tamaño de su puño.

El sobre contiene el cuaderno que ella misma le envió hace cuarenta años. Su libro de preguntas. Esa encrespada y pequeña letra cursiva, cada una de las letras separándose un poco más del renglón hacia lo alto. Dibujos, esquemas, páginas de listas.

Algo que parece una licuadora que se activa con pedales de bicicleta.

Un motor para una maqueta de avión.

¿Por qué tienen bigotes los peces?

¿Es cierto que todos los gatos son grises cuando se apagan las velas?

¿Por qué no mueren los peces cuando cae un rayo en el mar?

Después de tres páginas, tiene que cerrar el cuaderno. Los recuerdos salen dando volteretas de su cabeza y ruedan por el suelo. El catre de Werner en el desván, la pared empapelada con sus dibujos de ciudades imaginarias, la caja de primeros auxilios y la radio y el cable a través de la ventana hasta el alero. Escaleras abajo, los trenes de Albert recorren una maqueta de tres niveles, y, en la habitación contigua, su hijo lucha en sueños murmurando entre dientes, apretando los párpados, y Jutta desea que los números regresen de nuevo para ocupar su lugar en los exámenes de los estudiantes.

Vuelve a abrir el cuaderno.

¿Por qué ata un nudo?

Si cinco gatos cazan cinco ratones en cinco minutos, ¿cuántos gatos harán falta para cazar cien ratones en cien minutos?

¿Por qué una bandera flota con el viento en vez de quedarse completamente estirada?

Pegado a las últimas dos páginas encuentra un viejo sobre cerrado. En él está escrito *Para Frederick.* Frederick, el compañero de dormitorio del que Werner solía escribir, el chico que amaba los pájaros.

Es capaz de ver cosas que nadie ve.

Lo que hizo la guerra a los soñadores.

Cuando Albert sube al cuarto, ella mantiene la cabeza agachada y finge estar corrigiendo exámenes. Él se quita la ropa y se queja levemente al entrar en la cama, apaga la luz de su mesilla y dice buenas noches. Ella sigue sentada.

SAINT-MALO

Jutta ha terminado los exámenes, Max ha acabado el colegio, y no hará otra cosa que ir a la piscina todos los días, molestar a su padre con acertijos, plegar trescientos aviones como los que el gigante le ha enseñado a hacer. ¿No le vendría bien visitar otro país, aprender un poco de francés, ver el océano? Le hace esas preguntas a Albert aunque los dos saben que no es más que una forma de pedir permiso para ir ella misma, para llevar a su hijo.

El 26 de junio, una hora antes del amanecer, Albert prepara seis sándwiches de jamón y los envuelve en papel de plata. Después lleva a Jutta y a Max a la estación en el Prinz 4, la besa en los labios y ella sube al tren con el cuaderno de Werner y la maqueta de la casa en el bolso.

El viaje dura un día entero. Cuando llegan a Rennes el sol se ha hundido por detrás de la línea del horizonte y un olor a estiércol caliente entra por las ventanas abiertas mientras una hilera de árboles podados pasa a gran velocidad. Gaviotas y cuervos, en proporciones idénticas, siguen a un tractor a través de la nube de polvo que va levantando. Max se come un segundo sándwich de jamón y vuelve a leer su cómic; un manto de flores amarillas resplandece en los campos y Jutta se pregunta si alguna de ellas lo hace sobre los huesos de su hermano.

Antes del anochecer, un hombre bien vestido con una pierna ortopédica sube al tren, se sienta a su lado y enciende un cigarrillo. Jutta aprieta su bolsa entre las rodillas. Está segura de que es un herido de guerra, de que querrá empezar una conversación y de que su pobre francés la traicionará. O tal vez Max intentará decir algo. Puede que el hombre lo sepa ya, es posible que huelan a Alemania.

Él dirá: «Fuiste tú quien me hizo esto».

Por favor, delante de mi hijo no.

Pero el tren continúa moviéndose, el hombre se termina su cigarrillo, le dirige una sonrisa ausente y se queda dormido al instante.

Ella juega con la casita entre los dedos. Llegan a Saint-Malo alrededor de la medianoche y el taxista les deja en un hotel de la Place Chateaubriand. El encargado acepta el dinero que Albert cambió para ella y Max se apoya en su cadera medio dormido. Le da tanto miedo hablar en francés que prefiere irse hambrienta a la cama.

Por la mañana Max la lleva a través de un viejo agujero en las murallas hacia la playa. Corre por la arena a toda velocidad y luego se detiene y mira las murallas que se alzan frente a él como si estuviera imaginando cañones, banderas y arqueros medievales apostados sobre los parapetos.

Jutta no puede dejar de mirar el océano. Es de un verde esmeralda e increíblemente grande. Hay un velero solitario saliendo del puerto. En el horizonte aparecen un par de traineras entre las olas.

A veces me descubro mirándolo y me olvido completamente de mis obligaciones. Es lo bastante grande como para contener en su interior todas las cosas que un hombre puede sentir a lo largo de toda una vida.

Pagan para poder subir a la torre del Château.

—Vamos —dice Max subiendo a toda prisa por las estrechas y empinadas escaleras mientras Jutta resopla detrás. Cada cuarto de giro se abre una angosta ventana de cielo azul; Max prácticamente la arrastra por los escalones.

Desde lo alto pueden ver las pequeñas figuras de los turistas paseando frente a los escaparates. Ha leído cosas sobre el asedio y ha visto fotos de la vieja ciudad antes de la guerra, pero ahora, mirando a través de las enormes casas, a lo largo de esos cientos de tejados, no distingue los rastros de las bombas ni los edificios en ruinas. La ciudad parece haber sido reconstruida por completo.

Piden unas galettes para comer. Ella espera un gesto de sorpresa pero nadie parece advertirlo. No sabe si el camarero no se ha dado cuenta de que es alemana o si es que no le importa. Por la tarde lleva a Max a ver un enorme arco en la parte más alejada de la ciudad llamado Porte de Dinan. Cruzan el muelle y suben hasta un promontorio que cruza la desembocadura del río desde la vieja ciudad. En el interior del parque les esperan las ruinas de un fuerte cubiertas de maleza. Max se detiene en todos los bordes escarpados a lo largo del camino y tira piedras al mar.

Cada cien pasos se cruzan con un gran casquete de acero bajo el cual hubo en su momento un soldado dispuesto a utilizar su cañón contra quien intentara tomar la colina. Algunos de estos fortines están tan cubiertos de cicatrices de los asaltos que apenas consigue hacerse una idea del fuego, la velocidad y el terror de los proyectiles lloviendo sobre ellos. Un pie de acero parece derretido como mantequilla caliente bajo los dedos de un niño.

Lo que tuvo que haber sido estar aquí.

Ahora están llenos de bolsas de patatas, cigarrillos apagados, envoltorios de papel. En el centro del parque, en lo alto de la colina, ondean banderas norteamericanas y francesas. En este lugar, dice un cartel, los alemanes abrieron túneles bajo tierra para luchar hasta el final. Tres adolescentes pasan riéndose y Max les observa con mucha atención. En una pared de cemento llena de abolladuras y cubierta de liquen han atornillado una pequeña placa de piedra. *Ici a été tué Buy Gaston Marcel agé de 18 ans, mort pour la France le 11 août 1944.* Jutta se sienta en el suelo. El mar tiene un aspecto pesado y es de color gris pizarra. No hay ninguna placa que recuerde a los alemanes que murieron aquí.

☽

¿Por qué ha venido? ¿Qué respuestas espera encontrar? La segunda mañana se sientan en la Place Chateaubriand frente al museo histórico donde hay unos robustos bancos frente a parterres de flores rodeados por altos semicírculos de metal brillante. Bajo los toldos, los turistas curiosean los jerséis de rayas azules y blancas de las tiendas y las acuarelas de barcos cosarios. Un padre canturrea rodeando con el brazo a su hija.

Max alza la mirada del libro y dice:

—Mutti, ¿qué va alrededor del mundo pero se mantiene en una esquina?

—No lo sé, Max.

—El sello de una postal.

El niño le sonríe.

—Vuelvo enseguida —dice ella.

El hombre que está tras la ventanilla del museo tiene unos cincuenta años y lleva barba. Es lo bastante mayor como para recordar. Ella abre el bolso y desenvuelve la casita medio rota diciéndole en su mejor francés:

—Mi hermano tenía esto. Creo que lo encontró aquí durante la guerra.

El hombre niega con la cabeza y ella vuelve a guardarla en el bolso. Luego él le pide que se la enseñe otra vez. Sostiene la casa de la maqueta bajo la lámpara y le da la vuelta hasta que tiene la fachada frente a él.

—*Oui* —dice al fin. Le hace un gesto para que le espere fuera y poco después cierra la puerta tras él y les lleva a ella y a Max por unas estrechas e inclinadas calles. Tras una docena de giros a la izquierda y a la derecha se encuentran frente a la fachada de la casa. Una imitación real de la casa que ahora tiene Max en las manos.

—El número 4 de la rue Vauborel —dice el hombre—, la casa de LeBlanc. Fue subdividida para apartamentos de verano hace años.

El liquen crece entre las piedras y algunos fragmentos de minerales han dejado filigranas o manchas. Unas macetas cubiertas de geranios adornan las ventanas. ¿Hizo Werner la casa en miniatura? ¿La compró?

—¿Había una muchacha? ¿Sabe algo de una muchacha?

—Sí, había una muchacha ciega que vivió en esta casa durante la guerra. Mi madre me contó historias sobre ella. Se marchó cuando la guerra acabó.

Jutta siente unos puntos verdes en la mirada, como si hubiese estado mirando directamente al sol. Max le tira del vestido.

—Mutti, Mutti.

—¿Por qué razón —pregunta luchando con su francés— pudo tener mi hermano una reproducción en miniatura de esta casa?

—Tal vez se la dio la muchacha que vivía aquí. Puedo conseguirle su dirección.

—Mutti, Mutti, mira —dice Max, tirando lo bastante fuerte como para conseguir su atención. Ella mira hacia abajo—. Creo que la casa se abre. Creo que hay una manera de abrirla.

LABORATORIO

Marie-Laure LeBlanc dirige un pequeño laboratorio del Museo de Historia Natural de París y ha contribuido de manera significativa al estudio y literatura de los moluscos: ha escrito una monografía sobre la evolución racional de los pliegues de cierto tipo de concha del oeste de África, un estudio muy citado a la hora de hablar de dimorfismo sexual de las volutas del Caribe. Ha dado nombre a dos nuevas subespecies de cochinillas de mar. Como estudiante de doctorado viajó a Bora Bora y Bimini. Vadeó acantilados protegiéndose del sol con un sombrero mientras recolectaba en un cubo cosechas de caracoles de tres continentes.

Marie-Laure no es una coleccionista al estilo del doctor Geffard, un recolector que intenta analizar constantemente las escalas de orden, familia, género, especie y subespecie. Ella adora estar entre criaturas vivas, ya sea en los acantilados o en sus acuarios, encontrar caracolas entre las rocas, esos pequeños seres húmedos que absorben el calcio del agua y lo transforman en pulidos sueños. Le parece suficiente, más que suficiente.

Etienne y ella viajaron mientras él pudo. Fueron a Cerdeña y a Escocia, viajaron en el piso superior del autobús desde el aeropuerto de Londres rozando las ramas de los árboles. Él se compró dos buenos transmisores de radio y murió en la bañera a la edad de ochenta y dos años, tranquilo y dejándole una fortuna.

A pesar de contratar a un investigador, gastar miles de francos y revisar toneladas de documentación alemana, Marie-Laure y Etienne jamás pudieron averiguar qué le sucedió a su padre. Llegaron a confirmar que había sido prisionero en el campo de trabajo de Breitenau en 1942 y encontraron una anotación hecha por el doctor de un subcampo en Kassel, Alemania, en la que se decía que un tal Daniel LeBlanc había enfermado de gripe a comienzos de 1943. Eso fue todo lo que consiguieron.

Marie-Laure vive aún en el piso en el que creció, aún va al museo andando. Ha tenido dos amantes. El primero fue un científico que pasó de visita y que jamás regresó y el segundo un canadiense llamado John que tenía la costumbre de ir dejando objetos desperdigados por todas partes (corbatas, monedas, calcetines, caramelos de menta) en todas las habitaciones en las que entraba. Se conocieron en la universidad y él pasó de laboratorio en laboratorio con gran curiosidad y poca perseverancia. Le gustaban las corrientes marinas, la arquitectura y Charles Dickens, y su versatilidad le hizo sentirse limitada, sobreespecializada. Cuando Marie-Laure se quedó embarazada se separaron pacíficamente y sin extravagancias.

Su hija Hélène tiene ahora diecinueve años. Lleva el pelo corto, es pequeña y aspira a ser violinista. Es una muchacha segura de sí misma, a la manera a la que suelen serlo los hijos de padres ciegos. Vive con su madre pero los tres (John, Marie-Laure y Hélène) comen juntos todos los viernes.

Fue difícil vivir a comienzos de la década de 1940 en Francia sin que la guerra fuera el centro alrededor del cual giraba la vida. Marie-Laure aún no puede llevar zapatos demasiado grandes ni oler nabos cocidos sin sentir repulsión. Tampoco puede escuchar listas de nombres: alineaciones de equipos de fútbol, citas bibliográficas en las páginas finales de las revistas, introducciones a charlas universitarias, todas parecen tener para ella cierto vestigio de listas de prisioneros en las que nunca aparece el nombre de su padre.

Aún cuenta alcantarillas: treinta y ocho en el camino de casa al laboratorio. Tiene flores en un pequeño macetero de hierro en el balcón y durante el verano es capaz de decir qué hora es solo con comprobar lo abiertos que están los pétalos de las prímulas. Cuando Hélène sale con sus amigos y el apartamento le resulta demasiado silencioso, Marie-Laure siempre va a la misma brasserie: Le Village Monge, justo a la salida del Jardin des Plantes, y pide pato asado en honor del doctor Geffard. ¿Es feliz? En ciertos momentos del día es feliz. Cuando está junto a un árbol, por ejemplo, y escucha cómo vibran las hojas con la brisa, o cuando abre un paquete que envía un coleccionista y desde el interior le llega ese viejo olor a océano. Cuando recuerda su lectura de Julio Verne a Hélène y la forma en la que Hélène se quedaba dormida a su lado, el peso caliente y duro de la cabeza de la niña sobre las costillas.

Aunque hay momentos, cuando Hélène llega tarde y la ansiedad le sube a Maire-Laure por la espina dorsal, o cuando se inclina sobre la mesa del laboratorio y toma conciencia de pronto de todas las habitaciones del museo que la rodean, los armarios repletos de ranas en formol y anguilas y gusanos, las vitrinas llenas de insectos atravesados con agujas, de helechos secos, los sótanos llenos de huesos, en los que se siente de pronto como si trabajara en un mausoleo y que los departamentos son cementerios, que toda esa gente (los científicos, guardianes y visitantes) caminan por una galería llena de muertos.

Pero esos momentos son pocos y espaciados. En su laboratorio hay seis acuarios de agua marina que borbotean con sosiego, y en la pared a su espalda hay tres armarios con cuatrocientos cajones rescatados hace años de la oficina del doctor Geffard.

Todos los otoños da una clase para universitarios y sus estudiantes vienen y van oliendo a ternera asada o a colonia o a la gasolina de sus motocicletas, y le encanta preguntarles por sus vidas, adivinar sus aventuras, sus romances, las tonterías secretas que llevan en sus corazones.

Una tarde de miércoles en julio su ayudante llama a la puerta del laboratorio. Los tanques de oxígeno y los filtros de los acuarios suenan al encenderse y apagarse. Le dice que hay una mujer que quiere verla. Marie-Laure mantiene las dos manos en las teclas de la máquina de escribir en braille:

—¿Una coleccionista?

—No creo, doctora. Dice que consiguió su dirección en un museo de Bretaña.

Primera sensación de vértigo.

—Viene con un niño. La están esperando al final del pasillo. ¿Quiere que le diga que regrese mañana?

—¿Qué aspecto tiene?

—Tiene el pelo blanco —dice acercándose un poco más—, va mal vestida, tiene la piel gruesa, dice que le gustaría hablar con usted sobre una pequeña maqueta de una casa.

En algún lugar Marie-Laure escucha el tintineo de diez mil llaves agitándose en diez mil ganchos.

—¿Doctora LeBlanc?

La habitación se ha inclinado. Un segundo más tarde habrá resbalado hasta el borde.

VISITANTE

Aprendió usted francés siendo niña? —dice Marie-Laure, porque, a pesar de que la mujer puede hablar, no está del todo segura.

—Sí. Este es mi hijo Max.

—*Guten Tag* —murmura Max. Su mano es tibia y pequeña.

—Él no ha aprendido francés de niño —dice Marie-Laure, y las dos mujeres se ríen un instante y luego quedan en silencio. La mujer dice:

—Le he traído una cosa.

Incluso a través del envoltorio de papel de periódico Marie-Laure sabe que se trata de la casa de la maqueta, la siente como si esta mujer le hubiese puesto en las manos una semilla derretida de la memoria.

Apenas puede tenerse en pie.

—Francis —le dice a su ayudante—, ¿podrías enseñarle algo del museo a Max un momento? Tal vez le gusten los escarabajos.

—Por supuesto, madame.

La mujer le dice algo a su hijo en alemán.

—¿Quiere que cierre la puerta? —pregunta Francis.

—Por favor.

El pestillo se cierra. Maire-Laure escucha las burbujas del acuario y el suspiro de la mujer y los tapones de goma en las bases de las patas de la banqueta cuando se acomoda. Con la punta del dedo recorre las muescas de los bordes de la casa, la pendiente del techo. Cuántas veces la tuvo en la mano.

—La hizo mi padre —dice.

—¿Sabe por qué la tenía mi hermano?

Todo se pone a girar en el espacio. Da una vuelta alrededor de la habitación y luego regresa a la memoria de Marie-Laure. El muchacho. La maqueta. ¿Ha sido abierta alguna vez? Deja la casa de pronto, como si estuviera muy caliente.

La mujer, Jutta, debe de estar mirándola atentamente. Dice, como si quisiera pedir disculpas:

—¿Se la quitó a usted?

Cuando pasa el tiempo, piensa Marie-Laure, los sucesos que parecían confusos o bien se vuelven aún más confusos o poco a poco se ponen en su sitio. Aquel muchacho le salvó la vida en tres ocasiones. La primera, por no haber delatado a Etienne cuando tuvo que hacerlo. La segunda, cuando acabó con el sargento mayor. La tercera, cuando la ayudó a salir de la ciudad.

—No —contesta ella.

—No era fácil ser bueno entonces —dice Jutta llegando al límite de su francés.

—Pasé un día con él, menos de un día.

—¿Cuántos años tenía usted? —pregunta Jutta.

—Tenía dieciséis durante el asedio. ¿Y usted?

—Yo tenía quince al final.

—Todos nos hicimos mayores antes de crecer. ¿Y él...?

—Él murió —dice Jutta.

Por supuesto. Las historias tras la guerra, todos los héroes de la resistencia eran elegantes y duros, capaces de construir ametralladoras con clips. Y los alemanes o bien sacaban sus divinas y rubias cabezas a través de las escotillas de los tanques para observar las ruinas de las ciudades al pasar o no eran más que psicópatas y violadores de hermosas judías. ¿En cuál de las dos categorías podía encajar el muchacho? Es una presencia vaga. Es como haber estado en una habitación junto a una pluma. Pero su alma brillaba con una amabilidad esencial, ¿verdad?

Solíamos coger bayas en el Ruhr, mi hermana y yo.

—Sus manos eran más pequeñas que las mías —dice Marie-Laure.

La mujer se aclara la garganta.

—Siempre fue demasiado pequeño para su edad, pero siempre me cuidó. Le resultaba difícil no hacer lo que pensaba que la gente esperaba de él. ¿Lo he dicho bien?

—Perfectamente.

El acuario burbujea. Las caracolas se alimentan. Marie-Laure no es capaz de adivinar la agonía que ha soportado esta mujer. ¿Y la casa de la maqueta? ¿Acaso Werner regresó a la gruta para cogerla, dejó la piedra en su interior? Dice:

—Me dijo que usted y él solían escuchar las retransmisiones de mi tío abuelo. Que se oían en toda Alemania.

—¿Su tío abuelo…?

Ahora Marie-Laure se pregunta qué recuerdos se agitan en el interior de esa mujer que está frente a ella. Está a punto de decir algo más cuando se oyen unos pasos en el pasillo al otro lado de la puerta del laboratorio. Max balbucea algo ininteligible en francés. Francis se ríe y dice:

—No, no, trasero con el sentido de detrás, no de *trasero.*

—Lo siento —dice Jutta. Marie-Laure se ríe.

—Es la inconsciencia de nuestros niños la que nos salva.

Se abre la puerta y Francis dice:

—¿Todo bien, madame?

—Sí, Francis. Puede marcharse.

—Nosotros nos marchamos también —dice Jutta poniendo de nuevo la banqueta junto a la mesa del laboratorio—, prefiero que se quede usted con la casa de la maqueta, estará mejor con usted que conmigo.

Marie-Laure mantiene las manos sobre la mesa del laboratorio. Se imagina a la mujer y al niño mientras se retiran hacia la puerta, la pequeña mano envuelta en una mano mayor, y se aclara la garganta.

—Espere —dice—. Cuando mi tío abuelo vendió la casa, después de la guerra, viajó de nuevo a Saint-Malo y rescató el único disco que quedaba de mi abuelo. Era sobre la luna.

—Lo recuerdo. Y la luz, ¿verdad? ¿En el otro lado?

El suelo que cruje, los tanques agitándose. Las caracolas deslizándose a lo largo de los cristales. La pequeña casa sobre la mesa, entre sus manos.

—Déjele su dirección a Francis. El disco es muy viejo pero se lo enviaré por correo. A Max le gustará.

AVIÓN DE PAPEL

Y Francis dijo que hay cuarenta y dos mil cajones con plantas disecadas y me enseñó el pico de un calamar gigante y un plesiosaurio...

La grava cruje bajo sus pies y Jutta tiene que apoyarse en un árbol.

—¿Mutti?

Las luces dan vueltas y luego se alejan.

—Estoy cansada, Max, no es nada.

Abre el mapa turístico e intenta vislumbrar el camino de vuelta al hotel. Hay pocos coches y casi todas las ventanas junto a las que pasan brillan con la luz azul de la televisión. Es la ausencia de todos los cuerpos, piensa, la que nos permite olvidar. Es la tierra la que los cubre.

En el ascensor Max presiona el 6 y suben. El alfombrado pasillo hasta su habitación es como un río granate atravesado por geometrías doradas. Ella le da la llave a Max, él la mete en el cerrojo y abre la puerta.

—¿Le enseñaste a la señora cómo se abría la casa, Mutti?

—Creo que ella ya lo sabía.

Jutta enciende la televisión y se quita los zapatos. Max abre las puertas del balcón y hace un avión con el papel del hotel. La media manzana de París que puede ver le recuerda a las ciudades que dibujó cuando era niña: cien casas, un millar de ventanas, una bandada de pájaros que pasan volando. En la televisión unos jugadores con camisetas azules corren por un campo a dos mil kilómetros de distancia. El resultado es tres a dos, pero el portero ha caído y uno de los laterales ha golpeado el balón lo suficiente como para que se deslice lentamente hasta el otro lado de la línea de gol. No hay nadie allí para sacarlo fuera. Jutta coge el teléfono que hay junto a la cama, marca nueve números y Max lanza el avión a la calle. Vuela unos metros y queda suspendido durante un instante, y entonces la voz de su marido dice hola.

LA LLAVE

Está sentada en su laboratorio tocando una tras otra las conchas de *Dosinia* sobre la bandeja. Los recuerdos iluminan el pasado: el tacto de la pernera del pantalón de su padre cuando caminaba agarrada a ella, las pulgas de arena escabulléndose alrededor de sus rodillas, el submarino del capitán Nemo vibrando con su música fúnebre, flotando en la oscuridad.

Sacude la pequeña casa aunque sabe que no ofrecerá ningún indicio.

Él regresó a por ella. Se la llevó. Murió con ella. ¿Qué tipo de muchacho era? Ella recuerda la forma en que se sentó y hojeó aquel libro de Etienne.

Pájaros, dijo. *Un pájaro tras otro.*

Se ve a sí misma saliendo de la ciudad humeante, alzando la funda blanca de una almohada. Cuando él la pierde de vista, da media vuelta y regresa hasta la puerta de Hubert Bazin. La muralla no es más que un bastión en ruinas sobre él. El mar está inmóvil al fondo de la gruta. Le ve resolver el secreto de la pequeña casa. Tal vez deja caer el diamante en el charco entre los miles de caracolas. A continuación cierra la caja secreta, echa la llave y se marcha corriendo.

O pone la piedra de nuevo en el interior de la casa.

O la desliza en el interior de su bolsillo.

En su memoria oye el susurro del doctor Geffard: *Algo pequeño y hermoso, o algo de mucho valor. Solo los más fuertes pueden sobreponerse a ese tipo de sentimientos.*

Dobla la chimenea noventa grados, se desliza tan suavemente como si su padre la acabara de construir. Cuando trata de correr el primero de los tres paneles de madera encuentra que está bloqueado, pero con la punta de un bolígrafo consigue levantar los paneles, uno, dos, tres.

Algo se desliza en la palma de su mano.

Una llave de hierro.

EL MAR DE LLAMAS

Proviene de los derretidos cimientos del mundo, a doscientos cincuenta kilómetros de profundidad. Un cristal tejido por otros cristales. Carbón puro, con cada uno de sus átomos unidos a cuatro vecinos equidistantes, un tejido en octaedro perfecto, sin igual en cuanto a dureza. Ya es viejo: insondable. Una cantidad incalculable de eones que ruedan en el pasado. La tierra gira, se encoge, se estira. Un año, un día, una hora, un enorme borbotón de magma recoge un tejido de cristales y los lleva hacia la superficie durante kilómetros y kilómetros de fuego ardiente, y lo enfría en el interior de un fabuloso y humeante xenolito de kimberlita y espera allí. El paso de un siglo tras otro. Lluvia, viento, kilómetros cúbicos de hielo. El lecho de roca se convierte en canto rodado. Los cantos rodados se convierten en piedra. El hielo se retira, se forma un lago, y galaxias de almejas de agua dulce abren sus millones de conchas hacia el sol y se cierran y mueren y el agua del lago se filtra. Bosques de árboles prehistóricos se alzan y caen y se alzan otra vez en sucesión perpetua hasta que otro año, otro día, otra hora, cuando una tormenta araña una piedra que se ha desprendido de un cañón y la envía repiqueteando hasta un depósito aluvial, llama la atención de un príncipe que solo Dios sabe qué andaba buscando.

Es cortada y pulida, y por un instante pasa por las manos de los hombres. Otra hora, otro día, otro año. No es más que un bulto de carbón del tamaño de una castaña envuelto en algas, rodeado de conchas y caracolas, confundido entre los guijarros.

FREDERICK

Vive con su madre a las afueras de Berlín Occidental. Su apartamento es el intermedio en un tríplex. La única ventana da a unos liquidámbares, a un enorme y apenas utilizado aparcamiento de supermercado y a una autopista al fondo.

La mayoría de los días Frederick se sienta en el patio trasero y observa cómo la brisa juega con las bolsas de plástico en el aparcamiento. A veces las alza muy alto y hacen giros impredecibles antes de quedarse atrapadas entre las ramas o desaparecer de su vista. Hace dibujos a lápiz de confusas espirales y gruesos sacacorchos. Llena una hoja de papel con dos o tres, le da la vuelta, y a continuación llena también la otra cara. El apartamento está repleto de ellas: hay miles en las encimeras, en los cajones, en el cuarto de baño. Su madre solía tirarlas cuando Frederick no miraba pero últimamente ha empezado a desistir.

—Ese muchacho es como una fábrica —solía decir a sus amigos y trataba de sonreír animosamente, aunque le salía un gesto desesperado.

Ahora vienen pocos amigos. Quedan pocos.

Un miércoles (¿pero qué son los miércoles para Frederick?) su madre llega con el correo.

—Una carta —dice—, para ti.

Después de la guerra, desde hace décadas, ella ha desarrollado el instinto de esconderse. Esconderse de sí misma, de lo que le ha sucedido a su hijo. No era la única viuda que se sentía cómplice de un crimen innombrable. En el interior de un sobre grande hay una carta y un sobre más pequeño. La carta la envía una mujer de Essen que ha seguido el rastro del sobre más pequeño desde su hermano hasta un campo norteamericano de prisioneros de guerra en Francia, luego a un depósito militar de Nueva Jersey, posteriormente a la organización de veteranos alemanes de Berlín Occidental. De allí, a un antiguo sargento, y de él a la mujer que escribe esta carta.

Werner. Aún recuerda a ese muchacho: pelo blanco, manos tímidas, una tenue sonrisa. El único amigo de Frederick. Dice en voz alta:

—Era muy pequeño.

La madre de Frederick le enseña el sobre cerrado (es de color sepia, está viejo y arrugado, y el nombre ha sido escrito con pequeñas letras cursivas), pero él no muestra ningún interés. Ella lo deja sobre la mesa cuando cae la tarde, mide una taza de arroz, lo pone a hervir, y enciende, como hace siempre, todas las lámparas y las luces del techo, no para ver nada en particular, sino sencillamente porque está sola, porque los apartamentos que están a cada lado están vacíos y porque las luces la hacen sentirse como si estuviera esperando a alguien.

Hace un puré de verduras. Le pone a Frederick la cuchara en la boca y él hace ruido al tragar: está feliz. Le limpia la barbilla y le pone una hoja de papel enfrente y él coge su lápiz y empieza a dibujar.

Llena la bañera con agua y jabón. Luego abre el sobre. Dentro hay un grabado doblado de dos pájaros a todo color. *Planta* acuática - *Lavandera*. *Macho 1*. *Hembra 2*. Dos pájaros sobre un tallo de *Arisaema triphyllum*. Mira en el interior del sobre buscando una nota, una explicación, pero no encuentra nada.

Recuerda el día en que le compró aquel libro a Fredde: al librero le llevó un buen rato envolverlo. Ella no entendía del todo la atracción que le producía pero estaba segura de que le iba a encantar a su hijo.

Los médicos aseguran que Frederick no tiene recuerdos, que su cerebro mantiene solo las funciones básicas, pero hay momentos en los que ella duda. Aplana las arrugas lo mejor que puede, acerca la lámpara un poco más y pone el grabado frente a su hijo. Él ladea la cabeza y ella trata de convencerse de que lo está observando, pero sus ojos son grises, cerrados, están llenos de sombras y poco después regresa a sus espirales.

Cuando termina de lavar los platos lleva a Frederick al exterior, hasta el patio elevado, como es su costumbre, donde se sienta con el babero todavía al cuello, mirando inconsciente. Mañana intentará enseñarle de nuevo el grabado de los pájaros.

Es otoño y los estorninos vuelan en grandes nubes sobre la ciudad. A veces le parece que él reacciona al verlos, al escuchar todas esas alas batiendo y batiendo y batiendo.

Se sienta mirando la línea de árboles que van hacia el enorme y vacío aparcamiento cuando una sombra oscura atraviesa el reflejo de una farola. Desaparece y aparece de nuevo, y súbita y silenciosamente aterriza en la barandilla a menos de dos metros de distancia.

Es un búho. Grande como un bebé. Retuerce el cuello y parpadea con los ojos amarillos. En la cabeza de ella ruge un único pensamiento: «Has venido a por mí».

Frederick se sienta más rígido.

El búho oye algo. Se queda allí, escuchando de una forma en la que ella jamás ha visto escuchar a nada. Frederick observa y observa.

Luego se marcha: tres audibles sacudidas de las alas y la oscuridad vuelve a engullirlo.

—¿Lo has visto? —susurra—. ¿Lo has visto, Fredde?

Él mantiene la mirada vuelta hacia las sombras, pero ahora solo quedan las bolsas de plástico atrapadas entre las ramas y las docenas de esferas de luz artificial que brillan en el aparcamiento.

—¿Mutti? —dice Frederick—. ¿Mutti?

—Estoy aquí, Fredde.

Ella le pone la mano en la rodilla. Él tiene los dedos cerrados en torno a los brazos de la silla. Todo su cuerpo se pone rígido. Las venas se le marcan en el cuello.

—¿Frederick? ¿Qué sucede?

Él la mira. Sus ojos no parpadean.

—¿Qué hacemos, Mutti?

—Oh, Fredde, estamos aquí sentados. Estamos aquí sentados contemplando la noche.

TRECE

2014

V ive lo suficiente como para ver el cambio de siglo. Aún sigue viva.

Es una mañana de sábado a comienzos de marzo y su nieto Michel va a recogerla a su apartamento y da un paseo con ella por el Jardin des Plantes. Hay destellos helados en el aire y Marie-Laure arrastra los pies con la punta de su bastón por delante de ella, su fino cabello echado a un lado mientras las desnudas ramas de los árboles se extienden sobre su cabeza y ella imagina cardúmenes de falsas medusas arrastrando sus largos tentáculos tras ellas.

Un hielo blancuzco se ha formado sobre los guijarros de los senderos de grava. Siempre que siente el hielo con su bastón se detiene, se inclina e intenta levantar la delgada placa sin romperla. Es como si acercara una lupa al ojo. Luego la deja cuidadosamente en el mismo sitio.

El muchacho es paciente, la agarra del codo solo cuando ella parece necesitarlo.

Llegan hasta el laberinto de setos en la esquina noroeste de los jardines. El sendero por el que avanzan comienza a ascender, virando constantemente a la izquierda. Suben, hacen una pausa para recuperar el aliento, siguen subiendo. Cuando llegan hasta el viejo cenador de hierro, en lo más alto, él la lleva hasta el estrecho banco y se sientan.

No hay nadie cerca: hace demasiado frío, es demasiado temprano, o tal vez ambas cosas. Ella escucha el viento silbar a través de las filigranas de la corona del cenador, y las paredes del laberinto se mantienen firmes a su alrededor, París murmura con su soñoliento ronroneo de una mañana de sábado.

—Cumplirás doce años el próximo sábado, ¿verdad, Michel?

—Sí, por fin.

—¿Tienes prisa por cumplir doce?

—Mamá dice que podré montar en moto cuando tenga doce.

—Ah —ríe Marie-Laure—, la moto.

Bajo sus dedos, el hielo construye millones de minúsculas diademas y coronas en los listones del banco, un entramado de una asombrosa complejidad.

Michel se acerca un poco más a ella y se queda quieto. Solo sus manos se mueven. Pequeños clics, botones que se aprietan.

—¿A qué juegas?

—A Warlords.

—¿Juegas contra el ordenador?

—Juego contra Jacques.

—¿Y dónde está Jacques?

La atención del chico está centrada en el juego. No importa dónde está Jacques porque Jacques está dentro del juego. Ella se sienta y el bastón se dobla contra la grava mientras el chico aprieta los botones en ráfagas frenéticas. Después de un rato exclama:

—¡Ah! —Y el juego emite unos pitidos.

—¿Va todo bien?

—Me ha matado. —La consciencia regresa a la voz de Michel, está mirando de nuevo hacia arriba—. Quiero decir Jacques, me ha matado.

—¿En el juego?

—Sí, pero siempre podemos jugar otra vez.

A sus pies el viento limpia el hielo de los árboles. Ella se concentra en sentir la caricia del sol en las palmas de las manos. El calor de su nieto a su lado.

—¿Abuela, había algo que querías que te regalaran cuando cumpliste doce años?

—Había una cosa. Un libro de Julio Verne.

—¿El mismo que mamá me leyó a mí? ¿Y te lo regalaron?

—Me lo regalaron. En cierto modo.

—Hay un montón de nombres complicados de peces en ese libro.

—Y también de corales y moluscos —dice ella riéndose.

—Sobre todo de moluscos. Qué bonita mañana, ¿verdad, abuela?

—Muy bonita.

La gente pasea por los senderos de los jardines y el viento silba himnos entre los setos y crujen los viejos cedros a la entrada del laberinto. Marie-Laure se imagina las ondas electromagnéticas entrando y saliendo de la máquina de Michel, inclinándose a su alrededor, tal y como Etienne solía describirlas, solo que ahora miles de veces más entrecruzadas en el aire en el que viven, tal vez millones de veces más. Torrentes de textos, mareas de conversaciones, programas de televisión, correos electrónicos, enormes redes de fibra y cable entrelazados sobre y bajo la ciudad, que pasan entre los edificios, arqueándose entre los transmisores, en los túneles del metro, las antenas en lo alto de los edificios, los postes de la luz con repetidores, anuncios de Carrefour y Evian y pastelería precocinada rebotando en el espacio y regresando a la tierra. «Llego tarde» y «¿Reservamos o no?» y «Compra aguacates» y «¿Qué dijo él?» y diez mil «Te echo de menos» y cincuenta mil «Te quiero», correos electrónicos con mensajes de odio y recordatorios de citas, actualizaciones de mercado, anuncios de joyerías, de cafés, anuncios de muebles que vuelan invisibles sobre los laberintos de París, sobre los campos de batalla y las tumbas, sobre las Ardenas, sobre el Rin, sobre Bélgica y Dinamarca, sobre las cicatrizadas y siempre abiertas tierras a las que llamamos países. ¿Acaso resulta difícil creer que también las almas viajan a través de esos senderos, que su padre y Etienne y madame Manec y ese muchacho alemán llamado Werner Pfennig cruzan el cielo en bandadas como si fueran garzas, charranes o estorninos, que hay grandes bandadas de almas que vuelan alrededor, desvaídas pero audibles si se escucha con bastante atención? Flotan sobre las chimeneas, ruedan sobre las aceras, se deslizan entre las chaquetas y las camisas, las costillas y los pulmones, y nos atraviesan. El aire es una biblioteca y registro de todas las vidas vividas, de todas las frases dichas, de todas las palabras que aún reverberan.

A cada hora, piensa, alguien para quien la guerra es un recuerdo cae fuera de este mundo.

Volvemos a levantarnos en la hierba. En las flores. En las canciones.

Michel la agarra del brazo y se dirigen de vuelta por el sendero, a través de la puerta que da a la rue Cuvier. Pasan una alcantarilla, dos, tres, cuatro, cinco y cuando llegan a su edificio ella dice:

—Déjame ya aquí, Michel. ¿Sabes regresar?

—Por supuesto.

—Entonces hasta la semana que viene.

Él le da un beso en las mejillas.

—Hasta la semana que viene, abuela.

Ella se queda escuchando hasta que se pierden los pasos. Hasta que lo único que puede oír son los suspiros de los coches, el murmullo de los trenes y los sonidos de todos apresurándose en el frío.

AGRADECIMIENTOS

))

Estoy en deuda con la American Academy de Roma, con la Idaho Commission on the Arts y con la John Simon Guggenheim Memorial Foundation. Gracias a Francis Geffard por haberme llevado por primera vez a Saint-Malo. Gracias a Binky Urban y Clare Reihill por vuestro entusiasmo y confianza. Y gracias especialmente a Nan Graham, por esperar una década y haber entregado a este libro su corazón y su pluma durante tantas horas.

También debo un agradecimiento a los libros *And There Was Light*, de Jacques Lusseyran, *Kaputt*, de Curzio Malaparte, *The Ogre*, de Michel Tournier, y *Surely You're Joking, Mr. Feynman!*, de Richard Feynman («¡Arregla radios con el pensamiento!»); a Cort Conley, por mantener un flujo constante de información especializada en mi correo; a los primeros lectores Hal y Jacque Eastman, Matt Crosby, Jessica Sachse, Megan Tweedy, Jon Silverman, Steve Smith, Stefani Nellen, Chris Doerr, Mark Doerr, Dick Doerr, Michèle Mourembles, Kara Watson, Cheston Knapp, Meg Storey y Emily Forland; y sobre todo a mi madre, Marilyn Doerr, que fue mi doctor Geffard, mi Julio Verne.

Mi mayor agradecimiento es para Owen y Henry, quienes han vivido durante toda su vida con este libro, y para Shauna, sin quien estas páginas jamás habrían existido y de quien dependen todas las cosas.

TAMBIÉN

POR

ANTHONY DOERR

ANTHONY DOERR

La primera novela del autor de La luz que no puedes ver

SOBRE
GRACE

SUMA

**Una inolvidable novela sobre el poder
del amor y la belleza de la naturaleza,
y sobre los pequeños milagros que transforman
nuestras vidas.**

«Decir que este libro es bonito, extraordinario o emotivo
es como no decir nada. En comparación con la perfecta prosa
de Doerr cualquier descripción de esta novela parece trivial.
Tan solo compre *Sobre Grace*, llame al trabajo para decir que está
enfermo, apague el móvil y compruebe usted mismo lo buena
que puede llegar a ser la ficción actual.»
THE GUARDIAN

«Una fantástica hazaña literaria. Casi perfecta.»
THE INDEPENDENT

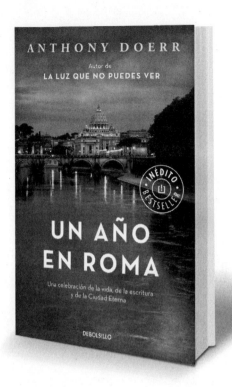

ANTHONY DOERR

Autor de
LA LUZ QUE NO PUEDES VER

INÉDITO
BESTSELLER

UN AÑO EN ROMA

Una celebración de la vida, de la escritura
y de la Ciudad Eterna

DEBOLSILLO

**UNA HERMOSA Y DELICADA NARRACIÓN SOBRE LA
ESTANCIA DE ANTHONY DOERR EN LA CIUDAD ETERNA,
DONDE LO ÍNTIMO Y LO DESLUMBRANTE SE FUNDEN
POR MEDIO DE LA PALABRA.**

«Un libro maravilloso: es divertido, incisivo, tierno
y rebosante de sabiduría.»
BOOKSENSE

«Las descripciones de la Ciudad Eterna son exactas y hermosas.
El amor de Doerr por ella es contagioso.»
THE NEW YORK OBSERVER

«Llamarlo un simple libro de viajes es quedarse corto: es una
lectura deliciosa, divertida y llena de escenas memorables.
No vayas a Roma sin él.»
KIRKUS REVIEWS